BASTEI
LÜBBE
TASCHENBUCH

Weitere Titel des Autors:

Der Fluch des Feuers

Über den Autor:

Mark de Jager wurde in Südafrika geboren und wuchs dort auf. Heute lebt er in London, wo er im Finanzsektor arbeitet. Er ist leidenschaftlich engagiert in der Science-Fiction- und Fantasyszene, besucht regelmäßig Conventions und ist verheiratet mit der Autorin Liz de Jager, die ihrerseits eine erfolgreiche Fantasyautorin ist.

MARK DE JAGER

BLUT HIMMEL

ROMAN

Aus dem Englischen von
Michael Krug

BASTEI LÜBBE
TASCHENBUCH

BASTEI LÜBBE TASCHENBUCH
Band 20958

Dieser Titel ist auch als E-Book erschienen

MIX
Papier aus verantwortungsvollen Quellen
FSC® C019821

Vollständige Taschenbuchausgabe

Deutsche Erstausgabe

Textredaktion: Dr. Frank Weinreich, Bochum
Einband-/Umschlagmotiv: © Shutterstock: Refluo;
© Getty Images: Rafi nade | ArminStautBerlin
Umschlaggestaltung: Guter Punkt, München | www.guter-punkt.de
Satz: two-up, Düsseldorf
Gesetzt aus der Caslon
Druck und Verarbeitung: C. H. Beck, Nördlingen
Printed in Germany
ISBN 978-3-404-20958-3

1 3 5 4 2

Sie finden uns im Internet unter www.luebbe.de
Bitte beachten Sie auch: www.lesejury.de

PROLOG

Mein Vater ist gestern gestorben. Er war ein großer Gelehrter und auch ein Krieger. Einst marschierte und stritt er an der Seite der Schlachtenkönige. Er setzte seine Macht so ein wie sie ihre sterngeschmiedeten Schwerter und metzelte Kreaturen, die eines Tages zu Legenden und Mythen werden sollten. Seine Hand verfasste den ersten Codex der Macht, seine Lehren führten mich auf deren Pfad.

Er war der großartigste Mann, den ich kannte und wahrscheinlich je kennen werde, und gestern sah ich zu, wie er in seinem eigenen Dreck starb, die Hände, die einst die Wirklichkeit zu beugen vermochten, krumm und knorrig.

Als die Sonne unterging, zündete ich seinen Scheiterhaufen mit der Magie an, die er mir geschenkt hatte, und beobachtete, wie sich sein Fleisch in Asche und Glut verwandelte. Seine Gefolgsleute weinten, die Barden sangen Klagelieder, als Funken hoch in die Nacht aufstiegen. Die Priester hielten indes ihre großen Rituale ab und versicherten mir mit weichen Händen und sanften Stimmen, seine Seele habe den Weg zu den Göttern gefunden.

Zweifellos verwechselten sie mein Schweigen mit Trauer, doch sie hatten bei mir gesessen und mit mir zugesehen, wie ihm die Zeit sowohl den Verstand als auch das Leben geraubt hatte. In seinen letzten Augenblicken der Klarheit bettelte er um Erlösung, und ich gewährte sie ihm. Und mittlerweile war mein Vater nicht mehr, denn der Tod hatte jeden Teil von ihm bedeutungslos werden lassen.

Der Tod.

Er beherrscht unser Leben, greift unverfroren darin ein. Sogar jetzt spüre ich, wie sich die heimtückischen Finger seiner Dienerin, der Zeit, um mein Herz schließen. Wann werden sie zudrücken und all meine Träume und Errungenschaften in das Feuer der Vergessenheit werfen?

Die persönlichen Annalen von Tiberius Talgoth, Erzmagier

KAPITEL EINS

Tatyana hörte auf, an den Schnallen der Rüstung zu fingern, die sie soeben dem Wachmann abgenommen hatte, den ich töten musste, um sie zu retten. Mit großen Augen glotzte sie mich an.

»Du bist ein Drache?«

»Ja.« Ich stand so aufrecht und stramm, wie es mir mein derzeit menschlicher Körper gestattete.

»Ein waschechter, feuerspeiender Drache?«

»Eigentlich ist es eher ein Spucken«, stellte ich richtig. Allmählich beschlich mich der Verdacht, es könnte voreilig gewesen sein, ihr die Wahrheit anzuvertrauen. Aber ich glaube, wenn ich es nicht ihr erzählt hätte, wäre ich vielleicht aufs Dach hinaufgestiegen und hätte es auf die Stadt hinuntergebrüllt. Manche Geheimnisse bettelten darum, zumindest einmal erzählt zu werden. Seit ich Tatyana mein Geheimnis preisgegeben hatte, stand sie nur wie angewurzelt da und versuchte wiederholt, die immer selbe Schnalle zuzuziehen. Dabei sah sie aus, als erwarte sie, jeden Moment aus einem Traum zu erwachen.

Erneut schüttelte sie den Kopf. »Nein. Nein, das ist nicht möglich.«

Ich nahm ihr die Schnalle ab und fädelte den Riemen so hindurch, wie sie es bei den anderen gemacht hatte. »Ich versichere dir, das ist es doch.«

Tatyana berührte die nackte Haut meines Arms. Ihre Hand wirkte neben meiner Schwärze so bleich wie ein Knochen. »Du kannst es nicht sein. Der Todeswind ist nur eine Legende.«

Ich spürte, wie mir ein ungewisser, kribbelnder Schauder über den Rücken lief, als sie jenen längst vergessenen Teil meines Namens laut aussprach. Einst war ich als Stratus Himmelsfeuer, der Todeswind, der Zerstörer bekannt gewesen. Ich spürte, wie das alte Feuer in meinen Augen aufflammte. Tatyana schnappte bei dem Anblick nach Luft und holte mich zurück in die Gegenwart.

Ich schloss die Augen, bis sich das Kribbeln legte, dann holte ich zur Beruhigung tief Luft. »Meine Antwort wird sich nicht ändern, nur weil du immer wieder dieselbe Frage stellst. Jetzt muss ich Fronsac finden. Der Zauberer weiß …«

»Stratus, warte.« Sie packte mich am Arm, als ich mich abwandte.

Ich hielt inne und biss die Zähne zusammen, um mir eine scharfe Erwiderung zu verkneifen. Diesmal schrak sie nicht vor meinem Blick zurück. Stattdessen rieb sie sich die Hände, als wäre ihr kalt, und trat von einem Bein aufs andere.

»Bitte. Ist das … war das wahr? Was du mir gezeigt hast?«

Ohne es bewusst zu versuchen, konnte ich hören, wie ihr Herz raste, und als ich daran dachte, nahm ich den sauren Beigeschmack von Angst in ihrem Geruch wahr. Vielleicht war es ein Fehler gewesen, ihr einen flüchtigen Blick auf mein altes Ich, mein *wahres* Ich zu gewähren. Doch wie bei den meisten Menschen, galt auch bei ihr: Was sie nicht sahen, das glaubten sie nicht. Und anscheinend genügte manchmal nicht einmal das.

»Ich würde dich nicht belügen«, log ich sie an. »Ich bin der Todeswind.«

»Aber …« Vage deutete sie in meine Richtung.

Mir widerstrebte die Verzögerung. Fronsacs Geruch wurde nicht frischer, und je eher ich meine Angelegenheiten mit ihm zu Ende gebracht hatte, desto eher konnte ich die Stadt, die Dächer, die Mauern und die lästigen Regeln der Menschen hinter mir lassen.

»Genug davon. Du redest wirr daher.« Sie zuckte zusammen, als ich einen Schritt auf sie zuging. Das kränkte mich, zumal ich ihr gerade das Leben gerettet hatte, und das nicht zum ersten Mal. »Warum ist die Wahrheit schwerer zu glauben als die Idee, dass ich eine infernale Schöpfung sei?«

»Das habe ich nicht geglaubt«, rechtfertigte sie sich.

Ich hörte, wie ihr Herzschlag an der Stelle leicht aussetzte, nur ein Flüstern, das ich vermutlich nicht wahrgenommen hätte, wenn mir der Takt ihres Herzens nicht mittlerweile so vertraut gewesen wäre.

»Du verlangst von mir, nicht zu lügen, doch dann tust du es selbst. So gehen Freunde nicht miteinander um, Tatyana Henkman.« Ich legte keine Macht in ihren Namen, dennoch konnte ich fühlen, wie die in ihr verwurzelte Hexenkunst reagierte.

Sie öffnete den Mund, um etwas zu sagen, dann jedoch schloss sie ihn wieder und schlang nur die Arme um sich. Die Versuchung, in ihren Geist zu blicken, war stark, aber ich widerstand und verschränkte stattdessen die Arme vor der Brust.

»Verrate mir, was ich noch sagen oder tun kann, um dich zu überzeugen.«

Zunächst erwiderte sie nichts, starrte mich nur an, als sähe sie mich zum ersten Mal.

»Deine Flügel«, platzte sie heraus, als ich mich abwandte. »Wo sind deine Flügel? Und wo ist dein Schwanz?« Sie holte tief Luft. »Dämonen kann ich verstehen, über die kursieren viele Geschichten. Aber ein Drache? Das ist einfach nicht möglich. Ich meine, wie denn auch? Ich weiß schon, es ist Magie im Spiel und all das, aber du bist zu klein.«

Drei Bedienstete, die stehengeblieben waren und uns anglotzten, eilten rasch weiter, als ich in ihre Richtung schaute, und sie tuschelten aufgeregt untereinander.

»Meine Flügel sind in mir drin.« Ich hob die Hand, als sie

erneut den Mund öffnete. »Der Bann, der mich an diese Gestalt bindet, hätte mich beinah umgebracht, als ich mich damit belegte. Ich will nicht deine oder meine Zeit mit dem Versuch verschwenden, ihn dir zu erklären. Also sage ich nur, dass sich mein Leib an meine Flügel erinnert wie ein Samenkorn, das in sich die Erinnerung an die mächtige Eiche trägt, zu der es eines Tages werden wird.«

»Aber warum bist du immer noch ein Mensch?« Sie zeigte auf mich, als wäre ich mir nicht qualvoll des Körpers bewusst, in dem ich steckte.

»Das bin ich nicht freiwillig. Es ist …«

Sie verschränkte die Arme vor der Brust. »Kompliziert?«

»Genau«, bestätigte ich erleichtert. »Aber jetzt ist nicht der richtige Zeitpunkt für den Versuch, es dir zu erklären.«

Darüber legte sie die Stirn in Falten, und ich nutzte den Moment, um mich wieder in Bewegung zu setzen. Nach einer kurzen Pause hörte ich, wie sie mir folgte. Eine Weile gingen wir einigermaßen schweigend. Einigermaßen, weil ich sie bei sich murmeln hörte, aber zum Glück schien sie die Fragen vorerst aufgebraucht zu haben.

Die Spuren von Fronsacs Magie ließen sich einfacher verfolgen als sein Geruch. So konnte ich mich in Gedanken besser darauf vorbereiten, wie ich mich ihm offenbaren sollte. Jedenfalls bis Tatyana wieder das Wort ergriff und meine Grübeleien unterbrach.

»Und wie willst du das handhaben? Ich meine, wird Fronsac es wissen?«

»Was wissen?«

Sie beschleunigte die Schritte, bis sie sich auf meiner Höhe befand. »Dass du ein verfluchter Drache bist.«

»Nein. Wieso sollte er?«

»Na ja, immerhin ist er der beste Zauberer, den wir haben, oder?« Sie schwenkte die Hände in meine Richtung. »Du bist doch derjenige mit dem magischen singenden Regenbogen. Woran merkst du, ob jemand ein Zauberer ist?«

Unwillkürlich lächelte ich über ihre Beschreibung der Liedlinien. Ich hatte mir große Mühe dabei gegeben, ihr zu erklären, wie die Ströme der Magie die Wiege der Welt bildeten, doch ihre Aufmerksamkeitsspanne war der Herausforderung eindeutig nicht gewachsen gewesen.

»In der Regel rieche ich es an ihnen wie ein verbranntes Gewürz. Oder ich nehme wahr, wie sich die Macht in ihnen bündelt.« Ich ging langsamer, um ihr das würdelose Gehopse zu ersparen, zu dem sie gezwungen war, um mit mir Schritt zu halten. »Um zu erkennen, wer und was ich in Wahrheit bin, müsste er weit mehr tun, als er bisher getan hat. Zweifellos spürt er, dass an mir etwas Unmenschliches ist, aber ich vermute, er hält es zumindest vorläufig für eine Eigenart meiner Hexenkunst.«

»Und wirst du es ihm sagen?«

Die Vorstellung eines Zauberers, der wusste, was ich war, jagte mir einen unangenehmen Schauder über den Rücken, auch wenn es sich in diesem Fall um einen vergleichsweise freundlichen Zauberer handelte. Die Qualen, die mir der Letzte, den ich kennengelernt hatte, durch Navar Louw angedeihen ließ, waren nicht leicht zu vergessen. Mittlerweile empfand ich seinen Namen als Fluch, und ich ballte beim bloßen Gedanken an ihn die Hände zu Fäusten. Ich hatte geschworen, ihn zu töten. Und mir auszumalen, auf welch sagenhaft brutale Weise ich das tun würde, war mein liebster Zeitvertreib in den bedauernswert seltenen Augenblicken geworden, die ich für mich allein hatte.

»Stratus?«

»Was?« Ich fauchte ihr das Wort förmlich entgegen, weil Tatyana mich aus meiner Gedankenverlorenheit aufschreckte. »Entschuldige. Ich habe keine angenehmen Erinnerungen an Zauberer.«

Die Spur, der ich folgte, führte uns einen Korridor entlang. Er endete in einer kleinen Kammer mit einer wunderschönen Doppeltür. Die beiden Flügel bestanden beinah gänzlich aus bunten Glasteilen, die das zwar ansprechende, aber etwas absonderliche Bild eines Mannes mit brennendem Kopf auf einem Pferd bildeten. Hinter den Türen konnte ich die Schemen mindestens eines Dutzends bewaffneter Männer ausmachen, und wenngleich sie im Augenblick nicht sonderlich aufgeregt zu sein schienen, wusste ich, dass nicht viel nötig war, um ihre simplen Geister in Gewaltbereitschaft zu versetzen.

»Warte, Stratus.« Tatyana zog an meinem Arm, als ich dazu ansetzte, die Tür zu öffnen. »Langsam. Warum hast du uns hierhergeführt?«

Ich spähte durch das Glas auf die Umrisse der Männer im Raum dahinter und zuckte mit den Schultern. Für mich sahen sie beliebig aus. »Fronsac ist irgendwo in der Nähe, irgendwo hinter dieser Tür.«

»Dieser Gang führt zu Jeans persönlichen Gemächern. Das sind seine Leibwächter. Ohne eine Einladung seinerseits werden sie niemanden vorbeilassen.«

»Nicht einmal dich, die vereidigte Schwertkämpferin von Prinz Lucien?«

Darüber schnaubte sie, erwiderte jedoch nichts. Sie hatte die Stirn in Falten gelegt. Ein gutes Zeichen, denn es bedeutete, dass sie angestrengt über etwas nachdachte. Ich hatte kein Problem damit, mir den Weg in seine Gemächer zu erkämpfen, wenn es sein musste. Allerdings wäre es zweifellos einfacher, wenn ich dafür nicht mein Feuer einsetzen müsste.

»Ich will etwas versuchen«, kündigte sie an und zog an ihrer geliehenen Rüstung. »Tu gar nichts. Folg nur meinem Beispiel.«

»Dann würde ich ja aber doch etwas tun.«

»Bei den Göttern, nicht jetzt, Stratus.«

Damit zog sie die Glastüren auf und betrat den Gang dahinter. Kaum hatte sie einen Schritt gemacht, wurde ihr auch schon der Weg versperrt.

»Stehengeblieben, meine Dame«, sagte einer der Männer. »Erwartet Euch Prinz Jean?«

Ich trat in den Gang, und obwohl ich mich friedlich verhielt, reagierten die Wachleute wie von Taranteln gestochen. Sie schraken vor mir zurück und legten die Hände auf die Knäufe ihrer Schwerter.

»Ruhig, meine Herren«, ergriff Tatyana lächelnd das Wort. Einige Herzschläge lang sah es tatsächlich so aus, als könne ihr Plan aufgehen. Allerdings hatten wir beide eine Kleinigkeit nicht bedacht: Irgendwo im Labyrinth des Palasts hinter uns hatten sich die Paladine, die ich auf dem Weg zu Tatyanas Rettung in ihrer eigenen Unterkunft eingesperrt hatte, den Weg durch die Tür gehackt. Und just in diesem Augenblick läuteten sie alle verfügbaren Glocken und ließen jedes Horn erschallen, das sie in die Hände bekamen.

Die Wachleute erstarrten, als uns der volltönende Chor der Hörner erreichte. Der Mann, der mit Tatyana gesprochen hatte, reagierte als Erster, indem er von ihr zurückwich und die Hand hob.

»Ich fürchte, ihr beide müsst gehen. Bis ich weiß, was los ist, kommt hier niemand rein oder raus.«

Ich beugte mich dicht zu Tatyana und hielt ihr mit einer Hand die Augen zu. Bei meiner Berührung zuckte sie zusammen, aber ich drückte sie so fest an mich, dass sie sich nicht rühren konnte, während ich mich an den Wächter wandte, der gesprochen hatte.

»Entschuldigung«, sagte ich. »Das ist weder persönlich noch dauerhaft.«

Er starrte mich mit der Hand auf dem Griff seines Schwertes an, und sogar ich erkannte den Ausdruck in seinem Gesicht als Verwirrung. Ich schloss die Augen und entfesselte den Lichtzauber, den ich zurückgehalten hatte. Ich fügte ihm keine Hitze hinzu, daher ging ich aufrichtig davon aus, dass ihr Sehvermögen zurückkehren würde. Dennoch fand ich es unnötig, ein Wagnis für meine eigene Sicht einzugehen. Das pulsierende magische Licht manifestierte sich über meinem Kopf und erstrahlte kurz wie eine kleine, stumme Sonne, bevor es flackernd verlosch. Als ich Tatyana losließ, stieß sie sich von mir ab.

»Was machst du denn da?« Sie verstummte, als die Wachleute zu brüllen anfingen und an ihren Gesichtern krallten. »Bei Gottes Bart, ich hab dir doch gesagt, du sollst nichts tun!«

»Dein Versuch war so nützlich wie ein Ziegenohr.«

»Wie bitte?«

»Ist eine alte Redewendung. Komm mit«, forderte ich sie auf und drängte mich durch die taumelnden Wachleute. Einer klammerte sich an meinem Bein fest, doch ich schüttelte ihn mühelos ab.

Fronsacs Geruch wurde stärker, sobald wir die Wachen hinter uns gelassen hatten. Zum Glück steckte er ganz in der Nähe, und ich schenkte Tatyana ein ermutigendes Lächeln, als ich an die Tür klopfte. Der Zauberer öffnete fast sofort, daher blieb ihr keine Zeit, Einspruch zu erheben.

»Ich dachte mir schon, dass ich deine Hexenkunst gespürt habe«, sagte er. »Bei den Sternen, was geht hier vor?«

»Nichts Schlimmes«, beruhigte ich ihn. »Ich habe Tatyana gefunden.«

Einige Augenblicke lang beobachtete er die Männer im Gang, dann trat er beiseite. »Ja, das hast du. Kommt schnell herein.«

*

Jeans Gemächer erwiesen sich als geräumiger, als es die von Lucien gewesen waren, und das nicht nur, weil hier die überfüllten Tische fehlten. Im Hauptraum stand eine Reihe von Sesseln, die alle gemütlich genug aussahen, um darin zu schlafen, um einen einzigen langen Tisch mit Schalen voll Obst und Brot und mit mehreren Weinflaschen angeordnet. Der strenge Geruch von Männern herrschte vor, doch dazwischen befanden sich weit angenehmere Untertöne von süßen Rosinen und Blumen, wodurch der Gesamteindruck einigermaßen erträglich wurde.

Jean saß auf dem größten der Sessel und beobachtete uns mit einem Kelch in den tintenfleckigen Fingern und einer Menge Papier auf dem Schoß. Hinter ihm stand ein blasser, muskelbepackter Mann, den ich nicht kannte. Seine Hände ruhten auf den Knochengriffen der zwei Schwerter an seinem Gürtel.

»Hoheit«, meldete sich Tatyana hinter mir. Sie bohrte mir einen Finger in den Rücken, und ich neigte das Haupt, wenn auch nur, um einen Wutausbruch ihrerseits zu verhindern.

»Meneer Stratus«, sagte der Prinz, stellte den Kelch ab und nickte Tatyana zu. »Der Zauberer hat gerade von dir gesprochen.« Er deutete mit dem Kopf zur Tür und dem gedämpften Glockengeläut. »Ich vermute, eine Menge Menschen reden gerade über dich, und wahrscheinlich nicht in allzu freundlichem Ton.«

»Mein Prinz, dürfte ich …«, setzte Fronsac an, aber Jean hob die Hand, und der Zauberer verstummte wie abgeschnitten.

»Nein«, kam von Jean. »Ich will, dass *er* es mir sagt. Dass er es mir so zeigt, wie er es dir gezeigt hat.«

»Mein Prinz, das ist, um es äußerst milde auszudrücken, ausgesprochen unüblich.«

»Er hat dir doch sein Wort gegeben, oder?«

Ich lächelte, als Fronsac zu mir herüberschaute. Prinz Jean entpuppte sich als interessanter, als mein erster Eindruck von ihm nahegelegt hatte. Ich hatte Fronsac tatsächlich mein Wort gegeben, dass ich ihm beistehen und Navar Louw vernichten würde, den sogenannten Herrn der Würmer und meinen früheren Besitzer. An sich hielt ich es für gefährlich, einem begabten Zauberer wie Fronsac etwas Derartiges anzubieten. Aber Navar zu töten, hatte für mich ohnehin Vorrang vor allem anderen.

»Ich habe mein Wort aufrichtig gegeben und bin daran gebunden«, beteuerte ich den beiden. »Und ich denke nicht, dass unsere Feinde warten werden, während ich die Geschichte zum Besten gebe.«

»Zeit ist im Augenblick für uns alle Mangelware«, gab mir der Prinz recht.

Der Mann mit den Schwertern hinter ihm beobachtete mich aufmerksam, als ich mir einen Sessel heranzog und mich vor den Prinzen setzte, der mich noch aufmerksamer beobachtete. In seinem Geruch lag etwas, das an Angst erinnerte, auch sein Herzschlag beschleunigte sich, und ich fragte mich unwillkürlich, ob er die Andersartigkeit in mir so wie Fronsac spüren konnte. Es wäre töricht von mir gewesen, zu glauben, der Zauberer würde mich nicht in diesem Augenblick unscheinbar abtasten und nach Hinweisen darauf suchen, was sich an mir verändert hatte. Aber vermutlich bemerkte ich den Moment, wenn er es entdeckte.

Während ich meine Gedanken sammelte, bedachte ich Jean mit einem unverbindlichen Lächeln. Welche Geheimnisse verbargen sich in seinem Kopf? Wenn ich es wüsste, würde ich dann bereuen, dass ich versprochen hatte, den Nachkommen derer zu helfen, die einst ihre Armeen auf mich gehetzt und mich meine einzige Liebe gekostet hatten?

»Was muss ich tun?«, fragte Jean und riss mich damit aus meinen Überlegungen. Er legte die Dokumente beiseite.

»Seht mir einfach in die Augen.«

»Darf ich blinzeln?« Ich lächelte, weil mir Tatyana dieselbe

Frage gestellt hatte, und ich verkniff es mir, zu erwidern, dass etwas Schreckliches geschehen würde, wenn er es täte.

»Natürlich.« Ich spreizte leicht die Beine und stützte die Ellbogen auf die Knie, sodass sich mein Gesicht auf derselben Höhe wie seines befand. Dann erweckte ich meine Hexenkunst. Ich konnte fühlen, wie uns Fronsacs Magie umwirbelte, als er die Zauber beeinflusste, mit denen er Jeans Geist schützte. Sie verlagerten sich wie die Teile eines Zauberwürfels, doch es vollzog sich zu verschachtelt und zu schnell, als dass ich dem Ablauf hätte folgen können. Ich wartete, bis ich spürte, wie der Druck nachließ, dann sah ich tief in Jeans helle Augen.

Ein von den Schutzzaubern ausgehender Restwiderstand war zwar geblieben, aber den konnte ich mühelos überwinden. Jean schauderte, als sich unsere Geister in einem Gewirr aus Bildern und losen Gedanken verbanden. Kurz dauerte das Chaos an, dann übte ich Einfluss aus und zog ihn in meine Erinnerungen.

Genau wie Fronsac ließ ich auch ihn beobachten, was ich gesehen hatte. Von meiner ursprünglichen Entdeckung der unter der Sepulkralkirche von Sankt Tomas versteckten, verzauberten Leichen über die Schlachten, die Tatyana und ich gegen die Toten in den Katakomben geschlagen hatten, bis hin zu meinem Aufeinanderprall mit Kardinal Polsson, dem verkommenen Anführer der Paladine, auf die sich die Stadt zu ihrer Verteidigung verließ. Wie bei Fronsac achtete ich darauf, die Wahrheit darüber zu unterdrücken, wer und was ich war.

Ich konnte die Verblüffung und die Wut spüren, die sich angesichts der Wahrheit über Polssons Verrat in Jean regten. Und während er zu verdauen versuchte, was ich ihm gezeigt hatte, nutzte ich die Gelegenheit, um auch in seinen Geist zu blicken, denn ich bezweifelte, dass sich in absehbarer Zeit eine weitere Möglichkeit bot. Da die Zeit nicht reichen würde, um meine Gedanken an den seinen auszurichten, musste ich mich mit einer allgemeineren Herangehensweise begnügen, ähnlich wie bei Kräh, dem freundlichen alten Kesselflicker, den ich auf der Straße nach Falkenburg kennengelernt hatte. Ich würde die Gedanken und Erinnerungen später durchsehen, wenn ich allein war und Zeit hatte.

Behutsam koppelte ich mich von seinem Geist ab und ließ die Verbindung verblassen, bevor ich mich zurücklehnte. Jeans Knöchel traten weiß hervor, als er die Armlehnen des Sessels umklammerte und den Kopf schüttelte.

»Das …« Mit zittriger Hand griff er nach seinem Kelch und trank einen ausgiebigen Schluck von dem darin verbliebenen Wein. »Das war mit nichts vergleichbar, was ich je erlebt habe.« Er schaute zu Fronsac, der in der Nähe stand. »Ist Hellsicht so ähnlich?«

»Nein, mein Prinz«, antwortete Fronsac. »Hellsicht ist weniger persönlich, mehr wie die Sicht eines in der Luft fliegenden Vogels.«

Der Prinz trank einen weiteren Schluck Wein, bevor er sich zurücklehnte und mich anstarrte. Eine Weile verharrten wir so. Dann schlemmte ich mich durch die nächstbeste Obstschale. Er musterte mich immer noch eindringlich, die Fingerspitzen unter dem Doppelkinn aneinandergelegt. Fronsac begnügte sich damit, nur dazustehen. Tatyana vertrieb sich die Zeit, indem sie unruhig auf und ab lief und bei jeder Kehrtwende laut seufzte. Ich empfand es als Erleichterung, als Jean die Hände schließlich sinken ließ und sich räusperte.

»Du sollst wissen, dass ich alles zu schätzen weiß, was du für uns getan hast. Mir ist noch nicht ansatzweise das volle Ausmaß des Schadens klar, den Polsson angerichtet hat, aber mir ist sehr wohl bewusst, dass er ohne dich sehr viel schlimmer ausgefallen wäre.«

Ich wollte ihm gerade danken, als ich spürte, wie sich Tatyanas Herzschlag beschleunigte.

»Ungeachtet dieser Dankbarkeit bringst du mich in eine schwierige Lage. Wir befinden uns im Krieg, Meneer Stratus, und die Gesetze dieses Königreichs sind eindeutig. Sie verlangen deinen Tod.«

Tatyana schnappte nur nach Luft, aber ich sprang auf, stieß meinen Sessel nach hinten und ballte die Hände zu Fäusten.

KAPITEL ZWEI

»Hoheit, bitte, das könnt Ihr nicht tun!« Tatyanas Schwert blieb in der Scheide, als sie auf ein Knie sank.

Ich führte meinem Feuergebilde und dem Windgebilde etwas Macht zu, so dass ich beide mit einem einzigen Gedanken entfesseln konnte. Fronsac musste es wahrgenommen haben, denn ich spürte, wie auch seine Magie flackernd zum Leben erwachte. Seine plötzlich mit Energie unterfütterten Zauber ließen die Luft um ihn schimmern wie Öl auf Wasser.

Falls Jean in irgendeiner Weise bewusst war, wie kurz davor er stand, verbrannt zu werden, ließ er es sich nicht anmerken. Stattdessen gab er nur seinem Leibwächter mit der Hand ein Zeichen. Der steckte das verheerend aussehende Schwert genauso schnell zurück in die Scheide, wie er es gezogen hatte.

»Setz dich«, verlangte er von mir. Seine Stimme nahm den harten Klang an, den er beim Kriegsrat verwendet hatte. Das gefiel mir zwar nicht, aber ich hakte einen Finger meiner Hexenkunst unter meinen umgekippten Sessel und zog ihn zurück zu mir. Tatyana hatte inzwischen ebenfalls Platz genommen und kauerte am Rand ihres Sitzes. Ihr Herz schlug immer noch einen Trommelwirbel, und Anspannung durchwirkte ihren Geruch. Ich schaute zu Fronsac, während seine Zauber trüber wurden; auch er beobachtete mich. Das Grün seiner Augen funkelte vor gebündelter Energie.

»Hast du eigentlich eine Ahnung, was du getan hast?«, herrschte Jean mich an und löste meine Aufmerksamkeit von dem Zauberer. Er verstummte nicht lang genug, um Tatyana oder mir eine Erwiderung zu ermöglichen. »Du hast gestanden, dass du ein Totenbeschwörer bist. Du hast den Befehlshaber meiner Armee umgebracht, sein halbes Lager niedergebrannt und nun am Vorabend der Schlacht die Kirche angegriffen. Dabei hast du Drogah weiß wie viele der heiligen Ritter getötet, ganz zu schweigen von ihrem geistlichen Anführer. Und den Glocken nach vermute ich, dass du auf dem Weg zurück zu mir noch mehr Schaden angerichtet hast, richtig?«

»Sie haben Tatyana gefoltert. Das konnte ich nicht zulassen.«

»Ich fasse das als Ja auf. Hast du auch nur die entfernteste Vorstellung, wie es für mich aussieht, dass ich dich ins Vertrauen gezogen habe? Die Wachen draußen fragen sich in diesem Augenblick, warum ich ihnen nicht längst befohlen habe, dich in Eisen hinauszuschleppen.«

»Er hat die Wachen außer Gefecht gesetzt«, warf Fronsac hilfreich ein.

»Was spielt das für eine Rolle?«, fragte ich. »Ihr kennt die Wahrheit.«

»Was es für eine Rolle spielt?« Jeans Stimme ertönte mit der Wucht eines Peitschenhiebs, und er umklammerte den Rand des Tisches. »Was es für eine Rolle spielt? Bist du ein Schwachkopf?«

Ich spürte, wie sich meine Lippen zu einem verächtlichen Ausdruck verzogen. War das sein Dank für alles, was ich getan hatte, für all das von mir vergossene Blut?

»Undankbarer Wicht.«

Jean zuckte zusammen, als hätte ich ihn geschlagen, und einen Moment lang trat solche Stille ein, dass ich das leise Summen der Fruchtfliegen um die Obstschalen hören konnte.

»Wie kannst du es *wagen*, so mit mir zu reden?« Trotz der Wut, die in seinem Geruch lag, ertönte Jeans Stimme leise, und der Leibwächter hinter ihm legte wieder die Hand auf sein Schwert.

Ich schaute zu dem blassen Mann auf. Bestimmt war er schnell, aber ich war zuversichtlich, dass meine Gedanken noch schneller wären. »Wenn du das Schwert ziehst, brenne ich dir das Fleisch von den Knochen.«

»Hoheit«, ergriff Fronsac das Wort und trat zwischen uns. »Stratus. Friede, ich bitte euch.«

»Ich werde *nicht* hier sitzen und so mit mir reden lassen – nicht von ihm«, fauchte Jean. »Von niemandem.«

»Selbstverständlich nicht, Hoheit, und er wird Euch um Verzeihung bitten.« Fronsac spähte bei den Worten zu mir. »Die Nacht war nervenaufreibend und von seltsamer Magie erfüllt. Ich fürchte, das hat sowohl den Stolz als auch das Gemüt entflammt. Ich bitte Euch, lasst uns nicht die Heerscharen der Feinde auffüllen, mit denen wir ohnehin bereits konfrontiert sind.«

»In Fronsacs Worten liegt Weisheit«, merkte ich an. »Ich schlage vor, Ihr hört auf ihn.«

Jean erwiderte nichts, sondern knirschte mit den Zähnen und starrte mich mit einem Blick an, den er wohl für bedrohlich hielt.

Der Zauberer wandte sich an mich. »Was mein Prinz gemeint hat, ist, dass du ihn in eine missliche Lage brachtest. Denn wenngleich er deine Dienste schätzt, so hat er doch keinerlei Beweis für Kardinal Polssons Untaten, wenn der oberste Seneschall des Ordens in Kürze durch diese Tür kommt.«

»Der Kardinal war ein Handlanger des Herrn der Würmer«, gab ich zurück.

»Das verstehe ich ebenso wie mein Prinz, aber wo ist der Beweis?«

»Ich habe euch den Beweis gezeigt, den ihr braucht.«

Fronsac schüttelte den Kopf. »Der Orden wird deine Magie nicht als Beweis anerkennen, also was willst du stattdessen vorweisen? Du hast nichts, was der Orden akzeptieren wird.«

»Was, wenn du die Leichen untersuchst und ihnen die Würmer zeigst?«, schlug Tatyana vor.

»Auch das wäre alles ein Ergebnis von Magie. Was immer sonst Polsson getan haben mag, er hat sichergestellt, dass Zauberer und Kirche nie wieder Seite an Seite stehen werden. Also noch einmal: Ihr könnt euch nicht auf Magie verlassen, um dem Orden euren Fall vorzutragen.«

Ich sah Jean an. »Ihr seid der Prinz, der älteste Sohn des Königs, Ihr stammt von der Linie Krams höchstpersönlich ab. Könnt Ihr nicht über sie befehlen?«

Jean warf den Kopf in den Nacken und lachte schallend. *Er lachte!* Ich spürte, wie die Wut in mir erneut Funken schlug, doch Tatyana ergriff hinter mir das Wort und lenkte mich ab, bevor aus der Glut eine Feuersbrunst werden konnte.

»Wer oder was ist Kram?«

Fronsac antwortete für mich. Zum Glück, denn ich selbst konnte mich nur verschwommen an jemanden erinnern, der den Besuch eines Königs ankündigte, indem er all dessen imposant klingende Titel herunterleierte.

»Kram war ein heidnischer Kriegsgott aus dem Götterhimmel vom Anbeginn der Zeit. Angeblich wandelte er in Gestalt eines weiblichen Avatars namens Sturm die Botin auf der Welt.«

»Und schon mag ich ihn«, sagte Tatyana.

»Das ist äußerst beeindruckend, Fronsac«, lobte ich und war tatsächlich beeindruckt.

Er tat so, als lüpfe er einen Hut. »Ich wäre kein rechter Zauberer, wenn ich Leute nicht mit unbekanntem Wissen blenden könnte.«

»Ja, wir sind alle begeistert, Fronsac«, meldete sich Jean zu Wort. »Nur ändert das nichts. Und was das Befehligen der Paladine angeht: Das würde ich mit Freuden tun, wenn ich dadurch nicht gegen mindestens sechs uralte Gesetze und vier ähnlich alte und wirklich geschickt formulierte Verträge verstieße. Womit wir nach wie vor dort sind, wo wir angefangen haben, nämlich bei der Tatsache, dass ich verpflichtet bin, euch beide wegen Hochverrats verhaften und hinrichten zu lassen.«

»Niemand richtet uns hin«, warnte ich knurrend. Zwar legte ich keine Hexenkunst in meine Worte, doch die Stimme, mit der ich sprach, war älter als diese Stadt, und ihr Klang weckte die verborgensten Teile ihrer Gehirne auf, jene Teile, die sie daran erinnerten, die Dunkelheit zu fürchten.

Jean erbleichte und schrak auf seinem Sitz zurück. Sein Leibwächter umklammerte mit plötzlich linkischen Händen sein Schwert. Hinter mir stockte Tatyana der Atem, und sogar Fronsac wich einen Schritt zurück und wusste vermutlich nicht recht, wie er auf eine nicht magische Bedrohung reagieren sollte.

»Ich unterbreite dir einen Vorschlag«, sagte Jean. Einen Moment lang hörte sich seine Stimme brüchig an, bevor sie zu ihrer üblichen Stärke zurückfand.

Erregung durchströmte mich, als ich die Reaktionen der Menschen um mich herum beobachtete. Ich hatte vergessen, wie gut es sich anfühlte, gefürchtet zu werden. Und vermutlich entschied ich aus diesem Grund, Fronsac auf die Probe zu stellen. Weil ich es so lange nicht gespürt hatte. Ich stemmte meinen Willen gegen die Berührung der Schutzbanne, in die er mich wie in hauchdünne Vorhänge aus Licht gehüllt hatte, und ich spürte, wie sie sich festigten, als ich versuchte, sie abzustreifen. Sie verwandelten sich in scharfe Klingen, die meine Energie in bedeutungslose Scheibchen schnitten, dann zogen sie sich um mich zusammen wie die großen Baumschlangen im fernen Süden, und ihre unsichtbaren Schneiden waren nur einen Gedanken davon entfernt, mich zu zerstückeln.

»Tu das nicht, mein Freund«, warnte er mich, doch seine Worte schürten den in mir schwelenden Ärger nur. Er war nicht der erste Zauberer, der mich zu binden und gefangen zu nehmen versuchte, und wenngleich ich wusste, dass er es ohne Arg tat, hätte ich in jenem Augenblick nichts lieber getan, als ihm das Herz aus der schmalen Brust zu reißen.

Eine kühle Hand senkte sich auf meinen Arm. Der kleine Funke roher Hexenkunst, der zwischen uns flackerte, ließ mich wissen, dass es Tatyana war, noch bevor sie mich berührte. Ich stieß den angehaltenen Atem aus, und damit legte sich auch der in mir hochkochende Zorn.

»Verzeih mir«, entschuldigte ich mich und drehte mich kurz Fronsac zu. »Meine Neugier ist ein garstig Ding.« Ich lehnte mich zurück und bedachte Jean mit einem breiten Lächeln. »Wie lautet Euer Vorschlag?«

»Mit deinem Mangel an Respekt tust du dir keinen Gefallen, Zauberer.«

Ich öffnete den Mund, um ihn darauf hinzuweisen, dass ich ein Hexer war, kein Zauberer, doch ich bremste mich noch vor dem ersten Wort. »Zauberer« war ein so überaus menschlicher Begriff, geprägt von einer Rasse, die nur ein Echo des Großen Lieds gehört hatte, und in ihrer Überheblichkeit dachte, sie könnte es sich untertan machen, indem sie ihm eine Bezeichnung verlieh.

»Ich bin kein Zauberer«, erklärte ich, weil ich nun mal nicht anders konnte. An sich hätte ich ja gern mit ihm über den Begriff gestritten, allerdings hatte das keinen echten Sinn. Mittlerweile hatte ich ein Gespür für seinen Geist entwickelt, und wenngleich es sich auf einen flüchtigen Eindruck beschränkte, wusste ich, dass sich seine Meinung nicht leicht ändern lassen würde. Ich griff mir weiteres Obst, während ich darauf wartete, dass er damit fertig wurde, mich anzustarren.

Er lehnte sich zurück, als ich einen Apfel in zwei Hälften biss. »Ich habe keine Zeit für Wortklauberei oder deinen verletzten Stolz. Nun, ich mag dich vielleicht nicht, aber ich bin nicht so ungehobelt, zu leugnen, dass wir in deiner Schuld stehen. Folgendes wird geschehen: Wenn du diesen Raum verlässt, wirst du verhaftet und eingesperrt, um auf deine Hinrichtung zu warten.«

Bei der Äußerung sog Tatyana scharf die Luft ein. Ich spähte meinerseits zu Fronsac, der kaum merklich den Kopf schüttelte. Ich konnte zwar seine Schutzzauber fühlen, nicht jedoch, dass er weitere Macht um sich scharte, was ich als beruhigend empfand. Ich verspeiste den Rest des Apfels und wartete darauf, dass Jean zu Ende sprach.

»Du wirst zu den Zellen für Verräter im Wachturm gebracht. Was sich natürlich als Fehler herausstellen wird, denn ein Zauberer dürfte wohl keine Mühe haben, die Tür zu öffnen. Zu meiner öffentlichen Enttäuschung wirst du fliehen. Anschließend triffst du dich im Geheimen mit Fronsac, der dich irgendwohin aus dem Weg schafft, bis wir abschätzen können, wie sich dieser ganze Schlamassel entwickelt.«

»Ich mag keine Kerker.«

Jean schlug mit der Hand auf den Tisch. »Ist mir egal! Du wirst es tun, sonst liefere ich dich ihnen mit einer blutigen Schleife um den Hals aus, so wahr mir die Götter helfen.«

»Hoheit«, ergriff Tatyana das Wort und trat vor. »Prinz Jean, was ist mit Lucien? Er steht dem Orden zu nah.«

»Ich habe meinen eigenen Bruder nicht vergessen.« Der Prinz schaute zum Fenster und zum Himmel, der sich dahinter rosig verfärbte. »Er ist erst heute Morgen losgeritten, um sich seiner Armee anzuschließen, begleitet von Baron Karsten und seinen Lanzenstreitern.«

»Die vierte Kohorte? Das sind Polssons Männer«, warf ich ein. Waren meine Warnungen denn völlig umsonst?«

»Ich habe Baron Karsten in den Rang des Obersten Seneschalls erhoben«, erwiderte Jean, als erkläre das alles.

»Karsten ist ein guter Mann«, befand Tatyana. »Als Oberster Seneschall wird er ständig in Luciens Nähe sein.« Sie sah wieder Jean an. »Aber er kennt die Wahrheit nicht. Ich sollte an seiner Seite sein. Dort gehöre ich hin. Lasst uns ihnen folgen. Bitte, Jean.«

»Um was genau zu tun? Man wird euch beide aufknüpfen, bevor ihr euch ihm auch nur auf fünfzig Schritte genähert habt.«

»Es ist so weit«, meldete Fronsac, bevor Tatyana oder ich etwas erwidern konnten. »Sie kommen gerade die Treppe herauf.«

Ich verstand, was er meinte. Aber obschon ich die Logik in Jeans Plan nachvollziehen konnte, schnürte mir die Vorstellung, wieder in Ketten gelegt und eingesperrt zu werden, die Kehle zu und ließ mich die Hände zu Fäusten ballen. Unterwerfung behagte mir so wenig wie eh und je.

»Bringen wir diesen Mummenschanz hinter uns«, brummte ich und erhob mich. Als ich mich bewegte, zog der blasse Mann hinter Jean sein Schwert. Kaum hatte er das getan, entfesselte ich mein Windgebilde, das ich im Geist bereitgehalten hatte. Es rammte das Schwert gegen seine Brust und schleuderte ihn mit solcher Wucht in die Wand, dass sich ein dort stehendes Bücherregal leerte. Er hinterließ eine Blutschliere auf dem Stein, als er daran zu Boden rutschte. Man sah nur das Weiße in seinen Augen, während sein benommenes Gehirn zu begreifen versuchte, was ihm soeben widerfahren war.

Beim Geräusch seines gegen die Mauer klatschenden Körpers hechtete Jean praktisch aus seinem Sessel und landete ausgestreckt zu Fronsacs Füßen, doch da war es bereits vorbei. Der Zauberer selbst starrte mich an, die Hände halb erhoben. Und wenngleich ich auch keine Lust verspürte, seinen Geist mit den erwachten Schutzbannen zu berühren, war ich mir doch ziemlich sicher, dass er gerade zu verstehen versuchte, warum er nicht im Voraus gespürt hatte, dass ich etwas tun würde.

Einen Herzschlag später wurde die Tür aufgerissen, als die

Wachen auf den Lärm reagierten und hereinstürmten. Mit gezückten Schwertern brüllten sie Warnungen. Ich hob die Hände und stand nur da, während Fronsac dem guten Jean auf die Beine half.

»Schafft sie hier raus!«, brüllte der Prinz. Seine prallen Wangen schillerten beinahe so rot wie das Blut an der Wand. »Und die Ketten bleiben dran, verstanden? Sie bleiben dran!«

Unwillkürlich zuckte ich zusammen, als sich die Schellen um meine Handgelenke schlossen. Dass ich sie allein mit der Kraft meiner Arme aufzubrechen vermocht hätte, bot nur einen kargen Trost gegen die Demütigung der Unterwerfung.

Sie führten uns hinaus in ein heilloses Durcheinander. Die Wachleute, die ich geblendet hatte, wurden gerade versorgt, vermutlich von Heilern. Gleichzeitig versuchten andere Gardisten, drei graubärtige Männer in den weißen und roten Gewändern der Paladine zurückzuhalten. Diese drei und ihre ähnlich gekleideten Begleiter verdoppelten ihr Gebrüll, als sie uns erblickten, und in einem Anflug rasender Wut pflügten sie sogar durch den ersten Rang der Gardisten.

»Dämon!«

»Mörder!«

»Ketzer!«

Die Gardisten, die Jean damit beauftragt hatte, uns zu den Zellen zu bringen, forderten sie auf, die Waffen fallen zu lassen und zurückzubleiben, doch sogar ich erkannte, dass sie nicht gehorchen würden.

Prompt stürmten die Begleiter der Graubärtigen vorwärts und fielen mit Fäusten und Füßen über die Gardisten her, schlugen sie zu Boden. Alle außer mir brüllten. Einer meiner Aufpasser trat einem Paladin so kräftig in den Schritt, dass er in die Knie ging, was mich in schallendes Gelächter ausbrechen ließ.

Der Graubart, der sich mir am nächsten befand, schrie »Du

Schwein!« und sprang mit einem Dolch in der Hand auf mich zu.

Ich zuckte zurück, stieß dabei Tatyana zu Boden und entging dem Angriff nur knapp. Er war mir dabei so nah gekommen, dass ich spontan den Kopf in sein Gesicht rammen konnte, wie es einst einer seiner Männer bei mir gemacht hatte. Allerdings verschätzte ich mich, und statt ihn mit der Stirn zu treffen, klatschte mein Gesicht gegen das seine. Das rettete ihn zwar vor einem eingeschlagenen Schädel, doch ich biss ihm stattdessen ein Stück aus der Wange, was ihn lauthals aufheulen ließ. Den blutigen Brocken spuckte ich aus, als er zurückwankte und sein Gesicht umklammerte.

»Genug!«

Das Wort toste förmlich durch den Gang. Die Macht, die darin mitschwang, fegte Gemälde von den Wänden und ließ alle mit erhobenen Fäusten und offenen Mündern jäh erstarren. Ich roch Fronsacs Magie, während der Schrei in meinen Ohren zu einem widerhallenden Brummen verebbte.

Ich half Tatyana auf die Beine, so gut es mit meinen hinter dem Rücken gefesselten Händen ging.

»Das ist mehr als genug.« Fronsacs Stimme klang hart und troff vor Macht, als er heraus in den Gang trat. »Ihr da. Schafft die Gefangenen des Prinzen in die Zellen.« Dann zeigte er mit seinem Stab auf die Paladine. »Und ihr, meine Herren, werdet Seiner Hoheit euer Begehr in der vereinbarten Weise vortragen. Kirche hin, Kirche her – wenn ihr noch einmal Hand an die Männer des Königs legt, werdet ihr als Verräter am Reich betrachtet und nach den alten Gesetzen abgeurteilt.«

Ich hatte mit einem Aufbegehren der Paladine gerechnet, doch anscheinend war das Feuer in ihnen erloschen. Sie hievten lediglich ihre Verwundeten auf die Beine, während ein kräftiger Stoß der Gardisten Tatyana und mich wieder in Bewegung setzte.

KAPITEL DREI

Ich durchschaute die Anordnung des Palastes immer noch kaum, doch wir hatten uns nicht weit von Jeans Gemächern entfernt, bevor wir zu einer kurzen Treppe gelangten, die hinauf in einen quadratischen Turm führte. Laut Fronsac wurden dorthin verurteilte Adelige gebracht, um auf ihre Hinrichtung zu warten.

Es gab nur vier Zellen. Alle erwiesen sich als trocken und verfügten über Betten, Holzböden mit dicken Läufern und sogar Fenster mit Glasscheiben. Die Ketten nahm man mir nicht ab, als man mich in eine der Zellen stieß und Tatyana in die daneben. Die Türen wiesen kleine Fenster auf, aber das uralte Holz war dick, mit schwerem Eisen beschlagen und mit robusten Schlössern versehen, in denen es geräuschvoll klickte, als man uns einschloss.

Fronsac wählte drei der unverletzten Gardisten aus, die er an den Zugangstüren zum Turm postierte, während die anderen dorthin zurückkehrten, wo immer sie hinbefohlen waren. Anschließend schickte er die drei Verbliebenen los, um Essen und Trinken zu holen, während er uns angeblich bewachte; ein gewitzter Zug seinerseits.

»Das war gut gespielt, obwohl ich bezweifle, dass Falco es gerade zu schätzen weiß«, sagte er und lief vor unseren Türen auf und ab.

»Falco?«

»Jeans Leibwächter. Mit diesem kleinen Trick hast du sein Hirn ganz schön durchgeschüttelt.«

Eigentlich wollte ich ihn ja töten, und ich vermutete, Fronsac deutete meine Überraschung darüber, dass er noch lebte, irrtümlich als eine Art Besorgnis.

»Keine Bange, in ein, zwei Tagen geht es ihm wieder gut.«

»Was für eine Erleichterung.« Ich entsandte eine kleine Prise Hexenkunst in die Schellen meiner Fesseln und sprengte die Schlösser auf, damit ich sie von den Händen schütteln konnte. »Also, wann gehen wir?«

Er schüttelte den Kopf. »Tun wir nicht. Noch nicht.«

»Ich war mit diesem Mummenschanz unter der Voraussetzung einverstanden, dass wir von hier verschwinden.«

»Und das werdet ihr auch. Aber noch nicht.«

»Warum nicht?«

»Wir müssen warten, bis sich der Staub dieser Angelegenheit ein wenig gesetzt hat. Mit unserem kleinen Schauspiel haben wir zwar etwas Zeit gewonnen, aber so leicht wird sich der Orden nicht abschütteln lassen, Belagerung hin, Belagerung her.«

Ich trat an die Tür und drückte das Gesicht an das kleine Fenster. »Ich habe diese elende Stadt gerettet, und jetzt soll ich in diesem Kerker hocken, damit dein Prinz nicht in Verlegenheit kommt?«

»Lucien ist da draußen, Fronsac«, rief Tatyana aus ihrer Zelle. »Jeder Augenblick, den wir vergeuden, bringt ihn den Würmern näher. Wir müssen hier raus.«

»Ich weiß. Und ich verstehe euch ja. Wirklich, das tue ich.« Er trat seinerseits näher an die Tür und begegnete meinem Blick offenherzig. »Mein Freund, glaubst du etwa, ich will das hier? Meinst du nicht, ich hätte dich lieber an meiner Seite, um zusammen Vernichtung auf den Abschaum niederprasseln zu lassen, der sich vor unseren Mauern schart?« Er verstummte und holte tief Luft. »Ich ersuche dich lediglich, mir für einen Tag, vielleicht zwei Tage zu vertrauen. Du bist hier in Sicherheit. Und du bekommst zu essen. Betrachte es als Gelegenheit, dich auszuruhen und Kraft zu sammeln. Ich bin mir sicher, du wirst sie eher brauchen, als du jetzt vermutlich denkst.«

Er hatte seine Schutzbanne heruntergefahren, während er sprach, und er sah mir erneut unverwandt in die Augen. Da ich selten eine Gelegenheit ausließ, die sich mir bot, legte ich in meinen Blick etwas Macht und nahm seine unausgesprochene Einladung an. Weil er ein bewanderter Zauberer war, hegte ich keinerlei Zweifel, dass er beeinflussen konnte, was ich aus seinen Gedanken erfuhr. Trotzdem würde ich Zweifel oder ein Zögern wahrnehmen, falls er etwas zu verbergen hatte. Seine innersten Gedanken hielt er zwar verborgen, doch ich konnte seine Neugier über mich wittern, und auch ein wenig Furcht. Aber da gab es nichts, was ich mit Böswilligkeit oder Falschheit in Verbindung bringen konnte. Er glaubte aufrichtig an seine Worte. Das bedeutete, er war entweder ein vortrefflicher Lügner oder ein ehrlicher Narr.

Ich blinzelte die Gedanken weg und brach die Verbindung ab. »Na schön, ich werde warten. Aber wenn der übernächste Morgen anbricht, öffne ich diese Tür und verlasse diese Stadt, ob es deinem Prinzen nun passt oder nicht.«

Fronsac nickte. »Der übernächste Morgen.« Er neigte seinen Stab, und die Fackeln in den Wandhalterungen erwachten flackernd zum Leben, vertrieben die Schatten ringsum. »Ich sage den Wachleuten, sie sollen draußen im Hauptgang bleiben. Bis dahin.«

Dann tippte er mit einem Finger an seine Kapuze, machte auf dem Absatz kehrt und ging. Ich sah ihm hinterher, bis sich die Tür des Haupteingangs hinter dem Zauberer schloss.

»Schöne Belohnung, was?«, meinte Tatyana nach einer Weile.

»Fühlt sich mehr wie eine Bestrafung denn wie eine Belohnung an.«

»Das ist mir schon klar. Und was hast du jetzt vor?«

»Schlafen.«

»Und danach?«

»Danach hoffe ich, zu essen. Vorzugsweise Lamm.«

»Ehrlich? Wir sind in einem verdammten Kerker eingesperrt, und das ist dein Plan?«

Ich schloss die Augen, legte eine Hand an die Mauer und entsandte ein paar Ranken meiner Hexenkunst durch den kalten Stein, bis ich das Holz und das Metall von Tatyanas Tür spürte. Dort lenkte ich die Magie ins Schlüsselloch, das sich als Meisterwerk erwies. Ich musste eine ganze Weile tasten und stochern, bis ich wusste, in welcher Reihenfolge es die Teile zu bewegen galt. Ich hörte mit den Ohren, wie es sich mit einem Klicken öffnete, gleichzeitig spürte ich es durch meine Hexenkunst.

»Was zur Hel …« Wenige Herzschläge später drangen schlurfende, zögerliche Schritte zu mir, als Tatyana aus ihrer Zelle kam und sich vor meine stellte.

»Nicht die Türen halten mich hier fest, sondern das Versprechen, das ich Fronsac gegeben habe«, klärte ich sie auf und sah sie durch das Fenster an.

»Lass mich rein.«

Mich schauderte bei ihren Worten. »Willst du mich wieder schlagen?«

Tatyana lachte. »Nein. Ich hab mich bloß daran gewöhnt, dich in der Nähe zu haben.«

Ich holte meine Hexenkunst zurück und öffnete auch meine Tür.

»Hübsch hier«, befand Tatyana, als sie eintrat.

»Ist bisher mein unangefochtener Lieblingskerker.«

»Hast du gerade tatsächlich einen Witz gerissen?«

»Nein.«

»Richtig, hast du wohl nicht.«

Sie verschränkte die Arme vor der Brust und starrte mich an, bis ich anfing, mich zu fragen, ob ich womöglich irgendeine gesellschaftliche Konvention falsch gedeutet hatte. Ich rührte mich nicht von der Stelle, während sie langsam um mich herumging und eine Hand über mein geborgtes Gewand streichen ließ.

»Ein Drache«, sagte sie, als sie letztlich wieder vor mir stand.

Ich drängte ein Seufzen zurück. »Das ist immer noch richtig.«

Plötzlich weiteten sich ihre Augen, und ich wirbelte herum, weil ich mit einem Angreifer in meinem Rücken rechnete. Doch die Zelle erwies sich als menschenleer.

»Tut mir leid«, entschuldigte sie sich mit einer Hand an der Brust. »Mir sind nur grade deine Worte eingefallen, als du mich geheilt hast. Du hast dafür dein Blut benutzt.« Sie wirkte ziemlich blass, als sie das sagte. »Drachenblut.«

»Es fließt jetzt auch in deinen Adern«, gab ich zurück. Es war keine angenehme Erinnerung, zumal ich damals von mehreren Holzbalken gepfählt war und mich davon losreißen musste, um sie zu erreichen, bevor die Wunde an ihrem Herzen sie umbrachte. Bisher hatte ich es nicht bereut, und überraschenderweise besserte diese Erkenntnis meine Laune.

Tatyana schnappte nach Luft, als ich ihre Hand ergriff und die Hexenkunst in ihr einen Teil meiner Energie in sie hineinsaugte, ihre Sinne schärfte und sie mit frischer Kraft erfüllte.

»Tatyana Henkman«, sagte ich und genoss das Gefühl von Feuer, das erneut in meinen Augen aufflammte. »Das einzige andere Wesen auf dieser Welt mit Drachenblut.«

Sie schaute zu mir auf. Das Grün ihrer Augen leuchtete wie Smaragde im Licht der Sonne. Tatyana wehrte sich nicht, als ich sie in meinen Geist zog und sie mit meinen Erinnerungen umhüllte.

*

Die Nachtluft strich kühl über meine Schuppen, als ich durch die Wolken sank. Dampfschwaden kräuselten sich von meinen Flügelspitzen. Unter mir bildeten die weiten Ebenen eine dunkle Masse, unterbrochen von Flüssen, die im Mondlicht silbrig schimmerten. Ich erweckte meine Nachtsicht, und die Körperwärme der wandernden Herden erhellte die dunkle Erde wie ein bewegliches Flickwerk von Farben – rot, wo die großen Bisons umherstreiften, golden im Westen, wo Oryx-Antilopen grasten, und sowohl im Norden als auch im Süden kamen die Gelbtöne der gestreiften Pferde hinzu. Dazwischen befanden sich Dutzende Familien der kleinen, graubraunen Rehe, die ihnen allen als Ohren und Augen dienten. Ihre kleinen Wärmespuren verliehen ihnen von oben das Aussehen umherschwirrender Glühwürmchen.

Lautlos kreiste ich über den Herden. Ihre Sinne waren auf die Bedrohung durch die Großkatzen geeicht, die sich von außen an sie anpirschten, nicht auf das, was am Himmel über ihnen lauerte. Ich hätte sofort über sie herfallen und etwas zwischen den Kiefern haben können, bevor der erste Warnruf ertönt wäre. Aber darin lag kein Vergnügen.

Ich neigte die Flügel zum Sturzflug. Meine Geschwindigkeit steigerte sich, bis ich die auf meine Schwingen einwirkende Belastung als Ziehen an den Schultern spürte. Ich befand mich nur noch wenige Augenblicke vom Rand der ersten Herde entfernt, als ich meinen Jagdruf anstimmte. Der Klang löste blindwütige Panik unter den Tieren aus, und schlagartig waren die Ebenen von Bewegung erfüllt. Die Farben wurden kräftiger, als das Blut der Tiere in Wallung geriet und der blindwütige Fluchtinstinkt ihre Sinne überwältigte. Ich schwebte über die nächste Herde hinweg, tief genug, um zu spüren, wie die Geweihe der Männchen meine Oberschenkel streiften. Der kräftige Wind meines Überflugs warf die Schwächeren und die Kranken von den Beinen.

Mit weiterem Gebrüll neigte ich die Flügel zurück und stieg wieder auf. Pure Freude erfüllte mich bei dem Gefühl, wie die mächtigen Muskeln an Brust und Rücken in vollkommenem Einklang zusammenarbeiteten, als ich genug Höhe gewann, um eine Wende zu beschreiben und abermals auf die Tiere hinabzustoßen. Es war an der Zeit, mit dem Töten zu beginnen.

*

Ich schloss die Augen und zog meinen Geist aus Tatyana zurück, dann fing ich sie auf, als sie gegen mich fiel.

»Was war das?«, stieß sie hervor.

»Eine Erinnerung an eine bessere Zeit.«

»Ich konnte es fühlen. Ich hab es richtig *gespürt.*« Ein Lächeln krümmte meine Lippen, als sie die Augen schloss, die Arme ausstreckte und sie nach links neigte. »Den Wind, einfach alles.«

»Das waren gute Jahre.«

»Alles ging so schnell. *Du* warst so schnell.«

»Nur bei der Jagd. Sonst habe ich es immer vorgezogen, gemächlich über den Wolken zu fliegen.« Das Lächeln fand den Weg zurück in mein Gesicht. »Ich konnte tagelang nur mit kühler Luft zwischen mir und der Sonne schweben.«

»Kannst du mir das zeigen?«

Ich dachte darüber nach und stellte überrascht fest, dass ich gegen die Idee nichts einzuwenden hatte. Ganz im Gegenteil. Meine Erinnerungen waren allzu lange vor mir verborgen gewesen, und wenngleich es gefährlich sein konnte, zu oft in ihnen zu verweilen, hatte ich es mir gewiss verdient, ein wenig in ihnen zu schwelgen.

Ich ersuchte Tatyana, sich mir gegenüber hinzusetzen, sie auf dem Bett, ich auf dem Boden. Ich konnte fühlen, wie in der Verbindung zwischen uns ihre Erregung mitschwang, und es fiel mir schwer, mich nicht geschmeichelt zu fühlen. Schließlich ergriff ich ihre kleinen, nutzlosen Hände und sah ihr in die

Augen. Ich verfügte über reichlich ausgeprägte Erinnerungen ans Fliegen, daher hatte ich keine Schwierigkeiten, Tatyanas Bewusstsein in sie hineinzuziehen, umso weniger, da es mir selbst Freude bereitete, zu ihnen zurückzukehren.

Die Schatten wurden bereits länger, als ich letztlich mein Gedächtnis schloss und ihre Hände losließ. Dabei stellte ich fest, dass ich mich sonderbar erfrischt und müde zugleich fühlte. Ich hatte mich fast an den Körper gewöhnt, in dem ich steckte, aber nachdem ich gerade so tief in meine älteren Erinnerungen gesunken war, konnte ich fühlen, wie die unnatürliche Form meines Leibes an meiner Seele nagte.

»Stimmt etwas nicht?«, fragte Tatyana, die mich von der Bettkante mit gerunzelter Stirn beobachtete.

»Ich hätte mir nicht gestatten sollen, so tief in der Vergangenheit zu versinken«, meinte ich. »Bei manchen Erinnerungen ist es gefährlich, zu lange zu verweilen.«

»Also, ich bedauere nichts, falls dich das irgendwie tröstet.« Sie lehnte sich zurück und überkreuzte die Beine unter sich auf eine Weise, bei der sich mir alles zusammenzog, auch wenn sich die Knie meines gegenwärtigen Körpers genauso beugen ließen wie die ihren. »Aber ich weiß schon, was du meinst. Genauso geht es mir mit allem aus meiner Kindheit. Selbst nach so vielen Jahren bringt mich allein der Gedanke an meinen Vater zum Zähneknirschen.«

»Ich mochte ihn auch nicht, falls *dich* das irgendwie tröstet.«

»Entschuldigung?«

»Ist nicht nötig. Es war ja nicht deine Schuld.«

»Nein. Ich meine, was soll das heißen, du hast ihn auch nicht gemocht?«

»Dein Vater war derjenige, der mich gefunden hat. Nachdem der Vater seines Vaters den Zirkus aufgegeben und mich zum Sterben zurückgelassen hatte.«

Ich lehnte mich zurück, als in mir die Erinnerung an die

überwucherte Scheune hochkochte, in der ich so viele Jahrzehnte verbracht hatte. Mein Geist beschwor die erdigen Gerüche von faulendem Holz und sich ausbreitendem Moos herauf, die das Einzige waren, was ich fast hundert Jahre lang hatte riechen können.

»Noch fünfzig Jahre, dann wäre der Boden meines Käfigs morsch genug gewesen, um ihn zu durchbrechen, und ich wäre frei gewesen. Aber stattdessen hat er mich gefunden, und ich war noch dabei, mich aus meinem langen Schlaf zu kämpfen. Deshalb konnte ich an jenem ersten Tag nichts unternehmen. Er ist geradewegs in den Käfig marschiert und hat sich dichter vor mich gesetzt als du gerade.« Ich schob die Erinnerung von mir. »Hätte ich gewusst, was ihm damals durch den Kopf ging, ich hätte mir vielleicht mehr Mühe gegeben, ihn zu erwischen.«

»Warum?« Sie rutschte ein Stück nach vorn. »Was hat er denn gemacht?«

»Er hat mich an Navar Louw verkauft.«

Sie schrak zurück, als hätte ich sie geschlagen, und schob sich nach hinten, bis sie mit dem Rücken gegen die Wand stieß, dann bedeckte sie mit den Händen ihr Gesicht.

Ich verlagerte die Haltung so, dass auch ich mich an die Wand lehnen konnte. Indes ließ ich die Erinnerung in meinem Kopf erneut hin und her kullern wie einen Kiesel in der Hand. *Navar Louw.*

Obwohl man mich meiner Hexenkunst beraubt hatte und meine Sinne verkümmert waren, weil ich sie gebunden durch mehrere Generationen alte Banne so lange nicht hatte benutzen können, spürte ich die Verderbtheit in ihm schon bei unserer ersten Begegnung. Allerdings hielt ich sie damals bloß für eine Facette seiner Menschlichkeit und der Einwirkung der Magie auf seine Persönlichkeit. Wie immer tadelte ich mich im Nachhinein dafür, das Offensichtliche übersehen zu haben, aber Navar war ein Meister der Täuschung.

Jahrelang hatte er mitten in einem riesigen Netz gehockt und angeblich die Zauberer unterrichtet, die gegen eben jene Armee ins Feld ziehen sollten, die er selbst anführte. In Wirklichkeit jedoch hatte er sie die ganze Zeit verdorben und seinem Willen unterjocht. Und selbst dabei hatte er es auf einen bedeutenderen Preis abgesehen gehabt: auf mich. Seit zwei Generationen vergessen. Zum Sterben in einer verrottenden Scheune zurückgelassen, weil irgendein alter Narr entschieden hatte, ein Zirkus sei eine erniedrigende Beschäftigung für seine glorreiche Familie.

Ich schaute auf, als das Bett knarrte, und sah, dass sich Tatyana von der Wand gelöst hatte.

»Du hast es gewusst«, sagte sie.

Es war zu offensichtlich, um eine Frage zu sein, also ersparte ich es mir, ihr zu antworten.

»Mein Vater hat dich verkauft. An *ihn*. Glaubst du, er hat es gewusst? Konnte er eigentlich gar nicht. Niemand wusste es. Aber er hat von dir gewusst.«

»Am Ende schon. Das war das erste Mal, dass ich ihn sah. Das letzte Mal war bereits am nächsten Tag, als Navars Männer mit ihren Wagen und Ochsen gekommen sind, um mich wegzuschaffen.«

»Wie hast du überlebt?«

»Das ist eine Geschichte für einen anderen Tag, würde ich sagen.« Ich holte tief Luft und kostete die Luft. »Das Essen ist fast da.«

Mit einem Grunzen hievte sie sich auf die Beine. »Dann sollte ich wohl besser zurück in meine Zelle gehen.«

An der Tür hielt sie inne. »Stratus?«

»Ja?«

»Danke. Für … na ja, du weißt schon.« Sie tippte sich an den Kopf.

»Hab ich gern gemacht«, erwiderte ich. Immerhin stimmte

das. »Und sei es nur, um deinen ewigen Fragen ein Ende zu machen.«

»Das hättest du wohl gern«, entgegnete sie mit einem Lächeln, bevor sie die Tür hinter sich schloss.

KAPITEL VIER

Kurz nachdem sie gegangen war, traf das Essen ein. Ich saß still mit dem Rücken an der hinteren Wand meiner Zelle, während man es hereinbrachte, und achtete nicht auf das Gehabe und die leeren Drohungen der Männer. Nach ein wenig Gebrüll und dem lauten Zuknallen der Türen ließen sie uns allein, und ich entriegelte erneut schon aus Prinzip beide Schlösser, bevor ich mich über das Essen hermachte. Viel war es nicht, kaum genug für einen Mann, dafür wenigstens erheblich schmackhafter, als ich erwartet hatte. Tatyana schien damit zufrieden zu sein, alleine zu essen, genau wie ich. Danach streckte ich mich auf dem weichen Bett aus, das zwar ächzte und knarrte, meinem Gewicht aber standhielt.

Ich erwachte durch die Geräusche von Männern, die sich im Gang vor meiner Zelle stritten. Es ging wohl darum, dass die Türen nicht verriegelt waren. Nachdem ich mir die schlaftrunkenen Augen gerieben hatte, schaute ich zum schmalen Fenster. Die Düsternis legte nahe, dass es mitten in der Nacht war, was sich jedoch falsch anfühlte. Ich stand auf und machte mich am Riegel des Fensters zu schaffen. Nach etwas Drehen und Ziehen löste er sich vom Rahmen, und das Fenster schwang mit einem klappernden Laut weit auf. Ein kühler Luftstoß wehte herein. Als ich nach Osten blickte, sah ich zwischen den Wolken Sonnenstrahlen, die wie von Asche bedeckte Glut anmuteten. Tief sog ich die Luft ein und sortierte die üblichen Ausdünstungen der Stadt aus, bis ein leicht bitterer, metallischer Geschmack verblieb, den ich zuletzt in den Katakomben unter den Straßen wahrgenommen hatte. Unreine Magie.

Der Streit im Gang löste sich auf, während ich die Wolken betrachtete. Ich schenkte den Männern keine Beachtung, als sie in meine Zelle platzten, um das Tablett mit Essen durch ein anderes zu ersetzen. Rasch verschwanden sie wieder, allerdings erst, nachdem sie die Tür mehrmals verriegelt, entriegelt und überprüft hatten. Kaum waren sie weg, öffnete ich das Schloss wieder, und kurz danach kam Tatyana mit ihrem Tablett angetrabt.

»Ich tausche – Eier gegen Haferbrei.«

»Abgemacht«, willigte ich ein und reichte ihr die Schüssel mit Freuden.

»Du weißt ja gar nicht, was dir entgeht. Das ist ein wirklich guter Brei, verfeinert mit Butter und Honig.«

»Ist etwas Grundsätzliches. Außerdem mag ich Eier.«

Gesellig schweigend aßen wir, bis ein weiterer Windstoß das Fenster wieder aufwehte und der Rahmen klappernd gegen den Stein des Mauerwerks schlug.

»Wie ich sehe, hast du deines aufgemacht.« Tatyana tapste hinüber und spähte hinaus. »Da braut sich ein mächtiger Sturm zusammen.«

»Das ist kein Sturm«, stellte ich zwischen zwei Bissen von den Eiern richtig.

»Wie meinst du das?«

Ich schluckte den letzten Mundvoll hinunter, bevor ich neben sie trat. Ich legte einen Schleier aus Hexenkunst über meine Sicht und blickte erneut über die Stadt. Die dichten, dunklen Wolken wirkten tatsächlich regenschwanger, außer an den Rändern, wo sich das Sonnenlicht den Weg durch sie erkämpfte. Dort schillerten die Schwaden in einem widernatürlichen Grün.

»Diese Wolken werden von Menschen zusammengetrieben,

nicht von der Natur«, klärte ich Tatyana auf. Ich schloss die Augen. »Der Druck stimmt nicht.«

»Der Druck?«

»Luft besitzt ein Gewicht und eine Form. Hier unten fühlt man es nicht wirklich, aber um zu fliegen, muss man lernen, die Anzeichen zu deuten. Wärme zieht Kälte genauso an, wie Kälte Wärme anzieht. So bilden sich Winde und das Wetter.«

»Aha.«

»Und doch spüre ich davon kaum etwas. Das« – ich zeigte zum grünstichigen Himmel – »ist etwas ganz und gar Unnatürliches.«

»Das können die tun?«

»Sie können Tote auferstehen lassen, es gibt also kaum noch etwas, das ich als unmöglich erachten würde. Aber die dafür nötige Macht muss gewaltig sein.«

»Könntest du das auch?«

Ich überlegte. »Vermutlich schon. Aber nicht in dieser Größenordnung und nicht lange. Jedenfalls nicht allein.«

Tatyana schloss das Fenster und seufzte laut, als sie die abgebrochene Schnalle aufhob. »Musstest du es unbedingt kaputt machen?«

»Schlecht gefertigt.«

»Sicher. Sag, denkst du auch, was ich denke?«

Ich streckte die Hand nach ihrem Kopf aus, doch sie wich jäh zurück und schlug meine Finger weg.

»Nicht doch so!« Sie zuckte zusammen, als der Wind das Fenster abermals aufwehte. »Ich meine, denkst du auch, dass er mit ihnen gekommen ist? Der Herr der Würmer?«

»Ah.«

Mir war klar, dass er sich irgendwo dort draußen aufhielt, doch ich hatte nicht wirklich gedacht, dass er so nah sein könnte. Das Schauspiel sollte offenkundig Angst und Schrecken in der Stadt auslösen, aber steckte vielleicht noch mehr dahinter? Wäre es einen solch hohen Preis wert, nur um die Bevölkerung einzuschüchtern? Auch ich hatte mir Angst als Waffe zunutze gemacht, als der Himmel noch mir gehört hatte. Nur hatte sie sich bei mir allein aus meiner Größe und Wildheit von selbst ergeben.

»Hörst du das?«, fragte Tatyana und riss mich damit aus meinen Grübeleien. »Klingt nach einer Menge Menschen.«

Ich legte den Kopf schief und lauschte. Menschen verhielten sich allgemein sehr laut, vor allem, wenn sich mehr als nur ein paar von ihnen versammelten. Aber die Geräusche, die von den Straßen hereindrangen, hörten sich leidenschaftlicher als üblich an.

»Was rufen sie da?«

Ich achtete aufmerksamer auf die lautesten Rufe. »Hemmt ihn. Nein, doch nicht. *Hängt ihn*«, sagte ich.

»Oh Kacke. Du hast recht.«

»Wen, glaubst du, meinen sie damit?«

Mit großen Augen glotzte sie mich an, bis ich die Frage wiederholte. »Dich. Sie meinen *dich*.«

»Mich?«

Zunächst erwiderte sie nichts und starrte nur zum Fenster hinaus. »Soll ich dich hochheben?«

»Was? Nein. Klingt, als wären sie auf der Adlerstraße. Sie sind wohl unterwegs zum Hauptverlies in der Nähe des Wachthauses. Wahrscheinlich vermuten sie dich dort.«

»Es ist lange her, seit es zuletzt eine wütende Menschenmenge auf mich abgesehen hatte.«

»Ich wette, dahinter steckt das Wiesel.«

»Wer?«

»Marschall Wilsenach. Wiesel, verstehst du? Klingt so ähnlich. Er ist – war – einer von Polssons Männern. Er ist gut, aber ich frage mich, ob er sich damit nicht zu viel zugemutet hat.«

Ich zuckte dazu mit den Schultern und wandte mich ab,

um mich zu setzen. Was immer geschehen würde, sollte ruhig geschehen. Ich hatte noch einen weiteren Tag, um mich zu sammeln, bevor ich diese Stadt verlassen und wieder meinem eigenen Weg folgen würde.

»Was hast du vor?«

»Im Augenblick habe ich vor, mich hinzusetzen. Danach will ich die Wolken erkunden.«

»Wir können das nicht einfach ignorieren.«

Ich schaute zu ihr auf. »Ich wüsste nicht, was dagegenspricht.«

»Das ist eine aufgebrachte Meute, Stratus. Eine verängstigte Menschenmenge, darauf aus, jemandem die Schuld an ihrer Angst zu geben.« Tatyana trat näher. »Hast du schon mal eine aufgebrachte Meute erlebt, wenn sie richtig in Fahrt kommt?«

»Ja.« Seufzend sah ich sie an. »Die machen kehrt und ergreifen die Flucht, sobald sich das Blatt gegen sie wendet.«

Meiner Erfahrung nach gehörte allerdings dazu, ein paar aus der Meute in Brand zu stecken, vor allem die Männer. Es war merkwürdig, doch während eine kreischende Frau eine wütende Menschenmenge zu neuer Raserei anspornen konnte, bewirkten schreiende Männer das vollkommene Gegenteil.

»Dann hast du eine Meute anderer Art gesehen als ich. Sobald der Aufruhr losbricht, schwärmen sie aus.« Mittlerweile lief sie auf und ab, schlug sich dabei mit einer Hand in die andere. »Jean wird es nicht wagen, mit Gewalt gegen sie vorzugehen. Nicht ausgerechnet jetzt.«

Ich lehnte mich gegen die beruhigende Festigkeit der Mauer und schloss die Augen. Tatyana trabte weiter hin und her und ging unsere Lage durch, ich jedoch blendete sie aus und kehrte meine Aufmerksamkeit nach innen.

Die letzten Tage waren hart für mich gewesen, und wenngleich die Liedlinien den Bruch in meinem Geist geheilt hatten, blieb mein Körper eine völlig andere Sache. *Mein Körper.* Ich spannte die Muskeln meiner Arme an. Dies war nicht wirklich mein Körper. Gewiss, es handelte sich um mein Fleisch und Blut, doch die Form unterschied sich ungefähr so sehr von meiner wahren Gestalt wie ein Stiefel von der Kuh, von der sein Leder stammt. Ich spürte, wie meine Hexenkunst in mir aufstieg, als ich anfing, das Gebilde des Zaubers zusammenzuziehen, das mich an diesen Leib band.

Ein Tritt gegen mein Bein holte mich zurück in die Wirklichkeit. Mit einem Grunzen schnellte ich so jäh vorwärts, dass Tatyana tänzelnd rückwärtstaumelte.

»Was ist?« Ich knurrte.

»Tut mir leid«, entschuldigte sie sich. Angst mischte sich in ihren Geruch. »Ich dachte, du wärst eingeschlafen.«

Meine Miene verfinsterte sich, als ich plötzlich ein Pochen über dem rechten Auge wahrnahm, das sich durch meinen Schädel ausbreitete. Das war der Preis dafür, dass ich die Kontrolle über die Hexenkunst verloren hatte, die ich gerade hatte beschwören wollen. Ein paar Blutstropfen liefen mir aus der Nase, als ich mich zwang, den Zorn hinunterzuschlucken, der in mir hochgekocht war.

»Du blutest.«

»Das passiert, wenn man von Dummköpfen aus der Hexerarbeit gerissen wird.«

»Oh Kacke. Entschuldige, ich dachte bloß …«

»Lass mich einfach in Ruhe«, fiel ich ihr ins Wort. Meine Stimme klang belegt von der Wut, die den Schmerz begleitete. »Geh.«

Tatyana trat durch die Tür hinaus, dann jedoch zögerte sie. »Vielleicht bist du nächstes Mal so freundlich, mich verdammt noch mal zu warnen, wenn du mitten in einer Unterhaltung beschließt, dich abzukapseln und mit deiner Magie herumzuspielen.«

Sie warf die Tür wuchtig hinter sich zu, bevor ich ihr sagen konnte, was ich von ihrer sogenannten Unterhaltung hielt.

Statt des üblichen Gefühls, gefangen zu sein, das mich in geschlossenen Räumen meist überkam, empfand ich die Einsamkeit diesmal als ziemlich tröstlich. Nur weigerten sich meine Gedanken, zur Ruhe zu kommen. Also kehrte ich sie nicht nach innen, sondern begann stattdessen, mein eigenes Hellsichtgebilde zu formen, indem ich die Energien umleitete. Das half, die Schmerzen zu lindern, bevor sie sich festsetzen und mir den Geist trüben konnten. Ich empfand es als befriedigend, dass meine Schöpfung bestehen blieb. Vorsichtig führte ich ihr mehr Macht zu.

Ich legte die Hände mit gespreizten Fingern auf den Boden, um mich zu verankern, als meine Sicht verschwamm und zum Blickwinkel des Gebildes wechselte. Ich blickte auf mich selbst herab und beobachtete, wie ich den Kopf schüttelte. Den leichten zeitlichen Versatz zwischen Sehen und Fühlen empfand ich als ziemlich verwirrend. Ich wandte mich von meinem Körper ab und ließ meine Sicht durchs Fenster hinausschweben. Außerhalb der Mauern fiel mir die Kontrolle über das Gebilde leichter, weil ich mich ganz auf das konzentrieren konnte, was ich sah. Es fühlte sich an, als würde ich wieder fliegen, und unter dem Vorwand, die Herrschaft über mein Hexenwerk zu festigen, genehmigte ich mir einige genüssliche Kreise.

Als ich überzeugt davon war, dass ich sowohl meine Bewegungen als auch meine Sicht im Griff hatte, stieg ich höher auf und blickte hinunter auf die Meute, die sich vor dem Wachhaus versammelt hatte. Sie erwies sich als beachtliche Menschenmenge, mehrere Hundert Köpfe stark. Einige hatten sich bewaffnet, der Rest jedoch schüttelte den Gardisten, die von den Mauern auf sie hinabstarrten, nur die bloßen Fäuste entgegen. Ich sparte mir den Versuch, einen genaueren Blick auf die Rädelsführer zu werfen, denn ich konnte sie ja nur sehen. Ohne ihren spezifischen Geruch oder wenigstens Geräusche bestand kaum Aussicht darauf, dass ich ihre allzu menschlichen Gesichter später wiedererkannte.

Also wandte ich mich ab und schwebte die Wehrmauern entlang über Soldaten hinweg, die hinaus auf die tristen Felder draußen vor der Stadt starrten. Als ich mich den südlichen und östlichen Bereichen näherte, sah ich wesentlich mehr Kämpfer und auch einige der großen Belagerungsbögen, mit denen man früher so gern auf mich geschossen hatte. Mittlerweile fand ich die Straßen unter mir verwaist vor, abgesehen von vereinzelten Barrikaden, besetzt von wenigen Soldaten, deren Münder sich in Unterhaltungen bewegten, die ich nicht hören konnte und die für mich ohnehin nicht von Belang waren.

Ich stieg über die Mauern auf und schaute zum penullischen Lager, das im Schatten der dunkelsten Wolken lag. Dort würden die Antworten zu finden sein. Hielt sich auch Navar dort auf? Ohne mein bewusstes Zutun hatte meine Sicht die Stadtmauern überquert und begonnen, dem schlammigen Band der Straße zu folgen, die zu dem Lager verlief. Ich führte meinem Gebilde etwas mehr Macht zu, um schärfer zu sehen und gegen die unnatürliche Düsternis anzugehen, die aus den Wolken troff.

Inzwischen konnte ich die penullischen Zelte deutlicher erkennen, unzählige Reihen, und alle von kleinen, emsigen Gestalten umgeben. Inmitten dieses Meeres aus Zelten ragte eine Gruppe von größeren Bauten auf, jede mindestens doppelt so hoch wie ein Mensch und groß genug, um mehrere Wagen in sich aufzunehmen. Ich raste darauf zu, konnte es nicht erwarten, meine Feinde aufzuspüren. In meiner Hast übersah ich das Schimmern der erwachenden Schutzbanne, die ihre Zauberer um das Lager angebracht hatten. Gleißend erwachten sie vor mir zum Leben. Die dichten, kantigen Runen ihres Gefüges verliehen ihnen das Aussehen von Schneeflocken frisch aus der

Esse eines Schmieds. Ich brauchte nur wenige Lidschläge, um zu begreifen, worum es sich handelte, doch da war es bereits zu spät.

Sie explodierten zu hauchdünnen Scherben roten Lichts, die mir mit der Geschwindigkeit eines Gedankens entgegenblitzten, den Rahmen meines Gebildes zerfetzten und eine verheerende Schockwelle über die magische Leitung jagten, die mich mit dem Gebilde verband.

Es war, als würde mein Hirn von einem Hammer getroffen, der irgendwie meinen Schädel umgangen hatte. Meine Sicht war nach wie vor an das Hellsichtgebilde gebunden, von dessen kruder Form rohe Energie in die Luft spritzte, während es unbändig trudelte. Das verstärkte die Orientierungslosigkeit, in der ich immer tiefer versank. Die zweite Schockwelle traf mich, als ein Teil von mir begriff, dass ich im Palast über den Boden rollte. Die Wucht des Einschlags brachte meine Glieder krampfhaft zum Zucken. Ich konnte meine Sicht nicht von dem Gebilde lösen, und es fühlte sich an, als würden mir die Augen aus den Höhlen geschraubt. Gut möglich, dass ich schrie, doch als mich eine dritte Schockwelle erfasste, zersplitterte alles, was ich noch an Gedanken zustande brachte, und verflüchtigte sich wie aus einem Feuer gewehte Funken.

KAPITEL FÜNF

Als ich erwachte, kam ich nicht allmählich zu mir. Im einen Moment befand ich mich im Nichts, im nächsten nahm ich wahr, dass ich auf dem Rücken lag, verblüfft darüber, dass ich meine Herzen wieder schlagen fühlte.

Ich fragte mich, warum ich die Augen nicht öffnen konnte. Mein Mund fühlte sich trocken wie eine Wüste an. Meine Zunge kam mir zu groß vor und schien an den Zähnen zu kleben. Und ich bekam einen Hustenanfall, der meine Brust zum Schmerzen brachte, bevor er sich schließlich legte. Nach mehreren beruhigenden Atemzügen wollte ich mein Gesicht abtasten. Ich spürte Stoff unter den Fingern, doch bevor ich ihn wegziehen konnte, berührte eine Hand die meine.

»Noch nicht, Meneer«, ertönte eine mir unbekannte Stimme. Ich schnupperte die Luft, als ich die Arme sinken ließ. Es handelte sich um einen jungen Mann, von dem eine vertraute Geruchsmischung aus Gewürzen und verbrannter Luft ausging; ein Zauberer oder zumindest ein Lehrling Fronsacs. »Du bist in Sicherheit, aber du musst dich ausruhen. Wir haben frühestens in einer Woche damit gerechnet, dass du aufwachst.«

»Wo bin ich?«, fragte ich. Meine Stimme erklang als mattes Krächzen. Ich atmete erneut tief durch die Nase ein. Abgesehen vom Geruch des Jungspunds nahm ich aus dem Raum überwiegend Asche, heißes Metall und Öl wahr, beinah wie in einer Schmiede, nur nicht annähernd so überwältigend oder heiß.

»Du bist in Magus Fronsacs Gemächern. Kannst du den Kopf heben?«

Ich tat es und spürte, wie ein weiteres Kissen unter mein Haupt geschoben wurde.

»Etwas zu trinken«, sagte der Jungspund, und ich spürte, wie eine Tasse an meine Lippen gesetzt wurde. »Langsam.«

Ich öffnete den Mund und trank so gierig, dass ich gar nicht auf den Geschmack achtete. Beinah vermeinte ich zu fühlen, wie mein Zahnfleisch die Flüssigkeit aufsaugte und anschwoll, um die Zähne wieder fester zu verankern, sodass ich kaum etwas davon schlucken musste.

»Mehr.«

»Bald. Ich muss zurück zu meiner Arbeit, aber ich gebe dem Meister Bescheid, dass du wach bist.«

»Etwas hat mich geweckt«, flüsterte ich matt. Ich hatte es beim Erwachen gespürt, allerdings war es bereits verschwunden gewesen, als ich angefangen hatte, mich wegen meiner Augen zu wundern. »Ein stechender Schmerz, als würde ein Messer aus meinem Fleisch gezogen.«

»Du bist unversehrt, Meneer, abgesehen von deinen Augen. Aber darüber wird mein Master selbst mit dir sprechen.«

Ich wollte ihn bedrängen, mir mehr zu erzählen, doch da übermannte mich erneut der Schlaf, und ich hörte und spürte nichts mehr, bis mich Fronsac selbst ungewisse Zeit später weckte.

»Willkommen zurück«, begrüßte er mich, als ich den Kopf dem Klang seiner Stimme zudrehte.

»Was ist passiert?«

»Du, mein Freund. Du hast für ziemlichen Wirbel gesorgt.«

»Du riechst durchdringend nach Magie«, erwiderte ich, und es stimmte. Natürlich hafteten ihm als fähigem und mächtigem Zauberer stets Rückstände seines Handwerks an, doch was ich wahrnahm, war dichter und kräftiger und es war vom bittersüßen Beigeschmack körperlicher Erschöpfung begleitet.

»Ob du's glaubst oder nicht, der Krieg hat nicht geendet,

weil du entschieden hast, ein Nickerchen zu machen«, sagte er.

»Wie enttäuschend«, meinte ich darauf. »Ich hatte beschlossen, mich im penullischen Lager umzusehen. Aber als ich mich dem näherte, ist in der Luft vor mir ein Schutzbann erschienen und zu Splittern explodiert. Das Nächste, was ich weiß, ist, dass ich von deinem Lehrling versorgt wurde.«

Er brummte, und ich konnte fühlen, wie er mit den Fingern an den Rand des Bettes trommelte. »Welche Farbe hatte der Zauber? Wie hat er ausgesehen?«

»Rot. Wie Glut, wenn man ihr Luft zufächelt.« Ich rief mir den Anblick ins Gedächtnis. »Es waren zwei große, sich kreuzende Runenlinien und mehrere kleinere, die sich an ihnen entlang verästelten. Wie Frost, der sich über Glas ausbreitet, oder wie eine Schneeflocke.«

»Bist du sicher?«

»Es ist eine recht unauslöschliche Erinnerung.«

Wieder spürte ich, wie seine Finger gegen das Bett trommelten. »Der Zauber, auf den du gestoßen bist, nennt sich *Kahr-Meshu*. Sehr mächtig und sehr schwer aufzuspüren oder aufzuheben.« Er legte die Hand unmittelbar über meinem Hauptherz auf meine Brust. »Eigentlich müsstest du tot sein, mein Freund, nicht nur erblindet.«

»Erblindet?« Ich fasste zu dem Verband an meinem Kopf, doch er schlug meine Hand weg.

»Beruhige dich. Wir wissen noch nicht, ob es dauerhaft ist oder nicht. Bei Gottes Bart, Mann, verstehst du denn nicht? Dieser Bann hätte deinen Verstand in Stücke reißen und dich nicht bloß für eine Woche außer Gefecht setzen sollen.«

»Ich kann mich selbst heilen«, sagte ich und ließ widerwillig die Arme sinken.

»Ich bin sicher, das kannst du. Aber zuerst musst du etwas für mich tun.«

Während er sprach, wurde der von ihm ausgehende Geruch knisternd aufgeladener Luft stärker. Er bündelte seine Magie, und ich spürte, wie dieselben, kraftvollen Zauber erwachten, die ich bei unserer ersten Begegnung wahrgenommen hatte.

»Was hast du vor?« Ich tastete nach meiner Hexenkunst, doch statt der vertrauten Harmonie der Liedlinien fand ich nur eine trostlose, qualvolle Leere in meinem Kopf und den Nachhall stechender Schmerzen in meiner Brust.

»Der *Khar-Meshu* ist unter anderem durch die darin eingewobene nekromantische Energie so tödlich und schwer zu bezwingen«, erklärte Fronsac. Sein ruhiger Ton verriet nichts von der Anspannung, die er zweifellos empfinden musste. »Es ist eine gierige Energie, die immer zuerst zuschlägt. Sie zerrüttet die eigenen Schutzbanne und verhindert das Wirken weiterer Magie, damit der Kernzauber das Ziel mit voller Wucht treffen kann. Ein wenig so, als risse einem jemand die Rüstung vom Leib, bevor er auf einen einsticht.«

Zwar konnte ich meine Hexenkunst nicht fühlen, aber meine Arme waren frei. Und da seine Hand nach wie vor auf meiner Brust ruhte, befand er sich nah genug, dass ich ihn schlagen oder packen konnte. Schutzbanne hin, Schutzbanne her, mit meiner Hand fest um seine Kehle würde er nicht allzu viel Magisches zustande bringen. Ich verlagerte die Hüften, während ich sprach.

»Faszinierend. Und jetzt sag mir, was du vorhast.«

»Ich will eine beunruhigende Frage beantworten.«

Beim letzten Wort spürte ich, wie sich seine Magie verdichtete und durch seine Hand in meine Brust pulsierte. Der Zauber fühlte sich vertraut an, doch als ich ihn abtasten wollte, verdoppelten sich die dumpfen Schmerzen in meinem Kopf, und ich spürte, wie er mir völlig entglitt. Ich hörte Fronsac flüstern, während er die Magie lenkte.

Ich verrenkte mich und schwang den rechten Arm hoch, um

den Zauberer zu ergreifen. Der Arm kam mir schwer vor, als würde er von einem Dutzend Männern zurückgehalten, aber ich begrüßte die Gelegenheit, alles andere von mir zu schieben und mich auf ein Ziel konzentrieren zu können. Ich spürte, wie seine Magie den Halt an mir verlor. Als ich die Hand öffnete, um ihn zu packen, splitterte das Bett unter mir, weil es meinem Gewicht und dem übernatürlichen Druck letztlich nicht mehr standhalten konnte.

Meine Finger schlossen sich um Stoff statt um Fronsacs Hals, doch auch das würde reichen. Wenn es mir gelänge, ihn zu mir zu ziehen, konnten mein Mund und meine Zähne mehr ausrichten, als mir mit den Händen je möglich wäre.

Mir war nicht aufgefallen, dass sein Flüstern verstummt war, bis er die Hand von meiner Brust hob. »Du bist nicht menschlich.«

Ich hielt den Stoff in meiner Faust weiter fest und zwang meine Raubtierzähne zurück in den Kieferknochen, bevor ich dem Zauberer antwortete. »Richtig, bin ich nicht.«

Ich hörte, wie er tief ein- und langsam wieder ausatmete. Vor diesem Augenblick hatte ich mich gefürchtet. Zumindest hatte er mir Sorgen bereitet. Fronsac war der Einzige an Jeans Hof, der mir gefährlich werden konnte. Zugleich jedoch genau der Mensch, dessentwegen ich ursprünglich in die Stadt gekommen war, weil ich ihn sehen wollte. Dass ich es nun nicht konnte, weil ich blind war, empfand ich als Ironie des Schicksals. Ich wartete, während er die Gedanken verarbeitete, die ihm durch den Kopf gingen. Dabei hielt ich mich bereit, ihn zu mir zu ziehen, falls er etwas Besorgniserregenderes als eine Weissagung zu zaubern versuchte.

»Du bist weder ein Dämon noch etwas mit Nekromantie Erschaffenes.«

»Beides stimmt.« Ich ließ seine Robe los und stemmte mich aus den Trümmern des Bettes hoch. Dann hörte ich, wie er sich wieder näherte. Seine Kleidung raschelte, als er sich mir gegenüber hinkauerte. Er berührte den Verband, und ich zuckte zusammen, leistete aber keinen Widerstand, als er an dem Knoten zu arbeiten begann.

»Verrätst du mir, was du bist, wenn ich dich frage?«

»Das hängt davon ab, warum du es wissen willst.« Ich hielt völlig still, als er den Verband von meinem Kopf wickelte.

»Ich denke, du weißt, warum.«

»Tu so, als wüsste ich es nicht.«

Er seufzte. »Wir haben keine Zeit für solche Spiele. Trotz allem mag ich dich aufrichtig, also zwing mich bitte nicht, auf Drohungen und Warnungen zurückzugreifen.« Kurz verstummte er. »Ist dein Name überhaupt Stratus?«

Natürlich hatte er recht. Ich hatte ihm bereits genug vertraut, um ihm mein Wort zu geben, außerdem war ich neugierig, wie er auf die Wahrheit reagieren würde.

»Ich habe viele Namen«, sagte ich. »An vorderster Stelle unter ihnen steht ›Stratus Himmelsfeuer‹. Am Anbeginn der Zeit kannten mich die Menschen als den Todeswind, und als mich Henkman besiegte, hieß man mich den Zerstörer und das Verhängnis von Krandin.«

Fronsac sog hörbar die Luft ein, und seine Hände zogen sich zurück, bevor ich ein Klappern hörte, als er sich auf das kaputte Bett plumpsen ließ. Sein Herzschlag hatte sich beschleunigt, und seine Magie schwoll pulsierend an und ab, als ihm die Kontrolle darüber entglitt.

Ich lächelte, als ich die Hand hob und das weitere Abwickeln des Verbands selbst übernahm.

»Jetzt kennst du meinen Namen«, sagte ich. »Und du wirst mir gleich sagen, dass ich es unmöglich sein kann.«

»Beides stimmt«, pflichtete er mir bei. Seine Stimme glich nur mehr einem brüchigen Schatten ihrer selbst.

Schließlich fiel der Verband von meinem Kopf ab, und ich

betastete behutsam meine Augen. Sie waren verquollen, und die Berührung schmerzte, aber sie waren noch vorhanden.

»Du solltest noch nicht versuchen, sie zu öffnen«, riet mir Fronsac, hörte sich dabei jedoch nicht allzu überzeugend an.

Ich schenkte seinen Worten keine Beachtung und zwängte die Lider langsam auf. Das Schwarz wurde von einem satten Rot abgelöst, das nach und nach zu dem vertrauten Orangeton von Lampenlicht verblasste. Erneut versuchte ich, meine Hexenkunst zu entfachen, und wieder vereitelte das dumpfe Pochen in meinem Kopf den Versuch, allerdings fühlte es sich schwächer an als zuvor. Ich blickte dorthin, wo Fronsac saß, und nahm ihn als dunklen, größtenteils verschwommenen Umriss vor dem Licht wahr.

»Wie viele Finger halte ich hoch?«, wollte er wissen.

»Zwölf.«

»Ha.« Ich spürte, wie seine Magie zart wie Nebel in den Bergen über mich strich.

»Du kannst so viele Weissagungen wirken, wie du willst, Zauberer. Ich sage dir die Wahrheit, wie ich es von Anfang an getan habe.«

»Das hast du gespürt?«

Wieder tastete ich nach meiner Hexenkunst, und diesmal fühlte ich etwas anderes. Eine leichte Berührung, als würde der Schmerz meinen Gedankengängen folgen.

»Entfern deinen Zauber«, verlangte ich. Ein Hauch von Zorn färbte meine Stimme. »Sofort.«

»Würdest du …«

»Zweifelst du jetzt auch noch an meinen Worten, nicht nur an meinem Namen? Wenn ich dir Böses wollte, hätte ich dich mit bloßen Händen zermalmen können.«

»Ich wollte dich lediglich fragen, ob du mir erlaubst, noch einmal die Hände auf dich zu legen.«

»Na schön.«

Er beugte sich vor und legte eine Hand auf meinen Kopf. Trotz meiner verschwommenen Sicht konnte ich sehen, dass die Armreifen um sein Handgelenk unter der Macht einer Beschwörung funkelten. Er sprach ein Wort und bewegte die Finger in einem schnellen Muster, dem meine getrübten Augen nicht zu folgen vermochten. Ein kurzer Schmerz durchzuckte meinen Kopf. Kaum hatte ich zusammengezuckt, war er schon wieder verschwunden. Stattdessen spürte ich ein Aufflammen roher Energie, als meine Hexenkunst wie ein Fluss erwachte, der letztlich einen Damm durchbrochen hat.

Erleichtert seufzte ich und verlor keine Zeit: Ich formte die Energie zu einem Heilmuster, das ich an meinen Augen arbeiten ließ.

»Du erholst dich verblüffend schnell.«

»Wie hast du das gemacht? Wie hast du mich davon abgehalten, meine Macht heraufzubeschwören?«

»Das habe ich nicht. Ich habe nur verlangsamt, dass sich der Makel des Khar-Meshu auflöst.«

Allmählich zeichnete sich der Zauberer schärfer in meinem Blickfeld ab. Meine Sicht hatte sich bereits ausreichend gebessert, dass ich beobachten konnte, wie er an einem weiteren Armreif fingerte.

»Verflixt. Ich muss gehen«, kündigte er an. »Die Pflicht ruft. Bitte bleib hier. Wir müssen uns noch unterhalten – ich habe so viele Fragen!« Rasch erhob er sich, hielt jedoch an der Tür noch einmal inne. »Brauchst du irgendetwas?«

»Essen«, antwortete ich. »Und wo ist Tatyana?«

»Ich lasse dir Essen bringen und erkläre dir alles, wenn ich zurück bin«, versprach er. Mein Gehör war scharf genug, um einen Hauch von Falschheit in seinem Ton wahrzunehmen.

Dennoch hielt er Wort, und schon bald traf etwas zu essen ein. Zwar nur Brot und Pökelfleisch, doch ich begrüßte es sehr. Als ich die Mahlzeit verspeist hatte, war die Schwellung um meine Augen zurückgegangen, und ich konnte fast wieder normal sehen. Der Raum, in dem ich mich befand, war eindeutig eine Art Werkstatt und beinahe so überladen wie Fronsacs eigene Gemächer. Als einigermaßen frei erwies sich nur der Bereich, in dem mittlerweile wieder sein Lehrling werkelte, nachdem er mich beim Essen ununterbrochen angestarrt hatte.

Ich fand saubere, passende Kleidung und nahm mein Medaillon an mich. Es lag auf einem Tisch neben einem Pergament, auf dem jemand begonnen hatte, die Runen des Medaillons abzuzeichnen. Ich steckte es ein, und da ich sonst nichts zu tun hatte, beobachtete ich den Lehrling bei der Arbeit.

Er beugte sich über ein kleines, aber dickes Gefäß über einem ebenfalls kleinen, aber äußerst heißen magischen Feuer und leierte einen Sprechgesang vor sich hin, während er winzige Löffel eines Pulvers in das in dem Gefäß geschmolzene Metall leerte. Als er zufrieden war, goss er den leuchtenden Inhalt des Gefäßes mit äußerster Sorgfalt in etwas, das wie ein großer Ziegelstein aussah. Dann setzte er sich heftig schwitzend zurück, und sein Sprechgesang klang langsam aus.

Höflich, wie ich bin, wartete ich, bis der letzte Ton verklungen war und sich der Junge das Gesicht gewaschen hatte, bevor ich mich danach erkundigte, was er tat. Zur Antwort öffnete er den Deckel einer nahen Kiste und reichte mir ein zierlich anmutendes Amulett aus Metall. Es handelte sich um eine dünnere Ausgabe des Symbols eines Auges in einem Dreieck, das ich die Soldaten hatte tragen sehen. Ich sandte eine kleine Prise Hexenkunst hinein und starrte es verblüfft an, als das Metall grün zu pulsieren begann.

»Faszinierend«, sagte ich zu dem Lehrling. »Ich habe es kaum mit etwas ungeformter Energie berührt. Warum ist es so grün geworden?«

»Nach der Behandlung reagiert das Metall auf Magie. Dann ist es empfänglicher und einfacher zu verzaubern.«

»Faszinierend.« Ich drehte das Amulett in den Fingern, versah es mit einem weiteren Hauch von Energie und beobachtete, wie es sich vergrößerte. Es handelte sich um sprödes Metall. Ich hätte es mühelos brechen können, doch sobald die Hexenkunst es berührte, schien es anzuschwellen wie ein trockenes Tuch, das Wasser aufsaugt. Sobald ich keine Energie mehr zuführte, verflüchtigten sich die Schwellung und das Leuchten langsam wieder.

»Wie verhindert man, dass die Magie daraus abfließt? Gibt es dafür noch mehr Alchemie?«

»Nein«, entgegnete der Junge und deutete auf seine Werkbank. »Das ist die gesamte Alchemie. Weißt du, dafür bin ich allein zuständig.«

»Eine große Verantwortung.«

Er nickte. »So ist es. Die Zauber selbst werden von Balars Mannschaft gewirkt, und er versiegelt sie.«

»Wie versiegelt er sie?«

»Äh … Da bin ich mir nicht sicher.« Er deutete zur Werkbank. »Ich bin mehr Alchemist als Zauberer.«

»Ein Alchemist.« Ich sah mich erneut um. Diesmal achtete ich genauer auf die Gläser und sonstigen Gefäße in den Regalen. »Sag, mein Freund, hast du Stinkstein oder Leuchtstein da?«

»Was?«

»Stinkstein. Außen schwarz, aber innen sieht er wie feiner Käse aus und riecht wie etwas, das vor einer Woche verendet ist.«

Während er darüber nachdachte, rieb er sich das Kinn und verschmierte den Ruß daran zu verlaufenden Schlieren. »Das könnte Feuerstein sein. Davon haben wir ein bisschen da, allerdings ist er ziemlich teuer. Muss den ganzen Weg aus Gadri hergekarrt werden. Aber von Leuchtstein hab ich noch nie gehört.«

»Das ist ein gelb-grauer Stein, oft blatternnarbig oder vielschichtig, wenn man ihn aufbricht. Wenn man ihn abschleift, beginnt er manchmal zu leuchten.«

»Kann nicht behaupten, so was zu kennen. Aber in den beiden Truhen dort drüben habe ich ein paar ungekennzeichnete Proben. Da kannst du gerne reinschauen.«

»Danke.«

Erst konnte ich spüren, wie er mich beobachtete. Doch schon bald wurde es ihm zu langweilig, und er kehrte zu seiner Arbeit zurück, während ich die Truhen durchforstete und nach den Mineralien suchte, die mein Körper verlangte.

Kapitel sechs

»Es war ihre Entscheidung. Mittlerweile solltest du wissen, dass es schwierig ist, Nein zu ihr zu sagen.«

Ich trank einen weiteren Schluck des Weins, den Fronsac eingeschenkt hatte, schmeckte ihn jedoch nicht. Wie sich herausstellte, hatte mich der Schlag durch die Schutzbanne fünf volle Tage außer Gefecht gesetzt. Das war zwar nichts im Vergleich zu den Monaten und Jahreszeiten, die ich einst durchgeschlafen hatte, aber wie der Zauberer schon gesagt hatte: Weder die Welt noch der Krieg hatten innegehalten, nur weil ich es getan hatte.

Während ich besinnungslos gewesen war, hatte der Rest von Novstans Armee zur Vorhut aufgeschlossen und seine Lager aufgeschlagen. Mittlerweile war die Stadt so gut wie völlig umstellt. Das war zu erwarten gewesen – nicht hingegen die Neuigkeit, dass Lucien und sein Kontingent von Paladinen nicht zu ihrem Treffen mit Baron Karsten erschienen waren. Letzterem hatte stattdessen penullische Reiterei aufgelauert, und er war mit weniger als der Hälfte seiner Männer entkommen.

Als Tatyana die Neuigkeit zu Ohren kam, hatte sie Jean bedrängt, sie aufbrechen zu lassen. Ich glaubte Fronsac, als er sagte, er hätte alles in seiner Macht Stehende versucht, um sie zum Warten zu überreden. Aber da man davon ausgehen musste, dass ich entweder starb oder zumindest wochenlang nicht erwachen würde, ließ sie es sich nicht ausreden.

Ich stellte das inzwischen leere Glas ab. »Ich verstehe. Es hätte mich wohl eher überrascht, wenn sie geblieben wäre.«

»Mich auch. Ich bin mir nicht sicher, ob sie ihr Gelübde so ernst nimmt oder einfach nur zu stur ist, um es sich anders zu überlegen.«

»Ich glaube, es liegt an beidem«, erwiderte ich und brachte ihn damit zum Lachen. Einen Moment lang beobachtete ich ihn. Schließlich forderte ich ihn auf: »Frag.«

»Was soll ich fragen?«

»Was dir auf der Zunge liegt. Du hast deinen Wein kaum gekostet, und ich bin mir ziemlich sicher, wenn du noch einmal an dem Ring da drehst, löst sich dein Finger von der Hand.«

Er lachte und fuhr sich mit den Fingern durchs Haar. So blind ich für die Geheimsprache der menschlichen Gesichtsausdrücke auch sein mochte – Fronsacs Anspannung drängte sich mir förmlich auf.

»Ich habe so viele Fragen.« Er beugte sich vor. Plötzlich wurde seine Neugier so ausgeprägt, dass ich sie in der Aura der Magie schmecken konnte, die er ausstrahlte. »Und ich würde sie alle stellen, wenn wir die Zeit dafür hätten. Aber da uns das Morgengrauen entgegenrast, beantworte mir nur diese eine: Warum bist du hier?«

Ich schenkte mein Glas wieder voll und ging zum Fenster. Wir befanden uns in seinen persönlichen Gemächern, nachdem wir uns den Weg durch selten genutzte Gänge des Palastes gebahnt hatten. Unterwegs hatte mich ein Mantel mit Kapuze vor den Blicken zufälliger Beobachter verborgen. Hier gefiel es mir besser. Fronsacs Schutzzauber wehrten den fremdartigen Druck der dunklen Magie ab, die sich um die Mauern der Stadt sammelte, und die Fenster waren groß, unvergittert und offen. Sie wiesen auf den Westen der Stadt. Der Hügel, auf dem der Palast stand, bot eine Aussicht auf die Straßen, wo nur wenige Lampen gegen die bedrohliche Dunkelheit der widernatürlichen Wolken ankämpften. Ihre durchgehende Schwärze wurde nur gelegentlich von Blitzen grünen Lichts durchbrochen, als würde sich irgendein schauerliches Wesen durch sie bewegen.

»Navar Louw«, sagte ich und lehnte mich an den Rahmen. »Euer Herr der Würmer. Ich habe diese Gestalt gewählt, um ihm zu entkommen. Es war eine Verzweiflungstat, aber die einzige Möglichkeit, die ich sah.«

»Hättest du nicht wegfliegen können?«

Von seinem Platz aus konnte er sehen, wie ich das Gesicht zu einer Grimasse verzog. »Nein. Kurz nachdem ich unter sein Joch geriet, hat er mir die Flügel gestutzt.« Ich schluckte, als sich meine Kehle unerwartet wie zugeschnürt anfühlte, denn ich hatte bisher versucht, möglichst nicht an jene Tage zurückzudenken. »Und nicht nur gestutzt, er hat tatsächlich Teile herausgeschnitten.« Ich trank den Wein aus und wandte mich von den beunruhigenden grünen Blitzen in den Wolken ab. »Ein flügellahmer Drache ist einfacher aufzuspüren als ein Mensch.«

»Hättest du sie nicht heilen können?«

»Die Zeit ist unser gemeinsamer Feind. Ich hätte sie heilen können, und eines Tages werde ich das auch tun. Aber Fleisch nachwachsen zu lassen, dauert erheblich länger als das Heilen einer schlichten Wunde. Und die Haut meiner Flügel muss stark sein. Hätte ich sie gezwungen, überhastet nachzuwachsen, wären sie so weich wie die eines Schlüpflings geworden.«

»Warum also bist du hergekommen?«

»Wie es der Zufall will, war ich auf der Suche nach dir.« Ich lächelte, als sich seine Augen weiteten. »Ich meine, nach einem Gelehrten, nicht nach dir im Besonderen. In meinem Verwandlungszauber steckte ein Fehler, der einen Riss in meinem Verstand und ein Loch in meinem Gedächtnis verursacht hat. Ich konnte mich anfangs nicht einmal an meinen vollständigen Namen erinnern, geschweige denn daran, was ich vorhatte.«

»Faszinierend. Also ist das kein Sinnestäuschungszauber? Das hier ist dein eigener Körper, dein eigenes Drachenfleisch?«

»So ist es.« Ich richtete mich auf, als er mich von oben bis unten musterte. Seine beinah greifbare Ehrfurcht fühlte sich berauschend an.

»Du musst wirklich verzweifelt gewesen sein, um etwas so Gefährliches zu versuchen. Töricht sogar.«

Ich wischte seine Bemerkung weg. »Es war ein kleiner Makel in einer ansonsten hervorragenden Arbeit.«

Fronsac nippte an seinem Wein, dann beugte er sich vor. »Jagt er dich noch immer?«

»Ich glaube schon. All seine Schergen, darunter Polsson, hatten eine Beschreibung von mir und die Anweisung, mich zu fangen.«

»Faszinierend. Begleitest du mich? Ich muss mich um Pflichten kümmern, die nicht bis zum Morgengrauen warten können.«

»Wohin gehen wir? Wie du mir so gern vor Augen hältst, bin ich ein Flüchtling und werde wegen Hochverrat und Mord gesucht.«

»Überlass das mir. Komm jetzt.«

Und so folgte ich Fronsac zum zweiten Mal in jener Nacht durch menschenleere Gänge. Sie führten zu einem kleinen Metallgitter, das sich öffnete, als wir uns näherten, und ich trat hinaus auf die Straßen der Stadt. Der Zauberer hatte mir einen Stab gegeben, wenngleich er so wenig magisches Potenzial enthielt, dass er kaum mehr als ein Spazierstock war. Aber Fronsac versicherte mir, dass ich damit und mit dem Kapuzenmantel in der Dunkelheit, die so dicht über der Stadt lag, als Lehrling durchgehen würde. Er schien zufrieden damit zu sein, unterwegs zu schweigen, was auch mir behagte.

Mir war nicht bewusst gewesen, wie geschützt es sich im Palast angefühlt hatte, bis wir seine Mauern hinter uns ließen. Draußen wirkten die Wolken tiefer und erheblich bedrohlicher. Die Straßen, denen wir folgten, präsentierten sich verwaist, abgesehen von ein paar streunenden Katzen, die fauchten, als wir sie passierten. Lichter sah ich nur hinter den geschlossenen Läden der Fenster einer Schänke. Das Gelächter von drinnen hörte sich nach der Stille in den Straßen eigenartig schrill an.

»Warum sind die Menschen da drin so vergnügt?«, fragte ich Fronsac.

»Wein besitzt seinen eigenen Zauber«, antwortete er und hielt inne, um eine hohe, erloschene Lampe mit einer Berührung seines Stabs wieder anzuzünden.

Zuerst schien das Licht zu zögern, dann wurde es allmählich stärker. Ich führte meiner Hexenkunst etwas Macht zu und ließ sie um mich treiben, streckte sie aus wie die Fühler eines Falters. Die dunkle Magie der Zauberer Navars verursachte einen ebenso unangenehmen wie unverkennbaren Widerhall. Unterwegs spürte ich ihn zunehmend um mich herum; ein zartes, aber beharrliches Summen am Rand meines Hörvermögens, das sich kaum mehr ignorieren ließ, wenn man es erst einmal wahrgenommen hatte. Allerdings verblasste das zermürbende Summen, als wir uns einem der Wachtürme entlang der Stadtmauern näherten. Ich zog mir die Kapuze etwas tiefer ins Gesicht, als wir die Ränder des Lichts erreichten, das von den Lampen am Eingang stammte. Die zwei Wächter am Fuß der Treppe beobachteten uns bereits.

Fronsac wurde langsamer und drehte sich mir zu. »Was immer geschieht, lass nicht den Stab los.«

Damit berührte er mit dem eigenen Stab den meinen, und mich durchlief ein Ruck, als ein darin schlummernder Zauber erwachte. Wie bei dem für die Medaillons verwendeten Metall handelte es sich bei dem Stab in meiner Hand um einen weitgehend unbearbeiteten, aber wirkungsvollen Kanal für seinen Zauber. Ich nahm nur eine kurze Kälte wahr, die mich durchwanderte, doch ich konnte fühlen, wie die von ihm übertragene Magie nun durch den Stab vibrierte.

Fronsac schien zufrieden mit, was immer er da auch gemacht hatte. Ohne weiteres Zögern schritt er auf die Tür zu. Ich folgte ihm und bemühte mich, so selbstsicher wie er aufzutreten. Die Wächter bewegten sich rasch beiseite und öffneten die Tür, wenngleich mir nicht entging, dass sie uns nach wie vor aufmerksam beobachteten.

Wenngleich ich in meiner Blütezeit schon so manchen Turm zerstört hatte, war ich noch nie in einem gewesen. Er erwies sich als kleiner, als ich mir vorgestellt hatte, möglicherweise aufgrund der Dicke der Mauern. Allerdings konnte ich mich durch den mehligen Geruch von zwanzig oder mehr Menschen, die sich in der Enge aufhielten, fast unmöglich auf etwas anderes als darauf konzentrieren, nicht zu würgen. Ich drückte mir den dicken Ärmel des Mantels ins Gesicht und atmete durch den Stoff, während ich hinter Fronsac hereilte. Der Zauberer hatte flüchtig die mürrischen Männer in der mittleren Kammer begrüßt und stieg mittlerweile die Stufen hinauf. Als wir aufs Dach gelangten, atmete ich mehrmals tief durch.

Den Großteil des Platzes nahmen Belagerungsbögen ein, die aus der Nähe betrachtet viel größer und komplizierter aussahen. Ich spürte, wie sich meine Lippen zu einem verächtlichen Ausdruck verzogen, als ich die daneben gestapelten, speergroßen Pfeile betrachtete.

»Was war das denn eben?«, fragte Fronsac, die Stimme leise genug, dass ihn die vier Soldaten nicht hören konnten, die er gerade begrüßt hatte. »Du hast ausgesehen, als müsstest du dich übergeben.«

»Die Luft da drin ist muffig wie in einem Käsekeller.«

»Unsinn. Es ist ein bisschen stickig, aber was hast du erwartet?«

»Wenn du mir verraten hättest, wohin wir gehen und warum, hätte ich vielleicht gewusst, was mich erwarten würde.«

Das war zwar geflunkert, doch das brauchte er ja nicht zu

wissen. Statt einer Antwort drehte er sich zu den Soldaten um. »Meine Herren, hättet ihr etwas dagegen, hinunterzugehen, während wir hier zugange sind?«

Die Männer zögerten nicht. Nach einem kurzen, einstimmigen »Jawohl, Herr!« verschwanden sie durch die Luke, die Fronsac hinter ihnen schloss.

»Hier drüben«, sagte er und tippte mit dem Stab auf einen kantigen Steinblock, der mir zuvor nicht aufgefallen war. Eine einzige, große Rune war darin eingeritzt. Ich musste mich nicht sonderlich konzentrieren, um das dunkelblaue Licht zu erkennen, von dem sie durchwirkt war.

»Was ist das?«

»Ein Schutzstein. Ich habe vor geraumer Zeit ungefähr ein Dutzend davon angefertigt, obwohl ich gehofft hatte, ich müsste sie nie verwenden.« Fronsac ließ sich auf dem Rand einer der Kisten mit Schäften für die Belagerungsbögen nieder. »Erkennst du die Rune?«

Ich schloss die Augen und tastete sie mit einer Ranke meiner Hexenkunst ab, bis ich spürte, wie sie darauf reagierte. Dahinter nahm ich eine träge Kraft wahr. Bögen blauen Lichts streckten sich jeder meiner goldenen Ranken entgegen, und als ich die Berührung aufrechterhielt, konnte ich fühlen, wie sich jene Kraft verstärkte wie das in Wallung geratende Blut eines aus langem Schlaf erwachenden Wesens. Die Lichtbögen wurden dicker, bis sie meine Ranken zurückstießen. Langsam zog ich mich zurück und spürte, wie die Kraft nachließ, allerdings langsamer, als sie erwacht war, als vermute sie eine List und bliebe zunächst auf der Hut.

»Es ist eine Schutzrune.«

»Und?«, hakte der Zauberer nach.

»Was meinst du damit, und?«

»Sie befindet sich auf einem Verteidigungsturm. Jeder Trottel hätte das erraten können.«

Ich schluckte meine Verärgerung hinunter. »Ihre Kraft liegt irgendwo unter der Stadt und ist tief und stark verankert. Sie scheint langsam zu erwachen, aber ich spüre, dass sie auf alles reagiert, was auf sie einwirkt.«

»Hervorragend und richtig. Das ist *Delnoch*, eine abschirmende Rune. Das Wort bedeutet in der alten Sprache ›Festung‹.«

»Was du und ich unter alter Sprache verstehen, sind zwei verschiedene Dinge.«

»Tja, jedenfalls weißt du jetzt Bescheid.« Fronsac schaute zum Himmel auf, dann nach Osten, wo die Feuer des penullischen Lagers wie auf die Erde gestürzte Sterne funkelten. »Ich weiß, dass du sie fühlst, diese Dunkelheit, die wie ein schwarzes Leichentuch über der Stadt hängt.«

»Das habe ich schon getan, sobald wir den Palast verlassen hatten.«

»Diese Männer hier, diese Soldaten – sie alle warten darauf, dass die Ankunft einer Armee und einer Heerschar von Belagerungstürmen den Beginn des Gefechts kennzeichnet.« Der Zauberer lehnte sich auf seinen Stab. »Sie haben keine Ahnung, dass es bereits begonnen hat.«

»Und das hier ist dein Schlachtfeld«, merkte ich an und tippte mit dem Fuß gegen den Stein.

»Ein Teil davon. Ich habe einen Stein in jedem der zwölf Türme, und ich lasse so viele meiner Lehrlinge, wie ich entbehren kann, einen ähnlichen Zauber in den Medaillons anbringen, die Niels herstellt. Aber sie stehen alle am Rand der Erschöpfung.«

»So wie du, mein Freund. Du riechst wie ein gebrechlicher Greis.«

»Also, das finde ich jetzt ein bisschen unfreundlich«, meinte Fronsac mit einem flüchtigen Lächeln. »Aber du liegst nicht ganz falsch. Die Vorstellung, mehr als zwei Stunden pro Nacht zu schlafen, kommt mir zunehmend wie eine entfernte Erinnerung vor.«

»Deine Macht anzuzapfen, um dich auf den Beinen zu halten, wird nur für kurze Zeit gutgehen. Danach wirst du einen hohen Preis dafür bezahlen.«

»Glaubst du, das wüsste ich nicht?«

»Da du es trotzdem tust … Ja, das glaube ich.«

Fronsac schnaubte. »Nun, ich kann es mir nicht leisten, wählerisch zu sein. Die Soldaten kann ich beschützen, aber die Menschen da draußen? Die Angst, die mit der Dunkelheit Einzug hält, schwärt längst in ihren Gemütern, und dagegen kann ich wenig unternehmen. Bevor die Katapulte ihre Geschosse herabregnen lassen, wird sich die Stadt selbst in Stücke reißen.«

»Warum hast du mich hierhergebracht, Fronsac?«

»Ich wollte, dass du es fühlst.« Er schwenkte die Hand gen Himmel. »Dass du verstehst, womit wir es zu tun haben. Ich verbringe meine Tage damit, die Nase in jedem Buch zu vergraben, das ich finden kann, auf der Suche nach *irgendetwas*, das uns helfen kann. Und jetzt stelle ich fest, dass ein Drache eine Woche lang in meinen Gemächern geschlafen hat.«

»Der.«

»Der was?«

»*Der* Drache. Ich bin der Letzte meiner Art.«

»Wirklich?« Er schüttelte den Kopf. »Der springende Punkt ist: *Du* bist mein Wunder. *Unser* Wunder. Verstehst du denn nicht? Wenn auch nur die Hälfte der Geschichten über dich wahr ist, haben wir eine Chance, eine echte Chance, den Herrn der Würmer und alles, wofür er steht, zu vernichten.« Er seufzte. »Um meine Söhne zu rächen.«

»Ich verstehe immer noch nicht, weshalb du mich hierhergebracht hast. Ich habe dir doch bereits mein Wort gegeben, dass ich dabei helfen werde, ihn zu Fall zu bringen.«

»Aber das warst du als Mensch.« Der Zauberer trat näher und legte mir eine Hand auf die Schulter. »Wir brauchen dich. Wir brauchen *den* Drachen. Ich habe eine Ausgabe von Henkmans Chroniken aus den Überresten der Bibliothek geborgen. Wenn nur ansatzweise zutrifft, was dort drin steht, verkörperst du unsere größte Hoffnung.«

Ich schüttelte seine Hand ab. »Ich habe mein Wort gegeben, gegen Navar Louw zu kämpfen, nicht, das Kindermädchen für eine Stadt voller wahnsinniger Wilder zu spielen, die sich gegen mich wenden werden, noch bevor sein Leichnam erkaltet ist.«

Fronsac wich ein paar Schritte zurück, bevor er sich abwandte und hinaus zum penullischen Lager starrte. Ich verschränkte die Arme vor der Brust, lehnte mich an die Mauer und wartete.

»Ich verlange nicht von dir, unser Kindermädchen zu spielen«, sagte er, ohne den Blick von der Dunkelheit zu lösen. »Auch nicht unseren Recken.«

»Wenn nicht das, was dann?«

Als er sich umdrehte, sackten seine Schultern herab wie die eines Greises. Er stützte sich auf seinen Stab. »Vernichte Louw, aber tu es bald.« Während er vor mir stand, verliehen die Schatten seinem Gesicht das Aussehen eines Totenschädels. »Gegen das, was auf uns zukommt, können wir nicht bestehen.«

»Auch nicht mit solchem Schutz?«

Er setzte sich wieder auf die Kiste mit den speergroßen Pfeilen und rieb sich mit beiden Händen über das Gesicht. »Ich bekämpfe mit einem lecken Eimer einen Waldbrand. Schon jetzt werde ich für jeden Schritt vorwärts zwei zurückgedrängt, und dabei steht uns das Schlimmste erst noch bevor.« Er zog eine kleine, flache Flasche aus einer verborgenen Tasche, trank daraus und zuckte zusammen, als er sie von den Lippen senkte. »Wir werden hier alle sterben. Oder ein noch schlimmeres Schicksal erleiden.«

Er lehnte den Kopf an die Mauer und schaute zu mir auf. »Du bist der Einzige, dem ich das anvertraut habe. Sogar Jean glaubt immer noch, wir hätten eine Chance.« Er schloss die Augen. »Ich bin so müde, Stratus.«

Damit sagte er die Wahrheit. Ich konnte es in der ihn umgebenden Aura sehen und in seinem Geruch schmecken. Dies war kein Versuch, mein Mitgefühl anzusprechen, sondern schonungslose Ehrlichkeit.

»Warum kämpfst du dann noch?«

»Ich bin dazu vereidigt, den …«

»Warum kämpfst du noch?«, wiederholte ich meine Frage. Er öffnete die Augen, und ich ließ ihn den Schimmer von Hexenkunst in den meinen sehen. »Und lüg mich nicht an.«

Ich spürte, wie sich sein Herzschlag beschleunigte, als er die Hände zu Fäusten ballte. Die vertrautere Note von Zorn schlich sich in seine Aura und seinen Geruch. Mehrere Augenblicke lang presste er die Fäuste an die Stirn, dann entspannte er sich wieder, wenngleich die ihn umgebende Wut dabei nicht verebbte, sondern eher anzuschwellen schien.

»Meine Söhne.« Obwohl er leise sprach, schwang in seiner Stimme blanker Stahl mit. »Sie haben nach mir gerufen, als sie gestorben sind, und ich konnte sie nicht retten. Ich konnte ihn nicht aufhalten. Jedes Mal, wenn ich die Augen schließe, sehe und höre ich sie.« Er knirschte mit den Zähnen, und ich konnte beobachten, wie jede Spur der Wut aus seiner Aura und seinem Geruch verschwand wie das Licht einer gelöschten Kerze; ein Zeugnis beeindruckender Selbstbeherrschung. »Ich würde mit Freuden jeden Eid brechen, den ich je geleistet habe, wenn es mir die Gelegenheit verschafft, diesen Dreckskerl zu töten. Eigentlich sollte ich mich dafür schämen, doch dazu kann ich mich einfach nicht durchringen.«

»Weil es keinen Grund gibt, sich für den Wunsch nach Rache zu schämen, mein Freund.« Fronsac ergriff die Hand, die ich ihm entgegenstreckte, und ich zog ihn auf die Beine. »Wut und Hass sind von jeher stärker als Gerechtigkeit und Pflichtgefühl gewesen.«

Er zupfte seine Roben zurecht. »Du besitzt die Gabe, mich dazu zu bringen, Dinge preiszugeben, die ich noch nie zuvor jemandem verraten habe.«

»Rache liegt auch mir sehr am Herzen. Ich werde tun, was ich kann, um dir zu Vergeltung zu verhelfen. Aber dafür musst auch du mir helfen.«

»Was immer du brauchst.«

»Es ist gefährlich, jemandem wie mir ein solches Angebot zu unterbreiten, Zauberer.«

Bevor ich noch etwas hinzufügen konnte, schoss ein stechender Schmerz durch meine Brust.

Ich taumelte zurück, prallte gegen die Mauer und presste vergeblich die Hände auf mein Brustbein, denn es gab keine Wunde, auf die ich sie drücken konnte. Ein Stöhnen entrang sich mir, als der Schmerz erneut durch mich pulsierte, sengend und reißend, als zöge jemand einen Pfeil mit Widerhaken aus meinem Fleisch. Nach Luft schnappend rutschte ich die Mauer entlang zu Boden, als Fronsac schon reagierte und seine Zauber entsandte.

Ich spürte, wie sich meine Hexenkunst von selbst regte, und da erkannte ich, was ich in Wirklichkeit fühlte. Etwas saugte gewaltsam Energie aus mir ab. Nein, nicht etwas, sondern *jemand*. Tatyana. Sie war verletzt. *Schwer* verletzt, wenn das Heilgebilde auf eine solche Weise reagierte.

Kapitel Sieben

»Hab Geduld.«

»Geduld ist etwas für Unentschlossene«, gab ich knurrend zurück, während ich rastlos in Fronsacs Kammer auf und ab lief. »Warum dauert das alles so lange?«

Einer der namenlosen Lehrlinge, der dem Zauberer beim Einwirken auf das Kristallartefakt half, über das er gebeugt stand, spähte zu mir herüber.

»Mit Hellsicht nach einem einzelnen Menschen zu suchen, ist so schon schwer genug. Und es wird nur noch länger dauern, wenn du uns weiterhin dabei störst«, raunte er in scharfem Ton.

Ich kämpfte gegen den Drang an, ihn aus dem Fenster zu werfen, und begnügte mich stattdessen mit einem Knurren. Tatyana war schwer verwundet worden und steckte irgendwo da draußen. Ich konnte fühlen, wie der Zauber, den ich in sie gebettet hatte, stetig Energie von mir bezog, um ihre Heilung zu beschleunigen. Also lebte sie zumindest noch. Nur das und Fronsacs Versprechen, mir zu sagen, wo sie sich befand, hatten mich davon abgehalten, sofort loszustürmen, um sie zu suchen. Wie es aussah, hatte der Zauberer allerdings Mühe, sein Versprechen zu halten.

Abermals fluchte ich wüst. Und wieder überkam mich das Gefühl, von den Mauern und dem Dach erdrückt zu werden. Dass die Lehrlinge darauf bestanden hatten, bei Anbruch der Morgendämmerung Fenster und Läden zu schließen, war dabei wenig hilfreich.

Mit dem Gedanken stapfte ich zu den Fenstern hinüber und

riss sie mit einem trotzigen Knurren auf. Die Luft in der Stadt war nie frisch oder belebend. Aber dadurch, dass eine ganze Flut von Menschen fluchtartig das Weite gesucht hatte, bevor die Mauern vollständig umzingelt waren, gab es nun weniger morgendliche Feuer und auch die Ausdünstungen auf den Straßen waren nicht mehr ganz so intensiv; immerhin eine zumindest geringfügige Verbesserung.

Ich trat hinaus auf den kleinen Balkon und beugte mich vor, bis meine Beine gegen das Ziergeländer pressten. Dadurch brachte ich einige Töpfe mit Kräutern zum Kippen. Sie fielen in die Tiefe und zerbarsten unten auf dem Kopfsteinpflaster. Es war Sonnenaufgang, doch die unnatürlichen Wolken ließen nur einige wenige goldene Strahlen durch, denen es kaum gelang, die östlichen Ränder zu durchdringen.

Ich atmete mehrmals tief durch und suchte die ruhige Mitte, in der ich meine Hexenkunst formen konnte, ohne wirklich darüber nachzudenken. Doch sie entzog sich mir beharrlich. Also ließ ich den Blick stattdessen über die Stadt wandern, suchte nach einer Ablenkung von meinen Gedanken.

Dabei drang mir das Geräusch bellender Hunde ins Bewusstsein. Es bellten immer irgendwo irgendwelche Hunde, aber nie so viele gleichzeitig und keinesfalls auf diese Weise. Das Kläffen wurde immer wilder, und eine Menge Hunde verfielen rasch in genau die Art von Geheul, die sie sonst nur anstimmten, wenn ich mich in der Nähe befand. Quer durch die Stadt konnte ich beobachten, wie sich Vögel in die Luft erhoben; Spatzen, Tauben und Krähen gleichermaßen. Alle stoben als wirbelnde Masse auf und krächzten und zwitscherten dabei, als hinge ihr Leben davon ab. Auf einem nahen Dach wölbten drei Katzen den Buckel und fauchten und miauten so laut, dass ich sie trotz des Lärms jenseits der Palastmauern ausmachen konnte. Die Stallungen waren von hier aus nicht zu hören, ich vermutete jedoch, dass sich dort Ähnliches abspielte.

»Es passiert.« Der unerwartete Klang von Fronsacs Stimme hinter mir ließ mich zusammenzucken, und ich wäre um ein Haar über das Geländer vom Balkon gekippt. »Sieh nur, dort beim Torhaus.«

Er zeigte an meiner Schulter vorbei zum Torhaus von einer der Nebenpforten. In der Mauer darüber prangte ein heller Stein. Sogar ohne meine Hexenkunst konnte ich sehen, dass die darin eingeritzte Rune mit einem blauen Licht zunehmend heller leuchtete. Ich entsandte meine Sinne und spürte fast sofort die Berührung von Magie, die sich im Vergleich zu Fronsacs steten Harmonien unangenehm schrill anfühlte. Sie schien aus allen Richtungen gleichzeitig zu kommen und in Wellen an- und abzuschwellen.

»Was genau ist es?«, fragte ich. Unter uns hatten die Soldaten die Tore verriegelt und die Waffen gezogen, sobald das Geheul einsetzte. Aber sie wirkten recht ruhig – im Gegensatz zu den Menschen, die ich auf den Straßen dahinter sah. Sie konnten die zunehmend schrillere Magie nicht so hören wie ich, doch der Lärm all dieser Tiere genügte vollauf, um die Bevölkerung in Angst und Schrecken zu versetzen.

»Das ist alles«, sagte Fronsac leise und wirkte seine eigene Magie. »Das ist der dritte Zwischenfall dieser Art. Er scheint keinem bestimmten Zweck zu dienen, aber das ist das erste Mal, dass die Tiere darauf angesprochen haben.«

Die Eigenartigkeit des magischen Angriffs hatte die Frustration vollkommen verdrängt, die sich in mir breitgemacht hatte. Ich stärkte den Schleier der Hexenkunst vor meiner Sicht gerade rechtzeitig, um zu sehen, wie das grüne Licht in den Wolken die dunkle Masse zusammenzog wie Nadel und Faden eines Heilers die Haut eines zu versorgenden Patienten. Die wenigen Strahlen Sonnenlicht wurden abgewürgt, und die Stadt stürzte in eine Düsternis, die eher die Abend- als Morgendämmerung vermuten ließ.

Mehrere atemlose Augenblicke lang verschwand das grüne Licht völlig und sämtliche Tiere und Vögel verstummten. Auf dem Dach schabten die Katzen die Köpfe so hart über die Ziegel, dass ich die dunklen Blutschlieren sehen konnte, die sie dabei hinterließen. Ein Wabern ging durch die Magie in der Luft, und bevor ich Fronsac fragen konnte, ob er es auch gespürt hatte, waren jeder Vogel und jedes sonstige Tier in der gesamten Stadt auf einen Schlag tot. Ich beobachtete, wie die Körper der Katzen vom Dach purzelten, die Rücken und Beine steif, als wären sie bereits vor Stunden gestorben.

Gebrüll und die Schreie von Menschen lösten die Geräusche der Tiere ab. Fronsac sagte etwas über die Schulter, das ich nicht hören konnte, und seine Lehrlinge rasten aus dem Raum. Zurück blieben wir beide, die voll gebanntem Grauen mit ansahen, wie sich der nächste Teil des penullischen Angriffs entfaltete.

Donner grollte durch die Stadt, als die Wolken strudelten wie Schaum in aufgewühltem Wasser. Ich spürte, wie neue Kraft durch Fronsacs Schutzbanne strömte, als er ihnen mehr Macht zuführte, und ausnahmsweise empfand ich den Druck seiner Magie nicht als beklemmend. Unter uns streckten die Soldaten die Arme aus, und wir beobachteten, wie Ranken einer fahlen, an Elmsfeuer erinnernden Energie über das Metall ihrer Rüstungen und Waffen tänzelten.

Ein schmaler Blitz zuckte wie zur Feier des Ereignisses quer über den Himmel. Er zeichnete eine dünne, grüne Linie in die strudelnden Wolken, die sich mehrere Sekunden länger hielt, als ein normaler Blitz es tun sollte. Der Anblick jagte mir einen Anflug von Beklommenheit durch die Eingeweide, und das Unbehagen, das ich seit meinem Erwachen unterschwellig mit mir herumschleppte, flammte wieder auf. Ich spähte zu Fronsac, der mir blasser als zuvor zu sein schien.

»O Ihr Götter«, murmelte er kleinlaut. »Hast du so etwas je zuvor gesehen?«

»Nein.«

Und das entsprach der Wahrheit. Wie ich den Kopf auch drehte, die Wolkendecke kam mir dunkler und beinah greifbar bösartig vor. Jenseits der Palastmauern und der Reichweite von Fronsacs Schutzsteinen eilten Menschen in ihre Häuser, und ich fragte mich, ob sie dasselbe namenlose Grauen empfanden.

Die Wolken bauschten sich und waberten, als würden sie den heftigen Weltuntergangsdonner ausspeien, der ihnen folgte. Er war so laut, dass ich ihn sowohl in der Brust als auch im Gestein unter den Füßen spürte. Ein Großteil der Glasscheiben in den Fenstern, die ich sehen konnte, zersprang in den Rahmen. Das Geräusch der auf das Kopfsteinpflaster prasselnden Scherben ging im Klingeln in meinen Ohren unter.

Wir hatten noch kaum die Köpfe geschüttelt, als der erste eines Dutzends grünstichiger Blitze begleitet von einer Reihe weiterer peitschender Donnerschläge aus dem Himmel herabstieß. Sie fuhren in einen Kirchturm in der Nähe des Stadttors und verwandelten ihn schlagartig in einen Sprühnebel umherspritzender Trümmer.

Ich beobachtete weiter die Wolken, während immer mehr Blitze die Stadt verwüsteten. Der Schleier der Hexenkunst über meinen Augen zeigte mir das Flimmern sich bündelnder Energien, das jedem dieser verheerenden Einschläge vorausging. Nach dem letzten Blitz sah ich, wie die Energie in den Wolken verblasste und nach Süden und Osten abfloss wie Wasser aus einer gesprungenen Schale, zurück zum penullischen Lager.

»Es ist vorbei«, sagte ich.

»Das glaube ich auch«, pflichtete mir Fronsac bei. Nach dem grausamen Lärm klang seine Stimme matt und leise. »Vorerst.«

Das Strudeln der Wolken legte sich, als sich die Kräfte verflüchtigten, die sie zusammengezogen hatten, und der Niederschlag begann. Schwer und warm wie Blut fielen die ersten Regentropfen vom Himmel, erst nur ein besseres Nieseln, das jedoch alsbald zu einem sintflutartigen Guss anschwoll. Als ich die hohle Hand ausstreckte, füllte sie der peitschende Regen beinah auf einen Schlag. Vorsichtig kostete ich das Wasser und spuckte es gleich darauf aus. Fronsac probierte es mit demselben Ergebnis.

»Abgestanden«, stellte er fest und holte erneut das schmale Fläschchen aus seiner Tasche. Er trank daraus, bevor er es mir reichte. Den Geruch von Minze fand ich ebenso unerwartet wie das feurige Brennen, das mich zum Husten und Prusten brachte. Allerdings legte es sich schnell und ließ einen angenehmen Geschmack zurück.

»Was ist das? Schmeckt mir.«

»Die Einheimischen nennen es Feuerwasser. Behalt es ruhig, ich hab noch mehr davon.«

Ich nickte zum Dank und steckte das Fläschchen ein. »Was geschieht als Nächstes?«

»Nun …« Er wandte sich vom Fenster ab und griff sich einen nahen Ranzen. »Es ist gerade ein Page unterwegs, um mich zu einem Kriegsrat zu rufen. Dort werde ich mich mit der Kirche herumschlagen müssen, während meine Lehrlinge versuchen, die Schutzbanne wiederherzustellen. Außerdem werden sie überprüfen, ob der Angriff noch mehr Schaden verursacht hat.« Er hielt dabei inne, ein ledergebundenes Buch in dem Ranzen zu verstauen. »In Aknak hat man das mehrere Tage lang wiederholt, bis die halbe Stadt wahnsinnig vor Angst wurde und das Wasser vergiftet war. Ich rechne hier mit nichts Geringerem.«

»Was ist mit Tatyana? Und mit mir?«

Abermals hielt er inne. »Im Augenblick kannst du nichts unternehmen. Du hast selbst gesagt, dass sie noch lebt und heilt.« Kurz verstummte er, als jemand an die Tür klopfte. »Warte, bis ich zurückkomme. Es wäre zu gewagt, wenn du draußen herumläufst.«

Der Zauberer ergriff den Ranzen und seinen Stab, dann öffnete er die Tür und schenkte dem bunt gekleideten Pagen, der geklopft hatte, keinerlei Beachtung. »Stell nichts Dummes an. Bitte vertrau mir.«

Damit zog er die Tür zu und war verschwunden, ließ mich in seinen Gemächern allein. Ich wollte mich setzen, doch da fiel mir ein, wie übel der Stuhl geknarrt hatte, als ich das erste Mal darauf gesunken war, also ließ ich mich stattdessen auf Fronsacs Sitz nieder.

Aus diesem Blickwinkel wirkte seine Kammer etwas größer, aber noch genauso unordentlich. Ich bediente mich am Rest einer Flasche Wein, die auf seiner Werkbank stand, und betrachtete die Anordnung von Kristallen und Runen, an denen er gearbeitet hatte. Mich beschlich ein leises Gespür, was sie bewirken sollte, aber die Symbolik fühlte sich nicht ganz richtig für mich an.

Ich wandte mich davon ab und stützte den Kopf auf die Arme. Die Stärke der Schutzbanne im Palast hatte uns die schlimmsten Auswirkungen des Angriffs erspart, trotzdem konnte ich immer noch Spuren davon wahrnehmen, wenn ich meine Hexenkunst entsandte. Es war eine aufsehenerregende Darstellung von Macht gewesen und eindeutig zur Einschüchterung gedacht, doch unter dem Strich lediglich das Ergebnis eines Zusammenspiels von Zauberern, die ihre Magie gemeinsam wirkten, um die Macht zu verstärken.

Es mochte ein mächtiges Werk gewesen sein, war aber dennoch das Werk von Menschen. Was ich damit nicht übereinbringen konnte, waren die nekromantischen Energien, mit denen sie arbeiteten. Die Einbeziehung solcher negativen Kräfte hätte es so gut wie unmöglich für sie machen müssen, etwas so Kompliziertes zu erschaffen. Dennoch hatten sie es unbestreitbar getan.

Ich setzte mich auf, ließ den Blick über die unzähligen Bücher und Pergamentrollen wandern, die den Raum übersäten, und fühlte mich sonderbar beruhigt von dem Umstand, dass auch sie trotz der über Generationen von Zauberern angesammelten Weisheit nicht verrieten, was vor sich ging.

Warum also bin ich hier und warte auf Fronsac?

Ich hatte mich damit abgefunden, dass er andere Fähigkeiten besaß als ich, doch trotz alledem saß er in einer Stadt fest und focht eine Schlacht, von der er wusste, dass er sie nicht gewinnen konnte. Auf seinen Rat zu warten, erschien mir, als wolle man von einem leidenschaftlichen Vogelbeobachter das Fliegen lernen. Ich war derjenige, den Navar gejagt und gefoltert hatte. Ich war derjenige, der seiner Grausamkeit entkommen war, und ich war derjenige, der sich geschworen hatte, ihn sterben zu sehen. Es war nicht Fronsac, der Meuchler auf mich angesetzt hatte.

Ich richtete mich auf, als mir der letzte Gedanke kam. Diese Attentäter. Sie hatten mir aufgelauert, oder Luciens Garde.

Tatyana. Sie hatten vor mir gewusst, dass ich sie aussuchen würde. Tatyana verkörperte für sie ebenso sehr Beute wie ich. Wenn sie also meine Freundin hatten, erschien es mir nur sinnvoll, dass man sie zu *ihm* bringen würde. Zu Navar. Daraus folgte, dass wenn ich sie fand, ich auch ihn finden würde – oder zumindest irgendjemanden, der wusste, wo er sich aufhielt. Mir fiel kaum auf, dass ich die Hände zu Fäusten ballte. Ebenso wenig bemerkte ich das Knurren, das auf einmal zwischen meinen zusammengebissenen Zähnen hervordrang.

Navar Louw. Es lief alles auf ihn hinaus.

Eine Gewissheit, die mir eine Zeit lang gefehlt hatte, verfestigte sich in mir. Ich würde ihn suchen, ich würde ihn finden … und ich würde ihn töten.

Kapitel Acht

Ich aß alles an Resten, was ich finden konnte, dann schnürte ich den Gürtel zu und bereitete mich für den Aufbruch vor. Beinah geriet ich in Versuchung, nach einem weiteren Ranzen für mich zu stöbern, bremste mich jedoch, bevor ich diesem Drang nachgeben konnte. Wann hatten menschliche Gewohnheiten angefangen, so auf mich abzufärben? Dabei wusste ich nicht einmal, was ich außer Nahrung hineinpacken sollte, und die konnte ich unterwegs auftreiben, wie ich es noch stets getan hatte. Insgeheim schalt ich mich immer noch dafür, als ich feststellte, dass Fronsac die Tür abgeschlossen hatte – und nicht nur mit dem mechanischen Riegel.

Nach all seinem Gerede über Vertrauen empfand ich das als durch und durch unerfreuliche Überraschung. Natürlich hätte es mich *nicht* überraschen sollen. Immerhin war er ein Zauberer und ein Mensch, zwei verschiedene Aspekte, einer genauso verräterisch wie der andere. Die Tür zu zertrümmern, war zwar eine Möglichkeit, allerdings hegte ich kaum Zweifel daran, dass ich dadurch die eine oder andere Verteidigung auslösen würde.

»Sei's drum«, sagte ich mir, durchquerte die Kammer und sprang schwungvoll vom Balkon. Da er sich im dritten Geschoss des Palastes befand, dachte der Zauberer wohl, es wäre zu hoch für mich, doch darin irrte er. Die Wachen sahen mich nicht, bis ich hinter ihnen landete. Meine Beine fingen den Schwung des Falls mühelos ab. Irgendwie gelang es mir, dabei den Zipfel meines Mantels peitschend ins Gesicht zu bekommen. Die Wachleute beeindruckte mein Auftritt dennoch so sehr, dass einer rückwärts hinfiel.

»Der Dämon!«, brüllte der Mann, der noch stand, und ich stöhnte, als ich mich an die Verlautbarung des Prinzen erinnerte, dass ich ein Verbrecher oder Schlimmeres sei. Der Trugbann, mit dem mich Fronsac versehen hatte, war eindeutig in dem Moment verpufft, in dem ich seine Kammer verlassen hatte.

»Ganz ruhig«, sagte ich, doch der Mann ging bereits mit dem Speer auf mich los. Vor Angst und Hast wurde es ein ungestümer Vorstoß, dem selbst ein blindes Kind auszuweichen vermocht hätte. Ich packte den Schaft und entwand ihn seinen Händen, dann hieb ich ihm damit so kräftig auf den Helm, dass es schallte wie eine Glocke. Der andere rappelte sich gerade auf, erstarrte jedoch, als ich ihm die Spitze des Speers an den Brustpanzer setzte.

»Richte Fronsac aus, ich werde sie finden.« Ich wiederholte es, bis er nickte. »Jetzt kümmere dich um deinen Freund.«

Damit entfernte ich den Balken vom Tor und huschte hinaus in die Stadt. Am Himmel hatten sich die Wolken zwar gelichtet, standen aber immer noch tief und wirkten schwer, als wüssten sie nicht recht, was sie mit dem ranzigen Wasser anstellen sollten, das in ihnen gefangen war. Der Regen von vorhin hatte überall übelriechende Pfützen hinterlassen. Aus etlichen ragten die kleinen, steifen Körper toter Vögel. Wenigstens hatte der Angriff die Straßen geleert, und mit der Kapuze meines Mantels tief im Gesicht folgte ich ihnen ohne Zwischenfall bis zur Stadtmauer. Als ich nah genug an der äußeren Umfriedung war, um sie überwinden zu können, ohne Alarm auszulösen, trat ich in den schattigen Eingang eines mit Brettern vernagelten Ladens und beobachtete die Soldaten, die entlang der Mauer und des offenen Geländes davor patrouillierten.

Nach allem, was ich gesehen und was Fronsac mir erzählt

hatte, lag das penullische Lager kaum mehr als eine Meile von der Stadt entfernt. Es handelte sich um ein weitläufiges, gefräßiges Gebilde, das im Umkreis von mehreren Meilen alles verschlungen hatte, was man essen konnte oder was für die Eindringlinge von Nutzen war. Das Lager war längst größer als die meisten umliegenden Dörfer und wuchs weiter, während immer mehr verschiedene Teile der Armee zur Vorhut aufschlossen und sich einrichteten.

Zu diesen Teilen gehörte der Geheimzirkel der dunklen Zauberer, die General Novstan dienten, ein Zirkel, der laut Fronsac von Navars persönlichem Lehrling angeführt wurde, dem Mann, der seine Söhne getötet hatte. Demselben Mann, zu dem man Tatyana bringen würde. Ich musste also nur aus der Stadt gelangen und das offene Gelände durchqueren, in dem beide Seiten gern Pfeile in alles jagten, was sich bewegte. Danach musste ich noch durch die penullische Verteidigung schlüpfen und in das Lager der Zauberer eindringen, die mir neulich das Augenlicht geraubt und mich um ein Haar getötet hätten. Anschließend könnte ich Tatyana holen und das Ganze in umgekehrter Reihenfolge noch einmal bewältigen. Ich spürte, wie sich bei dem Gedanken ein Grinsen in meinem Gesicht ausbreitete.

Die Dunkelheit würde sich als mein wichtigster Verbündeter erweisen. Bei Einbruch der Nacht würde ich die Mauer überqueren und den Weg zum Lager antreten. Ich konnte im Dunkeln beinah so gut sehen wie Menschen am Tag, daher war ich zuversichtlich, dass die Wachposten so gut wie blind sein würden, wenn ich durch die Finsternis schlich.

Ich zog die Bretter von der Eingangstür des Ladens und huschte hinein. Kurz brachte mich der Gestank verfaulter Zwiebeln zum Würgen, bevor ich mich dagegen wappnete. Ein flüchtiger Rundumblick offenbarte ein paar alte Brotkrusten. Nachdem ich sie verspeist hatte, setzte ich mich mit dem Rücken an die Wand und begann, meine Atmung zu verlangsamen. Ganz gleich, was geschehen würde, es würde eine arbeitsreiche Nacht werden, deshalb wollte ich meditieren und meine Hexenkunst vorbereiten.

Trotz der Gefahren, auf die ich zusteuerte, fand ich letztlich die Ruhe, die ich suchte, und ließ meinen Geist wandern. Ungebeten tauchten Erinnerungen an Navar auf, die ich zurückdrängte, denn ich wollte nicht in die Jahre der Folter zurückkehren, die ich durch seine Hand erlitten hatte.

Ich kämpfte noch dagegen an, als ich ein Fauchen hörte. Navar hatte vieles mit mir angestellt, aber er hatte mich nie angefaucht. Ich blinzelte die Bruchstücke des Traums weg und sah mich um. Es war irgendwann nach Einbruch der Abenddämmerung, und da sich Bretter vor den Fenstern des leerstehenden Ladens befanden, herrschte fast völlige Dunkelheit hier drinnen. Ich erweckte meine Nachtsicht und sah mich erneut um, als der rötliche Schimmer die Schatten vertrieb.

Das Fauchen wiederholte sich, und als ich den Kopf drehte, erblickte ich eine Katze, die sich mit durchgewölbtem Buckel langsam auf mich zubewegte. Der Kopf hing tief herab, als wäre er zu schwer für den dürren Hals. Etwas Ähnliches hatte ich schon einmal gesehen, und ein einziges Schnuppern bestätigte meine Befürchtung: Nekromantie. Die Katze hielt inne und fauchte erneut. Blut troff ihr aus Nase und Mund.

Ich stand auf und umkreiste das Tier, bereitete meine Hexenkunst vor, als es den Kopf drehte und mich beobachtete. In den Augen flackerte ein mattes Leuchten. Die Katze war eindeutig tot. Daher empfand ich keinerlei Mitgefühl, als ich einen dünnen Strang meiner Hexenkunst entfesselte und sie köpfte. Die Hitze des Gebildes sengte sich mit einem Wölkchen übelriechenden Dampfes mühelos durch den Hals.

Die Augen schauten mir weiter nach, als ich mich neben den Kopf kniete und den winzigen Schädel mit einer Mischung aus

Messerarbeit und Hexenkunst spaltete. Ich führte meiner Sicht etwas mehr Macht zu, als ich das Gehirn untersuchte. Es wäre erheblich einfacher gewesen, wenn es sich um einen Menschen gehandelt hätte, doch ich musste mit dem arbeiten, was mir zur Verfügung stand. Das hieß, eine Menge Geduld aufzubringen, aber letztlich fand ich es: ein einzelnes, weißes, am Übergang zwischen Schädel und Rückgrat eingerolltes Haar. Nachdem ich es mit einem Holzsplitter herausgepult hatte, beobachtete ich, wie es hin und her peitschte.

Ich verbrannte es mit einem Gedanken und lehnte mich zurück. Die Wolken und das darauffolgende Schauspiel von Donner und Blitzen waren beeindruckend gewesen, doch wenngleich sie einige Häuser und einen Turm zerstört hatten, war das lediglich eine aufwendige Ablenkung gewesen, kein Angriff. Weder Fronsac noch ich hatten die Absicht dahinter gespürt, weil sie auf niedere Geschöpfe wie Katzen und ähnliches Kleingetier abgezielt hatte. Deshalb hatten wir sie nicht als Bedrohung wahrgenommen. Anscheinend hatte sich Kardinal Polsson nicht damit begnügt, seine Würmer nur den Paladinen unterzujubeln. Er hatte zudem im Geheimen eine Armee von Tieren aufgestellt, um für ihn Krankheit, Angst und Chaos zu verbreiten. Gedanklich merkte ich mir vor, Tatyana zu fragen, ob dasselbe auch Tieren während der Belagerung von Aknak widerfahren war, dann säuberte ich mein Messer und trat den Kadaver von mir.

Die Nacht war angebrochen, und somit war es an der Zeit für mich, vom Gejagten zum Jäger zu werden.

KAPITEL NEUN

Der Bereich um die Stadtmauer wurde von zahlreichen Laternen erhellt. Aber dasselbe Licht, das die Soldaten als angenehm empfanden, ließ die Schatten dahinter im Vergleich umso dunkler erscheinen. Das nutzte ich zu meinem Vorteil und huschte rasch von einem zum nächsten. Es kam nicht infrage, eines der Tore in den Mauern zu benutzen, nicht bei so vielen Männern, die sie bewachten. Allerdings hatte ich weder die Absicht, sie zu verwenden, noch, über die Mauer zu klettern.

Auf dem Weg vom Palast zum Turm zuvor an diesem Tag war ich zu dem Schluss gelangt, dass ich den Geruch dieser Stadt gründlich satthatte – und noch mehr den Anblick all der Mauern und Dächer, die mich aus jeder Richtung zu erdrücken schienen. Schon zu dem Zeitpunkt war mein Blick zur Stadtmauer gewandert, deren Umrisse sich vor dem nächtlichen Himmel abzeichneten, und eine Idee hatte sich in meine Gedanken eingenistet. Die Erkenntnis, wie einfach es sein konnte, ließ mich den Kopf schütteln. Ich steckte schon so lange in diesem Körper, dass ich das Problem, die Mauer zu überwinden, wie ein Mensch betrachtet hatte, nicht wie ein Drache. Für einen Menschen handelte es sich um ein hochaufragendes, unüberwindliches Hindernis. Für einen Drachen hingegen stellten Mauern wenig mehr dar als etwas, über das er hinwegflog. Und wenngleich ich meine Schwingen zumindest vorläufig nicht besaß, hatte ich immer noch meine Hexenkunst.

Dass die Wolken die Sterne verhüllten, beeinträchtigte meinen Orientierungssinn nicht, und mein Hellsichtversuch hatte mir genug von dem penullischen Lager gezeigt, um den Weg dorthin zu finden. Und, was vielleicht noch wichtiger war, wo in dem Gewimmel von Zelten die Zauberer Tatyana festhielten.

»Wer ist da?«

Der Ruf kam von meiner Rechten und ließ mich vor Überraschung zusammenzucken. Meine Gedanken hatten dermaßen darum gekreist, was *hinter* der Mauer lag, ich hatte völlig vergessen, dass ich mich noch im Inneren befand. Eine Patrouille aus mindestens einem Dutzend Soldaten näherte sich mir. Die vordersten Männer hielten ihre Laternen hoch. Ich kniff die Augen gegen die unerwartete Helligkeit zusammen, und plötzlich gerieten die Männer ins Stocken. Ich hatte vergessen, dass ich meine Nachtsicht erweckt hatte, wodurch meine Augen beim Anpassen an das Licht grellrot geleuchtet haben mussten.

»Es ist der Dämon!«

Meine Augen aufblitzen zu lassen, setzte ich schon so lange als Trick ein, wie sich die Menschen vor der Dunkelheit fürchteten. Und wenngleich sie neuerdings Städte so groß wie Berge bauen konnten, in denen sie ihren Göttern huldigten, steckte in ihnen immer noch dieselbe Urangst.

»Gehabt euch wohl«, sagte ich nur. Damit entfesselte ich das Windgebilde, das ich während meiner Suche nach einem guten Startplatz bereitgehalten hatte. Was immer sie darauf erwiderten, ging im Tosen der Luft unter, in die ich mich in hohem Bogen schleuderte. Die Soldaten wankten verdattert zurück auf die Straße.

Ich ließ die Arme eng an den Körper gelegt, als ich in den nächtlichen Himmel aufstieg, so weit, dass sich die Dächer wie ein Spielbrett unter mir erstreckten. Ich segelte so hoch über die Mauer, dass kein einziger der Wächter unten aufschaute. Als ich den Höhepunkt des Bogens erreichte, den ich beschrieb, streckte ich die Arme aus und drehte mich, sodass ich im Fallen den Horizont beobachten konnte. Ein zweiter, weniger heftiger Windstoß verlangsamte meinen Abstieg. Zwar spritzte dennoch Schlamm auf, abgesehen davon jedoch landete ich so sanft, dass ich kaum die Knie beugen musste.

Die Mauer lag vielleicht anderthalb Bogenschussweiten hinter mir. Meiner Schätzung nach befand ich mich genau dort, wo ich sein wollte. Ich würde erst nach Süden aufbrechen und dann einer Kurve folgen, um das Lager von dem Sumpf an dessen östlicher Grenze aus zu betreten. An sich hatte ich nicht viel für Sümpfe übrig, doch soweit ich wusste, galt dasselbe für Menschen, und schlammiges Wasser würde mir eine weit bessere Deckung bieten als eine Ebene mit von Pferden plattgetretenem Gras. Ich fügte meiner Nachtsicht etwas Macht hinzu und setzte mich in Bewegung.

Ich befand mich wieder außerhalb der Stadt, meine Füße liefen über Erde statt über kalten Stein, und Mauern schränkten mich nicht mehr ein. Doch jegliche Freude über diese kleine Freiheit wurde im Keim vom anhaltenden Mief abgestandenen Regenwassers und einem durchdringenden Verwesungsgeruch erstickt, den die Brise einfach nicht zu verflüchtigen vermochte.

Ab und an verschafften mir die Rückstände von Pferdeäpfeln mit ihren erdigeren Duftnoten etwas Erleichterung. An einem großen Haufen hielt ich inne, kauerte mich hin und verrieb ein paar der Klumpen zwischen den Fingern. Ich sah eine ganze Menge davon. Dem Geruch und der Beschaffenheit nach schienen an der Stelle regelmäßig Reiter vorbeizukommen. Der frischeste Pferdeapfel war höchstens ein paar Stunden alt, eine deutliche Warnung, dass ich mich nicht mehr hier herumtreiben sollte, wenn es hell genug für die Reiter wurde, um wieder auf ihre Pferde zu steigen.

Ich wischte mir die Hände ab und stapfte mit schmatzenden Schritten weiter durch die Nacht. Wegen des weichen

Untergrunds und meines Gewichts hinterließ ich eine Spur, der selbst ein Blinder zu folgen vermocht hätte, doch dagegen konnte ich nichts unternehmen, außer auf ein kräftiges Unwetter zu hoffen, ob natürlich oder künstlich erschaffen.

Als sich der Abstand zwischen dem Lager und mir verringerte, konnte ich allmählich den Geruch und den Schimmer der penullischen Vorposten ausmachen. Man hatte sie so in zwei versetzten Linien angeordnet, dass sie sich gegenseitig im Auge behalten konnten. Das mochte an sich wirkungsvoll sein, allerdings verließ sich die Anordnung darauf, dass sie mich sehen können würden.

Ich beschleunigte die Schritte und war äußerst zufrieden mit mir, als mir der erste Hauch von Sumpfwasser in die Nase stieg. Parallel zu den gekrümmt nach Westen verlaufenden Vorposten setzte ich den Weg fort, und als das erste zarte Grau als Vorbote der Morgendämmerung den Himmel im Osten aufhellte, watete ich längst knöcheltief durch weichen Matsch.

Ich marschierte weiter, rückte tiefer in den Sumpf vor, bis ich überzeugt war, dass mich die Männer in den Vorposten nicht mehr sehen können würden, sobald die Sonne aufgegangen wäre. Trotz der durchdringenden Gerüche, die jeder meiner Schritte aufsteigen ließ, hielt sich der Gestank von verwesendem Fleisch in der Brise. Als ich mich durch ein Dickicht hartnäckiger Gräser kämpfte, fand ich schließlich heraus, weshalb.

Etwa dreißig Fuß vor mir hatte man einen Pflock in einen der zunehmend selteneren Flecken festen Bodens gerammt. Darauf aufgespießt prangte ein abgetrennter menschlicher Kopf. Zuerst dachte ich mir nicht viel dabei, verspürte nur eine gewisse Befriedigung darüber, die Quelle des Miefs aufgespürt zu haben. Überwältigte Feinde als Trophäen zur Schau zu stellen, war nun wirklich keine menschliche Erfindung.

Früher hatte ich das häufig selbst gemacht, sowohl um mit meinem Können zu prahlen, als auch um andere einzuschüchtern, die sonst vielleicht auf die Idee gekommen wären, mich herauszufordern. So durchdringend, wie der Geruch entlang der Linie der penullischen Vorposten gewesen war, vermutete ich, dass es über das Lager verteilt noch eine ganze Reihe solcher Trophäen gab.

Ich ging weiter, hatte jedoch erst wenige Schritte zurückgelegt, als ich hinter mir ein feuchtes Knirschen hörte. Als ich zurück zu dem Kopf schaute, öffneten sich seine Kiefer und er begann zu schreien.

Mehrere Herzschläge lang starrte ich ihn verdattert an, während das wortlose Kreischen die Geräusche von Insekten und blubberndem Wasser verdrängte. Ungläubig schüttelte ich den Kopf, rannte zurück und rammte eines meiner Messer durch die in die Stirn geritzte Rune, wodurch ich den Zauber zerstörte. Ein grünes Licht blitzte auf, brachte meine Hand zum Kribbeln und ließ Rauch aus den leeren Augenhöhlen quellen.

»Idiot«, schalt ich mich. Ich hätte wissen müssen, dass hinter dem Schädel mehr stecken musste. Wer brachte eine Trophäe schon in einem Sumpf an, wo niemand sie sehen konnte? Und mehr noch – mir hätte auffallen müssen, dass die Fliegen, die so emsig darum kämpften, sich an meiner ungeschützten Haut zu laben, den einfacheren Festschmaus verschmäht hatten, den das verwesende Fleisch des Schädels bot.

Ich zog das Messer heraus und säuberte es an einem Fleckchen brüchigen Grases. Ohne den Bann, mit dem die Totenbeschwörer den Schädel belegt hatten, holte ihn nun rasant der Zerfall ein, der ihm bisher verweigert worden war. Ich überquerte die Lichtung und ging an einer Stelle in Position, von der aus ich den Kopf noch sehen konnte. Dann richtete ich mich darauf ein, im Schatten einiger knorriger Büsche zu warten. Ich war neugierig, ob der Warnschrei Aufmerksamkeit erregen würde. Es war gerade mal Vormittag, also hatte ich noch reichlich Zeit, um das Lager vor Anbruch der Nacht zu erreichen. Die Neuartigkeit des Anblicks, wie ein Gesicht langsam von einem Schädel glitt, wich alsbald der Langeweile, und ich wollte mich schon erheben und weitergehen, als ich einen Vogel bemerkte.

Es handelte sich weder um einen besonders interessanten, noch um einen besonders hübschen Vogel, aber da ich seit dem tödlichen Zauberwerk vom Vortag überhaupt keine Vögel gehört hatte, erregte dieser dennoch meine Aufmerksamkeit. Er landete auf einem nahen Rohrkolben, hockte dort nur und sah merkwürdig zerzaust aus. Ich beschwor eine Ranke meiner Hexenkunst herauf und führte sie meiner Sicht zu. Dabei achtete ich darauf, das so langsam zu tun, dass man es nicht fühlen würde.

Je länger ich den Vogel beobachtete, desto untypischer kam mir sein Verhalten vor. Kleine Vögel saßen selten lang genug still, um Beute werden zu können. Und wenn sie sich rührten oder umsahen, dann mit flinken, ruckartigen Bewegungen. Dieser Vogel hingegen legte nicht einmal den Kopf schief, und als ich die Hexenkunst über meine Sicht legte, sah ich die Aura kalten, weißen Lichts, die ihn umgab.

Ich stärkte den Fluss der Hexenkunst und meine Konzentration darauf, in gleichem Maße entsetzt und fasziniert von dem Anblick. Es handelte sich um etwas oder jemanden, der sich als Vogel ausgab und das tote Fleisch des Tiers wie eine Marionette benutzte. Aber da Menschen nicht wussten, wie man fliegt, mussten sie auf die in dem winzigen Gehirn verankerten Erinnerungen und Instinkte zugegriffen haben. Ein Vorgang, der erhebliches Feingefühl und eine meisterlich beherrschte Ausführung erforderte. Beides hatte ich sehr lange bei keinem Zauberer mehr gesehen, außer vielleicht bei Fronsac. Und selbst dann würde ein solcher Trugbann nicht lange Bestand haben.

Als mir die Antwort kam, schnappte ich so laut nach Luft,

dass ich den Vogel in bisher nicht gezeigte Aufmerksamkeit versetzte. *Die Würmer.* Es musste an ihnen liegen. Ich sank tiefer in die Büsche, vergaß vorübergehend den Vogel und das über mich kriechende Getier. Alles lief auf diese Würmer hinaus.

Sie hatten das Gehirn jedes Untoten verseucht, dem Tatyana und ich begegnet waren, entweder als Gewirr kleiner, sich krümmender Maden oder in Form eines einzigen, vollgefressenen Monsters von der Größe eines menschlichen Daumens. Ich wusste, dass sie einen wesentlichen Bestandteil der Ausbreitung der Untotenplage darstellten, doch die Zeit und der stete Ansturm von Feinden hatten mir bisher wenig Gelegenheit gelassen, mich mit der Frage nach den Mechanismen ihres Wirkens zu befassen. Die Würmer waren erfüllt von den negativen Energien, mit denen die Totenbeschwörer arbeiteten, und sie bahnten sich immer einen Weg ins Gehirn. Polsson hatte etwas von einer Brücke gesagt, bevor ihn ein Bann getötet hatte, der ihm von seinem Meister auferlegt worden war. Ein Bann, der verhindern sollte, dass er Geheimnisse über die Würmer ausplauderte, und das bedeutete, was er gesagt hatte, musste wichtig sein. Aber eine Brücke zwischen was?

Ärgerlicherweise war der Vogel davongeflogen, während mir diese Gedanken durch den Kopf gegangen waren. Langsam stand ich auf und wischte die Insekten von mir ab. Mittlerweile wimmelte es an mir nur so von ihnen. Ich genehmigte mir einen kurzen Stoß hexerisch befeuerter Hitze, der alles an mir oder im Umkreis einer Armlänge vernichtete. An mehreren Stellen brachte das meinen Mantel zum Schwelen, davon abgesehen trocknete es ihn jedoch angenehm; eine unbeabsichtigte, aber durchaus erfreuliche Begleiterscheinung.

Das Vorankommen durch den Sumpf gestaltete sich langsam und ermüdend. Es war ein tückischer, übelriechender Ort, an dem es alles darauf abgesehen hatte, einen zu stechen, zu beißen oder zu ertränken. Tümpel, die seicht aussahen, besaßen einen Grund aus weichem Treibschlamm, und nur, dass ich rechtzeitig die Skeletthand eines unglücklicheren Wanderers sichtete, bewahrte mich davor, die eigene Reise in einer solchen Falle zu beenden.

Neben all diesen Hemmnissen musste ich außerdem darauf achten, die schreienden Köpfe zu meiden, die man aufgestellt hatte, wo immer der Boden fest genug war, um einen Pflock hineinzurammen. Als ich mich dem Lager näherte, sah ich nur eine penullische Patrouille. Der Lärm, den die Männer verursachten, bot mir reichlich Vorwarnung. Ich kauerte mich zwischen das Unkraut und die hohen Sumpfgräser, um sie unbehelligt vorbeiziehen zu lassen.

Mein Penullisch ließ zwar zu wünschen übrig, doch der Ton ihrer Unterhaltung ließ kaum Zweifel daran aufkommen, dass sie *stänkerten*, was, wie mir Tatyana einmal versichert hatte, als Allgemeinsprache für Soldaten galt. Das hatte für mich keinen Sinn ergeben, und sie hatte nur gelacht, als ich sie bat, es mir beizubringen, was ich ziemlich unhöflich fand.

Von den zehn Männern, die mein Versteck passierten, achtete nur einer wirklich auf die Umgebung. Die anderen schienen eher bedacht darauf, sich ständig auf die sonnengebräunten Arme und geröteten Hälse zu klatschen – vergebliche Versuche, die Bewohner dieses schrecklichen Ortes davon abzuhalten, sie bei lebendigem Leib zu verspeisen.

Ich ließ sie vorbei, bevor ich zu der Stelle eilte, von der aus ich das Lager betreten wollte. Das Gelände dort war recht unwirtlich und würde mir daher reichlich große, tiefe Schatten bieten, in denen ich mich bewegen konnte. Ich fand ein vergleichsweise trockenes Plätzchen und tötete alles, was dort oder in der Nähe kreuchte und fleuchte. Dann zog ich mir die Kapuze tief ins Gesicht und versuchte, mich ein wenig auszuruhen, während ich auf den Einbruch der Dunkelheit wartete.

KAPITEL ZEHN

Der Sumpf erwachte zum Leben, als die Nacht Einzug hielt. Das Summen der lästigen Fliegen und Stechmücken ließ nach, als die Frösche ihre quakenden Lieder anstimmten und sich andere kleine, tagschlafende Kreaturen dazu anschickten, zu fressen oder gefressen zu werden.

Auch ich erhob mich und klopfte den an mir getrockneten Schlamm ab. Anschließend dehnte ich meine Nackenmuskeln, indem ich den Hals erst in die eine, dann in die andere Richtung schief legte, rollte dann die Schultern, bis sie kein Knacken mehr von sich gaben, und schaute mich dabei um. Es war eine angenehm dunkle Nacht. Nur wenig Mondlicht drang durch die Wolkendecke. Ich hatte einige Zeit damit verbracht, meine Hexenkunst vorzubereiten, und führte behutsam jenen Gebilden etwas Macht zu, die meine Schritte dämpfen und die Farben des Mantels tarnen würden.

So gewappnet trat ich den Weg durchs Unterholz an, das die Grenze des Sumpfes bildete. Regelmäßig hielt ich inne, lauschte und schnupperte in der Luft nach unsichtbaren Feinden. Aber es fehlte jede Spur von weiteren lebenden oder untoten Wachen. Und dennoch – ich konnte die Magie in der Umgebung als einen wachsenden, wenngleich ziellosen Druck spüren, der schon bald richtig unangenehm werden würde.

Nach einer Weile traten meine Füße endlich auf festen Boden, und ich zog mich zwischen gesprungenen Felsbrocken hoch. Aus der Nähe erwies sich das Gelände als noch zerklüfteter; zerbrochen in schmale Schluchten, als hätte irgendein

Gott aus grauer Vorzeit mit einem Hammer auf die Umgebung eingedroschen. Vorsichtig erklomm ich einen Hang, nutzte die Risse im Gestein und die Stümpfe zäher Sträucher als Halt. Ich hatte mir den schwierigsten Pfad ausgesucht, einen Zugang, von dem die Verteidiger hoffentlich glaubten, dass kein Angreifer bei klarem Verstand ihn zu nehmen wagte.

Als die scharfkantigen Felsen und dürren Sträucher weicherem Gras wichen, nahm ich mir etwas Zeit, damit meine Arme ihre Kraft zurückerlangen konnten. Dabei beobachtete ich aufmerksam, wie das widerliche grüne Licht erneut in den Wolken erwachte. Ich führte meiner Nachtsicht einen Hauch Hexenkunst zu, als ich mich wieder in Bewegung setzte. Dadurch ging ich zwar das Risiko ein, bemerkt zu werden, andererseits wollte ich mir nicht das Bein in einem Kaninchenloch brechen oder in eine Grube mit Pfählen stürzen.

Das Passieren der ersten Linie von Wachen erwies sich nicht als Herausforderung. Im Gegensatz zu jenen, die vor der Stadt postiert waren, standen diese Männer zu zweit oder dritt herum und unterhielten sich zwanglos, manche mit Laternen in den Händen, manche ohne. Ich blieb tief geduckt, als ich an ihnen vorbeischlich, lauschte aufmerksam auf eine Veränderung in ihren Gesprächen und kroch zwischendurch auf dem Bauch wie eine Schlange, wenn es sein musste.

Der unwirtliche, zerklüftete Höhenzug, der an den Sumpf grenzte, wurde alsbald von den hügeligen Wiesen abgelöst, die bezeichnender für das Kernland von Krandin waren. Ich kauerte in der Dunkelheit und ließ den Anblick des penullischen Lagers auf mich wirken, das sich vor meinen Augen erstreckte. Es entpuppte sich als so hell erleuchtet, dass es auch ohne meine Nachtsicht nicht schwierig gewesen wäre, sich den Weg zu bahnen. Viele der Lampen strahlten ein enttäuschend stetes weißes Licht ab, was sie als das Werk von Zauberern kennzeichnete.

Das Gebiet außerhalb von Falkenburg wurde grob von der großen Straße in zwei Hälften geteilt, die nach Südland führte. Jede der Hälften wurde ihrerseits durch zahlreiche Hecken und niedrige Mauern untergliedert, welche die Grenzen der verschiedenen, die Landschaft sprenkelnden Besitztümer anzeigten. Das penullische Lager hatte sich mitten über die Straße ausgebreitet, und dieselben Hecken trennten nun die weitläufige Masse der Armee in verschiedene Teile auf.

Nicht zuletzt dank meines Hellsichtversuchs gestaltete es sich nicht allzu schwierig, die riesigen Zelte der Zauberer wiederzufinden. Sie befanden sich fast am äußersten Rand des Lagers, und eine schattige Sperrzone, in der keine Lampen oder Fackeln brannten, grenzte sie von den Zelten der gewöhnlichen Soldaten ab. Im Lager der Zauberer standen zwei große Zelte, umgeben von mindestens zwei Dutzend kleineren. Während ich hinsah, tänzelte ein Schimmer grünen Lichts über das Dach eines der größeren, dann schoss es empor wie ein umgekehrter Blitz.

Der Weg von meinem Versteck würde mich vorbei an zwei geplünderten Häusern hinunter zum Lager führen. Das kleinere Gebäude hatte durch ein kurzes, aber heißes Feuer Schaden genommen; vermutlich das Werk der Zauberer. Ich nahm keine Bewegung um das ausgebrannte Gebäude herum oder im Inneren wahr. Ich fand, es könnte eine überaus nützliche Zwischenstation sein, um den letzten Teil meiner Invasion zu planen.

Auf nach wie vor weichem Boden bewegte ich mich durch das Gras und hatte vielleicht die Hälfte des Wegs zu dem noch qualmenden Haus geschafft, als ich zum ersten Mal die Hunde hörte. Tiere im Allgemeinen reagierten meist nicht gut auf meinen Geruch, aber er hatte etwas an sich, das insbesondere Hunde geradezu in Rascrei versetzte. Ausnahmsweise schien mir das Glück hold zu sein, und der Wind wehte weiter zu meinen Gunsten, als ich in die tieferen Schatten entlang der Mauern des verheerten Hauses rannte. Der vertraute Geruch von Asche und Glut bot eine willkommene Abwechslung gegenüber dem Mief von Schlamm und sumpfigen Ausdünstungen.

Dicht an der Mauer schlich ich um die Ecke des Gebäudes, dessen Mitte das Feuer völlig verwüstet hatte. Das Gebälk ragte wie abgenagte Rippen heraus. Zwei Wächter standen am Vordereingang und unterhielten sich leise. Langsam durchquerte ich den Hof und vertraute darauf, dass die Hexenkunst sowohl meine Geräusche als auch meine Gestalt verschleiern würde. Ich fluchte bei mir, als zerbrochener Ton und Glasscherben unter meinen Füßen knirschten – aber keiner der Wächter schaute auch nur in meine Richtung. Rasch legte ich die letzten Schritte zurück, bevor sich mein übliches Pech einstellen konnte, und kletterte durch ein Fenster, das seine Scheiben verloren hatte. Dabei achtete ich darauf, den Großteil des Gerölls auf dem Boden zu meiden.

Zertrümmerte Möbel lagen zusammen mit weiteren Glas- und Tonscherben überall verstreut. Auch Blut war zu riechen. Ich folgte der Fährte zum gegenüberliegenden Ende des Raums, wo ein Leichnam zwischen den Überresten eines Tisches lag. Es handelte sich um einen Mann, dessen Hals als zornig-roter Stumpf unmittelbar über dem Kragen seines Hemds endete. Seine Hände wiesen tiefe Schnitte auf, was nahelegte, dass er nicht kampflos gestorben war. Aber nach seiner zierlichen Gestalt und runzligen Haut zu urteilen, schien die ihm angetane Gewalt völlig überzogen für die Bedrohung gewesen zu sein, die er verkörpert hatte. Ich ließ den kopflosen Körper unangetastet liegen und wollte gerade weiter ins nächste Zimmer, als ich vom Geschoss über mir Schritte hörte, auf die das Geräusch gedämpfter Stimmen folgte.

Rasch begab ich mich zur Treppe. Die Verfassung der Stufen schien ausreichend, um mein Gewicht zu tragen. Das obere Fenster würde mir eine bessere Aussicht auf meinen Weg bieten, und jegliche Auskunft, die ich aus Gefangenen herausquetschte, konnte auch nicht schaden. Wenn es den Unbekannten oben jedoch gelang, Alarm zu schlagen, würde das die Dinge gewaltig erschweren, vor allem, wenn die Hunde meinen Geruch witterten. Ich blieb geduckt und bewegte mich wie eine Echse, verteilte mein Gewicht so, dass die Holzstufen kaum knarzten, und erstarrte, wann immer sich die Menschen oben rührten oder redeten.

Als ich mich hoch genug befand, um über die oberste Stufe zu spähen, stellte ich fest, dass ich mich unnötig gesorgt hatte. In dem Raum hielten sich nur zwei Männer auf, beide standen mit dem Rücken zu mir und am Fenster, wo sie sich leise auf Penullisch unterhielten.

»Da, es beginnt«, sagte einer und zeigte auf etwas in der Dunkelheit draußen. »Pass gut auf und halt deine Augen offen.«

»Bist du sicher, dass wir weit genug entfernt sind?«

»Hör auf, dich wie ein Weib aufzuführen. Hier passiert uns nichts.«

Ich hievte mich hinauf, blieb in geduckter Haltung und schlich mich näher. Ich befand mich noch ungefähr ein halbes Dutzend Schritte hinter ihnen, als der Himmel draußen zu leuchten begann. Die Umrisse der Männer zeichneten sich gegen das widerliche grüne Licht ab, das die Nacht tünchte. Der Wind rauschte und wirbelte, ließ die Fensterläden laut rattern und wehte ihren Geruch in meine Nase. Ein menschlicher Geruch, allerdings gesättigt von verbrannten Gewürzen.

Zauberer.

KAPITEL ELF

Ich war so versessen darauf, einen Zauberer gefangen zu nehmen, dass ich keinen Blick auf den Tisch neben den beiden Männern warf. Hätte ich es getan, ich hätte die Reihe abgetrennter Köpfe und das aufgeschlagene Buch gesehen und vielleicht sogar erkannt, was die hier oben veranstalteten.

Aber ich tat es nicht, und deshalb jaulte ich spitz auf, als drei der Schädel schrill zu kreischen begannen. Mein Fuß rutschte von der letzten Stufe ab, als die Männer zu mir herumwirbelten. Sie waren zum Kampf bereit, und ich spürte ihre Magie aufflammen. Der Verteidigungsschild, den ich zuvor gewoben hatte, erwachte jäh zum Leben, und mir wurde ein Moment des Triumphs vergönnt, als er den ersten Zauberer ablenkte und die Wand entlangschrammen ließ, wo er eine leuchtende Furche in das Holz riss. Allerdings war der Schild lediglich als Notmaßnahme vorgesehen gewesen, und bevor ich auch nur daran denken konnte, ihn zu erneuern, stieß der zweite Zauberer seinen Stab wie einen Speer in Richtung meiner Brust.

Ich spürte die dumpfe Wucht der Entfesselung seines Zaubers, kurz bevor er mich rückwärtsschleuderte und ich durch das Geländer krachte. Ich war noch kaum ausgerollt, als der andere mit Ranken knisternder, violetter Energie auf mich einhieb, die meine Muskeln lähmte. Ich fühlte mich, als würde ich von einem Riesen gewürgt. Was mir gelungen war, an Macht zusammenzukratzen, zerfloss mir wie Öl zwischen den Fingern, während meine Haut unter den sich verengenden Wirbeln des feindlichen Zaubers Blasen schlug.

Ich schnappte nach Luft und wollte mit einer Willensanstrengung die Arme heben, um mich aus dem Würgegriff um meinen Hals zu befreien, aber meine Hände fühlten sich weit entfernt und so taub an, dass ich sie kaum spürte. Röchelnd saugte ich erneut Luft ein, doch es genügte nicht, um mir die nötige Kraft zu verleihen. Ich sackte zurück, als sich der Ring, der meine Sicht verdunkelte, enger und enger zog, bis ich in einen finsteren, bodenlosen Schacht fiel.

*

Die Reise zu Navars Universität ließ sich mit keiner vergleichen, die ich je davor durchlitten hatte. Henkman und seine Flegel waren derbe, dumme Geschöpfe gewesen, allerdings ohne die Grausamkeit, die Navars Männern innewohnte. Essen wurde mir nur selten angeboten, und wenn, dann war es so verdorben, dass es wohl selbst die Schweine verweigert hatten. Nachdem ich es ihnen zweimal zurückgeworfen hatte, bekam ich gar nichts mehr.

Über meinen Käfig wurde ein dicker Vorhang geworfen, der das Sonnenlicht aussperrte, nach dem ich mich so sehnte, und durch die Ketten und die zerfurchten Pfade, über die wir holperten, war an Schlaf nicht zu denken. Hätte ich geahnt, was mir noch bevorstand, ich hätte versucht, diese vergleichsweise angenehme Erfahrung zu genießen. Meine Ankunft in der Universität sorgte kaum für Aufhebens, abgesehen von einer Schar aufgeregter Zauberer, die sich verneigten und ehrfürchtig verstummten, als Navar aus seiner Kutsche stieg. Ihre schwachen Körper strotzten vor einer Grausamkeit, die bei Weitem jene der Strolche überstieg, die mich hergebracht hatten, und in den folgenden Jahren sollte ich sie alle zu hassen und zu fürchten lernen.

Unter allerlei Gebrüll und Verwünschungen steuerten die Treiber meinen Käfig durch das Tor der besseren Scheune, die mein neues Gefängnis werden sollte. Der Boden fiel zu etwas hin ab, das wie ein Amphitheater anmutete. Den Mittelpunkt bildete eine rechteckige, von Sägemehl bedeckte Fläche, begrenzt von polierten Hinkelsteinen. Jeder größer als ein Mann waren sie in regelmäßigen Abständen aufgestellt wie die Zähne eines vergrabenen Riesen. Es dauerte einige Augenblicke, bis ich begriff, dass es sich um meinen neuen Käfig handelte. Er war größer als der, in dem ich so lang gelebt hatte, allerdings sah er wesentlich dauerhafter aus und bot keinerlei direktes natürliches Licht. Ich überlegte noch hin und her, was ich davon halten sollte, als mein derzeitiger Käfig in der Nähe der Hinkelsteine zum Stehen kam.

»Wärter auf ihre Plätze!« Navars Stimme ertönte dröhnend und riss mich aus meiner Betrachtung der Steine. Die Gruppe der Zauberer hatte die Bücher beiseitegelegt und breitete sich in einem Kreis um den Käfig aus. Ihre Ringe, Halsketten und schweren Armreifen schimmerten auf der blassen Haut unter ihrer erwachenden Magie.

Meine Sinne wurden schärfer, als sich die Angst in meinen Geist einschlich. Meine zwei Nasenflügelpaare blähten sich weit, als mich Dutzende einander überlagernde Gerüche bestürmten: Pferdeschweiß, Menschenschweiß, Steinstaub, geschmolzenes Gold, Wachs und Blut, sowohl von Menschen als auch von Tieren, alt ebenso wie neu. Und durchdrungen wurde alles von gebündelter Magie, die ich als leicht schalen Geruch von Blitzen verbrannter Luft wahrnahm. Und die Magie wurde stärker. All die Zauberer ballten ihre Kräfte und stimmten in den Sprechgesang ein, den Navar unablässig wiederholte. Seine Worte übertönten die Stimmen seiner Untergebenen und hallten wider, als spräche er mit zwei Stimmen.

Die Empfindungsgrübchen entlang meines Unterkiefers nahmen all das als etwas wahr, das einer starken Strömung ähnelte, die mich umwirbelte, wie die Flut einen einsamen Baum erfasst. Aus schierer Sturheit hielt ich dem Druck stand, so lange ich konnte, doch es war vergebens. Die Schutzbanne, die Tiberius Talgoth in die Gitter seiner gerissenen Falle geritzt hatte, beraubten mich meiner Kräfte so gierig wie seit dem ersten Tag meiner Gefangenschaft, und es gab nichts, womit ich mich hätte verteidigen können. Ich spürte, wie mir mein Wille entrissen wurde, als sich die schreckliche Magie in meinen Körper und Geist bohrte; eine wesentlich innigere Schändung als alles, was sie mit einem Schwert oder einer Lanze zu vollbringen vermocht hätten. Sie stahlen mir meinen Leib, und ich konnte mich nicht dagegen wehren. Ich konnte nur zusehen, wie meine Glieder mit Bewegungen, die nicht von mir ausgingen, zu zittern und zu zucken begannen, als der Zauber seinem Höhepunkt entgegensteuerte.

Mit einem Knall kristallisierte sich die Magie und fuhr mir tief in den Schädel. Ihre Berührung fühlte sich kalt und widerwärtig an, wie eine Hand mit spitzen Krallen, die in meinem Schädel fuhrwerkte, ohne auf die Abscheu und das Grauen zu achten, die sie in mir verursachte. Die Magie, die sie durch meinen Körper leiteten, schlängelte sich wie ein Parasit durch meine Muskeln und Knochen. Ich konnte nur die Augen bewegen, und selbst das bloß mit großer Willensanstrengung, die noch mehr Blut aus meinen Nasenlöchern sickern ließ.

Mit größter Mühe schaute ich hinüber zu Navar, und mein Verdacht bestätigte sich. Er bildete den Kern, den Mittelpunkt dieses abscheulichen Geflechts, und bei den Sternen, er genoss es. Das war der erste Tag, an dem ich die Berührung seines Geistes richtig spürte, und hätte ich die Herrschaft über meinen Körper gehabt, ich hätte mich übergeben.

So sehr ich es wollte, ich konnte nicht einmal schreien, als er begann, mich aus dem plötzlich offenen Käfig zu bewegen. Seine Kontrolle über meine Gliedmaßen war schwerfällig, unbeholfen. Er verließ sich völlig auf die rohe Kraft, die ihm der Zirkel zuführte, um sein Ziel zu erreichen. Was in jenem Moment vollkommen nebensächlich war, da rohe Kraft vollauf genügte.

Ich gab es auf, mich gegen ihn zu wehren. Sonst würde er nur noch mehr Kraft anwenden, und ihm fehlten eindeutig das Feingefühl und das Geschick, um zu verhindern, dass er mich dadurch dauerhaft schädigte. Ich torkelte aus dem Käfig wie eine von den Händen eines Betrunkenen geführte Marionette und fiel plump zu Boden, weil er nicht wusste, wie man etwas mit vier Gliedmaßen bewegte. Ich landete ungeschickt und hätte mir um ein Haar einen Flügel gebrochen. Statt mich aufstehen zu lassen, leitete er mehr Energie in meine Beine und benutzte die kraftvollen Muskeln meiner Oberschenkel, um mich einfach als ungelenken Haufen vorwärtszuschieben. Mein Gesicht und meine Flügel schabten noch zweimal über den Boden, bis ich zwischen zwei der merkwürdig behauenen Hinkelsteine hindurchglitt.

Mit einem letzten Schub schleuderte er mich weiter, bevor er sich ruckartig von meinem Geist löste. Es war ein Herzschlag reiner, blendender Qualen, die mir tief ins Mark fuhren. Ich fühlte mich, als hätte er die Hälfte meines Gehirns durch eine Augenhöhle herausgezerrt und so hängen gelassen, auf dass Zwerge mit brennenden Hämmern darauf eindroschen.

Meine Sicht flackerte, dann verblasste sie zum Glück zu einem Nichts, von dem ich bald wünschen sollte, es wäre von Dauer.

*

Als ich die Augen aufschlug, verbrannte meine Überraschung darüber, noch zu leben, die letzten Reste der Erinnerungen, die aus den Tiefen meines nach wie vor heilenden Geistes aufgestiegen waren. Ich atmete tief ein und erstickte beinah an den Schmerzen, die von meiner misshandelten Kehle ausgingen.

Ich befand mich noch in demselben ausgebrannten Haus. Einer der Zauberer wickelte gerade ein Seil um meine Füße, um sie so zu fesseln, wie er es mit meinen Händen bereits getan hatte. Überrascht schaute er auf, als ich die Beine anzog. Doch statt sich zu entfernen, griff er nach seinem Stab. Ein schwerer Fehler seinerseits und für mich eine Gelegenheit, die ich nicht ungenützt verstreichen lassen würde. Ich trat mit beiden Füßen kräftig aus und bog ihm die Knie nach hinten durch, was klang, als würde in ein Dutzend Äpfel gleichzeitig gebissen. Zu schreien begann er erst, als er auf dem Boden aufschlug.

Unmittelbar bevor sein Gefährte mir seitlich gegen den Kopf zu treten versuchte, hörte ich, wie er sich hinter mir bewegte. Es wurde ein Treffer, der mich lediglich streifte, ausgeführt von einem Mann, der eindeutig nicht an körperliche Auseinandersetzungen gewöhnt war. Er brachte mich damit kaum zum Blinzeln. Als er einen zweiten Anlauf nahm, hatte er das Überraschungsmoment bereits verloren.

Ich drehte mich dem nächsten Tritt zu, als sein Fuß auf mich zukam, und ich spürte, wie sein Stiefel über meine Wange schrammte. Somit musste ich mich nur ein klein wenig vorbeugen, um die Zähne in sein Fußgelenk zu schlagen. Das Leder des Stiefels war für mein Drachengebiss keine Herausforderung. Der Zauberer kreischte auf die seltsame Weise von Männern und wollte zurückspringen, wodurch er die Wunde noch weiter aufriss. Ich gab ihn frei und würgte wegen des bitteren Geschmacks seines Blutes. Er fiel auf den Rücken und presste die Hände auf die Verletzung.

Mit zu Fäusten geballten Händen drückte ich die Ellbogen seitlich vom Körper weg und zerriss die Fesseln. Mein Gegner hechtete zu seinem Stab, aber ich entwand ihn seinem Griff, bevor er ihn auf mich richten konnte. Er lag gut in der Hand und zerbrach nicht mal, als ich damit auf den Schädel des zu meinen Füßen winselnden Zauberers drosch.

»Wir müssen uns unterhalten«, sagte ich in seiner Sprache, was ihn bewog, verblüfft zu mir emporzustarren. Er wollte einen weiteren Zauber wirken, während ich meine Beine von seinem toten Gefährten entwirrte, allerdings hatte ich gespürt, wie er seinen Armreif vorbereitete, also packte ich einfach seine Hand und drückte zu. Er war kein starker Mann. Noch bevor ich richtigen Druck ausübte, fühlte ich, wie etwas brach, was ihm einen spitzen Aufschrei entlockte. Als ich mit weitaus mehr Zähnen lächelte, als er erwartet hatte, verstummte er entsetzt.

»Lass uns reden«, schlug ich vor und zog ihn zu mir.

KAPITEL ZWÖLF

»Denk an unsere Abmachung, Zauberer.«

Zur Erwiderung murmelte der Mann etwas Unverständliches, ohne dabei aufzuschauen.

Infolge meines Bisses hinkte er deutlich, doch dagegen konnten im Augenblick weder er noch ich etwas unternehmen. Außerdem glaubte ich, dass ihn weit mehr beschäftigte, was ich gelobt hatte, mit ihm anzustellen, wenn er auch nur daran dachte, mich zu verraten.

Mit ihm als Vorhut erwies es sich als keine große Herausforderung, durch den äußeren Ring des Lagers zu gelangen. Mittlerweile hatten wir fast die innere Linie der Wachposten erreicht. Ich konnte sehen, dass uns mehrere der Männer beobachteten. Das gesamte Lager war in dasselbe milchig-grüne Licht getüncht, das in den Wolken über dem Bereich der Zauberer pulsierte, und das träge Flackern brachte meine Nachtsicht völlig durcheinander. Ich spannte die Arme an, um die Muskeln aufzuwärmen. Der Sack mit Köpfen, den ich als Teil meiner Tarnung trug, schaukelte dadurch hin und her.

»Wer ist da?«, rief einer der Wächter. Er hatte eine dieser Armbrüste in den Händen, wenngleich er sie vorerst noch auf den Boden zu seinen Füßen gerichtet hielt.

»Borel vom zweiten Zirkel«, rief der Zauberer zurück. »Und ein Begleiter. Das Losungswort ist *Adlerklaue*.«

Darüber lächelte ich. Menschen benutzten so gern Raubvogelbezeichnungen, als wäre es irgendwie unter ihrer Würde, stattdessen etwas Angenehmes zu verwenden.

»Dann komm, Zauberer.«

Danach schienen sie das Interesse an uns zu verlieren, wenngleich ich sah, wie mindestens zwei das sogenannte ›Engelszeichen‹ machten, eine primitive Geste, die das Böse abhalten sollte. Höchstwahrscheinlich ein Überbleibsel eines in Vergessenheit geratenen Zaubers oder Rituals.

Diejenigen, die uns nicht beobachteten, zogen sich rasch unter behelfsmäßige Unterstände zwischen den zwei breiten Gräben zurück, die sich über die gesamte Länge des Lagers erstreckten. Anscheinend wollten sie dem schaurigen Lichterspiel über ihnen nicht länger als unbedingt nötig ausgesetzt sein.

Ich folgte Borel über schlammige Pfade, die an dünnen Seilen zu erkennen waren, an die man farbige kleine Tücher geknüpft hatte.

»Was bedeuten die?«, fragte ich und zupfte an einem blauen Fetzen.

»Blau steht für Reiterei«, erklärte er mir. »Rot für schwer bewaffnete Fußsoldaten und Gelb für Bogenschützen.« Er lehnte sich auf seinen Stab und starrte mich an. Sein Gesicht glich einem Muster aus Schatten und grünstichigen Kurven. »Was glaubst du eigentlich, hier erreichen zu können? Du kommst hier nie lebend raus.«

»Das geht dich nichts an.«

Darüber lachte er, was mich überraschte. Eigentlich hatte ich damit gerechnet, dass er längst zu flüchten versucht hätte, auch wenn das selbstmörderisch gewesen wäre.

»Lüg mich nicht an«, sagte er. »Du wirst mich nicht gehen lassen.«

»Da irrst du dich.« Die Lüge kam mir ohne jedes Zögern über die Lippen. »Siehst du das?«

Ich zeigte zum größten der Zelte der Zauberer. Als Borel in die Richtung schaute, schoss mein Arm vor, und meine Hand legte sich um seine Kehle. Das erste Zudrücken würgte seinen Aufschrei ab, bevor er aus seinem Mund dringen konnte. Das zweite zerquetschte seinen Kehlkopf und brachte ihn für immer zum Schweigen. Ich fing ihn auf, bevor er fallen konnte, dann setzte ich mich mit der Leiche auf den Armen wieder in Richtung des Lagers in Bewegung. Der Sack mit den Köpfen blieb in einem nahen Graben zurück.

Die Pfade erwiesen sich als überwiegend verwaist, und die wenigen Männer, denen ich nicht ausweichen konnte, fanden anscheinend nichts dabei, dass ich einen toten Zauberer trug. Sie entfernten sich nur hastig so weit von mir, wie sie konnten, ohne den Pfad zu verlassen, die Köpfe gesenkt, um den Anblick des schmutzig-grünen Lichts zu meiden, das über den Himmel kroch.

Als ich mich schließlich dem dunklen Festungsgraben um den Hort der Zauberer näherte, warf ich den toten Borel achtlos in eine der breiten Rinnen, mit denen Ausscheidungen und Abfall aus dem Lager wegbefördert wurden.

Als Erstes fiel mir auf, wie aufgewühlt der Boden aussah. Und da zudem ein durchdringender Geruch von Pferdeäpfeln vorherrschte, folgerte ich, dass die Reiterei diesen Bereich als zeltfreien Weg aus dem Lager benutzte. Wichtiger und heikler jedoch war, dass ihn außerdem die Totenbeschwörer des Geheimzirkels als Sammelplatz für ihre Untoten verwendeten. Die standen in Reihen um das Lager der Zauberer, zehn Ränge tief auf den kürzeren Seiten, fünf auf den längeren. Nach einem ersten Blick schätzte ich ihre Zahl auf um die tausend, eher mehr. Der Geruch war schier unbeschreiblich und erklärte, warum zwischen den nächsten Zeltreihen so viel Weihrauch verbrannt wurde.

Vorsichtig bewegte ich mich weiter und achtete darauf, den Reitereiweg zwischen mir und den vordersten Untoten zu behalten, damit sie nicht auf meine Gegenwart ansprachen. Und so blieben sie völlig teilnahmslos; standen nur da, die schlaffen Gesichter dem Himmel zugewandt, während sich das abscheuliche Leuchten über ihnen in ihren perlweißen Augen spiegelte.

Ich bewarf den Nächstbesten mit einer Handvoll Erde, traf ihn satt am Kopf, doch abgesehen davon, dass er leicht schwankte, zeigte er keine Anzeichen, dass er meinen Angriff überhaupt bemerkt hatte. Was mich ermutigte, mich etwas näher hinzubewegen. Wenn das schon die gesamte Verteidigung war, würde sich diese Rettung einfacher gestalten, als ich zu hoffen gewagt hatte.

Während ich mich weiter näherte, achtete ich auf mögliche Reaktionen der Untoten. Ich befand mich fast nah genug, um die vordersten zu berühren, als das Summen der Magie auf einmal anschwoll. Ich schaute wie die Toten zum Himmel, wo plötzlich aus dem größten Zelt eine Säule grünen Lichts emporschoss und in die Wolken stach. Mehrere Atemzüge lang verharrte sie so, hell genug, um eigene Schatten zu werfen und beinahe massiv zu wirken. Dann verpuffte die Säule jäh und stürzte das Lager zurück in eine Finsternis, die von den flackernden Lampen und Fackeln nur mühsam zurückgedrängt werden konnte.

Der Himmel grollte wie ein verwundetes Tier, als sich die Magie nach außen durch die Wolken ausbreitete. Grelle, gelbgrüne Blitze zuckten dabei in unregelmäßigen Abständen durch die dunkle Masse. Die Blitze wiesen ein grobes Muster auf, das mir etwas verdeutlichte: Welch grausigen Bann die Zauberer auch entfesselt hatten, er steuerte geradewegs auf die Stadt zu.

Ich beobachtete immer noch die Ranken der Blitze und versuchte, zu verstehen, warum einige andere Farben aufwiesen, als plötzlich ein kalter, schwerer Körper gegen mich krachte. Der unerwartete Zusammenstoß riss mich von den Beinen und ließ mich im Schlamm landen. Zähne schrammten schmatzend meinen Arm entlang, rissige Fingernägel kratzten über mein Gesicht, verfehlten nur knapp meine Augen.

Ich stemmte die Füße in den Boden, wölbte den Rücken ruckartig in die Höhe und warf den Untoten von mir ab. Gleichzeitig packte ich seinen fuchtelnden Arm, bog ihn über meine Brust, als er landete, und brach ihn am Ellbogen. Ich ließ los, als der wiederbelebte Tote den Kopf vorschnellen ließ. Seine Zähne klackten aufeinander, während seine Füße im Schlamm strampelten, denn er versuchte geradezu verzweifelt, mich zu erreichen. Ich stieß ihm die Hand entgegen und bohrte den Daumen in ein Auge. Mit der anderen Hand packte ich ihn am Kinn und drehte den Kopf, bis ich spürte, wie sich das Rückgrat vom Schädelansatz löste. Da brach er zusammen und lag zuckend da, als sich sein Körper daran erinnerte, dass er schon lange tot war.

Als ich aufschaute, stellte ich fest, dass die anderen mit ihren fahlen Augen auf mich herabblickten. Ihre Hände zitterten an den Seiten, als sie die Köpfe hin und her drehten, als wollten sie mich stumm tadeln. Rasch kroch ich rücklings. Die Demütigung, mich durch Schlamm und Pferdemist zu schieben, empfand ich als geringen Preis dafür, einen Kampf gegen eine ganze Legion von Wiedergängern zu vermeiden.

Sie folgten mir nicht, obwohl die vorderste Reihe immer noch sichtlich aufgebracht war. Die Köpfe der Gestalten wackelten, ihre Hände krallten durch die Luft. Schnell rappelte ich mich auf die Beine und entfernte mich von dem gefallenen Wiedergänger. In der Ferne grollte Donner und hallte über Falkenburgs Mauern. Kurz zeichneten sich die Umrisse der Türme im grellen Schein der auf sie einprasselnden smaragdgrünen Blitze ab.

Nach der Entfesslung des Banns hatte sich das zermürbende Summen von Magie, die vom Lager ausging, auf ein nahezu erträgliches Maß gelegt. Ich nutzte die Gelegenheit, um meine Schutzzauber in Ordnung zu bringen und etwas Energie dafür zu verwenden, die von ihrer Magie verursachte Trägheit abzustreifen. Dann betrachtete ich die Mauer der Untoten, die das Lager der Zauberer umgab, und lächelte. Eine *Mauer* aus toten Körpern.

Menschen liebten Mauern, allerdings wirkten Mauern nur gegen Wesen, die sie *zu Fuß* überwinden mussten. Nach wie vor lächelnd rückte ich in die Dunkelheit zurück und begann, nach einem nicht allzu weichen und schlammigen Fleckchen Boden Ausschau zu halten. Nach etwas, über das man einen Anlauf nehmen konnte.

*

Ich landete unter aufspritzendem Schlamm ungefähr zwanzig Schritte hinter dem letzten Untoten. Es wurde nicht meine anmutigste Landung, aber da ich die tödlichen Schutzbanne der Zauberer noch frisch im Gedächtnis hatte, wagte ich nicht, mehr als das nötige Mindestmaß an Energie für mein Windgebilde einzusetzen. Tief geduckt brachte ich etwas Abstand zwischen mich und die Wiedergänger und hielt auf die nächstbeste Deckung zu, einen unordentlichen Stapel großer Holzkisten.

Der Schlamm im Lager der Zauberer roch noch fauliger als das abgestandene Regenwasser im Sumpf, doch ich hatte keine Zeit, mir den Kopf darüber zu zerbrechen. Die Zauberer waren noch wach. So nah bei den Zelten, in denen sie arbeiteten, konnte ich fühlen, wie die schädliche Ausstrahlung ihrer dunklen Magie gegen meine Haut drückte. Es fühlte sich an wie ein dicker, gefrierender, tödlicher Nebel – der Art, die einem mit jedem Atemzug die Wärme aus dem Leib saugt, bis man einschläft und stirbt, ohne es überhaupt zu merken.

Ich bewegte mich näher zu den Kisten. Jede erwies sich als so lang wie ich und halb so breit. Dort wartete ich ab, ob jemand meine Ankunft bemerkt hatte. In der Nähe der größeren Zelte standen einige Männer, die ich als Zauberer einschätzte. Sie unterhielten sich in Vierer- oder Fünfergruppen oder schauten in Richtung der Stadt, während sie an Pfeifen pafften, wie auch Kräh eine besessen hatte. Der süßlichere Geruch der Kräuter, die sie rauchten, bot eine willkommene Abwechslung zum Gestank der Toten und dem des fauligen Schlamms.

Den äußeren Umkreis ihres Lagers säumten ähnliche Ansammlungen von Kisten und Fässern. Hinter dieser unordentlichen Barriere bildeten ihre Zelte dieselben ordentlichen Reihen wie die der restlichen Armee. Soweit ich es erkennen konnte, hielten sich weniger als einen Speerwurf von mir entfernt mindestens vierzig Zauberer auf. Und dabei war noch nicht die unbekannte Anzahl derer berücksichtigt, die sich in jedem der größeren Zelte befanden. Der Gedanke brachte mich zum Schaudern. Unter so vielen Zauberern hatte ich mich seit den dunkelsten Tagen meiner Gefangenschaft nicht mehr aufgehalten.

Ich schaute nach Osten und fluchte angesichts des sich aufhellenden Horizonts. Mein Eindringen hatte länger als erwartet gedauert. Die Chancen, unter so vielen Zauberern auf derart engem Raum bei Tageslicht unbemerkt zu bleiben, gefielen mir ganz und gar nicht.

Also machte ich mich so leise wie möglich ans Werk, verschob einige Kisten und schuf in der Mitte eine Art Unterschlupf. Ich achtete darauf, nichts an der Unordnung auf der großen Plane zu ändern, die den Kistenstapel abdeckte, damit das gesamte Gebilde für einen Ahnungslosen unangetastet aussah. Ein gewiefter Zug meinerseits, auf den ich recht stolz war.

Als die morgendlichen Hörner erklangen und durch das penullische Lager hallten, war ich bereits in das schattige Versteck gekrochen, das ich mir geschaffen hatte, und richtete mich auf einen äußerst langen und unbequemen Tag ein.

DIE PERSÖNLICHEN ANNALEN VON TIBERIUS TALGOTH, ERZMAGIER

Gestern fiel ich die Treppe hinunter. Ich wollte in die Küche, da die Notwendigkeit, etwas zu essen, letztlich den Kummer wegen des bedeutungslosen Todes meines Vaters überstiegen hatte. Es war ein kleines, dummes Versehen, dass ich stolperte, doch in meinem geschwächten Zustand knickten mir die Knie ein, und ich kullerte die gesamte Länge der Stufen hinunter.

Es erwies sich als eigenartige Erfahrung, denn es war, als beobachtete ich von außen, wie ich fiel.

Als mein Körper unsanft zum Liegen kam, kehrte ich in ihn zurück und verharrte keuchend, während sich meine Brust zunehmend wie zugeschnürt anfühlte. Ich wusste, dass sich der Tod näherte, konnte jedoch nichts anderes tun, als zu hecheln wie ein Hund, während ich in Dunkelheit versank. Meine Atmung setzte aus, als der letzte Lichtpunkt entschwand, und ich spürte, wie sich der Boden unter mir teilte wie die Kiefer eines Ungeheuers aus der Tiefe.

Ich fiel in einen eiskalten Schlund. Irgendwie bekam ich wieder Luft und schrie, als hohläugige, brüllende Fratzen und haschende Hände aus den Wänden hervorschossen, um nach mir zu schnappen und an mir zu krallen, als ich an ihnen vorbeistürzte. Im Fallen drehte ich mich, und der Schrei gerann auf meinen Lippen, als ich gewahr wurde, was mich unten erwartete.

Es handelte sich um einen riesigen, gefrorenen See milchigen Wassers mit Ufern aus einer Masse gesplitterter Knochen und achtlos weggeworfenen Fleisches. Ich beobachtete unzählige, entstellte Gestalten, die sich blindwütig gegen die eisige Barriere warfen, weil sie verzweifelt zurück ins Licht wollten. Ich selbst befand mich wenige Haaresbreiten von der brüchigen Oberfläche entfernt, so nah, dass ich mein Spiegelbild darauf sehen konnte, als sich mein Fall jäh verlangsamte. Eine gefühlte Ewigkeit schwebte ich und sah dabei zu, wie sich Dampfschwaden Schlingpflanzen gleich um mich rankten. Aber als mich ihre frostige Berührung umschlang, spürte ich, wie ich wieder aufstieg und zurück zum goldenen Licht des Lebens raste.

Mit einem mächtigen Japsen erwachte ich in meinem Bett und erschreckte Neville, meinen betagten Leibdiener, so heftig, dass ich ihn um ein Haar in den Tod gestürzt hätte. Er hatte mich von dessen Schwelle zurückgeholt, hatte mir das Herz massiert und mir Atem in die Lunge geblasen, bis sich beide Organe ausreichend erholt hatten, um sich daran zu erinnern, worin ihre Aufgabe bestand. Ich umarmte den Mann innig.

Wie ein Schlag ins Gesicht, der die Hysterie eines Weibes abstellt, beendete diese Beinahe-Bekanntschaft mit dem Tod für mich letztlich die schreckliche Wehmut, die mich so lange in ihren Klauen gehabt hatte. Erfasst von neuer Klarheit sowohl des Geistes als auch der Sicht erhob ich mich aus dem Bett, sobald ich dazu in der Lage war.

Ich sah den Staub, der im Turm alles bedeckte, und beobachtete, wie so viele meiner Diener lachten und sich einen schönen Lenz machten. Sie alle jagte ich mit Schimpf und Schande und nur mit den Kleidern am Leib aus meinem Heim, was diejenigen jubeln ließ, die mir treu und ergeben geblieben waren. Da dies ihre Stimmung beträchtlich hob, dauerte es nicht lange, bis sich der Turm erneut wie ein Zuhause anfühlte. Auch begann ich wieder zu essen, und ich kehrte zum ersten Mal seit dem Tod meines Vaters ins Arbeitszimmer zurück, konnte es auf einmal kaum erwarten, mit dem neuen Werk zu beginnen.

Der Tod hatte mich holen wollen, doch es war kein bedrohlicher, schwarz gewandeter Schnitter gewesen. Ich hatte keine Gegenwart gespürt. Auch keine bösartigen Gedanken, die sich versammelt hatten, um mir die Seele aus dem Leib zu zerren und sie vor ein unsterbliches Gericht zu schleifen. Der Tod war kein empfindungsfähiges Wesen, sondern nur eine weitere Kraft, der Magie nicht unähnlich. Und wenn ich die eine Kraft meinem Willen unterwerfen konnte, so gab es kein Gesetz, das verhinderte, dass mir das nicht auch bei der anderen gelang.

Im Tod hatte ich einen Neuanfang für das Leben gefunden, und in den folgenden Wochen und Monaten verwandelte sich mein Zuhause zunehmend in ein Gebeinhaus, als sich die Erfordernisse meiner Forschung steigerten. Meine Kenntnisse überstiegen bereits jene der örtlichen Totenpriester, die alles, was nicht in ihren Überlieferungsbüchern geschrieben stand, als Ketzerei betrachteten! Ihre ahnungslose Sturheit war mehr als ärgerlich, deshalb beschritt ich diesen Weg nur mit einigen wenigen meiner vielversprechenderen Lehrlinge, die so wie ich verstehen, dass man die Moral dem Wissen unterordnen muss.

Trotz meines Rückzugs aus der Gesellschaft weitete sich mein Ruf aus. Dadurch wurde es einerseits einfacher, Material für Studien zu beschaffen, andererseits erregte es den Zorn der Kirche. Es überraschte mich nicht, als ich zum Ketzer gestempelt wurde. Ich verschloss einfach meine Grenzen und achtete nicht auf ihre Erlasse.

Nach ihrer Bekanntmachung kamen zwei volle Jahre lang keine Schüler mehr zum Turm, doch mitten im dritten Jahr erwachte ich und fand ein Dutzend Ritter in Rüstungen draußen vor, wie sie an meine Pforten hämmerten.

Ich wappnete mich für das Schlimmste, bevor ich eine Klappe öffnete, durch die sich der Größte der Recken als Aethbert vorstellte, Sohn des Edmund Henkman. Letzterer war ein Vasall, der meinem Vater mit großer Treue und Hingabe gedient hatte.

Ich gewährte seinem Sohn Audienz und freute mich darüber, wie freundlich er zu sein schien und wie gewählt er sich auszudrücken verstand. Sein Auftreten und Gebaren überzeugten mich derart, dass ich bald seine gesamte Gesellschaft einlud, und in der Küche herrschte ein reges Treiben, wie es der Turm seit Jahren nicht mehr erlebt hatte.

Wir tafelten bis tief in die Nacht und stießen viele Male auf das Andenken meines Vaters an. Und obschon ich Krieger in der Regel als derb und stumpfsinnig empfinde, genoss ich die Gesellschaft dieser Männer.

Bei Anbruch der Morgendämmerung beobachteten Aethbert und ich vom Dach aus, wie die Sonne aufging, während wir über einer Feuerschale Brot knusprig rösteten. Ich hatte lange darauf warten müssen, dass er mir den Zweck seines Besuchs offenbarte, was er jetzt aber tat. Ich saß erstaunt da, vergaß sowohl die Sonne als auch das Brot, als er mich bat, mich seinem hehren Unterfangen anzuschließen, einen Drachen zu erlegen.

Zuerst lachte ich darüber, dann schalt ich ihn einen Narren, dass er die Hilfe eines Zauberers meines Könnens suchte, um eine zu groß geratene Echse zur Strecke zu bringen.

Mein Gelächter erstarb jedoch rasch, als er mir schilderte, wie König Jorak Eisenfaust, der letzte der Kampfkönige, seine große Armee gegen denselben *Wyrm* ins Feld geführt hatte. Mein Vater war mit Jorak geritten und wurde nicht aufgrund einer Tücke des Alters zum Letzten, sondern weil er der Tödlichste von allen war. Der Drache hatte sie gefunden und in einem einzigen Überflug den König samt all seiner Recken zu einer unkenntlichen Masse aus Stahl und verkohltem Fleisch verbrannt.

Aethbert und seine Kriegerpriester waren unterwegs zu einer großen Musterung, bei der sie einen Kreuzzug zur Vernichtung der Kreatur anführen würden. Es ging um einen echten Drachen, ein Wesen aus Legenden. Schonungslos, mächtig … und *unsterblich.* Bei der Vorstellung, was ich über den Tod von einer Kreatur lernen könnte, die ihm zu trotzen vermochte, wurde mir vor lauter Vorfreude schwindlig. Da wusste ich, dass ich zustimmen würde, mich dem Kreuzzug anzuschließen, doch ich wagte nicht, meine wahre Absicht vor Aethbert auszusprechen.

KAPITEL DREIZEHN

In dem Loch erwies es sich als genauso feuchtkalt und ungemütlich, wie ich es mir vorgestellt hatte. Statt zu versuchen zu schlafen und die damit verbundenen Wagnisse einzugehen, beschloss ich, zu meditieren. Erholsam sollte es werden, aber leicht abzuschütteln, und ich wagte nicht, auf Hexenkunst zuzugreifen, die ein vorbeigehender Zauberer vielleicht spüren könnte. Da ich zuletzt herzlich wenig Zeit für mich allein gehabt hatte, begrüßte ich die Gelegenheit, mich auszuruhen und nachzudenken, ungeachtet des Schlamms unter mir.

Ich machte es mir so gemütlich wie möglich, ließ meine Augen zufallen und begann, mich auf meine Atmung zu konzentrieren. Ich versetzte mich mit Willenskraft in einen wachen, aber hoffentlich dennoch erholsamen Zustand. Und selbst, wenn es mir nicht gelang, so würde mir der Versuch zumindest Zerstreuung bieten.

Ich hatte damit gerechnet, mir den Platz mit allen möglichen Insekten und Würmern teilen zu müssen, doch die einzigen Anzeichen von Leben, die ich spürte, gingen von den nächsten Zauberern aus. Alles andere war entweder aus diesem Bereich geflohen oder bei dem Versuch umgekommen. Ich schüttelte den Gedanken ab und spürte, wie ich mich allmählich entspannte, und als sich meine Atmung verlangsamte, sickerten lange unterdrückte Erinnerungen in meinen Dickschädel …

Der Tag war schöner, als es dem Herbst eigentlich zustand. Die Sonne hing am Himmel, als wolle sie sich nicht weiterbewegen, und sie wärmte die Luft der tiefsten Gefilde des Tals ein letztes Mal. Die sanfte Brise trug mir auf dem sonnigen Stein, auf dem ich lag, das Gezwitscher von Vögeln zu. Ich fläzte mich ohne Rücksicht auf die Würde meiner Erscheinung an dem Plätzchen, gab völlig dem Bedürfnis nach, mich so viel Licht wie möglich auszusetzen, bevor der Winter Einzug halten würde.

Ich war schon eine Weile dort, als ich sie über mir hörte, kurz bevor ich ihren Schatten über den goldenen Baldachin des Waldes unter ihr rasen sah. Allerdings hörte ich sie nicht landen. Das konnte ich nie, denn sie besaß so viel Anmut, dass sie hinter einer Gazellenherde zu Boden sinken konnte, ohne dass auch nur ein Tier mit einem Ohr zuckte.

Ihr Schwanz schlängelte sich unter meinen Flügel und stupste mich in die Rippen. Seufzend legte ich die Schwinge an, schaffte Platz für sie, damit sie sich neben mir ausstrecken konnte. Ihr Hals schmiegte sich an meinen, und sie schob den Kopf unter mein Kinn. Wir sprachen beide kein Wort. Das war nicht nötig, nicht an einem Tag wie diesem. Stattdessen lagen wir nur da, bis die Sonne letztlich ihre Herrschaft über den Himmel abtreten musste und langsam hinter dem Ende des Tals versank.

Danach beobachteten wir, wie die Sterne hervorkamen, als die Nacht in unserer Welt Einzug hielt. Am nächsten Morgen wollte ich für eine letzte Jagd zur Südküste losfliegen, um unsere Vorratskammer für den Winter prall zu füllen, wie ich es jedes Jahr tat, so lange ich zurückdenken konnte. Es gefiel mir nicht, längere Zeit von ihr getrennt zu sein, noch weniger jedoch gefiel es mir, zu frieren und zu hungern.

Damals wussten wir beide nicht, dass dies unser letzter gemeinsamer Tag sein sollte.

»Ich hätte bleiben sollen.«

Meine eigenen Worte beendeten die Meditation. Ich ließ den Kopf in den Schlamm sinken, ohne auf dessen schleimige

Berührung zu achten, und versuchte, mir ins Gedächtnis zu rufen, wie sich ihre Haut angefühlt hatte. Ihre Schuppen waren feiner als meine gewesen, und während die Ränder der meinen einen Rotton aufwiesen, hatten ihre golden geschillert. Ich unterdrückte ein unverhofftes Schluchzen und rieb mir heftig das Gesicht; und sei es nur, um mich von dem Gedanken an die schmerzliche Leere abzulenken, die jene Erinnerung in meiner Brust aufgerissen hatte.

Meine wunderschöne Anakhara.

Sie war der Grund, warum ich hier im Schlamm lag. Oder vielmehr war ihr Tod der Grund. Ihr schrecklicher, einsamer Tod, jenes grauenhafte Ereignis, das mich so lange vor rasender Wut in den Wahnsinn getrieben hatte, dass die Zornesglut immer noch in mir schwelte. Mein Geist, der zuvor so knausrig mit seiner Fülle an Erinnerungen umgegangen war, bot mir auf einmal zu viel davon.

Mit einem inneren Aufschrei verdrängte ich die grausamen Bilder und presste mir die Handballen in die Augen, bis ich nur noch umherschwirrende Lichtpünktchen sehen konnte. Über achthundert Jahre waren seither vergangen, doch der Schmerz fühlte sich noch genauso frisch und unerträglich an wie am ersten Tag.

Ich ließ die Hände sinken und zwang mich, die Aufmerksamkeit auf meine Atmung zu lenken, bis sich sowohl der Kloß im Hals auflöste als auch die wiedererwachte Wut in meiner Brust abklang.

Nachdem ich die Fassung zurückerlangt hatte, spähte ich unter der Plane hindurch. Der Schattenfall verriet mir, dass der Großteil des Nachmittags verstrichen sein musste. Vom umliegenden Lager wehte ein durchgehendes Hintergrundrauschen herüber. Die Kombination von Männern und Pferden klang beinahe wie in dem Lager, in das mich Prinz Jeans Soldaten einst gebracht hatten.

Allerdings interessierte mich hier die Armee selbst nicht. Ich legte die Hände auf den Schlamm und bohrte die Finger hinein, so tief ich konnte, bevor ich einige Ranken entsandte. Die Fühler meiner Hexenkunst teilten sich wieder und wieder, bis sie sich zu einem Netz verästelt hatten, um das mich eine Spinne beneidet hätte. Mit geschlossenen Augen ging ich die Schwingungen durch, die ich durch das Geflecht wahrnehmen konnte. Ich filterte die des Hauptlagers heraus und widmete mich dem weicheren Pochen menschlicher Füße in der Nähe meines Verstecks.

Es handelte sich um ein ziemlich feines Gebilde, das Zeit in Anspruch nahm, und als ich es letztlich in sich zusammenfallen ließ, war die Sonne bereits untergegangen. Die Zauberer waren nicht annähernd so rege wie die Armee, wodurch mein unterirdisches Hellsehen umso schwieriger gewesen war, weil mir deutliche Schwingungen verweigert wurden.

Dennoch wusste ich mittlerweile mehr über sie als bei meiner Ankunft. Beispielsweise, dass mindestens die Hälfte der Zauberer ihre Zelte den ganzen Tag lang nicht verlassen hatte, was ich einer Erschöpfung infolge ihrer Arbeit in der vergangenen Nacht zuschrieb. Außerdem wusste ich, dass jeder zweite Zauberer den Großteil seiner Zeit in dem zweiten der großen Zelte oder in dessen Umfeld verbrachte. So viele Zauberer an einem Ort jagten mir ein Kribbeln über die Haut, das verursachte, dass Erinnerungen in meinen Geist drängten, zu denen ich nicht zurückkehren wollte.

Was machen die da drin?

Ich hätte ja zu gern eine zartere Ranke zu dem Zelt geschickt, in dem sie sich scharten, doch die Stärke ihrer Schutzbanne war schlichtweg überwältigend. Mein tastendes Geflecht aus Hexenkunst hatte zudem wenigstens eine wichtige Erkenntnis geliefert: Tatyana war nicht hier. Sonst hätte ich *irgendetwas* gespürt, davon war ich überzeugt. Doch stattdessen nahm ich keinerlei Echo von jenem Funken Hexenkunst wahr, den ich in ihr hinterlassen hatte. Die Verbindung hatte auch keine weiteren Heilkräfte von mir verlangt, daher wusste ich zumindest, dass sie nicht erneut verletzt worden war. Ich würde ihre Spur wiederfinden müssen, doch das konnte ich erst, nachdem ich die erstickende Atmosphäre dunkler Magie im Lager verlassen hatte.

Nachdem ich mich vergewissert hatte, dass sich niemand in der Nähe aufhielt, wagte ich mich vorsichtig aus meiner behelfsmäßigen Zuflucht hervor. Die giftigen Wolken verdeckten zwar nach wie vor die Sterne, aber ich konnte ansatzweise den Sonnenuntergang sehen, einen blutroten, von goldenen Schlieren durchzogenen Streifen über dem Horizont. Ich fand den Anblick erhebend.

Nach einer weiteren Überprüfung, ob ich auch keine ihre Runden drehenden Wachen, aufgespießten Köpfe oder umherschleichenden Totenbeschwörer übersehen hatte, bahnte ich mir den Weg zum Rand des Lagers, indem ich von Abfallhaufen zu Abfallhaufen schlich.

Jenseits der Grenzen des Lagers der Zauberer gab es kaum Deckung. Was ein Problem darstellte, denn es trieben sich deutlich mehr Wachleute in der Gegend herum als in der vergangenen Nacht, sowohl lebendige als auch untote. Außerdem gab es mehr der von Zauberern geschaffenen Lampen. Jede leuchtete mit einem steten, silbrigen Licht, das ihr gesamtes Umfeld jeglicher Schatten beraubte. Zwar glaubte ich nicht, dass es schwierig wäre, sie zu löschen, nur würde zwangsläufig jemand bemerken, dass sie ausgegangen waren. Wenigstens hielten sich in der Nähe keine Hunde auf.

Ich wollte unbedingt erfahren, was sie in dem großen Zelt trieben. Von meinem Standort erforderte die vielversprechendste Route, die ich sehen konnte, die Überquerung eines gesamten Pfads ohne jede Deckung, bevor ich durch zwei Zeltreihen müsste. Aber ich würde dadurch die natürliche Vertiefung entlang des Lagerrands nutzen können. Meiner Schätzung nach würde mich das hinter die nächste Ansammlung von Zelten führen, wodurch ich zu einer Stelle gelangte, von der es mir gelingen sollte, in das große Zelt zu spähen.

Das hielt ich für einen guten Plan. Also erweckte ich erneut das Gebilde zur Tarnung meines Körpers und achtete darauf, es so langsam zu tun, dass ich sofort aufhören konnte, sollte irgendein Schutzbann reagieren. Es dauerte eine Weile, aber es aufrechtzuerhalten, war nicht so erschöpfend, wie ich angesichts all der Magie in der Umgebung befürchtet hatte.

Ich erhob mich aus der Hocke und überquerte den Pfad mit steten Schritten. Das Leuchten meiner Augen verbarg ich bestmöglich unter der Krempe der Kapuze. Die nächsten Wachen waren zwei lebende Soldaten, und die Versuchung, jäh zu erstarren, als einer in meine Richtung schaute, erwies sich als beinah überwältigend. Aber ich blieb in Bewegung, vertraute auf meine Hexenkunst und hoffte, dass gemessene Schritte nicht denselben Verdacht erregen würden, als wenn ich gerannt wäre.

Als ich hinter das erste Zelt gelangte, wagte ich einen Blick zurück und sah, dass die Soldaten auf den Pfad zugingen, den ich gerade überquert hatte. Tief geduckt bahnte ich mir den Weg zwischen den Zelten hindurch, bis ich aus ihrem Sichtfeld geriet. Sorgsam achtete ich darauf, nicht über eines der Seile zu stolpern, die sich kreuz und quer über den Pfad spannten.

Unterwegs konnte ich in den Zelten Männer hören, die entweder schnarchten oder sich leise miteinander unterhielten. Ein Großteil der Gespräche war belanglos, Gejammer, wie es von jeder beliebigen Ansammlung von Menschen hätte stammen können. Aber als Navar erwähnt wurde, horchte ich auf und hielt inne.

»Navar hat sich verändert.«

»Der Krieg verändert jeden. Warum sollte es bei ihm anders sein?«

»Bereitet dir das keine Sorgen?« Eine Pause entstand. »Warte, du hast es doch nicht etwa getan, oder?«

»Und was, wenn doch?«

»Bei den Göttern. Du hast versprochen, wir würden darüber reden und zusammen entscheiden!«

»Ach, hör doch auf, was hätte es denn da zu bereden gegeben? Er ist unser Meister. Ich weiß nicht, warum du dich darauf versteifst, dass …«

»Navar Louw war mein Meister. *Er* war derjenige, zu dem ich aufgeschaut habe. Nicht dieser verdammte Herr der Würmer. Das ist alles nicht richtig.«

»Sprich gefälligst leiser.«

»Oder was? Ende ich sonst irgendwo in einem Kellergewölbe, wo ich für den Rest meines Lebens Kriechtiere zusammenpappen muss?«

»Mindestens.«

»Siehst du? Genau davon rede ich. Heutzutage wird jeder, der hinterfragt, was er sagt, sofort zum Spitzel oder Aufwiegler gestempelt. Oder Schlimmerem.«

»Ach was, du übertreibst. Leg dich einfach schlafen, Herman. Du hast die Frühschicht.«

Ich hatte auf brauchbarere Auskünfte gehofft, aber danach glitt ihre geflüsterte Unterhaltung in Geschichten und Gerüchte über Zauberer ab, deren Namen mir nichts sagten. Ich stieg über die letzten Seile hinweg und eilte zu dem Graben, dem ich folgen wollte.

Auf der gegenüberliegenden Seite fand ich eine Handvoll Untote vor. Zwar rührten sie sich nicht, aber das Funkeln von Licht in ihren mondweißen Augen bedeutete, dass sie nicht so schlummerten wie die eng geschlossenen Reihen hinter ihnen. Also bewegte ich mich besonders vorsichtig weiter, achtete mit allen Sinnen auf das geringste Geräusch und jede Veränderung der Gerüche im Wind.

Ich gelangte ohne Zwischenfall über den Rand des Grabens und duckte mich rasch in die Senke, ohne sie genauer zu betrachten. Der Untergrund fühlte sich seltsam kalt und klumpig an. Der Boden bewegte sich, verschluckte meine Füße und tauchte sie in frostiges Nass. Ein flüssiges Gurgeln ging einem stinkenden Luftzug voraus, als ich versuchte, in der Schwammigkeit Halt zu finden. Ich führte meiner Sicht ein wenig Energie zu und schnappte laut nach Luft, als die Schatten zurückwichen und sich der Boden als Meer zerstückelter menschlicher Körper entpuppte. Ich streckte mich nach dem Rand und schob mir eine dort herumliegende schlaffe Hand aus dem Gesicht, während sich die Schichten unter mir verschoben. Aus dem geronnenen Blut stiegen mit Rülpslauten weitere Gase auf.

Der Vorderste der untoten Wächter rührte sich bei den Geräuschen meiner Kletterversuche. Seine Augen flammten heller auf, als er an den Rand des Grabens trat.

Ich wusste nicht, wie tief die Rinne sein mochte, doch soweit ich es sehen konnte, war der Graben vollständig mit Leichen gefüllt, einige verstümmelt und verwüstet, andere unversehrt, aber alle so bleich und leblos wie Marmor. Ich fand nicht genug Halt, konnte mich nicht in eine Position ziehen, die es mir ermöglicht hätte, den Untoten über mir verschwinden zu lassen. Also musste ich mich damit begnügen, stillzuhalten, mich nicht zu rühren und zu ignorieren, wie die widerlichen Flüssigkeiten mein Gewand durchnässten und wie es sich anfühlte, langsam tiefer in die Grube zu sinken.

Endlich trat der Wiedergänger zurück, und das Licht in seinen Augen wurde wieder trüber. Ich schüttelte mich vorsichtig frei und setzte dazu an, mich hinauszuziehen. Allerdings hatten die Säfte und Fette, die aus den Leichen ausgetreten waren, die Seiten der Grube gründlich gesättigt, wodurch sie sich als glitschiger Albtraum erwiesen. Und bei jedem gescheiterten Kletterversuch versank ich tiefer in dem Graben.

Noch schlimmer war, dass meine Bemühungen, hinauszuklettern, den Wiedergänger erneut auf den Plan treten ließen. Ich verharrte so ruhig, wie ich konnte, und klammerte mich an einen gliederlosen Rumpf wie ein Ertrinkender an ein Stück Treibholz. Eigentlich wollte ich ja warten, bis sich der untote Wächter wieder entfernte, doch die in mir schwelende Wut kochte hoch, wahrscheinlich ausgelöst durch die Demütigung angesichts der grotesken Lage, in der ich mich befand.

Als der Zorn die Vorsicht verbrannte, die ich bisher walten gelassen hatte, ballte sich meine Hexenkunst und manifestierte sich als Lanze lodernder Energie, die aufwärts durch den Schädel des Untoten stieß. Die weißglühende Hitze ließ die Hälfte des Hirns verdampfen, noch bevor die Spitze durch die Schädeldecke austrat. Einen Herzschlag lang stand er noch, aufrecht gehalten allein von meiner Hexenkunst, dann fiel er als schlaffer Haufen in sich zusammen, sobald sich die Lanze auflöste.

Ein Gefühl von Ruhe breitete sich in mir aus, als der Leichnam in die Grube stürzte. Und mit der Ruhe kam die Geistesgegenwart, meine langen, schwarzen Krallen auszufahren und in die glitschigen Wände zu rammen, wodurch ich den Halt fand, den ich brauchte. Von meinen Krallen gehalten verharrte ich am oberen Rand des Grabens und schickte einen dünnen Schleier Hexenkunst voraus, um herauszufinden, ob irgendein Schutzbann errichtet worden war oder einer der Zauberer auf meinen törichten Angriff reagierte.

Ich nahm nichts wahr. Vielleicht war das Aufflammen zu kurz und flüchtig gewesen, um inmitten der allgegenwärtigen Zauberei und der Beschwörungen, die aus dem zweiten Zelt drangen, bemerkt worden zu sein.

Meine Krallen verharrten in der Böschung, während ich die Lage überdachte. Kein Teil von mir war der widerlichen Brühe entronnen, die sich in den Tiefen des Grabens angesammelt hatte. Und so sehr ich mich sehnte, mich sauber zu schrubben, musste ich mich damit abfinden, dass das unmöglich war. Ein ganzer Tag unter einem Wasserfall wäre nötig, um diesen Gestank von der Haut zu waschen.

Während ich überlegte, kaute ich auf der Unterlippe und bereute es sofort. Ich spuckte den Geschmack aus und zog die nächstbeste der vollständigen Leichen zu mir. Es handelte sich um einen bartlosen, recht stämmigen Mann, womöglich ein Bauer oder Soldat. Sein Hals erwies sich als unversehrt, und wenngleich ich an seinem Körper blaue Flecke und an den Knöcheln Kratzer entdeckte, fand ich keine Wunde, die erahnen ließ, wie der Mann gestorben ein mochte. Ich rollte ihn zurück in die Grube und untersuchte zwei weitere Leichname.

Der erste ließ Anzeichen darauf erkennen, dass er angenagt worden war, als er schon tot gewesen sein musste. Der zweite hatte mehrere tiefe Schnitte davongetragen, die mit groben Stichen vernäht worden waren, ebenfalls nach dem Eintritt des Todes. Keiner der beiden wies jedoch tödliche Wunden auf. Also mussten sie durch Magie gestorben sein. Man hatte hier Hunderte Körper entsorgt, und wenngleich ich nicht richtig verstand, wie Nekromantie in ihrer praktischen Umsetzung funktionierte, brauchte man keine große Vorstellungskraft, um zu erkennen, dass die Ballung solcher Macht und von so viel Tod an diesem Ort miteinander in Verbindung standen.

Ich musste wirklich sehen, was in diesem Zelt vor sich ging.

KAPITEL VIERZEHN

Früher wäre ich lieber gestorben, als durch eine Grube voll verwesendem Aas zu kriechen, um einen Kampf zu vermeiden. Aber jene grausamen Jahre unter Navars erbarmungslosem Joch hatten mich eine Menge darüber gelehrt, was man ertragen konnte und was nicht.

Da ich bereits über und über mit Blut, sonstigen Körperflüssigkeiten und Schlamm getränkt war, dachte ich mir, dass ich wohl kaum noch dreckiger werden konnte. Tatsächlich ergänzten der Gestank und der Dreck die mich tarnende Wirkung meiner Hexenkunst. Das ließ mich nahezu unsichtbar für die lebenden Wachen werden, die ich passierte, auch wenn die Erfahrung dadurch um nichts weniger eklig oder würdelos war. Aufgrund der glatt geschliffenen Steine, die vereinzelt aus den Böschungen ragten, und des Verlaufs in Richtung der Sümpfe vermutete ich, dass es sich bei dem Graben um ein altes Flussbett handelte.

Wesentlich besorgniserregender als die Bedrohung durch so viele Zauberer und die widerlichen Flüssigkeiten, die meine Kleidung durchnässten, fand ich den Sprechgesang, der hörbar wurde, als ich mich dem Hauptzelt näherte. Es war ein seltsames, zischendes Geräusch, das in einem Takt an- und abschwoll, der meinen Gleichgewichtssinn merkwürdig beeinträchtigte, obwohl ich bereits flach auf dem Bauch robbte. Mit zusammengebissenen Zähnen zog ich mich durch ein weiteres Gewirr von Körperteilen und kämpfte gegen den wachsenden Drang an, in den Gesang einzustimmen, der sich in meine

Gedanken geschlängelt hatte. Sogar mein kostbares Medaillon konnte mich nicht davor schützen. Als ich mich weiterschleppte, spürte ich, wie mein Tarngebilde auszufransen begann. Die nötige Konzentration, um es aufrechtzuerhalten, entglitt mir unter der aushöhlenden Wirkung des Sprechgesangs.

Die Worte an sich ergaben keinerlei Sinn, doch das überraschte mich nicht. Nur die Tongebung und die Absicht dahinter spielten eine Rolle, nicht die Sprache. Die mochten dort ruhig eine Aufstellung der Lieblingsgerichte des Herrn der Würmer runterleiern – bei der richtigen Betonung ergab das nicht den geringsten Unterschied, was die Wirkung anging.

Der Druck erreichte einen Höhepunkt, als ich das Zelt passierte. Jeder Körperteil schmerzte, als hätte ich gerade einen steilen Berg erklommen, statt durch einen schleimigen Graben zu kriechen. Das ehemalige Flussbett weitete sich an der Stelle, wodurch sich die Tiefe des Leichenhaufens unter mir verringerte, und kurz danach verlief sich die Masse in einem Gewirr von noch warmen Toten. Ich schlitterte das Ende des Haufens hinunter.

Als ich mich gute zwanzig Schritte von dem letzten Körper entfernt befand, zog ich mich langsam zur Kante der Böschung hinauf. Ich war hinter dem letzten der kleineren Zelte rausgekommen, die das große Zelt umringten, und damit mehr oder weniger dort, wo ich hinwollte.

Wieder versuchte ich, auf meine Hexenkunst zuzugreifen, doch so geübt ich auch war, ich hatte zu kämpfen, um mehr als ein dünnes Rinnsal zu fassen zu bekommen. Ich hortete, was ich an Macht heraufbeschwören konnte, dann entsandte ich vorsichtig eine dünne Ranke davon über den Rand der Grube und zu dem Zelt. Damit tastete ich nach Schutzzaubern und unsichtbaren Gefahren. Dabei fand ich heraus, dass die Zelte rings um das große Zelt vor Gefangenen der penullischen Armee strotzten. Das erklärte dann wohl den ehemaligen Flusslauf voller Leichen. Der Anzahl der Toten nach zu schließen, mussten sie regelmäßig weitere von irgendwoher holen.

Außerdem erkannte ich allmählich, dass der Schutzbann, den ich gespürt hatte, gar kein Schutzbann, sondern etwas völlig anderes war.

Banne waren mir schon viele untergekommen, von den schlichtesten bis hin zu der komplexen, vielschichtigen Art, die mich neulich um ein Haar getötet hätte. Doch trotz aller Unterschiede und Gefahren, die sie bargen, lag ihnen ein gemeinsames Gerüst zugrunde, das sie an der Quelle der sie befeuernden Macht verankerte. Die kalte, wabernde Energiekugel, die mir im Augenblick entgegendrückte, fühlte sich völlig anders an, und doch war sie eindeutig an etwas im Zelt verankert, wie ein Schutzbann es sein sollte.

Von Neugier getrieben wagte ich zu viel, und plötzlich spürte ich, wie dieselbe formlose Kälte nach meiner Hexenkunst schnappte wie eine zustoßende Schlange. Sie zog mit entsetzlicher Kraft daran, riss sie aus meinem Geist und verschlang sie, noch bevor ich richtig bemerkt hatte, dass sie weg war. Plump kullerte ich die Böschung zurück hinunter und blieb benommen liegen.

Ich konnte nichts tun und nur versuchen, die unaussprechlichen Schmerzen wegzuatmen, die der Raub meiner Hexenkunst aus meinem Geist verursacht hatte. Dabei konnte ich mich noch glücklich schätzen, dass ich so wenig in mir angesammelt hatte. Wäre ich mit größerer beschworener Macht überrumpelt worden, wären die Auswirkungen höchstwahrscheinlich viel, viel schlimmer als nur garstige Kopfschmerzen und ein Anflug von Übelkeit gewesen. Es mochte sich nicht um einen körperlichen Angriff gehandelt haben, dennoch war er brutal und seine Auswirkungen heftig. Nachdem sich die Übelkeit gelegt hatte, konzentrierte ich mich auf den Zorn, der immer auf eine Verletzung folgte, und ich genoss, wie gerecht er sich anfühlte.

Ich zog mich hoch, hievte mich über den Rand der Böschung und rollte ins Gras, wo ich mich kurz daran erfreute, etwas anderes als kaltes Fleisch an der Haut zu spüren. Dann setzte ich mich rasch in Bewegung und kauerte mich hinter eines der Zelte, von denen ich wusste, dass sie Gefangene beherbergten.

Ich rückte um das Segeltuch herum vor und wagte einen Blick zu dem größeren Zelt und dem Leuchten darin. Das Licht im Inneren erwies sich als sanfter Schimmer, der Mondschein ähnelte, der sich auf Wasser spiegelt. Die Helligkeit nahm in Einklang mit der Tonhöhe des Sprechgesangs zu und ab. Plötzlich packte mich der Gedanke, dass ich das Muster verstehen könnte, wenn ich nur in die Mitte des Lichts blickte. Es *wollte*, dass ich es ansah, genau wie der Sprechgesang *wollte*, dass mein Mund die Worte aussprach, aus denen er bestand. Was konnte es schon schaden? Ich würde endlich sehen, was die anderen sahen, und ich würde die Wahrheit erfahren. Ich würde Teil von etwas sein, das größer war als ich.

Ohne bewusstes Zutun drehte ich mich dem Schein zu. Meine Hand hob sich, um die Kapuze zurückzuschieben. Dann ließ mich eine plötzliche Hitze an meiner Brust zusammenzucken. Die Verlockung des Lichts ließ nach, und auf einmal empfand ich den Anblick als so unerfreulich wie einen unerwarteten Klumpen in einem Schluck Wein.

Ich wich hinter das Zelt zurück und kramte das Medaillon des Sankt Tomas aus der triefnassen Tasche, in der ich es bei mir trug. Der blaue Stein in der Mitte flackerte kurz, als nicke er angesichts meiner Dankbarkeit, dann verblasste er und kühlte ab. Hingebungsvoll tätschelte ich das Medaillon, bevor ich es sorgsam wieder verstaute. Sein Eingreifen hatte mir eine kurze Verschnaufpause von der heimtückischen Wirkung des

Sprechgesangs verschafft und mir die Klarheit verliehen, die ich brauchte, um mich davor zu schützen.

Ich spürte, wie sich mein Zorn erneut regte, und diesmal begrüßte ich es. Er hatte mich durch sieben Jahrhunderte der Gefangenschaft und Erniedrigungen am Leben erhalten und würde mich auch dieses Unterfangen überstehen lassen.

Ich rückte wieder vor und schaute zum Zelt. Diesmal achtete ich allerdings darauf, was sich um die Ränder des Lichts abspielte, statt direkt hineinzusehen. Es war, als versuche man, Fische am Grund eines schnell strömenden Flusses zu fangen, aber nach einiger Zeit und etlichen Flüchen zeichneten sich die Gestalten endlich schärfer ab.

Allem Anschein nach handelte es sich bei den schwankenden Schemen um Gefangene, die alle durch um den Hals befestigte, glänzende Ketten miteinander verbunden waren. Dazwischen konnte ich die dunkleren Gestalten von Totenbeschwörern ausmachen. Deren Augen leuchteten, wenn sie ihre Stäbe anhoben und auf den Boden niederstießen, sodass weiße Funken aufstoben, die sich dem helleren Schein in der Mitte anschlossen.

Ich löste den Blick davon und sah mich um. Plötzlich wurde mir bewusst, dass mich das Schauspiel des Rituals weit länger abgelenkt hatte, als ratsam war. Abgesehen von den Zauberern, die sich vor den Nebenwirkungen ihrer Arbeit schützen konnten, hielten sich nur einige der untoten Wächter in der Nähe des Hauptzelts auf, und ich vermutete mal, sie waren ebenfalls gefeit. Diese Untoten gehörten nicht zu der gemeinen Sorte, die nur auf etwas reagierte, sondern trugen Rüstungen wie Menschen und besaßen einen Anschein von eigenem Willen. In ihren Augen leuchtete ständig jenes kalte Licht, das auf ein höheres Bewusstsein hinwies. Normale, lebende Soldaten, die sich weitaus einfacher ablenken oder töten ließen, wären mir lieber gewesen. Bei diesen Wiedergängern hatte ich keine

Ahnung, wozu sie in der Lage sein mochten. Was konnten sie mit diesen leeren, weißen Kugeln, die ihnen als Augen dienten, wirklich sehen?

Ich beobachtete, wie zwei in meiner Nähe vorbeigingen, und spannte die Beine an, um anzugreifen, falls sie auf mich reagierten. Doch was immer sie an Sehvermögen besaßen, schien sich nicht auf die Wahrnehmung aus den Augenwinkeln zu erstrecken. Das musste ich mir merken.

Als mich die beiden passiert hatten, rückte ich ein Stück weiter um das Zelt vor. Dann erstarrte ich jäh, als ich einen anderen Wiedergänger vor eben jenem Zelt erblickte, hinter dem ich mich versteckte. Er trug eine steif aussehende Lederrüstung mit daran genähten Metallscheiben und hielt eine schwere Keule in Händen, die mir ziemlich gut gefiel.

Als ich mich näher hinbewegte, um mich zu vergewissern, dass er allein war, schrie plötzlich eine Frau in dem Zelt. Nach der spärlichen Auszeit von dem zischenden Sprechgesang und den summenden Schwingungen fuhr mir ihr Kreischen wie eine Klinge ins Ohr.

Ich schrak zurück, und dabei verfing sich mein Fuß in einem der gespannten Seile. Zwar gelang es mir, das Gleichgewicht zu halten und nicht zu fallen, doch der behelmte Kopf des Wächters hatte sich bereits in meine Richtung gedreht. Und die Keule, die ich eben noch bewundert hatte, raste schwungvoll in die Höhe.

KAPITEL FÜNFZEHN

»Sie sind gekommen, um uns zu holen!«, brüllte eine andere Stimme im Zelt, die dadurch noch mehr Kreischen, noch mehr allgemeines Geschrei auslöste.

»Wir sind die Nächsten!«

»Drogah, erbarm dich!«

Ich trat von den Seilen weg, als der Wächter vorrückte. Mit einem Mal kam mir die Keule sehr bedrohlich vor.

Er verfolgte mich, während ich zurückwich. Sobald wir uns hinter dem Zelt und außer Sicht der Zauberer befanden, stemmte ich die Füße in den Boden und schleuderte mich ihm entgegen, bevor er die Keule ganz anheben konnte. Meine Schulter bohrte sich mit meinem ganzen, nicht unerheblichen Gewicht dahinter in sein Brustbein und ließ ihn rückwärts durch die Luft segeln.

Diesmal zuckte ich kaum zusammen, als meine schwarzen Krallen erneut zwischen den Knöcheln ausfuhren. Mir war erst unlängst wieder eingefallen, dass ich sie besaß und wie man sie benutzte. Ursprünglich waren sie zur Verteidigung meines Gebiets vorgesehen gewesen, und dafür, die Häute anderer Drachen zu durchdringen – oder jedes anderen Wesens, das dumm genug war, sich mit mir anzulegen. Als meine Kraft und Größe zugenommen hatten, wurden meine Herausforderer weniger und weniger, deshalb musste ich sie im späteren Leben so selten benutzen, dass ich mir fast verzeihen konnte, sie völlig vergessen zu haben.

Der Wiedergänger allerdings wusste von all dem nichts, und

es hätte ihn wohl auch nicht gekümmert. Ich packte ihn am Fußgelenk und zog ihn zu mir, schlug ihm mit der anderen Hand ins Gesicht und trieb eine Kralle durch sein Auge, bis sie durch den Hinterkopf wieder austrat.

Aber ich hatte unterschätzt, wie widerstandsfähig diese Untoten sein konnten. Als ich die Klaue aus seinem Schädel zerrte, schlug er mit der Keule zu. Die spitzen Dornen daran bohrten sich tief in meine Muskeln und kratzten über den Knochen darunter. Die Wucht des Treffers schleuderte mich seitwärts zu Boden. Als die Dornen aus meinem Fleisch gerissen wurden, zerfetzten sie noch mehr davon.

Der Wiedergänger versuchte, sich aufzusetzen, doch endlich kam das Loch in seinem Schädel zum Tragen, und er fiel zurück. Seine Glieder zuckten spastisch. Mein verletzter Arm wollte sich nicht rühren, also warf ich mich einfach auf den Untoten und setzte mein Gewicht ein, um das Fuchteln zu bändigen, bis es mir gelang, dieselbe Kralle wie zuvor unter den Rand seines Helms zu bekommen. Von dort aus trieb ich sie durch die zuckende Zunge nach oben tief ins faulige Gehirn. Der Wiedergänger erzitterte ein letztes Mal, dann erschlaffte er abrupt und erbrach übelriechendes Blut auf mich, als ich die Kralle herumdrehte und herauszog. So schnell wie möglich stand ich auf und zuckte zusammen, als die Bewegung Schmerzen durch meine Schulter und den Hals rasen ließ.

Trotz aller Gewalt war der Kampf kurz gewesen und – abgesehen von meinem Grunzen und den dumpfen Zusammenstößen – vergleichsweise lautlos abgelaufen. Das vielleicht lauteste Geräusch war noch das Stöhnen, das mir jetzt entfuhr, als ich meine Schulter abtastete. Die Taubheit, die der wuchtige Treffer der Keule ausgelöst hatte, legte sich rasch, und aus der aufgerissenen Haut strömte Blut. Das Geschrei der Frauen im Zelt war verstummt. Anscheinend hatte keiner der Zauberer auch nur die geringste Notiz davon genommen. Da bereits so viele tot waren, achteten sie vielleicht gar nicht mehr darauf. Als ich ins Zelt spähte, starrten mir mehrere Dutzend Augenpaare in abgehärmten Gesichtern entgegen.

»Geht.« Ich musste beinah brüllen, um mich selbst über dem Geräusch des Rituals zu hören. »Lauft. Los, rettet euch!«

Die Ersten wirkten zögerlich, bis sie sich außerhalb des Zelts befanden. Erst da erkannten sie, dass es sich wohl doch nicht um einen grausamen Scherz handelte, und sie preschten davon, so schnell sie ihre dürren Beine trugen.

Danach bedurfte der Rest keiner großen Ermutigung mehr und stürmte vereint los. Die meisten strömten in die größten Lücken zwischen den Zelten. Damit folgten sie einer trügerischen Hoffnung, denn jener Weg führte sie geradewegs zurück zu den Wachposten. Aber angesichts ihrer Hysterie hätte es keinen Sinn gehabt, auch nur zu versuchen, sie zu warnen.

Der Massenaufbruch löste natürlich allerlei Gebrüll seitens der Zauberer aus, und mehrere der Flüchtenden wurden von grellen Blitzgebilden niedergestreckt, was zum allgemeinen Chaos beitrug. Mir allerdings kam das sehr entgegen, und ich huschte ins Zelt, um meine Schulter zu untersuchen. Meiner Einschätzung nach würde niemand kommen, um in einem leeren Zelt nachzusehen, zumindest nicht gleich, und ich brauchte den Arm einsatzfähig, wenn ich es in einem Stück aus dem Lager schaffen wollte. Ich zuckte zusammen, als ich ihn bewegte. Das Blut floss unvermindert und zog rote Bahnen durch den Schlamm und Dreck, der mich beschichtete. Ich beschwor ein Fünkchen Macht herauf und breitete es vorsichtig über die Wunde aus, senkte es über die rohe Stelle wie ein feines Tuch. Es war nicht stark genug, um mich sofort zu heilen, aber es würde die Blutung vermindern und den Heilvorgang zumindest anstoßen. Beenden konnte ich ihn, sobald ich weg von all dieser Verderbtheit wäre, die so dicht in der Luft hing.

»Startus?«, krächzte eine Stimme aus dem hinteren Bereich des Zelts.

Ich bewegte mich langsam vorwärts, als eine halbnackte Gestalt aus der Düsternis auftauchte. Runzlige Haut hing faltig über Muskeln und Knochen wie die Wurzeln einer alten Ranke. Der Mann schlurfte näher. Augen unter Brauen wie wild wuchernde Hecken starrten mich an.

»Stratus«, stellte ich richtig. »Hallo, Kräh.«

Er stimmte ein keuchendes Lachen an. »Rettest du mich?«

»Ich rette nur Prinzessinnen.«

Er bleckte mir die verbliebenen Zähne entgegen und umschlang meinen Arm, als er mich umarmte. Sogar seine kümmerliche Kraft reichte aus, um lodernden Schmerz durch meine Schulter und in den Hals zu jagen. Er musste wohl gespürt haben, wie ich den Körper versteifte, denn er zog sich von mir zurück und starrte verdattert auf das Blut, das von mir auf sein Hemd geraten war.

»Du blutest.«

»Richtig, ich blute«, bestätigte ich.

»Ist es schlimm?«

»Es ist jedenfalls nicht gut.«

»Was machst du hier?«

»Dafür ist jetzt keine Zeit.« Ich spähte aus dem Zelt. »Wir müssen weg.«

»Dagegen hab ich nichts einzuwenden.« Er verstummte, als er in das große Zelt blickte. Sein Mund stand offen.

Ich drückte seinen Kopf von dem Anblick weg. Als er sich dagegen wehrte, verdrehte ich ihm als Draufgabe die Nase, was ihn zum Fluchen und Fuchteln brachte.

»Sieh nicht hin«, sagte ich, während er sich die Nase rieb. »Was weißt du darüber?«, wollte ich wissen und betrachtete das Zelt mit schiefgelegtem Kopf. »Was hast du gesehen?«

»Nicht viel. Sie holen Gefangene aus den anderen Zelten

und ersetzen damit diejenigen, die tot umfallen, während sie singen.« Er spuckte auf den schlammigen Boden. »Wer immer da reingeht, kommt nicht wieder lebend raus.«

Ich brummte, um meine Enttäuschung zu verbergen, denn ich hatte gehofft, er hätte irgendwas bemerkt, das mir entgangen war. Es handelte sich eindeutig um ein zeitaufwendiges Ritual. Das bedeutete, seine Form und sein Zweck würden sich erst gegen Ende bestimmen lassen, und ich traute mich nicht, lang genug zu bleiben, um mir das Resultat anzuschauen. Ich brauchte jemanden, der wusste, was folgen würde. Jemanden mit Wissen, das nur ein an diesem schrecklichen Unterfangen Beteiligter besitzen würde. Jemanden, der mir sagen konnte, wohin man Tatyana gebracht hatte. Jemanden wie einen Zauberer.

»Komm mit«, forderte ich Kräh auf, trat aus dem Zelt und setzte meine Kapuze auf. Die Nacht hatte sich dem Sonnenaufgang noch nicht ergeben, daher hoffte ich, das Zusammenwirken des Zwielichts und des frühmorgendlichen Nebels würde genügen, um mich aus der Ferne wie einen Zauberer wirken zu lassen.

»Wohin gehen wir?«

»Ich hab genug gesehen. Wir müssen sofort aus dem Lager verschwinden und an einen Ort, an dem ich mich in Ruhe heilen kann.« Ich hielt inne, als drei der Zauberer dorthin eilten, wo mehrere Gefangene einen ihrer Kameraden überwältigt hatten und mit seinem eigenen Stab deftig auf ihn einprügelten. Keiner von ihnen schaute auch nur in unsere Richtung. »Aber zuerst fang ich mir noch einen Zauberer.«

»Ah«, krächzte Kräh, »schlau. Wie eine Tarnung.«

»So ähnlich.« Ich ließ mich hinab in den Graben und fluchte, als ein abgetrennter Arm unter meinem Fuß wegrutschte und mich zwang, mich an der Böschung festzukrallen. Als ich nach oben schaute, sah ich Kräh am Rand stehen, die Arme schlaff an den Seiten. Seine Hände zitterten.

»Komm runter, bevor sie dich noch bemerken.«

»O ihr Götter im Himmel und ihr Heiligen auf Erden«, hauchte er kaum hörbar. Er sank auf die Knie, blieb aber beharrlich am Rand der Grube.

»Komm hier rein.«

Er sah mich nicht einmal an, und mir drang eine von Tatyanas Lieblingsverwünschungen über die Lippen, bevor es mir bewusst wurde. Bei den Worten schaute er gerade rechtzeitig auf, um mitzubekommen, wie ich ihn am Arm packte und herunter auf den Leichenhaufen zog. Die Starre, die ihn beim Anblick der aufgetürmten Toten befallen hatte, fiel von ihm ab, als er zwischen ihnen landete, und so klein er sein mochte: Ich hatte zu kämpfen, um dafür zu sorgen, dass er leise blieb. Als sich seine Gegenwehr zu einem stummen Fließen von Tränen legte, war das Tröpfeln des Blutes aus meiner Schulter wieder zu einem steten Rinnsal angeschwollen.

»Kräh.« Er schenkte mir keine Beachtung, saß nur mit den Armen vor der Brust da, den Blick auf einen nahen Schädel geheftet. *»Kräh.«* So behutsam wie möglich drehte ich seinen Kopf zu mir. Er blinzelte heftig, gab jedoch keinen Mucks von sich. »Sie sind tot. Die kümmert nichts mehr.«

Er schlang die Arme fester um sich und wimmerte kläglich, als in den Schichten unter uns etwas mit einer lauten Entladung von Gasen nachgab und er seitwärts gegen den wächsernen Rumpf eines jüngeren Mannes kippte. Kräh krümmte sich weg und schloss die Augen.

»So viele«, murmelte er, und ich seufzte erleichtert darüber, dass er nicht völlig den Verstand verloren hatte. Dann wandte er sich mir zu. »Ich muss hier raus. Möge Drogah mir vergeben.«

»Wenn du das tust, bist du so tot wie die hier.«

»Das hier ist die Hel!«, zischte er.

Ich widerstand dem Drang, den alten Mann zu schütteln. »Es ist bloß ein ausgetrockneter Flusslauf voller Leichen.«

»Es sind Menschen.«

»Tote Menschen.«

»Trotzdem waren es *Menschen*, verflucht noch eins. *Menschen*.«

»Und jetzt sind es eben *tote* Menschen. Denen machen deine Sandalen auf ihren Köpfen nichts mehr aus.« Er öffnete den Mund, um etwas zu sagen, aber ich rammte ihm einen Finger gegen die Stirn, um mir seine Aufmerksamkeit zu sichern. »Und wenn du nicht auf dem Bauch über sie kriechen kannst, dann kannst du aufrecht zu dem Zelt zurückmarschieren und warten, bis sie dich holen und wie ein Schaf schlachten.«

Er stemmte sich hoch. Der benebelte Ausdruck in seinen Augen verschwand, wurde abgelöst von Zorn.

»Du Monster.« Nun stupste er mich mit einem Finger. »Was wäre, wenn deine Familie hier läge? Wärst du dann auch so gefühllos? So respektlos?«

»Ich habe keine Familie.« Ich ließ mir die Erinnerungen nicht anmerken, die deswegen in mir aufstiegen.

»Jeder hat Familie«, widersprach Kräh. »Einer Frage auszuweichen, ist keine Antwort.«

Ich spürte, wie die Wut in meiner Brust aufflammte und die Spitzen meiner Drachenzähne innen gegen meinen Mund drückten. Mit etwas Anstrengung drängte ich sie zurück.

»Tot ist tot«, beharrte ich und bemühte mich, dabei nicht zu knurren. »Leb weiter und räche sie oder stirb. Die Entscheidung liegt bei dir.«

Damit wandte ich mich ab und trat das Flussbett entlang den unangenehmen Rückweg an, wobei ich mir den verletzten Arm an die Brust drückte.

Nach einer Weile hörte ich das feuchte Rasseln von Krähs Atem hinter mir. Dazwischen flüsterte er immer wieder flehentliche Beschwichtigungen an seinen Gott, der ihm vermutlich ebenso wenig Beachtung schenkte wie ich. Als ich die Stelle erreichte, an der ich ursprünglich in den Graben gestiegen war, wurde ich langsamer. Meine Schulter pochte, und ich brauchte einen weiteren Teil meiner vorsichtig gehorteten Energie auf, um die Blutung erneut zu verlangsamen. Das erwies sich jetzt als etwas einfacher, wo ich mich nicht mehr in unmittelbarer Nähe des Rituals aufhielt. Ich kauerte noch am Rand der Böschung und spähte darüber, als Kräh zu mir aufschloss. Er sagte kein Wort, verharrte nur neben mir und atmete wie ein halb unter Wasser getauchter Blasebalg.

»Ich bin aus der Richtung gekommen«, murmelte ich mehr zu mir selbst als zu ihm, doch er stemmte sich hoch und lugte zusammen mit mir über die Kante der Böschung. »Auf der Seite sind viel weniger von denen, trotzdem wird der Weg hindurch wie der Kampf durch einen aufgescheuchten Wespenschwarm werden. Und weil es jetzt dämmert, wird das Ganze nicht gerade einfacher.«

»Und wie sieht dein Plan aus, Söhnchen?«

Ich sah ihn an, hielt Ausschau nach Anzeichen für eine Kopfverletzung, doch in seinem Gesicht prangten zu viel Blut und verkrusteter Dreck. »Ich bin nicht dein Sohn.«

»Was du nicht sagst.«

»Was soll ich nicht sagen?«

Kräh schüttelte den Kopf und rutschte zurück hinunter in den Matsch. »Was passiert jetzt als Nächstes?«

»Eins nach dem anderen.« Ich schloss die Augen und suchte die Berührung der Liedlinien. Sie waren schwach und von den widernatürlichen Einflüssen des andauernden Wirkens der Zauberer verzerrt, aber vorhanden. So seltsam und verstörend die Magie der Totenbeschwörer sein mochte, auch sie waren auf die rohe Energie der Liedlinien angewiesen. Ich seufzte, als ich Macht zu mir zog und rasch mehr davon meinem Heilmuster zuführte, um den tief reichenden Schmerz zu betäuben, der von meiner aufgerissenen Schulter ausging.

»Du hast gar keinen Plan, oder?« Krähs unerwartete Worte erschreckten mich. Ich hatte völlig vergessen, dass er da war.

»Wir gehen durch das Lager und fliehen.«

»Das ist dein Plan?« Er kicherte kurz. »Du weißt schon, dass hinter dem kleinen Hügel da eine verflucht große Armee wartet, oder?«

»Es war mehr eine Idee als ein Plan«, rechtfertigte ich mich knurrend. Dann klatschte ich ihm eine Hand auf den Mund, als er für eine Erwiderung Luft holte. »Da kommt jemand.«

Ich sank zurück unter den Rand der Böschung und beobachtete, wie zwei Gestalten den Graben entlangkamen. Einen der beiden Männer hielt ich für einen Soldaten – der Gangart und dem um sein Gesicht gewickelten Halstuch nach um einen lebenden. Der andere war eindeutig ein Zauberer, was sein Stab und die Gewänder verrieten. Vielleicht sogar ein Totenbeschwörer, wenn ich richtiges Glück hätte.

»Wir sind geliefert«, flüsterte Kräh bang.

»Warte hier«, gab ich zurück.

KAPITEL SECHZEHN

»Das ist dumm.«

»Wenn du dich schon darauf versteifst, ständig zu meckern, dann lass dir wenigstens etwas Neues einfallen.«

»Wir werden sterben.«

»Jeder stirbt einmal.«

»Also, das ist ja mal wirklich ermutigend, schönen Dank auch.«

»Geh einfach weiter und versuch, wütend auszusehen«, sagte ich. Der Kampf gegen den Drang, ihn anzubrüllen und aufzufordern, schneller zu gehen, lenkte mich wenigstens von den anhaltenden Schmerzen meiner Wunden ab. Ich musste Ruhe bewahren, sonst war der Mummenschanz vorbei, der uns bisher erfolgreich an zwei Wächterpaaren vorbeigebracht hatte.

»Ist schwer, wütend auszusehen, wenn man Mühe hat, sich nicht in die Stiefel zu pinkeln.«

»Geh einfach weiter. Wenn die Spürhunde unsere Witterung aufschnappen, ist das alles umsonst«, erinnerte ich ihn.

Kurz nachdem ich dem Zauberer und seinem Leibwächter aufgelauert hatte, war die Sonne aufgegangen. Sie hatten mich mit weit aufgerissenen Augen angestarrt, als ich mit ausgestreckten Armen aus dem Graben sprang. Keiner der beiden war auch nur zu einem Aufschrei gekommen, bevor ich sie umrannte. Dabei riss ich mir zwar erneut die Schulter auf, aber ich empfand den kleinen Schmerz als geringen Preis für das Überraschungsmoment.

Der Soldat versuchte, das Schwert zu ziehen – ein Fehler

angesichts der Tatsache, dass ich mich bereits auf ihm befand. Er bekam nicht mal die Hälfte aus der Scheide, bevor sich meine Hand um seine Gurgel schloss. Da die Zeit für Feingefühl fehlte, drückte ich einfach zu, bis ich keinen Widerstand mehr wahrnahm.

Beim Zauberer war ich vorsichtiger, weil ich wusste, wie hinterhältig seinesgleichen sein konnte. Für meinen Angriff hielt ich den Arm angewinkelt, um ihn am Kehlkopf zu treffen. Ich vertraute darauf, dass ihn der Schmerz und die Atemnot von dem Versuch ablenken würden, seine Ringe oder Armreifen zu benutzen. Allerdings erwies er sich als widerspenstig und ließ mir keine andere Wahl, als ihn zu töten. Ich hatte aber darauf geachtet, seinen Kopf nicht zu beschädigen, den rasch abgeschnitten und in einem aus Kleidung gebastelten Sack verstaut, während Kräh den Leichnam des Soldaten entkleidet hatte.

Und so trug ich mittlerweile die schlecht sitzende Uniform eines penullischen Soldaten, während Kräh mit der Robe und dem Umhang eines Totenbeschwörers marschierte. Das dunklere Material und das schlechte Licht verbargen die Blutflecken. Ich war guter Dinge, dass mir das Gehirn des Totenbeschwörers seine Geheimnisse preisgeben würde, sobald ich erst einen sichereren Ort erreichte, an dem ich mich der Aufgabe ungestört widmen konnte. Sofern Kräh der blutende Sack auffiel, den ich bei mir trug, verlor er kein Wort darüber, was mir gut passte.

So getarnt hatten wir uns einen Weg ausgesucht, der die größtmöglichen Lücken zwischen den Wachposten bot, und die Flucht aus dem Lager angetreten. Dabei achteten wir darauf, uns dort zu halten, wo der morgendliche Nebel am dichtesten war.

Ich führte uns zurück in Richtung der äußeren Wachposten in der Nähe des Sumpfs und war recht guter Dinge … als uns durch die Schwaden eine Gruppe von vier Soldaten entgegenkam. Die Dämpfe hatten sie ebenso gut verborgen wie uns. Barsch riefen sie uns herausfordernd zu, doch Kräh antwortete prompt und fließend in ihrer Sprache. Sein harscher Ton vermittelte, dass er sich beleidigt fühlte. Sie traten beiseite, um uns passieren zu lassen, doch sie beobachteten uns eingehend, und ich hätte wetten können, dass sie uns Speere in den Rücken jagen würden, sobald wir an ihnen vorbei waren.

Ungeachtet dessen betrachtete ich es als beeindruckende Leistung von Kräh, vor allem in Anbetracht des durchdringenden Geruchs von Angst, der von ihm ausging. Wir waren dem Schutz, den der Sumpf bot, schon so nah, aber ein Blick über die Schulter bestätigte mir, dass uns die Soldaten immer noch nicht aus den Augen ließen.

»Heda, Zauberer!«, rief einer von ihnen. »Auf ein Wort.«

»Was soll ich tun?«, flüsterte Kräh.

»Rühr dich nicht«, antwortete ich und faltete die Hände zur Unterstützung meiner Konzentration.

Der Soldat rief erneut, und ich hörte das Klappern von Rüstungen, als sich die Gruppe in unsere Richtung in Bewegung setzte.

»Was soll ich tun?«, wiederholte Kräh, diesmal lauter.

Ich ließ die Aufmerksamkeit auf den Sumpf gerichtet. »Gib dich geheimnisvoll.«

Was ich tun wollte, war gewagt, doch ich fand es den Versuch wert. Ich arbeitete, so rasch ich konnte, und mein vertrautes Windgebilde hatte ich schnell zur Hand. Es wieder mit Macht aufzuladen, gestaltete sich vergleichsweise einfach, aber den Ausgangspunkt zu verlagern, erwies sich als schwieriger, weil ich den Boden nicht sehen konnte, auf den ich abzielte.

Irgendwo hinter uns tutete dreimal eine Trompete, dann noch dreimal. Mir sagte das Zeichen nichts, die Soldaten jedoch, die uns riefen, beschleunigten die Schritte.

»Herkommen, ihr zwei!«

Mittlerweile konnte ich das Pochen ihrer Füße hören. Es war an der Zeit. Ich entfesselte das Windgebilde und spürte, wie es erwachte; hoffentlich an der richtigen Stelle.

»Bleibt, wo ihr seid!« Mittlerweile waren die Wachen schon fast bei uns, aber der steile Hang und das nasse Gras bremsten sie ein wenig.

»Entscheidet euch mal«, rief ich zurück, während sich neben mir Krähs Angst zunehmend zu nacktem Grauen steigerte. Ich packte ihn am Arm, bevor er Reißaus nehmen konnte. »Vertrau mir«, forderte ich ihn auf und starrte in den Nebel.

Als mich erste Zweifel beschlichen, sah ich, wie sich die schweren, milchigen Schwaden der Niederung kräuselten und als dichte, zähe Welle den Hang herauf in unsere Richtung rasten. Sie verschluckten zuerst uns, dann die Soldaten, und obwohl ich unmittelbar neben Kräh stand, konnte ich kaum noch seine Umrisse ausmachen. Ich hielt seinen Arm weiter fest und erweckte meine Nachtsicht. Zwar konnte ich auch mit ihrer Hilfe den silbrigen Dunst nicht durchdringen, aber sie zeigte mir den Boden als dunkleren Streifen und ermöglichte es mir, uns wohlbehalten den holprigen, unebenen Hang hinunterzuführen.

Für Erklärungen blieb keine Zeit, also warf ich mir Kräh einfach über die Schulter und raste die Böschung hinunter. Als wir das erste Schilf erreichten, stieß ich auf einen der schreienden Schädel. Da für Feinheiten die Zeit fehlte, stieß ich ihn einfach von seinem Pfahl und vertraute darauf, dass das Wasser sein Gebrüll schon dämpfen würde. Ich watete weiter und konnte nur hoffen, dass mich mein angeborener Orientierungssinn in die richtige Richtung steuern ließ, also in gerader Linie weg vom penullischen Lager und auf Falkenburg zu.

Wir ließen den Nebel früher hinter uns, als mir lieb war. Andererseits hatte ich mein Windgebilde ja benutzt, um ihn so weit wie möglich zum Lager zu wehen, wodurch sich die Niederung, in der das Feuchtgebiet lag, so gut wie geleert hatte.

»Ich muss mich gleich übergeben«, lauteten Krähs erste Worte seit geraumer Zeit, also stellte ich ihn rasch auf die Beine. Wir befanden uns in einem gerade mal knöcheltiefen Tümpel, durch den sich ein zähes Geflecht aus schleimigen kleinen Eiern und verrottetem Laub zog.

»Hätte nie gedacht, dass ich mich mal drüber freuen würde, einen Sumpf zu sehen«, keuchte Kräh, vorgebeugt mit den Händen auf den Knien. Er starrte zum anderen Ufer des Flusses, den wir gerade überquert hatten. Eigentlich war es eher ein breiter, seichter und träger Bach, der zwischen den Gräsern und Sandbänken, die sich nach Westen erstreckten, mehr sickerte als floss. Kräh watete ein Stück weiter, bevor er sich hinkauerte und sich das Gesicht wusch.

»Also«, sagte er danach. »Was machen wir jetzt?«

Ich betrachtete den blutigen, an meinen Gürtel gebundenen Sack. Das Gehirn des Totenbeschwörers wurde nicht frischer, und es durch einen Sumpf zu schleppen, würde auch nicht hilfreich sein.

»Da lang.« Ich deutete tiefer ins Moor. »Wo die Hunde unsere Witterung nicht finden und wir eine Weile anhalten können.«

»Warst du das? Mit den Nebelschwaden?«

»Ja.«

Er kratzte sich am Bart. »Du siehst nicht wie ein Zauberer aus. Jedenfalls wie keiner, den ich je gesehen habe.«

»Ich bin auch kein Zauberer.«

»Wie jetzt? Du hast doch gerade gesagt, du bist einer.«

»Nein, hab ich nicht. Wir sollten los.«

Er grunzte. »Meinst du, die werden uns jagen?«

»Die Zauberer vielleicht schon.«

»Hab befürchtet, dass du das sagen würdest«, brummelte

Kräh und prustete aus beiden Nasenlöchern Luft und Wasser. »Wir müssen langsam gehen. Der Schlamm kann heimtückisch sein.«

Wie wir bald feststellen sollten, kam das eher einer Untertreibung gleich. Ich folgte der simplen Logik, dass alles, was meinem Gewicht standhielt, mühelos auch das seine tragen würde. Der zähflüssige Matsch erwies sich als gierig und sog Kräh fast sofort die Sandalen von den Füßen. Allerdings gab sich der Sumpf damit nicht zufrieden. Bei jedem Eintauchen in seine Tiefen schien sich eine weitere Schicht an unsere Füße und Beine zu heften, bis es sich anfühlte, als trügen wir schwere Ketten um die Fußgelenke. Wir waren gezwungen, immer wieder anzuhalten, um den Schlamm abzukratzen, was manchmal dazu führte, dass wir bis zu den Knien einsanken. Kräh war kein junger Mann mehr, und egal, wie kurz seine Gefangenschaft gewesen sein mochte, sie hatte ihren Tribut gefordert. Wir waren noch kaum in den eigentlichen Sumpf vorgedrungen, als ihn die Kraft verließ.

Er erhob kaum Einwände, als ich ihn mir auf den Rücken hievte. Was ich schon eher hätte tun sollen, denn er wog weniger als vormals meine Rüstung. So kam ich wesentlich schneller voran, auch wenn der Preis dafür sein Atem in meinem Genick war. Der Nebel verflüchtigte sich früher, als mir lieb war, und als die Sonne aufging, tauchten durch die Hitze mehr Stechmücken auf. Das zwang mich, mir von Krähs Gewändern abgerissene Streifen wie einen zerfledderten Schal ums Gesicht zu wickeln. Meine Haut war dick genug, dass mich die Viecher normalerweise nicht übermäßig gestört hätten. Allerdings schienen diese hier allesamt fest entschlossen, mir in die Augen, die Nase und den Mund zu fliegen.

Der Nachmittag kam und ging, während ich marschierte, und ungeachtet der Angriffe der Mücken ertappte ich mich dabei, die Schlichtheit einer rein körperlichen Herausforderung zu genießen. Meine Aufmerksamkeit galt allein dem, was ich sehen und fühlen konnte, und ungeachtet der Anstrengung war mein Verstand das erste Mal seit Langem relativ klar, als sich jener Tag seinem Ende zuneigte. Außerdem fanden meine Füße immer öfter festen Boden vor, als das Gelände aus der Niederung des Sumpfes anzusteigen begann. Die letzten Stunden des Marsches fühlten sich wie immer am längsten an. Als ich Kräh letztlich wieder ablud, konnte ich ihn auf festen, grasbewachsenen Untergrund stellen.

»Schade, dass du angehalten hast, ich war grade dabei, einzudösen«, sagte er, während er sich die Beine rieb.

Ich kämpfte den Drang zurück, ihn zu fragen, was das heißen sollte. Nach unserer ersten Begegnung zu urteilen, war der Versuch, Kräh Fragen zu stellen, ungefähr so, als wolle man dem Wind befehlen, in welche Richtung er zu wehen hatte.

»Hinter dem Gebüsch fließt ein Bach, dessen Wasser noch süß und sauber ist«, sagte ich stattdessen. »Wir ruhen uns aus und gehen beim ersten Tageslicht weiter.«

»Kannst du Feuer machen?« Er zeigte auf mich und beugte die Finger. Ich verstand, was er damit andeuten wollte.

»Ja. Hier sollte es auch sicher genug dafür sein. Du sammelst Holz, und ich sehe zu, ob ich etwas zu essen auftreiben kann.«

»Aber nichts zu Ausgefallenes. Ich hab 'nen empfindlichen Magen.«

»Wenn du nichts isst, dann stirbst du und ich hab dich ganz umsonst getragen.«

Er schüttelte den Kopf und lachte. »Du bist ein merkwürdiger Kauz, Söhnchen. Mit Sicherheit der seltsamste meilenweit.«

Ich beobachtete, wie er, nach wie vor den Kopf schüttelnd, davonzockelte. Ich würde die Menschen nie verstehen. Natürlich verspürte ich auch keine besondere Lust auf den Versuch. Je eher ich diese menschliche Gestalt und ihre ansteckenden Verhaltensweisen loswürde, desto glücklicher wäre ich.

Nachdem ich ausgiebig aus dem Bach getrunken hatte, setzte ich mich hin und sandte meine Hexenkunst aus, tastete behutsam nach etwas Essbarem in der Umgebung. Das Wasser half zwar, das Nagen in meinem Bauch zu besänftigen, aber das konnte bestenfalls eine vorübergehende Maßnahme sein. Ich spürte die leichte Berührung kleiner Geschöpfe, die sich um uns herum versteckten und jagten. Mit denselben Ranken meiner Hexenkunst sandte ich ihnen den Drang zu, sich zum Trinken an den Bach zu begeben, dann wartete ich.

Sie strömten aus allen Richtungen heran und erschreckten Kräh, der gerade eine flache Grube für das Feuer aushob. Nach dem Grauen, das er bezeugt hatte, fand ich es ziemlich unterhaltsam, zu beobachten, wie er vor Kaninchen und einem jungen Reh die Flucht ergriff, als wären es ausgehungerte Bestien. Rasch brach ich denen das Genick, die ich haben wollte, dann verflüchtigte ich die Rückstände der Hexenkunst, die den Geist der restlichen Tiere benebelten. Eine kleine Massenflucht setzte ein, als sie zu Sinnen kamen und Reißaus vor dem über ihnen aufragenden Räuber nahmen. Krähs ursprüngliche Beschwerde über diese »unnatürliche« Form der Jagd legte sich, als ihm die Aussicht auf eine unmittelbar bevorstehende Mahlzeit aus Fleisch bewusst wurde.

»Hier gibt's nicht viel an trockenem …«, begann er und deutete auf das erbärmliche Bündel dünner Stöckchen neben der Feuergrube. Ich schaute auf, als er nicht weitersprach. »Was in Hels Namen machst du denn mit dem armen Eichkätzchen?«

Ich blickte auf das rote Etwas in meinen Händen. Der Einsatz meiner Hexenkunst hatte mich an Tatyana denken lassen, und ich hatte unbewusst angefangen, nach einer Spur der Verbindung zu ihr zu suchen. »Es häuten?«

»Häuten bedeutet nicht, dass du alles aus seinem Arsch rausquetschen musst.«

»Wenn du meinst, du kannst es besser, dann mach es doch

selbst.« Ich hielt ihm das Eichkätzchen hin, doch er schob es zurück zu mir.

»Damit kann keiner mehr was anfangen.«

»Dann häute du den Rest«, sagte ich und warf ihm mein Messer zu. »Ich geh das Holz holen.«

»Ist wohl besser so.«

Beute zu verschwenden, widerstrebte mir, also verschlang ich das Eichkätzchen rasch, bevor ich den windabgewandten Hang hinuntermarschierte, wo es mehr Gebüsch und trockeneren Untergrund gab. Außerdem verschaffte mir das die Gelegenheit für etwas, das ich den ganzen Nachmittag vor mir hergeschoben hatte.

Ich setzte mich auf einen aus der Erde ragenden Felsbrocken und drehte den von meinem Gürtel hängenden Sack um, fing den Kopf des Totenbeschwörers auf und wog ihn eine Weile in der Hand. Ich sollte es eher früher als später tun, und der Zeitpunkt erschien mir so gut wie jeder andere. Mit einem Stein setzte ich dazu an, den Schädel zu spalten, hielt jedoch inne, als ich ihn herabsausen lassen wollte, weil mir meine Nägel auffielen.

Sie waren immer noch so dunkel wie meine Haut, ragten mittlerweile jedoch sehr weit aus den Fingern und verjüngten sich auf eine Weise, wie es menschliche Fingernägel niemals konnten. Ich beugte die Finger und versuchte, sie durch Willenskraft in eine menschlichere Größe und Form zu bringen, doch anders als bei meinen Zähnen und Augen spürte ich keinerlei Reaktion. Ihre Veränderung schien dauerhafter, schien körperlicher Natur zu sein. Eine Weile starrte ich noch auf sie.

Warum geschah das, und wann hatte es sich ereignet? Ich hatte eine ganze Weile nicht auf etwas so Nebensächliches wie meine Nägel geachtet.

Während ich überlegte, was das bedeuten mochte, schälte ich die Kopfhaut von dem Schädel, bevor ich ihn mit einem

Stein einschlug und aufbrach wie ein gekochtes Ei. Meine Gedanken blieben zerstreut, zumindest bis mich der magenumdrehende Geschmack des Gehirns zurück in den Augenblick holte.

Ich kämpfte gegen den Drang an, mich zu übergeben, und kaute den Bissen langsam, setzte meine Zunge so viel wie möglich von dem glibberigen Zeug aus. Bald zogen schemenhafte Bilder an meiner Sicht vorbei, flüchtige Eindrücke eines hinter Mauern und in dunklen Kammern gefristeten Daseins. Ich würgte mehr von dem Hirn hinunter und kaute, bis Bilder von Krieg und Gemetzeln jene von Büchern und bitteren Enttäuschungen ablösten. Mit einem weiteren großen Bissen im Mund schloss ich die Augen.

Kapitel Siebzehn

Die Soldaten arbeiteten alle mit einer stillen Tüchtigkeit, die voll und ganz die schweren Maßregelungen rechtfertigte, zu denen wir zu Beginn des Feldzugs gezwungen waren. Die gemeinen Fußsoldaten setzten sich aus derben, brutalen Gesellen zusammen, glichen eigentlich eher Tieren, und wir fanden schon bald heraus, dass man sich ihren Respekt nur durch Unterjochung und Angst sichern konnte. Zuerst hatten wir sie ausgepeitscht, aber sie hatten gelernt, die Hiebe zu ertragen, und dann hatten sie uns nur noch verhöhnt, wenn unsere Arme der Aufgabe nicht mehr gewachsen waren.

Ich hatte den Einfall gehabt, sie mit der Gabe der Blutsaat zu belohnen, statt sie mit Rohrstock und Peitsche zu bestrafen. Es war ein Geistesblitz, der mir Lob vom Meister höchstpersönlich eingebracht hatte; eine Ehre, die ich als umso süßer empfand, weil sie den Neid von Ludvig entfachte. Er war der Knochenherr dieses Geheimzirkels, doch wir alle wussten, er war dazu nur befördert worden, weil er einer der ersten Lehrlinge des Meisters in der Universität gewesen war. Mit persönlichen Errungenschaften oder der Fähigkeit, eigenständig zu denken, hatte das nichts zu tun gehabt.

Statt Stunden damit zu vergeuden, linkische Wirtskörper zu stärken und aufzubereiten, hatten wir nun Untertanen, deren Instinkte und Sehnen seit Jahren von Gewalt durchwirkt wurden. Und mehr noch, den Rest der aufsässigen Rohlinge schüchterte der Anblick der Veränderung von ihresgleichen besser ein, als es Peitsche und Rohrstock je vermocht hatten. Davor hatte es sogar eine kleine Meuterei gegeben, was jedoch nie wieder vorgekommen war, nachdem wir die gesamte Truppe der Aufständischen gesegnet hatten. Es war eine aufwendige Geste, und der General beschwerte sich beim Meister darüber, aber am Ende fand er sich damit ab, wie wir es von Anfang an gewusst hatten. Ihre Armee bedeutete uns nichts, und das wussten alle.

Ludvig mochte nach wie vor das Sagen haben, doch jeder wusste, dass ich es gewesen war, der das letzte Ritual in Aknak vollendet hatte. Dies war nun mein Unterfangen, und sobald wir Falkenburg knackten, würde ich meinen eigenen Geheimzirkel bekommen.

Ich bahnte mir den Weg ins Ritualzelt, wo die anderen behutsam das Gras ausstachen und den Bereich plätteten, um den Boden für das Auslegen der Kreise vorzubereiten.

Indes malten mehrere Ritualdiener sorgfältig die Bannzeichen neu, die beim Abbauen des Zelts für die Reise hierher beschädigt worden waren.

Nachdem ich mich davon überzeugt hatte, dass alles in Ordnung war, befahl ich, die Lanze herzubringen. Das Gestell, das sie halten würde, während die Seelen gebunden wurden, war noch nicht fertig, doch es gab ohnehin genug zu tun, bevor wir beginnen konnten, die Lanze mit Macht aufzuladen. Natürlich hielt Ludvig mir eine Standpauke dafür, dass ich sie ohne ihn geöffnet hatte, allerdings konnte er die Tatsache nicht leugnen, dass uns wenig Zeit blieb, wenn Falkenburg wie vorgesehen fallen sollte.

Als wir jedoch vor der Lanze standen, fiel es uns leicht, unsere Meinungsverschiedenheiten beiseitezuschieben. Es handelte sich um ein atemberaubendes Artefakt, selbst wenn man nicht berücksichtigte, dass es von der Göttin höchstpersönlich angefertigt worden war. Sie war glatt wie polierter Marmor, achtzehn Fuß lang, und die mit Silber verfüllten Runen, die den gesamten Schaft überzogen, waren scharfkantig genug, um die Haut von unachtsamen Fingern zu schälen. Den spitz zulaufenden Abschnitt kennzeichneten drei dicke Silberreife, die jeweils weitere, in Rotgold gefasste Runen beherbergten. Ihre Bedeutung kannte nur der Meister. Schon jetzt, obwohl das Ritual zur Erweckung der Macht der Lanze erst durch-

geführt werden musste, konnte ich die darin schlummernde Kraft als angenehmes Kribbeln auf der Haut fühlen.

Das Artefakt einfach als »Lanze« zu bezeichnen, kam natürlich einer Herabwürdigung eines so mächtigen und erhabenen Gegenstands gleich, aber es war einfacher auszusprechen als der Name, mit dem der Meister es getauft hatte: der Name, den die Gefangenen singen würden, wenn sie ihm ihre Seelen darbrachten. Akusangai.

Ich spürte, wie sich die Blutsaat in mir regte wie eine aus langem Schlaf erwachende Katze, als das Wort gegen meine Lippen drängte und unbedingt laut ausgesprochen werden wollte. Trotz meiner Begabung und meines Geschicks im Umgang mit der Kunst der Magie spürte ich, wie mir etwas, das mich an Furcht erinnerte, über den Rücken kroch. Schnell presste ich die Lippen fester zusammen. Die Lanze ohne die richtigen Schutzvorrichtungen zu beschwören, war gleichbedeutend mit einer Einladung zu blankem Wahnsinn.

Ich verdrängte derlei Gedanken und konzentrierte mich auf die anstehende Aufgabe. Die Anweisungen des Meisters waren unmissverständlich: Die Lanze musste bereit sein, bevor er eintraf. Wenn wir dabei versagten, würde es keine Rolle spielen, dass die oberste Verantwortung dafür bei Ludvig lag. Wir waren sein Geheimzirkel und würden alle zusammen mit ihm bestraft werden.

KAPITEL ACHTZEHN

Als die letzten Reste der Visionen verblassten, öffnete ich die Augen und konnte gerade noch einmal nach Luft schnappen, bevor sich mein Magen auflehnte und selten heftig entleerte. Ich schleppte mich zu einem Tümpel mit einigermaßen sauberem Wasser, spülte mir den Mund aus und wusch mir das Gesicht.

Ungefähr an dieser Stelle bemerkte ich, dass mich Kräh beobachtete, der mit den Händen an den Seiten einfach dastand. So heftig, wie er dabei zitterte, überraschte mich, dass er sich noch nicht mit dem Messer geschnitten hatte, das er hielt. Er hob es auf Schulterhöhe an, als ich auf ihn zuging.

»Was hast du vor?«, fragte ich und blieb ein Stück außerhalb seiner Reichweite stehen. Ich bezweifelte zwar, dass er das Messer mit diesen besseren Bogensehnen von Muskeln tief genug in mich stoßen könnte, um mich zu verletzen, trotzdem wollte ich ihn nicht in Versuchung führen, etwas Unüberlegtes zu tun.

Er schwang die Klinge nach links, dann zurück in meine Richtung. »Was ist das?«

Mein Blick schwenkte nach links, wo der leere Schädel des Totenbeschwörers lag. Die Augen waren irgendwann herausgekullert, was dem eingefallenen Gesicht einen beinah komischen Ausdruck der Verblüffung verlieh.

»Ich hab sein Gehirn gegessen«, sagte ich rundheraus, zu müde, um mir Beschönigungen für einen weiteren undankbaren Menschen einfallen zu lassen. »Und nein – weder habe ich mir das gewünscht, noch hab ich es genossen.« Ich trat näher zu dem kleinen Mann. »Jetzt nimm das Messer weg, bevor ich es an eine Stelle stecke, die dir wirklich nicht gefallen würde.«

»Wirst du mich fressen?«

Bei der Vorstellung verzog ich das Gesicht zu einer Grimasse. »O ihr Sterne, nein.«

Einen Moment lang kaute er unschlüssig auf der Unterlippe, dann ließ er die Klinge sinken.

»So konnte ich seine Erinnerungen sehen«, erklärte ich, womit ich der Frage zuvorkam, die sich zweifellos gerade den Weg zu seinen Lippen bahnen wollte. »Hast du dich nicht gefragt, warum ich seinen Kopf mitgenommen habe?«

»Na ja, ich dachte, das wäre bloß … du weißt schon, so eine Stammessache.«

»Eine Stammessache.« Ich verzog den Mund zu einer so verächtlichen Miene, wie es dieses menschliche Gesicht zuließ. Was für Kreaturen waren so barbarisch, dass eine Enthauptung kaum für Empörung sorgte, sondern geradezu zur kulturellen Gepflogenheit geworden war? Eine Welt unter der Herrschaft der Menschen wäre wahrhaft düster und schrecklich.

»Ich mein ja nur.« Er starrte zu mir hoch. »Ach Hel, keine Ahnung, was ich gemeint hab. Du hast seine Gehirne gegessen!«

»Gehirn. Einzahl.« Ich trat den leeren Schädel in einen übelriechenden Tümpel. »Wenn ich dir etwas antun wollte, hätte ich dich wohl kaum gerettet.«

»Aber eigentlich hast du das nicht, oder?« Ich konnte hören, wie sein altes Herz in der Brust galoppierte und die Gelenke knackten, als er sich setzte. »Du hast mich dort rausgeholt, aber du warst nicht dort, um mich zu retten, oder?«

»Nein.«

»Warum dann?«

»Das ist eine Frage, die ich mir in letzter Zeit häufig stelle.«

Ich schaute zu den Sternen empor und atmete langsam aus, bis sich die in mir schwelende Verärgerung legte. »Und doch habe ich noch keine Antwort gefunden, die sich richtig anfühlt.«

»Du redest viel, sagst aber nichts. Warum hast du mich gerettet?«

»Du warst freundlich zu mir, als du keinen Grund dazu hattest.« Ich lächelte bei der Erinnerung daran, wie er mir einen sauberen, neuen Kittel überlassen hatte. Mein erstes Geschenk. Sein Herz raste immer noch, als er mich beobachtete, und hätte ich es nicht besser gewusst, ich hätte gewettet, dass er gleich fliehen oder mich angreifen würde.

»Wer bist du?« Er leckte sich über die Lippen. Seine Zunge schnellte rosa zwischen den weißen Schnurrhaaren hervor. »*Was* bist du?«

»Das willst du nicht wissen.«

»Sag es mir. Ich bin zu alt für Ratespiele. Ist Stratus überhaupt dein Name?«

Das brachte mich zum Lächeln, denn diesem Empfinden konnte ich nur zustimmen. Auch ich wurde allmählich zu alt und müde für Rätsel und Lügen.

»Mein Name *ist* Stratus Himmelsfeuer, und das war er schon vor dem ersten Morgengrauen dieser Welt.« Ich spürte, wie sich mein Rücken straffte und meine Brust anschwoll, als ich mich zu erkennen gab. Und ich schäme mich nicht, zuzugeben, dass ein Hauch Hexenkunst meine Worte färbte, um die Erinnerung an die Ehrfurcht und Angst zu vermitteln, mit der man mir einst begegnet war. »Ich bin der Todeswind, der Zerstörer und das Verhängnis von Krandin.«

Seine Augenbrauen schnellten hoch. »Du bist was?«

»Der Todeswind.«

»Dann hab ich doch richtig gehört.« Seine Brauen sanken zurück an ihren angestammten Platz. »Bist du so was wie ein Adeliger?«

»In gewisser Weise könnte man das wohl sagen.« *König Stratus* hört sich nicht übel an.

»Ich versteh das nicht.«

»Ich bin Feuerborn, der letzte wahre Sohn der Sterne.«

»Was?«

Ich schüttelte den Kopf darüber, wie lachhaft es war, dass ich mich diesem winzigen, schrumpeligen Menschlein erklären musste. »Ich bin ein Drache.« *Der letzte Drache*, flüsterte mein gehässiger Verstand, der mich allzeit gern an meinen Kummer erinnerte.

»Wie meinst du das jetzt?«

Ich dachte, er würde vielleicht scherzen, aber es schwang keine Belustigung in seiner Stimme mit. »Ich bin ein Drache in Menschengestalt.«

»Ein *Drache?* Die feuerspeiende Art aus den alten Geschichten?«

»Ja.«

Zuerst starrte er mich eine Weile an, dann brach er doch in Gelächter aus. »Noch mehr Ammenmärchen und Lügen. Ich hab doch gesagt, dass …«

Sein Protest verstummte jäh, als ich eine Hand auf sein Haupt legte.

»Was …«

Ich neigte seinen Kopf nach oben, bis sein Blick dem meinen begegnete. Ich beschwor dieselbe Erinnerung der Jagd herauf, die ich Tatyana gezeigt hatte.

»So sieh mich denn«, sagte ich und übertrug die Erinnerung sanft in seinen Kopf. Als seine Knie einknickten, hielt ich ihn an den Armen fest.

Er schrie auf wie ein Kind und wollte Reißaus nehmen. Aber damit hatte ich gerechnet, und ich ließ ihn nicht los. Einen Moment lang fürchtete ich, sein Herz könnte zerspringen, doch es hielt stand, und ich ließ ihn auf den Felsblock sinken, wo er nach Luft schnappte, als hätte ich ihn gerade vor dem Ertrinken gerettet.

»Verflucht will ich sein«, stieß er hervor, als die erste Panik allmählich abebbte. »O ihr Götter im Himmel und ihr Heiligen auf Erden, du meinst das ernst!«

»Sehr ernst.«

»Das ist nicht möglich – ist es einfach nicht.« Unerwarteterweise stand er plötzlich auf und trat einen Schritt vor, bis seine Brust gegen meine unteren Rippen drückte. Sein Blick suchte mein Gesicht ab.

»Wie? Du siehst normal aus. Ich meine, schwarz und so, das schon, trotzdem irgendwie normal.«

»Ein Zauber bindet mich an diese Gestalt«, erklärte ich ihm. »Obwohl ich fürchte, dass sein Halt an mir langsam nachlässt.« Ich hob die Hand und zeigte ihm meine Fingernägel.

»Lange Nägel beweisen ja nun mit Sicherheit gar nichts.«

Ich seufzte, dann lächelte ich ihn mit dem Mundvoll meiner wahren Zähne an und erweckte das Rot meiner Augen. Wieder rief er seine Götter an. Er schrak vor mir zurück und fing befremdlicherweise zu weinen an.

»Fürchte dich nicht«, beruhigte ich ihn, nachdem ich meine Zähne wieder eingefahren hatte.

»Tu ich nicht«, behauptete er. Nach einem schlurfenden, zögerlichen Schritt stürmte er vorwärts und umarmte mich.

Zuerst stand ich verdutzt schweigend da und wartete, dass er mich wieder losließ. Als er dazu keine Anstalten machte, tätschelte ich ihm schließlich so sanft wie möglich den Rücken, weil ich nicht wusste, was ich sonst tun sollte. »Schon gut, schon gut.«

Schließlich gab er mich frei und wischte sich die Nässe aus dem Gesicht. »Entschuldige.«

»Entschuldigung angenommen.«

»Das ist erstaunlich.« Er entblößte seine restlichen Zähne

zu einem Lächeln, das ich möglichst niemals wiedersehen wollte.

»Ich bin sicher, das ist es, aber Abendessen wäre noch erstaunlicher.«

Der Gedanke an eine heiße, fleischige Mahlzeit genügte anscheinend, um ihn wieder zur Vernunft kommen zu lassen. Eilig traten wir den Weg zurück zu unserem behelfsmäßigen Lager an, wo er mich anweisen wollte, wie man Holz am besten für ein lange brennendes statt für ein heißes Feuer stapelte, bevor ihm einfiel, mit wem er sprach. Danach redete er nicht mehr viel, bis er sich sattgegessen hatte und ich müßig die längeren Knochen aufbrach, um an das Mark zu gelangen.

»Du hast mir immer noch nicht erzählt, woher du kommst.«

»Wieso ist dir das so wichtig?«, fragte ich mit dem Mund voll fettigem Fleisch.

»Bin bloß neugierig, das ist alles. Du hast nie meine Frage von vorhin beantwortet.« Er deutete vage in Richtung Osten.

Ich betrachtete die Sterne, dann zeigte ich auf einen, der wie ein Wolfsauge leuchtete. »Mein Zuhause war weit im Norden und Osten von hier. Unter dem Licht des Wolfs. Oder zumindest glaube ich, dass es dort war. Ist.«

»Du kannst dich nicht erinnern?«

»Es ist lange her, und meine letzten Erinnerungen daran sind keine schönen.«

»Wie lange?«

»Siebenhundert Jahre, ein paar Jahrzehnte mehr oder weniger.«

Sein Pfiff versetzte die langen Schnurrbarthaare an seiner Oberlippe in Bewegung, als er sich vorbeugte und mich anstarrte. Der Schein der Glut ließ die Falten verschwimmen, die sein Gesicht zerfurchten. *Ob menschliche Schädel mit dem Alter schrumpfen?* Er musste irgendwann viel größer gewesen sein, wenn so viel lose Haut daran hing.

»Und?«, fragte er.

»Und was?«

»Warum watscheln wir durch diesen verfluchten Sumpf, statt einfach zu unserem Ziel zu fliegen, wo immer das sein mag?«

»Ich wusste ja nicht, dass du fliegen kannst«, gab ich zurück.

»Ha!« Er klatschte in die Hände und setzte sich zurück. Einen Moment lang wagte ich tatsächlich zu hoffen, seine Fragen hätten ein Ende gefunden.

»Aber warum? Komm schon, antworte mir. Das kann kein größeres Geheimnis als das sein, was du mir schon verraten hast.« Er kratzte sich am Bart. »Liegt es an der Sinnestäuschung?«

»Das Wort hat mir schon immer gefallen. *Sinnestäuschung*. Klingt ja so viel erhabener als Zauber oder Hexerei. Aber ja, das ist der Grund. Ich bin samt meinen Flügeln an diese Form gebunden, und wenngleich ich meine Hexenkunst nach wie vor besitze, kann ich diese Bindung noch nicht selbst aufheben.«

»Warum nicht?«

»Das sage ich dir morgen früh.«

»Wieso nicht jetzt?«

»Weil«, antwortete ich und ließ ein Knurren in meiner Stimme mitschwingen, »ich müde, verletzt und immer noch hungrig bin. Ich brauche Schlaf, und du musst ihn mir gönnen.«

»Schon gut, Söhnchen, war ja nur 'ne Frage. Ich hab nicht so oft Gelegenheit, mit einem verflixten Drachen zu schwatzen.«

»Wir schwatzen dann morgen weiter.« Mit halb geschlossenen Lidern beobachtete ich, wie er sich hinlegte und müßig an seinem Bart zupfte. Ich brauchte seine Gedanken nicht zu lesen, um zu wissen, dass seine Fragen bestimmt nicht bis morgen früh warten würden. Also entfachte ich ein Flämmchen Hexenkunst und flüsterte seinen Namen, als ich es zu ihm sandte. Ich sah ihm gerade lang genug in die Augen, um etwaigen Widerstand zu schwächen. Aber er erwies sich als alt und müde, und so setzte sich der Zwang schneller fest, als ich zu hoffen gewagt hatte. Nach drei langen Atemzügen schlief er tief und fest.

KAPITEL NEUNZEHN

Ungeachtet dessen, was ich zu Krähgesagt hatte, rief mich der Schlaf jedoch noch nicht. Ich rollte mich um das Feuer ein und betrachtete meine Nägel, während ich an einem übriggebliebenen Huf kaute.

Von oben sahen meine Nägel nur so aus, als hätte ich eine Vorliebe dafür, sie zu feilen. Von unten hingegen verhielt es sich völlig anders. Im Gegensatz zu den dünnen, flachen Fingernägeln von Menschen waren meine beinah so dick wie lang. Meine Fingerspitzen hatten sich in der Mitte gespalten, um Platz dafür zu schaffen. Wenn es so weiterginge, würden sie sich schon bald nach unten krümmen, bis sie so lang und scharf wie die eines Adlers wären. Ich würde einen Zimmermann oder Hufschmied aufsuchen müssen, um sie zu stutzen, wenn ich weiterhin ungestört unter Menschen wandeln wollte.

»Warum jetzt?«, flüsterte ich und tippte mit einem Nagel gegen einen Stein. Ich hatte mich selbst in eine menschliche Gestalt umgewandelt. Was ich dabei jedoch nicht bedacht hatte, war, wie viele Schichten von Zaubern und alten Flüchen noch an meinem Drachenkörper hafteten. Talgoth, der Erzmagier, dem Aethbert Henkman hörig gewesen war, hatte sich die Gelegenheit zu Experimenten an einem so berüchtigten Wesen wie mir nicht entgehen lassen. Der Käfig, in dem er mich gefangen gehalten hatte, war selbst mit schweren Schutzzaubern versehen gewesen; einerseits, um mich auf die Hälfte meiner normalen Größe geschrumpft zu lassen, andererseits, um mich von den Liedlinien abzuschneiden.

Der lange Einfluss seiner bösartigen Magie hatte die Ergebnisse meiner eigenen Arbeit sehr beeinträchtigt. Ich konnte meine Zauber nicht richtig stärken, geschweige denn seinen widerstehen. Jeder Zauber, ob physisch oder an einen unbelebten Gegenstand gebunden, verlor mit der Zeit seine Wirkung, wenn er nicht erneuert wurde. Manche wurden einfach schwächer, schrumpften wie ein von einem Fluss ausgehöhlter Fels. Andere hingegen fielen in sich zusammen und verkamen zu einem unberechenbaren, unter Umständen verheerenden Chaos.

Vermutlich geschah Letzteres mit meinem Zauber durch die jahrelange Vernachlässigung und die verwahrlosten Reste der Banne, die Generationen mittelmäßiger Zauberer gewoben hatten. Ich war meiner Hexenkunst für Jahrhunderte beraubt gewesen und hatte keine Möglichkeit gehabt, die Absicht und die anhaltende Wirkung der unzähligen Zauber auszuloten, die im Verlauf der Zeit an mir gewirkt worden waren.

Nachdem ich den letzten Rest des Hufs hinuntergeschluckt hatte, bettete ich den Kopf auf den Arm und verlangsamte die Atmung, bis ich spürte, wie sich mein Geist beruhigte.

Ich schloss die Augen, zog meine Hexenkunst näher und wandte sie nach innen. Ich ließ sie durch meine Adern und Sehnen sickern und sich auf die tief verwurzelten Rückstände meines ursprünglichen Zaubers einstimmen. Der Kern war noch vorhanden – dünne, um die geschrumpften Fasern meines Wesens geschlungene Fäden, die für sich allein genommen unbedeutend waren. Zusammen jedoch bildeten sie den Abdruck und die Form, die diesen Körper gebildet hatten. Diese Ketten an den falschen Stellen zu brechen, würde dazu führen, dass der Zauber auf unvorhersehbare Weise in sich zusammenfiel. Das wiederum würde eine unkontrollierbare, heftige und zweifellos tödliche Entfesselung roher Energie in meinem Körper zur Folge haben.

Die Zeit hatte die Erinnerung daran getrübt, wie ich den

ursprünglichen Zauber zusammengesetzt hatte. Und auch die unzähligen Banne all der neugierigen und grausamen Zauberer, die ich im Verlauf der Jahre über mich ergehen lassen musste, hatten ihre Spuren hinterlassen, hatten Teile meines eigenen Zaubers verzerrt und den Zweck und die Wirkung auf mein Fleisch dermaßen verwässert, dass ich nicht mehr wusste, wo mein Werk begann und ihre Stümpereien endeten.

Der Gedanke an verirrte Magie berührte etwas in mir, und ich kramte das Medaillon des Sankt Tomas aus dem Versteck in meiner abgewetzten Kleidung hervor. Ich fuhr mit den Fingern über die Gravuren und den blauen Stein, bis ich spürte, wie der zarte Funke der darin enthaltenen Macht erwachte und meine Fingerspitzen küsste.

Vor der Rückkehr meines Verstands hatte der Teil von mir, den ich »die Bestie« getauft hatte, seine Kraft von der Magie bezogen, der ich ausgesetzt gewesen war; eine Fähigkeit, die das Medaillon mit Sicherheit beeinflusst hatte. Abgesehen davon, dass es mächtig war, wusste ich herzlich wenig darüber. Konnte es sein, dass es einen Teil der schädlichen, von den Zauberern an mir hinterlassenen Magie aufsaugte wie ein Wickel, der Fäulnis aus einer brandigen Wunde zog? Und falls ja, wie würde sich das auf den Rest meines eigenen beeinträchtigten Zaubers auswirken? Verursachte das Medaillon das stete Wachsen meiner Klauen oder half es, den Zauber zu festigen?

Ich legte es auf meine Brust und schaute hoch zum nächtlichen Himmel, wo ich versuchte, anhand der flüchtigen Blicke, die mir die zerfransten Wolken ermöglichten, die Konstellationen der Sterne auszumachen. Irgendetwas geschah mit mir, aber ich musste erst noch ergründen, warum. Lag es daran, dass ich im Lager der Totenbeschwörer so viel dunkler Magie ausgesetzt gewesen war, am ungewissen Einfluss des Medaillons oder lediglich an einem schleichenden Nachlassen des Zaubers? Oder an allem zusammen?

Nur zu gern hätte ich die Zeit und einen sicheren Ort gehabt, um der Wahrheit auf den Grund zu gehen, doch insbesondere an Zeit mangelte es mir. Ich hatte mich in Luciens dämlichen kleinen Krieg hineinziehen lassen. Nun war ich durch mein Wort daran gebunden, Navar Louw den Garaus zu machen, der Quelle des Hasses, der in mir so beständig loderte, wie die Sterne am Himmel funkelten. Darüber hinaus hatte ich Tatyana versprochen, ihr zu helfen, Lucien zu finden, bevor ihn die Paladine verdarben und ihm, was durchaus möglich war, Würmer in den Kopf pflanzten.

Die Anweisungen des Meisters waren unmissverständlich: Die Lanze musste bereit sein, bevor er eintraf.

Die Erinnerung des Totenbeschwörers stieg aus meinem Gedächtnis auf. Zuerst schien es mir wie ein Mahnmal dafür, dass ich keine Zeit hatte. Dann jedoch wurde mir klar: Ich wusste dadurch auch, wo Navar Louw sich bald aufhielt. Irgendwann in nächster Zeit würde er nach Falkenburg kommen. Und da ihm anscheinend nichts daran lag, seine Macht bei der Belagerung in die Waagschale zu werfen, vermutete ich, er würde beaufsichtigen wollen, was immer die Zauberer vorhatten, sobald die Stadt eingenommen wäre.

Es musste etwas mit der Lanze zu tun haben, an deren Aufladung die Totenbeschwörer so hart arbeiteten. *Die Lanze.* Ich konnte sie vor meinem geistigen Auge sehen, aber die Bedeutung ihrer Runen verschloss sich mir. Nicht zum ersten Mal ereilte mich ein Anflug von Neid auf Fronsacs Fähigkeit, Runen zu lesen und zu verstehen.

Ich setzte mich auf, als in meinem Geist eine Idee Gestalt annahm. Fronsac bewies mit den Schutzzaubern, die seinen Körper übersäten und den Palast sicherten, eine solide Beherrschung der Runenkunst. Wenn jemand die Schriftzüge auf der Lanze entziffern konnte, dann mit Sicherheit er. Eine Rückkehr in die Stadt stellte im Augenblick bloß keine gangbare Möglichkeit dar, daher musste der Zauberer stattdessen irgendwie zu mir kommen.

Als ich ihm meine Gefechte gegen den Kardinal gezeigt hatte, hatte ich ihn als Beweis gegenseitigen Vertrauens in meinen Geist gelassen. Etwas, das ich bestimmt nicht besonders oft getan hatte. Infolge dieser Verbindung konnte ich immer noch den Abdruck seines Geistes und seiner Gedanken spüren. Und mehr noch, ich konnte mich daran erinnern, wie seine Magie geklungen und sich angefühlt hatte.

Ich verwob all diese Erinnerungen und Eindrücke von ihm sorgsam miteinander, durchwirkte sie mit dem Klang seines Namens und seiner Magie und formte alles zusammen, bis ich darin seine Essenz hören und fühlen konnte. Jene Essenz hielt ich in meinem Geist fest, beschwor einen Energieimpuls herbei und verschmolz beides. Nachdem ich mich vergewissert hatte, dass die Einheit beisammenbleiben würde, führte ich ihr mehr Macht zu, bis sie als Ball aus schimmernder blauer Energie zwischen meinen Händen erschien und mit ihren Gedanken und Lauten alles andere aus meinem Kopf verdrängte.

»Fronsac«, sprach ich und näherte meine Stimme so gut wie möglich der seinen an. Dann entfesselte ich die Energie und sah zu, wie sie in hohem Bogen auf die Stadt zuschoss wie ein Komet. Ich war überzeugt davon, dass er oder seine Lehrlinge das feindliche Lager beobachteten, und ein so unverhohlener Ruf konnte ihnen unmöglich entgehen.

»Fronsac«, wiederholte ich und band den Klang seiner Magie in das ausgesprochene Wort ein. *»Fronsac.«*

Mit erweckter Hexenkunst achtete ich auf eine Erwiderung und spürte, wie ein anderer Geist den meinen streifte. Er war es nicht selbst, doch ich hörte in der Übertragung ein Echo seiner Magie. Also ein Lehrling, der höchstwahrscheinlich irgendeine Hellsichtvorrichtung benutzte. Ich hatte auf Fronsac persönlich gehofft, da seine Lehrlinge vielleicht von den Lügen beeinflusst wären, die Prinz Jean verbreitet hatte, um den wahren Zweck unseres Unterfangens zu verschleiern.

»Beeilung«, flüsterte ich, als ich einen Kreis um mich zog. Im Gegensatz zu Zauberern brauchte ich kein Zubehör und kein Werkzeug, aber ich verstand die ihrem Handwerk zugrundeliegende Symbolik. Wenn Fronsac antwortete, würde es so für ihn einfacher sein, sich eine schützende Barriere um seine Übertragung vorzustellen, die Überraschungsangriffe oder magisches Lauschen vereitelte, während er seinen Geist öffnete. Unsere Verbindung stellte ein Wagnis dar, denn abgesehen von den Totenbeschwörern gehörte zur penullischen Armee auch ein Kontingent »normaler« Zauberer. Und wenn sie über echte Fähigkeiten verfügten, dann höchstwahrscheinlich auch über jene, die sie meinen Ruf Fronsacs hatte sehen lassen, der sich wie ein Leuchtfeuer aus der tristen Leere der Moore abgehoben haben musste.

Bald spürte ich, wie sich eine neue, mächtigere Gegenwart um mich sammelte, begleitet vom klaren Eindruck harter, scharfkantiger Geometrien. Es war eine beeindruckende Übermittlung, und hätte ich nicht den Widerhall von Fronsacs Magie darin wahrgenommen, ich hätte vielleicht eine flüchtige Regung von Furcht empfunden. Gleich darauf ergoss sich ein Teil jener Energie in den von mir vorbereiteten Kreis und schnitt sämtliche Spuren der Außenwelt so restlos ab, als hätte jemand eine Glaskuppel über mich gestülpt.

Vorsichtig ließ ich meine Verteidigung sinken, bis ich die Berührung seines Willens erkannte.

»Stratus?«

»Fronsac. Wir haben nicht viel Zeit. Der Feind bereitet ein mächtiges Artefakt vor. Du musst die Runen darauf für mich lesen.«

»Zeig es mir so, wie du es im Kerker getan hast.«

Ich verstärkte die Strömungen meiner Hexenkunst, dann

lud ich ihn zu den Erinnerungen ein, die ich von dem Totenbeschwörer erbeutet hatte. Ich spürte eine vorübergehende Unterbrechung im Fluss seiner Magie, als er sich von dem Übertragungszauber löste, was an sich schon eine beachtliche Leistung darstellte. Dann zog ich ihn näher und konnte fühlen, wie seine Reaktion von Neugier zu Grauen und schließlich zu Beklommenheit überging, als ich ihm zeigte, was ich gesehen und gespürt hatte. Die Verbindung zwischen uns schauderte förmlich, als Gefühlsregungen die sonst so vorhersehbare Harmonie seiner Magie verzerrten.

»Stratus, ich muss mir das genauer ansehen. Aber, bei den Sternen, wenn stimmt, was ich vermute, dann könnte uns der Untergang bevorstehen.« Durch unsere Verbindung konnte ich die nackte Angst hören und fühlen, die seine Magie färbte.

»Sag mir, was du vermutest.« Ich musste meinen Worten keinen zusätzlichen Nachdruck verleihen.

»Weißt du, was ein Seelenquell ist?« Er spürte meine Verwirrung und übersandte mir den Rest seiner Botschaft in Form einer Explosion von Lichtern und Klängen, die mich ins Taumeln brachte. Erneut hatte ich seine Fähigkeiten unterschätzt.

»Ich suche dich auf, sobald ich mehr weiß.«

Damit zog er seine Magie zurück, und ich spürte, wie mächtige Schutzzauber wieder aufflammten, als er aus meinem Geist verschwand.

Ich schloss die Augen, als ich verarbeitete, was er mir mit dem Licht übermittelt hatte. Stumm saß ich da und konzentrierte mich auf die Atmung, bis sich meine Gedanken ausreichend beruhigten, um mich nach den Liedlinien zu strecken. Ich seufzte wohlig, als ihre vertraute Harmonie die angespannten Ränder meines Willens besänftigte. Dann entsandte ich einen Impuls davon nach außen, suchte nach Spuren fremder Magie oder einem menschlichen Geist. Ich spürte, wie die Energie über die stillen Wasser strich und sanft die Geschöpfe berührte, die in den Tümpeln und zwischen dem Schilf kreuchten und fleuchten, davon abgesehen jedoch fand ich nichts.

Ein Teil von mir war erleichtert, dass keine Verfolgungsjagd im Gang zu sein schien. Ein anderer Teil sorgte sich, dass die Pläne meiner Gegner vielleicht so schlau, so menschlich sein könnten, dass ich sie schlichtweg nicht begriff.

So oder so, in der näheren Umgebung befand sich niemand, und Sorgen brachten mich nicht weiter. Ich legte mich so hin, dass die Glut des Feuers meine Füße wärmte und ich wieder die Sterne betrachten konnte. Das hatte ich von jeher als beruhigend empfunden.

Eigentlich hatte ich befürchtet, die Bedeutung von Fronsacs Offenbarung würde mich des Schlafs berauben, aber ich hatte noch kaum begonnen, über das drohende Verhängnis zu grübeln, das über uns allen schwebte, da döste ich auch schon ein.

KAPITEL ZWANZIG

Der Steinkreis, den Navar als meinen neuen Käfig hatte errichten lassen, war in einem besseren Schuppen installiert worden. Während der gesamten Zeit, die ich darin verbrachte, erreichte mich kein Sonnenlicht. Flüchtige Blicke auf das Tagesgestirn erhaschte ich nur, wenn die Torflügel morgens aufschwangen, damit er eintreten konnte. Immer gefolgt von seiner Rotte von Lehrlingen und Schülern, die allesamt Erregung und Lust auf die bevorstehenden Grausamkeiten ausstrahlten. Und es war *Folter, auch wenn er es als Unterricht bezeichnete.*

Für welche angeblichen Lektionen er mich auch benutzte, sei es Geschichte, Geographie oder Naturwissenschaften, es endete immer damit, dass seine Lieblingsschüler zur Belohnung auf mich entfesseln durften, was immer sie an Zaubern geübt hatten. Er belehrte sie dann über ihre Technik und wirkte dafür den Zauber selbst. Anschließend johlten sie, während ich mich unter den Auswirkungen krümmte.

Jeder Tag glich einer neuen Folter. Wenn ich mich wehrte, hörten sie erst auf, sobald ich zusammenbrach, um mich für meine Widerspenstigkeit zu bestrafen. Wenn ich es über mich ergehen ließ, erhöhten sie Stärke und Häufigkeit, bis ich schrie, um mich für meine Überheblichkeit zu bestrafen. Schrie ich zu laut, schnürten sie mir mit Ketten die Kehle zu, damit ich ihren Unterricht nicht störte. In jenem ersten Jahr blutete ich so viel, dass sie das Sägemehl, das den kalten Stein in meinem Kreis bedeckte, alle paar Tage austauschen mussten. Hin und wieder kochten die Wut und der Hass über, die in meinen Herzen schwelten. Dann tötete ich einen oder zwei der mit dieser wenig beneidenswerten Aufgabe betrauten Arbeiter, wofür mich Navar bis zur Bewusstlosigkeit knüppelte. Danach begann der Kreislauf von vorn.

Letztlich jedoch erreichte der in mir lodernde Zorn einen neuen Höchststand und spitzte sich zu einem kalten, dauerhaft in meiner Brust steckenden Messer zu. Ich sprach, wenn es mir befohlen wurde, aß, was mir gegeben wurde, und gebärdete mich wie die Zirkusattraktion, als die sie mich haben wollten.

Aus Tagen wurden Wochen, aus Wochen Monate und aus Monaten dann Jahre. Die Grausamkeiten setzten sich trotz meiner Gefügigkeit unvermindert fort. Sie wurden tatsächlich noch unbarmherziger, als seine Schüler mehr Kenntnisse und Macht erlangten und im Gegenzug jegliche etwaige Reste von Mitgefühl für mich verloren.

Mit dem richtigen Ansporn kann man lernen, alles zu ertragen. Hinter einer Fassade der Unterwürfigkeit und einer Haut, die zunehmend aus Narbengewebe bestand, harrte ich meiner Gelegenheit. Sie fassten das als Zeichen dafür auf, dass sie mich ihrem Willen unterjocht hatten, was ihre Geringschätzung und Selbstherrlichkeit schürte.

Als Navar selbst zum ersten Mal persönlich in meinen Kreis trat, hätte ich mir beinah auf die Zunge gebissen. Ich spürte den Druck der Schutzbanne, die er trug, und zwang mich, regungslos zu verharren, meine Maske der Unterwürfigkeit aufzubehalten. Ich wusste nur zu gut: Fiele ich über ihn her, wäre es vorbei mit seiner unachtsamen Überheblichkeit, und ich hatte so teuer dafür bezahlt, ihn dazu zu verleiten.

Ich verbarg meine Frustration hinter vorgetäuschtem, kriecherischem Gehorsam und hasste mich ein wenig dafür, dass ich mich tatsächlich vor ihm fürchtete. Damals roch ich zum ersten Mal den Makel in ihm, wenngleich ich ihn zu dem Zeitpunkt nicht zuordnen konnte und deshalb dem durchdringenden Gestank der Öle und Gebräue zuschrieb, mit denen sie mich manchmal bewarfen.

Einen Monat später änderte sich alles. Am Tag, bevor es geschah, hatte ich besonders schlimm von einem von Navars älteren Lehrlingen eingesteckt, der nach langer Zeit eine bestimmte Form der Blitzbeeinflussung gemeistert hatte und mit seiner neuerworbenen Fähigkeit prahlen wollte. Geendet hatte es mit einem Wettstreit zwischen ihm und Navar, bei dem es darum ging, wer mich weiter durch die Arena schleudern konnte. Navar hatte gewonnen, indem er mir einen so mächtigen Schlag verpasst hatte, dass ich den Schleier durchdrang, der mich davon abhalten sollte, die aufrechten Steine zu berühren. Ich zerschnitt mir das Gesicht an ihren scharfkantigen Wirbeln und blieb den Rest jenes Tages und den Großteil des nächsten bewusstlos.

Während ich dort lag, träumte ich. Normalerweise beschwor mein Geist Erinnerungen an mein Leben mit Anakhara herauf und bot mir eine selige Flucht vor dem Chaos und Leid meines Daseins in diesem Bannkreis.

An jenem Tag jedoch erwiesen sich die Träume als anders. Sie begannen mit mir in einer Finsternis, die jegliche Erinnerung an Licht verloren hatte, umklammert von einer ungewissen Furcht, die sich mit jedem verstreichenden Augenblick steigerte. Ich spie Feuer, bis ich sehen konnte, dass ich mich in einer Art Irrgarten befand. Da begann ich, mich die scheinbar endlosen Gänge entlangzuschleppen, und spie unterwegs immer weiter Feuer, um mir den Weg zu erhellen, bis ich zu einer großen steinernen Tür gelangte.

Irgendwie wusste ich, dass sich dahinter etwas Schreckliches verbarg. Wie gelähmt vor Angst stand ich da, als sich die Tür vor mir zu öffnen begann. Das Knirschen von Stein auf Stein ging in dem Geräusch eines durchdringenden Geheuls unter, das sich von drinnen erhob.

Ich spie einen Schwall Feuer in den Nebel, der in der Kammer trieb, aber die Kälte darin erstickte die Flammen und ließ sie auf die Größe von Kerzenschein schrumpfen. Doch auch das genügte für mich, um einen Blick auf das zu erhaschen, was mich in der Kam-

mer erwartete, als es sich auf mich zubewegte. Es war ein Drachenschädel, der glitzerte, als wäre er von Frost überzogen. Die hohlen Augenhöhlen leuchteten rot wie Herzblut.

»Stratus …« Die Stimme, die daraus hervordrang, kam wenig mehr als dem Echo eines Flüsterns gleich, aber ich kannte sie besser als meine eigene.

Bevor ich antworten konnte, versank der Schädel in der öligen Dunkelheit, und mich überkam ein Schwindelgefühl, als dieselbe leere Schwärze wie eine Flutwelle auf mich zuraste. Ich hatte den Namen meiner Liebsten seit dem Tag, an dem sie von Henkman erschlagen worden war, nicht mehr laut ausgesprochen, aber ich schrie ihn, als ich in meinem Käfig erwachte. Mein Geist stand unter der Pein der Erinnerung in Flammen.

Mein Schrei beschwor ein überraschtes Krächzen herauf. Ich war erwacht, während sich Navar mit einigen Leuten seines Geheimzirkels in meiner Grube aufhielt. Anscheinend hatte ich gerade eine angeregte Unterhaltung über die wahrscheinliche Dichte meiner Knochen unterbrochen.

Mein Geist hatte meinen Körper noch nicht ganz eingeholt, vielleicht auch anders herum. So oder so, ich schrak ähnlich überrascht wie sie zurück, nur spießte dabei einer der rückwärtsgerichteten Stacheln an meinen Oberarmen prompt einen rothaarigen Magier auf, der sich an meiner Flanke herumgedrückt hatte. Er kreischte schrill, als ich ihn abschüttelte, dann zappelte er auf dem Boden wie ein gestrandeter Fisch und verströmte Blut.

Navar reagierte mit seiner üblichen gemessenen Ruhe. Ich spürte und hörte, wie seine Magie schlagartig zum Leben erwachte. Gleich darauf schlugen seitlich drei zischende Pfeile in mich ein. Der Rest von Navars Geheimzirkel rannte davon, als ich schlitternd zum Liegen kam. Wieder spürte ich, wie sich Navars Magie ballte, aber mehr noch, ich hörte *es.*

Ich starrte ihn an, als ich zu begreifen versuchte, was sich verändert hatte, aber er achtete herzlich wenig darauf, was ich tat oder dachte. Er tobte, doch ich schenkte ihm ebenso wenig Beachtung wie er mir, weil mich die Erkenntnis ereilt hatte, dass er innerhalb des Kreises Magie benutzte. Innerhalb *des Runds seiner Bannsteine.*

Die Schutzbanne meines Käfigs ließen Magie von draußen herein, hatten aber bisher samt und sonders jede Nutzung innerhalb ihrer Grenzen unterbunden. Ich wich weiter zurück, als Navars Magie auf mich einhieb. Mir war bewusst, dass er mich verletzte, und zwar ziemlich schwer, aber in dem Moment flog mein Geist noch immer den Schmerzen voraus.

Die Zauber in den Steinen ließen zwar zu, dass ich den Strom von Magie nur gedämpft und flüchtig wahrnahm, aber sie schnitten mich völlig von den Liedlinien ab und ließen mich taub für die Harmonie werden, die im Herzen aller Magie steckte. Nun jedoch, während Navar die Luft mit seiner Wut in Brand setzte, hörte ich einen Widerhall davon. Warum konnte er trotzdem auf sie zugreifen?

Ich wartete auf den Einschlag des nächsten Hagels, dann tat ich so, als ob ich zusammenbräche. Das hatte ich schon oft getan, seit ich Navar begegnet war, und ich musste wohl eine überzeugende Vorstellung abgeliefert haben, denn er stellte seinen Sturmangriff ein. Ich lag da wie tot. Das Zucken meiner misshandelten Muskeln ergänzte den Mummenschanz, und ausnahmsweise schien mir das Glück hold zu sein.

Die Stimmen der Magier entfernten sich, als sie auf die Tür zuschritten, trotzdem rührte ich mich nicht. Ich blutete aus mehreren Wunden, aber zum Glück hatte mich nur Navar angegriffen. Hätten seine Schüler bei dem Spaß mitgemacht, wäre ich vielleicht wirklich zusammengebrochen und hätte meinen Gedankengang verloren.

Rasch packte ich Sägemehl auf die Wunden, kaum dass die Peiniger außer Sicht waren, dann nahm ich wieder meine ursprüngliche Haltung ein. Es dauerte eine Weile, bis sich meine rasenden Herzen und mein sich überschlagender Verstand beruhigten.

Erst, als ich ein wenig Herrschaft über mich zurückerlangt hatte, wagte ich es, die Gedanken zu Anakhara zurückkehren zu lassen. Was hatte ich gesehen und gehört? War der Traum eine Art Fieberwahn gewesen, herbeigeführt von den Gewalteinwirkungen, die ich erlitten hatte?

Ich fühlte mich nicht krank. Ich hatte Schmerzen, gewiss, aber krank schien ich nicht zu sein. Mein Geist gehörte nach wie vor mir, trotz Navars brutaler Bemühungen. Lag es an der Berührung mit der Magie der Bannsteine? Jedenfalls musste es meine Liebste gewesen sein.

Ich kannte ihre Stimme, und es hatte sich auch nach ihr angefühlt. Es gab keine Wiederauferstehung von den Toten, aber wir hatten unsere wahren Namen, unsere Wesensworte miteinander geteilt. Anakhara und ich waren auf einer Ebene aufeinander eingestimmt gewesen, die nicht einmal die Götter kannten.

Hatte ihr das ermöglicht, Verbindung mit mir aufzunehmen? Ich kämpfte gegen das Gewicht der Gefühle an, die mich zu überwältigen drohten, indem ich die Daumen in meine Wunden bohrte, bis der Schmerz mich nach Luft schnappen ließ. So drängte ich die Erinnerungen zurück, bis es sich nicht mehr anfühlte, als würden sie mich zerquetschen. Ich vergrub sie und sperrte den Schmerz in meiner Seele ein. Langsam ließ der Strom nach, bis ich mich ruhig genug fühlte, um mit dem Versuch zu beginnen, zu verarbeiten, was mir soeben widerfahren war.

Es gab einen gemeinsamen Nenner für alles, was sich an jenem Tag zugetragen hatte: Magie und Hexenkunst, zwei Seiten derselben Münze. Magie war der Schlüssel sowohl zum Verständnis meiner Vision Anakharas als auch zu meiner Freiheit.

In Gedanken ließ ich hundertmal den Augenblick ablaufen, in dem ich gespürt und gehört hatte, wie Navars Zauber zum Leben erwachte, und ich versuchte, zu begreifen, warum die Banne nicht darauf angesprochen hatten. Als mir die Antwort dämmerte, erwies sie sich als genauso verblüffend wie simpel. Im Herzen aller Magie, sei es der auf Formeln beruhende Ansatz, den Menschen verfolgten, oder die durch mich fließende Hexenkunst, stand Harmonie. Schwingung. Musik.

Und wie Musik besaß die Magie viele Formen. Manche Musikanten singen, andere spielen auf Instrumenten. Manche benutzen Lauten, andere Harfen, jeweils mit ihrer eigenen Bandbreite von Tonhöhen und Resonanzen. Die Bannsteine waren schlichtweg so eingestellt, dass sie auf alles ansprachen, was außerhalb des Bereichs lag, dessen sich Menschen bedienten.

Anhand der Fähigkeiten, die ich bei Navar und seinen Schülern gesehen hatte, bezweifelte ich, dass ein noch lebender Magier das Wissen oder Können besaß, Bannsteine so genau anzufertigen, dass sie eine bestimmte Quelle der Hexenkunst ins Visier nahmen. Somit erschien es mir als voll und ganz sinnvoll, dass sie einfach alles außer der Quelle, mit der sie vertraut waren, ausschlossen, anstatt zu versuchen, gezielt etwas anzupeilen, das sie verhindern wollten. Erneut lauschte ich in Gedanken Navars Magie und lächelte, als in der Dunkelheit eine Idee in meinem Kopf Gestalt annahm.

KAPITEL EINUNDZWANZIG

Nicht lange nach Sonnenaufgang erwachte ich, weil Kräh mich mit einem Stock stupste.

Ich schlug ihn weg. »Was soll das werden?«

»Bin bloß vorsichtig. Mir hat nie jemand gesagt, wie man am besten jemanden wie dich weckt.«

Das Feuer war wieder angefacht. Es verströmte einen süßlichen Geruch. Ich setzte mich auf und spähte in die Grube, wo auf einem Gittergeflecht aus Stöckchen etwas lag, das nach mehreren sehr großen Spinnen aussah.

»Magst du Krabben?«, fragte Kräh und ließ sich mir gegenüber nieder.

»Das weiß ich nicht. Jedenfalls finde ich, dass sie besser riechen, als sie aussehen.«

Einmal war ich gezwungen gewesen, Kobolde zu verspeisen, um zu überleben, und wenngleich ich mir geschworen hatte, das nicht zu wiederholen, hatte es meinen Erfahrungsschatz zumindest darum bereichert, wie grausig etwas schmecken konnte.

»Süßwasserkrabben sind zwar nicht so gut wie Salzwasserkrabben, aber zur Not tun sie es auch.«

Wie sich herausstellte, schmeckte mir die Knusprigkeit und Süße der Krabben. Kräh versuchte, mir beizubringen, wie man die Schalen aufbrach, und lachte, als ich sie einfach im Ganzen verschlang. Wie beim Essen von Hufen und Knochen befriedigten die Schalen ein in mir wachsendes Bedürfnis. Kräh war sogar so freundlich, mir die übriggebliebenen Schalen seiner Portion zu überlassen.

Bald danach brachen wir nach Westen auf, und obwohl das Gelände wieder leicht abschüssig verlief, blieb der Untergrund fest und mehr oder weniger trocken, wodurch wir gut vorankamen. Das Essen und der nächtliche Schlaf schienen Kräh deutlich erfrischt zu haben. Trotz seiner zerbrechlichen Erscheinung knickte er bei der von mir vorgegebenen Geschwindigkeit weder ein noch klagte er darüber. Am überraschendsten fand ich, dass ihm sogar genug Puste blieb, um mir unterwegs weitere Fragen zu stellen. Fragen der Art: »Wo ist dein Schwanz?«

Ich ignorierte ihn, so gut ich konnte, was mir durch die Bedeutung dessen, was Fronsac mir erzählt hatte, leichter fiel. Der Zauberer hatte von den beklagenswert wenigen Überlebenden der Belagerung von Aknak Berichte über die Lanze gehört, bisher jedoch nicht zu glauben gewagt, dass die Geschichten wahr seien.

Ihre Schilderungen von Folterungen waren so verbreitet, dass sie glaubwürdig waren, doch darunter befanden sich auch mehrere Erzählungen über merkwürdige Rituale, an denen die Gefangenen mitwirken mussten. Dazu hatte gehört, in eine große Grube unter der Kathedrale hinabzusteigen, wo sie mit Silberketten gefesselt und gezwungen wurden, um ein schreckliches Artefakt herumzutanzen und dabei zu singen; ein Artefakt, das sich ins Herz der Stadt gebohrt hatte und nach und nach das Leben aus jedem saugte, der sich ihm näherte.

Die Berichte über dieses Artefakt hatten Fronsac in Angst und Schrecken versetzt, genauer gesagt die Beschreibung, wo es sich befunden hatte. Denn als das Herz jener Stadt galt die große Kathedrale, ein monumentales Bauwerk. Man hatte es an der Stelle eines Wäldchens errichtet, das schon uralt war, lange bevor die Menschen ihre Schwänze verloren und angefangen hatten, Häuser zu bauen. Als das »Herz« von der Lanze durchbohrt war, hatte sich eine merkwürdige Düsternis über die Stadt und das Gelände jenseits ihrer Mauern ausgebreitet. Fronsac hatte zur gleichen Zeit eine Veränderung im Fluss der Liedlinien gespürt: Ihr Rauschen hatte nachgelassen, als wären sie irgendwie aufgestaut oder umgeleitet worden; ein Ereignis, von dem man sich in Falkenburg nach wie vor nicht erholt hatte.

Mittlerweile wusste ich genug, um zu erkennen, dass es sich bei jenem Herzen der Stadt um das handelte, was er als Seelenquell bezeichnete. Ich hingegen kannte es als Knotenpunkt oder Nexus, eine Kreuzung der Liedlinien, die durch die Erde selbst verliefen. Die in den Seelenquell getriebene Lanze hatte in Aknak irgendwie den Fluss der Energien unterbrochen und tat das eindeutig immer noch. Es gab keine überlebenden Zeugen dieses letzten Akts, und auch mit Hellsicht ließ er sich nicht erfassen. Fronsacs Worten nach hatte man den letzten Zauberer, der das versuchen wollte, mit herausgebrannten Augen gefunden, der Leib nur noch eine verdorrte Hülle.

Wenn diese Lanzen tatsächlich die Macht besaßen, die Knotenpunkte zu stören oder sogar dauerhaft zu schädigen, waren die Auswirkungen noch furchterregender als Fronsacs schlimmste Befürchtungen. Er betrachtete die Angelegenheit aus der akademischen Sicht eines Zauberers, ein Ansatz, der meines Erachtens nicht den wahren Schaden berücksichtigte, den eine Vergiftung der Liedlinien mit negativer Energie anrichten konnte.

Die Linien stellten nicht bloß die geradlinigen Leitungen für Magie dar, als die Zauberer sie verstanden, wenn sie ihre ordentlichen, ach so eindrucksvollen geometrischen Modelle erstellten, sondern auch einen unverzichtbaren Bestandteil des Lebens selbst. Wie ein Wurm, der einen Apfel von innen heraus zerfrisst, würde sich das Verderben still und heimlich über die Welt ausbreiten und alles unterwandern, bis nur noch Verheerung und Tod übrig wären.

Eine tote Welt. In mir löste allein der Gedanke daran nur Abscheu aus, doch was würde er bei einem Totenbeschwörer bewirken? War das, wovon Navar Louw träumte, wenn er die widerlichen kleinen Augen schloss? In einer Welt, in der Tod die Regel und Leben die Ausnahme wären, wären er und seinesgleichen Götter. Es war blanker Wahnsinn, entsprach aber völlig seinem Wesen. Ich hatte genau das an dem Tag, an dem ich ihn zum ersten Mal bezwungen hatte, in ihm lodern gesehen.

*

Den Rest der Nacht übte ich, Navars magischen Fingerabdruck nachzuahmen. Keine einfache Aufgabe, da die Bannsteine jede Spur von Magie aufhoben und ich gezwungen war, mich dabei allein auf mein Gehör und mein Gedächtnis zu verlassen. Die Signatur bildete nur einen Teil seiner Magie. Ohne die anderen Bestandteile war es ungefähr so, als kenne man das Lied einer Drossel und erwarte, dadurch fliegen zu können. Unsere Körper waren schlichtweg zu grundverschieden, als dass es mir je gelingen könnte, die Gesamtheit seiner Magie nachzuahmen. Er glich einer Laute, ich hingegen einer Trommel. Wir konnten dasselbe Lied spielen, dennoch würde es sich immer grundverschieden anhören, und genau auf diesen Unterschied zielten die Banne ab.

Ich hatte gehofft, seine Signatur würde die Banne lang genug an das Wesen meiner Magie binden, dass ich von ihnen zehren könnte – wie der Tusch einer Marschkapelle, der kurzzeitig die Klänge aller Musikanten zu einem Ganzen zusammenfügt. Das war bisher nicht geschehen, also war meine Tonlage entweder völlig falsch, oder ich war schon so lang von den Liedlinien abgeschnitten, dass ich nicht mehr den geringsten Funken Energie heraufbeschwören konnte. Wenn dem so war, bestand meine beste Chance darin, seinen Zauber nachzuahmen, wenn er ihn wirkte, um ein ausrei-

chendes Echo davon zu erschaffen, sodass ich seine Magie zu mir ziehen, sie ihm praktisch stehlen könnte.

Etwas Derartiges hatte ich noch nie versucht, demnach hatte ich auch keine Ahnung, ob es überhaupt möglich war, und ich grübelte ausgiebig darüber hin und her. Es war eine Theorie der Art, wie sie meine geliebte Anakhara mit höchstem Genuss erörtert hätte. Sie war immer wesentlich neugieriger und abenteuerlustiger als ich gewesen, wenn es um die Hexenkunst ging.

Ich betrachtete sie als Funktion unserer Körper, so natürlich wie das Atmen oder Fliegen, doch für sie war sie von jeher so viel mehr gewesen. Mir war noch gut im Gedächtnis, wie es mich geärgert hatte, wenn sie in den Wintermonaten in unserem Nest endlose Ketten schimmernder Lichter erschuf und sie an den Wänden anbrachte, bis es aussah, als würden wir auf dem Grund eines merkwürdigen Lichtermeeres schlafen. Dann legte sie immer den Kopf auf meine Brust und sah mich eindringlich mit jenem Lächeln an, bis ich nicht mehr anders konnte, als auch zu lächeln und mich aufs Neue von ihr hinreißen zu lassen.

Widerwillig schüttelte ich die Erinnerungen ab, verdrängte sie aus den Gedanken und konzentrierte mich stattdessen auf Navars Signatur. Ich sandte sie wieder und wieder in die verblassende Dunkelheit hinaus, bis irgendwann die Torflügel aufschwangen und die Magier mit einem dicken Strahl des morgendlichen Tageslichts eintraten. Mein Hauptherz setzte vor Aufregung einen Schlag aus, und ich musste mich zwingen, ruhig zu bleiben.

Navar ging vor seinem plappernden Zirkel einher. Bei jedem zweiten Schritt pochte sein Stab auf den Boden. Vielleicht lag es an meiner Erwartungshaltung, vielleicht an einer weiteren Nebenwirkung der bröckelnden Zauber der Priester, jedenfalls kam mir an jenem Morgen alles lebhafter vor. Die Farben wirkten greller, Ränder und Schatten schärfer, Geräusche deutlicher, klarer.

Die Magier nahmen ihre üblichen Plätze ein, und ihre Unterhaltungen verstummten nach und nach, als sie ihre Bücher und

Tintenfässchen für einen weiteren Tag der Drachenfolter vorbereiteten. Ihr Geruch strotzte vor Erregung, was Angst ähnelte, aber nicht so berauschend war. Wenn mein Mut bestehen bliebe und sich meine Theorie als richtig erwiese, würde sich all das ändern, bevor der Tag um wäre.

»Guten Morgen«, dröhnte Navar und brachte damit die letzten Reste gemurmelten Stimmengewirrs zum Schweigen.

»Guten Morgen, Meister«, erwiderten die neuen Magier einhellig.

»Vor euch steht – oder vielmehr hockt – die berüchtigte Bestie von Nagath, auch bekannt als der Todeswind. Ich möchte euch davor warnen, euch über die Bannsäulen hinauszuwagen. Diese Kreatur mag schlau sein, hat sich jedoch auch eine wilde Ader bewahrt und bereits zwei Schüler getötet und mehrere verletzt.«

Ich hörte, wie sie nach Luft schnappten, und konnte beinah spüren, dass sich ihre Aufmerksamkeit jäh steigerte, als sie mich mit neuem Interesse und, wie ich hoffte, Ehrfurcht betrachteten.

»Allerdings birgt es eben manchmal Gefahren, Wissen zu erlangen, und wir alle sind hier, weil wir uns mit dieser Tatsache abgefunden haben.« Mittlerweile lief Navar außerhalb des Schutzkreises auf und ab, fuhr mit den Fingern über die in die Bannsteine gemeißelten Wirbel. »Nun denn. Denkt daran, was ihr in Geschichte gelernt habt, vor allem an die Schilderungen der Nacht des Feuers, in denen der Gelehrte Castell die Kreatur als riesigen Schemen mit Schwingen der doppelten Länge eines Loggers beschreibt. Wer mit dem Begriff nicht vertraut ist, er bezieht sich auf einen zu jener Zeit verbreiteten Schiffstyp, einen Vorläufer unserer heutigen Klipper.« Dann wandte er sich mir zu. »Bestie, breite die Flügel aus.«

Kurz zögerte ich, bevor ich gehorchte. Das verschaffte mir die Gelegenheit, die Muskeln für das aufzuwärmen, was hoffentlich bevorstand.

»Also. Bei der Bestie vor euch handelt es sich ohne Zweifel um die

von ihm beschriebene, allerdings ist sie weder riesig, noch besitzt sie Flügel der doppelten Länge eines Schiffs.«

Was nicht mehr lange so sein wird, *ging mir durch den Kopf, doch ich achtete darauf, mir mein inneres Lächeln nicht ansehen zu lassen.*

Damit begann Navar seinen Unterricht erst richtig, und es ging natürlich um Verwandlungszauber. Oder »wie man einen Drachen dazu bringt, in einen verzauberten Käfig zu passen«. Eine Lektion, auf die hoffentlich demnächst folgen würde, wie Zauberer von einem nicht mehr verwandelten Drachen getötet werden.

Ich holte tief Luft und atmete langsam aus, beruhigte mich. So sehr ich meine Theorie auf die Probe stellen und den Anlauf in die Freiheit unternehmen wollte, so sehr plagten mich auch Sorgen über die möglichen Folgen, falls ich nicht den richtigen Zeitpunkt wählte oder meine gesamte Theorie nicht stimmte.

Sollte ich meine Kraft lieber wachsen lassen, noch ein wenig länger üben und das Wagnis weiterer Verletzungen und Demütigungen durch Navar eingehen? Oder sollte ich alles sofort auf eine Karte setzen und mir Monate, vielleicht Jahre weiterer Folter ersparen?

Wenn ich zuwartete, bestand die Gefahr, dass Vertrautheit und falsche Freundlichkeit zu einem wirkungsvolleren Gefängnis wurden, als es die Bannsteine je sein könnten, indem sie meine Träume und Erinnerungen nach und nach auslöschten, bis ich kaum mehr als ein schwerfälliges Schoßtierchen war.

»Bestie! Aufgepasst!« Navars Stimme riss mich aus meinen Gedanken. Ich richtete die Aufmerksamkeit auf ihn.

»Ich habe dich ersucht, den Arm auszustrecken. Also tu es gefälligst.«

Ich gehorchte und streckte den Arm zur Seite aus. Dann starrte ich ihn an, als er die Grenze überschritt und in die Grube trat. Er dozierte über irgendwelche Messungen und Verdichtungsverhältnisse, doch ich hörte nicht richtig zu.

Navar befand sich in der Grube, und die Entscheidung war mir soeben abgenommen worden.

Mein Herzschlag beschleunigte sich, und meine Sinne schärften sich wie nie zuvor in den Jahrhunderten meiner Gefangenschaft. Etliche Gerüche fluteten meine Nase, und ich konnte das leise Knarren von dem durch meine Masse verdichteten Sägemehl unter seinen Füßen ebenso hören wie das Rascheln von Seiten, die umgeblättert wurden, und das Dutzend geflüsterter Unterhaltungen der zusehenden Magier. Ich musste sofort handeln. Der Moment war gekommen.

Entscheidend war, dass Navar seine Magie benutzte, während er sich in der Grube aufhielt. Meine eigene konnte ich nicht entfesseln, nicht, solange ich von meiner Hexenkunst abgeschnitten war. Seine Magie entsprach dem Funken, den mein Anmachholz benötigte. Wenn er aus dem Kreis der Bannsteine trat, bevor er zauberte, würde das Vereitlungsfeld des Schutzkreises die brüchige Verbindung verzerren, die ich zu erschaffen hoffte. Dadurch wäre ich aufgeflogen und würde wohl nie wieder dieselbe Gelegenheit erhalten – falls ich überhaupt die Bestrafung überlebte, die mir zweifellos blühen würde.

Navar befand sich nah genug, um mit dem Stab gegen die Hornkämme zu klopfen, die meine Unterarme schützten. Dabei schwafelte er großspurig über Massenvergleiche. Sein Hochmut war beinahe greifbar. Er stand so nah, dass er selbst an einem normalen Tag kaum eine Chance gehabt hätte, dem auszuweichen, was ich als Nächstes tat.

Mit einem Ruck zog ich den Arm nach innen, kraftvoll genug, um ihm den Stab aus den Händen zu reißen – er musste seine eigene Magie benutzen, nicht die des Stabs. Der Schwung genügte außerdem, um Navar ausgestreckt auf dem Boden landen zu lassen, ein paar weitere kostbare Schritte entfernt vom Schutzkreis.

Die Schüler saugten darob alle gleichzeitig scharf die Luft ein, so gleichförmig, dass ein von draußen Lauschender gewiss geschworen hätte, der Laut sei von einem einzigen Wesen ausgegangen.

Navar rollte sich auf die Beine. Verblüffung und Wut verzerrten seine Züge unter einer Schicht von Sägemehl. Er reagierte mit all dem Zorn, den ich auszulösen gehofft hatte. Sein Gesicht knautschte sich zu einer Grimasse zusammen, als er einen seiner knisternden Entladungszauber heraufbeschwor. Die Empfindungsgrübchen in meinem Kiefer spürten den Strom der anschwellenden Magie. Jäh entfesselte er den Zauber, und ich sang die Signatur dazu.

Zu spät. Kaum hatte ich die Worte ausgesprochen, wusste ich, dass ich den richtigen Zeitpunkt verpasst hatte.

Blitze strichen mit einer Kraft über meine Schultern, die mir den Atem verschlug. Zuvor war es mir nicht klargewesen, und ich hätte ihm auch keinerlei Feingefühl zugetraut, doch es wurde deutlich, dass er seine vollen Möglichkeiten bis zu diesem Zeitpunkt nie ganz entfesselt hatte. Der Angriff rollte um ein Vielfaches wuchtiger als alles über mich hinweg, was er davor eingesetzt hatte. Dies war seine volle, todbringende Magie. Nach diesem Tag würde es keine zweite Gelegenheit geben.

Ich biss die Zähne zusammen und kämpfte gegen die Schmerzen an. Früher einmal hätten sie mich vielleicht verkrüppelt, doch meine Widerstandsfähigkeit war im selben Maße stärker geworden wie seine Magie. Dennoch würde ich einer Bestrafung mit dieser Wucht nicht lange standhalten können. Ich musste auf der Hut bleiben.

Navar bündelte mehr Energie, und ich konnte getrost davon ausgehen, dass auch seine Schüler jeden Moment anfangen würden, ihren Lehrmeister zu verteidigen. Seine Magie ballte sich noch mehr zusammen, und ich hatte schwer zu kämpfen, um mich nicht von den absonderlichen Farben ablenken zu lassen, die sich in seine Aura mischten.

Er entfesselte den nächsten Zauber, und ich rülpste seine Bannsignatur hervor.

Die Zeit schien sich zu verlangsamen. Ich spürte, wie etwas an meinem Geist zog, und hörte ein seltsames Summen wie von tausend aufgescheuchten Wespennestern. Und dann fühlte ich sie. Magie. *Wie Wüstensand den Regen aufsaugt, nachdem er ihm so lange verweigert wurde, zog ich die Magie von Navar zu mir. Durch ihn hindurch. Ich spürte, wie sie mich durchströmte, zugleich vertraut und fremdartig. Sie war nicht so rein wie die der Hexenkunst, aber trotzdem Magie. Macht!*

Ich sah vor meinem geistigen Auge, wie sich der Zauber entfaltete, sich in seine Bestandteile aufgliederte, bevor er sich wieder zu der von Navar geschaffenen Form verdichtete, nunmehr jedoch unter meiner Herrschaft. Und in jenem Moment spürte ich, wie sein Geist gegen den meinen drückte, eine kalte und zutiefst fremdartige Berührung. Die Gedanken, die ihn erfüllten, glichen einem misstönenden Kauderwelsch brabbelnder und heulender Stimmen. Der Eindruck verschwand so jäh, wie er eingesetzt hatte.

Ich drehte mich um, richtete den Arm auf den aufrechten Stein in der Nähe seiner Schüler und entfesselte Navars eigenen Zauber. Drei Kraftfelder erwachten flackernd auf meiner Handfläche zum Leben und schnellten in Form von Blitzen durch die Luft. Der erste Blitz verfehlte den Stein und traf stattdessen einen der Schüler, den er wie eine zerquetschte Traube zerplatzen ließ, der zweite und der dritte schlugen in den Stein ein. Der Obelisk schwankte, fiel jedoch nicht. Die an ihm verankerten Schutzbanne erschauderten, blieben aber bestehen. Das Blut des toten Schülers köchelte auf den plötzlich leuchtenden Wirbeln in der Oberfläche des Steins.

Navar entfernte sich mit zerfurchter Stirn in weitem Bogen von mir. Ich wusste, dass ich ihm keine Zeit zum Nachdenken lassen durfte, also fletschte ich die Zähne und sprang auf ihn zu. Durch mein überaus echtes Verlangen, ihn zu töten, wirkte die Finte umso glaubhafter. Er reagierte instinktiv und feuerte einen weiteren seiner vorgefertigten Zauber ab.

Ich entriss ihn Navar. Diesmal drang seine Signatur deutlich selbstbewusster von meinen Lippen. Sofort leitete ich den von Navar ausgehenden Energiestoß meinen Arm entlang und feuerte ihn ab, hüllte ihn um die glitzernde Oberfläche desselben Bannsteins, den ich mit den Blitzen schon gelockert hatte. Mit einem einzigen, kraftvollen Ruck zog ich den Hinkelstein aus dem Boden wie einen fauligen Zahn aus einem Unterkiefer und hätte Navar damit beinah erschlagen.

Gelbgrüne Entladungen blitzten knisternd zwischen den verbliebenen Steinen des durchbrochenen Kreises hin und her. Gezackte Linien purer Energie rankten sich durch die Luft und fuhren durch Navars Schüler. Chaos brach um mich herum aus. Inmitten von Rauch und Flammen sprang ich mit einem mächtigen Satz aus der Grube und landete zwischen den noch lebenden Schülern. Durch die Verwendung von Navars Magie hatte sich eine schleichende Übelkeit in meinen Eingeweiden eingenistet, ein Schatten der Abscheu, die ich erlebt hatte, als er mich mit seiner Gedankenkontrolle in die Grube befördert hatte. Ich verdrängte die Empfindung. Es war nicht der rechte Zeitpunkt für eine Innenschau.

Ich fiel mit der vollen Wucht meiner gegenwärtigen Kraft über die Schüler her, bearbeitete sie mit geballten Fäusten, den Zähnen und dem Schwanz. Unter ihnen befand sich einer namens Abyon, der verzweifelt versuchte, Verteidigungsmaßnahmen auf die Beine zu stellen. Er besudelte sich, als ich ihn an den Fußgelenken packte und hochhob.

»Zeit zu sterben«, presste ich knurrend hervor und packte mit jeder Hand ein Bein.

Dann verstärkte ich den Griff und riss ihn mit einer leichten Drehung vom Anus bis zu den Rippen auseinander, bevor ich ihn beiseitewarf, auf dass er in aller Ruhe in seinem eigenen Dreck verreckte.

Mittlerweile schrien alle und schrien weiter, während ich ihre Knochen brach, indem ich die Fäuste und den Schwanz auf sie einprasseln ließ. Der Geruch von Blut und Ausscheidungen bereicherte den herrlichen Duft ihres Grauens. Dann sengte ein heißer Blitz zischend eine Rille über meine Flanke, und ich wirbelte zu meinem Angreifer herum. Navar!

Etwa ein Dutzend seiner Schüler stand hinter ihm. Ihre Stimmen dröhnten, als sie ihre tödlichsten Angriffszauber vorbereiteten. Um sie zu erreichen, würde ich erneut die Grube betreten müssen, was ich um jeden Preis vermeiden wollte. Mittlerweile strömten bewaffnete Wachleute und noch mehr Magier durch einen Nebeneingang in das Gebäude. Ich durfte mich nicht in die Enge treiben lassen. Sosehr ich danach lechzte, die Rechnung mit Navar zu begleichen – das Verlangen war nicht so stark wie mein tief in den Knochen verwurzeltes Bedürfnis zu fliehen.

Also wandte ich mich ab und rannte auf das Scheunentor zu. Unterwegs trampelte ich einige weitere Männer über den Haufen, bevor ich die Torflügel wuchtig aufstieß und hinaus in die herrliche Wärme der Sonne stolperte. Eine schützende Membran glitt über meine Augen und dämpfte die plötzliche Helligkeit. Vor dem Gebäude trieb sich ungefähr ein Dutzend weiterer Männer herum. Alle starrten mich mit offenen Mündern und weit aufgerissenen Augen an.

Ich wartete nicht, bis sie sich sammelten. Stattdessen wandte ich mich nach Osten und preschte los. Meine Muskeln waren an derartige Anstrengungen nicht mehr gewöhnt, doch ich musste mich so weit wie möglich von der Universität entfernen, bevor sie eine Verfolgung auf die Beine stellen konnten.

Nach ungefähr einer Wegstunde geriet mir erst zu Bewusstsein, dass ich tatsächlich frei war. Die Sonne schien, und ich rannte unbehelligt. Da warf ich den Kopf in den Nacken, brüllte meine Freude hinaus und ließ mit dem Laut eine nahe Herde fetter kleiner Schafe panisch blökend in alle Richtungen auseinanderstieben.

Ich schnappte mir drei der langsameren Tiere und setzte den Weg nach Osten fort.

Kapitel Zweiundzwanzig

Der leichte Schlag eines Stocks gegen meinen Schädel zertrümmerte die Erinnerungen, und ich wankte beiseite, hob unwillkürlich die Fäuste an.

»Verdammt noch mal, hör mir zu!«

Ich richtete mich auf und starrte auf Kräh hinab. »Was soll das werden?«

»Bei den Göttern, hast du auch nur ein Wort von dem gehört, was ich gesagt hab?«

»Nein.«

»Schau, verflixt noch mal.« Er zeigte mit einem knochigen Finger über meine Schulter, zurück in Richtung des penullischen Lagers.

Die Wolken, die sich nach dem jüngsten Sturmangriff der Zauberer auf Falkenburg aufzulösen begonnen hatten, verdichteten sich wieder über dem Lager. Sie strudelten und wirbelten, als würden sie von allen Seiten durch Sturmwinde zusammengetrieben. Eine Abfolge von Blitzen erhellte die violetten und grünen Untertöne ihrer Masse von innen. Der Anblick hatte etwas Fesselndes. Wie sie sich übereinanderschichteten, wirkte beinahe lebendig, und ich spürte, wie sich etwas in mir regte. Ich löste mich davon und trat näher zu Kräh, versperrte auch ihm die Sicht darauf.

»Sieh nicht hin.«

Er wirkte unschlüssig, blieb aber stehen. »Was ist das?«

»Nichts Gutes«, antwortete ich und hob einen Finger an seine Lippen, um der nächsten Frage zuvorzukommen, zu der er bereits ansetzte. Er schlug meine Hand weg, hielt aber den Mund. »Das ist das Werk ihrer Totenbeschwörer. Sie bereiten eine schreckliche Waffe vor, und ich fürchte, unsere Zeit, sie aufzuhalten, ist fast um.«

»Was für eine Waffe bewirkt so etwas?« Er drehte sich weg und spuckte aus. »Und was könnten wir dagegen schon ausrichten?«

Der Drang, mich umzudrehen und hinzustarren, köderte mich, aber ich ließ dem Anblick den Rücken zugekehrt. »Vorerst marschieren wir weiter.«

»Wohin?«

Eine gute Frage. *Wohin soll ich mich wenden?* In welche Richtung ich auch dachte, überall schienen nur noch mehr Fragen und Feinde zu lauern. Weit und breit waren keine Antworten in Sicht, nur Hader und Verhängnis.

Mittlerweile bestand für mich kein Zweifel mehr daran, dass Navars Lanzen die größte Bedrohung darstellten, viel schlimmer als ein verlorener Prinz, verdorbene Paladine und der Untergang von Städten. Ein paar tote Menschen bereiteten mir kein Kopfzerbrechen. Der Rest würde sich einfach wieder vermehren, sobald sich der Staub gelegt hätte. Die Menschen machten es immer so.

Wenn jedoch die Macht der Lanzen nur halb so verheerend war, wie ich befürchtete, würde nichts mehr übrigbleiben, wofür es sich zu leben oder zu kämpfen lohnte.

Ich war überzeugt davon, dass ich Navar töten konnte – nur würde das nicht reichen, wenn die Lanzen blieben. Ich musste nicht nur seinem Leben ein Ende bereiten, sondern auch sein Werk und alles vernichten, wofür es stand. Kurzum, ich musste die Macht der Lanzen brechen. Allerdings musste ich ihre Macht erst verstehen lernen, um sie bekämpfen zu können.

»Was sollte das über Aknak bedeuten?«, fragte mich Kräh.

»Ich habe nur laut nachgedacht«, erwiderte ich.

»Tja, meinetwegen brauchst du damit nicht aufzuhören«, sagte er, also tat ich es nicht. Kräh mochte geschwätzig und lästig sein, doch er konnte auch gut zuhören, und da er mein größtes Geheimnis ja bereits kannte, hatte ich nichts zu verlieren.

»Sie haben bei Aknak eine ähnliche Waffe eingesetzt. Wenn ich diese Lanze zerstören soll, muss ich sie erst verstehen, deshalb schwebt mir vor, dort hinzugehen und genau das zu tun.«

»Aknak ist eine tote, penullisch verseuchte Ruine, die nachts leuchtet und von einer Armee umgeben ist. Einer Armee, die es vorzieht, außerhalb der Stadtmauern zu lagern, wie ich betonen möchte.«

»Also kennst du den Ort?«

»Ich weiß nur, was ich gehört hab. Es hat ein wüstes Gemetzel gegeben, als die Stadt gefallen ist. Alle, die damals dort waren, sind tot und begraben.«

»Nicht alle«, stellte ich richtig und griff mit neuer Entschlossenheit auf meine Hexenkunst zu. Ich hatte eine Entscheidung getroffen. Und wenngleich die Herausforderungen und Gräuel, die vor mir lagen, abschreckend blieben, hob es meine Stimmung, ein klares Ziel vor Augen zu haben. Ich formte die Hexenkunst in das, was ich brauchte, bevor ich sie entfesselte.

»Du kennst einen Überlebenden?«

»So ist es.«

»Wen?«

»Die letzte Nachkommin von Aethbert Henkman«, antwortete ich. »Sie war bis zum Schluss dabei.«

Vielsagend sah er sich um. »Und wo steckt diese Heldin?«

»Ich muss sie finden und retten.«

»Also ist sie eine Prinzessin?« Kräh stimmte ein feucht gackerndes Gelächter an und stützte sich auf seinen Stock, während seine knochige Brust vor Heiterkeit bebte.

»Nicht ganz, aber für sie mache ich eine Ausnahme.«

»Nett von dir«, befand Kräh.

Ich schenkte ihm keine weitere Beachtung und schloss die Augen, damit ich mich auf das Gefühl meiner davonrasenden Hexenkunst konzentrieren konnte. Sie fegte über Gras, Teiche und Felsbrocken, die wie die Gebeine eines großen, vergrabenen Tieres aus der Erde ragten. Sie strich über die Vielzahl kleiner Lebewesen hinweg, die in ihren eigenen, verborgenen Welten kreuchten und fleuchten. Einige davon ließ die Magie innehalten und verwirrt die Luft schnuppern. Und dann, als meine Hoffnung und Konzentration bereits durch die Entfernung und die damit verbundene Anstrengung schwanden, spürte ich endlich ein zartes Ziehen am wogenden Strom meiner Hexenkunst. Ich engte den Umkreis ein und tastete erneut das Gebiet ab, in dem ich es wahrgenommen hatte. Die Spur erwies sich als hauchfein, doch mehr brauchte ich nicht. Ich wusste, von wo man Tatyana entführt hatte, somit kannte ich nun die Richtung, in die ihre Entführer unterwegs waren.

»Da lang«, sagte ich und zeigte nach Süden.

»Ich schätze, der Süden ist heutzutage eine so gute Richtung wie jede andere.« Der alte Mann setzte sich in Bewegung. »Wir können ruhig gleich loslegen.«

»Gar kein Widerspruch?«, fragte ich.

»Würdest du denn darauf hören? Das glaube ich kaum.«

»Du bist ausgesprochen scharfsinnig.«

Wo es das Gelände zuließ, marschierten wir den Großteil des Tages Seite an Seite. Kräh wies mich auf verschiedene genießbare Pflanzen hin und zeigte sich begeistert über eine Vogelart, die er seit vielen Jahren nicht mehr gesehen hatte. Er löcherte mich nicht mehr mit so vielen Fragen und schien erfreut darüber zu sein, dass ich die wenigen beantwortete, die er noch hatte. Tatsächlich erwies es sich ungeachtet der gelegentlichen Stechmückenschwärme als recht gesellige Wanderung. Deshalb empfand ich es als umso enttäuschender, als ich in der Brise plötzlich Menschen witterte. Ich verlangsamte die Schritte und atmete tiefer durch.

»Ein Stück vor uns sind Männer. Mindestens ein Dutzend.« Zwar bereitete mir ein Dutzend kein allzu großes Kopfzerbrechen, aber ich wollte keine Verfolgungsjagd auf uns auslösen. »Wir müssen abseits der bekannten Wege bleiben«, sagte ich. »Wie gut kennst du dieses Land durch deine Reisen?«

»Äh … Weißt du, das hier ist nicht so ganz meine Gegend. So nah bei der Stadt sind die Leute verwöhnt von der breiten Auswahl an Händlern. Ein Großteil meiner Arbeit spielt sich weiter draußen ab, wo eine Kupferpfanne und ein scharfes Messer noch für Aufregung sorgen.«

»Du kannst Messer wieder scharf machen?«

»Nicht mehr. Diese Mistkerle haben mir all meine Sachen weggenommen.« Er spuckte ins Gras aus, allerdings nicht so wie sonst mit Gift und Galle.

»Schade. Meines könnte einen frischen Schliff vertragen.«

Danach blieb mein kleiner Gefährte eine Zeit lang ungewöhnlich stumm, doch ich hatte nicht vor, mich darüber zu beschweren. Mittlerweile achtete ich aufmerksamer auf unsere Umgebung und führte uns zwischen wild wachsende Hecken und durch Gräben, wann immer ich konnte. Wir befanden uns in einer von den penullischen Streitkräften besetzten Gegend, und ich wollte einen möglichen Hinterhalt vermeiden. Eine solche Begegnung würde nur für unerwünschte Aufmerksamkeit sorgen. Also blieb ich bei einer vorsichtigen Geschwindigkeit.

Zumindest dachte ich das, bis Kräh am späten Nachmittag die Kräfte verließen. Die gestohlenen Gewänder hatte er abgelegt, als wir für einen schnellen Happen angehalten hatten. Dabei schien er sich ein wenig zu erholen, doch als die Sonne auf den Horizont zu sank, wurden seine Schritte unsagbar langsam, und seine Atmung klang feucht und kehlig. Kräh erhob keine Einwände, als ich ihn aufhob, und döste ein, während ich ihn trug. Er wog nicht viel, und so gelang es mir rasch, einen Teil der Zeit aufzuholen, die uns seine Schwäche gekostet hatte.

Einige Zeit, nachdem die letzten Spuren des Sonnenuntergangs im Westen entschwunden waren, hielt ich an und legte ihn auf einer kleinen Lichtung ab, die ich zu unserem Nachtlager erkoren hatte. Er wachte dabei nicht auf, und ich ließ ihn schlafen, während ich meine Hexenkunstfallen entsandte und ein wenig Kleinwild erbeutete, das ich schnell verschlang. Die Mahlzeit des vergangenen Abends hatte gerade mal gereicht, um auszugleichen, was ich der Heilung meiner Schulter schuldete, und infolgedessen fühlte ich mich geradezu ausgehungert.

Nachdem ich eine Portion für Kräh beiseitegelegt hatte, verspeiste ich das verbliebene Wild von der Schnauze bis zum Schwanz. Danach war ich rundum klebrig vor Blut, aber beinah satt.

Nach der Stärkung wollte ich mich gerade für etwas wohlverdienten Schlaf hinlegen, als ich spürte, wie ein stechender Schmerz durch meine Brust sägte. Ich fiel auf die Knie und presste die Hände vergeblich auf mein Brustbein. Im ersten Moment war ich völlig verwirrt, als ich keinen daraus hervorragenden Pfeil entdeckte, denn genauso fühlte sich der Schmerz an. Er fegte in Wellen durch mich. Erst als meine Hexenkunst als Reaktion darauf erwachte, erkannte ich, worum es sich handelte.

Tatyana wurde erneut verletzt – und zwar schwer, wenn ihr Heilzauber derart gierig meine Hexenkunst anzapfte. Der Zauber pulsierte noch zwei weitere Male und bediente sich hungrig an meiner Macht, ungeachtet der Qualen, die es mir verursachte.

Die Verbindung zwischen uns war eigentlich ein Versehen gewesen, eine Nebenwirkung meiner überstürzten Rettung ihres Lebens, als man ihr damals ins Herz gestochen hatte. Ich war schon besorgt gewesen, als der Zauber vor meinem Ausbruch aus der Stadt so heftig pulsiert hatte, doch was ich nun empfand, stellte das bei Weitem in den Schatten.

Bisher hatte er noch nie so viel von meiner Hexenkunst abgezogen; nicht einmal, als diese Made Polsson meine Freundin in Brand gesteckt hatte. Und bis zu diesem Augenblick hatte ich nicht daran gedacht, mich zu fragen, welche Auswirkungen ihre Bindung an mich haben könnte. Wie würde es sich anfühlen, sollte sie sterben? Was würde dann aus dem Zauber, vor allem in Anbetracht der Tatsache, dass nicht einmal ich sein volles Ausmaß kannte? Würde er weiterhin Energie von mir abziehen, auch wenn es Tatyana nicht mehr gäbe, wie eine Wunde, die sogar nach dem Tod weiterblutete?

Ein weiterer Impuls durchzuckte mich. Wie beim letzten Schlag, der einen Damm zum Bersten bringt, spürte ich, wie meine Hexenkunst stärker darauf reagierte. Es war so stark, dass der dünne Energiestrang, der uns miteinander verband, für wenige Augenblicke als goldener Faden sichtbar wurde, der sich gekrümmt wie ein Regenbogen nach Süden erstreckte.

Ein Regenbogen. Jeder Regenbogen hat einen Anfang und ein Ende. Als der schimmernde Faden zu verblassen begann, sprang ich auf und folgte seinem Verlauf über den dunklen Himmel. Tatyana befand sich gar nicht so weit entfernt; vielleicht zehn Meilen, schätzte ich anhand der Krümmung. Die Verbindung pulsierte nach wie vor, allerdings nicht mehr so heftig wie zuvor. Was immer ihr widerfahren war, hatte vorläufig geendet, doch die Menge an Energie, die sie von mir bezogen hatte, war gewaltig gewesen. Wenn sie nicht durch das umgekommen war, was sie verletzt hatte, dann würde sie zweifellos den Kraftverlust in ihrem Körper nicht überstehen, sobald die Hexenkunst ihn geheilt hätte.

Ich kehrte zurück zu Kräh, flüsterte ihm einen Abschied ins

Ohr und durchwirkte die Worte so mit Hexenkunst, dass er sich an sie erinnern würde, wenn er erwachte. Er war freundlich zu mir gewesen, dieser schrumpelige kleine Mann mit dem Gesicht einer griesgrämigen Walnuss, und ich verspürte einen Anflug von Bedauern darüber, ihn auf diese Weise verlassen zu müssen. Ich ließ ihm zurück, was an Essen übrig war, und legte eines meiner Messer dazu. Danach wandte ich mich nach Süden und überredete meine müden Beine zu forschem Laufschritt.

KAPITEL DREIUNDZWANZIG

Zehn Meilen. Früher wäre ich diese Entfernung mit kaum einem Flügelschlag geflogen, und die warme Luft hätte mich getragen, als wäre ich leicht wie eine Feder. Nun fühlten sich zehn Meilen schier endlos an, und hätte ich Atem übriggehabt, hätte ich ihn zum Ausstoßen wüster Verwünschungen genutzt.

Ungefähr drei Meilen entfernt von der Stelle, an der ich Kräh zurückgelassen hatte, stieg das Gelände zu einer Reihe dunkler Erhebungen an, die immer höher aufzuragen schienen, als ich mich weiterkämpfte. Grundsätzlich hatte ich nichts gegen Hügel und Berge, allerdings waren sie mir lieber, wenn ich nicht versuchen musste, ihre Hänge hinaufzurennen. Meine letzte Mahlzeit lag mir schon lange, bevor sich meine Schritte zu besserer Spaziergeschwindigkeit verlangsamten, schwer im Magen. Die gnadenlose Steigung saugte die Kraft förmlich aus meinen Beinen.

Als ich ins Vorgebirge vordrang, roch ich Menschen im Wind und zwang mich zu einer Rast. Ich hatte keine Ahnung, wohin mich der Weg führen würde, und ich hatte genug gelitten, um zu wissen, dass sich ein wenig Vorsicht durchaus lohnen konnte.

Als ich wieder zu Atem gelangt war, verließ ich den Pfad und nutzte bestmöglich meine Nachtsicht, um loses Gestein und die schlimmsten der zähen Dornenbüsche zu meiden, die den Hang überzogen. Geräusche übertragen sich in der Dunkelheit beinah genauso gut wie Feuerschein. Deshalb beschrieb ich einen weiten Bogen um die Wachposten und bewegte mich leise um ihre Lager herum. Die Finsternis und vereinzelte Felshaufen boten reichlich Tarnung für meine dunkle Haut. Wann immer ich langsamer wurde, erinnerte mich das Ziehen des Zaubers an meiner Hexenkunst daran, warum ich mir diesen Gewaltmarsch auferlegte. Für jedes Fünkchen Macht, das Tatyana von mir abzapfte, galt es für mich, einen Preis zu bezahlen. Aber sie tat das ja nicht absichtlich. Ich war früher von Navar und seinesgleichen gefoltert worden, doch ich konnte mir nicht vorstellen, dass sie Tatyana derselben Behandlung unterzogen, höchstens, wenn sie vorhätten, sie ohnehin zu töten. Andererseits schien die Grausamkeit von Menschen keine Grenzen zu kennen.

Da es aus derlei Vorstellungen nichts zu gewinnen gab, zwang ich mich, stattdessen auf den Weg vor mir konzentriert zu bleiben. Ich passierte noch zwei Ansammlungen von Wachen. Beide wirkten deutlich aufmerksamer als jene weiter unten an den Hängen. So sehr, dass ich ein wenig Hexenkunst benutzen musste, um sie abzulenken.

Weniger als eine Meile danach sichtete ich endlich, wohin mich der Weg geführt hatte. Ich hatte mit einem befestigten Lager oder vielleicht einer Burg gerechnet, nicht jedoch mit dem, was sich da vor mir erhob.

Es handelte sich um eine Festung, die sich über den Sockel eines hoch aufragenden Felsens erstreckte, und sie war geradewegs in das Gestein gehauen worden. Es gab keine Mauern, die man erklimmen konnte, nur ein einziges, zurückversetztes Tor aus schwarzem Eisen und eine Reihe schmaler Fenster. Etwa sechzig Schritte davor wurde eine steinerne Palisade von zahlreichen Laternen erhellt, deren unverkennbar silbriges Licht vom Einfluss eines Zauberers zeugte. Außerdem strotzte die Umfriedung vor Soldaten und Bogenschützen. Hier würden Ablenkung und meine mitternachtsschwarze Haut nicht reichen.

Ich zog mich tiefer in die Schatten zwischen zwei Felsblöcken zurück und beobachtete das Kommen und Gehen der Soldaten. Meiner Schätzung nach musste es mittlerweile auf Mitternacht zugehen. Somit blieb mir nicht allzu viel Zeit, bis die Sonne die Dunkelheit vertrieb, auf die ich mich verließ.

Unterhalb meines Verstecks hörte ich, wie sich eine Gruppe von Menschen einen der drei Pfade entlangbewegte, die auf die Festung zuliefen. Der Wind trug genug von ihrer Unterhaltung mit sich, um zu erfahren, dass sie müde und hungrig, aber erleichtert waren, es ohne Verwundete zurückgeschafft zu haben.

Ich beugte mich vor, als sie mich passierten, und lauschte mit neuem Interesse. Anscheinend befanden sie sich nicht allein in den Hügeln, und die Patrouillen dienten nicht nur zur Vorsicht. Wenngleich sich die Heere von Krandin zurückgezogen hatten, gab es anscheinend immer noch kleinere Gruppen im Vorgebirge und den Wäldern, die sich lästig gebärdeten. Ich beobachtete, wie die Patrouille in Empfang genommen wurde. Kurz danach rückte eine neue Truppe in die Richtung ab, aus der die andere gekommen war. Magisch verstärkte Lichter vertrieben die Schatten um sie herum.

Die Männer rechneten eindeutig damit, angegriffen zu werden, und es erschien mir als Schande, sie zu enttäuschen. Also verließ ich das Loch, in dem ich gekauert hatte, und folgte ihnen von oben, bis sie außer Sichtweite der Festung gerieten, nicht jedoch außer Hörweite. Dann scharte ich meine Hexenkunst.

Der Erste starb, ohne es richtig mitzubekommen. Der Stein ließ seinen Schädel zerplatzen wie eine überreife Frucht. Dem Zweiten blieb gerade noch genug Zeit, eine erstickte Warnung auszustoßen, bevor ihn mein nächstes Geschoss von den Füßen riss und rücklings gegen die Felswand schmetterte. Die anderen stoben auseinander, suchten an Deckung, was das zerbrochene Gestein am Rand der Straße ihnen bot. Die nächsten Steine gingen daneben, aber nachdem der Dritte gefallen war, preschte einer der Soldaten aus seiner Deckung hervor und rannte zurück in Richtung Festung. Die Handvoll Steine, die neben mir schwebten, zitterten erwartungsvoll, als ich mit dem Gedanken spielte, meine Hexenkunst auf ihn zu richten. Letztlich ließ ich ihn entkommen. Immerhin wollte ich das Wespennest aufscheuchen, nicht bloß ein paar Wespen töten.

Als mehrere Köpfe hinter den Felsbrocken unten hervorlugten, entfesselte ich einen weiteren Impuls. Die Energie ballte sich und ließ einen faustgroßen Splitter vom Versteck eines der Männer spritzen. Prompt duckten sich alle wieder. Ich wandte mich den letzten zwei Steinen zu und schloss meine Vorbereitungen ab.

»Ergebt euch oder sterbt!«, rief ich den Hang hinunter, wodurch ich mir einen Hagel von Verwünschungen einhandelte. Einer der Mutigeren richtete die Laterne des Zauberers auf mich. Diesmal duckte ich mich hinter einen Felsblock, als ein silbriger Strahl nach oben in meine Richtung schoss. Als Erwiderung schleuderte ich mehrere Steine hinunter und wurde mit einem Schmerzensschrei belohnt. Das Licht wirbelte wild davon.

Ich wandte mich ab und trat den Weg zurück um den Hang herum an, dorthin, wo ich die Festung beobachten konnte. Als ich mich wieder zwischen die Felsen kauerte, schwärmten die Wespen bereits aus, und ich beobachtete, wie eine Horde von etwa fünfzig Mann die Straße entlangrannte. Unter ihnen stachen auch zwei Zauberer hervor. Ich wusste, sie würden nicht allzu lange brauchen, um die anderen zu erreichen, doch es fühlte sich lange an. So lang, dass ich anfing, mich zu fragen, ob ich die Falle richtig gelegt hatte. Oder hatte ich zu hastig gehandelt?

Ich wollte schon umkehren, als ich endlich das zarte Wogen meiner sich entladenden Hexenkunst spürte. Als die Geräusche schreiender Männer die Straße entlanghallten, seufzte ich erleichtert. Von der Palisade ertönte ein Horn, woraufhin noch mehr Männer durch den Eingang der Festung herausströmten, von denen etliche noch an ihren Helmen und Gürteln nestelten.

Als ich mich die Felsen entlangbewegte, beschwor ich meine Hexenkunst und achtete nicht darauf, wie einer der Befehlshaber seine Männer brüllend aufforderte, sich zu beeilen. Kaum hatte ich mich dem Verbindungspunkt der Palisade und der Felswand so weit genähert, wie ich es wagte, entfesselte ich mein vorbereitetes Gebilde in einer einzigen Welle. Entlang der Palisade flackerten und erloschen sämtliche Laternen, sowohl die gewöhnlichen als auch die magischen. Das führte zu noch mehr Gebrüll und panisch klingenden Hornstößen. Ich preschte vorwärts, verließ mich darauf, dass mich die Dunkelheit und die Nachtblindheit der Menschen tarnen würden, und sprang über die Steinpalisade.

Es wurde nicht meine beste Landung, aber da ich mir dabei nichts brach, war es auch nicht die schlechteste. Ich sah, wie Männer in der Nähe der Stelle in meine Richtung schauten, und verlor keine Zeit. Ich wandte mich um und rannte zum Tor los, brachte die Schulter in Anschlag und mein gesamtes Gewicht zum Einsatz, als sich die Wächter den Geräuschen meiner Schritte zudrehten.

Ich glaube, allein die Wucht des Zusammenstoßes tötete die ersten Wachen. Jedenfalls pflügte ich mitten durch sie hindurch, und plötzlich rutschten meine Füße über glatteren Stein. Schlitternd kam ich zum Stehen und schwang hastig die Torflügel zu. Dabei drang mir unbewusst ein weiterer von Tatyanas Lieblingsflüchen von den Lippen.

Es dauerte länger, als ich geplant hatte, denn die Torflügel waren viel schwerer als erwartet. Ich musste eine weitere Prise meiner Hexenkunst einsetzen, um die Soldaten zurückzuhalten, bis es mir gelang, das Tor zu schließen. Die Lichter in der Festung erwachten jäh wieder zum Leben, als ich damit kämpfte, den genauso schweren Verriegelungsbalken zu senken. Sobald er unten wäre, würde das Tor halten, und ein beträchtlicher Teil der Bevölkerung der Festung wäre ausgesperrt. Es mochte kein makelloser Plan sein, aber es war ein Anfang.

Ein Makel war allerdings, dass sich immer noch eine ordentliche Anzahl von Soldaten in der Festung aufhielt. Mindestens zwanzig von ihnen starrten mich an, als die Lampen der Zauberer aufleuchteten und die Schatten vertrieben, die mich größtenteils verborgen hatten. Ich klatschte eine Hand gegen den Metallbalken, der die Torflügel sicherte, und leitete Energie hinein, die ich zu Feuer formte, als sie durch mich strömte. Ich ließ die Hand, wo sie war, als die Erkenntnis, dass sie in mir einen Feind vor sich hatten, letztlich durch die Verwirrung der Soldaten drang. Da brüllten sie Drohungen, schüttelten Waffen und rückten vorbei an zerbrochenen, gesichtslosen Statuen vor. Ich jedoch rührte mich nicht, bis sie nur noch wenige Schritte entfernt waren.

Mir blieb kaum eine andere Wahl, als sie anzugreifen. Also suchte ich mir willkürlich einen aus und stürmte los. Ich schlug seinen plötzlich zögerlich gehaltenen Speer beiseite und hieb ihm mit der Handkante seitlich gegen den Hals, bevor ihn meine Schulter von den Beinen hob und über den Steinboden schlittern ließ. Ein Schwert traf mich am Rücken, bremste mich jedoch nicht. Ein weiterer Angreifer fiel meinen Fäusten zum Opfer. Wespen mochten als Schwarm gefährlich sein, weniger jedoch, wenn man sie trennte und sie auf sich allein gestellt waren. Allerdings konnten sie trotzdem stechen, und als ich die Krallen das letzte Mal aus jemandem zog, stammte das von mir triefende Blut nicht allein von meinen Gegnern.

Ich eilte durch die einzige Tür, die aus dem Hof führte, und hielt nur einmal kurz inne, um mich zu vergewissern, dass der Verriegelungsbalken mit den Torflügeln verschmolzen war.

KAPITEL VIERUNDZWANZIG

Nachdem ich die Treppe hinter der Tür hinuntergerast war, gelangte ich zu einer kurzen, aber unerwartet hohen Galerie, die von vier quadratischen Säulen gestützt wurde. Die verwitterten Meißelarbeiten darauf lagen unter dem klebrigen Ruß von tausend Fackeln verborgen. Hinter den Säulen zeichneten sich zwei Durchgänge ab.

Vorsichtig bewegte ich mich darauf zu, während von meinen nach wie vor ausgefahrenen Krallen das Blut tropfte. Leere Pritschen und kreuz und quer verteilte Habseligkeiten verrieten mir, dass es sich um die Truppenunterkünfte handelte, die meine Ablenkung in den Hügeln geleert hatte. Schnell eilte ich weiter, als menschliche Stimmen von dem Eingang auf der anderen Seite der Galerie zu mir herüberdrangen.

Fackellicht flutete die Galerie, als wenig später ein Dutzend Männer hereinstürmte und sich im Raum verteilte. Der Grauhaarige an der Spitze der kleinen Meute verlangte lauthals, darüber aufgeklärt zu werden, was vor sich ging, aber niemand sagte etwas, während sie die Treppe hinauf in den Eingangsbereich liefen. Ich blieb, wo ich war, als sich eine Handvoll Männer in die Galerie zurückzog. Sie hatten ihre Waffen gezogen und die Klingen schimmerten im rötlichen Licht der Fackeln. Dem Gestank von brennendem Pech konnte ich herzlich wenig abgewinnen, allerdings hatte ich eingekeilt zwischen dem oberen Ende zweier Säulen keine andere Wahl, als es zu ertragen. Wie üblich schaute niemand nach oben, was mir gut in den Kram passte. Mehrere weitere Männer betraten die Galerie, alle bis an die Zähne bewaffnet. Ich wartete, bis sich die meisten unter mir befanden, bevor ich ihre Fackeln löschte.

Dann ließ ich mich in die entstandene Verwirrung fallen und brach schon so manchen Knochen, als ich auf den Überrumpelten landete. Mein Gewicht und meine Geschwindigkeit ließen das Folgende zu einem äußerst einseitigen Gefecht werden. Ich entfachte meine Augen und knurrte, schürte dadurch zusätzlich ihre Angst und Panik. Als Antwort zischten Schwerter durch die Luft und stießen in Fleisch, aber größtenteils nicht in meines.

Als die verbliebene Handvoll Soldaten hereingerannt kam, stand ich als Einziger aufrecht und bot anscheinend einen recht beeindruckenden Anblick. Zwei flüchteten prompt zurück zur Eingangshalle, während drei andere an mir vorbei tiefer in die Festung zu rennen versuchten. Einen davon tötete ich, indem ich ihm ein Schwert hinterherwarf, doch ich ersparte mir die Mühe, die anderen zu jagen. Meine Stärken lagen in Kraft und Ausdauer, und ihnen verlieh die nackte Angst solche Geschwindigkeit, dass es ohnehin vergebliche Liebesmüh' gewesen wäre.

Stattdessen ging ich die Treppe hinauf, wo die zwei Geflüchteten verzweifelt auf die Verriegelung der Festungspforte einhackten. Ihre Schreie wurden geradezu mitleiderregend, als ich mich ihnen näherte. Einer versuchte es mit einem wilden Verzweiflungsangriff. Ich streckte mich ihm entgegen und schlug ihn zu Boden.

»Sag mir, wo sie ist«, verlangte ich, als ich die letzte, wimmernde Gestalt an ihrem Kettenhemd von den Beinen hob und gegen die Torflügel presste. Sein Winseln verstummte, als er mir in die Augen sah und sich meine Hexenkunst in seinen Geist bohrte.

Es dauerte ein paar Augenblicke, sich durch seine zerrütteten Gedanken und die vergebliche Gegenwehr zu wühlen, bevor er mir verriet, was ich wissen musste. Dann brach ich ihm das Genick und ließ ihn zu Boden fallen, während ich darüber nachdachte, was ich in seinem sterbenden Geist gesehen und gefühlt hatte.

Bei der Festung handelte es sich in Wirklichkeit um einen zweckentfremdeten Tempel, und die Gegenwart der Soldaten beschränkte sich auf die ersten zwei Kammern des Eingangsbereichs. Am Ende der zweiten Galerie befand sich ein Tor, das nur die Zauberer mit ihren todgeweihten Gefangenen zu durchschreiten wagten. An sich empfand ich das als Erleichterung, denn es bedeutete, dass ich nicht meilenweit durch Tunnel irren musste. Zögern jedoch ließ mich das Ausmaß des Grauens, das ich in seinem Geist wahrgenommen hatte, als ich ihn zu der Vorstellung zwang, die inneren Räume zu betreten. Sogar die Aussicht auf seinen bevorstehenden Tod hatte keine solche Angst in ihm ausgelöst, und das konnte eigentlich nur eines bedeuten: Magie. Genauer gesagt: Nekromantie.

Ich hob zwei Messer auf, beide fast lang genug, um als kleine Schwerter zu dienen, dann kehrte ich zur Galerie zurück und steuerte die inneren Räume an, die dahinter verborgen lagen.

Ich konnte die anderen Soldaten riechen, die sich in einem der vier an die zweite Galerie grenzenden Räume versteckten. Aber da sie nur nach Angst stanken, ließ ich sie unbehelligt in ihrer Furcht schmoren. Die Mitte der zweiten Galerie beherrschte eine sanft blubbernde Quelle, die ein längliches Becken füllte. Aus dem dunklen Wasser ragten mehrere zerbrochene Statuen. Nachdem ich mich vergewissert hatte, dass ich allein war, hielt ich inne, um zu trinken und mir das ärgste Blut aus dem Gesicht und von den Armen zu waschen. Eine der Statuen in meiner Nähe beobachtete mich mit der verbliebenen Hälfte ihres Gesichts, und ich fragte mich kurz, wen oder was sie darstellen sollte.

Der Zugang zu den inneren Kammern erwies sich als leicht

zu finden. Auch ohne meine Nachtsicht hätte der Geruch verrottender Schädel, die sich um den Eingang stapelten, wie ein leuchtendes Hinweisschild gewirkt. Dahinter erstreckte sich ein Gang ohne Lichter, so dunkel, wie es nur eine Höhle sein konnte.

Dieses Felsgestein hatte nie die Berührung der Sonne erfahren. Die frostige Kälte, die von ihm abstrahlte, fühlte sich uralt und feindselig an. Ich trat an die Wand neben den Schädeln, legte die Hand auf das Gestein und entsandte meinen Geist zu den Liedlinien.

Als ich ihr Echo fast sofort aufschnappte, lächelte ich in der Dunkelheit. Die Menschen würden die Zeit, in der diese Höhle in einen Tempel für ihre öden Götter verwandelt worden war, zweifellos als graue Vorzeit bezeichnen. Doch im Vergleich zum Alter der Berge selbst lag das gerade mal ein Blinzeln zurück. Ihre Rituale und ihre Magie hatten kaum Rückstände am gleichgültigen Gestein hinterlassen. Und da die Kammern fest in den Gebeinen der Welt verankert waren, wiesen sie nach wie vor eine starke Verbindung zum Großen Lied auf, die ich mir zunutze machte, um dankbar etwas von jener rohen Energie durch den Fels in mich aufzunehmen. Nach dieser Stärkung brachte ich einige Schutzbanne an mir an und trat durch das Portal aus Schädeln.

Ich war noch nicht weit gegangen, als mir allmählich klarwurde, dass sich die Kälte schneidender anfühlte, als die Luft in einer Höhle eigentlich sein sollte. Mir als durch Feuer entstandenem Wesen konnte selbst ein ausgewachsener Schneesturm kaum etwas anhaben, dennoch brachte diese Kälte meine Haut zum Kribbeln, und ich spürte, wie sich ein Zittern in mir anbahnte. Es fühlte sich ähnlich an wie die Berührung dunkler Magie in Kardinal Polssons Verlies, und ich zog vorsichtig einen Schleier aus Hexenkunst über meine Sicht. Die trüben Umrisse, die mir meine Nachtsicht zeigte, verschwammen für einige Atemzüge, aber als der Übergang vollzogen war, schnappte ich angesichts des Anblicks, der sich mir bot, unwillkürlich nach Luft.

Nicht die Kälte brachte mich zum Schaudern, sondern die Berührung Hunderter körperloser Geister, die durch die Luft schwebten, jeder nur eine vage Andeutung eines verzerrten Gesichts oder Schädels. Sie trieben und wirbelten wie von der Strömung eines Flusses erfasstes Laub, zu schwach, um auch nur die Richtung zu beeinflussen, in die sie schwebten, und sie besaßen keinerlei Verstand. Sie wurden vom Leben in mir angezogen wie Motten von Licht und fletschten die Geisterzähne, wann immer sie mir nah genug kamen. Und wie der selbstmörderische Hang von Motten, sich Flammen zu nähern, trieben sie damit ein tödliches Spiel. Sie stellten nur noch durchscheinende Abdrücke jener Menschen dar, die sie einst gewesen waren, zusammengehalten allein von dünnen Fäden negativer Energie, die bei der Trennung von Seele und Körper im Eintritt des Todes zurückgeblieben waren.

Jene, denen es gelang, etwas von meiner positiven Energie anzuzapfen, wurden davon zerstört. Wovon ich sie nicht abzuhalten versuchte. Ich bewegte mich durch sie hindurch, doch die Luft schien sich weiter zu verdichten, je tiefer ich gelangte. Irgendwann wurden die Geister so zahlreich, dass es sich anfühlte, als kämpfe ich mich durch gefrorene Spinnweben, und ich konnte den Boden und die Wände nicht mehr durch ihre fahlen Gestalten sehen.

Mittlerweile nagten Dutzende mit ihren Phantomzähnen an mir. Von zehn, die sich dadurch auflösten, überstand es mindestens einer und schien stattdessen stärker zu werden. Das gefiel mir ganz und gar nicht. Deshalb traf ich überhastet die bedauerliche Entscheidung, einige von ihnen mit einem Aufblitzen meiner Hexenkunst zu verbrennen. Ich überlastete ihre nebligen Gestalten mit positiver Energie, bis sie zu glitzernden

Teilchen zerbarsten. Diese schwebenden Partikel rissen Löcher in manche, spornten jedoch etliche andere zu Raserei an, die mich nun bestürmten. Ihre schiere Zahl verlieh ihnen Kraft, so dass sie mit ihren schauerlichen Zähnen an mir knabbern und die Gesichter in meinem Fleisch vergraben konnten, wo immer sie an mich herankamen.

Im Gegensatz zu den Soldaten, die man gegen ihren Willen hier postiert hatte, fürchtete ich mich nicht vor Toten oder Geistern. Aber selbst mir wurde die unfassbare Dichte der Verstorbenen unheimlich, die überall um mich herum auftauchten. Es war, als hätte jemand ein Portal in die Welt der Toten geöffnet, und das war eine Vorstellung mit einem äußerst unangenehmen Beigeschmack, wenn man bedachte, in wessen Gefangenschaft sich Tatyana befand.

Ich verdrängte den Gedanken, als die Horde mich weiter bedrängte, dann entfernte ich den Schleier der Hexenkunst von meiner Sicht. Er hatte mir gezeigt, was ich wissen musste, doch solange er aktiv war, konnte ich durch das Gewimmel der Seelen sonst nichts erkennen. Sie verschwanden sofort aus meiner Sicht, wenngleich ich ihre Anwesenheit weiter wie ein brennendes Jucken fühlen konnte. Das Problem war, dass ich keine rechte Ahnung hatte, wie ich sie loswerden sollte.

Meine Hexenkunst konnte sie zwar zerstören, stärkte jedoch zugleich einige. Und falls diese Narren hier im Tempel tatsächlich einen Spalt zur Welt der Toten aufgezwängt hatten, bestand die Möglichkeit, dass ich durch meine Magie nur noch mehr Geister anlockte. Dabei bereitete mir nicht so sehr Sorgen, was für Schaden sie mir zufügen könnten, sondern eher, wie sie sich auf meine Hexenkunst stürzten und ihre Energie aufsogen, sobald sie erschien. Dass dem so war, stellte ich fest, als ich meine Sinne auf die Suche nach Tatyana entsenden wollte und stattdessen nur ein Ansteigen der Kälte spürte, bevor der Impuls meiner Hexenkunst verblasste und versiegte.

Mit einem gebrummten Fluch kämpfte ich mich weiter und bemühte mich, nicht auf das unablässige Gefühl ihrer an mir nagenden Phantomzähne zu achten.

Der Verbindungsgang zwischen den inneren und äußeren Kammern war nicht besonders lang, aber die Hoffnung, ich würde an seinem Ende von der Begleitung durch die Toten erlöst, währte nur kurz.

Der Gang mündete in eine große, pyramidenförmige Kammer. Weitere Schädel säumten hier die Wände. Einige schimmerten im flackernden Licht der unter ihnen angebrachten Fackeln sogar noch feucht, und Knochensplitter übersäten den Boden wie in der Höhle eines Trolls.

Wenigstens riecht es hier nicht so streng. Der Gedanke brachte mich zum Lächeln. Ich ging weiter zu dem schmalen, aber dramatisch verzierten Ausgang auf der anderen Seite. Bei jedem Schnitt knirschten und knackten Knochen unter meinen Füßen. Auf halbem Weg durch die Kammer krachte ein Schädel vor mir auf den Boden, gleich darauf gefolgt von zwei weiteren.

Ich blieb stehen und schaute nach oben, sah es jedoch erst, als ich mich wieder in Bewegung setzte. Auf den ersten Blick ähnelte es einer riesigen Ausgabe der Krabben, die Kräh gekocht hatte. Dann jedoch krabbelte es die Wand herunter in den Schein der Fackeln, und ich starrte es an, während mein Verstand zu verarbeiten versuchte, worum es sich in Wirklichkeit handelte. Das Ding sah aus, als hätte jemand zwanzig oder mehr Menschen zu einer einzigen Masse verschmolzen. Das Gebilde landete mit einer schütternden Wucht, die weitere Schädel auf den Boden kullern ließ. Ein Dutzend oder mehr Münder schrien mir Schmerz und Hunger entgegen.

In den Äonen, die ich bereits auf dieser Welt lebte, hatte ich Vieles gesehen, doch nichts hatte mich je auf so etwas vorbereitet. Ich glotzte das Ding immer noch an wie ein Dorftrottel, als es anfing, sich auf mich zuzuschleppen. Entartete Beine bogen sich dabei an zu vielen Stellen durch, und blutiger Speichel troff aus zu vielen Mündern. Es strahlte Leid und Hass aus, aber es war die Berührung dunkler Magie, die mich letztlich aus meiner lähmenden Starre riss.

Ich warf mich zurück, als mir eines der Beine entgegenschnellte. Der gesplitterte Knochen, der daraus hervorragte, war spitz wie ein Speer. Auf einmal kamen mir die Messer, auf die ich so stolz gewesen war, klein und unbedeutend vor. Ich zog sie trotzdem. Allerdings blieb mir kaum Zeit, ihr Gewicht in den Händen zu spüren, bevor das Bein erneut ausholte und mich diesmal wuchtig traf.

Ich spürte, wie Knochensplitter in meine Seite drangen. Die Kraft des entarteten Beins dahinter trieb sie tief hinein. Einige schabten über meine Rippen, die sie zum Glück ablenkten. Andere hingegen fuhren mir in die Eingeweide und zogen zerklüftete Schneisen, während mich der Treffer über den Boden kullern ließ.

Ein Schauer von Knochensplittern stob um mich herum auf. Während ich dort lag und festzustellen versuchte, ob ich tot war, fiel mir auf, dass diese abartige Schöpfung keinen erkennbaren Kopf besaß, dafür aber Dutzende Augen. Sie musste sich daher nicht einmal drehen, um mich zu sehen. Sie schrie mit etlichen Stimmen, als sie sich wieder in Bewegung setzte.

Ich rappelte mich auf die Beine und biss stumm die Zähne gegen die Schmerzen zusammen, die entlang meiner rechten Seite loderten. Mein Schweigen entlockte dem Ding ein weiteres Geheul, das sich für mich nach Enttäuschung anhörte. Es krabbelte los. Zwei Arme streckten sich mir aus der Masse des Körpers entgegen. Während die Beine nur wenige Knochenspeere besaßen, strotzten diese beiden Gliedmaßen geradezu davor.

Ich erweckte meine Hexenkunst, aber sie zeigte sich widerwillig. Ihr Fluss wurde vom Gewimmel all der unsichtbaren

Geister gestört, die mein Blut angelockt hatte. Ich beschwor mehr Magie, genug, um die Geister zu verbrennen, und einen Atemzug lang erstrahlte ein Schauer goldener Teilchen in der Luft. Dann festigte sich die Macht in mir, doch es hatte zu lange gedauert. Meine Aufmerksamkeit war zu lange abgelenkt gewesen, und bevor ich die Energie formen konnte, erreichte mich die albtraumhafte Kreatur.

Eine Knochenkeule hieb mir die Beine unter dem Körper weg. Brüllend und heulend ließ sie dann weitere Schläge auf mich einprasseln, stieß meine abwehrend erhobenen Arme beiseite und landete schließlich einen Treffer, der meine Welt schwarz werden ließ.

DIE PERSÖNLICHEN ANNALEN VON TIBERIUS TALGOTH, ERZMAGIER

Bald lief der Kreuzzug an, wenngleich mit einem Pomp und einer Ausgelassenheit, die den Anschein erweckten, man hätte völlig vergessen, dass König Jorak und seine Armee vor noch kaum einem Jahr von der Bestie in Holzkohle verwandelt worden waren. Aethbert hatte von den Kirchenältesten ein Schwert erhalten, eine wahrhaft mächtige Waffe. Seither gebärdete er sich wie ein eitel umherstolzierender Pfau. Das alles war zwar haarsträubend, stellte aber auch eine gute Ablenkung dar, die es mir ermöglichte, meine Forschung ungestört inmitten all der Mitläufer fortzuführen, die der Kreuzzug anlockte.

Die Entdeckung der Überreste von Joraks Heer hatte die Kreuzritter dann aber mit Nachdruck an die Gefährlichkeit ihres Unterfangens erinnert. Ich selbst hatte ein solches Maß an Verheerung schon sehr lange nicht mehr gesehen. Die Toten lagen in großen Haufen über den aufgewühlten, versengten Boden verstreut. Ihre verkohlten Körper ließen bestenfalls noch erahnen, dass es sich einst um Menschen gehandelt hatte, so sehr hatten die Flammen sie entstellt, die sie verbrannt und ihre Waffen in schimmernde Ranken aus geschmolzenem Eisen und Bronze verwandelt hatten.

Die Kälte des Todes prägte das Land wie eine anhaltende Frostbeule, verursacht von der Bestie, die so viele Seelen gleichzeitig durch das Portal getrieben hatte. Das Studium der anhaltenden Energien erwies sich als faszinierend, und ich hatte es meiner Gewohnheit zu verdanken, während der Nachtwachen zu arbeiten, dass ich einen ersten Blick auf die Bestie erhaschte.

Ich beobachtete gerade die Verfallsrate der Energien um den Leichnam eines Mädchens aus dem Lager, als mir zu Bewusstsein kam, dass ich selbst beobachtet wurde. Es war ein Gefühl, von dem ich zwar schon oft gehört, das ich jedoch nie selbst erlebt hatte.

Ich stand auf, und als wollte er, dass ich seiner gewahr wurde, lichteten sich die Schatten im Osten und ich erblickte den dort hockenden Drachen. Sein Kopf ragte so hoch auf wie mein Turm. Ehrfurcht und Grauen erfassten mich, als er die Schwingen ausbreitete und sich mit einem einzigen Flügelschlag behände wie ein Spatz in den Himmel erhob.

Am nächsten Morgen sprach Henkman seine Herausforderung aus, ein prunkvolles Spektakel mit Fanfaren und allerlei Flaggen. Die Priester benutzten ihre Taschenspielertricks, um seine Stimme laut wie die eines jungen Gottes durch das Tal dröhnen zu lassen. Ich konnte das Strahlen seiner Überzeugung beinahe sehen, als er und seine Männer dort standen, und zum vielleicht ersten Mal kam mir der Gedanke, dass dieser neue Kult, den er ins Leben gerufen hatte, tatsächlich einen Wert besitzen mochte.

Dann jedoch wurde auf die Herausforderung geantwortet.

Ein wirbelwindartiger Luftstoß fegte über das Heer, riss die bunten Wimpel weg und brachte die Fanfaren jäh zum Verstummen. Das Gebrüll des Drachen erfasste uns wie ein mächtiger Sturm, ein Laut von solcher Wucht, dass die Kiesel um uns herum auf dem Boden tänzelten und etliche Pferde durchgingen, ihre Reiter abwarfen und viele Umstehende bei ihrer panischen Flucht über den Haufen trampelten. Die hohe Gesinnung des Augenblicks wurde zerschmettert, und ich wusste, dass die Bestie bald über uns herfallen würde.

Ich bewegte mich den Hang hinauf, entfernte mich von den versammelten Massen. Kaum hatte ich mit dem ersten meiner Zauber begonnen, spürte ich, wie der Drache sich näherte.

Zuerst fühlte ich das Ziehen von Magie, dann hörte ich die zunehmenden Schreie der Menschen unter mir. Der Drache flog mit einer Geschwindigkeit über uns hinweg, die ich nie für möglich gehalten hätte. So schnell, dass ich seine goldgesäumten Schuppen nur als verschwommene, schimmernde Schliere wahrnahm und kein einziger der von den Bogenschützen abgefeuerten Pfeile sein Ziel traf. Dem Monster folgte ein Nebelschwall, den die meisten Menschen unten nicht bemerkten, weil sie stattdessen beobachteten, wie der Drache die Schwingen ausbreitete und wieder der Sonne entgegenstieg.

Ich jedoch sah ihn sehr wohl und versuchte gerade, zu verstehen, worum es sich handelte, als sich die Schwaden mit einem öligen Glanz über die Versammelten senkten. Erst da bemerkten auch sie den Nebel, doch es war bereits zu spät. Die Schwaden entzündeten sich schlagartig zu einem einzigen Flammenmeer, als wäre die Luft selbst in Brand geraten. Das rauschende Tosen des züngelnden Infernos war beinah laut genug, um die Schreie von zweihundert Menschen oder mehr zu übertönen, die zusammen verbrannten.

Die Bestie griff nicht erneut an, sondern flog mit langen Schwüngen ihrer fledermausartigen Flügel über uns hinweg. Sie stellte eine Überlegenheit zur Schau, die nicht einmal den Dümmsten der Menschen unten entgehen konnte. Das Ausmaß der Verheerung jenes einen Akts war schlichtweg verblüffend, und der schnelle Tod von so vielen Opfern auf einmal erfüllte mich mit einer rohen Energie, an die nichts heranreichte, was meine Experimente bis zu diesem Zeitpunkt ergeben hatten.

Vermutlich waren meine Sinne durch den jähen Zustrom einer derartigen Menge an Macht geschärft, jedenfalls konnte ich die den Drachen umgebende Energie sehen, die ihm wie ein goldener Rauchschleier folgte. Es handelte sich nicht um einen Zauber, sondern um eine natürliche Nebenerscheinung seines Daseins. Mir schien, als wäre die Magie ein Bestandteil seines Wesens. Als wäre er ihre Quelle statt eines bloßen Kanals.

Welche Wunder könnte ich mit solcher Macht vollbringen? Ich wusste, Henkman würde nie zurückweichen, also würde sich mir eine weitere Gelegenheit bieten, mir den Drachen zu holen.

Mit neuer Dringlichkeit bereitete ich meine Zauber für den zweiten Angriff vor. Der Drache war für mich bestimmt und er war viel zu bedeutend, um ihn zu töten.

KAPITEL FÜNFUNDZWANZIG

»Er lebt.«

Die Worte ertönten als Reaktion auf das gequälte Stöhnen, das mir von den Lippen drang, als mich dieselbe Erkenntnis ereilte. Allerdings war ich mir noch nicht sicher, ob ich überhaupt am Leben sein *wollte*, denn die Kreatur war alles andere als freundlich mit mir umgesprungen.

Ich wollte nur noch schlafen. Aber nun, da sich mein Geist erst einmal geregt hatte, bahnten sich die Schmerzen ihren Weg, und so war an Schlaf nicht zu denken. Ich täuschte bestmöglich Bewusstlosigkeit vor, und versuchte, mich auf die Gerüche und Geräusche um mich herum zu konzentrieren.

Es bedurfte keines besonders tiefen Atemzugs, um zu wissen, dass ich mich erneut in den Klauen von Zauberern befand. Der bittere, brandig-herbe Geruch ihrer Magie lag durchdringend in der Luft und wetteiferte nur mit dem öligen Gestank von Nekromantie. Letzterer fühlte sich geradezu greifbar an, und ich kämpfte mich hindurch und versuchte, die Gerüche darunter zu wittern, die er überdeckte wie eine Ölschicht auf saubererem Wasser.

Männer und Frauen teilten sich diesen Raum; mindestens vierzig. Alle hatten Angst, und mehrere bluteten. Auch Essen nahm ich wahr, was mich trotz der Wunden aufmunterte, aus denen mir Blut über die Glieder und den Rumpf sickerte. Der Geruch der Zauberer wurde stärker, als sie sich mir näherten.

Ein Stab hieb mir ins Gesicht. Vorbei war es mit dem vorgetäuschten Schlaf, als ich mich unwillkürlich gegen die Fesseln aufbäumte, die mich zurückhielten.

»So ist es«, sagte eine neue Stimme zu meiner Rechten. Da ich auf einem zweckentfremdeten Tisch festgebunden lag, kam mir der Mann groß vor. Abgesehen davon, dass er einen spitzen Bart trug, entpuppte er sich als unscheinbarer Mensch. Der Stoff seiner blauen Gewänder schimmerte im kalten Licht, das die Kammer erfüllte. »Aber widerstandsfähig war er ja schon immer.«

Acht andere Zauberer standen in einem groben Kreis um mich verteilt. An mindestens der Hälfte haftete der Gestank von Nekromantie. Sonst trug niemand blaue oder violette Roben, was den Spitzbart als den Ranghöchsten unter ihnen kennzeichnete. Ich runzelte die Stirn, als mir die Bedeutung seiner Worte letztlich ins benebelte Bewusstsein drang.

»Erinnerst du dich jetzt an mich, Bestie?«, fragte er und stützte sich auf einen Ebenholzstock, als er auf mich herabblickte.

Sein Geruch kam mir zwar irgendwie bekannt vor, doch ich konnte ihn nicht zuordnen und hatte auch keine besondere Lust, es überhaupt zu versuchen. Abgesehen von einem müden Seufzen ließ ich mich zu keiner Antwort herab, denn ich hatte Menschen und alles, was mit ihnen zu tun hatte, gründlich satt.

»Ich glaube, das bedeutet nein«, meinte einer der anderen Zauberer, womit er seinen Kollegen ein herzhaftes Gelächter entlockte.

»Du hast meinen Bruder getötet«, warf mir Spitzbart vor und schleuderte dem Scherzbold einen finsteren Blick zu. »Und ich werde es genießen, dich leiden zu lassen, bis mein Meister eintrifft, um dich wieder in Besitz zu nehmen.«

»Ihr seht für mich alle gleich aus«, brachte ich mit brüchiger Stimme hervor. »Sag, hat er geschrien?«

Fluchend schlug er mit dem Stab zu und traf mich kräftig am Kiefer, verursachte aber keinen echten Schaden.

»Ich glaube, das bedeutet ja.«

»Wackere Worte«, zischte er. »Vor allem für etwas, das unter unseren Zaubern so mitleiderregend geheult hat.«

Da fügte sich für mich ein Teil des Rätsels ins Bild. »Also warst du auch an der Universität.«

»Richtig«, bestätigte er und bleckte die Zähne zu einem unechten Lächeln. »Und ich möchte zu gern wieder *deine* Schreie hören.«

»Für solche Spielereien ist keine Zeit. Lass es. Die Kreatur kann uns nicht entkommen, und wir müssen die nächste Bindung in diesem Zyklus abschließen.« Das kam von demselben Mann, der zuvor gesprochen hatte, und Spitzbart sah aus, als würde er noch einmal zuschlagen. Stattdessen jedoch wich er einen Schritt zurück. Die Knöchel traten weiß an seinen Händen hervor, als er den Stab krampfhaft umklammerte.

»Sieh zu und lerne, Bestie. Dich erwartet ein weitaus schlimmeres Schicksal als sie.« Damit wandte er sich ab und ging davon. Gleich darauf folgten ihm die anderen Zauberer. Ihre gemurmelten Unterhaltungen konnte ich nicht verstehen, aber ich hatte auch dringendere Sorgen als ihre mittelmäßigen Zaubereien. Zum Beispiel die, wie ich mich von diesem Tisch befreien sollte.

Ich atmete tief durch, um die Gedanken zu beruhigen, dann machte ich mich daran, die Teile meiner selbst zu untersuchen, die am meisten schmerzten. Was sich aber durch den Riemen, der meinen Kopf zurückhielt, einigermaßen schwierig gestaltete.

Ein Großteil der Wunden war zwar schmerzhaft, aber oberflächlich; nur Kratzer und Risse von den Zähnen der zahlreichen losen Münder und den Nägeln der Hände im unförmigen Körper der spinnenartigen Kreatur. Ich konnte mich glücklich schätzen, dass sie alle von Menschen stammten und daher vergleichsweise stumpf waren. Die Vorstellung, mein Fleisch könnte von dieser Abscheulichkeit verschlungen und ein Teil von ihr werden, empfand ich als schlimmer als die Verletzungen, die größtenteils längst zu bluten aufgehört hatten.

Anders verhielt es sich mit den Stichwunden entlang meiner Seite. Dort pulsierten die Schmerzen als stetes Pochen, und ich konnte das gleichmäßige Tropfen meines Blutes auf den Boden hören.

Erfreulich war, dass ich keine Angriffe der Geister mehr wahrnahm. Aber als ich nach meiner Hexenkunst tastete, erwartete mich nur eine leblose Leere. Etwas Ähnliches hatte ich gespürt, als Fronsac mit den Überresten des von mir ausgelösten Runenbanns herumgespielt hatte. Es bedurfte keiner ausgeprägten Vorstellungskraft, um darauf zu kommen, dass die Zauberer mich nun mit etwas Vergleichbarem belegt hatten. Wenn Spitzbart bei meiner Flucht an der Universität gewesen war, wusste er recht genau, wie gefährlich ich sein konnte.

Daraus ergab sich: Bis ich den Bann entfernen konnte, würde ich mich auf meinen Verstand und meine Körperkraft verlassen müssen, um mich zu befreien, sie alle zu töten und Tatyana zu finden. *Wie schwierig kann das schon sein?*

Ich bäumte mich erneut gegen die Fesseln auf, als ich versuchte, mehr von der Kammer zu erkennen, in der ich mich befand. Meine Nachtsicht hatte sich zwar zurückgezogen, aber die Zauberer hatten genug von ihren weißen Laternen aufgestellt, dass ich sie nicht brauchte.

Die Kammer wies eine unregelmäßige Form auf und war größtenteils unberührt von Menschenhand, abgesehen vom Boden und einer Säule. Auf beidem prangten verworrene geometrische Muster. Von der Decke hingen wie ein umgekehrter Wald etliche funkelnde Spindeln. Aber so schön sie auch sein mochten, wurde mein Blick stattdessen von dem Holzkäfig an der gegenüberliegenden Wand angezogen. Mehrere Zauberer hatten sich davor versammelt. Während ich hinsah, zerrten sie zwei sich windende Gestalten heraus. Weitere Gestalten in Rüstungen traten beiseite. Der fahle Schimmer, der aus ihren Visieren drang, kennzeichnete sie als mächtige Wiedergänger. Sie entfernten sich, doch ich hatte die Grenzen der Fessel um meinen Kopf bereits ausgelotet und verlor sie aus den Augen.

Das Wimmern der Menschen, die sich die Zauberer geholt hatten, dauerte noch eine Weile an und steigerte sich dann zu gellenden Schreien. Ich hatte in meinem Leben schon genug Schreie gehört, um zu wissen, dass die hier blankem Grauen und nicht Schmerzen entsprangen. Das änderte sich, als die Zauberer mit ihrer Arbeit begannen. Der heimtückische Sprechgesang hallte weit länger und lauter durch die Höhle, als er sollte, der Mief der dunklen Magie in der Luft verdichtete sich mit jedem verstreichenden Augenblick, bis ich ihn sogar ohne meine Hexenkunst beinahe zu sehen vermeinte.

Ich arbeitete indes daran, den linken Arm in eine Position zu bringen, in der ich Hebelwirkung auf die Schelle an meinem Handgelenk ausüben konnte. Während der Zauber anschwoll und die Schreie einen entschieden unmenschlichen Höhepunkt erreichten, bevor sie wie abgeschnitten verstummten, hielt ich still.

Ich lauschte, wie mehrere Männer würgten, als sie sich mir näherten. Sie waren noch durchwirkt von der dunklen Magie. Ihr Gestank nistete sich in meine Kehle ein wie eine staubtrockene, unzerkaute Mahlzeit, während mir die widernatürliche Kälte der negativen Energie das Leben aus dem Leib zu saugen versuchte. Wie diese Zauberer überhaupt noch leben und eine solche Macht beeinflussen konnten, gab mir Rätsel auf.

»Du kannst sie fühlen, nicht wahr?«, fragte Spitzbart. »Die Macht.«

Ich verbarg meine Neugier hinter einer gelangweilten Fassade. »Ein Tanzbär in einer schicken Robe bleibt dennoch nur ein Tanzbär.«

»Ich könnte dir jetzt sofort das Leben aussaugen, und du könntest nicht das Geringste unternehmen, um mich davon abzuhalten.« Sein Griff um den Stab verlagerte sich. Seine blutigen Fingerspitzen suchten zwei kunstvoll in das Holz geschnitzte Symbole. Gleich darauf steigerte sich die unwirkliche Kälte, die von ihm ausging, sprunghaft. Er neigte den Stab in meine Richtung. Unwillkürlich japste ich, als sich die Kälte in mich bohrte wie ein Speer. Er verengte die Augen zu Schlitzen, als er sie tiefer in mich stieß. »Ich könnte mir alles nehmen.«

Ich schluckte die Panik hinunter, die mich dazu bringen wollte, mich unter der Berührung aufzubäumen und zu winden. Es kostete mich gewaltige Überwindung, regungslos liegenzubleiben.

»Es braucht schon mehr als irgendwelchen Tand, um ein wahrer Zauberer zu sein, Tanzbär.«

Der tödliche Schimmer um den Stab verblasste, und mit ihm zog sich die Kälte zurück. Ein hohler Schmerz verblieb in mir. Spitzbart ragte über mir auf und zog die blutleeren Lippen von butterfarbigen Zähnen zurück.

»Wackere Worte«, sagte er wieder. Dann streckte er die Hand aus und stocherte mit einem Finger in einer der noch blutenden Wunden an meiner Seite. »Aber du kannst dir nicht ewig etwas vormachen.«

»Andros«, ertönte eine Stimme von irgendwo hinter meinem Kopf. »Wenn er hier ist, müssen wir die Frau dann noch behalten oder können wir sie verwenden?«

Andros. Der Klang seines Namens weckte eine Erinnerung, in der mein Blut auf Sägemehl tropfte, während Navars Stimme ihn anhielt, erneut zuzuschlagen, schneller und mit knapperen Gesten. Da sah ich ihn vor mir, dieselben blutleeren Lippen zur selben höhnischen Grimasse verzogen, in seinem Geruch eine beinah schon sinnliche Mordlust, als er Zauber um Zauber gegen mich entfesselte. Damals hatte er eine grüne Robe getragen. Ich schaute zu ihm auf, als die Erinnerung verblasste, und ich musste nicht in seinen Geist blicken – er wusste, dass ich seinen Namen gehört hatte und mich an ihn erinnerte.

»Keine Namen, du Narr«, raunte er mit knurrendem Unterton zu dem Mann hinter mir. Dann holte er tief Luft und blies den Atem langsam aus, bevor er mich wieder ansah. »Aber ich denke, das ändert jetzt nichts mehr. Bleib schön hier, wir haben noch Aufsehenerregendes für dich auf Lager.«

Also hielten sie Tatyana tatsächlich hier gefangen. Zumindest damit hatte ich richtig gelegen. Ich drehte den Kopf zur Seite, so weit ich konnte, weit genug, um zu beobachten, wie Andros zwei der anderen Zauberer anwies, sie aus dem Käfig zu holen. Nach dem Gebrüll und dem Aufblitzen von Magie zu urteilen, steckte immer noch Kampfgeist in ihr, wenngleich sie schlaff und regungslos in den Armen ihrer Folterknechte hing, als man sie letztlich heraustrug und den Wiedergängern befahl, die Tür zu schließen.

Ich nützte die Ablenkung für den Versuch, den rechten Arm in eine günstigere Lage zu schlängeln. Diese gesamte Seite meines Körpers wurde allmählich steif, pochte aber dort noch immer, wo die abscheuliche Kreatur auf mich eingedroschen und mich gestochen hatte. Doch der Finger, mit dem Andros in einer der Wunden gestochert hatte, hatte mir zu Bewusstsein gebracht, dass ich nach wie vor blutete. Und das Blut sammelte sich auf dem Tisch zu einer Lache, wodurch das Holz unter mir glitschig war. Glitschig genug, um die Reibung und die Anstrengung zu verringern, die nötig war, um meinen Arm zu bewegen. Ich spannte und entspannte die Muskeln an meiner Schulter und am Rücken, verteilte dadurch das Blut so unter mir, dass ich genug Bewegungsfreiheit erlangte, um mein Handgelenk in Position zu schieben.

Ich schaute zurück zu den Zauberern, doch sie waren damit beschäftigt, die mittlerweile nackte Tatyana an einem ähnlichen Tisch festzuzurren, wie der, auf dem ich lag. Sie wirkte ausgemergelt. Ihre Rippen pressten gegen die Haut, und ihre Hüftknochen standen weit genug hervor, um eigene Schatten über die Vertiefung ihres Unterbauchs zu werfen. Die Heilung hatte ihren Tribut von Tatyana verlangt, aber der blutige Mund eines der Zauberer, die sie geholt hatten, legte Zeugnis von ihrer Willenskraft ab.

Ich holte tief Luft, dann öffnete ich die Faust und begann, mein Handgelenk nach oben anzuwinkeln. Die Schelle selbst fühlte sich zuerst unverrückbar an, und ich hätte tatsächlich selbst unter günstigsten Bedingungen schwer zu kämpfen gehabt, um das Eisen zu verbiegen. Anders jedoch verhielt es sich mit den Nägeln, mit denen die Schelle im Tisch verankert war.

Kaum hatte sich der erste Nagel bewegt, ging es beim nächsten ein wenig leichter. Ich behielt weiter die Zauberer im Auge, während ich die Nägel bearbeitete, und wenngleich Andros gelegentlich zu mir herüberspähte, ließ er keine Anzeichen erkennen, dass ihm etwas verdächtig vorkam. Der letzte Nagel der Schelle gab mit einem leisen Quietschen nach, als sie anfingen, Tatyanas Tisch herüber zu meinem zu schleifen.

Mit einem vereinten Grunzen hoben sie den Tisch an und kippten ihn nach vorn. Tatyana erwachte durch den Ruck, mit dem die Riemen ihren gespreizten Körper zurückhielten. Sie stöhnte und schüttelte den Kopf, der beinah zu groß für ihren ausgehungerten Körper aussah. Schließlich schaute sie auf und erblickte mich.

»Du lebst«, krächzte sie. Ihr Blick senkte sich zu der mittlerweile zweifellos beträchtlichen Blutlache unter meinem Tisch, bevor er sich wieder hob. »Glaube ich jedenfalls.«

»Ich bin gekommen, um dich zu retten«, sagte ich, was sie zum Lachen brachte.

»Wie anrührend«, meinte Andros. »Du hast eine Freundin gefunden. Es ist fast eine Schande, sie vor dir zu töten, aber da du jetzt hier bist, ist sie rundum entbehrlich geworden.«

»Rühr sie an, und du wirst dir wünschen, du wärst nie geboren worden.«

»Du meinst ungefähr so?« Damit trat er vor und schlug Tatyana wuchtig von der Seite ins Gesicht. Ihr Kopf knallte mit einem dumpfen Laut gegen die Tischplatte. Als er zurück nach vorn fiel und schlaff zwischen den Schultern baumelte, sickerte Blut aus ihrem Mund. Andros schüttelte die Hand und starrte mich an. »Ja? Nun sag schon.«

»Das wirst du noch bereuen.«

»Ach, halt doch die Klappe, du lächerliche, unnütze Kreatur«, herrschte er mich mit anschwellender Stimme an. »Du kannst nichts anderes tun, als zuzusehen, und selbst das nur, weil ich es dir gestatte.« Er kam einen Schritt näher. »Und du *wirst* zusehen. Schau weg oder sag etwas, und ich nehme dir die Augen. Hast du verstanden?«

Tausend Verwünschungen drängten von innen gegen meine Zähne, aber ich behielt alle für mich, und das Feuer in meiner Brust legte sich. Die schreckliche Wahrheit sah so aus, dass ich vorerst tatsächlich nichts unternehmen konnte, jedenfalls nicht, ohne uns beide in Gefahr zu bringen. Früher wäre es mir unmöglich gewesen, mich ohne Murren damit abzufinden, dass ich die rasende Wut unterdrücken musste, die von mir verlangte, ihn von einem Glied zum anderen in der Luft zu zerreißen.

»Ich habe verstanden«, sagte ich, und wenn ein drohender Ton töten könnte, hätte seine Seele auf der Stelle die Flucht ergriffen.

»Brav.« Er wandte sich an die anderen Zauberer, die sich zum Zuschauen eingefunden hatten. »Bereitet sie vor. Sie wird der Seelenanker.«

»Dafür ist es zu früh. Sie ist zu schwach«, sagte jemand von irgendwo zu meiner Linken.

»Nur körperlich«, entgegnete Andros, schob eine Hand unter Tatyanas Kinn und hob ihren Kopf. »Die Flamme in ihr lodert stetig. Seht ihr? Sie heilt bereits wieder.«

Ich starrte verblüfft hin, denn es stimmte. Die Blutung war versiegt, ihr Kiefer wirkte wieder unversehrt. Was bedeutete, dass sie immer noch Energie von mir bezog. Nur hatten Andros und seine Meute das bisher offensichtlich noch nicht mit mir in Verbindung gebracht. Was in weiterer Folge bedeutete, dass der Zauber, der mir den Zugriff auf meine Hexenkunst verwehrte, einseitig wirkte, sie aber nicht völlig sperrte. Das war ein Schwachpunkt in den Plänen meiner Feinde, wenngleich ich vorerst nicht wusste, wie ich ihn mir zunutze machen könnte.

Schweigend beobachtete ich, wie zwei Zauberer herbeikamen und recht unsanft begannen, das Blut und den Dreck von Tatyanas Körper abzuwischen. Sie erwachte davon, und gleich darauf brüllte sie die beiden an und bespuckte sie wie eine gefangene Wölfin. Es gelang ihr sogar, einen kräftigen Biss anzubringen, als sie ihren Kopf wie meinen am Tisch festzurrten.

Ihre Verwünschungen verstummten, als drei andere vortraten. Alle trugen so dunkelviolette Roben, dass sie beinah schwarz wirkten, durchwirkt von Silberfäden, die zu hell schimmerten, um lediglich das Umgebungslicht zurückzuwerfen. Die Beschwörer stimmten einen Sprechgesang an, als sie sich Tatyana näherten. Es war derselbe Sprechgesang, der den herzzerreißenden Schreien bei ihrem früheren Wirken vorangegangen war.

»O gütiger Drogah, nicht das, nicht das«, stieß Tatyana hervor, und zum ersten Mal hörte ich statt Zorn nackte Angst in ihrer Stimme.

KAPITEL SECHSUNDZWANZIG

Ihr Flehen blieb unbeachtet. Magie ballte sich und trieb durch die Luft, als sich der Sprechgesang fortsetzte. Die Stärke, die in den komplexen Lauten lag, zeugte von vielen Stunden Übung und einem geradezu unbekümmerten Selbstvertrauen. Die Zauber hielten Tatyana regungslos, während sich der Beschwörer in der Mitte bückte und Symbole auf ihre Haut zu zeichnen begann.

Erst als Blut über ihre blasse, saubergeschrubbte Haut floss, erkannte ich, dass er die Symbole in Wirklichkeit mit einer feinen Klinge in sie schnitt. Tatyana sog scharf die Luft ein, und ich wusste, wäre sie nicht von Magie gelähmt, sie würde den Rücken durchwölben. Irgendwo im Hinterkopf spürte ich den Drang, aufzusteigen, etwas zu unternehmen.

»Vergiss unsere Abmachung nicht, Bestie«, warnte Andros hinter mir mit leiser Stimme. »Wenn du dich rührst oder aufbegehrst, nehme ich mir deine Augen. Der Meister will dich lebend, mehr nicht.«

Er betonte die Drohung, indem er mir mit einem Messer mit gekrümmter Klinge an meinen Kiefer tippte. Am liebsten hätte ich mich losgerissen und ihn gepackt, doch was, wenn er sich nicht dort befand, wo ich ihn vermutete? Was dann?

Die Zauberer setzten ihren Sprechgesang fort, und das Messer schnitt weiter in Tatyanas Haut, bis das Rot die Blässe ihrer Haut überwog. Ihr Blick begegnete dem meinen, als sich der Zauberer hinkniete, um seine Zeichen auch in ihre Beine zu schneiden, und ich spürte, wie Tatyana gegen meinen Geist drückte. Es erfolgte unkontrolliert, und ich bezweifelte, ob sie überhaupt wusste, was oder ob sie es tat. Aber es war unbestreitbar sie.

Ich erkannte das Echo meiner Hexenkunst darin und spürte das Phantombrennen der Schnitte des Zauberers auf der eigenen Haut. Allerdings konnte ich Tatyana weder Hilfe noch Trost bieten, solange dieser vermaledeite Bann meine Hexenkunst in Fesseln legte.

Ihr Geist bäumte sich an meinem auf und schrie. Ich konnte fühlen, wie sich die Magie der Beschwörer pulsierend den Weg in sie bahnte, so kalt, dass es schlimmer brannte als die Runen, die ihr in die Haut geschnitten wurden. Ebenso konnte ich spüren, wie die Macht, die sich in Tatyana ergoss, aus den blutigen Schnitten aufstrahlte, und, schlimmer noch, ich konnte spüren, wie etwas Großes und Schreckliches auf das Licht reagierte. Etwas, das einen unstillbaren Hunger ausstrahlte; eine so elementare Urgewalt, dass sogar Tatyana ohne jegliche magische Fähigkeiten ihre Absicht wahrnehmen und deuten konnte: *verschlingen und vernichten.*

Die Zauberer hatten das spinnenähnliche Monster erschaffen, das mich besiegt hatte, und nun wollten sie ein weiteres ins Leben rufen. Tatyana hatte die Geburt jener Kreatur mitangesehen, und das Grauen dieses Wissens stand kurz davor, ihr den Geist zu brechen.

Vor mir richtete sich der Zauberer mit dem Messer auf und trat zurück, als wolle er sein Werk bewundern, dann gab er vier der anderen ein Zeichen. Schweigend setzten sie sich in Bewegung und senkten den Tisch. Ich erhaschte einen letzten Blick auf Tatyanas von Grauen erfüllter Miene, bevor sie weggetragen wurde. Hin zu der Urgewalt.

»Schade, dass du zu schwer bist, um dich zu bewegen.« Andros' Stimme kam mir nach dem gesäuselten Sprechgesang laut und rau vor. »Ich hätte dich ihre Wiedergeburt nur zu gern bezeugen lassen, aber andererseits siehst du sie ja bald in ihrer neuen Pracht. Zauberer geben die besten Anker ab, da sollte sich eine natürliche Hexerin wie sie geradezu bemerkenswert gut eignen.« Er klopfte mir auf die Brust, als er losging, um selbst zuzusehen. »Erinnere mich daran, dir dafür zu danken, dass du uns auf sie aufmerksam gemacht hast.«

Ich beobachtete ihn wortlos, während der Gedanke durch meinen Kopf raste, dass sie Tatyana für eine Hexerin hielten. Deshalb wollten sie meine Freundin an das Monster binden, das sie gerade erschufen. Als Seelenanker. Zauberer taugten höchstwahrscheinlich gut zu diesem Zweck, weil sie auf die Liedlinien eingestimmt waren und ihr Leib die an- und abschwellenden Strömungen der Macht kannte, die damit einhergingen. Nur war Tatyana natürlich keine Hexerin. *Ich* war ein Hexer, und ich war mit ihr verbunden. Und jene Leitung stand offen, wie Tatyana bereits durch die unbeholfene Übertragung ihrer Angst bewiesen hatte.

Wenn mich ihr Grauen und ihr Schmerz erreichen konnten, dann bestimmt auch alles andere, was man ihr auferlegte. Wenn das stimmte, und davon war ich so gut wie überzeugt, dann durfte ich nicht länger warten.

Sobald sich Andros außer Hörweite befand, fing ich an, die Nägel aus dem Tisch zu ziehen. Der Sprechgesang und der Lärm von den anderen Gefangenen tarnten das Quietschen, als das Holz seinen Halt an dem Eisen aufgab. Mit einem angestrengten Grunzen und ein paar weiteren Tropfen meines Bluts gelang es mir letztlich, mein Handgelenk zu befreien. Danach wurde es einfacher, wenn auch nicht weniger schmerzhaft. Als schließlich einer der Zauberer bemerkte, was ich trieb, saß ich bereits aufrecht auf dem Tisch und entfernte die dicken Riemen von meinen Beinen.

Mir war bewusst, dass er auf mich zeigte, doch nun, da ich mich umsehen konnte, war meine Aufmerksamkeit größtenteils von der Abscheulichkeit gefesselt, die in der gegenüberliegenden Ecke der Höhle an einer Reihe von Plattformen hing. Vier dicke, bleiche Fortsätze erstreckten sich von einem länglichen Körper, der überwiegend aus nassen Knochen zu bestehen schien. Das Grauen des Anblicks wurde nur noch von der Erkenntnis übertroffen, dass etliche der zu dieser pulsierenden Masse verschmolzenen Menschen irgendwie noch lebten.

Schwere Schritte ließen mich meinen Blick davon lösen, und ich sah, dass die Wiedergänger auf mich zustapften. Ihre Rüstungen klapperten und klirrten. Da meine Hexenkunst nach wie vor nicht auf meinen Ruf antwortete, hatte ich damit gerechnet, dass mich die Beschwörer mit Zaubern bombardieren würden. Aber noch während mir der Gedanke durch den Kopf ging, spürte ich an der Haut, warum sie es nicht taten. Die Kammer besaß eine wunderbare Akustik. Das war eindeutig auch den Zauberern klar, und alles, was sie taten, richteten sie sorgsam darauf aus, diesen Umstand zu nützen und die Wirkung ihrer Arbeit zu verstärken. Der anschwellende Zauber hatte sogar die Heerscharen der Seelen vertrieben, weil er die Lebensenergie verschleierte, nach der sie trachteten.

Die Beschwörer würden während des laufenden Rituals, das ihnen offenbar unheimlich wichtig war, keinen weiteren Zauber riskieren. Der Größe des von ihnen erschaffenen Ungeheuers nach musste es lange gedauert haben, die Opfer, aus denen sich der Körper zusammensetzte, miteinander zu verschmelzen. Mindestens Wochen.

Das war ja an sich alles sehr ermutigend und hilfreich, nur sah ich mich im Augenblick zwei ziemlich mächtigen und dick gepanzerten Wiedergängern gegenüber und hatte ihnen nichts außer einer zu weiten Hose und mehreren nach wie vor blutenden Löchern in meiner Seite entgegenzusetzen.

Andererseits war ich immer noch ein Drache, kein überforderter Bauernlümmel. Ich fuhr meine wahren Zähne aus dem Gaumen. Die nadelspitzen Fresswerkzeuge erfüllten meinen Mund dabei mit dem Geschmack meines eigenen Blutes. Ich warf den Zauberern ein rotes Lächeln zu, während ich als Nächstes meine ebenholzschwarzen Krallen auf ihre volle Länge herausgleiten ließ, wodurch sich die Reichweite meiner Arme auf das Anderthalbfache erhöhte.

Die Wiedergänger beeindruckte ich damit nicht. Sie verlangsamten ihren Vormarsch nicht mal. Stattdessen brachten sie ihre Keulen mit der Geschwindigkeit von Tatyanas Schwert in Anschlag, was ich ihnen angesichts ihrer Masse nicht zugetraut hätte. Ich spürte, wie einige meiner Wunden wieder aufbrachen, als ich jäh zurücksprang.

Ich ließ den rechten Arm auf den ersten von ihnen zuschnellen, spürte jedoch, wie die Spitzen der Krallen klappernd von der Panzerung abprallten, die seinen Hals schützte. Schon schlug er mit einem Schild zu, von dem ich nicht gedacht hatte, dass er ihn zum Einsatz bringen würde. Ebenso sehr überraschte mich der Schmerz, als der Dorn in der Mitte eine frische Wunde quer über meine Hüfte schlitzte. Unwillkürlich taumelte ich rücklings – mitten hinein in den Streich der Keule des zweiten Wiedergängers. Ich konnte einen spitzen Aufschrei nicht unterdrücken, als mich das Metall seitlich am Kopf traf und die Welt weiß erstrahlen ließ.

Als ich auf dem Boden aufschlug, flammten die Qualen der Wunden in meiner Flanke von Neuem auf. Ich warf mich zur Seite und rollte mich verzweifelt weg, um dem auszuweichen, was, wie ich wusste, folgen würde. Eine Keule sauste dort auf den Steinboden nieder, wo sich einen Lidschlag davor mein Kopf befunden hatte, und ich schwang einen Arm nach hinten. Ich bekam zwar die Krallen nicht in den richtigen Winkel, um sie in irgendetwas zu bohren, dafür kriegte ich einen Arm zu fassen, trat mit den mächtigen Muskeln meiner Beine nach hinten aus und zog den gepanzerten Untoten aus dem Gleichgewicht. Schwerfällig fiel er und behinderte den nächsten Streich des anderen. Ich nutzte die Gelegenheit und rammte eine Kralle ins Visier des Gefallenen, legte mein gesamtes Gewicht dahinter, bis ich spürte, wie die Spitze den Felsboden unter ihm berührte, bevor ich sie wieder herausdrehte.

Ich war noch dabei, mich aufzurappeln, als die Zauber, die den Untoten banden, verheerend versagten und sich in einem violett-weißen Blitz entluden, der seinen Helm und den Schädel darunter in Tausende umherspritzende Splitter verwandelte. Das brachte den anderen Wiedergänger ins Wanken. Ich unterstützte das, indem ich mich ihm entgegenschleuderte und eine Kralle durch eines seiner ungepanzerten Knie stieß. Gegen Schmerz und Angst mochte er gefeit sein, aber die Funktionsweise seines Körpers war immer noch menschlich. Im Fallen traf er mich mit einem schwachen Hieb der Keule. Ich stampfte auf seinen Arm und entriss ihm die Waffe.

Er starrte mich mit eiähnlichen Augen an, als ich mit der Keule ausholte, sie niedersausen ließ und den Abklatsch von Leben beendete, der ihn beseelte. Vorgewarnt von vorhin wich ich schnell zurück, bevor sein Schädel auf ähnliche Weise explodierte.

Andros und die zwei nicht in das Ritual eingebundenen Zauberer rückten nun gegen mich vor. Sie sahen alles andere als glücklich aus. Was mich trotz des frisch fließenden Blutes, das mich wie eine zweite Haut bedeckte, breit zum Grinsen brachte.

»Zeit zu sterben«, rief ich. Meine Raubtierzähne verpassten den Worten ein unerwünschtes Lispeln.

Ihr Vormarsch geriet ins Stocken, als ich mich meinerseits auf sie zu in Bewegung setzte, die von Körperflüssigkeiten überzogene Keule mit beidhändigem Griff umklammernd.

Die Zauberer standen kurz davor, die Flucht zu ergreifen, als die dunkle Magie, die das Monster umgab, aufflammte und durch die Höhle brandete. Das damit einhergehende Geräusch brachte meine Zähne zum Klappern, als sich die Energie zu einem silbrig schimmernden Netz verästelte. Für einen Moment hing es in der Luft, und ich hoffte noch, es würde sich als Vorläufer des eigentlichen Zaubers erweisen. Dann jedoch verschmolzen die einzelnen Ranken zu einem dickeren Strang, der sich auf die mittlerweile schreiende Tatyana zuwölbte.

Sie zuckte wild, als sich eine Energie in sie ergoss, die sie unmöglich zu bändigen vermochte. Ich hatte ihren Namen auf den Lippen, als sich die Kraft steigerte, aus ihr hervorschoss und entlang des goldenen Fadens der Hexenkunst, der uns miteinander verband, auf mich zuraste.

KAPITEL SIEBENUNDZWANZIG

Die Magie umhüllte mich wie ein eisiges Laken, strömte mir in Mund und Nase wie gefrorenes Flutwasser, bis ich sicher war, ich würde ersticken. Was vielleicht gnädig im Vergleich zu dem sengenden Brennen gewesen wäre, das mir in den Leib fuhr und von meiner eigenen Hexenkunst getragen wurde.

Ich war hilflos, vermochte nicht, es aufzuhalten. Die Keule fiel mir vergessen aus den Händen, als unzählige verwirrte, von Grauen durchdrungene Seelen in meinem Geist zerbarsten und vor Wahnsinn heulten und brüllten, als die Magie der Totenbeschwörer sie auflöste. *Uns.*

Das war die Absicht. Sie nahmen all diese Leben und verschmolzen sie zu einem einzigen. Die individuellen Willen wurden zu einem neuen Ganzen zusammengefasst, bis sich die Bestandteile nicht mehr voneinander unterschieden. Die Absicht dieser verkommenen Magie pulsierte durch mich hindurch. Das misstönende Kreischen, das damit einherging, wirkte wie eine Klinge, die meinen Geist vom Körper trennen sollte.

Aber es schwang eine falsche Note darin mit. Die sorgfältig berechneten Kreise und Geometrien der Totenbeschwörer waren nicht auf mich ausgelegt, außerdem hatten sie mein Fleisch nicht mit Runen darauf vorbereitet, den Zauber zu lenken und zu verstärken. *Tatyana* war als Gefäß für diesen brabbelnden Massenverstand vorgesehen gewesen, nicht ich. Wie ein loser Kiesel, der einen Erdrutsch in Bewegung setzt, brachte dieser kleine Makel das Gefüge ihres Zaubers ins Wanken.

Magie, auch diese abscheuliche Abart, bestand aus einem steten Strom von Energie, der Zauber leitete, und plötzlich floss durch Teile ihres Zaubers weit mehr Energie, als sie je zu bändigen beabsichtigt hatten. Die kleineren, einander ergänzenden Bestandteile versagten zuerst. Der Schwall der Energie sprengte die ordentlichen, von den Zauberern vorgesehenen Kanäle und suchte sich den nächstbesten Weg des geringsten Widerstands. Der Strom steigerte sich rasch, und als er sich mit dem Bann vereinte, mit dem sie mich belegt hatten, um meine Hexenkunst zu lähmen, gab es kein Halten mehr.

Ich spürte, wie der Strom stockte und auf neue, unangenehme Weise zu vibrieren begann. Auch das Gefüge des Zaubers, der mich hemmte, brach in sich zusammen und versagte unkontrolliert. Ich spürte, wie meine Hexenkunst durch die Überreste des Banns brach. Allerdings währte die Freude über die Wiedervereinigung denkbar kurz. Das Versagen brachte nämlich das Fass für die bereits unstete Masse der Energie zum Überlaufen, und mit einem schrillen Laut explodierte der Zauber der Totenbeschwörer sowohl in mir als auch um mich herum.

Scherben ihrer Magie fuhren sauberer als die schärfsten Klingen in mich und entluden ihre verdorbene, unvollständige Wirkung in meinem Fleisch. Ich spürte, wie ich rückwärtssegelte, nicht jedoch, wie mein Körper gegen den Tisch prallte. Die Magie sengte sich durch mich hindurch. Die geborstenen Splitter bargen immer noch die Absicht, Geist und Körper voneinander zu trennen, allerdings auf eine Weise, wie sie nie vorgesehen war.

Der Zauber war schlichtweg nicht für meinen Körper gedacht gewesen. Die Scherben schnitten auch in die Banne, die mich an diese Gestalt banden und die bereits von all den Jahren beschädigt waren, in denen Zauberer und Priester an mir experimentiert hatten. Es fühlte sich an, als würden von der Esse noch rotglühende Nägel aus Eisen in mich getrieben, die sich nun mit jedem Atemzug tiefer bohrten.

Die Liedlinien erzitterten um mich herum. Rohe Energie blitzte durch eisblaue Flammen, die mich bereits vom Scheitel bis zur Sohle umhüllten, und ließen sie noch greller gleißen, bis ich von der Welt hinter ihnen keine Spur mehr wahrnahm.

Und die ganze Zeit bohrten sich jene rotglühenden Nägel tiefer und tiefer, schmolzen die in meinem Innersten verankerten, alten und angeknacksten Banne. Ich kämpfte dagegen an, war jedoch zu schwach und kam zu spät. Angst breitete sich in mir aus, als ich spürte, wie die alten Banne reagierten. Jede noch so geringe Schwankung würde sich auf den Leib auswirken, an den sie gebunden waren, und sie wurden förmlich in Stücke gerissen und verzerrt.

Die Angst wurde von Schmerz verdrängt, als die sich entladenden Bruchstücke eine Ereignisabfolge auslösten, durch die sich mein Fleisch wie Wasser verflüssigte und sich meine Knochen verbogen wie junge Bäume in einem heftigen Sturm.

Ein widernatürlich schriller Laut drang in mein Bewusstsein, und erst, als ich Luft holen musste, erkannte ich, dass er von mir selbst ausging. Ich wand mich auf dem Boden, als sich die mächtigen Muskeln meiner Beine verformten, und mein Schrei endete letztlich, als sich die flackernden Energien um meine Kehle schlossen. Ich schnappte nach Luft, doch sie fand keinen Weg mehr in meine Lunge. Wirkungslos krallte ich an meinem Hals und meiner Brust herum, bis das sengende Verlangen, zu atmen, einer gestaltlosen Finsternis wich.

KAPITEL ACHTUNDZWANZIG

Die durchgehende Schwärze, in die ich gefallen war, wich letztlich bloßer Dunkelheit. Deren Ränder wurden vom Schimmer so unergründlich weit entfernter Sterne aufgeweicht, dass ihr silbriges Licht immer noch nicht die Stelle erreicht hatte, an der ich hing, endlich befreit von Schmerz und Zorn. Das fühlte sich beruhigend an, vermittelte ein Gefühl von Sicherheit. Vielleicht fiel ich ja in Wirklichkeit auf diese entfernten Sterne zu; eine Reise, die tausend Jahre oder mehr oder gar meine gesamte Lebenszeit dauern würde, doch das war an diesem Ort ohne Bedeutung. Ich war frei.

Als ich meine Flügel ausstrecken wollte, spürte ich ein Ziehen, das quer über meinen Rücken lief. Das Fehlen von jeglichen sonstigen Körperempfindungen verstärkte dies Gefühl noch.

Ich blickte über die Schulter zurück und sah einen leuchtenden Faden, der sich von mir nach hinten in die Dunkelheit erstreckte. Wieder spannte er sich, als wäre er an etwas in mir geknüpft, und mit dem Ziehen flackerte in meinem Geist eine Erinnerung an alte Qualen auf. Es gelang mir, den Faden zu fassen zu bekommen, und ich benutzte ihn, um mich umzudrehen. Sein Leuchten wirkte matt. An manchen Stellen verblassten die kräftigen Rot- und Goldtöne zu Grau wie abkühlendes Eisen. Der Faden erstreckte sich weg von mir, dünn wie ein Haar und straff gespannt wie eine Bogensehne, mitten hinein in das Herz der tiefsten Finsternis. Er schimmerte, als ich ihn berührte, und eine einzelne Note ertönte inmitten der Stille. Das bloße Bruchstück eines Geräuschs, das die Leere um mich herum ausfüllte.

Ich schaute über die Schulter zurück zum sanften Schein der war-

tenden Sterne, aber mit den Händen an dem Faden kam mir ihr Licht plötzlich kalt und unerreichbar weit entfernt vor.

Eine ungewisse Zeit lang schwebte ich in der Dunkelheit, bis ich letztlich begann, den Faden mit den Händen einzuholen und mich zurück in Richtung der Finsternis zu ziehen.

Es ließ sich nicht abschätzen, wie lange es dauerte, aber sie wurde größer und größer, bis sie mich schließlich geradezu gierig verschlang. Ich fiel wieder, diesmal in Richtung der Grau- und Silbertöne von Winterwolken. Mein Körper verfestigte sich. Tausende Empfindungen setzten ein, die meinen Verstand alle gleichzeitig bestürmten. Tief vergrabene Erinnerungen stiegen aus meinem Gedächtnis auf, als ich darum kämpfte, zurück zu einem Gleichgewicht zu finden. Der Widerstand der dünnen Winterluft zerrte schmerzhaft an meinen ausgestreckten Schwingen, doch letztlich wurde der Horizont wieder zur altbekannten waagerechten Linie.

Gedanken an die fernen Sterne verblassten, wurden abgelöst vom Wissen, dass ich nach Hause flog, zurück nach Draksgard, beladen mit Nahrung für den Winter. Mittlerweile wehte ein frostiger Wind aus Norden mit einer schneidenden Kälte, die ich nur allzu deutlich in meinem heißen Blut spürte. Die meisten Herden würden die Täler bereits verlassen haben, würden auf der Suche nach Sonne und Gras, das nicht für den Rest des Jahres von Eis verhüllt wäre, nach Süden gewandert sein. Wir waren selbst Geschöpfe der Sonne und des Feuers, aber wir kannten unseren Platz im großen Zyklus, und der Winter besaß durchaus seine eigenen Reize. Er war eine Zeit der Lieder und der Geschichten, des Schlafes und der Erneuerung.

Das Walfleisch, das ich in den weitläufigen Buchten im Süden und Westen erbeutet hatte, würde uns durch die bevorstehenden Monate bringen. Die Jagd war harte Arbeit gewesen, und vielleicht hätte es auch andere Möglichkeiten gegeben, unsere Vorratskammer zu füllen. Doch ich mochte den Geschmack, vor allem von jenen, die ich einige Tage lang auf den Salzebenen hatte reifen lassen. Allein beim Gedanken daran lief mir das Wasser im Mund zusammen, und ich musste mich zwingen, nicht an das würzig-saftige Fleisch zu denken, das ich in den Armen trug.

Allmählich veränderte sich die Landschaft unter mir. Die Savannen wichen Wäldern und Flüssen, während mich jeder Schlag meiner müden Schwingen dem Zuhause näher brachte. Der Gedanke an das Wiedersehen mit Anakhara verlieh ihnen neue Kraft, und ich gewann ein wenig von der Höhe zurück, die ich während meiner Tagträume verloren hatte.

Nach einer gefühlten Ewigkeit sah ich, wie Draksgard am Horizont Gestalt annahm. Wirbelnde, weiße Wolken verhüllten den feurigen Gipfel. Ich blickte zur Sonne, hielt im gleißenden Licht Ausschau nach den Umrissen meiner Liebsten. Sie besaß schärfere Augen als ich, und sie liebte es, auf mich herabzustürzen wie ein Falke, der eine Taube überrumpelt. Die Vorfreude wuchs, dann ließ sie nach, als ich mich dem Berg näherte und der Himmel leer blieb. Vielleicht folgte sie einer Herde, die zu spät aufgebrochen war, und arbeitete daran, unsere Vorräte zu ergänzen. Es würde ein schöner Winter werden.

Ich war zu sehr darauf bedacht, das Walfleisch festzuhalten, als ich den Flug zur Vorbereitung auf die Landung verlangsamte, sonst wäre mir die Stille aufgefallen. Ebenso entging mir zunächst der Geruch des Bluts, das den Boden am Eingang zum Berg durchtränkte.

Ich kündigte mich mit einem Gebrüll an, das durch die Täler dröhnte. Das musste sie gehört haben. Als der Widerhall verklang, roch ich letztlich das Blut. Und als ich erkannte, worum es sich handelte, durchzuckte mich eine sengende Hitze. Drachenblut. Ihr Blut, vermischt mit dem Eisen und Salz der Menschheit.

Meine Müdigkeit fiel von mir ab wie alte Haut, und meine Hexenkunst beförderte mich beinah ohne bewusstes Zutun zurück in den Himmel. Wieder und wieder brüllte ich ihren Namen, jedes Mal lauter als zuvor, brachte mit meinen Rufen die im Tal verbliebenen Lebewesen um den Verstand.

Die ersten Schuppen entdeckte ich auf einer Lichtung in der Nähe der entfernten Engstelle des Tals. Die goldenen Scheiben wirkten stumpf und lagen verkeilt inmitten einer Ansammlung von Steinen. Der Geruch von Blut und entladener Magie verdichtete sich. Das Gestein war in langen Streifen versengt und geschwärzt. Spuren ihrer Flammen. Ich landete zwischen blutfleckigen Felsbrocken und zwang meine sich überschlagenden Gedanken, sich zu beruhigen, als ich zu verarbeiten versuchte, was mir die Spuren und das Blut verrieten.

Die flachen Gräber, die bereits von Schakalen geplündert wurden, verrieten mir, dass Menschen die Hand im Spiel gehabt hatten. Ich konnte nicht begreifen, wie sie, die sie bis vor Kurzem noch verängstigte Höhlenbewohner gewesen waren, etwas Derartiges zu tun vermochten. Noch schlimmer jedoch war die Erkenntnis, dass Anakhara nicht überlebt haben konnte. Nicht, wenn diese Menschen noch atmeten und in der Lage gewesen waren, ihre Toten zu begraben. Sie hätte sie nicht weiterleben lassen, nicht, nachdem sie ihr Blut vergossen hatten.

In den folgenden Stunden stolperte ich den Hang des Berges entlang. Blutiger Schlamm verschmierte meine Haut, während meine Gedanken in einem wachsenden Inferno aus Wut und Kummer aufgingen. Ich würde sie nach Hause holen, während die Welt der Menschen brannte und sich ihre Flüsse rot verfärbten. Ich würde ihre Städte einreißen und in Geröllhaufen verwandeln!

Du hast ihren Leichnam nie gefunden.

Die Stimme, die durch das Tal dröhnte, gehörte nicht mir. Unstet kam ich zum Stehen, als die Felswände des Tals um mich herum waberten und sich die noch stehenden Bäume neigten, als hätte ein heftiger Sturmwind sie erfasst. Ich konnte sehen, wie Teile davon abblätterten und sich in Nichts auflösten. Als die Raserei in meiner Brust ins Stocken geriet, schüttelte ich den Kopf. Die Ränder dessen, was ich vor mir sah, wurden wie Sand verweht, und da erkannte ich, dass all das nicht echt war. Es handelte sich um eine Erinnerung.

Nur hatte es sich nicht so zugetragen. Das Walfleisch, das Blut, die flachen, mit geschwärzten Kadavern und Metall gefüllten Gräber – sie waren echt gewesen. Aber das nicht.

Du hast ihren Leichnam nie gefunden.

Diesmal ertönte die Stimme als dicht an meinem Ohr gehauchtes Flüstern. Ich wirbelte herum, sah jedoch auf dem aufgewühlten Boden nur einen straff gespannten, goldenen Faden, der sich in eine nahe Höhle erstreckte. Ich hieb mit den Krallen darauf ein, aber er wollte sich nicht durchtrennen lassen.

Das Tal waberte in Einklang mit den Schwingungen des Fadens um mich herum. Größere Teile des Hangs lösten sich und kullerten auf mich zu, während die Farben der Welt schimmerten und ineinander verliefen, von den Hängen abflossen wie vom Regen weggespülte Asche.

Ich spürte, wie mich der Faden zu der Höhle zog, und ich wusste, dass mich darin nur Schmerz und Kummer erwarteten, vor denen es kein Entkommen gab. Trotzig brüllte ich und krallte die Klauen in den blutigen Boden, aber auch der löste sich bei meiner Berührung auf. Ich schrie, als die letzten Reste abblätterten und mich der Faden in die Höhle zerrte. Es folgte ein Erdrutsch blutigen Gerölls, der meine Schreie erstickte.

*

Blut. Den Geruch nahm ich als Erstes wahr, oder zumindest die Erkenntnis, dass ich etwas riechen konnte. Ich hatte es auch zähflüssig und bitter im Mund, doch meine Zunge war zu sehr geschwollen, um es auszuspucken. Durch die Nasenlöcher prustete ich Schlamm und Schlimmeres aus. Dann sog ich mir die Lunge mit der feuchten, nach Matsch schmeckenden Luft voll, bis meine Gedanken nicht mehr so benebelt und fern waren.

Mein Körper fühlte sich falsch an. *Zerbrochen.* Ich hörte

Knochen klicken und knirschen, als ich erst einen Arm bewegte, dann den nächsten, um mir Erde und Kiesel aus dem Gesicht zu wischen. Ich drehte den Kopf, was eine Abfolge knorpeliger Geräusche nach sich zog, und spuckte Dreck und Blut aus. Meine Herzen stockten und überschlugen sich, bevor sie langsam wieder zu einem Gleichtakt fanden.

Ich lag da und atmete einfach nur, während die zerbrochenen Erinnerungen an die Ereignisse versuchten, sich wieder zu einem Ganzen zusammenzufügen.

Ich erinnerte mich an Sterne, an das blutige Tal, in dem Anakhara gestorben war, und an einen goldenen Faden. Aber die Bilder waren völlig durcheinander, verworren wie ein Traum nach jähem Erwachen. Was kam zuerst, und wo befand ich mich? War ich wach oder steckte ich in einem neuen Albtraum fest? Es roch und schmeckte zu faulig, um unecht zu sein. Die Dunkelheit war das Erste gewesen, daran erinnerte ich mich, und mit jener Erinnerung kehrte zurück, was ich noch vom Zauber der Totenbeschwörer wusste.

Die Bilder in meinem Kopf wandelten sich, ihre rauen Kanten verschmolzen zu einem neuen Ganzen. Die Magie war in sich zusammengefallen. Der Zweck, die Absicht, Geist und Leib voneinander zu trennen, war auf die so tief in meinem Fleisch verankerten Banne geprallt, die sich ein Gefecht mit ihnen geliefert hatten. Phantomschmerzen blitzten bei der Erinnerung durch meinen Körper, und ich musste an das erste Mal zurückdenken, als ich meinen Leib umgeformt hatte.

Und wie damals war auch diesmal etwas entsetzlich schiefgegangen. Obwohl ich regungslos auf dem Boden lag, konnte ich die Veränderungen im Druck auf meinen Rücken spüren, im unvertrauten Spiel der Muskeln, als ich einen Arm und ein Bein zu bewegen versuchte. Weitere Erde und Kiesel fielen mir ins Gesicht, brachten mich zum Husten und zum Prusten, als sie mir die Atemwege versperrten. Warum lag ich halb unter

Felsbrocken vergraben in Schutt, der nach menschlichem Blut roch?

Die Höhle musste durch den außer Rand und Band geratenen Druck der Magie der Totenbeschwörer eingestürzt sein und mich verschüttet haben. Meine Flanke drückte sich in den Tisch, gegen den ich geschleudert worden war – im Nachhinein ein dringend benötigter Glücksfall, da er mich davor bewahrt hatte, auf Anhieb erschlagen oder erstickt zu werden.

Allerdings änderte das nichts daran, dass ich lebendig begraben lag und die Luft um mich herum allmählich knapp wurde. Bald würde ich danach schnappen, meine Lunge würde mit stetig wachsender, aber hoffnungsloser Verzweiflung nach ihr verlangen. Sofern meine kleine, geschützte Blase inmitten der Trümmer nicht schon davor in sich zusammenfiele, sodass erdiger Geschmack mir Mund und Nase füllte und sich Würmer anschlichen, um von meinem erkaltenden Fleisch zu kosten. Dieses Loch würde zu meinem Grab werden. Ich würde hier auf ewig verrotten, vergessen, allein. Ich würde meine Liebste niemals finden und nach Hause bringen.

Ich werde Anakhara niemals finden!

Der Gedanke brannte sich durch meinen umwölkten Verstand und brachte meine Glieder zum Zittern und zum Zucken, als Leben in sie zurückkehrte. Ich war über siebenhundert Jahre lang vergessen und allein gewesen und hatte vor langer Zeit aufgehört, mich darum zu kümmern, ob jemand um mich trauern mochte. Aber ich hatte mir bei ihrem und meinem Blut geschworen, dass ich nicht eher ruhen würde, bis ich sie gefunden und nach Hause gebracht hätte. Dann – und erst dann – konnten die Würmer ihren Festschmaus haben.

Ich spuckte Erde aus und bleckte die Zähne, als ich die Wut schürte, die der Gedanke entfacht hatte. Ich ließ mich von der Kraft erfüllen, die mir der Zorn verlieh, bis Angst und Erschöpfung ihren Halt an mir verloren. Dann stemmte ich die

Schulter gegen den steinigen Boden unter mir und drückte. Auf mir lastete eine Mischung aus Erdreich und Felsbrocken. Doch es waren keine riesigen Platten, und ich hatte noch kaum angefangen, die Geburtsstunde der Menschheit zu verwünschen, als ich spürte, wie sie nachzugeben begann. Ich knurrte vor Anstrengung, nahm kaum wahr, dass meine Drachenzähne ohne mein bewusstes Zutun ausgefahren waren und sich in meine nach wie vor menschlichen Lippen gebohrt hatten. Ich drückte und drückte, bis ich über mir das Rumoren von Stein hörte.

Wut hin, Wut her – ich wusste, dass meine Kraft endlich war, also tastete ich ohne große Hoffnung nach meiner Hexenkunst. Mein Knurren schlug in Triumphgeheul um, als ich spürte, wie die Liedlinien auf mich ansprachen. Die Strömungen stotterten einige Herzschläge lang, bis sich die letzten Reste des Banns der Zauberer verflüchtigten und die Energie in mich fließen konnte.

Ich genehmigte mir einen Augenblick, um das Gefühl zu genießen, dann entsandte ich feine Ranken geformter Energie in die Ritzen um mich herum und ließ sie zunächst im Takt mit meinem Herzschlag pulsieren. Jedes Anschwellen weitete die Lücken und Hohlräume zwischen den schwereren Trümmern um Winzigkeiten. Ich führte den Ranken mehr Macht zu, bis sie zu Schnüren und schließlich zu Strängen wurden, die schneller vibrierten, als es meine Augen mitverfolgen konnten. Die Schwingungen breiteten sich aus, bis die verdichtete Erde um mich herum wogte wie die Oberfläche eines äußerst seltsamen Teichs.

Ich spürte, wie sich der mich umgebende Druck verlagerte, und nahm mir Zeit, meinen Willen zu bündeln. Dann verzehnfachten sich die Schwingungen. Der Zusammenhalt der Trümmer begann zu brechen, die Spannung zwischen den Felsbrocken, den Steinen und dem Erdreich ging verloren. Schließlich entfesselte ich einen stärkeren, aufwärtsgerichteten

Energiestoß und sprengte mit einem aufspritzenden Geysir aus losem Geröll einen kegelförmigen Krater um mich herum frei, der von knisternden Ranken meiner geballten Hexenkunst erhellt wurde.

Ich stand in dem neu geschaffenen Hohlraum auf und streckte Glieder, die nicht mehr glatt und wohlgeformt wie schwarzer Marmor waren. Der Zusammenbruch des Zaubers der Totenbeschwörer hatte mir zugesetzt wie eine schreckliche Säure. Blasen und Risse überzogen meine Haut, wo sie sich gedehnt und zu neuen Anordnungen zusammengefügt hatte, als wäre ich eine Wachsfigur, die man zu nah an einem Feuer abgestellt hatte. Die Muskeln meines rechten Beins waren verkümmert. Die Haut darüber sah wie Baumrinde aus, und der Umfang des Oberschenkels war geringer als der eines menschlichen Arms.

Am bedenklichsten jedoch fand ich das Ziehen in meinem Rücken. Es fühlte sich an, als wären mir zwei riesige Messer hineingerammt worden, eines hinter jede Schulter, und sie zwangen mich, wie ein Tattergreis zu stehen und zu gehen. Ich verrenkte mir den Hals, so gut es ging, konnte jedoch wenig mehr erkennen als eine Ausbuchtung knubbeliger Knochen, über die sich die Haut straff wie über eine Trommel spannte.

Auch in meinem Mund herrschte Chaos. Ich hatte immer zu viele Zähne für diesen kleinen Kopf gehabt, aber nun schienen sie beschlossen zu haben, sich den Mund alle gleichzeitig zu teilen, wodurch sie ihn und meine Lippen zerfetzten und mein Gesicht höchstwahrscheinlich zu einer gehässigen dämonischen Fratze verzerrten. Ich versuchte, sie wie schon öfter zurück in den Schädel zu zwingen, doch kaum ein Drittel rührte sich, und selbst bei denen fühlte sich der Druck, als sie sich zurückzogen, entschieden unangenehm an.

Durch die Magie der Totenbeschwörer war ein Teil des Banns eingebrochen, der mich an diese Gestalt band, und allein die Sterne wussten, was geschehen wäre, wenn der Verwandlungszauber für mich statt für Tatyana gedacht gewesen wäre. Ich probierte meine nunmehr missgebildeten Gliedmaßen aus und zuckte zusammen, als sich neue Wehwehchen und Einschränkungen zeigten. Zumindest lebte ich noch. Ich konnte immer noch vollbringen, was ich mir geschworen hatte, und wenn sich dabei die Gelegenheit ergab, ein paar weitere Menschen zu töten und meine Freundin zu retten, dann umso besser.

Ich rammte die gekrümmten Krallen in die Wand aus Schutt und zog mich aus meinem Beinahe-Grab. Obwohl ich mir dabei linkisch vorkam, spornte mich eine Wut an, die mit jedem verstreichenden Augenblick greller loderte. Ich hatte die Menschheit satt. *Gründlich.*

Ohne allzu große Schwierigkeiten kam ich oben an und zog mir einen losen Zahn aus dem Mund, als ein Zauberer aus der Dunkelheit hervorstolperte. Im rötlichen Licht, das sein Stab abstrahlte, glotzte er mich dümmlich an. Ihm gelang gerade mal ein Schritt rückwärts, bevor ich ihn ansprang. Ich kam mir beinah klein vor, als mein verkümmertes Bein einknickte, aber durch das Zusammenwirken seiner Überraschung und meiner langen Arme ward mir dennoch Erfolg beschieden. Ich bekam eine Handvoll seines Gewands zu fassen und zog ihn zu mir.

Er fuchtelte verzweifelt, als ich zurück in das Loch fiel und ihn mitriss. Als wir krachend auf dem Boden aufschlugen, schnitt er sich bei einem wilden Hieb die Faust an meinen vorstehenden Zähnen auf. Der Geruch seines Blutes entlockte mir ein unwillkürliches Knurren tief in der Brust, und ich spürte Schmerzen, als sich der Rest meiner Zähne schabend den Weg zurück in den Mund bahnte.

Meine Sicht färbte sich rot, als ich über ihn herfiel, so ungestüm, dass es mich einige weitere vorstehende Zähne am Rand des Kiefers kostete. Aber ich hatte ohnehin mehr davon, als ich brauchte, also achtete ich nicht weiter darauf. Der erste Schwall Blut spülte den Geschmack von Erde und Dreck aus meinem Mund und weckte meinen Hunger. Ich labte mich an dem warmen Fleisch und spürte, wie mich eine neue, gesündere Kraft durchströmte. Davor hatte ich meine Hexenkunst ohne anständige Nahrung und Erholung benutzt, und es hatte mir einen hohen Tribut abverlangt.

Ich rollte die Schultern und achtete darauf, wie sich die Bewegung anfühlte. Die Ausbuchtung auf meinem Rücken zog die rechte Schulter zurück, verkürzte die Reichweite dieses Arms und schränkte die Bewegungsfreiheit ein, da stechende Schmerzen meinen Hals entlang nach oben rasten. Zusammen mit dem verkümmerten Bein ergab sich daraus ein merkwürdiger, wogender Gang, als liefe ich auf einer schiefen Ebene. Rennen würde ich in nächster Zeit wohl eher nicht können, doch zum Glück trug das Bein mein Gewicht nach wie vor, wenn ich nicht gerade versuchte herumzuhopsen. Nun, das würde vorerst reichen müssen.

Ich kletterte wieder aus dem Loch, hielt inne, erweckte meine Nachtsicht und schmeckte die Luft, bis ich fand, wonach ich suchte.

KAPITEL NEUNUNDZWANZIG

Bislang war nur die Hälfte der Höhle eingestürzt, doch dem tiefen Rumoren in den Wänden nach vermutete ich, dass sich das demnächst ändern würde. Staub trieb dicht wie Küstennebel durch die Luft, wodurch meine Nachtsicht fast unnütz wurde. Mir blieb nichts anderes übrig, als mich durch die Geröllhaufen zu tasten wie die anderen Überlebenden, die ich in der Umgebung hören konnte. Immerhin hatte ich trotzdem noch den Vorteil des besseren Geruchssinns, und ungeachtet des Staubs und der Einschränkungen, die mir mein menschlicher Schädel auferlegte, gelang es mir, Tatyanas Geruch aufzuschnappen. Sie befand sich am Rand des Steinschlags, war immer noch halb an den Überresten des Tisches festgezurrt.

Als ich mich ihr näherte, stöhnte einer der um sie verstreut liegenden Zauberer und rief um Hilfe. Er verstummte abrupt, als ich über ihm aufragte und das Leuchten meiner Augen allein deshalb aufflammen ließ, weil ich wusste, wie sehr Menschen es fürchteten. Und wie er es fürchtete. Statt eines Flehens um Hilfe ertönte ein wortloses, schrilles Quieken, das gerade mal so lange andauerte, wie ich brauchte, um das heile Bein anzuheben und ihm das Gesicht zu zerstampfen.

Das Quieken hatte aber gereicht, um weiteres Gebrüll anzulocken, und wenig später schossen mehrere Strahlen weißen Lichts durch die Dunkelheit. Der erstickende Staub dämpfte die Helligkeit und verschaffte mir einige kostbare Augenblicke, um mich hinter die gesplitterten Überreste des Tisches zu ducken. Aus meinem Versteck entsandte ich einen kurzen

Energiestoß in die bewusstlose Tatyana, gerade genug, um festzustellen, dass sie keine neuen Verletzungen erlitten hatte, abgesehen von der seelischen Erschütterung, weil sie dem so nahegekommen war, was die Totenbeschwörer mit ihr vorgehabt hatten. Etwas Derartiges ließ sich nicht leicht vergessen, und sofern sie überlebte, was als Nächstes bevorstand, würde Schlaf vermutlich das beste Heilmittel dagegen sein.

Die drei Lichtstrahlen richteten sich auf den Tisch, und ich hörte von links Andros' Stimme rufen. Er wies die anderen an, Tatyana zu sichern. Es freute mich, dass er noch lebte, denn so gefährlich er sein mochte, *ich* wollte derjenige sein, der das Leben aus ihm herausriss.

Der Erste der Zauberer nahm hinter dem Licht Gestalt an, und ich verlagerte das heile Bein unter mir, stemmte den Fuß gegen den Boden. Ich hörte seine Atmung und das Rasen seines Herzens, als er sich in Reichweite bewegte. Ich bot ihm weder ein Knurren noch Gebrüll als Vorwarnung, als ich mich aus der Deckung erhob und eine schwarze Kralle vorschnellen ließ wie die Lanze eines Paladins.

Er öffnete den Mund, wahrscheinlich für einen Schrei. Aber was immer er an Lauten von sich geben wollte, wurde von der armlangen Kralle abgeschnitten, die ihm die Zähne in den Rachen rammte, bevor sie durch seinen Hinterkopf austrat. Nach einer flinken Drehung als Abschluss befand sich mein Arm bereits wieder an meiner Seite, als sein Körper auf dem Boden aufschlug.

Gleich darauf traf mich ein Schlag. Etwas explodierte mit einem Donnerknall an meiner Seite und schleuderte mich über das Geröll. Der Atem wurde mir aus der Lunge gepresst, Flammen züngelten über meine Haut. Ich erkannte das Gefühl von Andros' Magie wieder. Er wusste, wo ich mich befand, und hatte nur darauf gewartet, dass ich mich zeigte.

»Ich sehe ihn!« Durch die Aufregung klang die Stimme des

zweiten Zauberers weiblich, was sich jedoch nicht auf seine Magie auswirkte. Ich konnte nur den Körper anspannen und mich für den Treffer wappnen, als sein Stab mit einem scharlachroten Licht erstrahlte. Der Zauber erfasste mich klatschend und fühlte sich beinah nass an, bevor er in Flammen aufging.

Ich hoffte, dass er über das Tosen mein Gelächter hören konnte. Es handelte sich nämlich nicht um Magierfeuer, sondern um die Art, nach der mein Körper geradezu lechzte. Gierig sog ich die Magie ein und rappelte mich auf die Beine, als die letzten Reste in meine Haut sanken. Andros schalt ihn gerade tobend einen Trottel, was bedeutete, dass er im Augenblick keine Magie wirkte. Ich ballte meine Hexenkunst und zahlte es meinem Angreifer heim; mit mehr Energie, als eigentlich nötig gewesen wäre. Der Treffer fegte das Fleisch in einem Wirbel aus Wind und Feuer von dem Zauberer. Er krachte als von den Knien aufwärts geschwärztes Skelett zu Boden.

Ich erfreute mich mehr an dem Anblick, als ich sollte, wofür ich sogleich bestraft wurde, indem mich ein weiterer Zauber von Andros erfasste. Diesmal schleuderte er mich gegen eine der behauenen Säulen. Schmerz zuckte durch meine entstellten Schultern, als der neu gebildete Knochen am Rücken gegen den unnachgiebigen Fels prallte.

»Wo ist deine vielgerühmte Stärke jetzt, Bestie?«, fragte er. Die Worte gingen im surrenden Widerhall des Zaubers und im Rumoren der Decke über uns beinah unter.

Ich schnippte ihm eine Energiescherbe entgegen, dünn wie eine Klinge und schneller als ein Pfeil, aber er zuckte kaum mit der Wimper, als seine erneuerten Banne sie löschten. Damit hatte ich gerechnet, aber der Versuch konnte ja nicht schaden.

»Erbärmlich.«

Ich entsandte drei weitere solche Splitter auf sein Gesicht. Seine Schutzbanne wehrten sie alle ab, aber ich hatte gewusst, dass sie nicht reichen würden, um seine Verteidigung zu durchbrechen. Sehr wohl jedoch lenkten sie ihn ab. Es ist schwierig, sich zu konzentrieren, wenn einem jemand brennende Messer ins Gesicht schleudert.

»Genug der Spielchen.« Sein Stab begann erneut zu knistern, und ich spürte den Druck seiner Magie an den Überresten meiner Hexenkunst. »Wenn du erwachst, wird der Meister über dir stehen. Und dann lernst du wahres Leiden kennen.«

»Das wird allmählich zur Gewohnheit«, sagte ich und entbot ihm ein blutiges Lächeln.

Was ihn innehalten ließ.

»Keine Sorge, er hat nicht mit dir geredet«, ertönte eine Stimme hinter Andros.

Er japste erstickt, als Tatyana sein Haar packte und ihm den Kopf nach hinten zerrte. Seine Augen weiteten sich, als er das Messer erblickte, und er schrie wie am Spieß, als sie die Klinge knapp oberhalb des Schritts in ihn stieß und durch seine Eingeweide nach oben zog. Der Stab fiel ihm aus den Händen, und sie trat Andros von ihrem Körper weg. Infolge des kräftigen Treffers ins Kreuz flutschten die ersten Darmschlingen aus der klaffenden Wunde. Da steigerte sich sein Geschrei um weitere Oktaven.

Tatyanas Lächeln wirkte durch und durch raubtierhaft, als sie beobachtete, wie er die Eingeweide in sich zurückzustopfen versuchte. Seine Ringe sprühten magische Funken, als seine Kontrolle darüber versagte. Als Nachschlag trat sie ihm wuchtig ins Gesicht, bevor sie zu mir herüberkam.

»Du wunderbarer Mistkerl«, stieß sie mit heiserer Stimme hervor.

Ich ließ mir von der Beleidigung nicht die sich bessernde Laune verderben. »Freut mich auch, dich zu sehen, meine Freundin.«

Dann richtete ich die Aufmerksamkeit auf eine der nur noch

glimmenden Lampen und entfachte sie mit einem Energiestoß neu.

Tatyana schrak zurück, als wäre ich im Begriff, ein Stück aus ihr herauszubeißen. »Bei Gottes Bart«, hauchte sie mit der Hand über dem Mund.

»Es wäre noch weitaus schlimmer, wenn sie das Ritual abgeschlossen hätten«, sagte ich und mühte mich auf die Beine.

Sie rührte sich nicht, beobachtete mich nur, nach wie vor mit der Hand an den Lippen. »Stratus, oh du meine Güte«, entfuhr es ihr, und sie wich einen Schritt von mir weg. »Was haben die mit dir gemacht?«

»Es geht mir gut«, log ich. Die Zunge hatte zu kämpfen, um die Silben um die zusätzlichen Zähne in meinem Mund zu bilden.

Sie trat näher zu mir und legte zögerlich eine Hand auf die knorrigen Hautwülste, die sich über meine Brust schlängelten. Ich konnte ihre Finger nicht spüren, als sie mich abtasteten. Als Tatyana hinter mich trat, schnappte sie erneut nach Luft.

»Bei Gottes Bart«, stieß sie abermals hervor.

»Berühr mich am Rücken«, forderte ich sie auf. »Ich kann nicht sehen, was dort passiert ist.«

Sie erwiderte nichts, aber ich konnte fühlen, wie ihre Hand von der Hüfte aufwärts dem Verlauf meines Rückgrats folgte. Als sie die Mitte erreichte, veränderte sich etwas, und der Druck wurde geringer. Auf mein Drängen tastete sie fester und beschrieb mir mit leicht erstickter Stimme, was sie sah. Meinem Gefühl und ihren Augen nach hatte ein Teil meiner Wirbelsäule begonnen, sich auf seine natürliche Größe auszudehnen, wodurch die Haut und das Gewebe um sie herum gefaltet, gequetscht und gespannt wurden, was einige Bewegungen unmöglich und die meisten anderen schon beim Versuch schmerzhaft machte. Erst, als sie die Erhebungen an meinen Schultern berührte, verstand ich endlich.

Die heimtückische Magie der Totenbeschwörer hatte sich in den älteren Bann geschlängelt, der mich an diese Gestalt band, und höhlte dessen Grundgerüst aus. Ein Teil war dadurch in sich zusammengefallen, weshalb sich mein Fleisch und meine Knochen allmählich an ihre wahre Größe und Form erinnerten, wie es nie vorgesehen war. Ich konnte mich glücklich schätzen, dass der Vorgang rechtzeitig angehalten hatte, denn diese Brust würde nicht in der Lage sein, auch nur eines meiner Herzen in seiner vollen Pracht zu beherbergen. Die vorstehenden Sporne auf meinem Rücken waren die Vorläufer meiner Schwingen. Bei ihrem rasanten Wachstum hatten die Muskulatur und das Skelett dieses menschlichen Körpers nicht mitgespielt, weshalb ich in einer Form dazwischen feststeckte und sie wie ein scheußlicher Buckel aussahen.

»Ich verstehe das nicht«, sagte Tatyana, als sie sich wieder vor mich stellte.

Ich nickte, und sogar das fühlte sich merkwürdig an. »Ich würde es dir lieber unter der Sonne erklären.«

»Dagegen hab ich nichts einzuwenden«, gab sie zurück und fuhr sich mit den Fingern durch die stacheligen Reste ihres Haars. Sie ging zu einem der Zauberer, dem herabfallendes Gestein den Schädel gespalten hatte, und entledigte ihn rasch seiner Gewänder und eines Messers, während ich dem Berg über uns lauschte, der nach wie vor infolge der heftigen in ihm entfesselten Magie rumorte.

»Ich glaube, du solltest dich beeilen«, sagte ich, als ich beobachtete, wie ein Staubstrom aus einer neuen Ritze herabrieselte. Sie schaute auf, als ein Beben den Boden erschütterte, und ohne ein weiteres Wort begannen wir beide, uns dorthin zu bewegen, wo der Eingang sein sollte. Sie bewegte sich mit dem Gang eines alten Weibes, ich hopste und schlurfte wie eine verkrüppelte Nebelkrähe – ein Bild, zu dem die zerfetzten Überreste meiner Kleidung durchaus beitrugen.

Ich erreichte den Durchgang, bevor ich feststellte, dass Tatyana nicht mehr bei mir war, sondern am Käfig mit den Gefangenen, wo sie mit ihrem Dolch auf das Schloss einhieb. Die Stärke, die sie dabei einzusetzen versuchte, war jedoch nur noch eine Erinnerung, die ihr von Magie verheerter Körper nicht teilte. Als ich ihr zurief und sie aufforderte, es sein zu lassen, schwankte sie und brach auf dem Boden zusammen.

KAPITEL DREISSIG

Wenn etwas verletzten oder schwachen Wesen grausam ihre Unzulänglichkeiten aufzuzeigen vermag, dann zweifellos der Aufstieg auf einen Berg. Diesmal wartete Tatyana an der Kuppe jeder neuen Erhebung auf mich und suchte die zerklüftete Umgebung ungeduldig nach Anzeichen auf penullische Kundschafter ab, von denen mir stark zugesetzt worden war, als ich sie aus der einstürzenden Festung getragen hatte. Wenigstens erfuhr ich durch die Unbilden des Marsches, was ich noch an Kraft besaß, wenngleich es eine schmerzhafte und frustrierende Lektion war. Alles, was über einen flachen Weg hinausging, erwies sich als harte Prüfung meiner Willenskraft wie meines Körpers.

Ich überließ es Tatyana, sich den Kopf über die Männer zu zerbrechen, die sich ihrer Ansicht nach hinter jedem Busch und Felsen versteckten, während ich mich ganz darauf konzentrierte, einen Fuß vor den anderen zu setzen. Dabei lotete ich ständig aus, welcher Belastung mein verkümmertes Bein standzuhalten vermochte.

Mit jedem Schritt lernte ich mehr und entdeckte nach und nach, wie sich mein Körper verändert hatte. Außerdem trieb ich mich dazu an, die mir auferlegten Beschränkungen irgendwie zu überwinden. Die ständige Bewegung hatte bereits einen Teil der Steifheit vertrieben, und ich hatte mir einen hinkenden Gang angeeignet, durch den mein unversehrtes Bein den Großteil der Schwerarbeit übernahm. Das sah zwar plump aus, aber so kam ich schneller und schmerzärmer voran als mit dem

Schlurfen, von dem ich gefürchtet hatte, mich darauf beschränken zu müssen.

Ein paar Dutzend Schritte von dem Ziegenpfad entfernt, dem wir folgten, entdeckten wir eine kleine Nische, wenig mehr als eine Vertiefung im Gestein. Dort ließen wir uns zum Ausruhen nieder, als sich die Dunkelheit über die Hügel senkte und die Bühne für die Sterne am Himmel bereitete.

»Wie geht's dem Bein?«, erkundigte sich Tatyana wie jeden Abend, seit sie aufgewacht war.

Bis hierhin waren volle drei Tage natürlicher Schlaf verstrichen, und selbst da musste ich sie noch behutsam stupsen. Um sich zu erholen, brauchte sie nicht nur Schlaf, sondern auch etwas zu essen. Diesbezüglich musste ich meiner Freundin zugutehalten, dass sie keine Anzeichen von Appetitverlust erkennen ließ.

Im Vergleich zu dem Tempel, den sich der Berg zurückgeholt hatte, machte die Höhle, die ich für uns gefunden hatte, nicht viel her. Der Platz reichte kaum, um nebeneinanderzuliegen oder aufrecht zu stehen, aber es war trocken, und der Eingang lag gut verborgen. Ich musste die hartnäckigeren Kundschafter töten, die mich anfangs verfolgt hatten. Doch nachdem ich eine Reihe von Leichen zurückgelassen hatte, so grausig zur Schau gestellt, wie es mir nur eingefallen war, hatte ihre Begeisterung für die Jagd auf mich beträchtlich nachgelassen.

Die so gewonnene Zeit hatte ich genutzt, um Nahrung für uns aufzutreiben. Nach ein paar kümmerlichen Felshasen war es mir letztlich gelungen, eine stolze Bergziege zur Strecke zu bringen, einen prächtigen Bock, der dachte, es würde ihn schützen, dass er hundert Schritte entfernt auf einem Felsen gestanden hatte. Durch den Sturz erwies sich sein Fleisch als angenehm zart, und wir hatten ihn beinah aufgegessen, bevor ich uns für kräftig genug erachtete, um die Reise fortzusetzen.

Ich dachte über Tatyanas Frage nach. Wie sollte ich darauf antworten? Das Bein schmerzte, war potthässlich, und ich ging damit vollkommen würdelos. Zugleich jedoch fand ich es auf morbide Weise ermutigend, weil es bewies, dass sich mein Fleisch immer noch an seine wahre Gestalt erinnerte.

»Es ist merkwürdig«, sagte ich schließlich. Damit handelte ich mir ein Brummen von ihr ein. Sie holte zwei Räucherwürste und zwei völlig verformte Brotlaibe aus ihrem Bündel, das unfreiwillige Geschenk eines ehrgeizigen, aber unachtsamen Kundschafters.

»Die frischen Sachen isst man am besten zuerst«, meinte sie und entfernte sich mit ihrer Portion.

Ich legte mich auf die Seite, kaute die Wurst und genoss die wärmenden Gewürze und das Knacken der Haut. Zumindest tat ich das, bis sich ein weiterer meiner Zähne löste und den Happen durch einen Mundvoll Blut verdarb. Ich spuckte mir den Übeltäter auf die Handfläche und rieb das Blut davon ab.

»Möchtest du einen Zahn haben?«

»Wofür, zum Geier?«, entgegnete Tatyana, ohne sich umzudrehen.

»Ich dachte, sie gelten euch Menschen als Glücksbringer.«

»Du meinst Hasenfüße«, gab sie zurück und rollte die Schultern mit beneidenswerter Mühelosigkeit.

Ich schnippte den Zahn über den Rand des Weges und beobachtete, wie er verschwand.

»Glaubst du, da draußen sind noch mehr von ihnen?«, fragte ich.

»Wen meinst du? Die Jäger?«

»Ja.«

»Du hast etliche umgebracht, einen ganzen Geheimzirkel von Zauberern ausgelöscht und eine uralte Festung zum Einsturz gebracht. Also ja, ich denke, sie suchen schon noch nach uns.«

»Du hast auch einen Zauberer getötet, und es war nicht meine Magie, die den Einsturz verursacht hat.«

»Wortklauberei«, sagte sie und schwenkte eine Hand in meine Richtung. »Alle in dieser Gegend werden nach uns suchen, und beim nächsten Mal werden sie sich nicht so freundlich zeigen. Jetzt iss deine Wurst auf. Ich will es noch über den nächsten Höhenzug schaffen, bevor es stockfinster wird.«

Ich aß, so schnell ich konnte, und rappelte mich dann mit einem frustrierten Stöhnen auf die Beine. Meine Muskeln waren abgekühlt und wieder steif geworden. Es dauerte ungefähr eine halbe Meile, bis sich das Unbehagen allmählich legte. Der Pfad verlief gewunden durch eine Reihe niedriger Schluchten voll Geröll. Die Kristallsplitter darin funkelten wie Edelsteine im zunehmend schwindenden Licht der untergehenden Sonne.

Ich begrüßte, dass das Gelände kurz danach ebener wurde, und genoss die resultierende Entlastung meiner schmerzenden Gelenke. Tatyana marschierte voraus, um die Gegend auszukundschaften, bevor das letzte Tageslicht vom Himmel floh, und mir passte sehr gut, dass ich dadurch Zeit für mich allein hatte.

Die Luft in der Umgebung war sauber, und ausnahmsweise verhüllten keine Wolken den Sternenhimmel über mir. Hätte ich nicht in einem Körper gesteckt, der unschlüssig zu sein schien, wann – nicht ob – er mich verraten sollte, ich wäre versucht gewesen, hier ein, zwei Tage lang dem Müßiggang zu frönen, mich auf den Felsen auszustrecken und Sonne zu tanken. Mir fehlte die Berührung reiner, sauberer Wärme, die bis in meine Herzen reichte.

»Hörst du mir überhaupt zu?«

»Nein«, antwortete ich und öffnete widerwillig die Augen. Mir war weder bewusst gewesen, dass ich stehengeblieben war, noch, dass ich die Augen geschlossen hatte.

»Ihr Götter, schenkt mir Geduld«, murmelte Tatyana mit einem Blick zum Himmel. »Ich weiß echt nicht, warum ich mir die Mühe antue.«

»Was hast du denn so Wichtiges gesagt?«

»Dass ich zu wissen glaube, wo wir sind. Mehr oder weniger. Der große Klumpen da drüben, der aussieht wie eine schlafende Katze, das muss der Trollwall sein.« Sie deutete auf einen stark verwitterten, konischen Hügel, den der Sonnenuntergang in einen goldenen Schimmer tünchte.

»Sieht überhaupt nicht wie eine schlafende Katze aus«, ich betrachtete die Erhebung mit zusammengekniffenen Augen, »höchstens wie eine geschmolzene.«

»Benutz deine Vorstellungskraft. Egal. Wenn ich recht habe, sollte dort ein Pfad vom Berg führen, wenn wir es vorne an den Pfoten vorbei schaffen.«

Ich brummte zustimmend. Doch der Hügel sah wirklich überhaupt nicht wie eine Katze aus. Unwillkürlich fragte ich mich, wie er wohl von oben anmuten würde; ein Gedanke, bei dem die Fortsätze auf meinem Rücken merkwürdig zuckten.

»Katzen kann man gut essen.«

»Diese Unterhaltung führen wir nicht. Niemals. Und jetzt beweg dich.«

Damit stapfte sie davon und beschleunigte die Schritte, um wieder vorauszukundschaften, wogegen ich nichts einzuwenden hatte. Ich marschierte mit meiner eigenen Geschwindigkeit vor mich hin, genoss die Ruhe, die frische Luft und die letzten Sonnenstrahlen. All das war mir in meinem Käfig und unter Navars grausamer Knechtschaft so lange verwehrt gewesen. Ich hatte mir fest vorgenommen, nie wieder etwas davon als selbstverständlich zu betrachten; ein Versprechen, das ich zu halten beabsichtigte.

Ich bereitete eine kleine Menge meiner Hexenkunst vor und sandte unterwegs zarte Impulse entlang der Verbindung zu Tatyana. Das Band zwischen uns fühlte sich anders an, seit wir die Tempelfestung verlassen hatten. Nicht auf eine Weise, die ich einfach zu benennen vermocht hätte, doch bisher hatte ich nicht gewagt, sie auch nur der geringsten Hexenkunst auszusetzen, weil ich gefürchtet hatte, das könnte ihre Genesung behindern. Tatsächlich fühlte sich die Verbindung eher stärker an. Ich musste mich nicht mehr konzentrieren, um sie zu spüren, und obwohl ich sie nicht sehen konnte, fühlte ich mich von ihr angezogen wie ein Magnetstein von Metall.

Ich beobachtete, wie der Energiefunke zwischen uns pulsierte. Es war gerade genug, um den Faden zu erhellen, aber zu schwach, um spürbare Auswirkungen auf ihren Körper zu haben. Entgegen meinen Erwartungen erwies sich die Verbindung als unversehrt, nicht unterbrochen, höchstens fester. Die Magie, die das Band entlanggebrannt war, hatte es gezwungen zu reagieren. Zuoberst hatte der Drang gestanden, auch ohne mein bewusstes Zutun weiterhin Energie von meinen Reserven zu beziehen. Durch die Belastungsprobe war die Verbindung erstarkt und robuster geworden. Selbst mithilfe einer winzigen Menge Macht konnte ich mühelos ausmachen, wo sich Tatyana befand, und wenn ich etwas mehr Energie zuführte, konnte ich alles sehen, was sie sah.

Das behielt ich für mich, als ich einige Zeit später zu ihr aufschloss. Die Verbindung führte mich zielsicher zu ihr, auch wenn ich dafür einen steilen, steinigen Hang überwinden musste, der mir allerlei Flüche entlockte. Meine Klage endete, als ich feststellte, dass die Verbindung zu einer netten kleinen Höhle führte, die angesichts des hübschen, darin liegenden Bocks noch einladender wirkte. Um den Hals des erlegten Tieres prangte eine straff gezogene Bogensehne.

»Du bist ausgesprochen einfallsreich, Tatyana Henkman.«

»Ich bin auch ausgesprochen hungrig. Kannst du für Licht sorgen?«, fragte sie. »Ich muss ihn ausnehmen.«

Als ich ihrer Aufforderung nachkam, hielt ich die Leuchtkugel klein und geballt. Rasch arbeitete Tatyana mit dem Messer. Ich konnte spüren, wie sich Speichel den Weg durch meine Zähne und über die zerrissenen Lippen bahnte, konnte jedoch herzlich wenig dagegen unternehmen. Ich rückte das Licht näher zu Tatyana, damit sie mein Sabbern nicht bemerkte.

»Kannst du mit Magie, äh … auch kochen?«

Es dauerte nur wenige Augenblicke, mein Feuergebilde so abzuschwächen, dass es Fleisch lediglich garen würde, statt es zu verkohlen, zumindest bei ihrer Portion. Trotzdem schien sie außerordentlich beeindruckt davon, und ich empfand es als angenehm, zur Abwechslung mal geschätzt zu werden.

Mit großer Begeisterung schlemmte ich meine Portion, die ich vollkommener geschwärzt hatte, als es ein menschlicher Koch je vermocht hätte. Während der Mahlzeit hielt ich lang genug inne, um ihr ein Stück der Leber anzubieten. Ihr Körper hatte sich längst noch nicht von der heftigen Begegnung mit Magie erholt und brauchte die Kraft, die ihr das Organ verleihen würde.

Dafür ließ sie mich die Knochen und den Schädel knacken – draußen vor der Höhle, wohlgemerkt. Das empfand ich als Pingeligkeit, die mich zum Lachen brachte, da sie erst vor Kurzem selbst bis zu den Handgelenken in Eingeweiden gesteckt hatte. Allerdings erhob ich keine Einwände, weil ich dadurch nicht zu teilen brauchte. Als ich fertig war, griff sie sich einen der aufgebrochenen Knochen und benutzte ihn, um im Licht meiner Kugel eine grobe Karte auf den Höhlenboden zu zeichnen.

»Also, wir sind hier.« Sie tippte mit einem eingerissenen Fingernagel auf ein Kreuz, das sie inmitten einer Reihe gekrümmter Linien vermerkt hatte. »Das ist der Trollwall. Die Katze.«

Ich geriet in Versuchung, sie erneut darauf hinzuweisen, dass der Hügel nicht im Entferntesten einer Katze ähnelte, nickte jedoch nur.

»Wenn wir uns weiter Richtung Westen halten, gehen wir so außen herum. Aber wenn wir den direkten Weg wählen, sollten wir an den Rand des Jemaa-Tals gelangen, und von dort geht es in gerader Linie nach Aknak.« Der Knochen kratzte über den Boden, als sie damit zeichnete.

»Wir sollten außen herumgehen«, befand ich.

»Außen herum? Nein. Das wären mehrere Tage zusätzlich, und wir würden hier landen.« Sie zeigte mit dem Knochen hin.

»Das scheint mir aber näher bei Aknak zu sein«, merkte ich an.

Das räumte sie mit einem knappen Nicken ein. »Mag sein, aber dort ist es flach wie ein spiegelglatter See. Wir würden auffallen wie Wölfe in einer Hühnerzucht.«

»Hast du je einen Troll gesehen?«, fragte ich.

»Was?«

»Einen Troll.« Ich tippte mit einem gekrümmten Nagel auf den Klecks, der die vermeintliche Katze darstellen sollte. »*Trollwall*. Ist wohl ziemlich selbsterklärend.«

»Es gibt keine Trolle in Krandin.«

»Also bist du hier schon mal gewesen?«

»Na ja, ich bin daran vorbeigekommen. Aber es ist ein alter Name. Wenn es hier in der Gegend Trolle gäbe, wüsste irgendjemand davon.«

»Du marschierst also auf einen Hügel, den deine Vorfahren Trollwall getauft haben, und missachtest ihre Gründe dafür. Warum zeichnet ihr eure Geschichte überhaupt auf, wenn ihr nie daraus lernt?«

»Weil sie in der Vergangenheit liegt. Der Hügel wurde vor Hunderten Jahren so benannt. Was immer dort gelebt hat, gibt es längst nicht mehr. Die Dinge ändern sich.«

»Manchmal ja, manchmal nein«, entgegnete ich. »Vergiss nicht, mit wem du redest.«

»Du brauchst nicht gleich dramatisch zu werden«, sagte Tatyana. »Wir gehen daran *vorbei* und besteigen ihn nicht.«

»Wenn sie uns wittern, wird das keine Rolle spielen. Einem Troll können wir unmöglich davonlaufen.«

»Es gibt keine Trolle. Und nebenbei bemerkt gestaltet Gefahr das Leben abwechslungsreich.«

Darüber schmunzelte ich. »Das klingt wie etwas, das von ihr hätte stammen können.«

»Du meinst Anakhara?«

»Ja.« Mir war nicht bewusst gewesen, dass ich den Gedanken laut ausgesprochen hatte. »Sie hat mich immer dazu angespornt, Dinge auszuprobieren. Sie hat es genossen, durch schmale Schluchten mit mir um die Wette zu fliegen oder tief ins Meer zu tauchen, um rote und gelbe Steine vom Grund zu holen. Sie hatte vor gar nichts Angst.«

»Tut mir leid«, sagte Tatyana. »Klingt, als wäre sie umwerfend gewesen.«

Darüber lächelte ich. »Oh, das war sie.«

»Vermisst du sie?« Tatyana klatschte sich mit der Hand auf die Stirn. »Entschuldige. Das war eine dumme Frage.«

»Mehr, als die Sonne den Mond vermisst«, sagte ich. »Sobald Navar tot ist, setze ich die Suche fort.« Ein Bild des Tals, in dem sie gestorben war, schwirrte an meinem geistigen Auge vorbei. Fliegen stiegen in großen Schwärmen von der aufgewühlten, blutigen Erde und den zerfetzten menschlichen Körpern auf, die die Schakale bereits ausgebuddelt hatten. »Ich werde sie nach Hause bringen.«

Und dann werde ich mich ihr anschließen. Der Gedanke tauchte aus dem Nichts auf, doch ich wusste, dass es stimmte. Sobald ich mein Versprechen erfüllt hätte, würde ich mich in Draksgard einschließen und meine Reise zu ihr antreten.

»Gut. Das ist gut«, meinte Tatyana in merkwürdigem Ton, wandte sich ab und blickte zum hellen Schimmer des Nordsterns hoch. Ich folgte ihrem Blick und lächelte. Bald würden die Jahreszeiten wechseln, und die Konstellation, die ich als das Labyrinth kannte, würde wieder sichtbar werden. Die Heimat meiner Ahnen, die letzte Ruhestätte unserer Gefallenen.

»Wir sollten wieder los«, meinte ich. »Derlei rührselige Gedanken helfen uns bei unserem Unterfangen nicht weiter.«

»Wir ruhen uns für ein paar Stunden aus. Hat keinen Sinn, uns in die Erschöpfung zu treiben.«

Ich brauchte keine weitere Ermutigung, sondern streckte mich auf der Seite aus und wälzte mich ein wenig hin und her, bis ich eine Position fand, in der kein Teil allzu sehr zwickte oder zwackte. Dann schloss ich die Augen und sank in die Liedlinien, um ein wenig Heilkraft durch meine noch vorhandenen Verletzungen zu weben.

Die zerstörerische Wirkung des Zaubers der Totenbeschwörer hatte Knötchen aus Narbengewebe in mir hinterlassen, die den Energiefluss hemmten. Dadurch wurde der ohnehin bereits eingeschränkte Strom von Blut und Energie in den entstellten Teilen meiner selbst zusätzlich verschlechtert. Bevor ich einschlief, grübelte ich darüber nach, welche Anteile eigentlich die wahrhaft entstellten waren – die des menschlichen Körpers oder jene, die sich daran erinnerten, dass sie zu einem Drachen gehörten.

Als mich Tatyana wachrüttelte, fühlte sich mein Geist erholt, mein Körper hingegen, als hätte ihn jemand über einen steinigen Hang hinabgerollt. Wenigstens hatte mein Heilgebilde gute Arbeit geleistet, denn meine Lippen und der Rücken bluteten nicht mehr.

»Du stöhnst ja schlimmer als ein Toter«, meinte sie, als ich mich auf die Beine rappelte und streckte, um die entsetzliche Steifheit aus dem krummen Rücken und dem verkümmerten

Bein zu bekommen. Ich würdigte ihre Bemerkung keiner Erwiderung und folgte ihr einfach, als sie mit beneidenswert unbeschwerten, geschmeidigen Schritten vorausging.

In Bewegung zu sein, half ein wenig, und als die Sonne über dem Horizont aufstieg, hatte ich das Schlimmste hinter mir und kam so gut voran, wie es mir schon am Vortag gelungen war.

Es gab keine Anzeichen für Verfolger, zumindest keine, die wir bemerkten. Wegen der steilen Hänge mussten wir uns größtenteils seitlich vorwärtsbewegen, doch gegen Mittag hatten wir das Schlimmste hinter uns, und vor uns erhob sich, was wir beide für den berüchtigten Trollwall hielten. Aus der Ferne sah es aus, als wären die Gipfel der Berge, die das Tal umringten, mit einem riesigen Schwert geköpft worden und in der Mitte auf einen Haufen gefallen.

Für eine Weile wurde der Marsch einfacher, als wir dem Pfad folgten. Wir schwiegen beide, als die Felswand immer höher über uns aufragte, bedrohlich und beeindruckend. Die letzten paar Hundert Schritte führten über kahlen Fels, rissig, zerklüftet und bar jeglichen Lebens. Nicht einmal Moos oder Dornenbüsche wuchsen hier, und etwas, das ich anfangs für verdorrtes Gestrüpp gehalten hatte, entpuppte sich als ein zurückgelassener Brustkorb, als wir näher hingelangten. Als Tatyana zu fluchen anfing, wusste ich, dass auch sie ihn gesehen hatte. Die Form war unverkennbar, aber um mir ganz sicher zu sein, brach ich eine Rippe davon ab und fuhr mit der Zunge darüber.

»Mensch«, verkündete ich und warf die Rippe beiseite, »noch keine zwei Wochen tot.«

»Ja, Kacke«, murmelte Tatyana und löste den Blick nicht von einer mitternachtsschwarzen Spalte in der Felswand. »Du willst mir damit sagen, dass sich irgendwo da drin ein waschechter Troll herumtreiben könnte.«

Ich ging ein wenig näher an den Fels heran und atmete

mehrmals tief ein. Den durchdringenden Mief dieser Kreaturen hatte ich auch nach all den Jahrhunderten nicht vergessen. »Dem Geruch nach nur einer.«

Ihr Finger tippte einen Takt auf dem Griff ihres Schwerts. »Kannst du ihn töten?«

»Man kann alles töten«, gab ich zurück. »Aber nicht einmal ich wäre so tolldreist, es mit einem Troll in seiner eigenen Höhle aufzunehmen.«

»So schlimm also?«

»Sie sind ziemlich wild, ja.«

Und so begab es sich, dass wir wieder die Hügel erklommen. Ein stolzer, animalischer Teil von mir wollte umkehren und sich mit der Kreatur messen, aber zum Glück behielt die Vernunft die Oberhand.

Der Umweg verdarb Tatyana gründlich die Laune und sie beschloss, mir ein gutes Stück vorauszugehen. Das ersparte mir das Gebrummel und die Verwünschungen, denen sie frönte, seit wir uns für den weiteren Weg entschieden hatten.

Den Rest des Tages marschierten wir, und dank des funkelnden Mondlichts und einer gemeinsamen Abneigung dagegen, im Gebiet eines Trolls das Lager aufzuschlagen, setzten wir den Weg noch einige Zeit nach Einbruch der Nacht fort. Die steilen Aufstiege vom Vortag wiederholten sich nicht – eine Erleichterung -, wenngleich die nicht weniger steilen Abstiege ihre eigenen Herausforderungen darstellten. Bei mindestens zwei Gelegenheiten verhinderten nur die Kraft meiner Arme und die Schnelligkeit meiner Reflexe, dass ich den Berg hinunterstürzte. Derselbe Ablauf folgte die nächsten drei Tage, bis wir endlich den ersten Blick auf herrlich flaches Grünland jenseits der Berge erhaschten.

KAPITEL EINUNDDREISSIG

Dank zweier unachtsamer Gebirgshasen speisten wir an unserem letzten Abend in den Hügeln recht fein. Ich aß, bis ich das Gefühl hatte, mein Magen könnte jeden Moment platzen, und ich gab mich ganz dem Knirschen der Knochen hin, das ich so genoss, obwohl es Tatyana sichtlich davor ekelte.

Aber trotz der guten Mahlzeit schlief ich unruhig. Seltsame Träume suchten mich heim: Träume von magischen Netzen, in denen sich meine Flügel verfingen, und von Zauberern, die mir eiserne Spitzen in den Schädel hämmerten. Sie verflüchtigten sich so schnell, wie es für Träume üblich war, sobald ich daraus hochschreckte, doch wann immer ich mich wieder hinlegte, kehrten Splitter davon zurück. Irgendwann gab ich es auf, setzte mich hin und beobachtete, wie die Nacht dem Morgengrauen wich, während Tatyana in meinem Rücken schnarchte.

Nach einem kargen Frühstück traten wir den Weg bergab durch ein größtenteils ausgetrocknetes Flussbett an. Was von oben nach sanft gewellten Ebenen ausgesehen hatte, erwies sich hier unten als unebene Landschaft. Die zähen Gräser und verhutzelten Büsche vermochten nicht, sie aufzulockern. Die Erdschicht des Bodens war dünn und bedeckte nur mit wenigen Fingerbreiten den felsigen Untergrund. Deshalb überraschte es mich nicht, als mir Tatyana erzählte, dass die Menschen, die vor dem Krieg hier gelebt hatten, überwiegend Ziegenhirten gewesen waren. Sie sprach mit solcher Überzeugung von dem Käse, für den die Gegend angeblich bekannt war, dass auch ich einen Heißhunger darauf entwickelte, obwohl ich ihn nie gekostet oder davon gehört hatte.

Wenigstens gestaltete sich das Gehen abseits der Hänge einfacher, und ich hatte das Gefühl, als kämen wir gut voran. Wo immer wir konnten, folgten wir den größeren Vertiefungen im Gelände, sodass wir schwerer zu sichten wären, falls jemand das Gebiet beobachtete – und Tatyana versicherte mir, das würde der Fall sein.

Wir marschierten bis zum Sonnenuntergang ohne Unterbrechung, dann steuerten wir auf ein einsames Bauernhaus zu, das als einzige Landmarke weit und breit hervorstach.

Als wir uns näherten, roch ich Asche und Verfall. Ein rasch entsandter Impuls meiner Hexenkunst verriet mir, dass zwischen den geschwärzten Ruinen nichts lebte, zumindest nichts Größeres als Gewürm. Mit diesem Wissen lehnte ich Tatyanas Vorschlag ab, dass wir auf den Bäuchen hinrobben sollten, und ließ sie meine anscheinende Sturheit verfluchen. Irgendwann ließ sie es gut sein und schloss zu mir auf, als ich das Haus betrat, das sich als ausgebrannt erwies. Dies hatte ein mit steter, aber nicht übermäßiger Hitze brennendes Feuer bewirkt. Ich stupste einen verkohlten Brustkorb und einen menschlichen Schädel aus der Asche. Tatyana stieg darüber hinweg und ging wortlos hinaus in den Garten, was mich so neugierig werden ließ, dass ich ihr folgte.

Draußen erwarteten uns drei Leichen. Zwei waren von Spießen so dick wie mein Arm gepfählt worden. Die Spitzen ragten bei einer aus der Achselhöhle, bei der anderen aus dem Mund. Das Gewicht der Körper hatte die Haut bizarr verzerrt, als sie die Schäfte entlang nach unten gerutscht waren. Der dritte Leichnam war der eines Kindes, festgebunden an der Seite eines umgekippten Wagens. Das Weiß des Rückgrats und der Rippen schimmerte deutlich zwischen den zerfetzten, vom Rücken hängenden Stoffstreifen hervor.

»Drogah erbarm dich«, entfuhr es Tatyana, als sie die von uns aufgescheuchten Fliegen wegfuchtelte. Sie blieb noch eine Weile zähneknirschend stehen, bevor sie an mir vorbei in das Gerippe des Hauses zurückkehrte. Der Geruch von Wut, den sie ausstrahlte, bildete einen Kontrast zum tonlosen Klang ihrer Stimme.

»Wir ruhen uns hier ein paar Stunden aus, dann gehen wir nach Osten.«

Ich verharrte im Garten, zugleich gefesselt und entsetzt von der auf so kleinem Raum begangenen Barbarei. Zweifellos hatte auch ich mit den Feuern in meiner Vergangenheit Kinder getötet, aber nicht so. Niemals mit so offenkundiger und sinnloser Bösartigkeit und Grausamkeit.

Schließlich folgte ich Tatyana hinein und räumte einen Teil des Schutts beiseite, um für uns ein Plätzchen zu schaffen, wo wir uns setzen konnten. Ich holte die dürren Kaninchen hervor, die ich während des Marsches hatte fangen können, und bat Tatyana, sie zu häuten.

»Du willst essen?«

»Ich bin hungrig.«

Sie schüttelte zwar den Kopf, machte sich aber mit dem Messer an die Arbeit. »Kein Feuer.«

Ich grunzte enttäuscht, als sie mit den Kaninchen fertig wurde und sie auf ein aus den Trümmern geborgenes Brett legte. Ein schönes, heißes Feuer wäre mir entschieden lieber gewesen, aber zum Glück wusste ich mir zu helfen.

Ich holte mein Feuergebilde hervor und zog es *durch* das Fleisch statt darüber hinweg, dann entfesselte ich es. Aufmerksam beobachtete ich es, neugierig, wie sich das Fleisch verhalten würde. Ich mochte es ja schön knusprig, doch das ließ sich nur dann gut abschätzen, wenn man es sehen konnte. Ich ließ die Hitze durch das Fleisch pulsieren und verteilte sie gleichmäßig. Es dauerte nicht lang, bis mit einer zarten Rauchfahne ein feiner Bratengeruch davon ausging, und ich wurde damit belohnt, dass sich Tatyanas Augen vor Verblüffung weiteten.

»So«, sagte ich. »Eine warme Mahlzeit, aber ganz ohne Feuer.«

»Mögen die Götter dich verdammen.«

Ich schrak verdutzt zurück. »Wieso?«

»Weil du mich mit diesem verdammten Fleisch in Versuchung führst. Wie soll ich *danach* essen?« Sie deutete in Richtung der Wand, meinte aber natürlich den Garten dahinter.

»Sie sind tot«, erklärte ich nüchtern. »Dass du ihretwegen hungerst, ist für sie ohne Bedeutung.«

»Recht zu haben, macht dich nicht weniger zu einem Arsch.«

»Aber ich *habe* recht.«

Darauf erwiderte sie nichts, sondern schnitt eines der Kaninchen in zwei Hälften und beanspruchte die Beine für sich. Ich war zu beschäftigt mit dem Versuch, mich nicht vollzusabbern, um mich um die Feinheiten des Teilens zu scheren. Rasch fiel ich über den Rest her und schlang das Fleisch mit großen Bissen hinunter. Die ersten meiner Ersatzzähne waren in den letzten Tagen beinahe vollständig nachgewachsen. Wenngleich sie sich als stark und scharf erwiesen, waren sie nicht für einen menschlichen Kiefer gedacht, wodurch sich das Kauen schwierig gestaltete. Es wäre eine rabenschwarze Ironie, wenn ich all das überlebt hätte, nur um letztlich an einem zu großen Bissen Kaninchen zu ersticken.

»Wie nah sind wir?«, fragte ich, als ich bei den letzten Knochen anlangte. »An Aknak dran, meine ich.«

»Drei Tage, wenn wir vorsichtig vorrücken. Und wir *werden* vorsichtig vorrücken, hörst du?«

»Ja. Mit meinem Gehör ist alles in Ordnung.«

»Wie geht's dem Bein? Mir ist vorhin aufgefallen, dass du es ein wenig nachschleifst.«

»Es ist alles gut damit.« Das stimmte nicht im Geringsten,

aber ich konnte es nicht gebrauchen, dass ihr Mitgefühl zusätzlich die Sorgen beschwerte, die mich ohnehin plagten.

»Es ist *nicht* alles gut damit, verflucht noch eins«, entgegnete sie. »Verstehst du denn nicht, wie ernst das ist? Wir sind hier draußen meilenweit von jeglicher Hilfe entfernt. Ein falscher Schritt, und wir sind erledigt.« Vage schwenkte sie eine Hand Richtung Norden. »Falkenburg könnte inzwischen gefallen sein, und dann machen wir das alles umsonst.«

»Ich dachte, du machst das für Lucien.«

Sie holte scharf Luft und blies den Atem mit einer gemurmelten Unflätigkeit aus. »Du weißt verdammt genau, dass es so ist.«

»Dann richte das Augenmerk darauf und hör auf, mich noch mehr zu verwünschen, als ich es schon bin.«

»Darum geht es nicht.« Wieder deutete sie in Richtung des Gartens. »Es geht um diese armen Seelen da draußen. Hast du gesehen, was die mit ihnen gemacht haben? Sogar mit dem kleinen Mädchen?«

»Auch mit meinen Augen ist alles in Ordnung.«

»Das ist noch harmlos im Vergleich dazu, was sie mit uns anstellen werden. Ich will nicht an einem Spieß oder ausgeweidet enden, nur weil deine Eitelkeit nicht zulässt, dass du dich leise bewegst.«

»So also denkst du von mir?«

»Du weißt, dass es stimmt. Ob Mensch oder Drache, Mann bleibt Mann.«

Ich stand auf und biss die Zähne zusammen, als Schmerzen mir durch den Rücken und die Beine schossen. »Denkst du, das hier sei ein Produkt meiner Eitelkeit? Sieh mich doch an.« Die Worte drangen mit einem unterschwelligen Knurren heraus, als sich der Zorn in mir regte. »Mein Rücken ist krumm und mein Körper entstellt wie der eines Krüppels. Mein Mund ist ein blutiges Chaos, zerfleischt von Zähnen, die, wie ich fürchte, nicht aufhören werden zu wachsen. Meine Hände sind schwerfällige Klauen, und mein Bein ist abwechselnd taub und von stechenden Schmerzen erfüllt, die immer wieder zurückkehren. Sieh mich doch an, verdammt. Sieh, was aus meiner Herrlichkeit geworden ist, und dann sag mir noch einmal, dass ich aufgrund meiner *Eitelkeit* nicht wegrenne und mich verstecke.«

»Tut mir leid«, entschuldigte sie sich. »Da habe ich wohl eindeutig Eitelkeit mit Selbstmitleid verwechselt.« Damit erhob sie sich mit einer Mühelosigkeit, die meinen Zorn vor lauter Neid zusätzlich schürte, und ging davon.

Ein Dutzend Erwiderungen prallten in meinem Kopf aufeinander, aber keine fühlte sich richtig an. Letztlich ließ ich meine Wut an einem herabgefallenen Holzbalken aus, den ich mit meinen nunmehr klobigen Fäusten in Splitter verwandelte. Und das hätte durchaus geholfen, wenn ich nicht anschließend versucht hätte, die Reste des Balkens gegen die Wand zu schleudern. Ich hatte sie gerade mal halb angehoben, als mir die Kraft durch ein reißendes Gefühl aus dem Arm gesogen wurde, das von meinen Schultern ausging und mich auf die Knie zwang. Der Stumpf des Balkens krachte neben mir auf den Boden.

Wie wollte ich es so mit Navar aufnehmen? Ich war ja kaum in der Lage, den Kopf zu bewegen. Und nun konnte ich mich nicht einmal mehr darauf verlassen, dass meine Stärke ausreichte, um ein Stück Holz zu werfen. Er würde zuerst meine Hexenkunst angreifen. Welche Hoffnung bestand also ohne meine physische Kraft als Rückhalt? Ich rutschte rückwärts, bis ich mich an die Wand lehnte, dann schloss ich die Augen und verlangsamte meine Atmung.

Ich musste einen Punkt der Ruhe finden, um den Zorn und die Schwäche auszutreiben, die durch meinen Geist tobten. Ich kehrte Aufmerksamkeit und Hexenkunst nach innen und erkundete meinen Körper wie der Diakon, der mich einst ungewollt gerettet hatte. Allerdings tauchte ich tiefer, als er es damals gewagt hatte. Ich musste herausfinden, was die Magie bei mir angerichtet hatte. Also trieb ich durch meinen eigenen Körper. Der Doppelschlag meiner Herzen und das Wummern der Lungenflügel fühlten sich beruhigend an in dieser ansonsten stillen Welt ineinanderfließender Farben und blitzender Nervenenden.

Ich folgte meinem Rückgrat und sah, dass die Knochen zwischen meinen Schultern gewachsen waren. Sie waren jetzt um ein Vielfaches größer, als sie sein sollten. Diese überaus unmenschliche Masse drückte gegen meine Rippen und klemmte Sehnen und Blutgefäße dazwischen ein.

Ähnlich verhielt es sich mit den Schulterblättern. Ihre Ecken hatten sich zu Kegeln verdichtet, die einmal als Anker für meine Flügel dienen sollten. Die Spitzen der Knochen hatten sich verlängert und an die Rippen gefügt, um einen Rahmen für meine eines Tages zurückkehrenden Flugmuskeln zu bilden. All das war für einen Drachenkörper gedacht, nicht für den eines Menschen, deshalb entstellte es derzeit meine Schultern und quetschte andere Muskeln und Adern.

Meine Hände waren so, wie ich sie sah. Die Krallen, die sich aus den Spitzen krümmten, waren mit den Knochen des letzten Knöchels eines jeden Fingers verschmolzen.

Mein Kiefer bestand aus einem dichten Gedränge von Zähnen. Es mussten um die sechzig sein, die sich da um einen Platz rangelten, der für kaum halb so viele vorgesehen war.

Es war zutiefst entmutigend. Ich lenkte die Aufmerksamkeit zurück auf meinen Geist und konzentrierte mich auf die Erinnerung an meinen wahren Körper, was sich als schwieriger als erwartet entpuppte.

Doch Stück für Stück fügte er sich zusammen, zuerst in der geschrumpften Form, in die mich Henkmans Zauberer gezwungen hatten, dann in meiner wahren Größe. Mehrere selige Augenblicke lang konnte ich meine Flügel beinah wieder spüren und hatte das Gefühl, als ob sich meine Muskeln in vollem Umfang streckten. Aber die Vorstellung konnte nicht von Dauer sein, und ich fühlte, wie sie zu der traurigen Wirklichkeit des unförmigen Leibes verkam, der meinen Geist derzeit beherbergte.

Es herrschte noch Dunkelheit, als ich die Augen aufschlug. Tatyana schlief neben mir, hatte ein Bein über meines gehakt und den Kopf auf meinen Arm gelegt. Ich entsandte meine Hexenkunst und breitete sie über sie aus.

Sie hatte sich von der Tortur, die ihr die Totenbeschwörer zugemutet hatten, gut erholt, zumindest ihr Körper. Allerdings reichten die Narben einer solchen Folter tiefer als Haut und Knochen. An ihren Organen hafteten noch Restnarben der gefährlichen Mengen an Magie, die man ihr zugeführt hatte, aber das ließ sich mit viel weiterer Ruhe und deftigem, fettem Fleisch restlos beheben. Ich veränderte das Muster der Hexenkunst geringfügig so, dass es ihren Schlaf vertiefte, bevor ich mich behutsam unter ihrem Bein hervorschob.

Dann verfluchte ich die Litanei der kleineren und größeren Schmerzen und der knackenden Laute, die durch meinen Körper schossen, als ich aufstand und den Weg ins Freie antrat.

Die Wolken lichteten sich, und wenngleich der Mond selbst größtenteils verhüllt blieb, leuchteten die Sterne funkelnd und hell zwischen zunehmend breiteren Lücken hindurch. Ich entfernte mich aus dem Dunstkreis des im Garten herrschenden Gestanks und atmete mehrmals tief durch, kostete die Luft. In der Nähe witterte ich Wasser, das am vergangenen Tag Mangelware gewesen war, also begann ich, der Spur des Geruchs zu folgen.

Natürlich war es nicht anders zu erwarten, als dass sich in der Nähe des Gehöfts Wasser fand, denn wenngleich Ziegen zähe Geschöpfe sein mochten, brauchten sogar diese Tiere das Nass. Der Bach lag nicht weit entfernt, und aufgrund der Anordnung der ihn säumenden Steine vermutete ich, dass der Bauer ihn von seiner ursprünglichen Quelle umgeleitet hatte. Ich hatte zwar auf etwas Ergiebigeres gehofft, aber das Wasser erwies sich als sauber und war unbestreitbar besser als nichts. Ich kniete mich hin und trank. Da hörte ich die Stimmen.

Zuerst erkannte ich sie nicht als solche. Es klang nach einem Stöhnen, wie es von allen möglichen Geschöpfen hätte stammen können, nur antwortete darauf eine eindeutig männliche Stimme.

Neugierig setzte ich mich auf und kostete erneut die Luft. Ein mir freundlich gesinnter Windstoß half und trug mir den bedauerlich vertrauten Geruch bewaffneter Männer zu. Er war schwächer, als ich erwartet hatte, aber Geräusche übertrugen sich nachts ziemlich weit. Ich folgte der Spur des Geruchs, der sich nach vielleicht einer Viertelmeile wie auch die Geräusche sprunghaft verstärkte.

KAPITEL ZWEIUNDDREISSIG

Zwischen den zerklüfteten Felsen, die wie gebrochene Knochen aus der dünnen Erdschicht ragten, wuchsen Gruppen von Büschen und Sträuchern. Ich blieb dahinter in Deckung, bewegte mich halb geduckt vorwärts und schnupperte regelmäßig die Luft, um sicherzustellen, dass mich keine Wachen überraschten.

Mittlerweile konnte ich sie auch deutlicher hören. Ich schob einige Zweige des Buschs aus dem Weg, hinter dem ich mich versteckte. Vor mir fiel das Gelände sanft zu einem kleinen, von weiteren dornigen Sträuchern und einer Handvoll karger Bäume gesäumten Tal ab. Eine Seite begrenzte ein unübersehbar von Menschenhand angelegter Teich, aus dem der schmale Bach hinter mir entsprang.

Ich zählte mindestens zwei Dutzend Männer in dem Tal. Die meisten saßen dicht beisammen in der Mitte, und mit etwas Hilfe durch meine Nachtsicht und mein überragendes Gehör fand ich heraus, dass sie aneinandergekettet waren. Die Männer außen verkörperten die Aufseher, und wenigstens die Hälfte war noch wach und plauderte an einem kleinen Feuer, von dem der Duft von Brot und beinah verbranntem Lamm ausging.

Die Stimmen, die ich gehört hatte, stammten von zwei der Häscher, die vor meinen Augen einen Mann schlugen, den sie an einen der verkümmerten Bäume gefesselt hatten. Ich kauerte mich etwas tiefer und beobachtete das Geschehen.

»Wie fühlt sich das an?«, fragte einer der beiden mit schwerem penullischem Akzent und rammte den Schädel des Opfers gegen den Baumstamm. Ich witterte den Kupfergeruch von Blut in der Luft. Neugierig sah ich zu, wie der Mann den Gefesselten mehrere weitere Male schlug. Nach dem vielleicht sechsten oder siebten Streich erschlaffte der Gefangene in seinen Fesseln, entweder tot oder bewusstlos. Sein Angreifer trat zurück und schüttelte sich die Hände aus, beugte und streckte dabei die Finger.

»Dem hast du das Maul gestopft«, meinte sein Gefährte und kauerte sich neben die erschlaffte Gestalt. »Verdammt. Er atmet noch. Du lässt nach.«

»Von wegen. Lass mich nur eben was trinken, danach zeig ich dir den einen oder anderen Kniff.«

Sie stapften hinüber zum Feuer, und ich beobachtete, wie einer der anderen Gefangenen zu der erschlafften Gestalt kroch. Als seine Kette laut klirrte, hielt er jäh inne.

»Ein Wort zu ihm«, rief ein Mann am Feuer, »und du bist morgen Früh als Nächster an der Reihe.«

Der Kriechende kehrte an seinen Platz zurück, während seine Häscher lachten. Ich schaute vom Feuer zu der regungslosen, geprügelten Gestalt und tippte unbewusst mit den Nägeln auf den Boden, während ich überlegte, was ich tun sollte. Einerseits waren diese Leute bedeutungslos für mich, andererseits erfüllte mich Neugier. Ich wollte wissen, wer sie waren und warum sie hier westlich von Nirgendwo auf Ziegenkacke lagerten.

Letztlich gab das grölende Gelächter des Mannes am Feuer den Ausschlag für mich. Ich mochte keine Rüpel, und vor allem keine lauten.

Also erweckte ich meine Hexenkunst und hüllte mich damit in eine Art Schattenumhang, bevor ich begann, mir den Weg zu dem Baum zu bahnen. Es mochte ein etwas verschwenderischer Gebrauch von Macht sein, doch bei allem, was mein

Körper gerade durchmachte, fand ich, dass ich mir das verdient hatte.

Niemand hörte oder sah mich, als ich mich zu dem Baum schlich. Der Gefesselte lebte noch, allerdings nicht mehr sehr. Ich war kein naturgegebener Heiler, aber durch Tatyanas Heilung und die meines eigenen Körpers hatte ich eine recht gute Vorstellung davon erlangt, was in einem menschlichen Leib wohin gehörte und wie es aussehen sollte.

Sowohl das Gesicht des Unbekannten als auch seine Rippen wiesen Dellen auf, die sie eindeutig nicht haben sollten. Blutiger Geifer lief ihm aus dem Mund, genau wie bei mir, was mich ungewöhnlich empfänglich für sein Leid werden ließ. Ich schloss die Augen und beschwor ein Heilgebilde in meinen Geist.

Tatyanas ursprüngliche Heilung hatte ich beschleunigt, indem ich mein Blut mit dem ihren verbunden hatte. Da sich die vollen Auswirkungen dessen immer noch erst entfalteten, hegte ich kein Verlangen, das noch einmal zu wiederholen. Aber ich hatte seither viel mehr über Menschen gelernt, zudem hatte ich bei diesem Mann etwas mehr Zeit zur Vorbereitung als damals bei Tatyana. Ich versenkte die Hexenkunst in ihm und überwachte aufmerksam, wie sich der Energiefunke in ihm ausbreitete. Ranken goldenen Lichts fanden seine Blutbahnen und rasten sie entlang, verschlossen Risse, ließen Schwellungen abklingen und Blutergüsse verschwinden. Er rührte sich, als sein Herz mit neuer Kraft pumpte, und nur meine Hand auf seinem Mund verhinderte ein unwillkürliches Stöhnen, als er die Augen aufschlug.

»Sei still«, sagte ich. Als ich spürte, wie er unter meiner Hand nickte, senkte ich sie langsam.

»Hat Kegan dich geschickt?«, flüsterte er.

Ich kämpfte den Drang zurück, ihn selbst zu schlagen. Stattdessen hielt ich ihm nur wieder den Mund zu, bis er sich daran erinnerte, was »still sein« bedeutete, und er abermals nickte.

»Mach die Augen zu«, flüsterte ich.

Sie waren dermaßen zugeschwollen, dass ich nicht erkennen konnte, ob er es tatsächlich tat. Ich musste mich einfach darauf verlassen. Dann bewegte ich mich vor ihn, beugte mich hinunter und lenkte meine Hexenkunst zu den Verletzungen an den Augen.

»Mach sie auf.« Er tat es zögerlich. Ich befand mich ihm so nah, dass er nur meine eigenen Augen sehen konnte. Meine Hexenkunst bannte seinen Blick, als ich in seinen Geist eintauchte. Seine Gedanken erwiesen sich als wirres Durcheinander, höchstwahrscheinlich eine Folge der jüngsten Misshandlung. Ich formte meine eigenen Gedanken zu einer spitzen Nadel und stieß in seinen Geist, bis ich in einen weniger verworrenen Bereich gelangte.

*

Auf dem Wagen sitzt ein Junge, umgeben von weiteren Jungs seines Alters. Die meisten lachen und singen, während ihnen trübsinnige Eltern zuwinken, aber die Jungen sind zu aufgeregt, um sich den Kopf über die Tränen ihrer Eltern zu zerbrechen.

Jahre ziehen vorbei, und die Jungen sind älter. Ihre schlaksigen Körper sind stärker geworden, gebräunt von der Sonne, abgehärtet von den Schlägen, die ihre Lehrmeister ohne großes Zögern austeilen. Ihre Tage sind lang, die Zeit verbringen sie entweder über uralte Bücher gebeugt oder auf dem Hof, wo sie unter den Anweisungen des Schwertmeisters schwitzen.

Weitere Zeit verfliegt, und die Jungen sind verschwunden, ersetzt von ernsten Männern in harten, reichlich genutzten Rüstungen. Der erste Junge hatte für den Krieg gebetet, für ein großes Abenteuer, für die Gelegenheit, seine Hingabe an den Gott unter Beweis zu stellen, der ihm so viel Macht verlieh. Nun jedoch, da der Krieg gekommen ist, träumt er nur noch von Frieden.

Die Stadt steht bereits in Flammen, als sie eintreffen – Flammen, die den Nachthimmel erhellen und die Leichen offenbaren, die auf den Feldern um die Stadt verstreut liegen und sich an manchen Stellen vielfach übereinanderstapeln. Sogar in der Dunkelheit machen sich die Krähen über sie her, dicht gepackt wie Fliegenschwärme an einem warmen Sommertag.

Die einstigen Jungen reiten bei Anbruch des Morgengrauens los, doch der Feind erwartet sie bereits. Magische Feuersalven regnen zwischen Stürmen von Pfeilen auf sie herab. Mehrere seiner Brüder fallen um ihn herum, verbrannt, durchbohrt. Die Überlebenden formieren sich und bilden eine eigene Pfeilspitze. Obwohl er es nicht hören kann, weiß er, dass jeder Mann an seiner Seite denselben Kriegsgesang anstimmt, als sie donnernd auf den Feind zuhalten. Er zielt mit der Lanze auf einen der Gegner und weiß, dass er ihn nicht verfehlen wird.

Als sich die Spitze seiner Lanze nur noch fünfzig Schritte von der Brust des Ziels entfernt befindet, wiehert sein Ross kreischend und stolpert. Der Horizont verschwindet über seinem Kopf. Stahlbeschlagene Hufe krachen in ihn und verbeulen die Panzerung, die er so aufwendig repariert und poliert hat. Er schmeckt sein eigenes Blut und Staub. Mittlerweile hat er begriffen, dass sie erwartet wurden und direkt in eine stählerne Falle geritten sind.

Er rappelt sich auf und zieht das Schwert, wirft den nutzlos gewordenen Helm beiseite. Der Angriff ist gescheitert, und diejenigen, die noch beritten sind, werden mit Haken aus den Sätteln gerissen. Überall um ihn herum kreischen Pferde, bäumen sich auf und treten gegen alles in Reichweite aus.

Mit einem Streich seines treuen Feindvernichters beschert er seinem Reittier Frieden, dann wappnet er sich, als der Feind auf ihn zustürmt. Da er nicht zu sagen vermag, wer von den Angreifern lebt und wer tot ist, drischt und sticht er auf jeden Hals und jedes ungeschützte Gelenk ein. Man hat ihn gut ausgebildet.

Während er kämpft, stimmt er ein Rachegebet an, verunsichert seine lebenden Feinde und schwingt das Schwert noch verheerender. Jeder Streich teilt eine tödliche Wunde aus, und für einen Moment flammt in ihm die goldene Wärme von Hoffnung auf. Aber sie wird ihm von dem Magiestoß geraubt, der ihn wie ein Insekt in den Schlamm schleudert. Sein Feindvernichter fällt ihm aus den Händen, und eine Keule schickt ihn ins Reich der Dunkelheit.

Er erwacht nackt und blutig, umgeben von seinen Brüdern. Die Schmach ihrer Gefangenschaft lässt sie wirkungsvoller schweigen als die Drohungen der Zauberer, die sie nach Osten treiben und mit dem Versprechen quälen, dass sie dort ein unseliger Tod erwartet.

Er stimmt ein hoffnungsvolles Gebet an, aber noch bevor die erste Strophe endet, schlagen sie ihn. Er spürt, wie Rippen brechen, und er weiß, dass er hier zwischen Ziegenscheiße und Stechmücken sterben wird.

*

Ich zog mich so behutsam aus dem Geist des Paladins zurück, wie ich in ihn eingedrungen war, trotzdem behielt ich die Hand auf seinem Mund. Dann lockerte ich den Griff, damit er mehr Luft einsaugen konnte, behielt die Hand aber in unmittelbarer Nähe, um weitere Äußerungen seinerseits zu unterbinden. Ich wich etwas zurück und spähte über die Schulter. Die Häscher lachten immer noch grölend miteinander und hatten nicht die geringste Ahnung von meiner Anwesenheit.

Ich hob einen Finger an meine Lippen, wie ich es mir von Tatyana abgeschaut hatte. Der Mann – Leopold, der Paladin – nickte. Sein Blick folgte meiner Kralle, als ich sie senkte.

Er spuckte einen Mundvoll Blut aus. »Bei Gott, was bist du?«

»Ein Freund«, gab ich zurück, verärgert darüber, wie schwer mir die Aussprache durch die vorstehenden Zähne fiel. Er schaute über meine Schulter und hob das Kinn.

»Sie kommen zurück«, kündigte er an. »Es sind zu viele. Geh einfach.«

»In Ordnung«, sagte ich, entfernte mich von ihm und zog mich in die Schatten zurück. Er starrte mir noch hinterher, als seine Peiniger eintrafen. Einer trug ein Messer mit einer Spitze, die gelblich schimmerte, weil er sie im Feuer erhitzt hatte.

»Na so was, du bist wach. Ich bin beeindruckt«, sagte der Mann mit dem Messer und kauerte sich beinah an derselben Stelle nieder wie zuvor ich.

»Vielleicht werden sie ja doch zu zähen Kerlen erzogen«, meinte der andere, der mit vor der Brust verschränkten Armen danebenstand.

»Vielleicht«, räumte der Messermann ein. »Aber uns erziehen sie zu skrupellosen Kerlen. Und skrupellos ist besser als zäh.«

»Die Gerechtigkeit wird euch einholen«, behauptete der Gefangene, der, wie ich mittlerweile wusste, Leopold hieß.

»Oh verdammt, jetzt hab ich zu große Angst, um dir die Augen rauszuschneiden«, gab der Messermann zurück. »Oh, halt, warte. Doch nicht.«

»Bitte hilf mir«, sagte Leopold, drehte umständlich den Kopf und starrte in meine ungefähre Richtung, wenngleich ich mich etwas weiter rechts befand.

Ich schüttelte in der Dunkelheit den Kopf. Zu was für einem Abenteuer sich all das allmählich mauserte, wenn schon Paladine *mich* anflehten, *sie* zu retten. Ich hatte in ihm nicht die Kälte gespürt, die von einem Wurmbefall gezeugt hätte, ebenso wenig Bösartigkeit oder Angst, auch nicht, als er mich unmittelbar vor sich gesehen hatte. Das wollte schon etwas heißen, vor allem, wenn man bedachte, wen Leopold verkörperte. Und es war aufschlussreich gewesen, seine Erinnerung daran zu sehen, wie er Magie wirkte. Das hatte weniger dem Werk eines Zauberers geähnelt, als ich gedacht hatte.

Mittlerweile schauten auch der Messermann und sein Freund zu dem Bereich, in dem ich mich versteckte. Mein letztes Zögern fiel von mir ab, als der Messermann abermals dieses grölende, unerträgliche Gelächter anstimmte.

»Ach, jetzt versteckt sich dein Gott schon in vermaledeiten Büschen? Du bist wirklich erbärmlich.«

»Ich bin nicht sein Gott«, ergriff ich das Wort, ließ meine Augen aufleuchten und breitete den Schattenumhang zu beiden Seiten aus, was kurz den Anschein erweckte, ich besäße zwei gespenstische Flügel. »Sondern euer Tod«, fügte ich mit dem plötzlichen Anflug einer Eingebung hinzu.

Der Messermann schrie spitz wie ein Weib und hechtete zurück, landete als wirrer Haufen auf dem Boden. Sein Gefährte taumelte und stolperte über Leopold. Als er sich wieder auf die Beine rappelte, traf ihn der von mir geworfene Stein mit einem fleischigen Klatschen mitten ins Gesicht und schleuderte seinen Kopf zurück.

Der Messermann stolperte über die Beine eines der in der Mitte aneinandergeketteten Männer. Zwei davon sprangen unter allerlei Kettengeklirr blitzschnell auf und machten sich daran, ihn zu Tode zu prügeln. Die anderen Häscher traten auf den Plan. Ich nützte ihr Zögern, um meine Hexenkunst vorzubereiten. In meinem gegenwärtigen Zustand verspürte ich nämlich keinerlei Lust, handgreiflich mit ihnen zu werden.

Stattdessen benutzte ich eine Energiepeitsche mit mehreren Schwänzen; die Abwandlung eines Gebildes, mit dem Navar Louw mich so gern gequält hatte, das ich ihnen jetzt entgegenschnalzte.

Neun Stränge aus lodernden Flammen schnellten vor und schlangen sich um die penullischen Soldaten. Da hob ich das Gebilde der Peitsche auf und entfesselte stattdessen das reine Feuer. Es brandete die um die Männer geschlungenen Stränge entlang, züngelte zu gelblich-weißen Flammen auf und verwandelte sie in neun gellend schreiende, wild umherspringende Fackeln. Nicht alle starben durch das Feuer, doch die Überlebenden waren nicht in der Verfassung, Gegenwehr zu leisten, als ich planvoll einen Kehlkopf nach dem anderen zerstampfte. Ich überließ es den Angeketteten, sich selbst auf die Beine zu rappeln, während ich weiteres Holz ins Feuer warf.

»Guten Abend«, grüßte ich schließlich und rollte bestmöglich die Schultern, als die angenehme Wärme der Flammen meinen Rücken liebkoste. Ein kleiner Impuls meiner Hexenkunst beseitigte Leopolds Fesseln. Die Männer zeigten sich aufgeregt, als er in ihre Mitte taumelte, blutig, aber wohlauf. Er massierte sich das Leben zurück in die Arme.

»Was bist du? Wer bist du?«, wollte Leopold wissen, als er sich näherte. Die anderen folgten ihm. Ihre Ketten klirrten beinah melodisch.

»Ich bin Stratus«, antwortete ich und ließ das Feuer hinter mir höher aufflammen. Es mochte albern sein, aber es brachte mich zum Lächeln, als sie alle zusammenzuckten. »Ein Freund.«

Ich jagte einen größeren Impuls meiner Hexenkunst durch die Ketten, zerbrach alle Schlösser und befreite die Männer auf einen Schlag. Dann beobachtete ich, wie sie vorwärtsstolperten, als das Metall scheppernd auf dem Boden landete. Vorsichtshalber hielt ich in meinem Geist einen Feuersturm bereit.

»Dann hat dich bestimmt Gott zu uns geschickt«, meinte Leopold und sank auf ein Knie, »denn meiner Treu, wir verdanken dir unser Leben.«

»Ich versichere dir, dass euer Gott nichts damit zu tun hat.«

»Ein Blatt weiß nicht, in welche Richtung der Wind es weht«, meinte er nur, stand wieder auf, kam näher und streckte die rechte Hand zu der mir mittlerweile vertrauten Geste aus. Ich ergriff sie, wie ich es bei anderen beobachtet hatte. »Ich freue mich schon darauf, deine Geschichte zu hören.«

»Ihr kommt mir für Paladine bemerkenswert ruhig vor«, gab ich zurück. Mehrere der anderen standen da, beobachteten mich aufmerksam und umklammerten mit den Fäusten die Waffen der toten Soldaten.

Leopold drehte sich um und schaute zu seinen Gefährten. »Meine Brüder und ich sind auf einem dunklen Pfad gewandert«, erklärte er mir. »Unsere Rettung kommt unerwartet, und dass wir unseren Retter mit so schlechten Manieren behandeln, ist eine Schande, über die wir nachdenken müssen.«

»Nachdenken geht am besten mit vollem Magen.«

Er entblößte die kantigen Zähne zu einem breiten Lächeln, das ich gar nicht erst zu erwidern versuchte. »Da widersprechen wir dir nicht, Stratus.«

Rasch durchsuchten sie die Ranzen der Toten nach Essbarem, und bald darauf kochten sie einen Topf voll Haferbrei und verteilten die Reste des Brots und des Lamms. Dabei unterhielten sie sich die ganze Zeit in leisen Tönen miteinander. Mich beobachteten sie nicht allzu aufmerksam, zumindest nicht, wenn ich zu ihnen schaute. Als ich mich zuletzt in der Gegenwart so vieler Paladine befunden hatte, war die Nacht mit einer in Flammen stehenden Stadt und noch viel mehr Geschrei als diesmal ausgeklungen.

Aber das Essen wirkte seine eigene Magie, und als die letzte Schale saubergeleckt war, achteten sie nicht mehr so vorsichtig auf mich und unterhielten sich ungezwungener. Größtenteils ging es darum, wer getötet oder verletzt worden war; Themen, mit denen ich vertraut war.

Der Einzige, der mir immer noch eindringliche Aufmerksamkeit schenkte, war Leopold. Schließlich verengte er die Augen zu Schlitzen und begegnete meinem Blick.

»Du bist Stratus Himmelsfeuer«, sagte er.

KAPITEL DREIUNDDREISSIG

»Was?«, lautete meine ungemein wortgewandte Erwiderung.

»Das ist dein Name, nicht wahr?«

»Ja«, bestätigte ich. Meinen Namen würde ich niemals verleugnen. »Woher weißt du das?«

»Ich habe es gesehen«, antwortete er und deutete zurück zu dem Baum, an den er gefesselt gewesen war, bevor er sich an den Kopf tippte. »Und gehört. Hier drin.«

Also, das war interessant! Ich hatte keinerlei Eindringen in meinen Geist gespürt. Andererseits war ich vielleicht nicht so vorsichtig gewesen, wie ich gedacht hatte. »Was hast du noch gesehen?«

»Einiges«, sagte er und rückte näher, damit niemand sonst ihn hören konnte. »Genug, um zu wissen, dass du ein ziemliches Rätsel bist.«

Sein Herz schlug stet, schneller zwar als das von Tatyana unter normalen Umständen, aber es raste nicht wie bei einem Menschen in den Klauen nackter Angst. Auch in seinem Geruch lag davon nichts, eher eine seltsame, blumige Würze.

»Wir haben alle unsere Geheimnisse«, meinte ich.

»Das ist wahr. Aber ich denke, du hast mehr als die meisten.« Er rieb sich das Kinn. »Stratus Himmelsfeuer. Den Namen habe ich schon früher gehört, nur kann ich mich nicht erinnern, wo oder in welchem Zusammenhang«, verriet er mir.

Ich spürte, wie mich ein Anflug von Erregung durchzuckte. Es war schön, dass man sich an mich erinnerte, wenn auch auf so fadenscheinige Weise. »Es ist ein alter Name«, sagte ich.

»Namen besitzen ihre eigene Macht, findest du nicht auch?«

»Und ob sie die besitzen. Was willst du von mir, Leopold, Sohn des Sigmund?«

Er überspielte seine Überraschung gut, und jemandem ohne meine messerscharfen Sinne wäre es vielleicht entgangen. »Du bist ein Zauberer, gleichst aber keinem, der mir je begegnet ist.«

»Ich denke, das ist offensichtlich.« Ich klickte die Nägel aneinander, während ich darauf wartete, dass er fortfuhr.

»Darf ich offen sprechen?«, fragte er.

»Ich bitte darum«, gab ich zurück. Die Worte klangen durch meine vorstehenden Zähne gelispelt.

»Dein Erscheinungsbild bildet einen Widerspruch zu deinen Taten. Ich fürchte, unter anderen Umständen wäre unsere Begegnung weniger freundschaftlich verlaufen. Einige meiner Brüder tun sich mit diesem Widerspruch schwer, und nur deine Freundlichkeit hält sie zurück.«

»Ich dachte, du wolltest offen sprechen«, entgegnete ich und schaute an ihm vorbei zu den anderen Paladinen. Die Hälfte saß da und widmete sich den Waffen und Rüstungen, die sie den immer noch qualmenden Toten abgenommen hatten. »Ich bin kein Zauberer«, sagte ich. *Zum hundertsten Mal.* »Ich bin auch kein Mensch, aber ich spüre, dass du das bereits gewusst hast.«

Er nickte. Das hatte ich mir gedacht, denn mir den Namen aus den Gedanken zu stibitzen, bedurfte schon mehr als eines flüchtigen Eindrucks oder einer günstigen Gelegenheit. Es zeugte von einer Ausbildung in solchen Dingen, und zwar einer besseren als jeder, die ich bei den Zauberern gesehen hatte, deren Geist ich auf meinem Weg hierher geplündert hatte.

»Und deine Brüder werden ohne deinen Befehl nicht die Hand gegen mich erheben. Also beleidige meinen Verstand nicht mit plumpen Versuchen, mir zu schmeicheln oder mich einzuschüchtern. Von beidem habe ich wirklich genug erlebt.«

Sein Mund verformte sich wie ein straff gespanntes Seil zu einer schmalen Linie, und als er das Wort ergriff, hatte seine Stimme ihre süße Herzlichkeit verloren. Die sanften Töne schlugen in eine Härte um, die einen geringeren Geist zweifellos eingeschüchtert hätte.

»Na schön, Stratus Himmelsfeuer. Warum bist du hier in diesem verfluchten Land? Dir haftet das nicht zu deinem Verhalten passende Aussehen eines Dämons an. Warum hast du mich geheilt und unsere Ketten zerbrochen? Wer bist du? Was bist du?« Er beugte sich näher. »Du wirst es mir sagen. Sofort.«

In seine Worte war ein unterschwelliges Drängen eingewoben, ein Hauch der Magie, über die die Paladine verfügten. Ich ließ ein kurzes Lachen vernehmen, ein Laut, der sich sogar für meine eigenen Ohren unangenehm anhörte.

»So also behandelst du jemanden, den dir angeblich dein Gott geschickt hat? Wir leben wahrhaftig in dunklen Tagen, wenn die Schuld eines geretteten Lebens so schnell hinter Drohungen und Taschenspielertricks zurückweicht.« Ich spähte zu den Männern hinter Leopold, bevor ich den Blick wieder auf ihn heftete. »Ich hatte gehofft, ihr wärt Männer von Ehre. Aber anscheinend seid ihr kaum mehr als Eidbrecher und Diebe.«

Das war die deftigste Beleidigung, die mir für einen Paladin einfiel, und er zuckte zurück, als hätte ich ihn geschlagen.

»Unsere Eide sind ungebrochen. Unsere Ehre ist unser Leben.« Ein Chor der Zustimmung erhob sich von den Männern, die in Hörweite saßen. Leopold setzte dazu an, aufzustehen, dann überlegte er es sich anders und nahm wieder Platz. Sein Herzschlag beruhigte sich stetig, während er die Hände abwechselnd zu Fäusten ballte und öffnete.

»Ich entschuldige mich«, sagte er nach einer Weile. »Meine Worte waren übereilt und schlecht gewählt. Ich fürchte, diese Prüfung hat mir einiges abverlangt. Uns allen.«

Eine Idee entflammte in meinem Geist, und ich schob die sorgsam geschärfte nächste Beleidigung beiseite, die ich mir zurechtgelegt hatte. »Auch ich bin ihr Gefangener gewesen. Unter solchen Umständen ist es nur allzu leicht, die Hoffnung aus den Augen zu verlieren.«

Seine Knöchel wurden weiß. »Das ist richtig. Als unsere Brüder fielen, haben wir zugelassen, dass Verzweiflung unseren Glauben vergiftete. Es ist schwer, wiederaufzubauen, was wir verloren haben.«

»Ich hatte nie einen Glauben als Stütze, immer nur meine Wut.«

Er schaute zu mir auf. »Auch davon steckt reichlich in uns.«

»Wollt ihr eure Brüder rächen?«, fragte ich und beugte mich vor.

Er bleckte die Zähne. »Wir würden für die Gelegenheit sterben.«

»Dann hat vielleicht doch dein Gott dafür gesorgt, dass sich unsere Wege kreuzen«, meinte ich und hievte mich auf die Beine. »Kommt mit. Ich habe jemanden bei mir, den ihr kennenlernen solltet.«

Ich musste nicht nachsehen, um zu wissen, dass sie mir folgten, als ich den Weg zurück zu dem Bauernhaus antrat, während die Dunkelheit mein Lächeln verbarg.

*

Tatyana erwartete mich knapp außerhalb des Hofs, verborgen vor meiner Sicht, nicht jedoch vor meiner Nase.

»Das sind Freunde«, erklärte ich, als ich eintrat. »*Paladin*-Freunde.«

Mit dem Schwert in der Hand richtete sich Tatyana aus ihrem Versteck hinter einer halb eingestürzten Mauer auf. Dann kam sie auf mich zu, wenngleich ihr Blick auf das Dutzend meiner neuen Gefährten gerichtet blieb.

»Wer zur Hel ist das?«, verlangte sie zu erfahren, als sie endlich mich ansah.

»Leopold, Sohn des Sigmund. Er ist ein Paladin, und das sind seine Brüder. Waffenbrüder, nicht Blutsbrüder.«

»Meine Dame«, sagte Leopold und verneigte sich tief.

»Herr Leopold«, gab sie zurück und neigte das Haupt. Dann trat sie vor und starrte ihn an, als er sich aufrichtete. »Leopold Sigmundsson? Aus Skeln?«

Da straffte er die Schultern und musterte sie mit zusammengekniffenen Augen. »Ja, meine Dame. Woher habt Ihr das gewusst?«

»Mein Vater hat das Verbandshaus in Balfont geleitet.«

»Balfont?« Seine Hand rieb raspelnd über seine Wangen. »Das war Gerhard Henkman. Dann müsst Ihr Tatyana Henkman sein! Es ist mir eine Ehre, Euch kennenzulernen«, sagte er und verneigte sich abermals. »Meister Rawlings hat in den höchsten Tönen von Euch gesprochen.«

»Er war zu freundlich.«

»Dann reden wir nicht vom selben Schwertmeister.«

Darüber lachten beide herzlich. Die anderen Paladine, die einen Halbkreis um uns gebildet hatten, kamen näher und stellten sich Tatyana vor, worauf sie bei mir verzichtet hatten. Das kränkte mich ein wenig, auch wenn ich normalerweise keinen großen Wert auf die Geste gelegt hätte.

Ich ließ sie machen und begab mich zur gegenüberliegenden Seite des Anwesens, wo ihr Geruch nicht alles andere überwältigte. Dann nahm ich mir Zeit, die Luft zu schmecken. Das Morgengrauen rückte näher, und ich wollte eine Vorstellung davon bekommen, was vor uns lag.

Ich suchte mir eine geschützte Stelle windabwärts der Leichen, machte es mir dort gemütlich und schloss die Augen.

Dann beschwor ich ein Quäntchen meiner Hexenkunst und begann, denselben Hellsichtzauber vorzubereiten, den ich in Falkenburg benutzt hatte. Diesmal achtete ich darauf, einen zusätzlichen Faden einzubauen, der mich rechtzeitig warnen würde, sollte ich einem Schutzbann zu nahe kommen.

Der Ruck, mit dem sich meine Wahrnehmung vom fleischlichen Leib löste, fiel diesmal nicht so ruppig aus; mehr wie ein kurzer freier Fall, bevor ich befreit schwebte. Ich blickte auf mich hinab und erblickte zum ersten Mal das volle Ausmaß dessen, was Leopold und seine Gefährten gesehen hatten: eine große, bucklige Gestalt in zerrissener Kleidung mit Klauen als Händen und einem Albtraum von einem Mund voller Fangzähne. Mir war nicht bewusst gewesen, wie viel Zurückhaltung sich Leopold abverlangt haben musste, um so ruhig mit mir zu reden, und ich nahm mir fest vor, zu versuchen, ihn dafür mehr zu mögen.

Letztlich wandte ich mich von dem Anblick ab und ließ meine Wahrnehmung aufsteigen wie einen unsichtbaren Vogel. Die Landschaft unter mir erwies sich als zerklüftet, ausgetrocknet und wenig einladend. Sie schien nur einen Sommer davon entfernt, alle Hoffnung fahren zu lassen und zu einer Wüste zu werden. Ich stieg höher und flog vorwärts, zuerst mit äußerster Vorsicht, dann schneller, als ich keinerlei Anzeichen für Leben oder Bewegung entdecken konnte. Ich befand mich vielleicht zehn Meilen von meinem Körper entfernt, als ich die Patrouille erspähte.

Diesmal lagerten die Männer auf einer kleinen Spitzkuppe, die das Wetter und der Lauf der Zeit zu einer bloßen Erhebung in der Landschaft abgeschliffen hatten. Ich zählte dreißig Mann, als ich die Stelle umkreiste, und vielleicht doppelt so viele Wiedergänger, die meisten wie eine bizarre Mauer um das Lager angeordnet. Als ich näher hinschwebte, erhaschte ich einen flüchtigen Blick auf orange Roben und wurde vorsichtiger.

Allerdings handelte es sich nur um einen einzigen Zauberer, der zudem nicht besonders stark war, sofern ich mir die Farben ihrer Rangordnung richtig eingeprägt hatte. Nicht einmal an ihm selbst nahm ich irgendwelche Schutzbanne wahr, geschweige denn am Lager.

Ich trieb davon und stieg höher, bis ich zum ersten Mal Aknak erblickte. Wie Falkenburg war die Stadt auf natürlich hohem Gelände errichtet worden, aber einen Großteil davon verhüllte ein perlmuttfarbiger Nebel, der beharrlich der aufgehenden Sonne trotzte.

Der Anblick gefiel mir ganz und gar nicht, doch es handelte sich zweifelsfrei um die Stadt, die wir suchten. Am Fuß des Hügels hatte sich eine weitläufige Masse von Zelten und Gebäuden ausgebreitet, gekennzeichnet von unzähligen Flaggen. Dahinter folgten reihenweise weitere Zelte und Pferche mit Vieh, Pferden und entweder Gefangenen oder weiteren Wiedergängern.

Ich schwebte weiter, aber sogar aus dieser Entfernung spürte ich ein Zittern in den Liedlinien, eine geringfügige Verzerrung, die mich zwang, mich deutlich mehr darauf zu konzentrieren, das Gefüge meines Hellsichtgebildes aufrechtzuerhalten. Als ich mich überwand und mich noch näher anpirschte, ließ das Zittern nach und nach ein vages Muster erkennen. Nichts, was ich mit Sicherheit einzuordnen vermochte, aber höchstwahrscheinlich irgendein Schutzbann, und der bereitete mir Unbehagen. Ich zog mich zurück, fassungslos über die Menge an Energie, die notwendig war, um einen Schutzbann für einen so großen Bereich anzufertigen, geschweige denn, ihn aufrechtzuerhalten.

Ich sank tiefer und betrachtete aufmerksam das Gelände, sah mir die Rinnen und Risse an, prägte mir die Pfade ein und genoss dabei den Anschein, zu fliegen. Die Verlockung, es wieder und wieder zu tun, war stark, aber ich wollte es in der Nähe von etwas, das höchstwahrscheinlich ein Nest voll von Totenbeschwörern war, nicht übertreiben. Also kehrte ich widerwillig um und schwebte zurück zu meinem Körper.

Ich verharrte über ihm und bemerkte, dass in der Nähe ein Paladin saß, der sowohl mich als auch das Gelände dahinter beobachtete. Oder vielleicht war er auch nur gekommen, um sich den Sonnenaufgang anzusehen.

Neugierig schwebte ich an ihm vorbei zum Haus und bahnte mir den Weg durch eine Lücke ins Gebälk, von wo ich auf Leopold und Tatyana hinabspähen konnte, die neben einer groben, in die Asche gezeichneten Karte kauerten. Die restlichen Paladine schliefen entweder oder beteten. Die leiernden Geräusche ihrer Worte empfand ich als weniger lästig, als ich gedacht hätte. Leopold und Tatyana unterhielten sich über Wasser und Entfernungen, was mir entschieden zu langweilig war, um dafür Energie zu vergeuden.

Also kehrte ich in meinen Körper zurück und erwachte mit einem Stöhnen, als das Fleisch meinen Geist wieder umfing und die aufgestauten Schmerzen zurück in meinen Kopf fluteten. Ich stemmte mich in sitzende Haltung, spuckte aus, um den üblen Geschmack aus dem Mund zu bekommen, und nickte dem Paladin zum Dank flüchtig zu.

»Im Umkreis von zehn Meilen ist die Luft rein«, berichtete ich. »Da ist weit und breit nichts, nicht einmal eine Maus.«

»Das liegt am Regen«, sagte er unverhofft.

»Am Regen?«

»Er hat zweimal eingesetzt, als wir in Gefangenschaft waren. Im Regen ist eine Fäulnis, die kleinere Geschöpfe vergiftet, die hineingeraten. Ich habe mit eigenen Augen gesehen, wie sie vergehen und sterben.«

»Bemerkenswert.« Ich hielt inne, als ich gerade an ihm vorbeigehen wollte. »Stammen irgendwelche der Männer hier aus Kenwin?«

»Nein«, antwortete er, ohne mich dabei anzusehen. »Wir sind alle aus dem Norden.«

»Gut«, befand ich und entschied, nicht hinzuzufügen: *Das bedeutet, ich muss euch nicht alle töten.*

Als ich das Haus betrat, stand Tatyana auf und drückte meinen Arm. »Tut mir leid, dass ich dich angeherrscht habe«, entschuldigte sie sich flüsternd, bevor sie sich wieder setzte.

»Entschuldigung angenommen.«

»Wir haben unsere Möglichkeiten abgewogen«, verriet mir Leopold und sah dabei Tatyana an. »Auch wenn es in Wirklichkeit nicht viele gibt. Wir befinden uns mitten in Feindgebiet, haben keine Vorräte und zusammen nur eine Handvoll Waffen.«

»Wasser wird auch entscheidend sein«, ergänzte ich, und Leopold nickte zustimmend.

»Ganz genau.«

»Ich bleibe trotzdem dabei«, sagte Tatyana. Zu mir fügte sie hinzu: »Ich versuche schon die ganze Zeit, Leopold einzubläuen, dass wir nicht als Armee hier sind. Wir sind hier, um nach Aknak hineinzugelangen.«

Der Paladin verschränkte die Arme vor der Brust. »Und wie sollen wir das bewerkstelligen? Ohne Essen, ohne Wasser, ohne …«

»Zum letzten Mal, es gibt hier kein *Wir*«, fiel sie ihm ins Wort.

Ich spähte auf die grobe Karte, die sie gezeichnet hatten, und kratzte ein X in die Asche. »An dieser Stelle lagert eine größere penullische Patrouille, vielleicht drei Stunden zu Fuß von hier. Dreißig Soldaten und fünfzig Wiedergänger mit nur einem Zauberer; höchstwahrscheinlich ein Totenbeschwörer als Aufpasser für die Wiedergänger.«

»Sind sie unterwegs in diese Richtung?«, fragte Tatyana.

»Nein, aber sie haben jede Menge Schwerter und Proviant.«

»Das ist nicht dein Ernst«, kam von Leopold. »Dafür haben wir weder genug Leute noch genug Ausrüstung.«

»Aber wir haben ihn«, sagte Tatyana und ließ die Zähne aufblitzen.

KAPITEL VIERUNDDREISSIG

Ich beobachtete, wie die Sonne aufging, während Leopold mit seinen Leuten sprach. Die Vorstellung, dass sie mich unterstützten, belustigte mich noch immer. Ich hatte Stolz schon als Waffe gegen Paladine eingesetzt, aber noch nie als Werkzeug.

Bei ihren Vorbereitungen zuzusehen, empfand ich als fesselnd. Ihre Gebete waren zielgerichteter, als ich je vermutet hätte. Es handelte sich um echte Aussagen, nicht bloß um eine Ansammlung von Lauten, die sich als Sprache tarnten und den alleinigen Zweck erfüllten, eine Verbindung zwischen dem Sprecher und den Liedlinien herzustellen. Dennoch wurden sie ähnlich wie bei Zauberern als Sprechgesang vorgetragen, auch wenn es mehrere faszinierende Unterschiede gab.

»Wir sind so weit«, sagte Tatyana, die sich mir unbemerkt genähert hatte.

»Das bin ich auch.«

Einer der Paladine, der anscheinend als besonders flink galt, ging voraus, kundschaftete für uns den besten Weg aus und kennzeichnete ihn mit einem Muster von Steinen. Außer mir konnte schließlich niemand den Geruchsspuren folgen, die er hinterließ wie ein achtloses Kind.

Irgendwann, nachdem die Sonne ihren Höchststand überschritten hatte, hielten wir an und nutzten einen kleinen Krater als Zuflucht. Ich ließ mich nieder und entsandte erneut mein Hellsichtgebilde in die Lüfte. Diesmal gestaltete es sich noch einfacher. Oder vielleicht lag es auch nur an meiner Begeisterung über die Pause, die mir der Hellsichtflug von der unterschwelligen Feindseligkeit der Paladine verschaffte und von dem Tribut, den die Marschgeschwindigkeit meinem verbogenen Körper abverlangte.

Ich stieg ostwärts auf, flog wieder dorthin, wo ich das penullische Patrouillenlager entdeckt hatte. Erfreut stellte ich fest, dass es noch dort war, auch wenn die meisten Soldaten es verlassen hatten. Die Patrouille erwies sich als einfach aufzuspüren, weil die plumpen Toten mit den Füßen schlurften und gelegentlich Körperflüssigkeiten absonderten. Schon bald hatte ich sie gefunden. Sie befanden sich vielleicht drei Meilen von dort entfernt, wo wir uns ausruhten, und bewegten sich in kleinen Gruppen voran, während ihnen die Horde der Wiedergänger folgte. Das Orange der Robe des beaufsichtigenden Totenbeschwörers zeichnete sich deutlich hinter ihnen ab.

Ich kehrte in meinen Körper zurück und beschrieb rasch, was ich gesehen hatte. Darob entwickelte sich eine angeregte Debatte darüber, ob es besser wäre, das Lager zu übernehmen und auf ihre Rückkehr zu warten, oder erst zu warten und das Lager nach Einbruch der Dunkelheit anzugreifen. Zuerst fand ich es interessant, mir das jeweilige Für und Wider anzuhören, doch schon bald verlor es seinen Reiz.

»Wir warten, bis es dunkel ist«, entschied ich.

»Wir verstehen etwas vom Kriegshandwerk, Zauberer. Wäre besser, du würdest Kampfangelegenheiten uns überlassen«, merkte einer der Paladine an, ein Bärtiger mit einer grässlichen Narbe seitlich im Gesicht.

Er hatte schon bisher kein Geheimnis aus seiner Abneigung gegen mich gemacht. Und wenngleich ich die finsteren Blicke, die er mir den ganzen Tag lang zugeworfen hatte, überwiegend als lachhaft empfand, trugen sie auch nicht dazu bei, meine allgemeine Laune zu heben.

»Eine Behauptung, die weder dein Gesicht noch deine jüngste Gefangenschaft überzeugend stützen«, konterte ich.

»Hüte die Zunge, Dämon.« Die Worte ertönten als Zischen, und seine Züge röteten sich, wodurch die Narbe nur noch deutlicher zur Geltung kam.

»Oder was?«, fragte ich ihn, und meine Stimme bewegte sich dabei auf ein Knurren zu.

»Bitte, bleibt friedlich«, ging Leopold dazwischen. »Wir haben bereits genug Feinde.«

Ich stimmte dem mit einem wohlwollenden Nicken zu, während das Narbengesicht etwas Unverbindliches und möglicherweise Beleidigendes grummelte. Ich schenkte ihm keine weitere Beachtung und wandte mich Leopold zu. »Wenn ich mich recht erinnere, umfasst eure kleine Ansammlung von Tricks doch auch Lichtzauber, richtig?«

»Wenn unser Glaube stark und aufrichtig ist, können wir Drogah bitten, die Dunkelheit um uns herum zu vertreiben.«

Ich unterdrückte ein Stöhnen. »Natürlich. Und tut er das, sobald ihr ihn darum bittet?«

Leopold ließ das Lächeln seiner kantigen und überaus weißen Zähne aufblitzen. »Seine Großmut und seine Gnade kennen keine Grenzen.«

»Solange man kein Ketzer ist«, fügte Narbengesicht beißend hinzu. »Wie Dämonen verdienen Ketzer sie nicht und erhalten sie auch nicht.«

Ich konnte seine Streitlust riechen, die meinen Zorn schürte, aber ich drängte die aufkeimende Wut erneut zurück. »Wenn du nichts Sinnvolles beizutragen hast, solltest du vielleicht gehen und dir einen Helm suchen.«

Mit einem Knurren rappelte er sich auf die Beine, aber Leopold war schneller als er und drückte ihn zurück, bevor er mehr tun konnte, als sich in die Brust zu werfen.

»Geh spazieren«, schlug Leopold vor, und nach einem letzten Blick zu mir traten Narbengesicht und zwei andere den Weg aus dem Krater an.

»Ich entschuldige mich für ihn«, sagte Leopold. »Er ist ein guter Mann, aber sehr leidenschaftlich.«

»Er ist ein Arsch«, befand Tatyana schlicht.

Darüber lächelte ich, dann legte ich meinen Plan dar.

*

Wir gingen nicht weit vom penullischen Patrouillenlager entfernt in Stellung, gerade weit genug, dass die zurückkehrende Truppe nicht über uns stolpern würde. Die Paladine rotteten sich zum Beten und für ähnliche Paladin-Dinge zusammen. Für Tatyana und mich verblieb nur der Versuch, uns ein wenig auszuruhen, was in meinem Fall der an mir nagende Hunger vereitelte.

»Vertraust du ihnen?«, fragte sie.

»Nein.«

»Nicht einmal Leopold?«

»Ihm am wenigsten.«

Sie drehte sich mir zu. »Warum machst du das dann? Warum hast du dich überhaupt mit ihnen eingelassen?«

»Neugier. Und ich habe eine Idee, obwohl sie dir vielleicht nicht gefallen wird.«

»Raus mit der Sprache.«

»Aus der Nähe betrachtet ist ihre Magie anders, als ich gedacht hatte. Ich hatte erwartet, dass sie enger an Zauberei angelehnt ist, aber der Aufbau und der Tonfall sind völlig …«

»Ich hab deine Idee gemeint.«

»Oh. Sie werden die Augen des Feindes von uns ablenken, wenn wir die Stadt erreichen.«

»Du willst sie als Ablenkung benutzen?«

»Das Wort habe ich gesucht. Ja. Eine *Ablenkung*.«

»Du hast vor, sie zu opfern.«

Ich zuckte mit den Schultern und rückte ins Sonnenlicht,

genoss die Wärme auf meiner Haut. »Es ist ihre eigene Entscheidung«, meinte ich und schloss die Augen. »Und ich bin nicht derjenige, der jeden zweiten Satz mit versteckten Zwängen versieht.«

»Was?«

»Das musst du doch gespürt haben. Wie vernünftig alles zu sein scheint, was Leopold sagt, und wie bereitwillig ihm die anderen zustimmen?«

»Die *Aer Nephus*«, sagte sie und rollte sich auf den Rücken. »Die Stimme der Engel. Dieser mistige Scheiß.«

»Also gibt es dafür einen Namen?«

»Es ist ein mächtiger Segen, eine Gabe.«

Dazu schnaubte ich abfällig. »Es ist ein billiger Trick.«

»Bei Gottes Zähnen, hat er das bei mir eingesetzt? Was, wenn ich ihm verraten hätte, dass du …«

»Er hat es versucht, aber ich habe dich dagegen abgeschirmt.«

»Wann? Wie?«

Statt zu antworten, führte ich der Verbindung zwischen uns etwas Macht zu, genug, um die in Tatyana schlummernde Hexenkunst zu erwecken. Ich achtete darauf, sie auf ihre Sinne statt auf eine Heilung auszurichten. Die Farben und Geräusche um sie herum wurden dadurch doppelt so deutlich, wie sie es gewohnt war.

»Verdammt noch mal«, fluchte sie. »Mach so was nicht.«

»Ich dachte, es wäre einfacher, es dir zu zeigen.«

»Behalt deine verflixte Magie gefälligst für dich.«

»Hättest du Leopold lieber alles gestanden?«

»Das hab ich nicht gemeint.«

Ich öffnete die Augen wieder, als ich eine Veränderung in ihrem Herzschlag spürte. »Was hast du dann gemeint?«

»Vergiss es einfach, Stratus. Danke, dass du mich vor Leopold gerettet hast, auch wenn du dir nicht die Mühe gemacht hast, mir zu sagen, was du mit mir und *meinem Körper* anstellst.«

»Sehr gern geschehen.«

Ich schloss die Augen wieder und bemühte mich, die eigenen Gedanken zu ordnen. Es musste mir wohl gelungen sein, denn als ich die Lider aufschlug, klang der Tag als verblassender bernsteinfarbener Streifen im Westen aus. Die Paladine rollten die Schultern und streckten die Beine auf eine Weise, die ich nicht mehr hoffen konnte, nachzuahmen.

»Du bist wach. Hervorragend. Ich wollte dich gerade holen«, sagte Leopold. Er strotzte geradezu vor Kraft, und nicht zum ersten Mal regte sich in mir der Wunsch, ihm die Zähne einzuschlagen. Stattdessen klopfte ich mir betont den Staub vom Mantel, als ich aufstand und zu den Paladinen ging.

»Ich habe nicht geschlafen. Ich habe mich auf die Festlichkeiten der Nacht vorbereitet.«

»Ausgezeichnet. Wir« – er deutete auf die Paladine hinter ihm – »sind bereit. Drogah hat unsere Gebete erhört und steht uns bei.« Er klopfte mir mit einer Hand auf die Schulter. »Wir möchten dich bitten, mit uns zu beten.«

»Warum?«

»Damit er auch dir seinen Segen gewähren kann.«

»Er würde einen garstigen Ketzer wie mich segnen?«

»Scherze nicht über solche Dinge, mein Freund.«

Ich dachte darüber nach. Zwar hielt ich ihren Gott immer noch lediglich für eine Manifestation ihrer vereinten Vorstellungskraft, für einen Gemeinschaftsquell von Willenskraft und Absicht, den sie durch ihre Gebete erschufen und nährten. Allerdings fand ich es unangebracht, das in diesem Augenblick auszusprechen. Vor allem, da sie gerade wegen dieser Überzeugung und des Stolzes auf ihren Kult eine so wirksame Ablenkung abgeben würden. Abgesehen davon hatte sich erneut meine Neugier geregt.

»Nun denn, lass uns beten«, sagte ich, und er klopfte mir erneut auf die Schulter.

»Du verbirgst einiges an Stärke unter diesen Lumpen«, lobte er mich, als er mich in den Kreis führte, den die Paladine gebildet hatten. Tatyana befand sich bereits unter ihnen und beobachtete mit großen Augen, die Brauen halb bis zur Stirn hochgezogen, wie ich meinen Platz einnahm.

Leopold ergriff meine linke Hand und bedeutete mir, die des Mannes zu meiner Rechten zu nehmen. Der nickte mir zu und lächelte, als ich die Finger um seine Hand schlang und die Klauen leicht auf seinem Handgelenk ruhen ließ, wie ich es bei Leopold tat. Beim ersten Anzeichen von Verrat würde ich ihnen die Haut von den Knochen schälen.

Leopold hob das Gesicht gen Himmel und ergriff das Wort in einer Sprache, bei der es sich vermutlich um die der Priester handelte. Bruchstücke davon hatte ich schon früher gehört, wenngleich zumeist in Form von Verwünschungen oder Bitten um Gnade. Ich sparte mir die Mühe des Versuchs, schlau daraus zu werden. Aber ich empfand den Rhythmus als angenehm.

Ich nahm mir einen Augenblick Zeit, um einen Schleier der Hexenkunst über meine Sicht zu legen. Das blendete die harsche Wirklichkeit aus, bis sich die Menschen und Felsen um uns herum als verschwommene Umrisse vor dem Licht der magischen Strömungen abzeichneten, die durch sie und um sie herum flossen. Durch uns und um uns alle. Sämtliche Paladine leuchteten heller, als Menschen es tun sollten, doch ich stellte erfreut fest, dass Tatyana sie noch übertraf. Die mit ihrem Körper verwobene Hexenkunst warf die von den Paladinen heraufbeschworene Energie zurück und verstärkte sie.

Die Macht wurde mir in dem Moment bewusst, als ich erkannte, dass ich zu den Klängen von Leopolds Stimme summte. Es war, als stünde ich an einem Sommertag in der Sonne, und bei den Sternen, es fühlte sich tatsächlich gut an.

Das Wirbeln der Liedlinien um uns hatte sich verstärkt, seit ich es anfänglich betrachtet hatte, aber es wirkte zerlaufen, mehr wie ein Nebel, nicht wie die Strömung, als die ich die Linien normalerweise erlebte. Glitzernde Fünkchen füllten mit jedem Atemzug meine Lunge, und als ich zu Tatyana schaute, sah ich die Fünkchen auch in ihrem Körper blitzen. Ich atmete tiefer ein, blähte den Brustkorb und spürte, wie die Energie in mir durch meine Adern brandete.

Leopold drückte meine Hand, und ich erwiderte die Geste, eine schlechte Idee meinerseits, da ich mehr auf meine Hexenkunst als auf meinen Körper achtete. Er schrie auf, und die Wirbel verlangsamten sich, der Nebel begann, sich zu verflüchtigen.

Ich löste den Schleier über meiner Sicht auf und ließ die Hände der anderen los. Leopold krümmte sich vornüber und rieb sich die Hand, die ich gequetscht hatte. Bevor ich etwas tun oder sagen konnte, füllte ein knirschendes, knisterndes Geräusch meinen Kopf aus. Darauf folgte rasch ein tiefer Schmerz in der Brust, der die Reste des Hochgefühls von der Segnung zerstampfte.

Es fühlte sich an, als quetsche eine unsichtbare Hand meinen Brustkorb und verhindere, dass sich meine Lungenflügel ausdehnen konnten. Ich streckte die Hand aus, um mich abzustützen, und ergriff dankbar den mir dargereichten Arm. Allerdings war der Paladin, der ihn mir anbot, meinem Gewicht nicht gewachsen, und wir endeten beide auf dem Boden. In meinen Lungen brannte der Drang, zu atmen. Bevor ich auch nur versuchen konnte, zu begreifen, was passiert war, berührte eine andere Hand meine Schulter. Ich spürte, wie ein Blitz meinen Körper durchzuckte und die Lähmung zersprengte, die meinen Brustkorb umklammerte. Ich atmete mehrmals gierig ein und rollte mich von dem unglückseligen Paladin, der mit mir gefallen war. Auch er schnappte nach Luft.

Ich schaute zu Tatyana auf, deren Hand nach wie vor auf meiner Schulter ruhte.

»Was zur Hel war das?«, fragte sie.

Ich ergriff die Hand, die sie mir vorsichtig entgegenstreckte. Sie kam mit meinem Gewicht besser zurecht als der Paladin. Ich atmete noch einmal beruhigend durch und stellte erleichtert fest, dass der geheimnisvolle Schmerz restlos verflogen war.

»Mein Körper, oder genauer gesagt der darin verankerte Zauber – ich glaube, er reagiert auf äußere Magie«, sagte ich mehr zu mir selbst als zu ihr. »Aber nicht auf meine eigene.«

Ich blickte zu dem Paladin, auf den ich gefallen war. Drei seiner Brüder hatten die Hände auf seiner Brust. Ich spürte, wie sich ihre Magie ballte, als sie ihr Heilgebet anstimmten.

»Danke«, rief ich zu dem Gestürzten hinüber und wich einen Schritt zurück. Immerhin hatte der Paladin versucht, mir zu helfen. Das verdiente Anerkennung, auch wenn er dabei versagt hatte.

Es dauerte noch eine Weile, bis es ihm und Leopold wieder gut genug ging, um sich zu bewegen. Meine Beziehung zu ihnen verbesserte das Ereignis nicht. Zum Glück bot die unmittelbar bevorstehende Gewalt in Form des Angriffs auf das penullische Patrouillenlager eine nützliche Ablenkung. Und da sich mittlerweile das letzte Licht vom Himmel verflüchtigt hatte, war es an der Zeit, sich in Bewegung zu setzen.

Wir pirschten uns mit äußerster Vorsicht an das Lager an, nicht zuletzt, weil wir über so wenige Männer in Rüstungen und mit vernünftigen Waffen verfügten. Tatsächlich war Tatyana noch am besten von allen gerüstet und bewaffnet, dennoch bewegte sie sich leichtfüßig. Sie hatte Stoffstreifen um die Kanten der Rüstungsteile gewickelt, um ihr Schrammen und Klirren zu dämpfen, Geräusche, die sie normalerweise überallhin begleiteten.

Die Paladine teilten sich in zwei Gruppen auf und schwärmten links und rechts von Tatyana und mir aus.

»Bist du bereit?«, fragte sie mich.

Ich rief mir die Hexenkunst in meinen Geist und betrachtete die Gebilde, die ich vorbereitet hatte. »Bereit, wenn du es bist.«

»Ich hab plötzlich den Drang, zu pinkeln. Also muss ich wohl bereit sein.«

»Das verstehe ich nicht.«

»Macht nichts«, gab sie zurück und schenkte mir ein Lächeln, während sie einen Riemen festzog. »Ich bin bereit.«

»Dann fange ich an.«

KAPITEL FÜNFUNDDREISSIG

Ich erinnerte mich von meinem Hellsichtausflug an die Anordnung des penullischen Patrouillenlagers. Während Tatyana und ich uns der Hauptgruppe der Zelte der Soldaten näherten, schwärmten die Paladine um uns herum aus. Sie würden unser Ziel von der anderen Seite aus angreifen, sobald ich die Aufmerksamkeit des Feinds auf mich gelenkt hatte.

Ursprünglich hatte ich vorgehabt, einfach Feuer auf das Lager einprasseln zu lassen, doch Tatyana hatte mich auf die Notwendigkeit hingewiesen, ihre Ausrüstung nach Möglichkeit nicht zu beschädigen. Danach hatten die anderen einen hoffnungslos überfrachteten Plan ausgeheckt, und ich hatte mich standhaft geweigert, ihn mir auch nur anzuhören. Am Ende hatten wir uns auf eine verbesserte Fassung meines ursprünglichen Vorhabens geeinigt.

Ich erweckte meine Nachtsicht und bewegte mich den Hang hinauf, bis ich freie Sicht auf die Zelte hatte. Dann ließ ich mich nieder und entfesselte das erste Hexenkunstgebilde.

Es entsandte eine Reihe von Ranken, die sich wie Schlangen aus Rauch durch die Luft wanden, jede einzelne auf der Suche nach dem Pulsieren eines lebendigen Herzens. Sobald alle Ranken eine Verbindung hergestellt hatten, packte ich den letzten Bestandteil des zweiten Gebildes aus und schickte an jedem Strang einen Feuerimpuls entlang. Mit bloßem Auge konnte man das so gerade eben als zarte Schlieren orangen Lichts erkennen.

Es klappte allerdings nicht so gut, wie ich gehofft hatte.

Einige der Bahnen hatten sich berührt, waren miteinander verschmolzen oder lenkten die Feuerströme ab, wodurch einige geschwächt und andere gestärkt wurden. Die erblühende Hitze, die eigentlich alle Soldaten still und leise hatte töten sollen, setzte daher einige in Brand, während andere nur leicht angesengt wurden.

Erschrockenes Geschrei zerriss die Ruhe der Nacht, als die überlebenden Soldaten aus ihren Zelten stürmten. Manche waren angezogen, andere rauchten, aber alle waren bewaffnet und wütend. Während sie Fackeln anzündeten und sich verteilten, beobachtete ich, wie sich die Paladine aus ihren Verstecken erhoben und das letzte Stück, den Hang an ihren Flanken, hinaufrannten.

»Halt dich fest«, sagte ich zu Tatyana und schlang einen Arm um ihre Taille. Ich wartete keine Antwort von ihr ab, bevor ich das Windgebilde entfesselte und uns beide unter aufstiebendem Schotter und Staub hoch in die Luft beförderte. Der Hang verschwamm unter uns, und als wir die Zelte und die umherwuselnden Soldaten passiert hatten, stiegen wir ab und landeten in der Nähe der Kochfeuer. Der zweite Teil des Zaubers entfaltete seine Wirkung und bremste unseren Fall mit einem weiteren Luftstoß, der ihre Töpfe auseinandersprengte und eine Wolke aus Sand und Asche um uns herum aufwirbelte.

Ich ließ Tatyana los, als unsere Füße den Boden berührten. Sie schien den Sprung ziemlich gut verkraftet zu haben. Jedenfalls verlor sie keine Zeit, sondern schlitzte prompt einem der penullischen Soldaten die Kehle auf, während er noch sein Gesicht gegen die umherfliegende Asche abschirmte.

»Ein Krandin! Ein Krandin!«, brüllte sie.

Die penullischen Soldaten schwangen alle gleichzeitig zu ihr herum, und ihr Gebrüll übertönte Tatyanas Rufe. Sie strömten auf uns zu, als Leopold unbeachtet zwischen den Zelten hinter ihnen hervorkam, gleich darauf gefolgt vom Rest seiner Waffenbrüder. Dieser Teil des Plans gehörte ihnen, und ich überließ sie ihrer Arbeit, während ich auf die Horde der Wiedergänger zusteuerte. Die mussten nicht geschont werden, also konnte ich endlich das Feuer entfesseln, das ich den ganzen Nachmittag in mir gehortet hatte.

Die Toten schlurften bereits auf den Lärm des Gefechts zu. Das plötzliche Aufflammen der von den Paladinen entfesselten Lichtzauber spiegelte sich deutlich in ihren ausdruckslosen Augen. Zu meiner Rechten erhaschte ich aus dem Augenwinkel einen flüchtigen Blick auf eine orange Robe und hörte das Geräusch, als der Totenbeschwörer einen Zauber abfeuerte.

Ein Schwall Bewegungsenergie traf meine Flanke. Wäre er richtig verdichtet gewesen, hätte er mir vielleicht die Luft aus der Lunge gepresst oder mir gar eine Rippe gebrochen. Aber der Zauberer hatte ihn überhastet entfesselt und dadurch seine Wirkung geschwächt. Der Aufprall fühlte sich nicht schlimmer als der Schlag eines Menschen an. Ich wollte den Totenbeschwörer nach Möglichkeit lebend fassen, deshalb ließ ich ihn vorerst unbehelligt flüchten und sich hinter seinen Wiedergängern verstecken.

Die Toten rückten näher. Auf einen Befehl des Zauberers hin, den ich nicht hörte, flossen ihre Ränge auseinander, um mich zu umzingeln. Ich rührte mich nicht von der Stelle und ließ meine Hexenkunst in das Feuergebilde fließen, das ich dicht bei mir behielt. Ich konnte fühlen, wie sich der Druck in mir aufbaute, und musste die Augen zusammenkneifen, als Energieblitze die Wirklichkeit um mich herum durchdrangen. Ihr Licht tauchte die bleichen, wandelnden Leichname, die mir entgegenstrebten, in kräftige Rottöne. Dann schloss ich die Augen und entfesselte das Feuer, indem ich die Hände wie bei einer wohlwollenden Geste von mir streckte.

Die Flammen tosten mit einer eigenen Stimme, als sie nach

außen schossen und sich von Rot über Gold zu Weiß verwandelten. Der Anblick war wunderschön, das Nachspiel weniger. Die vordersten Wiedergänger zerstückelte es förmlich. Die Gliedmaßen wurden ihnen vom Rumpf gesengt oder schlichtweg von der Wucht des Feuerstoßes abgerissen. Anderen wurden Haut und Fleisch von den Knochen gebrannt, als sich ihre Körperfette entzündeten. Sie gingen mit öligen Flammen in Rauch auf, während sie auf dem Boden zappelten. Die am weitesten Entfernten wiederum standen nur da und schienen gar nicht zu bemerken, dass sie brannten. Auch der Totenbeschwörer war der Feuerwelle nicht entronnen und rollte sich in dem Versuch über den Boden, die Flammen seiner lodernden Gewänder zu ersticken. Seinem Geheul nach schien er nicht tödlich verletzt zu sein.

»Mögen uns Drogahs Engel gnädig sein«, stieß eine Stimme hinter mir hervor. Ein Paladin stand da. Rauch kräuselte sich aus seinem Bart und seinen Haaren. An seiner rot durchnässten Brust dampften Blut und andere Körperflüssigkeiten.

»Ich dachte, ihr seid Drogahs Engel«, sagte ich und erhob mich aus meiner geduckten Haltung.

Er klopfte sich auf den Bart und wich vor dem glimmenden Wiedergänger zu seinen Füßen zurück. »Wir sind sein Schwert, das Werkzeug seiner Gerechtigkeit«, murmelte er und starrte mich mit blutunterlaufenen Augen an.

Deinesgleichen hat die Liebe meines Lebens getötet. Ich spielte mit dem Gedanken, ihn ebenfalls in Brand zu stecken und es einem Versehen zuzuschreiben. Allerdings hatte der Kampf gegen die penullischen Soldaten bereits sein grausames und unvermeidliches Ende gefunden, und die lodernden Wiedergänger hatten die Aufmerksamkeit zu vieler Überlebender erregt.

Tatyana stieß einen leisen Pfiff aus, als sie und Leopold herüberkamen und sich neben mich stellten. »Du hast dich selbst übertroffen«, lobte sie mich. Leopold schwieg, während er mich beobachtete.

Ich bedankte mich mit einem verlegenen Nicken für das Kompliment. »Sie sind berechenbar.«

»Was ist mit ihm?« Sie zeigte mit dem Schwert auf den Zauberer, den ich näher herübergeschleift hatte.

»Er gehört mir.«

»Er ist ein Totenbeschwörer«, warf Leopold ein. »Unsere Gesetze verlangen seinen Tod.«

»Er gehört mir«, wiederholte ich und ließ ein paar meiner Zähne aufblitzen.

»Sachte«, ergriff Tatyana das Wort und trat zwischen uns. Sie schaute zu mir auf. »Willst du ... na ja, du weißt schon, die *Sache* machen?«

»Die Sache?«

»Du weißt schon.« Sie trat einen Schritt näher und flüsterte: »Das mit seinem Gehirn.«

»Ah. Ja, will ich.«

»Verstehe. Dann schlage ich vor, du tust es irgendwo außer Sicht.«

»Wovon redet ihr da?«, verlangte Leopold zu erfahren.

»Ich werde sein Ge...«

»Er wird ihn mit Magie verhören«, fiel mir Tatyana ziemlich unhöflich ins Wort.

Leopold sah erst sie an, dann wieder mich. »In Ordnung«, sagte er. »Aber mach es schnell. Wir müssen vor dem Morgengrauen weg sein.«

»Ja«, pflichtete ihm Tatyana bei. Sie sah wieder mich an. »Mach es schnell.«

Da ich mir den immer noch heulenden Zauberer wegen der Ausbuchtung am Rücken nicht über die Schulter werfen konnte, packte ich eine Handvoll seiner Robe und schleifte ihn neben mir her. Ich überließ es den Paladinen, den Gefangenen und den Toten alles Nützliche abzunehmen. Ein kurzes Stück den Hang hinunter blieb ich stehen und kauerte mich neben den stöhnenden Totenbeschwörer.

»Kannst du reden?«, fragte ich ihn und stach ihm eine Kralle in die von Blasen übersäte Wange, um sicherzustellen, dass mir seine ungeteilte Aufmerksamkeit galt. Er hustete und prustete, doch letztlich bejahte er die Frage.

Als er mich zum ersten Mal richtig erblickte, stieß er einen wortlosen Schrei aus und unternahm einen erbärmlichen Fluchtversuch, den ich vereitelte, indem ich ihn am Bein packte und zu mir zurückzog. Dabei bohrten sich meine Krallen in sein weiches Fleisch und brachten ihn zum Zappeln.

»Wo ist Navar?« Ich bewegte mich in der Hoffnung neben ihn, dass die leichte Brise den ablenkenden Geruch seines verbrannten Fleisches von mir wegwehen würde.

»Wer?«

»Dein Meister. Der Herr der Würmer. Trägt immer einen Stab bei sich, der wie ein menschliches Rückgrat geschnitzt ist.«

»Ich weiß es nicht. Woher sollte ich auch?« Stöhnend hielt er sich den hübsch verbrannten rechten Arm, die Quelle des Aromas, das mich so durcheinanderbrachte.

»Du gehörst zu seinen Leuten. Fang an zu reden, bevor ich dich aufschneide.«

»Oh Mist, tut das weh!«

»Stell dir vor, wie weh es erst tun wird, wenn ich den Rest von dir verbrenne.« Das erregte seine Aufmerksamkeit.

»Ich bin nur ein Oranger«, schrie er mir beinah entgegen. »Ich fertige doch bloß Laternen und hüte die Untoten! Ich hab ihn noch nie gesehen.«

»Also hat er keine seltsamen Banne in deinen Kopf gepflanzt?«

»Was? Nein? Ich schwör's.«

»Hervorragend.« Ich packte ihn an der Gurgel, zog sein Gesicht zu mir und achtete nicht auf die schwachen Schläge, mit denen er mich traf. Ich erweckte meine Hexenkunst. Der feurige Schein meiner Augen tauchte sein Gesicht in einen leichten Schimmer. Ich spürte, wie sein Kehlkopf unter meiner Hand arbeitete, aber mein Griff ließ weder einen Protest noch einen Schrei zu.

Dann tauchte ich in seinen Geist, wühlte mich vorbei an der durch unseren Angriff ausgelösten Angst und Panik, vorbei an der eintönigen Aufgabe, die Wiedergänger Meile um Meile zu hüten und sie mit ständigem Zureden und Druck in Bewegung zu halten, wobei ihn trotz seiner Ausbildung jede Berührung zum Würgen brachte. Ich stieß zu schnell zu tief vor, und Aknak raste vorüber, also musste ich mich durch seine Erinnerungen rückwärtskämpfen. Es ging vorbei an einer Kolonne aus Soldaten und niedergeschlagenen Gefangenen, vorbei an niedergebrannten Dörfern, in denen Leichen wie seltsame Früchte an Bäumen baumelten, bis die Stadt schließlich vor mir aufragte.

Hunderte Gefangene arbeiten um uns herum, schleppen Felsbrocken und Ziegelsteine, um die bei der ersten Belagerung durchbrochenen Mauern instandzusetzen. Ich sehe, wie diejenigen, die zu schwach sind, um weiterzumachen, zu Gräben getragen werden, wo man sie zum Sterben zurücklässt, entweder vor Erschöpfung oder durch Ersticken, wenn weitere Körper auf sie geworfen werden. Abscheu und Grauen erfüllen mich, aber ich bewahre eine teilnahmslose Miene und stimme allem zu, stelle nie etwas infrage und bin keinesfalls ungehorsam. Etwas Schlimmeres als der Tod widerfährt denjenigen, die sich gegen ihn *wenden. Die Soldaten können mich nicht leiden. Sie können keinen von uns leiden, aber sie gehorchen aus Angst davor, was passiert, wenn sie sich auflehnen. Ich entschuldige mich immerzu, doch das bringt sie bloß zum Lachen.*

Ich drang etwas tiefer in sein Gedächtnis vor. Verschwommene Gesichter und verzerrte Stimmen rauschten an mir vorbei.

Es ist Nacht. Die innere Stadt schimmert vor silbrigem Licht, das über alles Metallische tänzelt, von Mann zu Mann weiterspringt. Der große Zauber hat begonnen. Das Portal wird gerade geöffnet, und die Untoten sind rastlos. Ich muss hart daran arbeiten, sie beisammenzuhalten, aber das Licht zieht sie an, als wüssten sie, was dahinter liegt. Als der Morgen anbricht, bin ich völlig verausgabt, und ausnahmsweise freue ich mich darüber, auf Patrouille zu gehen. Acht weitere solche Nächte würden die Magie für immer aus mir brennen.

Ich zog mich aus seinem Geist zurück, entwirrte meine Gedanken von seinen und blinzelte, als die Welt um mich herum zurückkehrte.

Der Zauberer hing als schlaffes, totes Gewicht in meiner Hand. Ich ließ seinen Körper zurück auf den Boden fallen. Eine flüchtige Überprüfung bestätigte, dass sein Herz zu schlagen aufgehört hatte. Nun, das war der sicherlich gnädigste Tod, den ich ihm bieten konnte. Eine schnelle Durchsuchung seines Leichnams erbrachte wenig mehr als eine kleine Börse mit Münzen aus Gold und Silber, die ich mir an den Gürtel knüpfte. Das tat ich wohl mehr aus Gewohnheit denn aus Notwendigkeit.

Seinen Körper überließ ich dem in diesem trostlosen Landstrich verbliebenen Getier und trat den Weg zurück zum Lager an. Zu meiner Überraschung präsentierte es sich hell erleuchtet, sowohl von Fackeln als auch von goldenem, von den Paladinen ausgehendem Licht.

KAPITEL SECHSUNDDREISSIG

Man hatte die überlebenden penullischen Soldaten in der Mitte zusammengetrieben, wo sie verdrossen schweigend saßen, während die Paladine den Haufen der Waffen und Rüstungen durchsahen, die sie ihnen abgenommen hatten. In Anbetracht der Menge des Blutes, die eben erst vergossen worden war, wirkte alles bemerkenswert gesittet. Dann fiel mir Leopolds Gabe dafür ein, seine Worte mit unterschwelligen Befehlen zu durchwirken.

Der Mann, den sie als Wache eingeteilt hatten, zuckte zusammen, als ich in den Kegel des ihn umgebenden Lichts trat, aber er senkte die Waffe rasch.

»Das ist ein Gesicht, an das ich mich nie gewöhnen werde«, sagte er, als ich an ihm vorbeistapfte.

Ich würdigte die Bemerkung keiner Antwort und bahnte mir stattdessen den Weg zu Tatyana, die am wieder entfachten Lagerfeuer saß. Ich setzte mich so nah an die Wärme, wie ich konnte und wich erst zurück, als der Saum meines Mantels zu glimmen anfing.

Sie hatte die Stiefel ausgezogen und die blassen Füße dem Feuer entgegengestreckt. »Wie ist es mit ihm gelaufen?«

»Mit dem Totenbeschwörer? Recht gut. Viel wusste er zwar nicht, aber es ist mir gelungen, etwas von der Stadt zu sehen.« Sie lauschte aufmerksam, als ich ihr schilderte, was ich bezeugt hatte, dann ließ sie es mich wiederholen und stellte dazu so viele Fragen, dass ich es schon bald bereute, ihr davon erzählt zu haben.

»Was, glaubst du, bedeutet er, dieser große Zauber?«, wollte sie schließlich wissen.

Ich beobachtete eine Weile das Spiel des Lichts auf der Glut, bevor ich antwortete. »Ich denke, es ist kein Zufall, dass dieser *große Zauber* vorbereitet wird, während gleichzeitig die Totenbeschwörer, die Falkenburg belagern, ein mächtiges Ritual anbahnen, um Macht in dieselbe Art von Lanze zu leiten, die im Knoten von Aknak steckt.«

»Das klingt nicht gut.« Sie wandte den Blick nicht von den tänzelnden Flammen ab. »Was ist eigentlich ein Knoten?«

»Eine Stelle, an der Liedlinien zusammenfließen. Als wenn sich zwei oder mehr Flüsse vereinigen.«

»Klingt wichtig.«

»Das ist es. Die Flüsse …« Ich starrte in die Flammen, ohne sie wahrzunehmen, als ich vor meinem geistigen Auge sah, wie Navars Plan allmählich Gestalt annahm. Sein Vorhaben war gewissenlos, und einst hätte ich es für unmöglich gehalten, nur hatte er bereits mehrere Dinge vollbracht, die ich früher einmal als undenkbar eingestuft hätte.

»Was hat es mit den Flüssen auf sich?«

Es war Tatyanas Stimme, aber ihr haftete eine zusätzliche Schicht an, als hätte gleichzeitig eine andere Stimme meinen Namen ausgesprochen, wenngleich aus weiter Ferne. Ich lauschte, doch es wiederholte sich nicht.

»Was ist? Du hast angefangen, von Flüssen zu reden, dann bist du plötzlich woandershin verschwunden. Das ist sogar für deine Verhältnisse ziemlich unheimlich.«

»Die Flüsse …«, begann ich erneut, blinzelte bewusst und löste den Blick vom Feuer, um stattdessen Tatyana anzusehen. »Sie sind der Schlüssel, musst du wissen. Die Liedlinien, also die Flüsse, sie strömen nicht in einer einzigen, geordneten Schleife. Sie kreuzen sich gelegentlich und umspannen die Welt wie eine Art Netz. Verstehst du?«

»Die Flüsse sind ein Netz?«

»Genau. Wo immer sich Linien kreuzen, prallen die Ströme aufeinander.« Ich presste zur Betonung die Hände zusammen. »Am stärksten und der materiellen Welt am nächsten sind sie dort, wo sie wie Wasserfälle oder Quellen wirken. Der Knoten in Aknak ist eine solche Quelle, und Falkenburg ist eine weitere.«

»Da komme ich nicht mit.«

Ich stand auf und fing unbewusst an, die Länge meines alten Käfigs wieder abzuschreiten. »Die Knoten sind mächtige Zusammenflüsse, aber auch Orte der Erneuerung. Ihre Wirkung erstreckt sich ein gutes Stück über die Stelle ihrer Begegnung hinaus und stärkt das Leben, das sie nährt.«

»Kenne mich immer noch nicht aus.«

»Stell dir vor, jemand vergiftet einen Fluss, aber später vereinigt sich der Fluss mit einem anderen, der genauso tief und kraftvoll ist. Das Gift wird verdünnt, und wenngleich es dort vielleicht immer noch ein paar Fische töten kann, wird es weggespült.« Dazu nickte Tatyana. »Aber jetzt stell dir vor, jemand gießt jedes Mal mehr Gift in den Fluss, wenn er einem anderen begegnet.«

»Dann wird das Gift nicht verdünnt?«

»Genau. Und es sterben nicht mehr nur die Fische. Das Wasser nährt die Gräser und die Bäume, denn es wird zu Regen, der nah und weit fällt. Nur dass der Regen jetzt *alles* vergiftet.«

»Und alles stirbt.« Sie starrte auf ihre Füße. »Und wie hält man es auf?«

Ich breitete die Hände aus und ließ einen Funken Feuer meine gekrümmten Krallen entlangtänzeln. »Man schneidet die Giftzufuhr ab und überlässt es dem Fluss, sich von selbst reinzuwaschen.«

»Das ist ja wohl offensichtlich, aber wie schneidet man die Giftzufuhr ab?«

»Die Lanzen sind die Quelle und die stecken wie die Fangzähne einer Viper in der Haut der Welt. Sie müssen zerbrochen werden.«

»Ich vermute mal stark, das ist leichter gesagt als getan. Ich habe gesehen, was passiert, wenn man magische Dinge zerbricht, und wenn diese Lanzen so wichtig sind, dann müssen sie wohl ziemlich mächtig sein, richtig?«

Ich schloss die Hand und bewegte mich etwas näher zum Feuer. Abgesehen vom Knistern des Holzes und dem Leiern der Gebete irgendwo hinter uns beherrschte Stille die Nacht.

»Ich weiß nicht genug darüber, wie sie wirken. Ich weiß nur, dass es getan werden muss.«

»Was willst du damit sagen?«

»Ich will damit sagen, dass ich nicht weiß, was passieren wird. Es könnte nicht mehr sein, als dass die Untoten umfallen und ein frischer Wind über die Landschaft streicht.«

»Oder?«

Ich breitete die Hände in Richtung der Flammen aus. »Es ist genauso gut möglich, dass sich die Erde auftut und die Stadt und ihre Umgebung verschlingt.«

»Oh, toll.«

»Oder die gesamte Stadt könnte explodieren, falls das Portal ebenfalls durch Spuren dunkler Magie blockiert ist.«

»Noch besser.«

Ich verstummte kurz. »Das war jetzt ein Scherz, oder?«

»Ja, verdammt. Gott.«

»Du musst nicht mitkommen.«

»Wenn ich schon sterben muss, kann es ruhig auch in einer explodierenden Stadt passieren.« Sie holte eine Art Schlauch aus der Tasche, trank kurz daraus und zuckte zusammen, bevor sie ihn mir anbot. »Jeder verfluchte Trottel kann durch ein Schwert sterben.«

Das Getränk roch nach ranzigen Pfirsichen, trotzdem nippte

ich daran, wie sie es getan hatte. Das feurige Nass brannte schlagartig den Geschmack von Blut aus meinem Mund. Dämpfe brodelten durch meine Nase hoch wie eine Gaswolke aus einem Vulkan. Ich hustete und prustete. »Ihr lebendigen Sterne, was ist das?«

»Keine Ahnung«, antwortete Tatyana. »Ich hab's in einem ihrer Zelte entdeckt und fand, es riecht wie Schnaps.«

»Schnaps?«

»Ein Destillat der edelsten Getränke der östlichen Täler.«

»Das ergibt überhaupt keinen Sinn.« Ich nippte erneut daran, und es gelang mir wenigstens, nicht wieder zu husten. »Es schmeckt widerlich.«

»Da hast du recht, mein Freund«, räumte Tatyana ein, nahm den Schlauch zurück und wagte einen weiteren Schluck. »Können wir spazieren gehen? Tote habe ich für eine Nacht genug gesehen.«

»Es ist dunkel, und in der Umgebung gibt es nicht viel zu bewundern«, entgegnete ich, weil ich das Feuer eigentlich nicht verlassen wollte.

»Wir haben ja die Sterne.«

»Ich mag die Sterne«, räumte ich ein. Ich stand auf, als sie es tat, und fiel neben ihr in den Schritt. Zunächst redete sie nicht, schlenderte nur langsam wie eine Schnecke dahin und nippte gelegentlich aus dem Schlauch.

»Das ist der Bogenschütze«, sagte sie schließlich, als wir den Fuß des Hangs erreichten. Sie zeigte auf eine Gruppe von Sternen am Firmament. »Siehst du den Pfeil? Er zielt in Richtung des Morgengrauens.«

»Ich kenne das, aber wir haben es *Reptákon* genannt. In deiner Sprache bedeutet das …«

»Der Skorpion.«

Ich legte den Kopf schief und starrte sie an. »Ja. Was ihr den Bogen nennt, ist sein Schwanz. Woher hast du das gewusst?«

Tatyana zuckte mit den Schultern. »Keine Ahnung. Es war einfach da, in meinem Geist und meinem Mund.«

Neugierig zeigte ich auf eine andere Konstellation. »Das ist *Adamaster*. Kennst du das Wort dafür in deiner Sprache?«

»Der Riese«, antwortete sie, ließ sich auf einem umgestürzten Felsblock nieder und rülpste laut.

»Der *schlafende* Riese«, ergänzte ich. »Das ist ausgesprochen interessant. Diese Namen hat kaum jemand gekannt, selbst im goldenen Zeitalter der Shae nicht.«

»Der was?«

»Ihr nennt sie Elfen. Oder manchmal auch Feen.« Ich legte ihr eine Hand auf die Schulter. »Der springende Punkt ist, dass diese Sprache seit tausend Jahren nicht mehr gesprochen wird. Du kannst diese Wörter unmöglich gekannt haben. Ich glaube, dass sich die Verbindung zwischen uns irgendwie weiterentwickelt und …«

»Kannst du aufhören zu reden?«

»Warum?«

»Ich möchte mir einfach nur die Sterne ansehen.«

Die Ironie brachte mich zum Lächeln. Ich lehnte mich an einen nahen Felsblock und benannte in Gedanken jene Sterne, die ich sehen konnte, während ein anderer Teil meines Verstands Dutzende Fragen und Theorien darüber durchging, woher Tatyana ihr Wissen erlangt haben konnte.

»Weißt du, da oben knistert ein angenehm warmes Feuer«, sagte ich schließlich leise.

»Ich dachte, du magst die Sterne.«

»Das tue ich, aber den Himmel kann man auch vom Feuer aus sehen.«

Sie seufzte und reichte mir den mittlerweile beträchtlich leichteren Trinkschlauch. »Ich bin wirklich nicht zimperlich, wenn's ums Kämpfen und Töten geht …«, begann sie und verstummte dann, während sie den kalten Schimmer eines entfernten Meteoriten betrachtete. »Aber so zu töten? Das ist nichts für mich.«

»Wie zu töten?«, hakte ich nach. Meine Stimme klang von dem widerlichen Schnaps rau.

»Du weißt es gar nicht, oder?«

»Kann ich nicht sagen, bis du mir verrätst, wovon du redest.«

»Von denen dort.« Sie deutete zurück zur Kuppe des Hügels, wo mein Feuer wahrscheinlich allmählich erlosch. »Von Leopold und seinen Männern. Sie richten gerade die Gefangenen hin.«

»Erscheint mir sinnvoll.« Ich trank einen weiteren kleinen Schluck und zeigte nach Norden. »Siehst du den Stern da drüben? Wir nennen ihn den großen …«

Tatyana schnaubte und riss mir den Trinkschlauch aus der Hand. »Vergiss es. Ich hätte wissen müssen, dass es dich nicht stören würde. Also red ruhig weiter. Den großen was?«

Ich sagte es ihr, dann zeigte ich ihr so viele der anderen Sterne, wie ich sehen konnte, und brachte ihr die Namen auf Drachisch bei, die sie nicht kannte. Sie nannte mir im Gegenzug die menschlichen Namen und erzählte die lächerlichen Ammenmärchen, die ihr Volk mit ihnen in Verbindung brachte.

»Meinst du, Lucien ist noch am Leben?«, fragte sie plötzlich und unterbrach damit meine Geschichte darüber, dass der Mond in Wirklichkeit eines der vom Körper getrennten Augen des Traumsängers war. »Ich meine, die würden sich doch nicht solche Mühe antun, ihn zu fangen, um ihn dann einfach umzubringen, oder?«

Ich spürte, wie sich ihr Herzschlag beschleunigte, während ich über die Frage nachdachte. »Nein«, pflichtete ich ihr bei. »Ich denke, er ist noch am Leben. Navar ist ein verabscheuenswerter Schuft, aber er ist ein berechnender und kluger

Schuft. Er wird Lucien nicht töten, sondern ihn umdrehen wollen.«

»Also kann ich ihn noch retten?«

Ich biss die Zähne zusammen, bevor die Wahrheit von meinen Lippen dringen konnte. »Ja, ich glaube, das kannst du. Leben gebiert Hoffnung.«

Sie seufzte und stand auf. »Lass uns zurückgehen. Inzwischen dürfte es vollbracht sein.«

Auf dem Rückweg zeigte sie erneut auf die Konstellationen und verunstaltete ihre drachischen Namen mit ihrem kleinen, für die korrekte Aussprache ungeeigneten Mund, dennoch gefiel mir, dass sie sich Mühe gab und es versuchte.

Im Lager herrschte Stille, als wir zurückkehrten. Die Paladine knieten neben den Körpern der mittlerweile toten Soldaten, die sie zu einer ordentlichen Reihe geschichtet hatten. Tücher bedeckten ihre Gesichter, konnten jedoch nicht das Rot verbergen, das an ihren darunter verborgenen Kehlen prangte.

»Was machen sie gerade?«

»Sie bitten Drogah, die Seelen aufzunehmen, die sie soeben von ihren menschlichen Gebrechen erlöst haben.«

Ich wartete darauf, dass sie etwas hinzufügte, aber anscheinend hatte sie das gar nicht als Scherz gemeint. »Sie sind mir nicht gebrechlich vorgekommen.«

»Dann eben von ihren Sünden.« Sie stupste mich in die Rippen und deutete mit einer Hand. »Siehst du das da über ihren Stiefeln? Die roten Bänder bedeuten, dass sie dem Befehl der Zauberer unterstehen. Das kommt einer Todesstrafe für jeden gleich, der in Gefangenschaft gerät.«

»Rotbeine«, sagte ich und nickte. »Opfer der Mode, wie es Lucien ausdrücken würde.«

Unverhofft prustete Tatyana vor Gelächter und klatschte sich schnell eine Hand auf den Mund, als hätte sie sich damit selbst erschreckt. Mehrere der Paladine drehten sich um und warfen uns finstere Blicke zu.

»Tut mir leid«, entschuldigte sie sich und zog mich zur Seite. »Das war vollkommen respektlos – aber wirklich lustig. Es besteht noch Hoffnung für dich. Jetzt komm, lass uns was zu essen suchen.«

Dagegen hatte ich nichts einzuwenden, und wir begannen, die Zelte um uns herum zu plündern. Bald würde die Sonne aufgehen, und wenn alles nach Plan verlief, würden wir uns bis zum nächsten Einbruch der Nacht vor den Mauern von Aknak wiederfinden. Und dafür würde ich jedes Quäntchen Kraft brauchen, das ich zusammenkratzen konnte.

Wir erbeuteten eine ordentliche Menge an Nahrung, wenngleich mich Tatyana dazu nötigte, auch etwas an die Paladine zu verteilen. Ich empfand das als Verschwendung, wenn man berücksichtigte, dass sie die Absicht hatten, bei der ersten günstigen und ruhmreichen Gelegenheit zu sterben. Aber Tatyana rückte nicht davon ab, und letztlich lenkte ich ein, wenngleich erst, nachdem es mir gelungen war, unbemerkt eine prächtige Räucherwurst in meinen Gewändern verschwinden zu lassen.

Leopold und seine Gefährten schienen guter Stimmung zu sein, als sie sich an ihrem Anteil des Essens und Weins labten. Sie zeigten uns begeistert die Rüstungen und Waffen, die sie erbeutet hatten. Ich verkniff es mir, darauf hinzuweisen, dass dieselben Waffen und Rüstungen ihren Vorbesitzern wenig geholfen hatten, denn ich vermutete, ihre falsche Zuversicht ließ sie offener dafür sein, bei meinem Plan mitzuspielen.

Keiner von ihnen unterbrach mich, als ich erklärte, was mir vorschwebte. Als ich fertig war, fragte Leopold, ob sie etwas Zeit haben könnten, um es zu besprechen. Dem stimmte ich gerne zu, da es mir Zeit gab, die Wurst zu verdrücken, ohne dabei von gierigen Augen beobachtet zu werden. Ich war recht zufrieden mit mir, als sie mich letztlich zurückriefen, und noch zufriedener, als Leopold verkündete, dass sie meinen Plan für gut befanden.

Die letzten Vorbereitungen dauerten nicht lange, und als die Sonne noch kaum mehr als eine leichte Rötung des Himmels im Osten war, marschierten wir schon in Richtung der Stadt.

KAPITEL SIEBENUNDDREISSIG

Es fühlte sich recht befreiend an, unbekümmert zu marschieren, statt sich in Rinnen und Ritzen herumzudrücken wie irgendein Nagetier. Sogar Tatyana erlangte ihre gute Laune zurück und schien sich am Reiz des Neuen zu erfreuen, den es ihr bot, die orange Robe des Totenbeschwörers zu tragen – was Leopold sichtlich missbilligte.

Die ersten feindlichen Soldaten sahen wir kurz nach Mittag, eine berittene Truppe, die uns eindeutig ebenfalls gesichtet hatte, denn sie wendete und kam in unsere Richtung. Ich beobachtete von unter meiner Kapuze, wie Leopold den Vordersten in fließendem Penullisch zurief und dabei seine Worte vor magisch induzierter Freundlichkeit triefen ließ.

Es waren um die dreißig Reiter. Zehn stiegen ab, um mit ihm zu sprechen – oder vielmehr, wie ich es sah, um seiner verzauberten Stimme zu lauschen. Obwohl ich wusste, worauf er da zurückgriff, fand ich ihn überaus überzeugend. Als sie wieder davonritten, hatten ihn mehrere der Männer umarmt und mit ihm vereinbart, sich an jenem Abend in der Stadt zum Trinken zu treffen.

»Beeindruckend«, gestand ich ihm zu, als ich beobachtete, wie sie sich in nördlicher Richtung entfernten.

»Jetzt verstehst du vielleicht, warum Jean so bemüht ist, den Frieden mit ihnen aufrechtzuerhalten«, merkte Tatyana an und zupfte müßig am Ende des Seils, das angeblich meine Handgelenke fesselte. Immerhin gab ich mich als ihr Gefangener aus. »Versuch mal, dir hundert Männer wie Leopold vorzustellen, die den Bürgerlichen erzählen, dass Drogah entschieden hätte, man könne ihrem König nicht mehr trauen.«

Ich brummte, als ich darüber nachdachte. Ich verstand seine Macht und hielt sie für einen belanglosen Trick und eine einfache Möglichkeit, um Feiglingen falschen Mut zu verleihen. Aber wurde sie gegen Menschen eingesetzt, die keine Verteidigung dagegen besaßen, konnte sie in der Tat eine mächtige Waffe darstellen. Ich hatte bei Schlachten der Vergangenheit etwas Ähnliches verwendet, indem ich meinen Feinden Angst und Ehrfurcht einflößte. Allerdings war das eher eine Nebenwirkung des von mir ausgestrahlten Willens gewesen als ein gezielter Angriff mit Worten und Gedanken.

Mitten am Nachmittag begegneten wir einer weiteren solchen Patrouille mit nahezu gleichem Ergebnis. Der Anführer dieser Reiter wies Leopold gar den Weg zu einer Gabelung der Straße etwa eine Meile entfernt, die uns zu dem Teil des Lagers führen würde, in dem man die Gefangenen unterbrachte. Er vergaß völlig, die offensichtliche Frage zu stellen, warum Leopold denn das nicht wusste, sondern ritt nur mit einem Winken und einem Lächeln im Gesicht wieder davon.

Leopold schlenderte zu uns herüber. »Er schätzt, dass es noch ungefähr weitere sechs Stunden Fußmarsch bis zur Stadt sind. Wenn wir die gegenwärtige Geschwindigkeit halten, sind wir kurz nach Sonnenuntergang dort. Wir müssen uns überlegen, ob wir den Schutz der Dunkelheit in Anspruch nehmen wollen oder ausgeruhter kurz vor dem Morgengrauen eintreffen sollten.«

»Dunkelheit«, sagte ich. Angesichts meiner Haut würde es für mich erheblich einfacher sein, mich unbemerkt inmitten von Schatten zu bewegen als bei Tageslicht.

»Dem schließe ich mich an«, kam von Tatyana. »In einem so großen Lager muss morgens allerlei Betrieb herrschen. Ist besser, in der Dunkelheit zuzuschlagen, wenn alle müde sind, nur ans Essen denken und nicht in der Stimmung sind, hinter jemandem herzuhetzen, der sich vielleicht nur verirrt hat.«

Leopold kratzte sich am Kinn. Schließlich nickte er zustimmend, und wir setzten uns in Richtung der Straße in Bewegung, auf die uns der Anführer der berittenen Patrouille hingewiesen hatte. Es erwies sich, dass sie kaum mehr als ein zerfurchter Pfad war, den der Durchmarsch vieler Menschen geweitet hatte, und gekennzeichnet mit Streifen bunter Stoffe, die ich von dem Lager vor Falkenburg kannte. Aber zumindest verlief der Weg gerader. Die Paladine beschworen wieder ihr Licht herbei, dessen Ursprung sie gerissen tarnten, indem sie es auf den hastig zugeschnitzten Ast warfen, den Tatyana als Stab benutzte.

Kurze Zeit später geriet die Stadt in Sicht. Nicht die Größe oder das emsige Treiben des Lagers ließen uns stumm anhalten, sondern der silbrig-weiße Schein, der im Nebel blitzte und flackerte. Er verhüllte die Stadt wie eine riesige Decke und erfüllte die Luft zwischen den Türmen und Gebäuden mit einem milchigen Strahlen.

»Bei Gottes Zähnen«, flüsterte Tatyana, »wir gehen da rein?«

Ich nickte und achtete nicht auf ein Knirschen in meinem Hals. »Geradewegs in die Mitte.«

Ich spürte die wachsende Anspannung der Männer um mich herum, als das Ausmaß dessen offensichtlich wurde, was ihnen bevorstand. Für mich war die Anfälligkeit des Lagers für einen Angriff aus der Luft geradezu schmerzlich offensichtlich. Der Gedanke löste erneut nagende Frustration und Wut in mir aus.

In meiner wahren Gestalt würde ich das Lager bei Sonnenuntergang aus Westen anfliegen und mit einem Feuerstrahl erst zweiteilen, dann mit einem weiteren Überflug aus Norden vierteln. Die aufsteigenden Flammen und der Rauch würden Verwirrung stiften und behindern, was sie an Verteidigung aufzubieten hätten, sodass ich das Lager mehr oder weniger unbehelligt wieder und wieder überfliegen könnte. Genauso hatte ich es schon gemacht, und es vermittelte mir ein Gefühl tiefer Befriedigung, dass ich mich mittlerweile wenigstens wieder daran erinnern konnte, wann und wo das gewesen war. Ich spürte das Schaben meiner Zähne an der Innenseite meiner Lippen und erkannte, dass ich lächelte.

»Was ist so komisch?«, fragte Tatyana. Ihre Stimme holte mich zurück in die Gegenwart.

»Ich schwelge bloß in alten Erinnerungen.«

»Du hast Erinnerungen an eine Stadt, die von Zauberern überrannt ist, die dem Tod huldigen?«

Durch meinen Geist blitzten Bilder von Städten in Flammen, von Straßen, verstopft durch verkohlte Leichen, gefangen in rotglühendem Metall, von dem sie gedacht hatten, es könnte sie schützen. »Nicht ganz.«

»Tja, wie dem auch sein mag, schüttle sie ab. Es ist an der Zeit, dass du meinen Gefangenen mimst, du dreckiges Tier.«

Plötzlich sprang ich sie an und fletschte mit weit aufgerissenem Mund die Fänge. Ein Schrei entfuhr ihr, sie stolperte rückwärts und plumpste auf den Hintern.

»Du Mistkerl«, schimpfte sie, als sie sich aufrappelte und den Staub von sich abklopfte.

»Denk dran, dass ich ein *gefährlicher* Gefangener bin«, ermahnte ich sie. »Wenn du mir zu nah kommst, beiße ich dich.«

»Das wagst du nicht.«

»Oh, und ob. Du heilst ja wieder, schon vergessen?« Ihr Lächeln verblasste. »Es würde den Mummenschanz auch glaubwürdiger erscheinen lassen.«

Was an Heiterkeit kurz aufgeblitzt war, legte sich, als wir uns den Rändern des Lagers näherten. Die Paladine wussten, dass die Zeit für ihren Einsatz unmittelbar bevorstand, und sie verbrachten den letzten Abschnitt damit, sich voneinander zu verabschieden und ihre Gebete zu murmeln.

Eine Truppe penullischer Soldaten erwartete uns auf der Straße, alle schwer bewaffnet und begleitet von einem Zauberer, dessen Robe gelb oder grün sein mochte. Hinter ihnen verzweigte sich die Straße dreifach zwischen der Masse der Zelte und den wackeligen Pferchen, die uns von der eigentlichen Stadt trennten.

Ich überprüfte die falschen Fesseln an meinen Handgelenken und fand sie locker genug vor, um sie ohne große Anstrengung abzustreifen. Das Seil um meinen Hals war genauso locker, aber mir gefiel nicht, wie es sich anfühlte. Ich hätte mich geweigert, es anzulegen, wenn das andere Ende nicht von Tatyana gehalten würde.

Leopold trat vor, aber der Zauberer winkte ihn weg.

»Komm her, Frau«, rief er und winkte Tatyana mit einem Fingerzeig zu sich.

»Mist«, flüsterte sie bei sich. Da sie immer noch das Seil um meinen Hals hielt, folgte ich ihr und versuchte auszusehen, wie ein Gefangener aussehen sollte.

»Was soll das alles?«, fragte der Zauberer mit einer weit ausholenden Geste.

»Wonach sieht's denn aus? Wir bringen einen Gefangenen.«

Er griff sich ein Bündel Papier von einem der Soldaten und starrte darauf. »Wie ist dein Name?«

»Sharon.« Tatyana schlang die Arme um ihren Stab, als er sie musterte. »Die Orange.«

»Sharon, die Orange«, wiederholte er. Während er sprach, schnippte er mit den Fingern, und die Soldaten, die den Wortwechsel beobachteten, nahmen plötzlich eine gespannte Haltung ein und griffen zu ihren Waffen. »Ich hab noch nie von dir gehört. In welcher Klasse bist du?«

»Jedenfalls bist du nicht in meiner«, gab sie zurück, womit sie ein kurzes Lachen von einem der Soldaten erntete.

»Wo ist dein Stab, *Sharon, die Orange?*« Sein eigener Stab

flackerte plötzlich, als er einen schlummernden Zauber erweckte, und ich hörte das Rascheln der Paladine, die sich hinter mir verteilten. Die feindlichen Soldaten mussten es wohl auch bemerkt haben, denn der Geruch von Streitlust in der Luft steigerte sich beträchtlich. Und nicht nur ihnen war es aufgefallen. Ich konnte mehrere andere Männer sehen, die uns aus den nahen Zelten beobachteten.

»Ich hab ihn verloren, als ich das da gefangen habe«, antwortete Tatyana und zeigte auf mich. »Glaubst du, ich trage diesen verfluchten Ast freiwillig?«

»Wie praktisch«, meinte er. »Nun, ich bin sicher, du kannst auch ohne deinen Stab etwas zaubern, nicht wahr? Wie wär's mit Jens Pendel? Das ist ja recht einfach, sogar für jemanden mit einem so zähen krandischen Akzent.«

Ich hatte meine Hexenkunst schon erweckt, bevor wir diese Straßensperre erreicht hatten. Als er die Herausforderung aussprach, begann ich, die Macht in etwas weniger Tödliches als das umzuformen, wofür ich sie ursprünglich vorgesehen hatte. Da ich Tatyana nichts zuraunen konnte, ohne unsere Tarnung auffliegen zu lassen, schickte ich ihr stattdessen einen Impuls Hexenkunst. Ich sah, wie sie zuckte, als der Funke sie erreichte. Gleich darauf streckte sie die Hand in Richtung des Zauberers aus, die Finger gekrümmt wie die Klauen eines altersschwachen Adlers.

Er glotzte auf ihre Hand, dann brach er in schallendes Gelächter aus. Das hielt gerade so lange an, wie ich brauchte, um ihn gute sechs bis sieben Fuß hoch in die Luft zu heben. Da wandelte sich das Gelächter zu einem erstickten Schrei.

»Was soll denn das? Lass mich runter, lass mich runter!«

Langsam drehte ich ihn in der Luft auf den Kopf. Eine Reihe von Münzen und Zetteln fiel zu Boden. Danach stellte ich ihn wieder auf die Füße. Er taumelte und konnte sich gerade noch an einem der Soldaten abstützen, bevor er gefallen wäre.

»Zufrieden?«, fragte Tatyana und ließ die Hand sinken.

»Wie?«, wollte er wissen. »Wie hast du das ohne ordentlichen Stab gemacht? Du, eine Orange?«

»Ich bin eben begabt«, erwiderte Tatyana. »Können wir jetzt passieren? Es ist ein verdammt langer Tag gewesen, ich hab meinen Stab verloren, und jetzt will ich nur noch essen und schlafen.«

»Ja, ja. Also, wer ist das?« Zum ersten Mal nahm er mich richtig in Augenschein. »*Was* ist das?«

»Eine Art Halbblut«, antwortete Tatyana. »Eine *Chimäre*.«

Auf einmal starrten alle mich an, und ich spürte, wie der Bann des Zauberers Gestalt annahm, bevor er ihn entfesselte. Es erwies sich als schlichtes Hellsichtgebilde, nicht annähernd mächtig genug, um ihm zu zeigen, was er in Wirklichkeit vor sich hatte. Ich erweckte meine Nachtsicht und starrte ihn unter der Kapuze hervor an, während sein Zauber mich abtastete.

»Die Göttin steh uns bei«, entfuhr es ihm, als er den Stab senkte. »Wo, nein, *wie* hast du das gefangen?«

»Es hat schon seinen Grund, warum nur zwölf von uns übrig sind«, antwortete Tatyana ausweichend.

Der Zauberer deutete auf die Soldaten um ihn herum. »Der erste Trupp bleibt bei mir. Der Rest von euch bringt dieses *Ding* zum Pferch.«

»Das ist nicht nötig.«

»Und ob es das ist«, widersprach er. »Ich will nicht dafür verantwortlich sein, falls sich dieses Ungetüm befreit.«

Und so begab es sich, dass wir das penullische Lager mit einer bewaffneten Eskorte betraten, die uns den Weg bereitete und geradewegs zum nächstgelegenen Stadttor führte.

Die behelfsmäßige Zeltsiedlung erwies sich aus der Nähe als noch größer und beeindruckender, und trotz unserer Eskorte wurden wir mehrere Male angehalten und befragt.

Tatyana schenkten die uns begleitenden Soldaten keinerlei Beachtung. Stattdessen kamen sie bald mit Leopold ins Gespräch, der ihre Fragen darüber, welchem Regiment er angehörte, geflissentlich überging und ihnen stattdessen eigene Fragen stellte.

Derweil fing ich allmählich an, den Druck der seltsamen Magien zu spüren, die uns in der Stadt erwarteten. Sie fühlten sich wie ein kalter Wind an, nur auf meinem Geist statt auf meiner Haut. Deshalb schenkte ich Leopolds Worten noch weniger Beachtung als sonst.

Infolgedessen hatten wir bereits begonnen, die ungefähr hundert Stufen zur Stadt zu erklimmen, bevor ich mitbekam, dass die Dinge nicht so gut liefen, wie sie hätten laufen sollen.

Mittlerweile war es dunkel, und die Zeltanlage erstreckte sich als von Fackeln erhellte Masse zu beiden Seiten, und wir waren eingehüllt vom Dunst des Rauchs von hundert oder mehr Kochfeuern. Die Soldaten blieben stehen und sahen Leopold an, der vor Freundlichkeit und Kameradschaftsgeist strotzte, als er sich erkundigte, was es denn für ein Problem gäbe.

»Genug!«, herrschte ihn einer der Soldaten an. »Nenn uns den Namen deines Hauptmanns und dein Regiment. Sofort.«

Während er sprach, zogen die anderen ihre Schwerter, und der zehnte Mann hob seine Armbrust. Leopold sah Tatyana an, aber der Soldat ergriff das Wort, bevor er es konnte. »Rede mit mir, nicht mit der Hexe.«

»Du bist unwürdig, den Namen meines Hauptmanns auszusprechen«, gab Leopold zurück und zog unter aufblitzendem Stahl das eigene Schwert. Seine Paladine folgten dem Beispiel einen Herzschlag später.

Die Soldaten zögerten nicht. Die Armbrust feuerte mit einem dumpfen Laut, und der erste Paladin wurde rückwärtsgeschleudert. Seine Schädeldecke klappte auf wie eine Falltür.

Sogleich stürzten sich seine Brüder ins Gefecht. Es gab keine

Schlachtrufe, als die Gegner aufeinanderprallten, nur Grunzlaute und die Geräusche zischend eingesogenen Atems. Zu ihrem Verhängnis achteten die penullischen Soldaten weiterhin nicht auf Tatyana. Sie nutzte die Ablenkung, um das Schwert aus dem unter der gestohlenen Robe versteckten Gurtzeug zu ziehen und es wuchtig in die Achselhöhle des Soldaten zu rammen, der ihr am nächsten stand. Sein Körper spannte sich jäh an, und er fiel, das Schwert noch im Leib steckend.

Schnell wich Tatyana zurück, aber sein Tod hatte den Druck von Leopold genommen, der prompt einen weiteren Gegner mit einer schnellen Abfolge von Stichen seines Dolchs fällte, zu rasant für mich, um sie zu zählen. Er erwies sich als schneller als Tatyana – und das wollte etwas heißen.

Danach endete der Kampf rasch, allerdings war der Schaden schon entstanden, bevor die ersten Schwerter aufeinandergeprallt waren. Rings um uns wurde aufgeregt geschrien, als sich die Soldaten in der Nähe ihre Waffen schnappten und begannen, sich zu einer kleinen, aber tödlichen Meute zu formieren. Leopold löste das Seil von meinen Handgelenken.

»Geht, alle beide.« Er zeigte mit dem Schwert zum Tor. »Geht und tötet diesen gottlosen Mistkerl.«

Tatyana holte sich ihr Schwert zurück, stellte sich vor Leopold und legte ihm die Hand auf die Brust.

»Möge Drogah auf dich herableuchten«, sagte sie, bevor sie sich auf die Zehenspitzen aufrichtete und ihn küsste.

Er lächelte, als sie von ihm zurücktrat, und ich spürte, wie sich seine Magie regte, als er das Schwert anhob und mit dem Heft seine Stirn berührte.

»Und auf dich, meine Dame.«

»Leb wohl, Leopold, Sohn des Sigmund«, sagte ich. »Stirb tapfer.«

Irgendwo in der Nähe entsandte ein Horn drei kurze Töne in die Nacht.

»Leb wohl, Stratus Himmelsfeuer.« Er packte mich am Arm, als ich mich abwenden wollte. »Doch sag mir noch eines: Warum nennst du dich wie jener schreckliche *Wyrm?*«

Ich legte den Kopf schief, als ich seinem Blick begegnete. »Weil das schon immer mein Name gewesen ist.«

Ich spürte, wie seine Magie unter seiner Haut anschwoll. Eine Welle davon schwappte gegen meine Hexenkunst, stärker als alles, was er bisher in seine Worte gelegt hatte. Die Absicht dahinter war hellsichtiger Natur, und da es die letzte Gelegenheit war, die er je erhalten würde, wehrte ich mich diesmal nicht und ließ ihn mich *sehen*.

Seine Augen wurden groß, als er Tatyana ansah, dann entblößte er die Zähne zu einem wilden Lächeln. »Henkman und der Drache, wieder zusammen. Über diesen Tag wird man einst Lieder schreiben.« Seine Magie pulsierte erneut, und er stieß mich mit übernatürlicher Kraft weg. »Geht jetzt. Vergesst uns nicht!«

»Das werden wir nie«, versprach Tatyana und hauchte ihm einen weiteren flüchtigen Kuss auf die Lippen. »Geht mit Gott.«

Ich drehte mich um und begann, die Stufen hinaufzusteigen. Dabei verfluchte ich bei jedem zweiten Schritt mein verkümmertes Bein, während hinter uns die Gebete der Paladine ertönten. Elf Stimmen schlugen als Chor einen Sprechgesang an, und ich spürte, wie dessen Klänge dem Druck der von der Stadt ausgestrahlten Magie trotzten.

Tatyana raste die Stufen hoch, während ich hinterdreinstapfte, so schnell es meine Beine gestatteten. Das Tor erwies sich als fest verschlossen, und als Tatyana oben ankam, tauchte auf der Mauer über ihr ein Umriss auf und ließ einen schweren Stein fallen, der krachend auf dem Boden neben ihr landete. Gleich darauf folgte ein Speer, der abprallte und klappernd den Hang hinunter verschwand.

Ich formte einen Impuls meiner Hexenkunst zum Muster für Feuer und schickte es in hohem Bogen auf die Mauer. Ich hörte zwar nicht, wie es explodierte, aber die Schreie, die folgten, bestätigten mir, dass ich noch genauso tadellos zielte wie eh und je. Ich schloss zu Tatyana auf, verschränkte die Finger ineinander und lehnte mich mit dem Rücken an die Wand.

»Los«, forderte ich Tatyana auf.

Sie nahm zwei Schritte Anlauf, dann sprang sie auf mich zu und stemmte einen Fuß fest in meine Hände. Ich spannte die entstellten, aber immer noch brauchbaren Muskeln meiner Schultern und Arme an und hievte sie nach oben. Die Mauer war nicht besonders hoch, wenn man sich erst einmal auf dem Gipfel des an sie grenzenden Hangs befand. In vielleicht der knapp dreifachen Höhe eines Menschen errichtet, reichte mein Wurf mehr als aus, um Tatyana hinaufzubefördern.

Ich beobachtete das Gefecht der Paladine am Fuß der Stufen, während ich darauf wartete, dass Tatyana das Tor öffnete. Ich hatte damit gerechnet, dass sie schnell überrannt werden würden, doch stattdessen drängten sie die feindlichen Soldaten zurück. Ihre gebetsverstärkten Schwerter hoben und senkten sich als golden verschwommene Schemen. Jeder Streich fällte einen Gegner, manchmal sogar zwei.

Während ich hinsah, ging einer der Paladine in Flammen auf, so plötzlich, dass es sich zweifellos um die Wirkung eines Zaubers handelte, nicht um eine geschleuderte Flasche brennenden Öls oder dergleichen. Die lodernde Gestalt preschte vorwärts und warf sich ihren Angreifern entgegen. Die Flammen umrahmten die Umrisse der Soldaten, die ihn zu Tode hackten, nicht bevor er einige von ihnen im Todeskampf ebenfalls in Brand stecken und mit sich nehmen konnte.

Das Geräusch der Riegel des Tors riss mich von dem Anblick los. Als ich mich umdrehte, spähte Tatyanas Gesicht aus dem kleinen, in das Tor eingelassenen Fenster.

»Schieb«, sagte sie.

Ich kam ihrer Aufforderung nach und achtete darauf, das Tor wieder zu schließen und zu verriegeln, sobald ich mich drinnen befand.

KAPITEL ACHTUNDDREISSIG

An das Tor schloss ein quadratischer, karg ausgestatteter Raum an. Ein Mann in penullischer Aufmachung lag mit dem Gesicht nach unten in einer sich langsam ausbreitenden Blutlache in der Nähe des Eingangs. Abgesehen davon enthielt der Raum nichts Bemerkenswertes. Eine weitere Leiche lag quer über einer schmalen Treppenflucht. Dem verkohlten Aussehen nach vermutete ich, dass der Mann die Stufen von der Mauer heruntergestürzt war, nachdem ihn mein Feuergebilde getroffen hatte.

Ich spähte durch das Fenster der Tür, die hinein in die eigentliche Stadt führte. Die düstere Straße draußen war übersät von Holztrümmern, Stofffetzen und Papier, aber sie schien vollkommen verwaist zu sein.

»Bist du bereit?«, fragte ich Tatyana.

»Nein«, antwortete sie und wischte das Schwert zum wahrscheinlich sechsten Mal sauber, seit sie mir das Tor geöffnet hatte. »Ich hab bei all dem ein fürchterlich schlechtes Gefühl.«

»Ihre dunkle Magie treibt schwer in der Luft«, sagte ich. »Es ist durchaus wahrscheinlich, dass wir hier den Tod finden werden.«

Sie murmelte etwas in einer Sprache, die ich noch nicht kannte, dann schüttelte sie den Kopf. »Für ermutigende Worte hast du wirklich kein Händchen.«

»Wäre dir lieber, dass ich lüge?«

»Ja!«

»Na schön. Es wird alles gut.«

»Ach, Herrgott noch mal.« Sie schob mich auf die Tür zu. »Bringen wir's einfach hinter uns.«

Das war eine Gesinnung, mit der ich etwas anfangen konnte, also öffnete ich die Tür und trat hinaus in den äußeren Kreis von Aknak. Ich kniff die Augen angesichts des unregelmäßig flackernden Lichts in den tiefhängenden Wolken zusammen, die bis hinab zu den Gebäuden auf der dritten Ebene hingen. Zur Stadtmitte hin wurde es heller. Ich hegte keinerlei Zweifel daran, dass dieses Leuchten von der Kathedrale ausging, die Navar mit der Lanze entweiht hatte. Das Gefühl der fremdartigen Magie des Artefakts wurde stärker, und schon nach wenigen Schritten bildete unser Atem kleine Wölkchen vor uns, als liefen wir hier mitten im Winter rum.

»Warum ist es hier so verdammt kalt?«, flüsterte Tatyana, als sie das Schwert in die Scheide steckte, um mit den Händen ein wenig Wärme in ihre Arme zu reiben.

Bevor ich antworten konnte, schwoll das aus der inneren Stadt dringende Licht an und wurde heller, bis eine Säule davon emporschoss und für einen Augenblick die Stadt mit dem Himmel verband, bevor es sich in den Wolken verflüchtigte und über die Stadt hinweg nach außen brandete. Ein lautes Knistern und Summen erfüllte die Luft, als die erste Welle auf uns zuraste. Ich brauchte zu lange, um zu verstehen, was gerade passiert war. So blieb mir keine Zeit, eine Warnung zu rufen, als zwischen den Gebäuden Ranken weißen Lichts auf Tatyana und mich zuschnellten. Die Verteidigung, die ich vorbereitet hatte, wehrte das Schlimmste von mir ab. Tatyana hingegen hatte weniger Glück und fiel mit einem Aufschrei zu Boden. Sie schlug nach den knisternden Funken, als könne das irgendetwas bewirken. Als der Energieimpuls von uns wegraste, setzte sie sich auf, hielt sich den rechten Arm und stöhnte. Ich sah, dass sich Rauch von der Stelle kräuselte, an der das Licht sie getroffen hatte, darunter wurden Flecke verbrannter Haut und milchige Blasen sichtbar.

»Oh Kacke, tut das weh«, klagte sie. »Was zur Hel war das?«

»Ich weiß es nicht«, gestand ich. »Es hat sich nicht zielgerichtet angefühlt. Ich glaube nicht, dass es etwas Bestimmtes im Visier hatte. Es könnte eine Entladung überschüssiger Energie der Lanze gewesen sein.«

Das Heilgebilde war bereits erwacht, als Tatyana wieder auf die Beine kam und mit mir weiterging. Ich schenkte ihren Verwünschungen und ihrem Gebrummel keine Beachtung, als ich die Flüssigkeit aus den Blasen entfernte und ihre Haut wieder straffte.

Aknak ähnelte Falkenburg in der Hinsicht, dass die Stadt aus drei ansteigenden Ebenen bestand und der Sitz des Herrschers oben in der Mitte lag, wenngleich mir die Straßen hier etwas breiter vorkamen. Wir befanden uns derzeit auf der niedrigsten und großflächigsten Ebene, die einst Märkte und die Mehrheit des gemeinen Volks beherbergt hatte. Die Lichtsäule war vom Ostrand der nächsten Ebene ausgegangen, also steuerte ich diese Richtung an, hielt mich jedoch seitlich an der Straße, wo es üppigere Schatten gab.

»Wird das noch mal passieren?«, fragte Tatyana.

»Höchstwahrscheinlich. Der Knoten ist freigelegt und beschädigt worden, und wenngleich die Lanze mächtig ist, bezweifle ich, dass sie ausreicht, um vollkommene Kontrolle auszuüben. Jedenfalls noch nicht.«

»Mann, das klingt wie etwas, worauf man sich freuen kann.«

Da sich das nicht nach einer Frage anhörte, gab ich keine Antwort. Stattdessen ging ich neben einem liegengebliebenen Wagen und dem von Frost überzogenen Kadaver eines noch davor angespannten Pferdes in die Hocke.

»Es ist kalt«, sagte ich und rieb mir die Arme.

»Ach was, hast du das am Eis bemerkt?«

»Größtenteils schon, ja. Ich bin aus Feuer geboren, deshalb kann mir Kälte normalerweise nichts anhaben.« Ich kratzte einen Streifen der Kristalle vom Wagen, kostete sie und spuckte das bittere Schmelzwasser aus. »Aber das ist keine gewöhnliche Kälte.«

Ich erweckte meine Hexenkunst und strahlte sie fächerförmig aus, ließ sie um uns herum nach Anzeichen von Leben tasten. Zuerst entdeckte ich nichts, nicht einmal eine Ratte, aber letztlich nahm ich die Wärme anderer Lebewesen ein Stück vor uns wahr. Sie hielten sich irgendwo dort auf, wo die Straßen ineinander mündeten und zur nächsten Ebene der Stadt hin anstiegen. Da ich meine Macht nicht vergeuden wollte, nahm ich mir die Zeit, sie vollständig in mich zurückzuholen.

»Gehen wir«, sagte ich und bedeutete Tatyana, mir zu folgen. »Hier ist niemand, nicht einmal ...«

Ich verstummte und drehte mich um. Tatyana stand immer noch da und rührte sich nicht. Als ich ihren Namen rief, ließ sie keine Regung erkennen. Ich kehrte zu ihr zurück, kniete mich neben sie und führte mit einer Hand auf ihrem Kopf meiner Sicht etwas Macht zu. Sie erwies sich als kälter, als sie hätte sein sollen, beinah so kalt wie jemand, der in einen eisigen Fluss gefallen ist.

Da erkannte ich, dass der Frost, den ich spürte, nicht bloß eine Nebenwirkung des Zaubers, sondern der Zauber selbst war. Während in den Liedlinien die positive Energie des Lebens strömte, beruhte die Magie der Totenbeschwörer auf der kalten, negativen Energie des Todes. Für diese Kräfte war auf der Welt kein Platz, und unter gewöhnlichen Umständen stellten die Liedlinien das sicher.

Aber die Zauber, die hier gewirkt wurden, hatten ihren Fluss geschwächt und es den negativen Energien ermöglicht, anzuschwellen und sich dort auszubreiten, wo eigentlich das Leben herrschen sollte. Ihr Zauber beschwor immer größere Mengen negativer Energie herauf, genug, um das Leben und die Wärme zu verschlingen, für die sonst die Liedlinien sorgten. Diese Energie war stark genug, um das Leben und die Wärme aus allem in ihrem Einflussbereich zu saugen, und im Augenblick hatte sie Tatyana in ihren Klauen. Doch ich war ein Geschöpf der Liedlinien und sandte mit einer Hand auf ihrem Kopf und der anderen über ihrem Herzen einen Impuls lebensspendender Hexenkunst in ihren Körper.

Ich konnte fühlen, wie die zwei Kräfte in ihr miteinander rangen, und drang etwas tiefer in ihren Geist vor. Im Umgang mit dem Schwert war sie geschickter, als ich es je sein würde, aber dies war ein Gefecht anderer Art. Der Kampf in ihr schlug sich auf ihren Geist nieder. Ich fand ihre Gegenwart wartend in einer Straße ähnlich der, in der wir uns gerade befanden. Sie war umgeben von Soldaten, die in einem Sprechgesang Tatyanas Namen riefen und ihr Krüge voll schäumenden Bieres anboten, als sie meine Freundin einluden, bei ihnen auf den Bänken Platz zu nehmen.

Es wäre ein beneidenswert angenehmer Traum gewesen, hätte man nicht die Schädel der Soldaten erkennen können, wann immer ein Schatten ihre Gesichter kreuzte. Ich konnte Tatyanas Angst bei diesem Anblick fühlen, aber auch eine eigenartige Sehnsucht und eine profunde Traurigkeit in ihr. Während sich die bösartige Magie tiefer in sie schlängelte, geriet sie in immer größere Gefahr.

Ich flüsterte ihren vollständigen Namen, und die Lichtgestalt, als die ich sie wahrnahm, drehte sich mir zu und ergriff die Hand, die ich ihr entgegenstreckte. Als sich unsere Finger berührten, führte ich ihr einen weiteren Energiestoß zu, aber wie sich herausstellte, hätte ihr Geist gar nicht so viel Ermutigung gebraucht, um wieder aufzusteigen. Die Soldaten um uns herum verschwammen und verflüchtigten sich im Nebel, als der Lebenswille erneut in ihr erwachte. Vorsichtig zog ich mich aus Tatyanas Geist zurück, beließ jedoch die Hände an ihrem Körper und wärmte ihre Haut, als sie schaudernd zu vollem Bewusstsein zurückkehrte.

»Warte«, sagte ich und beobachtete, wie das widernatürliche Blau, das an ihrem Körper haftete, nach und nach verblasste. »Das Unbehagen vergeht gleich.«

»Finger weg!«, rief sie und schlug meine Hände von sich. Dann sah sie sich um und japste, aber uns umgab nur ein zunehmend dichterer Nebel. »Was zur Hel ist das?«

»Sie öffnen gerade ein Portal in die Welt der Toten.«

»Was?«

»Die Kälte, die sich in diesem Augenblick den Weg in dich bahnt, ist die Berührung der Leere, die nach dem Leben im Jenseits wartet.« Ich verstummte, um ihr einen Eisfleck von der Schulter zu reiben. »Sie hätte nie in diese Daseinsebene übertreten sollen. Noch die kleinste Menge davon besitzt einen endlosen Appetit auf die Wärme des Lebens. Sie tut, was sie kann, um zu schwächen, was einen an diese Welt bindet, und um alle Wärme zu verzehren.«

»Das ist der Tod?« Sie schwenkte eine Hand durch den Nebel, der träge und zäh auf die Bewegung reagierte.

»Ja.«

»Oh Kacke.« Sie stand auf und wischte sich die Hände an dem gepolsterten Kittel ab, den sie über ihr Kettenhemd angezogen hatte. »Wie sollen wir es überhaupt zu der verdammten Kirche schaffen, wenn wir mitten durch den *Tod* laufen müssen?«

»Hier«, sagte ich, fasste in meine Gewänder und holte das Medaillon des Sankt Tomas heraus. Sogar im nebligen Zwielicht strahlte es so hell, als hielte ich es in grellen Sonnenschein. Der blaue Stein in der Mitte funkelte mit goldenen Einsprengseln. »Es wird dich vor den schlimmsten Auswirkungen schützen.«

Tatyana streckte die Hand danach aus, dann jedoch zögerte sie. »Was ist mit dir?«

Wären meine Zähne nicht im Weg gewesen, ich hätte über ihre aufrichtige Sorge um mich gelächelt. »Mich schützt meine Hexenkunst. Jetzt mach schon, nimm es.«

Sie tat es und seufzte vor Erleichterung, als ich auch schon spürte, wie sich die Kälte mit neuem Hunger gegen mich presste. Ich beschwor die Liedlinien und begann, so viel Macht von ihnen zu beziehen, wie ich konnte. Es bestand zwar die Gefahr, dass ein geübter Zauberer oder ein naher Wiedergänger das bemerkte, aber ich brauchte die Kraft. Ohne sie wäre ich nur ein verkrüppelter Mensch mit schlechten Zähnen.

»Wirkst du gerade Magie?«, flüsterte Tatyana. Ihr Zustand hatte sich bereits erheblich verbessert. Die Schauder, die ihre Zähne zum Klappern brachten, hatten sich unter dem Einfluss des Medaillons fast völlig gelegt. Eines Tages würde ich mich hinsetzen und mich mit seinem Aufbau befassen, doch das würde auf eine bessere, friedlichere Zeit warten müssen.

»Ja«, bestätigte ich. »Sobald wir in den dichtesten Nebel aufsteigen, werde ich vermutlich nicht mehr in der Lage sein, meine Kraft aufzufüllen, deshalb nehme ich gerade so viel davon mit, wie ich kann.« Ich konnte spüren, wie mich die Energie langsam ausfüllte. Ich hatte damit gerechnet, dass die Liedlinien träge und verzerrt sein würden, aber ihr Fluss erwies sich als stetiger, als ich zu hoffen gewagt hatte.

»Oh.« Tatyana trat einen Schritt zurück und legte den Kopf schief. »Ich merke das nie. Ist nicht besonders beeindruckend.«

»Wär es dir lieber, ich würde eine Kerze anzünden und einen Sprechgesang leiern?«

»Vielleicht.«

»Wer waren diese Männer?«

Sie atmete geräuschvoll aus und setzte sich auf den Rand einer eingestürzten Mauer.

»Also hast du sie auch gesehen? Die vierte Kompanie. Meine Männer.« Sie stand auf, lief zur anderen Straßenseite und wieder zurück. »Hast du das Gebäude da unten bemerkt? Das mit dem kaputten Kamin?«

Das Haus, auf das sie zeigte, war kaum mehr als ein Haufen von Frost überzogenen Schutts aus Stein und Holz, gesprenkelt mit Glasscherben, aber es hatte in der Tat einen Kamin besessen.

»Das war eine Schenke. *Unsere* Schenke. Früher haben wir dort jeden zweiten Tag gegessen und getrunken, und als das Ende kam, war es einer unserer Rückzugsorte.« Sie schüttelte den Kopf und lachte.

»Warum ist das lustig?«

»Um uns herum war schon alles in sich zusammengefallen, da hat Fraser eine teure Flasche Wein gefunden. Wir sind noch lang genug geblieben, um sie zu trinken.« Sie setzte sich wieder. »Es war unsere letzte gemeinsame Runde.«

Ich dachte darüber nach, was ich in ihrer Vision gefühlt hatte. »Sie waren deine Freunde.«

»Freunde sind Menschen, die man auf dem Markt grüßt.« Sie schaute zurück zu der zerstörten Schenke. »Wir haben füreinander geblutet und sind füreinander gestorben. Sie waren meine Familie.«

Ich spürte, wie die Magie in der Stadt wieder anschwoll, aber bevor ich mehr tun konnte, als mich der Mitte zuzudrehen, zuckten mehrere weiße Blitze für die Dauer einiger Herzschläge in den Wolken – wo sie zum Glück blieben – und rankten sich darin umeinander wie die Tentakel eines großen Meeresungeheuers. Das flackernde Licht warf eigenartige Schatten durch die Wolken, wodurch die wirbelnden, strudelnden Schwaden den Eindruck gewaltiger Totenschädel annahmen, die bedrohlich auf die Stadt herabstarrten.

»Bei Gottes Zehennägeln! Hast du das gesehen?«

Mich beruhigte das Wissen ein bisschen, dass nicht nur meine Vorstellungskraft mit mir durchgegangen war. Als sich die knochigen Fratzen wieder in formlosen Dunst auflösten, hörte und spürte ich starke, von der entfernten Kirche ausgehende Schwingungen.

»Wappne dich«, sagte ich, fasste in meine eben erst gesammelte, frische Hexenkunst und bildete hastig einen Schutzschild.

Das Licht im Osten wurde heller, dann wogte es erneut nach außen. Entladungen eilten ihm von Gebäude zu Gebäude voraus und brachten mit ihrer Berührung Holz und Stein unter Sprühnebeln aus Staub und Eis zum Zerspringen. Ich legte die Hände auf den Boden, während sich Tatyana hinkauerte und den Arm schützend über den Kopf hielt.

Die kalte, schneidende Energie traf wie eine Sommerflut ein. Sie spülte mit einem lauten Tosen über mich hinweg und zerrte an meiner Haut, aber ich leitete den Großteil dessen, was mein Schild nicht abzulenken vermochte, in den Boden ab. Tatyana hielt das Medaillon vor sich wie eine Opfergabe. Der Stein in der Mitte gleißte wie eine in dickstem Eis gefangene Sonne.

Wir stolperten beide vorwärts, als der Druck, dem wir uns entgegengestemmt hatten, abrupt verschwand.

»Herrje«, war alles, was Tatyana hervorbrachte.

Ich brummte zustimmend. Der Impuls hatte einen Teil des Nebels gelichtet, doch die Schwaden strömten bereits zurück, dichter als zuvor; eine weiße Wand, die Formen und Geräusche völlig verschluckte. Meine Haut kribbelte, als uns der Nebel wieder umfing. Auch der Fluss der Liedlinien hatte nachgelassen, dennoch gelang es mir, die Verbindung aufrechtzuerhalten, als wir uns in Bewegung setzten.

Tatyana bestand darauf, voranzugehen, was in gewisser Weise sinnvoll war, da sie die Stadt schließlich gut kannte. Der Nebel verdichtete sich weiter um uns herum, bis es sich anfühlte, als wateten wir durch dichte Schichten von Spinnweben. Auch die Geräusche und das Blitzen des Lichts durch die Wolken wurden gedämpft, wenngleich das Nachglühen viel länger anzuhalten schien, als es sollte. Vermutlich brachte das Tatyanas Sicht ebenso durcheinander wie meine eigene.

Und die Kälte hatte sich beträchtlich gesteigert, aber ich weigerte mich, noch mehr von meiner Hexenkunst aufzuwenden, um ihr entgegenzuwirken. Die dunkle Magie war bedrückend, doch für das, was vor uns lag, würde ich jedes Quäntchen Macht brauchen. Es erschien mir gedankenlos verschwenderisch, sie für den bloßen Eindruck von Wärme zu vergeuden.

Hin und wieder wallte der Nebel um uns herum, als würde er durch etwas Unsichtbares aufgewühlt. Dem Eindruck folgte jedes Mal ein scharfes Zischen, als versuche ein Sterbender, mit seinem letzten Atemzug meinen Namen zu sagen. Jedes Mal, wenn das geschah, verringerte sich der Abstand zwischen Tatyana und mir.

»Hörst du das?«, flüsterte sie, als wir nur noch einen Schritt voneinander getrennt marschierten. »Die Stimme?«

»Einen Teil davon«, antwortete ich.

»Sie spricht ständig meinen Namen aus.«

Es klang überhaupt nicht nach ihrem Namen. »Das ist nur der Wind«, versuchte ich, sie zu beruhigen.

»Von wegen.«

Obwohl sie mir nicht glaubte, setzte sie sich wieder in Bewegung, das Schwert unerschütterlich auf Schulterhöhe im Anschlag. Tröpfchen benetzten die Klinge.

Wir blieben beide stehen, als ein metallisches Schaben durch den Nebel vor uns drang. Das Geräusch ertönte kurz und gedämpft, aber ich wartete ebenso wie Tatyana, und bald darauf wiederholte es sich. Sie hielt das Schwert weiter erhoben, als sie vorsichtig vorrückte, trotz ihrer Rüstung und Reservemesser bemerkenswert leise. Ich ahmte ihre Bewegungen nach, so gut ich konnte, und setzte geräuschlos einen nackten Fuß vor den anderen. Mehrere dunkle Schemen zeichneten sich nach und nach im Nebel vor uns ab, und es bedurfte weder besonderer Vorstellungskraft noch einer guten Nase, um zu erkennen, dass es sich um Wiedergänger handelte. Im Gegensatz zu den meisten anderen, die ich bisher gesehen hatte, marschierten diese hier aus eigenem Antrieb auf und ab. Der Perlmuttschimmer ihrer Augen wirkte geringfügig heller als der Nebel, als sie sich in den Höhlen hin und her bewegten.

Mehrere Untote wurden langsamer und schauten in unsere Richtung. Rasch zog mich Tatyana ungefähr ein Dutzend Schritte zurück, bis der Nebel sie wieder vollständig verhüllte.

»Ich zähle mindestens ein Dutzend, vielleicht fünfzehn«, flüsterte sie. Ihre Lippen streiften dabei mein Ohr. »Ich kann nicht erkennen, ob sich dahinter noch mehr herumtreiben.« Mit zusammengekniffenen Augen starrte sie in den leuchtenden Nebel. »Warte hier.«

Bevor ich etwas erwidern konnte, setzte sich Tatyana in Bewegung und verschwand nach wenigen Schritten außer Sicht. Ich hörte von irgendwo das Tropfen von Wasser und gelegentlich das von den vor mir herumschlurfenden Untoten ausgehende Schrammen von Metall. Sonst nahm ich kaum etwas wahr. Und die ganze Zeit wallte der Nebel weiter die Straße herab, viel zu dicht, um auch nur annähernd natürlich zu sein. Perlmuttfarben leuchtende Schwaden kräuselten sich um mich wie ein riesiger Schwarm winziger Fische um einen Wal. Der Nebel war so zäh, dass ich spüren konnte, wie er über meine Haut strich.

Stratus.

Die Stimme war zwar kaum mehr als ein fernes Flüstern, doch sie ertönte überall um mich herum.

Stratus.

Licht flackerte in der Ferne. Die Helligkeit ließ zu einem

matten, pulsierenden Schimmer nach, als das Licht über mich hinwegglitt. Ich wischte mir Frost aus dem Gesicht und drehte mich langsam um, eine sinnlose Geste. Ebenso gut hätte ich in einem Milcheimer stehen können.

Wieder pulsierte das Licht, und ein Teil des Nebels vor mir schien abzufließen, bis ich vor einem riesigen, sich verjüngenden Schädel mit zwei kleinen Hörnern über den leeren Augenhöhlen stand.

Ich kannte jede Kontur dieses Kopfes, und was ich an Kraft besaß, strömte aus meinen Beinen, als mich die Wahrheit erfasste. Ich klammerte mich an der Mauer fest, konnte den Blick nicht von dem Schädel abwenden. Von *ihrem* Schädel. Linkisch streckte ich die Hand danach aus, aber das Bild trieb auseinander, und ich sank auf die Knie, als sich der Nebel wieder um mich herum zusammenzog.

Ihr Geist war irgendwo dort draußen. Ich hatte gelobt, sie nach Hause zu bringen und sie ins Feuer zu senden, wie es unsere Art von jeher getan hat. Aber selbst nach einem Jahrtausend war ich dem Versuch, sie zu finden, keinen Schritt näher gekommen.

Ich werde sie niemals finden, warum soll ich weiterhin kämpfen und leiden? Wenn ich aufgebe, können wir wieder vereint sein …

Das wäre bestimmt wichtiger als ein Eid, den ich in den Klauen betäubenden Kummers und rasender Wut geleistet hatte. Sie würde mich nicht dafür verurteilen, dass ich mit ihr vereint sein wollte. Ich hatte Kummer, Schmerz und all das Blutvergießen so satt. Alles, was ich tun müsste, wäre, meine Hexenkunst von mir zu lösen und sie hinaus in den Nebel treiben zu lassen. Danach würde ich einschlafen und in ihren Armen erwachen. Und es wäre ein so herrliches, wohliges Ende all dieser langen Bitterkeit.

Ich spürte nicht, wie meine Knie den Boden berührten, und ich merkte nicht, dass ich das Haupt neigte.

KAPITEL NEUNUNDDREISSIG

Ich leistete keinen Widerstand, als die Kälte tiefer in mich sank. Tatsächlich linderte ihre frostige Berührung die Schmerzen der Muskeln, die sich verspannt über meinen entstellten Rücken erstreckten. Ich nahm die Kälte nicht einmal mehr wahr. Solange ich mich nicht rührte, konnte ich so gut wie gar nichts fühlen, also rührte ich mich auch nicht.

»Bald, Liebste«, flüsterte ich, als mein Name abermals seufzend aus den Tiefen des Nebels drang. »Bald sind wir wieder zusammen.«

Ich wollte lächeln, konnte es jedoch nicht. Beinah vermeinte ich, ihre Gestalt in den so dichten Schwaden zu sehen. Nicht die schreckliche Fratze des Schädels von zuvor, sondern sie. Wieder lebendig, die Schuppen funkelnd wie flüssiges Gold, als sie aus purer Freude am Fliegen hoch in die Lüfte aufsteigt.

*

Ich flog durch das breite Tal, das den Weg nach Draksgard bildete. Die Sommersonne schien hell, die Aufwinde hielten mich mehr in der Luft als meine Schwingen.

Ich erblickte Anakhara vor mir in der Luft und rief sie, als ich näher zu ihr flog, denn ich konnte es kaum erwarten, ihr von dem schrecklichen Traum zu erzählen, der mich heimgesucht hatte. Aber sie wandte sich ab und schlug wild mit den Flügeln.

Ich folgte ihr, als sie durch das Tal raste, so tief, dass der Windstoß unseres Vorbeiflugs die Affen in den höchsten Bäumen zum Heulen brachte und die Luft mit Tausenden Vögeln in allen Farben des Regenbogens erfüllte, als wir sie aus ihren Nestern aufscheuchten.

Unsere Schatten flimmerten über den mächtigen Fluss, und ich beschleunigte meine Flügelschläge, nahm plötzlich den säuerlichen Geschmack von Angst im Mund wahr.

Vor uns erschien der Hügel, den ich in meinem Traum gesehen hatte, der Hügel, an dessen Fuß sie gestorben war. Ich rief ihr zu, forderte sie auf, umzukehren, überzeugt davon, dass etwas Grauenhaftes geschehen würde, wenn sie den Hügel überflöge. Doch sie schaute nur zu mir zurück und setzte zu einem Sturzflug an. Ich pflügte durch die Luft und achtete in meiner Verzweiflung, sie erreichen zu müssen, nicht darauf, wie sehr ich meine Rückenmuskeln überbeanspruchte.

Sie befand sich beinahe in Reichweite, als Blut zwischen ihren Schuppen hervorzusickern begann. Ihre Flügel gerieten aus dem Gleichgewicht, der Sturzflug wurde zu einem wilden Trudeln, und eine Blutspur folgte ihrem Körper wie Rauch. Ich schrie ihren Namen, und sie drehte den Kopf, blickte mit leeren Augen zu mir zurück.

»Du hast es versprochen«, sagte sie. Ihre Stimme explodierte in meinem Kopf. »Du hast versprochen, mich zu finden.«

Wieder brüllte ich ihren Namen, als sie unten auf den Felsen aufschlug und sich in einen roten Strom auflöste, der sich als Dutzend blutiger Wasserfälle über den Hang ergoss. Es blieb kein Leichnam zurück.

*

Die Vision verblasste zu einem konturlosen, wallenden Weiß. Ich befand mich auf gefrorenem Kopfsteinpflaster, nicht auf blutigem Gras, und ich hielt die Arme der Leere vor mir entgegengestreckt.

Finde mich, flüsterte der Nebel, und ich konnte nur mit

einem Stöhnen antworten. Schmerz zuckte stechend durch meinen Körper und erinnerte mich daran, was mich erwartete, wenn ich mich nicht wieder hinlegte. Ein Teil von mir wollte es tun, doch der Bann war gebrochen. Der Frieden, den mir der Nebel versprochen hatte? Er war eine Lüge. Wenn ich meinen Schwur nicht hielt – den Eid, den ich geleistet hatte, als ich befleckt von ihrem Lebensblut war -, wie könnte ich dann jemals vor ihr stehen und auf Vergebung hoffen?

Ich presste die Kiefer aufeinander und spürte, wie meine vorstehenden Zähne die Innenseiten meines Mundes zerfetzten. Die Schmerzen nahm ich nur entfernt wahr, die Hitze und den Geschmack meines eigenen Blutes hingegen sofort und deutlich.

Wieder presste ich die Kiefer aufeinander, trieb die größten Fänge tief in meinen Gaumen, bis Schmerzen und die Hitze des Bluts das Eis schmolzen, welches meinen Geist umhüllte.

Ich spürte nur noch die Pein, schmeckte nichts als mein Blut, und jener dunkle Teil, jener Quell rasender Wut, vor dem ich mich einst sogar selbst gefürchtet hatte, rührte sich und erwachte zum Leben. Es war die Bestie in mir, und ich fütterte sie mit Schmerz und Verzweiflung, um von ihr Zorn und Hass zurückzubekommen. Sie hatte mich so lange angetrieben, und bei den Sternen, sie würde mir dabei helfen, zu beenden, was ich angefangen hatte.

Ich fütterte sie und ließ ihre Wut mein Blut zum Kochen bringen, dann zog ich die Beine unter mich, trieb die Krallen in die nächste Mauer und stand langsam auf. Ein Knurren grollte dabei aus meinem blutigen Mund. Es tat weh, aber ich legte all den Schmerz als Opfergabe auf den Altar meiner uralten Wut, und statt mich zu schwächen, stärkte es mich. Ich spürte, wie meine Herzen mit neuer Kraft pumpten, und spuckte einen Mundvoll Blut auf den Boden aus, wo es zischte und dampfte.

»Ich werde dich finden«, gelobte ich, und der Nebel um mich waberte, als hätte ihn der Wind unsichtbarer Flügel erfasst. Ich blickte in meinen Magiespeicher und stellte erleichtert fest, dass mich die Kälte zwar davon abgehalten hatte, ihn zu nutzen, mir die Energie aber noch nicht ausgesaugt hatte. Ich setzte eine geringe Menge dafür ein, die Nachwirkungen zu vertreiben und die kleineren Wunden zu heilen, die mich störten.

»Stratus.« Ein weiteres Flüstern aus dem Nebel, aber diesmal hörte ich es mit den Ohren. Gleich darauf nahm ich die vertraute Berührung meiner eigenen schlummernden Hexenkunst wahr.

»Hier drüben«, sagte ich und schon erschien Tatyana neben mir regelrecht aus dem Nichts.

»Bei Gottes Zähnen«, entfuhr es ihr. »Was ist denn mit dir passiert? Du siehst aus, als hättest du einen Geist gesehen.«

»Es geht mir gut.«

Sie öffnete den Mund, um etwas zu sagen, aber ich packte sie am Arm und zog sie jäh zu mir. Das Schwert traf sie trotzdem, doch ich spürte, dass es sie nur streifte. Es schnitt kaum durch ihre dicke Jacke.

Der Wiedergänger trat vor, und aus dem dunklen Schemen, der mich auf ihn aufmerksam gemacht hatte, wurde eine deutliche Form. Weitere Schemen zeichneten sich hinter ihm im Nebel ab. Ihre Augen pulsierten mit demselben weißen Licht, das uns umgab.

»Kacke«, fluchte Tatyana.

»Sie müssen dir gefolgt sein«, meinte ich.

»Ach, glaubst du, ja?«, herrschte sie mich an und entriss mir ihren Arm. »Ich war nicht diejenige, die geschrien hat wie ein Kleinkind.«

Plötzlich streckte sie sich anmutig nach vorn. Ihre Arme und Beine arbeiteten nahtlos zusammen, und ihr Schwert überwand blitzartig den Abstand zwischen uns und dem Untoten. Die verheerende Spitze traf die ungeschützte Unterseite seines Kiefers und verschwand in seinem fleckigen Fleisch. Der Wiedergänger fiel auf die Knie und kippte seitwärts, als sie das Schwert mit einem Ruck herausriss, wodurch sie einen Strom zäher Flüssigkeiten auslöste. Die Klinge des Untoten prallte mit einem Laut wie von einer Glocke auf das Kopfsteinpflaster und entlockte dem Rest der Wiedergänger ein schauriges Stöhnen.

»Nimm meine Hand«, sagte sie und ergriff mein Handgelenk, noch bevor ich mich bewegen konnte, »und bleib dicht bei mir.«

Tatyana zog mich seitwärts mit sich, und sosehr ich mich auch durch Anwendung ein wenig handfester Gewalt aufzuwärmen wünschte, folgte ich ihr doch ohne Widerspruch. Nachdem wir eine gefühlte Ewigkeit über rutschiges Kopfsteinpflaster und zerbrochene oder verbrannte Holzbalken gestapft waren, durchquerten wir einen schwer beschädigten Torbogen. Der führte in einen mit Trümmern übersäten Gang, der beinah zu schmal für uns beide nebeneinander war.

»Was ist das?«, fragte ich.

Sie fuhr mit den Fingern über einen kantigen, in die nahen Ziegelsteine geritzten Schriftzug. »Vor ein paar Jahren hättest du hier knietief in Kwai gestanden. Jetzt ist es nur noch eine Abkürzung.«

»Wer ist Kwai?«

Sie tätschelte meine Schulter. »Was, nicht wer. Das ist ein Blatt, das manche Menschen gern kauen. Und bevor du nachfragst, es ist so ähnlich wie Wein, den man kaut, statt zu trinken.«

»Und hier wächst es?«

Sie lachte und begann, den Hang hinaufzumarschieren. »Nein, hier hat man es verkauft. Und wenn ich mich recht erinnere, kommen wir in der Nähe des *Waidmannshorns* heraus. Ein weiteres ehemaliges Lieblingsplätzchen von mir.«

Ich brummte dazu nur und ging weiter. Die Stimme, die ich zuvor im Nebel gehört hatte, dröhnte lauter durch meine Gedanken als das, was mir Tatyana über diese andere Schenke erzählte. Etwas Vergleichbares hatte ich vorher noch nie erlebt, dennoch wusste ich, dass es sich um Anakharas Stimme gehandelt hatte, zumindest teilweise. Obwohl es nur ein rauchiges, verzerrtes Flüstern gewesen war, hatte ich auf Anhieb gewusst, dass es von ihr stammte.

Aber woher war es gekommen? Mein Geist hatte mir in den langen Jahrhunderten meiner Gefangenschaft keine Folter erspart. In den schlimmsten Zeiten hatten mir Fragen, die mit *Was wäre gewesen, wenn …* begonnen hatten, mehr Leid und Elend verursacht als alles, was mir Menschen je angetan hatten.

Ich hatte die Erinnerungen an sie tief in mir vergraben, um mich von dem rohen Schmerz abzukapseln, den allein der Gedanke an sie in mir auslösen konnte. In all der Zeit hatte ich die Stimme meiner Liebsten in meinem Geist aber nie anders gehört als so, wie sie an unserem letzten gemeinsamen Tag geklungen hatte.

Warum also quälte mich mein Geist nun mit einem so schrecklichen, gespenstischen Flüstern? Handelte es sich um eine eigenartige Symbolik, die der grundlegendste, älteste Teil meiner selbst in dem verzweifelten Versuch heraufbeschworen hatte, meinen Lebenswillen anzufachen? Und was war mit dem Traum, den die Bestie Tatyana gezeigt hatte, als sie mich nicht erreichen konnte?

Eine Hand klatschte gegen meine Brust. Ich blinzelte die Überreste jenes Traums weg. Der Widerhall der schrecklichen Stimme verblasste und wurde von Tatyanas weniger melodischen Tonfall ersetzt.

»… bisschen aufmerksamer sein, verdammt. Das hier ist kein Spaziergang im Park.«

»Ich habe gerade an sie gedacht.«

»Das ist nicht die rechte Zeit, um sich der Trübseligkeit hinzugeben. Siehst du das?« Sie deutete auf der Straße, die unsere Gasse teilte, nach links.

»Eine Mauer?«

»O ihr Götter«, murmelte Tatyana und schob mich vorwärts. »Würdest du wohl aufwachen? Schau, da unten. Siehst du das Licht?«

Da ich den Kopf nicht weit genug zu drehen vermochte, rückte ich vor, bis ich um die Ecke sehen konnte. Dort wirkte der Nebel lichter. Vielleicht wurde er ja aufgrund seiner beträchtlichen Dichte in die tieferen Gefilde der Stadt gezogen? Jedenfalls zeichnete sich der Schein aus der Kathedrale dadurch umso heller ab. Die Straße wurde links von uns schmaler. Teilweise war sie mit dem Geröll der sie säumenden verwüsteten Läden und Häuser bedeckt. Entlang ihres Verlaufs hatte man eine Reihe hoher Pfosten aufgestellt, und nachdem ich einen Moment lang mit zusammengekniffenen Augen hingestarrt hatte, erkannte ich, dass daran menschliche Gestalten baumelten. Einige hingen am Hals, andere an widernatürlich verrenkten Armen. Mehrere bewegten sich noch. Ihre Beine zuckten, als versuchten sie nach wie vor, zu fliehen, und als hätten sie noch nicht begriffen, dass sie tot waren. Mehrere Dutzend Wiedergänger trieben sich auf dem Straßenabschnitt unter ihnen herum. Alle trugen Rüstungen und Waffen. Einige der Rüstungen schepperten, einige der Waffen, die über den Boden geschleift wurden, schlugen sogar Funken.

Hinter dieser Meute stand rittlings über der Straße ein großes Gebäude. Der Bogengang darunter und die zwei Fenster oben vermittelten den Eindruck eines groben, Unglück verheißenden Totems. Aus beiden Fenstern schien ein stetes gelbes

Licht. Die warme Farbe hob sich kräftig von den Grautönen der Stadt ab.

»Was ist das?«, wollte ich von Tatyana wissen.

»Das ist die mittlere Kaserne«, antwortete sie und trat neben mich. »Bis vor ein paar Monaten, als wir darin eingezogen sind, war dort das Hauptquartier der Stadtgarde.«

»Warum bist du deswegen so aufgeregt?«

Ich spürte, wie sie versuchte, meinen Arm zu drücken. »Weil die Stadtgarde auch für das Verlies zuständig war. Im Fels unter dem südlichen Turm sind Hunderte von Kerkerzellen.«

Ich dachte darüber nach. »Du denkst, Lucien ist da drin.«

»Wäre doch sinnvoll, oder? Wo sonst würde man gefährliche Gefangene einsperren?«

»Kann sein.« Ich drehte mich ihr zu. »Dir ist aber klar, dass er bereits tot sein könnte, oder? Dieser Nebel wirkt wie Gift.«

»Hab ich erlebt. Aber er ist nicht tot.« Sie klopfte sich auf die Brust. »Das wüsste ich.«

»Eine solche Hoffnung ist gefährlich.«

»Hoffnung ist alles.«

»Dann kannst du ja für uns beide hoffen. Was ist mit denen da?« Ich deutete zu den Untoten auf der Straße. »Hier gibt es nicht genug Nebel, in dem wir uns verstecken könnten.«

»Wir gehen durch die Geschäfte«, gab Tatyana zurück und zeigte zur Seite der Straße. »Die meisten haben Lagerhöfe und Hintertüren. Wenn wir uns leise und vorsichtig anstellen, bemerken die da nicht einmal, dass wir je hier waren.«

Ich schaute zu dem Leuchten im Osten, dann zurück zu dem Wachhaus. Ich hielt es für durchaus wahrscheinlich, dass ich die Zerstörung der Lanze nicht überleben würde, also könnte ich vielleicht noch irgendetwas gutmachen, indem ich den Prinzen rettete. Immerhin war er mir ein Freund gewesen, als es niemand sonst sein wollte, und eine solche Schuld trägt ihr eigenes Gewicht.

»Na schön«, willigte ich ein. »Lass uns deinen Prinzen suchen.«

Tatyana ließ ein freudiges Lächeln aufblitzen. »Danke.«

Die dunkle Magie lastete auf mir, als wir aus der Gasse traten, aber zumindest hatte die erstickende Berührung des Nebels beträchtlich nachgelassen. Die Luft fühlte sich aufgeladen an, als braue sich ein schweres Gewitter zusammen, nur ging mit dem Gefühl keinerlei Reinigung einher.

Wir bahnten uns den Weg durch das erste verlassene Geschäft in das nächste, wo uns der Anblick eines Gemetzels erwartete. Drei Soldaten lagen übereinander. Man hatte ihre Leichen ausgezogen und verstümmelt. Die blutigen Fetzen der blauen Schärpen um ihre Taillen boten den einzigen Hinweis darauf, wer sie einst gewesen sein mochten. In der Nähe lagen die Körper eines fetten Mannes und zweier Frauen, zwar vollständig bekleidet, aber mit derselben Grausamkeit erschlagen. Aber uns ließen nicht ihre Wunden verdutzt innehalten, sondern der Umstand, dass sie sich wie die draußen auf der Straße an den Pfosten baumelnden Gestalten immer noch bewegten.

»Drogah, erbarm dich«, hauchte Tatyana, als sich der zuoberst liegende Soldat mit matter, zittriger Hand nach uns streckte. Dann sackte er zurück, und einen Moment lang presste ein anderes Gesicht gegen die Haut seines Bauchs, als hätte er jemanden im Ganzen verschluckt. Tatyana wich erschrocken einen Schritt zurück, dann einen weiteren, als das Gesicht erneut erschien und sich der Mund lautlos bewegte.

»Was zur Hel ist das?«

»Ich weiß es nicht.« Ich zog ein Messer, und bevor sie ein weiteres Wort sagen konnte, schlitzte ich damit über das Gesicht, als es sich noch heftiger von innen gegen die Haut am Bauch presste. Weiße Funken spritzten von dem Schnitt, gefolgt von einem trüben Blitz, der sich schnell verflüchtigte.

»Verdammt noch mal, Stratus!«

»Bemerkenswert.«

»Nein, gar nicht bemerkenswert! Bei Gottes Zähnen, lass es einfach gut sein und verschwinden wir lieber schleunigst von hier.«

»Das sind keine Wiedergänger«, sagte ich und wischte die Schneide an der Kleidung des Dicken ab. »Ich glaube, sie haben einen Durchgang aufgezwängt.«

»Einen Durchgang?«

»Ein Portal. Eine Tür.«

»Ich weiß schon, was das Wort bedeutet. Einen Durchgang wohin?«

Ich beobachtete, wie sich der Wanst des Fetten deutlich hob und senkte, als versuche etwas in ihm, aufzustehen, hätte aber noch nicht ganz die Kraft dafür. Tatyana biss sich in die Hand, als sie es ebenfalls bemerkte, dann sah sie mich mit riesigen Augen an, als die Erkenntnis sie ereilte.

»In die Welt der Toten«, hauchte sie. »Du hast das ernst gemeint.«

»Ja.« Ich stocherte an dem Schlitz in seinem Körper. »Der Durchgang öffnet sich, wenn ein Geist in die Leere reist, aber anscheinend sind die Geister dieser Menschen dazwischen gefangen, halten den Durchgang offen und ermöglichen es anderen Geistern, in diese Welt hier zurückzukehren.«

»Ihre Seelen dienen als Türstopper?«

»Ja«, bestätigte ich und freute mich darüber, dass sich ihre Auffassungsgabe allmählich besserte.

»Das ist mir zu viel. Gehen wir«, sagte sie und schob mich auf die nächste Tür zu. Ich erhob keine Einwände. So faszinierend diese Leichen sein mochten, sie zu untersuchen, würde uns unserem Ziel kein Stück näher bringen.

Wir bahnten uns den Weg durch zwei Geschäfte. Eines erwies sich als ausgeweidet von einem magischen Feuer. Wir bewegten uns mit äußerster Vorsicht hindurch, da uns nur eine einzige dünne Wand von den Wiedergängern draußen trennte. Auch ohne bewusst auf meine Hexenkunst zuzugreifen, konnte ich ihre Gegenwart fühlen. Das Geräusch des Zaubers brodelte in ihnen wie das Summen tausend gefangener Hornissen.

Die tödliche Kälte hatte sie gestärkt und außerdem geschärft, was sie an Sinnen besaßen, und wie wir herausfanden, erregten jede Bewegung und jegliches Geräusch ihre Aufmerksamkeit. Langsam rückten wir zwischen den brüchigen Überresten von Mänteln und Stiefeln vor, die das Feuer eines Zauberers verwüstet hatte. Wir hatten es schon fast zu der Lücke geschafft, die uns zum Verlies führen würde, als *sie* uns fand.

Sie traf lautlos ein, wie Katzen nun mal sind, allerdings blieb das nicht lange so. Ich hatte kaum Zeit, Tatyana auf das Tier hinzuweisen, bevor sie ein klägliches Geheul anstimmte, ein atemloser Laut, verschlimmert durch die Wunden, die man deutlich auf dem vereisten Fell erkennen konnte. Die Untoten auf der Straße antworteten auf das Miauen mit einem lauten Stöhnen.

Die Katze taumelte vorwärts, als Tatyana auf sie zusteuerte, dann gab sie ein letztes Miau von sich, bevor Tatyana gegen ihren Kopf trat, der sich prompt löste und gegen die Wand flog. Aber es war bereits zu spät. Der erste Wiedergänger pflügte mit einer tödlich aussehenden Axt in den Händen durch die Überreste der Tür in den Laden, und ich kratzte ihm hastig mit den Klauen über die Augen.

Ich bezweifelte, dass er Schmerzen verspürte, doch der Instinkt, die Augen zu schützen, ist in jedem Lebewesen zu tief verwurzelt, um vom Tod vollständig ausgelöscht zu werden. Er zuckte zurück und hob die Axt an, um meine Hand wegzuschlagen. Wäre er ein lebender Mensch gewesen, hätte ich vielleicht die große Arterie in seinem Schritt geöffnet. So jedoch schlug ich stattdessen das Blatt der Axt weg von mir und rammte ihm eine schwarze Kralle durch die Stirn.

Weitere Untote drängten sich am Eingang und kletterten durch die Fenster herein, als ich die Kralle wieder herausriss. Tatyana hackte auf den Arm eines Wiedergängers ein, der nach ihr griff, aber obwohl der Hieb den Arm vom Handgelenk bis zum Ellbogen öffnete, wurde der Untote kaum langsamer und drängte Tatyana weiter in den Laden zurück. Ich entging nur knapp dem Versuch eines anderen, mir das Gesicht mit einem Fleischerbeil zu spalten, als der vom Feuer beschädigte Rahmen unter dem vereinten Gewicht der Wiedergänger nachgab.

Als mit dem Fenster auch die Mauer einstürzte, fielen mehrere der Kreaturen hin, was ihren Vormarsch ins Stocken brachte. Ich hielt gerade lang genug inne, um den nächstbesten behelmten Schädel zu zerstampfen, bevor ich Tatyana durch die Lücke nach draußen und zum Wachhaus folgte. Dort arbeitete sie gerade das Schwert aus dem Schädel eines hartnäckigen Wiedergängers. Der Knochen verursachte ein quietschendes Geräusch, als sie die Klinge hin und her wand.

»Gehen wir«, sagte sie, als sie das Schwert befreit und den ärgsten Dreck von der Klinge gegen die Mauer geschnippt hatte.

»Warte.« Ich kniete mich neben den gefallenen Körper, bohrte die Krallen in den Schädel und zwängte den Spalt darin noch weiter auf.

»Was …«

Ein bleicher Wurm kam in dem roten Matsch im Inneren zum Vorschein, eine leuchtende Made größer als ein menschlicher Daumen. Die Kreatur richtete sich in der Wunde auf wie ein nach der Sonne strebender Setzling, aber der Schimmer des Lichts unter ihrer dünnen Haut wurde rasant trüber.

Stöhnende Laute und das Geräusch von über das Pflaster schleifenden Waffen warnten uns, dass wir keine Zeit mehr hatten. Tatyana schlitzte den bleichen Wurm mit dem Schwert auf. Dem Kadaver entfleuchte ein abartiger Gestank, so widerlich, dass er sogar die dämpfende Wirkung des Nebels durchdrang. Nur wenige Schritte vor den Wiedergängern eilten wir aus dem Gebäude und rannten auf die hochaufragenden Umrisse des Wachthauses zu.

KAPITEL VIERZIG

Die Tür erwies sich als verriegelt, allerdings nur mit Metall und Holz. Beides vermochte meiner Hexenkunst nicht zu widerstehen, als ich den simplen Mechanismus beeinflusste. Im selben Herzschlag trat ich die Tür auf und ließ einen Soldaten dahinter ausgestreckt auf dem Boden landen. Ich stürmte in den Raum, bevor er oder irgendjemand sonst, der vielleicht lauerte, sich erholen konnte.

Mich hätte nicht wirklich überraschen sollen, dass ich drinnen sechs weitere Soldaten erblickte, aber mich hatte allmählich der Eindruck beschlichen, wir wären die einzigen lebenden Wesen in der Stadt. Tatyana preschte hinter mir herein und bot genug Ablenkung, dass ich zurücktreten und die Tür zuknallen konnte, bevor es den Wiedergängern gelang, die Stufen heraufzuschlurfen.

Aus dem Augenwinkel nahm ich ein Aufblitzen von Bewegung wahr und spürte den Biss eines Schwertes, als ich abwehrend einen Arm in die Richtung hob. Es tat weh, aber die Wunde war nicht tief – ganz im Gegensatz zu den Krallenhieben, mit denen ich das Gesicht meines Angreifers zerfetzte. Er taumelte zurück und riss entsetzt die Hände hoch, und so sah er den Schlag, der ihm den Garaus machte, nicht einmal kommen.

Die fünf verbliebenen Soldaten griffen an und hackten mit einer Vehemenz auf uns ein, die an Raserei grenzte. Ich schirmte mit einem Arm mein Gesicht ab und biss die Zähne zusammen, während mich ihre Klingen aufschlitzten und stachen. Es waren zu viele und zu schnelle Streiche für einen Gegenangriff. Für ein Feuer fehlte Platz, zudem konnte ich kaum mitverfolgen, wo sich Tatyana befand. Ich fuhr die Krallen an beiden Händen aus und warf mich dem nächstbesten Gegner entgegen, ohne auf die Schwerter zu achten, die vorschnellten, als ich ihnen die Gelegenheit zum Zuschlagen eröffnete. Der Mann, den ich angriff, konnte eine Klaue noch wegschlagen, die andere jedoch traf seinen Hals, und er fiel auf die Knie und erstickte schnell an seinem eigenen Blut.

Als ich mich umdrehte, wollte mich der Soldat zu meiner Linken mit einem dornenbewehrten Panzerhandschuh schlagen. Ich lenkte den Hieb zur Seite ab, dann sprang ich vor und versenkte die Zähne im Fleisch seines Unterarms, bevor er ihn zurückziehen konnte. Mit einem Ruck riss ich meinen Kopf herum wie ein Terrier mit einer gefangenen Ratte und fetzte einen Brocken heraus. Der Mann fiel mit einem gellenden Aufschrei zurück, während mir der dritte Gegner in den Rücken stach. Ich spürte ein Brennen, als meine straff gespannte Haut durchstoßen wurde, dann ein stumpfes Schaben. Die Klinge schrammte über den entstellten Knochen, der sich um meine Flügelstummel gebildet hatte.

Blindlings hieb ich um mich, als ich herumwirbelte, erwischte mit der Kante meiner Klaue seinen Helm und brachte ihn zum Klingeln wie eine Glocke. Es genügte nicht, um ihn wirklich zu verletzen, aber es lenkte ihn ab, und einen Moment später schlitzte ihm Tatyanas Messer die Kehle auf.

Er war der Letzte. Fünf Männer lagen ausgestreckt auf dem Boden. Die Wärme und der Geruch ihres Blutes fühlten sich üppig und angenehm nach dem trostlosen Nichts an, das draußen vorherrschte. Der Sechste hielt die Klinge des Schwertes, mit dem ihn Tatyana an der Tür festgenagelt hatte, hustete Blut und winselte »Nein, nein, nein!«, als würde sich sein Schicksal dadurch ändern.

Ich blutete aus einem Dutzend Wunden, einige davon so tief, dass ich keine andere Wahl hatte, als sie von meiner Hexenkunst heilen zu lassen, bevor meine Sicht noch verschwommener wurde. Tatyana hob ein weiteres Schwert von einem der Gefallenen auf und spähte am Rand der Tür vorbei, die zum restlichen Wachthaus führte.

»Sind da noch mehr?«, fragte ich sie. Dabei öffnete und schloss ich abwechselnd meine linke Hand, während eine üble Schnittverletzung auf meinem Rücken sich schmerzhaft zuzog.

»Kann keinen sehen.«

Ich drehte mich dem Mann zu, den sie an die Tür genagelt hatte wie ein Insekt. Ein Schwert vollständig durch einen Mann in Rüstung zu treiben, ist an sich schon beeindruckend, aber Tatyana hatte es geschafft, die Klinge zudem so fest ins Holz zu rammen, dass sie sein Gewicht stützte.

»Wie viele weitere von euch sind da drin?«, fragte ich.

Zur Erwiderung spuckte er mich mit einem Mundvoll Blut an. Ich trat ihm meinerseits die Füße unter dem Körper weg, sodass sein volles Gewicht auf dem Schwert lastete. Sein jäher Aufschrei klang herzzerreißend, und ich wartete, bis er die Beine wieder unter sich bekommen hatte.

»Wie viele?«, wiederholte ich.

»Ein Zug«, presste er keuchend hervor.

»Penullische Züge sind eine Zwanzigerschaft, also zusätzlich zu den hier noch vierzehn Mann«, steuerte Tatyana bei. Sie stupste ihn mit dem Griff ihres neuen Schwertes. »Irgendwelche Magier?«

»Du gottloses Miststück.« Er gab ein ersticktes Schluchzen von sich. »Du hast mich umgebracht.«

Ich schlug gegen den Griff des Schwertes in ihm, und seine Worte endeten in einem Kreischen.

»Bleib bei der Sache«, forderte ich ihn auf. »Sag die Wahrheit, und ich verschone dich.«

Er stimmte ein nass klingendes Lachen an. »Ich liege doch schon im Sterben.«

»Richtig, aber so muss es nicht bleiben.« Ich ließ ein paar Bogen ungeformter Hexenkunst über meine Finger blitzen. »Sind da drin irgendwelche Zauberer?«

Ein Hustenanfall schüttelte seinen Körper, und wenngleich ich ihn nur wenige Atemzüge vom Tod entfernt wähnte, kämpfte er um mehr Luft. Er klammerte sich am Leben fest, so schmerzhaft und schrecklich es auch sein mochte.

»Zwei«, blubberte er aus einem Mund voll Blut hervor.

»Dann würde ich auf mindestens drei wetten«, sagte Tatyana.

»Drei sind machbar«, meinte ich dazu. Mit einem Ruck riss ich das Schwert aus seiner Brust. Er kippte und landete krachend auf dem Boden.

»So viel dazu, ihn zu verschonen.«

»Er war schon tot.« Ich warf das Schwert beiseite. »Mich überrascht, dass er am Schluss überhaupt noch stehen, geschweige denn sprechen konnte.«

»Die Macht der Hoffnung«, sagte Tatyana.

Darauf antwortete ich nur mit einem Brummen, als sie uns hinaus in den Gang führte, durch den wir zu der Treppe zu den oberen Stockwerken gelangen würden. Anscheinend befanden sich auch unter uns Verliese, mehrere Ebenen, alle in den Fels gehauen, auf dem man die Stadt errichtet hatte.

Tatyana jedoch war überzeugt davon, dass man einen Prinzen nicht unter so widrigen Bedingungen gefangen halten würde, und die Stimmen, die wir von den Ebenen über uns hören konnten, unterstützten ihre Mutmaßung. Die Sprecher klangen zornig, als sie Drohungen und Warnungen in kehligem Penullisch riefen. Wir bewegten uns, so leise wir konnten, und da meine Wunden gut verheilten, zweigte ich einen Teil der Energie dafür ab, Verteidigungen gegen die Zauberer vorzubereiten. Nur für alle Fälle.

Das Gebäude war breiter als hoch, aber zum Glück füllten unzählige Regale mit Büchern und Schriftrollen den Großteil der Flächen aus. Ganze Räume enthielten nichts als Lektüre. Zusätzlich gab es natürlich Kammern für die höherrangigen Gardisten und die zur Verfolgung verschiedenster Verbrechen ernannten Friedensrichter. In diesen Kammern stießen wir auf weitere Soldaten und beide Zauberer.

Die Zauberer spürten unser Nahen, aber umgekehrt nahm auch ich das plötzliche Ziehen ihrer Magie wahr, bevor wir um eine Ecke bogen. Die Vorwarnung genügte mir, um Tatyana aus dem Weg zu stoßen, bevor ein zischender Feuerball dort durch den Raum schnellte, wo sich eben noch ihre Brust befunden hatte. Der Feuerball vernichtete mit einem durchdringenden Knall und einem Schwall überaus heißer Luft ein Gemälde an der Wand, bevor ein zweiter an dem Schild explodierte, den ich vorbereitet hatte. Es fühlte sich an, als würde ich von einem riesigen, lodernden Maultier getreten, aber der Kern des Zaubers wurde abgelenkt und verausgabte sich in der Decke statt in mir. Sechs Wächter stürmten herbei, als der Lärm verklang, waren jedoch nicht schnell genug.

Meine Hexenkunst benötigte keinen Stab. Deshalb bemerkten sie erst, dass ich sie getötet hatte, als das Feuer jäh und unverhofft um sie herum aufflammte, ihre Haut schwärzer als meine verkohlte und ihr Haar, die Bärte und die Kleidung in Brand setzte. Ihre Schreie klangen schrill und animalisch, bevor die feurige Luft ihre Lungen und Kehlen kochte. Nach wenigen Schritten stürzten sie zu Boden. Ihre Körper zuckten noch krampfhaft, während sich das Feuer tiefer und tiefer brannte.

Die Zauberer erschufen eine Wand aus schimmerndem Licht, als sie mit hochgezogenen Roben flüchteten. Doch ich schnitt mit meiner Hexenkunst wie mit einem Messer durch den Faden, der die Wand mit Energie versorgte, und brachte sie zum Einstürzen.

Wir stürmten hinter ihnen her einen Gang entlang, das heißt, eigentlich tat das eher Tatyana. Ich folgte ihr, so schnell es mein verkümmertes Bein zuließ. Dann sah ich, wie sich einer der Zauberer umdrehte und seinen Stab auf Tatyana richtete. Ein Donnerschlag ertönte, und sie segelte an mir vorbei, landete schlitternd und sich überschlagend auf dem Boden, in Rauch und Flammen gehüllt wie ein tollpatschiger kleiner Dämon. Das und mein entsetztes Japsen ließ die flüchtenden Zauberer verwegen werden. Der zweite hielt an und drehte sich zu mir um.

Ich stieg über Tatyanas stöhnende Gestalt hinweg und zog meinen Schild hoch, als er und sein Gefährte ihre Zauber entfesselten. Der erste, ein durchscheinender Impuls aus Bewegungsenergie, prallte von meinem Schild ab und schlug in die gegenüberliegende Mauer ein, in die er ein fassgroßes Loch sprengte. Der zweite Zauberer richtete seinen Stab auf mich, gab mir dadurch eine kurze Vorwarnung und zeigte mir den Winkel seines Angriffs an, sodass ich den Schild in seine Richtung neigen konnte. Die Kugel aus weißem Feuer, die er mir entgegenschleuderte, schlug so ein, dass sie geradewegs zu ihnen zurückprallte und die Dielen versengte, als sie über den Boden schlitterte, bevor sie unmittelbar vor den Füßen des ersten Zauberers explodierte. Es war kein direkter Treffer, aber er genügte, um ihn vom Boden zu heben und gegen die Wand zu schleudern, an der er danach besinnungslos und glimmend liegenblieb.

Auf den zweiten Zauberer warf ich ein Messer, während er noch zu begreifen suchte, was gerade passiert war. Er versuchte auszuweichen, und vielleicht wäre es ihm sogar gelungen, hätte ich den Wurf nicht mit einer Prise Hexenkunst versehen, die das Messer sowohl beschleunigte als auch mitten in seine Brust lenkte. Die Klinge durchschlug das Brustbein mit solcher Wucht, dass sich nur noch der Knauf am Ende des

Griffs zeigte, als er auf den Boden sackte, mucksmäuschenstill gestorben.

Ich blickte den Gang in beide Richtungen entlang. Die abgelenkten Zauber hatten zwei große Brände entfacht, doch zum Glück zog der Rauch bereits durch das Loch in der Wand ab. Ich eilte zurück zu Tatyana, die noch lebte und zuckte, während das Heilgebilde den an ihr entstandenen Schaden behob. Leider war sie schwer genug verletzt, dass es erneut erwacht war, als sie gerade Anzeichen der Erholung hatte erkennen lassen, aber dagegen ließ sich in dieser Lage nichts unternehmen. Ich überließ sie der Heilung und hastete zu dem Zauberer, der von den Füßen gerissen worden war.

»Ein Blauer«, stellte ich fest, als ich mich neben ihn kauerte. Knochensplitter ragten aus beiden Beinen. Eines war zudem unter ihm in einem Winkel verrenkt, der wenig Zweifel daran ließ, dass der Mann nie wieder tanzen würde. »Perfekt.«

»Was bist du?«, wollte er stöhnend von mir wissen.

»Wo ist der Prinz?«

»Prinz?«

Ich rammte eine Kralle in eine der rohen Wunden und bohrte darin herum, was ihn zum Heulen brachte.

»Prinz Lucien Stahrull.« Ich beugte mich vor, bis sich mein Gesicht nur noch Zentimeter vor seinem befand. »Und tu erst gar nicht so, als hättest du den Mut, dem zu widerstehen, was ich mit dir anstelle, wenn du mich belügst.«

»Eine Ebene höher«, presste er hervor.

»Sehr gut. Sag, wann trifft dein Meister ein?« Es sah aus, als wollte er lachen, also setzte ich die Spitze einer Kralle an seinem Gehörgang an und drückte sie hinein, bis ich auf etwas Festes stieß. Das brachte ihn rasch zum Schweigen. »Warum ist das lustig?«

»Stratus Himmelsfeuer«, sagte er und bleckte mir blutige Zähne entgegen.

»Du kennst meinen Namen?«

Ich spürte einen Schauder in der Luft, als würde etwas vorbeitosen, das ich nicht sehen konnte. Der Eindruck ging so schnell vorbei, dass ich dachte, ich hätte ihn mir eingebildet, aber dann versteifte sich der Körper des Zauberers, und er wölbte heftig den Rücken durch.

»Ich diene im Leben wie im Tod.« Seine Worte begannen als Flüstern und endeten als Schrei.

Meine Hand befand sich noch an seinem Gesicht, und ich spürte, wie sich seine Haut veränderte. Sie riss nicht, löste sich vielmehr auf. Hinter mir kreischte die wieder zu Bewusstsein gekommene Tatyana, als sein Fleisch von den Knochen troff und ihn schneller von einem Menschen zu einem schimmernden Skelett werden ließ, als ich den Vorgang hätte beschreiben können.

Ich wich zurück, als Blut zurück zu seinen Knochen floss, bevor es über seinem Körper in die Luft aufstieg und sich strudelnd zu einer glänzenden roten Kugel formte, die den Anschein eines menschlichen Gesichts annahm.

»Stratus Himmelsfeuer.« Eine neue Stimme drang aus dem Blutkopf, feucht und keuchend, dennoch erkannte ich sie auf Anhieb. »Am Ende kehrt die Bestie immer zu ihrem Herrn zurück.«

»Ich werde dein Tod sein, Zauberer.«

Ein nasses Gelächter blubberte von den Lippen. »Ich bin der Tod, du Narr.«

Ich betrachtete den Kopf durch meine Hexenkunst und sah die hauchdünnen Stränge bläulichen Lichts, die sich durch ihn zogen wie Fäden eines Puppenspielers. Sie stiegen auf und erstreckten sich nach Osten. »Ich warte auf dich.«

Die Stränge blitzten einmal auf, und als sie verschwanden, fiel der Kopf und zersprang zu einem Schauer aus Blut, das zu einer Lache zusammenfloss, die an meinen Füßen leckte. Ich starrte hin, bis die letzten Wellen verebbten. *Das habe ich schon einmal gesehen.*

»Ihr Götter im Himmel«, stieß Tatyana hinter mir heiser hervor. »War er das?«

»Wenn du Navar Louw meinst, dann ja.«

»Oh Kacke«, fluchte sie und rappelte sich auf die Beine. Ihre gepolsterte Jacke war im Brustbereich weggebrannt. Die Ränder glommen noch. Mich beeindruckte, dass sich Tatyana so schnell erholt hatte. Dann erhaschte ich einen flüchtigen Blick auf ein blau funkelndes Licht in ihrem Kettenhemd und lächelte. Ich mochte dieses Medaillon wirklich.

»Wenigstens ist dir jetzt nicht mehr kalt«, meinte ich.

»Du kannst mich kreuzweise.« Sie hob ihr Schwert auf, kam herüber und starrte auf den dampfenden Haufen aus Fleisch und Blut zu meinen Füßen. »Er ist wirklich hier, nicht wahr?«

Ich nickte. »In der Kathedrale.«

»Scheiße.«

»Wollen wir gehen?«

»Na ja, sicher. Gehen wir und suchen den Herrn der Würmer. Und danke der Nachfrage, mit mir ist alles in Ordnung. Fühlt sich zwar an, als hätte ich versucht, mit der Brust ein brennendes Katapultgeschoss abzufangen, aber ehrlich, es geht mir gut.«

»Fein.« Ich nahm das Messer des Zauberers als Ersatz für jenes, das ich benutzt hatte. »Außerdem kann ich Lucien riechen. Oben.« Zumindest meiner Nase hatte die Veränderung des tief in mir verwurzelten Banns zum Vorteil gereicht.

Tatyana eilte ohne ein Wort los. Ihr Herzschlag beschleunigte sich, und wieder musste ich hinterherzockeln, als sie die Treppe beinah hinaufraste, das Schwert in beiden Händen. Von der Ebene über uns ertönten Schritte, trotzdem wurde sie erst langsamer, als sie den Absatz in der Mitte der Stufen erreichte.

»Sie wissen, dass wir kommen«, warnte ich.

Vorsichtig spähte Tatyana um die Ecke und zuckte jäh zurück, als ein dicker Armbrustbolzen in die Wand hinter ihr einschlug und sich mit fast der gesamten Schaftlänge in das alte Holz bohrte.

»Komm schon rauf, Hure«, rief von oben eine Stimme. »Ich hab hier was, das ich gern in dich reinstecken würde.«

»Komm doch und hol mich, Kleiner.«

Ich wollte Tatyana gerade auffordern beiseitezutreten, als ein weiterer Pfeil die Wand traf und unterwegs so nah an ihr vorbeischwirrte, dass er mehrere Strähnen ihrer Haare anhob. Mit meinem krummen Rücken und dem schmerzenden Bein fand ich es schlichtweg unerträglich, auf der Treppe zu kauern, und was ich noch an Geduld besaß, verflüchtigte sich rasant.

Die Hexenkunst formte sich in meinem Kopf zu dem Muster für Feuer. Die vertraute Hitze fühlte sich beruhigend an, als ich Tatyana aus dem Weg schob und weiter hinaufstieg, bis ich um die Ecke sehen konnte. Der Armbrustschütze versteckte sich hinter einem umgekippten Tisch. Er spannte gerade die Sehne seiner Waffe, was mir mehr als genug Zeit ließ, die Feuerform fertigzustellen. Am Rande nahm ich fünf oder sechs menschliche Gesichter wahr, die mich hinter anderen Möbelstücken hervor anglotzten.

Sie verschwanden außer Sicht, als ich das Feuergebilde entfesselte. Es erfasste den Armbrustschützen, als er den Gang hinunter die Flucht ergreifen wollte, und legte seinen Rücken bis zu den Knochen bloß. Wind blies ihre Barrikade auseinander, das Feuer strömte durch die Lücken, bevor es zu Flammen erblühte, die wie eine Flutwelle über Wände und Decke rasten.

Die Männer hechteten in Deckung, aber das Feuer sog gierig die Luft aus ihren Lungen. Ich fuhr die Krallen aus und rückte vor, als sich der Schwall der Flammen in Rauch auflöste. Die Überlebenden zu töten, gestaltete sich einfach und stellte eher einen Gnadenakt dar als eine Notwendigkeit. Als die letzten Schreie verstummten, hörte ich weitere Menschen hinter jeder der vier Türen entlang der Wände husten.

»Lucien!«, rief Tatyana und kam die Treppe heraufgerannt, presste sich dabei das Halstuch über Mund und Nase. »Lucien!«

Durch den Rauch konnte ich seinen Geruch unmöglich ausmachen, und da ich ihn vom Sehen vermutlich nicht wiedererkennen würde, überließ ich es ihr, die Räume zu durchsuchen. Ich vertrieb mir indes die Zeit mit einem der verkohlten Soldaten, labte mich an dem geschwärzten Fleisch und hielt nur inne, um zwischendurch zerfetzte Überreste seiner Kleidung auszuspucken, die mich sonst zu ersticken drohten.

Tatyana fand Lucien in der letzten Zelle. Meine unverhoffte Mahlzeit wurde von einem dringlichen Ruf unterbrochen. Ich wischte mir den Mund ab und eilte zu ihr. An der Tür angekommen fuhr ich mit den Nägeln über das Holz und lauschte, als ich vorsichtig daran tippte.

»Tritt von der Tür zurück«, forderte ich Tatyana auf. Unter normalen Umständen hätte ich sie einfach eingetreten. Aber da ich nur ein heiles Bein besaß, entschied ich, mich stattdessen mit der Schulter dagegenzuwuchten und die harte Arbeit lieber meinem Gewicht statt meiner Kraft zu überlassen. Meine Schätzung, wie robust die Tür war, erwies sich als richtig. Erst im zweiten Anlauf gelang es mir, sie aufzubrechen. Das Holz splitterte von oben bis unten, und ich stolperte in eine Zelle, die entschieden gemütlicher als alles aussah, was man mir im Palast angeboten hatte. Holzboden. Ein erhöhtes Bett. Ein ganzer Stapel Decken. Ich erhaschte nur einen flüchtigen Blick auf Lucien, bevor sich Tatyana in seine Arme warf. Er schien mir gesund und munter zu sein.

Ich wischte mir Holzsplitter von den Schultern, bevor ich, allzeit neugierig, die Umgebung mit einem Impuls meiner Hexenkunst abtastete. Auf Anhieb spürte ich das Summen und

Flimmern der unter den Dielen verborgenen Schutzbanne. Da Tatyana und Lucien nach wie vor damit beschäftigt waren, einander zu herzen, und mir keinerlei Beachtung schenkten, nutzte ich die Gelegenheit, um die Muster hinter den Zaubern zu erkunden.

Es handelte sich um eine ganze Reihe von Bannen statt um eine einzige komplexe Schöpfung, was Segen und Fluch zugleich war. Einerseits war so etwas einfacher zu brechen, andererseits ging es mit einer höheren Wahrscheinlichkeit schlimmer Folgen einher, wenn ich die Banne an der falschen Stelle zerstörte. Es würde Zeit in Anspruch nehmen, die Muster zu verstehen und aufzulösen – Zeit, die wir nicht länger hatten. Ich spürte zumindest keine gespeicherte Energie, wie sie ein Angriffszauber in der Regel barg. Das war schon mal etwas beruhigend. Außerdem bezogen die Zauber nur ein Mindestmaß an Macht.

Also errichtete ich einen Schild um mich, holte tief Luft und brach die Kette der Banne. Das silbrige Licht, das durch die Ritzen der Dielen leuchtete, flimmerte und erlosch. Gleich darauf schrie Lucien auf und wankte seitwärts, als wäre er geschlagen worden. Vermutlich wäre er gefallen, wenn Tatyana ihn nicht aufgefangen hätte. Sie senkte ihn aufs Bett, wo er sich den Kopf hielt und zwischen zusammengebissenen Zähnen hindurch stöhnte.

»Was hast du getan?«, fragte Tatyana über ihre Schulter hinweg.

Ich trat näher und blickte auf den Prinzen hinab, der nach wie vor stöhnend seinen Kopf umklammerte.

»Halt ihn fest«, sagte ich, und ich musste ihr zugutehalten, dass sie nicht protestierte. Ich legte eine Hand auf seine Stirn und sandte eine Prise Hexenkunst durch ihn. Dabei spürte ich, wie an ihn gebundene Zauber den Energiefluss hemmten und wie er unter meiner Hand erzitterte, als ich mehr Macht zuführte, um den Widerstand zu überwinden. Tatyana beugte sich vor und hielt ihm die Arme an die Brust gedrückt.

Ich betrachtete ihn durch meine Hexenkunst, konzentrierte mich, bis ich nur noch die leuchtenden Umrisse seines Körpers und das rotgoldene, aus seinem Herzen pulsierende Lebensblut wahrnahm. Dann folgte ich dessen Fluss durch ihn hindurch und sah die unlängst verheilten Verletzungen von Schwertern, Messern und Magie sowie zuletzt die dunkle, in seinen Kopf eingebettete Form. Luciens rot schillerndes Lebensblut wurde trüb und grau, als es durch diese Masse floss. Der Wurm zuckte, als ich ihn beobachtete, und jede Bewegung entlockte Lucien ein Stöhnen. Ich zog die Energie in mich zurück und richtete mich auf. Tatyana lehnte sich ebenfalls zurück, allerdings ohne den Blick von ihm abzuwenden.

»Ist es … du weißt schon was.« Sie deutete auf seinen Kopf.

»Ja. Er sitzt genau hier.« Ich tippte gegen seine linke Schläfe.

»Kannst du irgendwas tun? Deine Magie benutzen, um ihn zu entfernen?«

Ich überlegte. Die Banne unter dem Fußboden waren eindeutig an den Wurm und sonst an kaum etwas geknüpft gewesen. Was auch die vernachlässigbare Macht erklärte, die sie ausgesandt hatten. Aber warum? Der Wurm war eine körperliche Kreatur, und es wäre nur ein Glas Wein nötig gewesen, damit er den Weg in Luciens Leib fand. Er nährte sich von seiner Energie, dennoch schien er ums Überleben zu kämpfen, obwohl sich sein Daseinszustand nicht verändert hatte.

»Vielleicht«, sagte ich zu Tatyana. »Er scheint mir schwach wie ein neugeborener Welpe zu sein.« Ich kniff Luciens Nase zu, bis er zu stöhnen aufhörte und sich auf mich konzentrierte. »Hallo, Prinz.«

»Stratus? Bist du das?«

»Ja.«

»Bei den Göttern, du bist potthässlich.«

»Vielleicht kannst du mir ja später das Gesicht bemalen.«

Sein Lächeln verzog sich zu einer Grimasse, als sich der Wurm regte. »Dafür gibt es in Krandin nicht genug Farbe«, brachte er zwischen zusammengebissenen Zähnen hervor.

»Kann sein.« Ich kniete mich neben dem Bett auf den Boden. »Du musst dich jetzt konzentrieren. Ich möchte, dass du an Fronsac denkst. Erinnerst du dich an ihn?«

»Ich bin ein Prinz, kein Schwachkopf.«

»Jedem steht seine Meinung zu. Jetzt konzentrier dich auf Fronsac. Stell ihn dir bildlich vor und sieh mir in die Augen.«

Ich ließ meine Augen mit einer Prise Hexenkunst aufleuchten, lenkte seinen Blick auf sie und drückte mit meinem Geist gegen seinen. Als ich bei seinem Bruder etwas Ähnliches versucht hatte, war ich von den Schutzbannen des Hofzauberers sofort zurückgedrängt worden. Bei Lucien jedoch gelangte ich beinah ohne jeden Widerstand mitten hinein in seine Gedanken. Sie erwiesen sich als durcheinander, verwirrt. Bruchstücke von Träumen vermischten sich mit Erinnerungen an Tatyana, mich und so viel mehr. Die Farben und Geräusche wirkten gedämpft. Es ähnelte dem, was der Nebel unlängst bei mir selbst bewirkt hatte. Ich sah darin, dass er den Tumult vor den Zellen nicht einmal mitbekommen hatte. Wer immer Fronsacs äußere Banne auch durchbrochen hatte, war dabei weder gewitzt noch mit Feingefühl vorgegangen. Dadurch war Lucien in einem beinah benommenen Zustand zurückgeblieben, der seinen Willen schwächte.

Ich festigte meine Konzentration und drang tiefer, vorbei an unruhigen Träumen, die alle zusammenhängenden Gedanken aus seinem Kopf gedrängt hatten.

Denk an Fronsac, übermittelte ich ihm. Um mich herum regten sich seine Gedanken träge und verdunkelten sich, als sich halb ausgeformte Fragmente kurz berührten und dann wieder auseinandertrieben. *Fronsac.* Ich wirkte weiter auf den Prinzen ein, und allmählich fingen die Fragmente an, länger beisammenzubleiben.

Verschwommene Eindrücke des Zauberers nahmen um mich herum Gestalt an, lösten sich zu Nebelschwaden auf und fügten sich erneut zusammen. Bei jedem Versuch wurden die Linien ein wenig schärfer, und das Grau wich zunehmender Farbe, bis sogar ich Fronsac erkannte. Ein Beben ging durch den Geist um mich herum, als sich die Nebel letztlich zurückzogen, verdrängt von einem Bild, in dem Lucien mit dem Zauberer in einer Schenke einen Krug Bier trank. Als Nächstes folgte ein hitziges Streitgespräch zwischen beiden in Fronsacs Gemächern. Dann zankten er und der Zauberer mit Jean, und zuletzt saßen Lucien und Fronsac auf dem Dach des Palastes, wo er dem Prinzen Unterricht in Astronomie erteilte.

Ich spürte, wie Luciens Konzentration zunahm – und mit ihr die ersten Stränge des Zaubers, nach dem ich suchte. Es handelte sich um einen mächtigen, tief in den Geist des Prinzen eingebetteten Bann, der sich nicht so leicht aushöhlen ließ. *Fronsac, Fronsac,* flüsterte ich Lucien zu, und die Bilder um mich herum wurden erheblich schärfer. Ich sah Lucien den Palast verlassen und stolz seine Kriegsrüstung tragen, obwohl Angst ihn zugleich wie ein Geschwür zerfraß, als er zu den Paladinen ging, die er aus der Stadt führen sollte. Ich bemerkte, wie ihm Fronsac von einer Nebentür ein Zeichen gab, und ich sah, wie er sich den Weg zu dem Zauberer bahnte, der seine Arme ergriff und ihm tief in die Augen blickte.

»Sei vorsichtig da draußen, Lucien. In unserer Mitte ist etwas Verdorbenes.«

»Du wirst mich doch beschützen, oder?«, fragte Lucien und legte dem Zauberer eine Hand in einem Panzerhandschuh auf die Schulter.

»Du weißt, dass ich das werde. Aber Zauber können nicht alles bewirken.«

»Mir wird nichts passieren. Unter ihnen sind immer noch gute Männer.«

»Die uns beide aufknüpfen würden, wenn sie die Wahrheit wüssten.«

»Ich komme zurück«, sagte der Prinz. »Kümmere dich um Tata, solange ich weg bin. Und sag ihr, dass es mir leidtut.«

»Ich denke, dieses schwarze Ungeheuer wird besser für ihre Sicherheit sorgen als einer von uns.«

Bevor Lucien darauf etwas erwidern konnte, rief ein Paladin vom Hof seinen Namen.

»Lass uns beten, dass er *unser* Ungeheuer bleibt. Ich muss los.«

»Warte.« Der Zauberer legte die Fingerspitzen an Luciens Stirn und sprach ein Wort. An der Stelle brach die Erinnerung auseinander und verblasste. Aber ich merkte mir das Wort und wiederholte es, füllte Luciens Geist mit Echos davon aus. Ich spürte, wie es tiefer vordrang und sich zu einem steten Druck entwickelte, der sich mit jedem Flüstern ausweitete und stärker wurde.

*

Ich gab seinen Geist frei und wich zurück. Lucien blinzelte und rieb sich das Gesicht, als wäre er gerade erwacht, dann umklammerte er plötzlich erneut seinen Kopf. »Oh Gott, tut das weh. Ah!«

»Was hast du getan?«, rief Tatyana und massierte wirkungslos seine Arme.

»Ich habe Fronsacs Zauber erweckt.« Jedenfalls war ich mir ziemlich sicher, dass ich das getan hatte. Es war nicht der rechte Zeitpunkt für den Versuch, Tatyana zu erklären, was für Unwägbarkeiten und Gefahren damit einhergingen, an den Zaubern anderer Leute herumzuspielen. »Gib ihm einfach Zeit.«

Lucien stöhnte wieder, als ein dünnes, rotes Rinnsal aus seiner Nase drang und sich über sein Kinn schlängelte.

»Soll das passieren?«

»Es kommt jedenfalls nicht unerwartet.« Das war zumindest nicht ganz gelogen. »Die Zauber ersticken den Wurm gerade, aber ich fürchte, er wird nicht kampflos sterben.«

»Kannst du Lucien nicht helfen?« Die Decke, die sie ihm an die Nase presste, verfärbte sich rasant rot. »Bitte?« Ihre Augen funkelten, als die verbrauchte Magie und die Kraft ihrer Gefühle den Funken Hexenkunst in ihr schürten.

Navar befand sich in der Stadt und wartete auf mich. Und angesichts dessen, was auf dem Spiel stand, sollte ich meine Macht nicht für ein weiteres bedeutungsloses menschliches Leben vergeuden. Ich öffnete den Mund, um Tatyana genau das mitzuteilen, nur wollten die Worte nicht über meine Lippen kommen. Stattdessen ertappte ich mich dabei, dass ich mich neben den Prinzen setzte und die Hände zu beiden Seiten an seinen Kopf legte.

»Bist du sicher, dass ich das tun soll?«

Er schaute zu mir auf, und ich spürte, wie er kaum merklich nickte.

»Wie du willst«, sagte ich. Dann passte ich den Griff an seinem Kopf an, richtete meine Finger aus. Schließlich entfesselte ich meine Hexenkunst, sandte knisternde Energiebogen von Finger zu Finger und füllte Luciens Schädel mit dem goldenen Licht der Liedlinien.

KAPITEL EINUNDVIERZIG

Ich spürte, wie Fronsacs Zauber zum Leben erwachten, allerdings waren sie noch nicht vollständig wiederhergestellt. Meine Macht strömte durch die Lücken, die sich erst schließen mussten. Meine Hexenkunst war wie Sonnenlicht, das durch den Baldachin eines Waldes dringt. Ich hatte die Energie, mit der ich Lucien füllte, nicht geformt, sondern konzentrierte sie einfach dahingehend, alle dunkle Magie des Wurms auszutreiben. Ich vertraute darauf, dass die Reinheit der Kraft, die ich in ihn leitete, tun würde, was dafür nötig war.

Mir war ausreichend vertraut, wie Fronsacs Magie klang und sich anfühlte, um sie mit meiner Macht zu umschiffen. Alles andere jedoch war Freiwild für mich. Ich sah Eindrücke aus Luciens Gedächtnis, als meine Hexenkunst durch seinen Kopf strömte, und erblickte vergessene Erinnerungen an Burgen und Paläste, an Essen und Bälle unter funkelnden Prunkdecken und dem Licht der Sterne.

Lucien war ein Kind des Sommers und ein Narr, aber ein glücklicher Narr, und ungeachtet meiner Vorbehalte wusste ich, dass alles, was er mir je angeboten hatte, ohne Arg oder Hintergedanken gekommen war. Am liebsten hätte ich ihn dafür verflucht, dass er mich dazu brachte, ihn zu mögen. Stattdessen steigerte ich die Konzentration meiner Hexenkunst und ließ die Magie die dunklen Zauber verbrennen, die seinen Geist verstopften und sein Lied, sein inneres Licht trübten.

Ich spürte, wie die in jenen Bannen eingebetteten Zweifel und Ängste ihr Gift gegen mich richteten. Aber der Glanz der

Hexenkunst legte sie als das offen, was sie waren, beraubte sie ihrer Macht und brachte den Wurm in seinem Gehirn zum Zappeln.

Noch nie war ich einer unversehrten dieser Kreaturen so nah gewesen, nicht auf diese Weise. Fronsacs tief verankerte Schutzzauber schienen die Versuche der Totenbeschwörer vereitelt zu haben, die volle Kraft ihrer Banne auf den Wurm zu übertragen, weshalb er noch verwundbar war. Ich hüllte das sich windende, kleine Ungetüm in ein Korsett aus Hexenkunst, damit es zu zappeln aufhörte, bevor es noch etwas in Luciens Gehirn beschädigte und ihn zu einem sabbernden Schwachkopf verkommen ließ.

Sobald der Wurm gebändigt war, formte ich meine Hexenkunst zu Nadeln dünner als ein Haar und stach sie in seinen Körper, trieb sie tiefer und tiefer, suchte nach seinem Innersten. Er war ein dummes Geschöpf bar jeglicher Gedanken. Es kannte nur das instinktive Bedürfnis, zu fressen. Ohne die Zauber anderer, die ihn schützten, besaß es keinerlei Verteidigung.

Ich jagte einen Funken goldener Energie in seinen Leib und beobachtete, wie sich ein Teil von ihm verfärbte und abstarb, ähnlich wie Fleisch, wenn es von roher Nekromantie berührt wurde. Ich wollte ihn schon gänzlich auflösen, als ich eine Veränderung in ihm spürte, eine Aufregung, die er zuvor nicht hatte erkennen lassen. Ich zog die Schutzbarriere um ihn enger und beobachtete, wie der körnige Glibber seines Körpers mit einem schwachen weißen Licht zu leuchten begann, das sich rasch zu einer dünnen Ranke ausbreitete, die gegen meine Hexenkunst drückte. Es war zu schwach, um meinen Schild zu durchdringen, zu simpel auch, um zu verschleiern, worum es sich handelte: um einen Hilferuf, um das blinde Winseln eines Kleinkinds, das nach seiner Mutter schreit.

Ich trieb meine Hexenkunst tiefer in seinen zähflüssigen Leib und füllte ihn mit der Macht der Liedlinien aus. Er erzitterte, dann zerfiel er von innen nach außen, löste sich zu einem gräulichen Schleim auf, den ich zu Luciens Nase leitete, bevor ich mich langsam aus seinem Geist zurückzog. Schließlich lehnte ich mich zurück und sammelte mich, als die Wirklichkeit um mich herum zurückkehrte.

Lucien hustete und würgte neben mir, als der mittlerweile aufgelöste Wurm aus seiner Nase sickerte. Der Geruch war ziemlich heftig, und ich bezweifelte, dass er seine Nase in den nächsten Wochen vernünftig verwenden konnte.

»Bei Gottes Zähnen.« Die Worte erklangen gedämpft, weil sich Tatyana die Hand vor den Mund hielt. Ein vergeblicher Versuch, und gleich darauf wandte sie sich ab und übergab sich geräuschvoll.

Tod war Nahrung und Luft für diese Kreaturen, aber auch sie waren einmal lebendig gewesen. Nekromantie konnte Leben nachahmen, aber nicht erschaffen, nicht einmal in Form von etwas so Schlichtem wie einem Wurm. Ich rief mir den Hilferuf des simplen Wesens ins Gedächtnis und hörte mir den wortlosen Ton mehrmals erneut an. Die Absicht dahinter war unverkennbar. Etwas hatte sie ihm eingeprägt, etwas mit der Macht, einem Lebewesen die Fähigkeit zu verleihen, einen Funken der kalten Energie des Todes entstehen zu lassen und dennoch weiterzubestehen.

»Wie haben sie das genannt?«, sagte ich mehr zu mir als zu den anderen.

»Wer?« Tatyana stöhnte. Sie hatte den blutigen Glibber in eine Decke gewickelt und so versucht, den Gestank zu dämpfen. Lucien saß mit dem Kopf in den Händen auf der Bettkante. Blut tropfte aus seiner Nase. *Seiner Nase* … Irgendetwas hatte es mit seiner Nase auf sich.

»Erinnerst du dich an den Mann im Vogelkäfig?«, fragte ich.

»Den Mann? Du meinst unter Sankt Tomas?«

»Ja. Genau.« Ich schloss die Augen und sah die Katakomben

vor mir, die kalten, in der Finsternis liegenden Leichen, in deren Schädeln sich die Würmer fett fraßen. »*Blutsaat.* Er hat es die Blutsaat genannt.«

»Ja«, krächzte Lucien. »Davon haben sie gesprochen. Sie … Sie …« Er verstummte und fing plötzlich zu weinen an.

»Was haben sie gemacht?«, hakte ich nach, aber er schien fest entschlossen zu sein, den Boden mit seinen Körperflüssigkeiten zu begießen. »Reiß dich zusammen. Du bist ein Prinz von Krandin«, sagte ich und legte in meine Stimme die Reste der Macht, die mich noch umschwirrten. »In dir fließt das Blut von Königen, von Nachkommen des Erstgeborenen. Hör auf, zu heulen wie ein verängstigtes Kind.«

Da ließ er die Hände sinken und schaute zu mir hoch. Einen Augenblick lang dachte ich, er würde sich wieder seinem Elend hingeben. Stattdessen jedoch straffte er die Schultern und wischte sich mit dem Saum seines Hemds das Gesicht ab. »Sie haben es die Blutsaat genannt.« Seine Stimme klang rau und spröd wie ein Reibeisen. »Sie haben uns damit gefüttert, uns alle, sogar die Sterbenden. Es war in ihnen.«

»In wem?«, fragte Tatyana mit heiserer Flüsterstimme.

»In den Totenbeschwörern. Sie hatten Tätowierungen an den Körpern und in den Gesichtern, alle möglichen Wirbel. Sie haben uns niedergedrückt.« Er holte tief Luft und blies sie in Form einer flehentlichen Beschwörung seines Gottes aus. »Einer hat den Mund auf meine Lippen gepresst, und Drogah steh mir bei, er hat etwas in mich geschoben. Wie eine Zunge, aber länger. Es hat nach oben gedrückt.« Damit beugte er sich vornüber und übergab sich geräuschvoll auf seine Füße. Dann: »Ich konnte spüren, wie es in meinen Kopf gekrochen ist. Oh mein Gott.«

Ich fühlte, wie sich ein weiteres Teilchen des Rätsels ins Bild fügte. Das *Wie* kannte ich noch nicht, aber allmählich verstand ich das *Warum*. Die Würmer an sich stellten lediglich ein

Werkzeug dar, ein Mittel, um den Tod in den Lebenden einzunisten. Es ähnelte dem, was der ziegengesichtige Zauberer im Lager des Seneschalls mit dem Metallbann gemacht hatte. Die Opfer nahmen die Würmer unfreiwillig auf, und wenn die Kreaturen in ihrem lebenden Fleisch heranwuchsen, verschwamm die Trennlinie zwischen ihnen, bis die Gedanken, die man in die Würmer übertrug, zu den Gedanken der Opfer wurden. Es war ein dämonischer Weg, eine gehorsame Armee zu erschaffen, die sogar in Gegenwart des Todes überleben und sogar aufblühen konnte.

»Sie tragen sie in sich. Sie brüten sie aus«, sagte ich mehr zu mir selbst als zu den anderen. Tatyana murmelte etwas und massierte weiter Luciens Rücken. Zumindest, bis Navars Stimme vom Himmel herabdröhnte, so laut, dass Staub von der Decke rieselte und Tatyanas Schwert über den Tisch ratterte, auf dem sie es abgelegt hatte.

»Stratus Himmelsfeuer! Komm zu deinem Herrn.«

Ich konnte fühlen, wie sich der in die Worte eingewobene Zauber um mich legte, und hätte er die Gesamtheit meines Namens ausgesprochen, wäre ich vielleicht nicht in der Lage gewesen, mich ihm zu widersetzen. Ich musste so schon einen Nagel in die weiche Haut meines Arms bohren, um zu verhindern, dass die Stimme meine Gedanken völlig überschwemmte.

»Du meine Güte«, entfuhr es Lucien. Er umklammerte Tatyanas Arm und starrte aus dem schmalen Fenster. »Was ist das?«

Tatyana antwortete für mich. »Der Herr der Würmer.«

Ich stand auf und schüttelte die Reste seines Zaubers ab. »Es ist an der Zeit, es zu beenden.«

»Das kannst du nicht allein«, sagte Tatyana und löste sich aus Luciens Griff. »So kannst du nicht kämpfen.«

»Ich muss.«

»Wie? Er hat da draußen eine Armee von Untoten und weiß

die Götter wie vielen verfluchten Zauberern. Wie willst du dagegen kämpfen?«

»Mit Zähnen, Klauen, Feuer und Verstand.«

»Spar dir die hehren Worte. Das kommt Selbstmord gleich, und das weißt du auch.«

Der Geruch von Angst in der Zelle hatte sich verstärkt, und wenngleich sie nur Menschen waren, breitete sich dieselbe Empfindung auch in meinen eigenen Eingeweiden aus.

»Das ist nicht dein Kampf, Tatyana. Nimm Lucien mit und verschwinde. Sobald es beginnt, werden ihre Augen nach Osten gerichtet sein. Geht nach Westen.«

»Von wegen. Krandin ist meine Heimat, und du bist jetzt meine Familie.« Sie klopfte sich über dem Herzen auf die Brust, und ich verstand, was sie meinte.

»Wie du richtig sagst, könnte es Selbstmord sein. Aber du hast geschworen, ihn nach Hause zu bringen.«

Lucien stand auf und trat vor. »Krandin ist auch meine Heimat.« Er hob das Kinn und straffte die Schultern. »Ich will mich des Blutes als würdig erweisen, das durch meine Adern fließt.«

Es war eine große Geste, wenngleich das Erbrochene und das Blut an seinem Kinn die Wirkung etwas trübten. Ich musterte den Prinzen eingehend, entdeckte jedoch keine Spur von Falschheit. Aber bevor ich etwas sagen konnte, erhoben sich aus den anderen Zellen weitere Stimmen, nur leicht gedämpft durch die Wände.

»Ich bin Euer Mann, mein Prinz. Ich stehe Euch bei.«

»Ich auch!«

»Mein Schwert und mein Leben gehören Euch!«

Tatyana sah sich um, dann verließ sie den Raum. Ich folgte ihr. Gesichter pressten sich an die Gitterstäbe der anderen Zellen, und als sie uns erblickten, streckten sie uns die Arme entgegen.

»Wir sind Euer, mein Prinz.«

»Paladine«, sagte ich und konnte meine Bestürzung nicht verbergen. Würde ich die denn nie loswerden?

»Sie wurden mit mir zusammen gefangen genommen«, sagte Lucien. »Sie haben gekämpft wie die Löwen.«

»Sie sind alle verseucht«, gab ich zu bedenken. »Man kann ihnen nicht vertrauen.«

Lucien wirbelte zu mir herum. »Ich weiß, dass du unseren Glauben nicht teilst, und bei Gott, ich weiß auch, dass du die Paladine nicht von ihrer besten Seite erlebt hast. Ich aber schon. Ich glaube an Drogahs Gnade und an den Mut dieser Männer.«

Das Geräusch von Waffen, die auf Holz einhackten, hallte die Treppe herauf, ein schneller, hartnäckiger Takt.

»Ich weiß nicht, was für ein Dämon du bist«, rief ein Mann aus der Zelle, der wir am nächsten standen. »Aber ich gebe dir mein feierliches Wort, dass ich Prinz Lucien bis zu meinem letzten Atemzug dienen werde.«

»Das Wort eines Paladins bedeutet mir weniger als nichts«, gab ich zurück. Ich zeigte auf Lucien. »Schwört es eurem Prinzen beim Blut des Erstgeborenen, das durch seine Adern fließt.«

Sie alle taten es. Ihre Stimmen überschlugen sich vor Eifer, ihr Leben in seinen Dienst zu stellen. Als sie fertig waren, hieb ich die Schlösser mit einer geborgten Axt auf. Für das Unterfangen, das mir bevorstand, würde ich jedes Quäntchen meiner Macht brauchen und wollte nach Möglichkeit nichts davon vergeuden.

Insgesamt waren es sieben Paladine, was sie auf merkwürdige Weise zu freuen schien, weil es anscheinend irgendeiner Legende ihres Ordens entsprach. Rasch nahmen sie den Toten alles Nützliche ab, als wir den Weg zurück zu den Türen antraten, die bis dahin beinah nur noch aus Splittern bestanden.

Ohne die Eisenbeschläge, die das Holz zusammenhielten, hätten sie schon längst nachgegeben.

Drei der Paladine hatten sich Langwaffen gegriffen, die wie die Kreuzung einer Axt und eines Speers aussahen. Diese drei überholten uns und übernahmen die Spitze, als die Türen endgültig aufbrachen. Dann hieben und stachen sie mit allerlei Rufen zu Drogah sowie beispielhafter Grausamkeit auf die hereinströmenden Wiedergänger ein. Sie frohlockten bei jedem Treffer, den sie landeten. Wäre ich nicht unterwegs zu meinem Tod gewesen, ich hätte vielleicht bewundert, mit welchem Geschick sie ein dermaßen sperriges Werkzeug einsetzten. Sie drängten die Untoten zurück und erledigten schnell jene, die stolperten. Allerdings warteten draußen auf der Straße noch etliche mehr.

Lucien fing zu zittern an, sobald der Nebel durch die offene Tür hereinquoll. Kurzerhand packte ich Tatyana am Arm, zog sie näher und schob sie zu ihm, obwohl sie beide dagegen protestierten.

»Bleib dicht bei Lucien«, forderte ich sie auf. »Egal, was passiert, du musst in Berührung mit ihm bleiben.«

Sein Zittern ließ nach, als sie die Hand um seinen Arm legte, und da sie nicht mehr widersprach, wusste ich, dass sie verstanden hatte, was ich meinte. Die geteilte Nutzung des Medaillons würde die schützende Wirkung zwar schwächen, aber es wäre immer noch besser als gar nichts.

Neugierig beobachtete ich, wie die Paladine auf den Nebel reagieren würden, der sie umhüllte. Ihre Bewegungen verlangsamten sich, als die Kälte ihre Energie abzusaugen begann. Dann hielten sie inne und schüttelten die Köpfe, als die Auswirkungen die Würmer in ihnen erreichten. Zwei Paladine bekamen heftiges Nasenbluten, aber alle litten unübersehbar Schmerzen, hielten sich die Köpfe oder knirschten mit den Zähnen. In den Zellen waren die Würmer zwar von derselben dunklen Magie umgeben gewesen, aber vielleicht war sie in den Straßen zu stark konzentriert für die Eindringlinge; wie bei einem Neugeborenen, dem Fleisch statt Milch aus der Mutterbrust angeboten wurde.

Trotz all dem kämpften sich die Paladine weiter die Stufen hinunter, trennten mit den langen Äxten Arme von Rümpfen und spalteten Schädel wie reifes Obst. Ihre Schmerzensschreie ließen nach, ihre Bewegungen wurden wieder fließender und schneller. Einer derjenigen mit Nasenbluten geriet ins Stocken und sank auf ein Knie, als ihm das Blut zusätzlich aus dem Mund, den Ohren und den Augen zu laufen begann. Die anderen halfen ihm wieder auf die Beine und gaben ihm sein fallengelassenes Schwert zurück. Er schleppte sich zu Lucien und sagte etwas zu ihm, das ich nicht hören konnte. Dann marschierte er an die Spitze unserer kleinen Truppe und stimmte einen Sprechgesang an, bei dem seine Stimme langsam an Kraft gewann.

Zuerst konnte ich die Worte nicht verstehen, aber als die anderen Paladine darin einstimmten, drangen sie zu mir durch. Es handelte sich um etwas, das ich vor langer Zeit zuletzt gehört hatte: Es war der Totengesang der Gläubigen; ein Aufruf an ihre Ahnen und ihren Gott, ihren Mut zu bezeugen, und gleichzeitig ein Schwur ewiger Verbundenheit mit den Brüdern, die ihnen beistanden. Ihre Vorfahren hatten ihn einst gesungen, als sie in den Kampf gegen mich gezogen waren. Ich hatte damals nie groß auf die Worte geachtet, die Klänge nur als Möglichkeit genutzt, ihr Vorankommen im Auge zu behalten.

Der Paladin blutete heftig, dennoch marschierte er ohne jedes Zögern hinein in die sich sammelnden Wiedergänger, und er sang und kämpfte bis zu dem Moment weiter, in dem ihm ein besonders großer Untoter mit einer Schaufel den Schädel spaltete.

Tatyana blieb dicht bei Lucien und führte das Schwert einhändig, was sie, wie sie rasch unter Beweis stellte, nicht daran hinderte, vereinzelte Wiedergänger zu erledigen, die es schafften, dem Stahl der Paladine vor ihr zu entgehen.

Ich hielt mich vorerst zurück, nutzte ihre Gegenwart, um meine Hexenkunst auf den eigenen Auftritt vorzubereiten. Ein, zwei Wiedergänger stolperten aus Nebenstraßen und Gassen, waren aber allein oder höchstens zu zweit und somit einfach aufzuhalten. Brach man ihnen das Genick, brachte sie das nicht um, nur konnten sie dann nichts anderes mehr tun, als mit den Zähnen zu schnappen und am Kopfsteinpflaster zu krallen. Sogar Lucien half dabei, ein paar den Garaus zu machen, indem sein Schwert Augen und Kehlen in den von Tatyana geschaffenen Öffnungen fand.

Ein weiterer der Paladine fiel, bevor die Straße geräumt war – ihm wurde der Hals von einer Seite zur anderen durch einen wilden Rückwärtsschlag mit einer Axt geöffnet. Noch während ihn der Tod in die Knie zwang, erschlug er die Kreatur, die ihn getötet hatte. Der Totengesang der Recken ging in ein Gebet über, als die letzten Wiedergänger fielen, dann standen die verbliebenen Paladine da, dampften im Nebel und saugten ihre Lungen mit der kalten Luft voll.

Vor uns stieg die Straße an und verschwand in die Richtung, aus der das stete Pochen von Navars Werk erklang. Das Geräusch wurde von einem Licht begleitet, das in den Himmel stieg wie ein Rankengewächs, welches die Welt aller Farben beraubte und nur Schatten und den perlmuttfarbenen Schein seiner Magie zurückließ. Ich blieb nicht als Einziger stehen und starrte die Säule aus wirbelndem Licht an, die sich in den strudelnden Wolken auflöste.

»Wenigstens brauchen wir uns nicht zu sorgen, dass wir den Weg nicht finden«, murmelte Tatyana und zog Lucien näher zu sich, als ihn ein weiterer Schauder durchlief. Das Medaillon half ihm, allerdings bekam er nur einen Teil von dessen Schutz. Ich musste ihm zugutehalten, dass er keine Klage äußerte. Stattdessen bleckte er die Zähne.

»Gehen wir und töten diesen Drecksack«, schlug er mutig vor und schenkte mir ein wildes Grinsen. »Auch Zauberer bluten.«

»Auch Zauberer bluten«, stimmte ich ihm zu, und ohne ein weiteres Wort setzten wir den Weg fort, ohne von dem neuen Albtraum zu ahnen, der über uns hereinbrechen sollte.

KAPITEL ZWEIUNDVIERZIG

Trotz seiner großen Masse bewegte es sich leise, und da die dunkle Magie so schwer auf mir lastete, spürte auch ich nicht, wie es sich näherte. Die erste Warnung erhielten wir, als es beim Herunterklettern an der Seite eines nahen Gebäudes einen Fensterladen löste, der auf den Boden krachte. Seine Knochenklauen bohrten sich in das Mauerwerk, als bestünde es aus weichem Holz statt aus Stein und Mörtel. Ich konnte wenig mehr tun, als auf die Unmöglichkeit dessen zu starren, was ich sah, während es die Seite des Hauses herunterraste und auf die Straße sprang, wo es mit einem Kratzen von Klauen auf Stein landete.

Ich starrte es an, als es beim Aufprall ein Beben durch den Boden jagte. Es handelte sich um eine weitere der abscheulichen Schöpfungen der Totenbeschwörer, aber noch größer als die Kreatur, die mich in der Gebirgsfestung besiegt hatte, und so hässlich, dass es einem den Atem verschlug. Das Wesen bewegte sich mit einer angesichts seiner Masse schier unfassbaren Geschwindigkeit und richtete sich auf mehrgelenkigen Beinen auf, bis es mehr als doppelt so hoch aufragte wie ich. Es kreischte aus einem Dutzend Mündern und ließ ein knorriges Glied vorschnellen, das am ehesten einer riesigen, muskelbepackten Wirbelsäule ähnelte. Der Hieb schmetterte einen der Paladine zu Boden. Die Knochenhaken entlang des Glieds durchbohrten ihn an mehreren Stellen. Er schrie, als es ihn an den Haken in die Luft hob und in einem kurzen, aber wilden Bogen herumschwang, um seinen Schädel auf dem Kopfsteinpflaster zu zertrümmern. Mehrere Münder öffneten sich entlang des Körpers und brüllten meinen Namen mit gequälten Stimmen. Der widernatürliche Laut jagte mir einen eiskalten Schauder über den Rücken.

»Bei den Sternen«, hauchte ich. Die schiere Unmöglichkeit der Existenz dieser Kreatur ließ mich vergessen, dass ich entscheiden musste, ob ich kämpfen oder fliehen sollte.

Die vier verbliebenen Paladine brüllten den Namen ihres Gottes und schleuderten sich dem Ungetüm entgegen; ein Akt solchen Mutes, dass er den Bann brach, den das Monster wirkte. Es begegnete ihrer Herausforderung mit einem eigenen, durchdringenden Schrei, als es sich ihnen zuwandte. Die riesige Wirbelsäule schwang hin und her, und ein beiläufiger Treffer der Haken riss eine grausige Wunde in einen der Männer.

Auch Tatyana schrie, und ich spürte, wie die Hexenkunst in ihr schlagartig zum Leben erwachte, als sie lospreschte, das Schwert in Schulterhöhe gezückt, die Spitze auf die Kreatur gerichtet. Lucien wankte und rannte hinter ihr her, ebenfalls das Schwert erhoben. Beschämt von meinem Zaudern folgte ich den beiden und beschwor hastig meine Hexenkunst, die mein durcheinandergewirbelter Verstand völlig vergessen hatte.

Der verwundete Paladin starb, bevor ihn irgendjemand erreichen konnte. Von der Wärme seines Blutes oder auch nur dem Versprechen einfacherer Beute angelockt sprang die Kreatur auf ihn. Sein Schwert schnitt einen Halbmond in ihre Haut, als er fiel, aber sie schien es nicht zu bemerken und presste den unförmigen Leib auf seinen Körper. Drei kleinere Arme klappten aus einer Falte an der Brust und zerfetzten ihn mit geschwärzten Krallen, die Brocken aus seiner sich windenden Gestalt rissen. Langsamer wurden sie nur, um sich das blutige Fleisch in die Mäuler zu stopfen, die sich in der Mitte des Körpers ballten.

Die Paladine stürzten sich auf das Monster, hackten mit erneuerter Wildheit darauf ein. Ihre Schwerter schimmerten von den zähen, widerlichen Flüssigkeiten, die aus dem Leib spritzten. Tatyana griff das Ding ebenfalls an und stieß das Schwert wie eine Lanze in seinen Rumpf. Die Klinge bog sich durch, als sie im Inneren auf Knochen stieß. Das Ungetüm kreischte und erhob sich von dem ausgeweideten Paladin. Seine Mäuler schnappten immer noch blind nach den Fleischstreifen, die aus ihnen baumelten. Tatyana wurde zurückgeschleudert, als einer der Arme vorschnellte und die Überreste ihrer dicken Jacke zerfetzte, zum Glück jedoch nicht das Kettenhemd darunter. Die Kreatur trieb die Paladine mit einer Reihe wilder Feger zurück, dann schüttelte sie sich wie ein nasser Hund und verspritzte überallhin Flüssigkeiten. Ich konnte sehen, dass der Nebel sich an die Wunden heftete und sie so verschloss, wie ich die Liedlinien benutzte, um meine Verletzungen zu heilen.

Laut genug, dass mich die Paladine hören konnten, brüllte ich: »Geht zurück!« Sie kamen der Aufforderung nach und erwehrten sich dabei der fuchtelnden Arme mit ihren Schwertern.

Die Kreatur richtete sich auf, als ich auf sie zutrat, und wieder kreischte sie meinen Namen mit ihren zahlreichen Mündern, bis ich mir dachte, ich würde lieber sterben, als das je wieder hören zu müssen. Ich wusste, dass kaum Aussicht darauf bestand, der Knochenpeitsche auszuweichen, also sprang ich vor statt zurück, als das Monster damit angriff. Ich spürte, wie sich die Widerhaken entlang der Gliedmaße in meine Haut bohrten, und hielt mich mit aller Kraft an dem Arm fest, bevor ihn die Bestie zurückziehen und mir die Haut vom Leib reißen konnte.

Dann warf ich mich vorwärts, als mir das Ungetüm entgegenbrandete. Der Körper sah weich und aufgebläht aus, aber als er gegen mich krachte, erkannte ich, dass ich ihn unterschätzt hatte. Die Schichten rauer, aber schlaffer Haut verbargen die Masse von Knochen, die den Kern des Körpers umhüllten. Nach dem überwältigenden Gewicht zu urteilen, das gegen mich prallte, steckte davon eine ganze Menge darin. Die Arme, die dem unglückseligen Paladin die Eingeweide ausgeschaufelt hatten, klappten wieder aus. Die schaufelartigen Klauen glänzten vor seinen Körperflüssigkeiten.

Ich entfesselte das Windgebilde, als sie sich mir entgegenstreckten. Der verdichtete Wind toste, als er uns beide in die Luft schleuderte. Ich war dagegen gewappnet, die Kreatur hingegen nicht, und ich hörte, wie ihre Gliedmaßen knackten und brachen, als wir gen Himmel schossen. Ich klammerte mich an dem Peitschenarm fest, als das Monster kreischte und fuchtelte, dann drehte ich mich so herum, dass es sich unter mir befand, bevor ich den zweiten Teil des Zaubers entfesselte.

Der Wind schmetterte uns wie ein Hammer zurück hinunter auf das Kopfsteinpflaster, aber ich war obenauf und hatte mein volles Gewicht auf Tatyanas aus dem Leib des Monsters ragendes Schwert verlagert. Knochen knackten tief im Leib der Kreatur, als mein Gewicht die Spitze des Schwertes in sie presste. Ich spürte, wie sich die Klinge erst bog und dann streckte, als die Spitze die Knochenhülle durchstieß und sich in den inneren Leib bohrte, was mir ersparte, vom Heft gepfählt zu werden. Auch untotes Fleisch war immer noch lediglich Fleisch, und Stahl blieb Stahl.

Ein mächtiger Schwall schwarzer Flüssigkeit ergoss sich aus mehreren Mäulern, als sich das Metall tiefer unter die Knochenschicht schob. Das Monster kreischte und zappelte, versuchte verzweifelt, sich mit gebrochenen Armen aufzurichten. Ich packte mit beiden Händen den Griff des Schwertes und jagte mit einem eigenen Aufschrei einen Blitz meiner Hexenkunst die Klinge entlang mitten hinein in den Kern des Ungetüms. Hatte ich das schauerliche Kreischen von zuvor schon für laut gehalten, so musste man das Geräusch, das es nun ausstieß, zweifellos in der gesamten Stadt und weit darüber hinaus hören können.

Die Paladine stürmten heran, um sich mir anzuschließen. Ihre mit Baritonen vorgetragenen Gebete bildeten ein willkommenes Gegengewicht zum schauerlichen Kreischen der Kreatur, als sie ihre Waffen in die Monstrosität stießen, auf ihr Fleisch einhackten und einstachen, während ich einen Impuls meiner Hexenkunst nach dem anderen in sie jagte. Das goldene Licht verbrannte Fleisch und zertrümmerte die Banne, die das Monster an diesen Abklatsch von Leben banden. Nach gefühlten Stunden durchlief es ein letzter Schauder, bevor es regungslos zusammensackte. Ich stand auf und wankte weg, nutzte die Restenergien, um die Blutungen der unzähligen Schnitte quer über meine Rippen und meinen Rücken zu stillen.

»Bei … Drogahs … Bart«, entfuhr es dem Paladin zu meiner Linken. Die Worte wurden vom gierigen Einsaugen der kalten Luft unterbrochen. »Wir hatten zwar Gerüchte von solchen Kreaturen gehört, aber ihnen nie großen Glauben geschenkt.«

»Das ist die zweite, der ich begegnet bin, und die erste, die ich bezwungen habe«, sagte ich zwischen meinen eigenen abgehackten Atemzügen.

Der Paladin zuckte mit den Schultern und spuckte einen Blutpfropfen auf den Kadaver. »Uns hat Drogah bisher erst mit einer solchen Herausforderung gesegnet.«

Ich sah ihn an, während ich die letzten Widerhaken aus der Unterseite meines Arms pulte. »Wie lauten eure Namen?«

»Unsere Namen?« Er lachte rau. »Das fragst du *jetzt?*«

»Ja, denn an solchen Mut sollte man sich erinnern.«

Da richtete er sich auf und streckte mir die Hand entgegen, um mir auf die Beine zu helfen. Ich ergriff sie nicht. Meinem Gewicht würde er unmöglich standhalten können.

»Ich bin Norak, und das ist Konroi.«

»Ich werde es mir merken.« Da mein Tod ohnehin unmittelbar bevorstand, fand ich, dass ich das ruhig sagen könnte.

»Wir würden es als Ehre betrachten.«

Hinter ihm gab Tatyana den Versuch auf, ihr Schwert aus dem bereits verfaulenden Kadaver zu ziehen, und hob stattdessen eine der Waffen eines gefallenen Paladins auf. »Wir sollten weiter«, schlug sie vor und zog den ausgesprochen blassen Lucien an ihre Seite. »Bevor er uns noch so ein Ungetüm schickt.«

Das genügte mir. Ich wollte mit den Händen um Navars Herz sterben und nicht von einem seiner grausam entarteten Schoßtierchen gefressen werden. Wir warteten, während Norak seine gefallenen Brüder zum Abschied küsste und irgendeine Floskel flüsterte, die ihre Leichen nicht hören konnten. Dann eilten wir dem silbrigen Schein entgegen, der den Rest der Stadt verschlungen hatte.

*

Die Kälte nahm zu, als wir weiterzogen, aber die Heilung, zu der ich gezwungen war, half dabei, sie zu lindern. Der Nebel lichtete sich, je höher die Straße stieg, weil er vom eigenen Gewicht nach unten gezogen wurde.

Wir rückten durch eine in Eis gehüllte Stadt vor, die wie ein Juwelenmeer unter dem schauerlichen Licht funkelte, das den Himmel erhellte. Die Kälte der stehenden Luft genügte, um den Speichel auf meinen Lippen gefrieren zu lassen, und mein Atem hing noch lang in der Luft, nachdem ich längst weitergegangen war. Lucien presste sich eng an Tatyana, und die zwei Paladine flüsterten ihre Gebete immer inbrünstiger, als die dunkle Magie mit jedem Atemzug tiefer in sie sickerte. Ich wusste, dass *er* uns beobachtete.

Ich hatte seine Magie einst berührt, ihm sogar einen Teil davon gestohlen, und mit jedem Schritt näher zum pulsierenden, die Kathedrale verhüllenden Licht wurde meine Erinnerung daran deutlicher. Wir befanden uns nah.

Vor mir stolperte der Paladin namens Konroi und wurde vom anderen aufgefangen. Er mühte sich zurück auf die Beine, aber das Rot, das von seiner Nase tropfte, hob sich deutlich von seiner blassen Haut ab. Norak stützte ihn, und sie gingen weiter. Ich schaute zu Tatyana, die ihrerseits einen Großteil von Luciens Gewicht trug.

»Die Luft fühlt sich so schwer an«, stellte sie fest. »Es ist, als würde ich in einem Fluss gegen den Strom waten.«

Das war eine gute Beschreibung dessen, was auch ich empfand, seit wir die Stadt betreten hatten. Nur watete ich nicht einen Fluss stromaufwärts, sondern einen Wasserfall aus eisigen Splittern, die mir jedes Nachlassen der Konzentration damit vergelten würden, dass sie meine Seele pfählten.

»Du solltest umkehren.«

»Ich lasse dich nicht im Stich. Ich habe dir mein Wort gegeben. Das haben wir alle.«

Lucien schauderte, als er sich mir zudrehte. »Blut von Königen«, krächzte er.

»Ihr seid alle Narren.«

Metall prallte klirrend auf Stein, als die Paladine, die uns ungefähr vierzig Schritte vorausgegangen waren, beide zusammenbrachen. Zu meiner Überraschung ertappte ich mich dabei, dass ich mich an ihre Seite kniete.

Der namens Konroi zuckte und gab eigenartig bellende Laute von sich. Beides verstärkte sich, bis er abrupt erstarrte, verstummte und in meinen Armen erschlaffte. Bevor Norak seiner Bestürzung Ausdruck verleihen konnte, erstrahlte Konrois Körper mit einem bernsteingelben Licht, und ein leuchtender Nebel wurde aus ihm gesogen. Ich spürte die Strahlen auf der Haut wie die Berührung von Sonnenlicht, das sich durch die Düsternis des Winters kämpft.

»Mein Gott«, hauchte Norak.

Gleich darauf stieg das Leuchten auf, schneller als ein Pfeil – und war dennoch nicht schnell genug, um der zischenden Lichtranke zu entkommen, die aus der grellen Lichtsäule schoss, die sich mittlerweile als dauerhafte Präsenz im Osten eingestellt hatte. Die Ranke wickelte sich um den bernsteingelben Schimmer und zog ihn auf das trübe Silberlicht der Säule zu.

Norak rappelte sich schreiend auf die Beine, und sogar ich war völlig gebannt, als Konrois noch zuckende Essenz in die Säule gesaugt wurde, wo ihr Leuchten weggeschwemmt wurde wie Blut in einem Fluss.

»Mein Gott«, wiederholte Norak. »Lieber Drogah, bitte geleite ihn nach Hause.«

Tatyana und Lucien schwiegen, als sie die Blicke abwandten, doch ich konnte ihre Angst in der Luft schmecken.

»Es ist noch nicht zu spät zum Umkehren«, sagte ich.

Norak knirschte mit den Zähnen und schüttelte den Kopf. »Er muss für seine Sünden bezahlen.«

»Hör auf, deinen Atem zu vergeuden«, warf Tatyana hinter mir ein. Ich war nicht sicher, mit wem sie redete, aber so oder so schien es damit abgehakt zu sein.

Norak marschierte mit neuer Kraft, vermutlich befeuert von Hass, wenn ich nach den Flüchen und Verwünschungen ging, die er unterwegs aneinanderreihte.

Vor uns veränderte sich das pulsierende Licht zu einem steten Schein, als wir auf die Höhe seines Ursprungs gelangten. Es beruhigte sich ausreichend, dass man die Umrisse der Kathedrale deutlich in seiner Mitte erkennen konnte. Die leisen Echos von Schreien und halb geformten Worten erfüllten die Luft. Sie drangen mal aus einer Richtung, bald aus einer anderen, zu uns und wurden jedes Mal lauter, wenn eine Magieranke von der Säule schnellte und über die uralten Gebeine und Grabsteine tänzelte, die wir passierten.

Ich spürte das Pulsieren der Magie deutlich in der Luft. Es schlug gegen meine Haut wie die Schwingen von tausend unsichtbaren Vögeln. Norak hatte zu kämpfen, als er zu mir aufschloss. Teile seiner Haut färbten sich bereits schwarz und blätterten ab, als bestünde er aus Asche.

»Mein Tod ist nah«, sagte er.

»Das stimmt. Dass du überhaupt noch hier bist, um es auszusprechen, legt Zeugnis von deiner großen Stärke ab.«

Er nahm das Kompliment mit einem Nicken zur Kenntnis. »Ich hätte im Kampf sterben sollen.«

»Vielleicht bekommst du die Gelegenheit noch«, gab ich zurück und deutete in Richtung der flackernden Schemen, die sich zwischen den der Kathedrale nächstgelegenen Grabmalen bewegten.

Als ich hinsah, schlug ein weiterer Lichtbogen in den Boden ein. Das Nachglühen ließ die Andeutung eines schreienden Gesichts erkennen, bevor es verblasste. Überall auf dem Friedhof hob und senkte sich die Erde. Es schien fast so, als atme sie, aber das Bild verflog, sobald die ersten Skeletthände durch die Oberfläche stießen und begannen, sich in den gefrorenen Boden zu krallen. Dutzende Leichen zogen sich aus ihren Gräbern. Die Risse und Löcher in den verwesenden Körpern wurden vom kalten Licht der Seelen erhellt, die man ihnen geraubt hatte. Sie gehorchten einem unhörbaren Zeichen, das die Totenbeschwörer aus der Kathedrale aussandten.

Norak flüsterte ein Gebet. Ich hingegen murmelte eine Verwünschung. Dann legte ich dem wackeren Paladin die Hand auf die Schulter und sandte einen Impuls meiner Hexenkunst durch ihn. Zwar konnte ich ihn weder heilen noch seinen Glauben stützen, aber Zorn und Hass waren alte Weggefährten für mich, und ich verlieh ihm etwas davon. Ich schürte seine Wut und sein Verlangen nach Rache zu einer grelleren Flamme. Er straffte die Schultern und schien das Blut nicht zu bemerken, das begonnen hatte, aus seiner Nase und seinen Ohren zu laufen.

»Danke«, sagte er. Dann drehte er sich Tatyana und Lucien zu. »Möge Drogah Euch beschützen.«

»Und dich auch«, gab Tatyana mit klappernden Zähnen zurück. Ihre Wangen glänzten vor Eis.

Die Wiederauferstandenen formierten sich zu einer Meute, um sich uns entgegenzustellen. Sie bildeten eine Barriere aus totem Fleisch zwischen uns und dem Gelände der Kathedrale. Sie formierten sich lautlos, abgesehen vom Klappern von Knochen und dem leisen Platschen beißender Flüssigkeiten, die aus ihren verseuchten Leibern auf den Boden tropften.

Norak rollte den Kopf hin und her, erhob das Schwert und stimmte einen Sprechgesang an, als er uns vorausging. Mit jedem Wort gewann seine Stimme an Kraft. Als er sich nur noch wenige Schritte von der Meute entfernt befand, holte er mit dem Schwert aus, das erst schimmerte und dann mit einem honigfarbenen Licht leuchtete, als käme es frisch aus der Esse.

Ich zog den Schleier meiner Hexenkunst hoch, als er in die vordersten Ränge der Toten pflügte.

»Er sollte nicht allein sein«, befand Tatyana, deren freie Hand zu ihrem Schwert wanderte.

»Nein«, sagte ich und hielt ihr Handgelenk zurück, bevor sie den Griff berühren konnte. »Lucien braucht dich.«

Sie zog die Hand zurück und blieb stehen. Die Macht, die Norak in das Schwert geimpft hatte, erregte erneut meine Aufmerksamkeit. Sie stammte nicht von den Liedlinien – sogar ich hätte Mühe, hier aus ihnen Macht zu beziehen –, außerdem konnte ich keine Verbindung sehen. Letzten Endes lieferte mir der goldene Glanz die Antwort. Nicht Magie ließ das Schwert so verheerend unter den Toten wüten, sondern seine eigene Essenz. Noraks Lebenskraft. Die Untoten sehnten sich nach der Wärme und den Empfindungen von Leben, und das

Schwert zog sie wie ein Leuchtfeuer an. Gleichzeitig setzte er dieselbe positive Energie als Waffe ein, denn obwohl sie sich danach verzehrten, wirkte ein Kontakt so vernichtend auf sie wie die Berührung des Todes auf Lebende. Norak hackte und stach die Klinge tief in ihre Körper, durchbrach ihren Halt an dieser Welt und an dem toten Fleisch, das sie gestohlen hatten. Jede Berührung sandte die Seelen schreiend zurück in Navars Strudel, riss dabei jedoch auch einen Funken seiner eigenen Lebenskraft mit. Das Licht der Klinge wurde bereits trüber.

»Was immer du vorhast, tu es jetzt!«

Tatyanas schrille Stimme bohrte sich in meine Gedanken, und die feinen Gespinste verschwanden aus meiner Sicht.

»Los!«, rief ich und deutete auf eine Stelle zwischen zwei der Turmspitzen. Ich hatte zwar keine Ahnung, was sich dort befinden mochte, aber es wäre ein Schritt näher zum Knotenpunkt der dunklen Magie.

Tatyana preschte los und fällte mehrere der langsameren Toten, die auf den sterbenden Paladin zuschlurften, mit schnellen Streichen ihres Schwertes. Lucien stolperte hinter ihr her, klammerte sich an ihr fest, erwies sich jedoch immer noch als aufmerksam genug, um einem Leichnam, der sich hinter einem Grabstein erhob, beide Arme abzuhacken.

Ich folgte ihnen und arbeitete so schnell wie möglich daran, meine Schutzbanne zu verstärken. Hier gab es keine Spur der Liedlinien mehr. Alles, was ich tat, musste aus meinen eigenen, nur allzu endlichen Machtreserven befeuert werden.

Ich bemerkte die aufrechten Steine erst, als ich sie passierte. Da blieb mir kaum noch Zeit, einen Fluch auszustoßen, bevor das volle Gewicht der Magie, die hinter ihnen lauerte, auf mich einstürzte wie ein kollabierender Berg.

KAPITEL DREIUNDVIERZIG

Hatte es sich schon zuvor so angefühlt, als rannte ich gegen einen eisigen Wasserfall an, war es nun, als hätte sich die reißende Kraft dieses Wasserfalls verdoppelt. Ich taumelte zurück und spürte, wie ich mit der Ferse an einem Grabstein hängenblieb. Prompt knallte ich hart zu Boden. Die Wucht des Aufpralls schien mich in die gefrorene Erde treiben zu wollen wie ein riesiger Hammer. Die aufrechten Steine, an denen ich unbedacht vorbeigelaufen war, dienten dazu, die aus dem aufgebrochenen Knotenpunkt austretende Macht zwischen sich zu sammeln und zu leiten. Ich war wie ein blinder Narr mitten hinein in diese ungezügelte, geballte Energie gestolpert. Das Geräusch, ein an- und abschwellendes Dröhnen, das tief in mir widerhallte, war dabei fast noch schlimmer als der Druck. Es fühlte sich an, als würde jeder meiner Knochen unabhängig von allen anderen erzittern und meine Zähne im Kiefer lose gerüttelt.

Es nahm kein Ende und es gab keine Pause, in der ich meine Stärke hätte sammeln können, um einen Weg hindurch zu finden. Die ununterbrochenen Misstöne von hundert zu einem einzigen Bann verwobenen Zaubern und das übernatürliche Erbeben zweier aufeinanderprallender Welten überwältigten mich schlicht.

Ich versuchte, mich aufzurappeln, aber das Dröhnen füllte meinen Geist aus, und das endlose Pulsieren verdrängte sämtliche Gedanken aus meinem Verstand. Ich konnte mich nicht einmal mehr daran erinnern, wie man den Arm hob, geschweige denn, wie ich dagegen ankämpfen könnte. Am Rand meines Sichtfelds glitzerte etwas – ein grelles, bläuliches Schillern wie von mittwinterlichem Eis, auf das die Sonne strahlt. Es kam näher, und ich versuchte, die Arme zu heben, um es abzuwehren, aber sie wurden weggeschlagen, und ich konnte nicht das Geringste tun, als mir die glitzernde Form auf den Kopf fiel.

Eine herrliche Wärme breitete sich durch mich aus; eine Welle, die an der Stirn begann und durch meinen Leib pulsierte und die zerdrückende Umklammerung der dunklen Magie abschüttelte, wenn auch nur vorübergehend. Ich stellte die unverhoffte Atempause nicht infrage, sondern erweckte hastig die Verteidigung, die ich vorbereitet hatte, und formte sie zurecht, um der neuen Gefahr bestmöglich zu begegnen.

Das Gewicht der dunklen Magie senkte sich wieder auf mich, als die Wärme verging, und sie drückte auf die von mir angebrachten Schutzbanne. Schmerz schoss durch meinen Kopf, als ich ihnen mehr Macht zuführte. Ich spürte, wie sie sich nach innen durchbogen, doch den Sternen sei Dank, ihr Gefüge war robust, und sie hielten stand.

Ich setzte mich auf und stellte fest, dass Tatyana und Lucien erschlafft neben mir lagen. Zarte Frostranken bedeckten ihre Körper bereits. Ihre Arme waren ausgestreckt, und auf dem Boden neben mir lag das Medaillon, das ich Tatyana gegeben hatte. Der Stein in der Mitte leuchtete nach wie vor.

Ich hob das Medaillon auf und spürte, wie der Druck in meinem Schädel wieder nachließ. Es war ein mächtiges Werkzeug und verborgene Waffe zugleich gegen jede schreckliche Magie, die Navar noch gegen mich entfesseln konnte und zweifellos würde. Ich schob die Körper der beiden beiseite und wog das Artefakt einen Moment lang in den Händen, während ich auf meine Gefährten hinabblickte. Sie waren so gut wie tot, und selbst wenn sie das irgendwie überlebten, würden Navar und sein Geheimzirkel nicht lange mit ihnen fackeln.

Eigentlich wollte ich mich von ihnen verabschieden, doch stattdessen ertappte ich mich dabei, dass ich das Medaillon unter Tatyanas Rüstung schob und Lucien auf sie legte.

»Ich bin ein Trottel«, brummte ich bei mir, rappelte mich auf die Beine und schaute mich um. Die Toten hatten Norak letztlich überwältigt, oder vielleicht hatte er auch nur seine Essenz verausgabt.

Jedenfalls schlurften die Überreste der Meute auf mich zu. Allerdings waren sie nicht mehr zahlreich genug, um mich zu überrennen, und ich fiel mit meinen Klauen über sie her, zerfetzte die trockene, eisige Haut wie Papier oder schraubte ihnen die Schädel von den Hälsen. Die Ertüchtigung wärmte mein Blut und half, die ärgste Kälte abzuschütteln. Tatyana und Lucien hatten sich beinah auf die Beine gerappelt, als der letzte Untote fiel, wenngleich sie beide aussahen wie Betrunkene, die in einem Schneehaufen erwacht waren.

»Danke«, sagte ich, doch Tatyana nickte kaum. Das Medaillon mochte ihnen auf die Beine geholfen haben, dennoch waren sie nur Menschen und ihre Körper nicht daran gewöhnt, die Magie aufzunehmen, die es abstrahlte. Ich fluchte, als ich eine weitere Prise meiner Hexenkunst abzweigte und mit den Händen auf ihren Köpfen in ihre Körper leitete, um die in ihnen nistende Teilnahmslosigkeit und die den Willen verzehrenden Reste von Magie zu vertreiben. Sie schraken zurück, als hätte ich sie geschlagen, aber ich ließ erst los, als ich mich vergewissert hatte, dass sie wieder bei wachem Verstand waren.

»Danke«, wiederholte ich, und diesmal bedachte mich Tatyana mit einem flüchtigen Lächeln.

»Und ich danke dir«, sagte sie mit heiserer Stimme.

»Er hat sie alle getötet«, murmelte Lucien und starrte auf den Berg verheerter Körper, wo Norak gefallen war. Das gute Dutzend Untote zuoberst war zwar mein Werk, aber ich entschied, nicht darauf herumzureiten.

»Es war ein guter Tod. Sogar beeindruckend, wenn man bedenkt, dass er schon im Sterben lag.«

Lucien schaute zu mir auf, dann klopfte er mir auf den Arm. »Tun wir das nicht alle?«

Ich legte den Kopf schief, als ich darüber nachdachte. »Allmählich fange ich an, dich zu mögen.«

»Wer könnte mir schon widerstehen?«, gab er zurück, hob sein Schwert vom Boden auf und kratzte das Eis vom Griff. »Ich möchte auch einen so ruhmreichen Tod.«

»Vorsicht mit deinen Wünschen, mein Prinz.« Ich deutete zu den Umrissen der über uns aufragenden Kathedrale.

»Wenn das alles vorbei ist«, meldete sich Tatyana zu Wort, als sie neben uns trat, »besauf ich mich eine Woche lang.«

»Ich auch«, schloss sich Lucien an. »Und ich lege mich einen ganzen Tag lang in die Badewanne. Und ich will dabei singen.«

»Das klingt schön«, befand ich. *Wie lange ist es her, seit ich zuletzt gesungen habe?* Ich schüttelte den trübsinnigen Gedanken ab.

Weitere Worte fielen nicht, als wir uns den Weg dorthin bahnten, wo ich die Türen vermutete. Die Umrisse der Kathedrale wurden deutlicher, je näher wir uns hinbewegten. Der Druck der Magie veränderte sich, als wir die gefrorenen Stufen erklommen – es wurde ein Ziehen daraus, das gierig an unserem Leben sog. Ich führte meinen Schutzbannen mehr Macht zu und forderte Tatyana und Lucien auf, hinter mich zu treten, als ich die gesprungenen Türflügel aufzog.

Eine Welle aus Licht und Geräuschen quoll heraus wie Wasser durch einen geborstenen Damm. Vorsichtig betrat ich, was von der Kathedrale übrig war, nicht ohne währenddessen nach versteckten Zaubern und Fallen zu tasten. Von dem Gotteshaus war wenig mehr als eine Hülle ohne Dach geblieben. Die Wände schienen nur noch von dem Aushub aufrechtgehalten zu werden, der sich an ihnen türmte, und von den Ranken magischer Energie, die sich zwischen riesigen, in jede Mauer geritzten Runenwirbeln erstreckten. Der Boden sah aus wie von einem gewaltigen Tier aufgegraben.

Entstanden war dadurch eine Grube mit steilen Seiten, in deren Mitte drei aufrechtstehende Steine ein Dreieck bildeten. Während ich hinsah, erstrahlte an diesen Säulen ein silbriges Licht. Eingeritzte Runen gleißten grell wie die Sonne, bevor das Licht nach oben pulsierte und die Lichtsäule ergänzte, die uns erst an diesen Ort gelockt hatte.

Vorsichtig rückte ich vor, achtete immer noch auf verborgene Banne oder Hinterhalte, entdeckte jedoch keine. War Navar so hochmütig, dass er mich nicht für eine Bedrohung hielt? Ich verwarf den Gedanken und konzentrierte mich darauf, meine Schutzzauber aufrechtzuerhalten. Eine Unachtsamkeit so nah am Knotenpunkt von Navars Macht würde wahrscheinlich tödlich enden.

Am Rand der Grube blieb ich stehen und starrte in die völlige Finsternis in der Mitte der stehenden Steine hinunter. Der aufgewühlte Boden war gekennzeichnet von den Spuren zahlreicher Füße. Obwohl die Grube alles andere als einladend aussah, schien sie gut besucht zu sein.

»Wir gehen in diese schwarze Grube des Todes runter, oder?«, fragte Tatyana, als sie neben mich trat.

»Ja.«

»Oh, gut.«

Lucien warf einen Blick hinunter und wich rasch einen Schritt zurück. »Vielleicht sollten wir hier warten. Nachhut und so.«

»Nein«, widersprach ich. »Meine Hexenkunst ist in euch bereits so gut wie verblasst, und das Medaillon allein wird nicht reichen, um euch *davor* abzuschirmen.« Ich deutete auf die Lichtsäule und die verirrten Seelen, die sie umschwirrten wie bizarre Motten. »Das da würde euch die Lebenskraft aussaugen, bis eure Körper nur noch leere Hüllen sind. Und die wird dann wie eine Marionette von dem Geist übernommen werden, der sie sich als Erster schnappen kann.«

»Oh Gott.« Einen Moment lang wirkte Lucien drauf und dran, die Flucht zu ergreifen, aber Tatyana zog ihn näher zu sich und flüsterte ihm etwas ins Ohr. Was immer sie sagte, es zeigte Wirkung, denn er straffte die Schultern und zog die Schwertspitze aus der Erde. Dazu seufzte er, für mein Empfinden klang es überzogen dramatisch. »Dann bringen wir es eben hinter uns.«

Mit dieser erhebenden Ansprache im Ohr setzte ich mich den Hang hinunter in Bewegung. Merkwürdigerweise ließ die Eindringlichkeit der dröhnenden Magie nach, je weiter ich mich den Steinen näherte; was ich einfach nur begrüßte, statt es zu hinterfragen. Die Steine erwiesen sich als riesig, ragten mindestens doppelt so hoch auf wie ich, und jeder war umschlungen von drei dicken Bändern aus goldenem Draht. Das Strahlen der Runen war zu grell, um hindurchzublicken, grell genug, um dauerhafte Schäden an den Augen zu verursachen, wenn man zu genau hinsah. Tatyana und Lucien rutschten den Hang hinter mir herunter und hielten sich die Arme vor die Gesichter, um sie vor dem Gleißen zu schützen.

»Drei Schritte vor euch«, sagte ich, dann trat ich in die Leere.

KAPITEL VIERUNDVIERZIG

Ich schlug so hart auf dem Boden auf, dass mir die Luft aus der Lunge gepresst wurde und der Geruch von Blut in die Nase stieg. Dann musste ich noch die Demütigung und das nicht unerhebliche Unbehagen über mich ergehen lassen, dass sowohl Tatyana als auch Lucien geradewegs auf mir landeten. Mehrere schreckliche Augenblicke lang fühlte es sich an, als hätte ich vergessen, wie man atmet, doch letztlich verlagerte sich ihr Gewicht, und ich sog gierig die Lunge mit der kalten, feuchten Luft voll. Tatyana und Lucien stöhnten noch, als ich mich auf die Beine rappelte.

Das Loch klaffte gut und gern dreißig Schritte unmittelbar über uns, und ich vermutete, dass Navar und sein Geheimzirkel ihre Magie benutzt hatten, um herunterzusteigen – was ich vielleicht auch in Erwägung gezogen hätte, wenn mir bewusst gewesen wäre, wie tief es war. Interessanter fand ich die schmalen, sehr grob gehauenen Stufen, die *von unten* hinauf zur Öffnung des Lochs führten. Nach dem Mörtel und Steingeröll um uns herum zu urteilen, schien dieser Zugang unzählige Jahre lang verborgen und versiegelt gewesen zu sein, bis Navars Zauberer ihn aufgesprengt hatten.

Die Kammer, in der wir gelandet waren, erwies sich als glattwandige Vertiefung im Boden, deren dunkle Wände von einem leuchtenden Geflecht von Kristalladern unterschiedlicher Größe durchzogen wurden. Manche Ranken waren dicker als mein Rumpf, andere nicht breiter als meine Finger. Sie bedeckten alle Flächen, und jeder einzelne Strang pulsierte in demselben silbrig-weißen Licht, das den Himmel über der Kathedrale erhellte. Sie schwollen nicht alle im gleichen Takt an und ab, was ich als etwas verwirrend empfand. Ich konnte mich des Eindrucks nicht erwehren, dass es sich um bleiche Kehlen handelte, die das Leuchten verschluckten. Oder es vielleicht ausspien.

Gemein hatten sie die Richtung der Impulse: Zum Ende der Kammer hin verschmolzen die Adern miteinander und wurden dicker. Dort erhellten sie einen Tunnel mit glatten Wänden, der in gekrümmtem Verlauf tiefer in die verpestete Erde führte.

Ich trat näher an eine der Adern und legte die Hände darüber, um den Schimmer zu dämpfen. Es handelte sich um den Strang eines recht gewöhnlichen Kristalls. Das galt für sie alle und ergab für mich durchaus Sinn. Solche Kristalle bildeten sich häufig dort, wo Knoten der Liedlinien die Erde berührten, auch wenn es sich vielleicht andersrum verhielt. So oder so, sie halfen, die rohe Energie zu verdünnen und zu verteilen, die um sie herum in die Wirklichkeit sickerte. Kristalle leiteten den Funken des Lebens tief ins Erdreich, reicherten es um sie herum damit an und umgaben den Knoten mit einer Harmonie, die nun verzerrt und gegen sich selbst gewandt wurde. Wenigstens wurde das Ziehen der negativen Energie durch die Adern etwas abgeschwächt, wodurch es für mich ein wenig einfacher war, an etwas anderes als daran zu denken, meine Schutzzauber aufrechtzuerhalten.

Ich half meinen menschlichen Begleitern auf die Beine und wartete, während sie versuchten, die sie umgebenden fremdartigen Eindrücke zu verarbeiten. Allerdings gestand ich ihnen nur wenige Augenblicke zu, bevor ich sie in den gekrümmt verlaufenden Tunnel scheuchte.

Die Wände darin wiesen bunte Malereien von großen Bisons, von Antilopen und von Löwen auf. Gelegentlich war auch eine Gruppe Strichmännchen mit Speeren und Bogen festgehalten worden. Ab und an tauchten Bilder größerer Gestalten auf, und eine gesamte Wand wurde vom Gekritzel menschlicher Schrift beherrscht, zumindest dort, wo sie nicht von der schleichenden Feuchtigkeit verschluckt worden war.

»Was ist das?«, fragte Tatyana rasselnd, als sie die Umrisse eines Menschen mit einem Hirschgeweih auf dem Kopf nachfuhr.

»Ich habe solche Bilder schon mal gesehen«, merkte Lucien an und entfernte die Finger von den Zeichnungen. »Sie stammen von den älteren Rassen. Die hier sind außerordentlich gut erhalten und sehr alt.«

»Wie man's nimmt«, schränkte ich ein und richtete die Aufmerksamkeit auf die Umgebung vor mir. Meiner Schätzung nach krümmte sich der Tunnel nach Norden, folgte ungefähr dem Verlauf des Felskegels, auf dem man Aknak einst errichtet hatte.

Wir passierten weitere Wände mit ähnlichen Zeichnungen und gelegentlich vor Alter dunkel gewordene menschliche Schädel, in denen eingesetzte Steine und Juwelen funkelten. Nach einem gefühlt meilenlangen Marsch nahm ich eine Veränderung im Druck der Magie wahr, und kurz danach wurde der Verlauf des Bodens eben.

»Wir sind nah«, verkündete ich.

»Kacke«, meinte Tatyana dazu wortgewandt. »Ist er hier?«

Ich berührte eine der pulsierenden, im Zickzack durch die Wand verlaufenden Adern. Ohne weiter auf das schmerzhafte Brennen der kalten Energie zu achten, konzentrierte ich mich auf die darin schwingende Magie. Es dauerte nicht lange, bis ich das vertraute und nach wie vor unangenehme Beben von Navars Zauberei darunter aufschnappte.

»Ja«, antwortete ich und nahm kaum wahr, dass ich mir unbewusst die Hand an den Überresten meiner Kleidung abwischte. »Ich kann seine Magie in der Luft und im Stein fühlen.«

»Kacke«, schloss sich Lucien der Meinung Tatyanas an. Durch den langen Marsch war etwas Farbe in sein Gesicht zurückgekehrt, und er wirkte wacher als zum Zeitpunkt seiner Befreiung durch uns. Er atmete tief ein und blies die Luft zischend wieder aus. »Zur Hel damit. Ich bin bereit.«

»Ich hab's nicht so mit Abschieden, also versprich mir einfach, dass du ihn töten wirst«, sagte Tatyana und legte eine Hand an mein Gesicht. »Was immer passieren mag, versprich mir das.«

»Ich werde ihn töten«, sagte ich und erwiderte die Geste. »Bleibt nach Möglichkeit hinter mir.«

Ich wandte mich ab und setzte mich wieder in Bewegung. Dabei fuhr ich wiederholt meine langen Krallen aus den Unterarmen, ungeachtet des Brennens, das aufloderte, sobald sie durch die Haut zwischen meinen Knöcheln drangen. Ich hörte, wie Lucien bei dem Anblick scharf die Luft einsog, aber er verlor kein Wort darüber. Ich ließ sie einige weitere Male heraus- und wieder hineingleiten, um mich gegen das Unbehagen abzuhärten und die Muskeln aufzuwärmen, mit denen ich sie bewegte, damit sie innerhalb eines Lidschlags einsatzbereit wären.

In der Luft regte sich etwas, als ich der Kurve des Tunnels folgte, und ich atmete tief durch die Nase ein. Abgesehen von gefrorenen Leichen und altem Blut hatte ich seit dem Betreten der Stadt kaum etwas gewittert, deshalb überraschte mich der Geruch von zertretenem Gras dermaßen, dass ich die Schritte verlangsamte. *Gras?* – und die Luft wirkte auch nicht abgestanden. Abermals atmete ich ein, aber diesmal nahm ich wieder die weniger ungewöhnlichen Gerüche von Toten und das Aroma verbrannter Gewürze der Totenbeschwörer wahr. Und den Gestank von Navar.

Bei seiner Duftnote krampften sich mir die Eingeweide zusammen, und meine Herzen schlugen schneller, wie ich es seit einer ganzen Weile nicht mehr empfunden hatte. Eine Mischung aus Aufregung und Beklommenheit durchströmte mich bei der Aussicht darauf, ihm wieder gegenüberzustehen.

Die Zeit mochte die schärfsten Kanten der Erinnerungen an das Leid, das er mir angetan hatte, abgeschliffen haben, aber das Gefühl von Hilflosigkeit und Verzweiflung, das mich an ihn band, blieb unverändert stark. Diese Verbindung würde erst gekappt werden, wenn er ein für alle Mal tot wäre.

Die Krümmung des Tunnels verflachte, bis er ungefähr zwanzig Schritte lang gerade verlief. Danach mündete er in etwas, das wie eine breite Lichtung aussah. Mittlerweile konnte ich das Dröhnen der Magie noch deutlicher hören und fühlen. Es handelte sich um den Sprechgesang eines Dutzends oder mehr Stimmen, die gemeinsam durch die an- und abschwellenden Töne seltsam pochende Schwingungen erzeugten. Ich rückte den letzten Abschnitt des Tunnels entlang vor und trat hinaus auf die Lichtung.

*

Ich fand mich in einer wahrhaft gewaltigen, eiförmigen Höhle wieder, deren Decke eingestürzt oder durch einen Einschlag in grauer Vorzeit abgeschert worden war, sodass man weit oben den Himmel sehen konnte. Den Boden der Höhle bedeckte etwas, das einst ein sattes Grün gewesen sein musste, genährt zum einen von den silbrigen Wasserrinnsalen, die über den oberen Rand hereinsickerten, und zum anderen vom lebensspendenden Schein des Knotens, der am Zusammenfluss der Kristalladern wie ein Herz pulsierte. Auf einer Seite lag eine große Holzfigur, in deren Rumpf eine Reihe von Äxten und Schwertern steckte.

Das also war das Geheimnis, das im Herzen von Aknak verborgen lag.

Das hier musste einst ein prachtvoller Ort gewesen sein, bevor Navar und sein Geheimzirkel von Totenbeschwörern darüber hergefallen waren. Aber nun bestand dieser weitläufige Garten nur noch aus gefrorenem Mulch, und zwischen die Kristalle hatte man ein Dutzend Steinmonolithen getrieben, die einen äußeren Kreis schufen. Die Runen auf den Steinen schillerten in silbrigem Feuer, und dieselben kalten Flammen rasten die goldenen Stränge entlang, die sie miteinander verbanden. In diesem lodernden Kreis standen zwei konzentrische Ringe leiernder Totenbeschwörer, in deren Mitte die Lanze aufragte.

Man hatte sie genau in der Mitte der Kristalladern in den Boden getrieben. Buntes Licht blitzte und züngelte um sie herum und vereinte sich zu einem einzigen, gekräuselten Band, das wie Feuer aussah, sich aber wie Wasser bewegte und hin und her zuckte wie eine gefangene Schlange.

Die Lanze selbst wirkte verschwommen. Man konnte sich kaum auf sie konzentrieren. Und als der Sprechgesang auf mich einwirkte, wurde mir bewusst, dass sie vibrierte und sich ihr an einen Insektenschwarm erinnerndes Summen mit den Stimmen der Totenbeschwörer verwob.

Die Kreise der Männer verharrten regungslos, während sie ihre seltsamen Zauber in Einklang mit dem schrillen Summen sangen, das die Lanze von sich gab. Aber nicht ihr Anblick ließ mich jäh erstarren, auch nicht jener der sechs riesigen, schwer gepanzerten Wiedergänger, die sich uns vollkommen gleichförmig zudrehten.

Ich starrte vielmehr auf den Mann in Schwarz, der unmittelbar vor der schillernden Lanze stand und dessen schneidende Stimme sich deutlich von den anderen abhob.

Navar Louw.

Während ich hinsah, ließ er die Arme sinken und drehte sich uns zu. In seinen Augen leuchtete dasselbe silbrige Feuer. Er hob eine Hand und zeigte auf mich. Sofort setzten sich die Wiedergänger in makellosem Gleichschritt in Bewegung. Aus ihren Eisenhelmen drang dasselbe kalte Licht, als sie die Schwerter mit den breiten Klingen anhoben.

Meine Krallen fuhren aus, und ich spürte, wie Tatyanas Herz schneller schlug.

»Gott, steh uns bei«, sagte sie leise, und wieder schmeckte ich ihre Angst. »Totenritter.«

»Lieber Drogah, beschütze uns«, kam von Lucien mit flüsternder Stimme.

Wie zu erwarten, schenkte sein Gott der Bitte keinerlei Beachtung, und die Totenritter kamen weiter auf uns zu.

»Zurück zum Tunnel«, sagte ich. Meine beiden Gefährten zögerten nicht, und auch ich bewegte mich rückwärts, während ich im Auge behielt, wie uns die Ritter folgten. Sie waren gewaltig, jeder mindestens so groß wie ich und sogar noch breiter. Ergänzt wurde ihre Masse um schwere, mit Runen überzogene, an die Körper genietete Rüstungen. Sie strotzten vor dunkler Magie, deren Ziehen ich deutlich spürte, als sie sich näherten. Dabei bewegten sie sich mit einer raubtierhaften Anmut, die man ihnen angesichts ihrer Masse niemals zugetraut hätte.

Sie wurden langsamer, als sie nach uns den Tunnel betraten, allerdings nur, um sich zu einer abgestuften Formation anzuordnen. Durch ihre Breite und mit den langen Klingen konnten sie uns nur im Gänsemarsch angreifen, aber auch so füllten sie den Tunnel völlig aus.

Ich beschwor meine Hexenkunst und formte sie zu einem funkelnden Blitz knisternder Energie, die anschwoll, als sie sichtbar wurde. Das wühlte die Luft um sie herum auf, bis sich durch die gesamte Länge des Tunnels schillernde Ranken mühsam zurückgehaltener Macht wölbten.

Dann stemmte ich die Füße fest in den Boden und entfesselte den Blitz gegen die Totenritter. Vermutlich bewirkten die Runen an ihren Rüstungen die verschiedensten Dinge, aber Metall liebte Blitze eben noch mehr als Feuer.

Mein Blitz schlug in den ersten ein wie ein Rammbock und schleuderte ihn zurück. Die Energie schoss von Ritter zu Ritter, von Rüstung zu Rüstung und wieder zurück. Sie sengte dabei breite Furchen durch ihr Fleisch und stieg zu den glockenartigen Helmen auf. Ich führte dem Gebilde mehr Macht zu und jauchzte siegessicher, als ihre Helme schmolzen und die knisternde Energie sich weiter durch das Fleisch und die Knochen darunter brannte. Die vier Ritter vorne brachen zusammen, als sich der Blitz verflüchtigte. Ihre Gliedmaßen zuckten, und Dampf stieg dort auf, wo ihre Rüstungen mit der Haut verschmolzen waren.

Die zwei Totenritter am Ende der kleinen Kolonne waren den schlimmsten Auswirkungen entgangen und würden sich mit genug Zeit zweifellos erholen und ihre volle Tödlichkeit zurückerlangen. Aber ich hatte nicht vor, das zuzulassen.

Ich bahnte mir den Weg zwischen den qualmenden Kadavern hindurch und griff an. Trotz des erlittenen Schadens erwiesen sie sich als schneller, als ich mir je vorzustellen vermocht hätte. Schon erwischte mich ein Schlag an der Schulter, der als harter, brennender Treffer bis hinunter zu meinem Ellbogen schnitt. Es ging zu schnell, um den Schmerz zu fühlen, auch wenn sich das sehr schnell ändern würde, aber einen Moment lang befand sich seine Klinge dadurch unten aus dem Weg.

Ich rammte meine Krallen seine Brustplatte entlang nach oben und in das graue Fleisch unter dem Kinn. Als ich sie höher trieb, streckte ich die Beine durch, bis die harten Spitzen durch den Gaumen drangen und in seinen verrotteten Schädel fuhren. Gleichzeitig entfesselte ich eine Prise ungezügelter

Hexenkunst und jagte sie mitten in ihn hinein. Dann riss ich die Krallen heraus und stieß ihn dem letzten Totenritter entgegen.

Er wankte einen halben Schritt vorwärts, bevor sein Kopf im Helm explodierte. Knochensplitter und Blut spritzten durch das Visier heraus. Der letzte Ritter schob den Körper beiseite und griff mich an.

Ich wich aus, doch seine Klinge folgte mir, und es gelang ihr, einen Schnitt quer über meine Hüfte anzubringen. Prompt warf ich mich der Kreatur entgegen, als sie das Schwert zurückzog. Schnell war ich nicht, aber ich setzte darauf, dass der Totenritter nicht mit einem solchen Angriff rechnete.

Ich rückte so nah heran, wie ich es wagte. Meine Krallen schabten das Schwert entlang, um ihn davon abzuhalten, es zu heben. Der Totenritter war zu schwer und zu stark, als dass es mir mit meinem verkümmerten Bein gelingen könnte, ihn umzustoßen, aber das hatte ich auch gar nicht vor. Ich wollte nur in die Reichweite seiner Arme gelangen, wo ich zu nah für ihn war, um meine Krallen abzuwehren, als ich sie durch sein Visier rammte. Ich jagte einen Energiestoß hinterher und stieß mich mit einem Bein von der Kreatur ab, als sich die zerstörten Banne in seinem Kopf in einer Explosion aus weißem Licht und kreischendem Metall entluden.

»Bei Drogahs Zehennägeln«, entfuhr es Lucien mit gedämpfter Stimme, als der Lärm verebbte. »Das war unglaublich.«

Er starrte mich an, als hätte er mich noch nie zuvor gesehen. Woraus ich ihm keinen Vorwurf machen konnte, denn er hatte mich nur ein einziges Mal kämpfen sehen, damals in der Nacht, als er eine gewaltige Menge Bier getrunken hatte.

»Das ist erst der Anfang«, warnte ich, als ich mir die Körperflüssigkeiten von den Krallen wischte. Den Gestank der verwesenden Körper der Totenritter fand ich weniger schlimm als den der Magie, die sie am widernatürlichen Leben erhalten hatte.

»Hast du gewusst, dass er das kann?«, fragte der Prinz im selben Ton.

»Einen Teil davon, ja«, antwortete Tatyana.

»Mit einer solchen Macht haben wir eine Chance, oder?«

Ihr Blick schnellte zu mir, bevor sie den Prinzen wieder näher zu sich zog. »Hoffnung gibt es immer.«

Hoffnung. Ich konnte mich nicht daran erinnern, wann Hass die letzten Reste meiner Hoffnung ausgehöhlt hatte. Hass und Wut fühlten sich beständiger an. Und beruhigender. Sie kannten kein Zaudern und ließen sich nicht von süßen Worten untergraben. Hass war stark und hatte mir die Kraft verliehen durchzuhalten, lange nachdem mich alle Hoffnung im Stich gelassen hatte.

»Bleibt hinter mir«, sagte ich. Die Worte drangen als Knurren aus mir hervor, als ich zurück in Richtung der Höhle stapfte. Meine Herzen schlugen wuchtig und schnell, und meine Brust füllte sich mit dem unangenehmen Flattern von Angst.

Es war an der Zeit, Navar gegenüberzutreten.

KAPITEL FÜNFUNDVIERZIG

Ich trat hinaus in die Höhle … und mitten hinein in die Flugbahn eines gut gezielten Feuerballs, der mich gegen die Wand schleuderte.

Es fühlte sich an, als wäre ich ungebremst gegen einen Gebirgshang geflogen. Meine Kleidung bestand nur noch aus glimmenden Lumpen, die Haut auf der Brust war verkohlt und wund, das Fleisch darunter glasig geworden. Rauch stieg kräuselnd davon auf. Zum zweiten Mal an jenem Tag fühlte es sich an, als würde mein gesamter Rumpf von einer unsichtbaren Faust gequetscht, als ich zu atmen versuchte. Der Zauberer, der mich getroffen hatte, brüllte Navar gerade an. Oder umgekehrt? Ich wusste, dass mir das mehr Kopfzerbrechen bereiten sollte, aber es fiel mir schwer, mich zu konzentrieren.

Mit zusammengebissenen Zähnen schaute ich auf und zuckte zusammen, als sich die Höhle um mich herum drehte und neigte. Ich erblickte den Zauberer, eine ausgemergelte Gestalt mit langem, ungepflegtem Bart, und ich sah, wie er den Stab erneut zückte. Ein dunkelrotes Licht schimmerte um das Ende wie Sonnenschein, den man durch einen Blutschleier betrachtete. Das Geheul in meinem Kopf schwoll schmerzlich an, als er den Stab auf mich richtete. Ich versuchte, die Überreste meiner Schutzbanne vor mich zu ziehen, aber sie entglitten mir. Ich hatte keine Verteidigung, konnte mich nur mit dem dicken Fleisch meiner Arme abschirmen.

Das Geräusch verstummte, als ich die Arme hob. Ich ließ sie wieder sinken und schaute zu dem Zauberer, aber dessen Aufmerksamkeit galt ganz dem aus seiner Brust ragenden Schwert. Er fiel auf die Knie, ein Spiegelbild meiner derzeitigen Pose, und der mittlerweile qualmende Stab kullerte aus zuckenden Fingern. Blut quoll aus seinem Mund, durchtränkte den Bart, und gleich darauf ließ der unvollendete Zauber seinen Kopf in einem stummen Blitz scharlachroten Lichts zerspringen.

Ich atmete qualvoll ein, als sich der Druck auf meine Brust löste. Die Höhle hörte auf, sich zu drehen, als die Luft in meine Lungenflügel strömte, und einen Herzschlag später kehrte die Wirklichkeit gestochen scharf zurück. Ohne auf das schmerzliche Ziehen meiner versengten, von Blasen überzogenen Haut zu achten, rappelte ich mich auf, als Navar auf mich zuschwebte. Sein Umhang bauschte sich um ihn, den Knochenstab umklammerte er mit Panzerhandschuhen aus Eisen.

Ich warf einen kurzen Blick zurück über die Schulter und sah, dass Tatyana mit dem Rücken an der Wand saß. Die schwache Bewegung ihrer Brust verriet mir, dass sie trotz der Verbrennungen noch lebte, die den Großteil ihrer rechten Körperhälfte geschwärzt hatten. Natürlich war es ihr Schwert gewesen, das den Zauberer getötet und mich gerettet hatte. Ich hoffte, ich würde noch Gelegenheit erhalten, diese Schuld zu begleichen. Lucien lag verrenkt neben ihr. Die Ränder seines Gewands brannten mit einer steten orangen Flamme.

»Erbärmlich.« Das Wort rollte über mich hinweg wie Donnergrollen. Navar hatte keine zwanzig Schritte entfernt innegehalten. Seine Robe wallte träge um ihn, als stünde er in einem Fluss, die Augen glichen silbrig lodernden Gruben tief in seiner Kapuze. Hinter ihm führte der Rest seines Geheimzirkels den Sprechgesang fort, als wäre ich gar nicht da.

Ich hätte den Blick nicht von Navar abzuwenden vermocht, nicht einmal, wenn ich es versucht hätte. Ich konnte fühlen, dass er vor Macht strotzte, und es kostete beinahe mehr Kraft, als ich besaß, nicht vor ihm zurückzuweichen.

»Ja«, sagte er mit einer Stimme, die wieder mehr wie die eines Menschen denn wie die eines Gottes klang. »Du fühlst es.«

»Ich bin hier, um dich zu erledigen.« Meine Stimme klang im Vergleich zu seiner wie die eines Kindes, und er lachte grölend.

»Du? Und ist das die mächtige Armee, die du als Unterstützung mitgebracht hast?« Er legte den Kopf schief, und ich spürte, wie sich seine Magie fast beiläufig ballte, bevor er sowohl Tatyana als auch Lucien in die Luft hob. Sie kreischte, als ihre verbrannte Haut erst Falten warf und sich dann spannte. Lucien hingegen schien völlig besinnungslos, seine Glieder baumelten schlaff hin und her schwingend herab. »Ein Prinz und ein gestrauchelter Paladin. Eine *Frau.*«

»Du kannst mich mal!« Tatyana spie ihm die Worte entgegen, eine bemerkenswerte Leistung angesichts der Schmerzen, die sie heimsuchen mussten.

Ich japste vor schierer Erleichterung, als sein Blick zurück zu mir schwenkte, während Tatyana den Körper versteifte, als wäre sie geschlagen worden. Ich konnte das An- und Abschwellen seiner Magie fühlen, als er sie untersuchte.

»Interessant«, meinte er, während er sie in der Luft drehte wie ein gefangenes Insekt im Netz einer Spinne. »Ist das dein Werk?«

»Lass die beiden gehen«, verlangte ich forsch.

»Ich denke nicht«, entgegnete er. »Jedenfalls nicht, bevor ich nicht jedes einzelne Geheimnis aus ihrem Leib geholt habe.«

Seine Finger schnippten, und meine Gefährten wurden gegen die nächste Wand geschleudert, wo sie als Gewirr von Gliedmaßen stumm und regungslos liegenblieben.

»Hast du wirklich gedacht, dich in diesem Fleischanzug zu verstecken, würde dich vor mir retten? Du bist ja ein einziges Durcheinander. Sieh dich bloß an. Zu jämmerlich, um auch nur einen Zauber aufrechtzuerhalten, wagst du es trotzdem, hier aufzukreuzen und *mich* herauszufordern?« Seine Stimme schwoll an, während er sprach. Sein Ton wurde härter und löste in mir einen Schwall unerfreulich schmerzhafter Erinnerungen aus. »Schau mich an, Wyrm. Sieh her!«

Ich straffte die Schultern, blickte zu ihm hoch und hielt meine Krallen und Hexenkunst bereit. Er stieg höher in die Luft, die um seinen Körper herum strahlte und leuchtete, und ich wich unwillkürlich einen Schritt zurück, als er seine Macht bündelte. Es war schier überwältigend. Er war schon schnell und stark gewesen, als ich sein Gefangener gewesen war. Aber die Stärke, die er nun zeigte, stellte eine völlig andere Größenordnung dar. Es war, als hätte sich ein Wolfsjunges in einen ausgewachsenen Höhlenbären verwandelt. Ich konnte fühlen, wie allein die Andeutung seiner Stärke die Wirklichkeit um mich herum gerinnen ließ.

»Du beginnst, zu begreifen«, stellte er fest und ließ sich zu Boden sinken. »Es ist noch nicht zu spät. Komm, du weißt, dass du nicht gewinnen kannst.« Seine Stimme wurde sanfter. »Ergib dich mir, dann können wir zusammen über diese Welt herrschen.«

Seine Worte waren ein Köder, und hätte mich nicht Leopolds Vorliebe für denselben Trick gerade erst dagegen abgehärtet, wäre ich seinem Versprechen vielleicht erlegen.

So jedoch spuckte ich ihm nur einen Pfropfen aus Blut und Schleim entgegen. »Mich dir ergeben? Einem Scharlatan, der brutale Gewalt mit echter Begabung verwechselt? Du bist wenig mehr als ein begriffsstutziges Kind, das sich für einen Gott hält, weil es einer Fliege die Flügel ausgerissen hat.«

Damit hatte er offenbar nicht gerechnet, denn eine lange Weile starrte er mich nur an. Das Licht in seinen Augen wurde trüber.

Ich entschied mich für jenen Moment, um das Feuer zu entfesseln, das ich unbemerkt vorbereitet hatte. Es raste von mir zu ihm und traf ihn mitten in die Brust, teilte sich und rollte über ihn hinweg, toste, als es Luft ansog und dadurch zu voller Stärke erblühte. Ich brüllte, als es ihn umhüllte, und als ich mich in Bewegung setzte, zuckten meine Krallen voller Vorfreude.

Ich hatte vielleicht die Hälfte des Abstands zwischen uns zurückgelegt, als die Flammen erloschen und Navar vollkommen unversehrt vor mir stand. Das einzige Anzeichen für meinen Angriff bestand darin, dass sein Stab gesprungen war.

Das gab mir ein wenig Hoffnung. Aber Navar warf ihn achtlos beiseite und hob die Hand. Ich spürte, wie mich seine Magie mit ihrer kalten, öligen Berührung umströmte. Gleich darauf waberte die Luft vor ihm und verdichtete sich zu einem neuen Stab. Er erwies sich als etwas länger als der andere und war umwickelt von glitzerndem grauem Leder – nein, nicht umwickelt, es bildete vielmehr einen *Teil* des Stabs.

»Du wirst noch lernen, wo dein Platz ist, Wyrm«, prophezeite er mir in demselben ruhigen Ton, den er immer benutzt hatte, bevor er mich am grausamsten bestrafte. Und die Sterne mochten mir verzeihen, aber ich spürte, wie die frostige Hand der Angst durch meine Eingeweide tastete.

»Du denkst, du wärst mir gewachsen? *Mir?*«

Ich achtete nicht auf seine Worte und nutzte stattdessen die Zeit, die seine Prahlerei mir gewährte, um meine Konzentration zurückzuerlangen. Als er den Stab auf mich anlegte und eine Energiepeitsche in meine Richtung schnalzen ließ, war ich bereit. Anscheinend hatte er seinen Hang zur demonstrativen Ausführung eigentlich unnötiger Gesten mit seinen Werkzeugen beibehalten.

Ich sprang aus dem Weg der Peitsche und schoss versuchsweise einen Blitz auf ihn ab. Navar blinzelte nicht einmal, als der sich einen guten Schritt vor ihm zischend auflöste. Stattdessen setzte er nur wieder jenes selbe Übelkeit erregende Lächeln auf und ließ seine Energiepeitsche erneut vorschnellen, diesmal jedoch mit zwei Strängen.

Ich hechtete aus dem Weg, als sie dort einschlugen, wo ich gestanden hatte, und zwei tiefe Furchen in die Erde rissen. Ich war kaum wieder auf die Beine gekommen, als mich ein Treffer mit Bewegungsenergie rückwärts gegen die von den Kristallen durchzogene Wand schleuderte. Die scharfkantigen Mineralien fetzten mir einen breiten Streifen Haut vom Rücken, und auf dem Boden landete ich dann genauso hart, wie ich in die Wand gekracht war.

Der hochmütige Mistkerl stand nur da und beobachtete, wie ich mich mühsam auf die Beine rappelte und mich an der Wand abstützte, bis ich wieder klar sehen konnte.

»Komm, gib dein Bestes«, lud er mich ein und breitete die Arme aus. »Lass uns sehen, ob du auch beißen und nicht nur bellen kannst.«

Eine solche Einladung würde ich nicht ausschlagen. Ich verdrängte die Schmerzen und hob die Fäuste. Mit einem Aufschrei, der seine Kapuze zurückwehte, entfesselte ich an Macht, was ich besaß.

Ein Blitz so dick wie mein Bein schnellte von mir zu ihm und prallte mit einem Donnerschlag, den ich tief in den Knochen spürte, auf seine Schutzbanne. Ich nährte die Ranken des Blitzes, während sie sich krümmten und um die Ränder seiner Zauber vorarbeiteten. Sie suchten nach Schwachstellen, und inmitten des gleißenden Knisterns erhaschte ich flüchtige Blicke auf rote Funken, als mein Angriff seine Banne allmählich zum Einsturz brachte.

Hoffnung keimte auf … und verblasste wieder. Trotz der Nähe zum Nexus der Liedlinien konnte ich keine Energie von ihnen beziehen, musste mich auf das beschränken, was ich in mir hatte. So geriet der Blitz letztlich ins Stocken, als meine Reserven viel zu schnell zur Neige gingen. Die letzte Ranke löste sich auf, ließ nur die Erinnerung daran in meiner Sicht zurück, als ich blinzelte.

Navar stand immer noch. Seine Kleidung glomm zwar, dennoch stand er mit den Händen an den Hüften da und erfüllte die Höhle mit seinem grölenden Gelächter.

»Ist das schon alles, was dir zur Verfügung steht? Ein Blitz?« Er trat einen Schritt vor, ich wich einen zurück. »Der menschliche Körper war ein neuartiger Einfall«, gestand er mir in demselben ruhigen Ton wie zuvor zu. »Ich hatte nicht mit so viel Schläue deinerseits gerechnet und gebe zu, dass du mich damit anfangs verwirrt hast. Aber dann kam mir zu Ohren, dass einer meiner Lakaien versucht hat, einen merkwürdigen, schwarzen Mann keine zwanzig Meilen von der Universität entfernt zu heilen.«

Er murmelte eine schnelle Beschwörung und erweckte eine Kugel aus roter Energie, die kristallinem Blut bemerkenswert ähnelte. Dann legte er den Kopf schief, schwenkte den Stab nach vorn und schleuderte die Kugel in meine Richtung. Feuer erwachte darin zum Leben. Ich warf mich zur Seite, und die Kugel zerbarst platschend am Fels hinter mir, wo sie binnen bloßer Augenblicke einen breiten Fleck Gestein zu glühender Schlacke zerschmolz.

»Ich dachte, du willst mich lebend«, stieß ich keuchend hervor und umkreiste ihn im verzweifelten Versuch, etwas Zeit herauszuschinden.

Mit einer knappen Geste feuerte er einen Blitz schillernder Energie auf mich ab. Den Schutzzaubern, die ich aufrichten konnte, gelang es zwar, einen Teil davon abzulenken, trotzdem traf er mich mit der Wucht eines Katapultgeschosses und presste mir geräuschvoll die Luft aus der Lunge. Schlagartig wandte sich mein Augenmerk von Ausweichen und Planen darauf, einfach nur Luft in mich zu bekommen.

»Das wollte ich zu Beginn auch«, bestätigte er. Nun umkreiste er mich, während ich keuchend und zappelnd dastand wie ein gestrandeter Fisch. Drei gleißende Blitze schwebten über seiner Schulter und harrten seiner Befehle. »Ich dachte, deine Macht wäre viel einfacher zu formen, wenn sie freiwillig bereitgestellt wird. Ein Fehler, vor dem mich mein Meister gewarnt hat und den ich nicht vorhabe, zu wiederholen.«

Sein Meister? Mir blieb keine Zeit, weiter darüber nachzugrübeln. Der erste der Blitze strahlte auf und setzte sich in Bewegung. Ich wappnete mich für den Aufprall an meinen Schutzzaubern, doch sie teilten sich wie brüchiges Pergament, und seine Magie fuhr mir in die Rippen, brach mehrere davon und jagte eine Welle von Übelkeit durch mich.

Ich fiel rückwärts gegen die schartige Oberfläche der Wand und schmeckte Blut im Mund. Der Boden fühlte sich unter meinen Füßen unstet wie Schlamm an. Ich spürte, wie sich seine Magie in meinen Leib brannte, *durch ihn hindurch*, und die Berührung fühlte sich genauso widerwärtig wie ätzend an. Aber er verbrannte mir nicht nur die Eingeweide, der Blitz machte sich auch an meiner Hexenkunst zu schaffen und bohrte sich hinein wie ein räuberischer Wurm. Das unsagbare Grauen dieser Empfindung ließ mich aufschreien, und ich krallte an der Wunde wie ein verletztes Tier.

Den zweiten Blitz sah ich deshalb gar nicht erst auf mich zukommen. Ich bemerkte ihn erst, als er mich traf und die Welt plötzlich zu einem bunten, verschwommenen Strudeln verkam, das endete, als ich ein Dutzend Schritte weiter auf den Boden knallte. Ich versuchte, aufzustehen, aber das verkümmerte Bein knickte unter mir ein, und ich fiel zurück. Dann stemmte ich mich auf die Ellbogen und beobachtete, wie Navar auf mich zukam. Der letzte Blitz schwebte funkelnd neben ihm, und er entblößte die Zähne zu einem raubtierhaften Grinsen.

KAPITEL SECHSUNDVIERZIG

»Du hättest dich ergeben sollen, als ich es dir angeboten habe.«

Ich spuckte einen Mundvoll Blut und Zähne aus. »Du bist eine Abscheulichkeit. Lieber sterbe ich.«

»Und das wirst du«, versprach er mir, als er sich neben mich kauerte. Sein Geruch brachte mich mit seiner fremdartigen Würze zum Würgen. »Aber falls es deiner Aufmerksamkeit entgangen sein sollte: Der Tod ist nicht das Ende, jedenfalls nicht mehr.«

»Du spielst mit Kräften, die du nicht verstehen kannst.« Das Gefühl der Taubheit in meinem gebrochenen Bein, wich einer Flut von Schmerzen, die mich bald ertränken würde.

»Wie traurig, dass du nicht mal am Ende begreifst, dass Macht alles ist, was zählt.«

»Ich werde dir niemals dienen.« Wenn er nur noch ein wenig näher käme, könnten meine Klauen seine Gurgel erreichen. Sonst hatte ich nichts mehr aufzubieten. Ich versuchte, das Gewicht zu verlagern, gab es aber auf, als rotglühende Schmerzen aus meinem Bein schossen, mir die Gedanken aus dem Kopf brannten und meine Sicht auf Schattierungen von Grau beschränkten.

Er lächelte, als ich nach hinten sackte. »Du dienst mir bereits, und das wirst du auch weiterhin tun.«

Ich betrachtete das graue Leder um seinen Stab und die milchigen Fäden, die es umwickelten.

»Erkennst du das? Du warst ja so aufgebracht, nachdem ich es dir aus dem Flügel geschnitten hatte.«

Ich spürte, wie sich in meinem Geist etwas zusammenfügte. Ich erinnerte mich an Schmerz und Verwirrung, als ich in dem Gefängnis, das er für mich gebaut hatte, erwacht war und meine in blutigen Fetzen an mir hängenden Flügel mit Messern und Sägen bearbeitet wurden. *Deshalb* konnte er meiner Magie widerstehen, und das war der *Grund*, weshalb sich seine Magie so leicht durch meine Banne bohrte – er benutzte für alles meine eigene Haut. Haut, die seine faulige Magie am Leben erhielt. Ihn mit Magie zu bekämpfen, kam einem Kampf gegen mich selbst gleich, nur fütterte ich ihn zugleich mit meiner Macht.

»Wie ich sehe, erinnerst du dich.«

Die Adern schwollen an, und ich bekam mit, wie ich wie von einer riesigen Hand auf den Rücken gerollt wurde, einer Hand, die nicht kümmerte, wie sich meine gebrochenen Knochen verschoben und mich vor Qualen zum Schreien brachten. Er erhob sich und ragte über mir auf.

»Ich brauche deinen Körper nicht, jedenfalls nicht alles davon. Vielleicht schnitze ich mir einen Stab aus deinen Knochen und binde deine Seele daran. Du wirst mir ewig dienen. Herr und Diener.« Seine Augen begannen zu leuchten, als er seine Macht erneut sammelte. »Ich werde für immer über diese Welt herrschen.«

Blutrotes Licht wölbte sich von dem Stab und drang in mich ein wie Klauen, hob mich in die Luft und rammte mich gegen die Wand. Den Aufprall bekam ich unter den stechenden Schmerzen der brechenden Knochen, die sich in mein Fleisch bohrten, gar nicht mit. Ich spürte, wie jene widernatürlichen Klauen tiefer in mich stachen und meine Adern mit Eis erfüllten.

Doch ich wusste, dass es noch etwas gab, das ich tun musste. Nur entglitten mir meine Gedanken, als sich die Kälte weiter in meiner geschundenen Brust ausbreitete. Eine Stimme in meinem Geist flüsterte mir zu, versprach mir Frieden, wenn ich nur aufhörte, mich zu wehren. Sie beteuerte, dass ohnehin alles umsonst sei. *Alles umsonst.*

Ein Ruck durchlief meinen Körper, als Navar einen weiteren blutroten Blitz in mich jagte und die Energie tiefer und tiefer in mich schlug. Doch die neuen Schmerzen nahm ich kaum noch wahr.

»Stirb, verdammt.«

Stratus Himmelsfeuer.

Ich zwang mich, die Augen zu öffnen, und legte den Kopf in den Nacken, um Navar anzustarren. Er sagte irgendetwas, doch ich konnte seine Worte nicht verstehen.

Stratus Himmelsfeuer.

Mein Schrei wurde zu einem Japsen, als mir mein Name ins Ohr geflüstert wurde. Die drachischen Silben sprachen etwas tief in mir an. Der Nebel, der sich um die Ränder meiner Sicht zusammengezogen hatte, lichtete sich. Ich atmete ein, als sich die Welt um mich herum wieder schärfer abzeichnete. Navar redete mit mir, während sein Stab vor Macht schillerte und flimmerte, aber ich hörte ihm nicht zu.

Es war *Anakhara*. So unmöglich es auch war, es bestand kein Zweifel daran. Es war *ihre* Stimme. Wartete sie auf mich? Ich versuchte, sie zu rufen, aber mein Mund war voller Blut, und ich konnte nur husten.

Navar hob den Stab. Seine Macht strömte durch die mir gestohlene Haut, als er mehr Energie in den Zauber legte, der mir das Leben aussaugte und es durch etwas anderes ersetzte. *Meine Haut.*

Ich spuckte weiteres Blut aus und zwang mich, tiefer durchzuatmen. Eine Idee nahm in meinem Geist Gestalt an, zerbrechlich wie ein Schmetterling in einem Gewittersturm, und ich setzte alles, was ich noch in mir hatte, dafür ein, sie zu nähren. Schmerz und Eis bestürmten mich von allen Seiten, als Navar die Veränderung in mir spürte, und ich schrie gellend, als sich seine Magie tiefer in mein Wesen bohrte, die verbliebene Stärke aus mir saugte und drohte, die Idee zurück in eine Dunkelheit zu drängen, aus der sie nie wieder auftauchen würde.

Es war ein aussichtsloser Kampf. Ihm stand ein nahezu unerschöpflicher Quell an Macht zur Verfügung, und ich spürte, wie sich ihr Gewicht auf mich senkte. Ich saugte verzweifelt Luft ein, um ihren Namen noch einmal auszusprechen, ehe ich starb.

Doch bevor ich das tun konnte, spürte ich, wie sich das Augenmerk seiner Macht verlagerte und der endlose Strom ins Stocken geriet. Wie ein Ertrinkender, der die Wasseroberfläche erspäht, kämpfte ich gegen die Umklammerung an, strampelte, paddelte mit den letzten Funken meiner Lebenskraft und strebte nach oben, verzweifelt bemüht um noch einen einzigen Atemzug.

Das Gleißen seiner Magie blendete mich, als ich mich zwang, die Augen zu öffnen. Ich wurde immer noch von einer sich windenden Masse bleicher Energie an die Wand gepresst, aber Navar hatte sich von mir abgewandt, schien abgelenkt von einer kleineren Gestalt. Ich kniff die Augen gegen das strahlende Licht zusammen und sah, wie es von Stahl zurückgeworfen wurde, als die Gestalt lospreschte. *Lucien?* Navar schlug ihn beiseite, und er wirbelte zusammen mit seinem Schwert fort, überschlug sich im Flug.

Ich fasste tief in mich und packte mit schützenden Händen jene Idee, hauchte ihr Leben ein, als würde ich eine erlöschende Glut neu entfachen. Als sie heranwuchs, veränderte sich etwas. Eine frische Wärme in mir schwächte die eisigen Klauen von Navars Macht. Ich atmete tiefer ein, als die Kälte in mir nachließ. Dann noch einmal. Schließlich spürte ich, wie meine gebrochenen Knochen aneinanderschabten und sich das zerrissene Gewebe um sie herum rührte. Etwas fügte sich zusammen.

Navars Macht ballte sich erneut, und ich wurde über die so merkwürdig tief in der Kathedrale existierende Lichtung geschleudert, rollte über gefrorenen Boden und krachte gegen die Wand. Es tat weh, aber ich hatte schon weit Schlimmeres erlitten. Ich knirschte mit den Zähnen und stöhnte, ein Laut, der sich zu einem Knurren auswuchs, als neue Kraft mich durchströmte und mir ermöglichte, mich auf die Beine zu rappeln. Mein frisch verheiltes Bein zitterte wie das einer neugeborenen Gazelle, aber bei den Sternen, es hielt meinem Gewicht stand.

»Genug der Spielchen!«, brüllte Navar. »Jetzt stirbst du!«

Als er den Stab hob, erschien in der Luft um ihn herum ein Dutzend Blitze, jeder so lang wie ein Pfeil und strahlend vor ungezügelter Macht seiner Todesmagie. Er senkte den Stab, und alle Blitze schnellten gleichzeitig los, jeder so heiß wie die Sonne und scharf wie ein Diamantsplitter.

Sie zerbrachen an meiner Haut, lösten sich zischend wie Regen auf einer Feuersbrunst in Nichts auf.

»Unmöglich!« Er schrie das Wort so laut, dass sich ein Hagel von Wassertröpfchen von den Wänden der Höhle löste und zu Boden prasselte. »Ich befehle dir zu sterben!«

Ein weiteres Dutzend Blitze erhob sich und raste auf mich zu, und wieder zerstoben sie auf meiner Haut. Ich fuhr meine Kampfdornen aus und fletschte die verheerende Masse meiner Zähne, als ich hinkend auf ihn zustapfte.

Navar gab eine Abfolge kehliger Worte von sich und entfesselte einen pulsierenden Strahl violetten Lichts in meine Richtung. Ich konnte nur die Augen schließen und dem zerbrechlichen Gebilde vertrauen, das ich so sorgsam in meinem Geist hütete. Sein Triumphschrei erstarb ihm auf den Lippen, als das Licht verblasste und ich mit Blasen auf der qualmenden Haut weiterging.

»Nein!«

Seine Überheblichkeit und die Maßlosigkeit, mit der er derart mächtige Magie entfesselte, erwiesen sich als verheerende Mischung. Ich mochte wackelig auf den Beinen sein, aber ich bewegte mich nach wie vor, während er regungslos dastand.

»Anakhara!« Ich brüllte ihm ihren Namen entgegen, als ich lossprang und ihm für zusätzlichen Schwung beide Arme entgegenschleuderte. Ich spürte, wie mein Bein unter dem Druck erneut brach, doch da war ich bereits am Ziel.

Er taumelte zurück, aber meine Arme waren auch ohne die schwarzen Krallen lang, die sie noch um ein weiteres Drittel verlängerten. Jene schwarzen Krallen, die sich jetzt wie Speere in Navars Brust bohrten.

Der Schwung meines Gewichts riss ihn zu Boden. Die Wucht des Aufschlags trieb die Krallen tiefer in ihn, bis ich ihre Spitzen über den Steinboden unter uns kratzen spürte. Ich warf den Kopf zurück und brüllte so laut, wie es dieser Körper zuließ, während Navar unter mir schrie und zappelte. Dann beugte ich mich vor und schlug die Zähne in sein Gesicht. Ich mahlte mit ihnen Rillen in seine Knochen und brachte sein rechtes Auge zum Platzen, bevor ich meinen Kopf zur Seite ruckte und ihm den Großteil des Gesichts vom Schädel riss. Er kreischte, ein kaum noch menschlich klingender Laut.

Mit seinem Stab versuchte er, mich zu schlagen, aber es blieb ein mattes Unterfangen, und ich spuckte ihm als Antwort sein Gesicht zurück. Als ich mich wieder vorbeugte und bedrohlich mit den Zähnen knirschte, verlor er die Herrschaft über seine Eingeweide, und in jenem Moment wurde mir klarer denn je zuvor, dass er *nur ein Mensch* war.

Ich senkte den Mund neben sein Ohr und flüsterte ihm seinen Fehler zu. Dann ließ ich ihm einige Herzschläge Zeit, um zu begreifen, bevor ich meine Krallen in seiner Brust versenkte und sie in einem Sprühnebel rubinroten Blutes wieder herausriss. Er krümmte sich wie ein Fötus, hustete Blut und versuchte, mit bibbernden Armen seine zahlreichen Wunden zu umklammern. Ich ließ mir Zeit damit, das Feuer vorzubereiten, das ihm ein Ende bereiten würde, genoss indes das Spektakel seiner Qualen.

Als ich spürte, wie sich der Druck am Ansatz meiner Kehle aufbaute, presste ich seine Schultern auf den Boden und erbrach meine Feuergalle über die gesamte Länge seines Körpers. Ich hatte sie schon eine Zeit lang gesammelt, hatte immer wieder mit den Steinen gegurgelt, die ich mir von Fronsacs Alchemisten genommen hatte. Jedes Quäntchen an Mineralen hatte ich ausgesaugt. Trotzdem war es eine schwache, verdünnte Mischung, weshalb es länger dauerte, sie zu entzünden, als ich es in Erinnerung hatte. Das verschaffte ihm etwas mehr Zeit, zu erkennen, was gleich geschehen würde.

»Nein!« Mit zu Klauen verkrümmten Händen krallte er nach mir. »Ich sage dir, wo sie ist! Nicht!«

Ich starrte ihn an, doch egal, welche Hoffnung er oder ich in jenem Moment empfanden, sie ging verloren, als sich die Galle letztlich entzündete und ihn mit gelben Flammen verhüllte.

Ich kauerte auf ihm, während er schrie und sich wand, drückte ihn nieder, als das Feuer an Kraft gewann und nach unten brannte. Die Flammen züngelten höher auf, als sie die Fette unter seiner Haut erreichten. Ich atmete den Geruch seines Todes wie den süßesten Duft aller Zeiten ein und lachte, als seine Seele in die Hel entschwand, die ihn erwartete.

Navar war tot.

KAPITEL SIEBENUNDVIERZIG

Eine komplizierte und mächtige Beschwörung zu wirken, ist ein gefährliches Unterfangen – umso gefährlicher, wenn mehr als ein Zauberer daran beteiligt ist. Es bedarf der völligen Hingabe des Verstands und des Geistes, um die Harmonie der heraufbeschworenen Magie zu bewahren, da jede größere Unausgewogenheit einen Nachhall erschafft, der sich nur verschlimmert, je länger man ihn andauern lässt.

Der Geheimzirkel, den Navar versammelt hatte, um die an seine Lanze gebundenen Kräfte zu bündeln und zu bändigen, zählte zwanzig Köpfe. Zusammen hatten sie ein verschachteltes Geflecht aus Lauten und Absicht erschaffen, hatten die rohe Macht der Liedlinien gebunden und sie durch endlose Schichten schauerlicher Runen und Zauber in den räuberischen Strudel der Lanze geleitet.

Einfach ausgedrückt verhielt es sich so, als hielten alle zwanzig einen riesigen Tiegel mit geschmolzenem Metall über ihren Häuptern. Solange sie ruhig blieben und den Tiegel schön ruhig festhielten, geschah ihnen nichts, und Navar konnte das »Metall« in jede ihm beliebende Form gießen. Die Notwendigkeit, dieses heikle Gleichgewicht unbedingt zu wahren, hielt sie davon ab, ihm zu Hilfe zu eilen, als er brannte und schrie, sosehr es einige von ihnen vielleicht auch gewollt hätten.

Mittlerweile jedoch war er entschwunden. Sein Gehirn und alles, was darin gekreucht und gefleucht haben mochte, war zu einer schwarzen Masse in seinem verkohlten Schädel verkocht. Der eiserne Griff seines Willens hatte sich mit ihm verflüchtigt, war nicht mehr da, um die anschwellende Magie, die sie in ihren Tiegeln sammelten, zu lenken und zu formen. Die Harmonie ihres Zaubers war bereits ins Wanken geraten, bevor die Flammen ihr Werk an seinem Körper vollendet hatten, wenn auch zuerst nur unterschwellig. Aber tief im Herzen sind Menschen Geschöpfe der Angst und des Argwohns, und als ich mich von den schwelenden Überresten ihres Meisters erhob, schlich sich dieselbe Angst in ihre Magie.

Das stete Pulsieren der Kristalladern wurde erst trüber und dann beträchtlich heller. Der Rhythmus steigerte sich, bis ein blendender Lichtbogen aus dem Ende der Lanze brach, in einen der Zauberer einschlug und ihm mit einem jähen Knall, den man mehr spürte als hörte, das Fleisch von den Knochen brannte. Das Pulsieren geriet ins Stottern, und ich spürte, wie sich ihre Angst vervielfachte. Genau wie die Menge der Magie, die alles in der Höhle durchwirkte. Ihr gedachter Tiegel mit geschmolzenem Metall war übervoll und geriet mit jedem verstreichenden Augenblick mehr aus dem Gleichgewicht.

Ich eilte hinüber zu Tatyana und Lucien, die auf dem Boden lagen. Tatyana erwies sich als schlimm verbrannt, ihre Haut war mit Dutzenden der Metallringe ihrer verheerten Rüstung verbacken. Lucien schäumte und blubberte Blut aus dem Mund. Aber beide lebten, was mehr war, als ich erwartet hatte.

Ich schleppte sie zum Eingang des Tunnels, biss dabei die Zähne gegen die sägenden Schmerzen in meinem Bein zusammen. So unwahrscheinlich es auch war, dass sie die bevorstehende Feuersbrunst überlebten, sie hatten zumindest eine Chance verdient, und mochte sie noch so gering sein.

Wieder ertönte auf der Lichtung ein scharfer Knall, dann folgten kurz hintereinander zwei weitere. Ich trat hinaus, kniff die Augen gegen das mittlerweile blendende Licht der Kristalladern zusammen und erblickte blutige Skelette, wo vorher drei Zauberer gestanden hatten. Während ich hinsah, ließ einer von der Beschwörung ab und preschte in meine Richtung los, aber als er sich unter dem goldenen Gespinst hindurchduckte, das die Steinsäulen verband, schnitt ihn ein Lichtstoß von der näheren Säule entzwei. Ich konnte den Schrei nicht hören, als seine Beine von ihm wegliefen, aber ich stellte mir vor, dass er ziemlich schrill ausgefallen sein musste.

Die Unstimmigkeiten in der Höhle wuchsen exponentiell. Die verbliebenen Zauberer versuchten zwar krampfhaft, die von den Toten hinterlassenen Lücken zu füllen, aber sie konnten nicht zugleich die Harmonie wiederherstellen.

Ich zog mich in den Tunnel zurück, als es einen weiteren in blutige Brocken und dampfende Knochen verwandelte. Das war zu viel für den Rest, und wie beim ersten Riss in einem Damm befreite sich die Macht, die sie zu bändigen versucht hatten. Energien strömten die Kanäle entlang zurück, über die man sie heraufbeschworen hatte – was in diesem Fall die Körper der Zauberer waren. Derart unwürdige Gefäße hatten keine Chance, auch nur einen Teil einer solchen Flut aufzunehmen. Nur wenigen eröffnete sich überhaupt die Gelegenheit zu einem Schrei, bevor sie von den Energien zersprengt wurden und die Höhle mit einem sengenden roten Nebel ausfüllten.

Das Licht pulsierte nicht mehr, sondern gleißte immer greller, während ein pfeifendes Kreischen, wie ich es noch nie zuvor gehört hatte, durch die Höhle schrillte. Ich spürte, wie es an mir zerrte, eine harsche, grausame Empfindung. Aber ich bohrte die Krallen ins Erdreich und setzte an Hexenkunst ein, was ich übrighatte, um es abzuwehren, sonst hätte ich keine Chance gehabt, der Anziehung zu widerstehen. Es fühlte sich an, als würden mir die Knochen zerspringen, und nicht wenige meiner Zähne brachen, als ich meine Kiefer gegen den Druck und den Lärm verbissen aufeinanderpresste.

Das Licht flackerte, und plötzlich erlosch es. Das unerträgliche Geräusch der entfesselten Magie wurde vom sanften Plätschern der kleinen, die Höhle herabrinnenden Wasserfälle abgelöst.

Ich zog die Krallen aus der Erde, rappelte mich auf die Beine und verarbeitete erst nach und nach, dass ich nicht tot war.

Sicherheitshalber stützte ich mich an der Wand ab, bis ich mich darauf verlassen konnte, dass sich meine Knochen nicht in Gummi verwandelt hatten. Die Kristalle flackerten unregelmäßig, als ich mich wankend in Bewegung setzte, vorbei an den mittlerweile dunklen Steinsäulen. Der goldene Draht war geschmolzen, hatte sich aufgelöst, und mehrere Säulen waren zerbrochen. Nur die Runen der Lanze leuchteten immer noch mit demselben weißen Licht. Die Luft wirkte kälter als zuvor, und die Geister, die sich schon vorher um die Lanze geschart hatten, drängten sich jetzt noch dichter darum. Jeder zog sein eigenes Licht wie einen zerfetzten Umhang hinter sich her.

Die Zauber, mit denen die Lanze belegt war, kümmerte weder, dass Navar nicht mehr lebte, noch, dass der Rest der Zauberer nur noch aus einer Ansammlung von rasant gefrierenden Knochen bestand. Die komplexen, in das Artefakt eingebetteten Banne waren erweckt worden und würden die Liedlinien weiter verunreinigen und den Durchgang zur Welt der Toten offen halten, solange noch Macht durch den Knoten floss.

Die Auflösung der Magie der Totenbeschwörer war eine Sache gewesen, aber die Zauberer hatten nur die Entladung der Lanze beeinflusst. Um sie zu vernichten, würde ich die daran gebundene Magie brechen müssen, und wie bei jedem verzauberten Gegenstand würde dabei ihre Macht in einer einzigen, verheerenden Explosion entfesselt werden.

Ich achtete nicht auf die Seelen, die sich um mich scharten wie kleine knabbernde Fische, und ging näher zur Lanze, hielt nur kurz inne, um den verkohlten Schädel eines Zauberers aus dem Weg zu treten. Er kullerte über den gefrorenen Boden.

Der Kopf rollte weiter, bis ihn die riesige Holzfigur bremste, die am Rand der Höhle lag und die man durch die Fülle der in ihren Rücken gebohrten Schwerter und Speere kaum erkennen konnte. Ich war zwar neugierig, was es damit auf sich hatte, aber mein oberstes Augenmerk galt der Lanze. Deren nunmehr ungelenkte Magie füllte die Höhle aus, überzog die Kristalle mit einer zarten Eisschicht und verdichtete die Luft zu einem milchigen Nebel. Die Wirklichkeit wurde hier durch die Gegenwart des Knotens verzerrt, und mit genug Zeit würde der beharrliche Druck von so viel Tod sie vermutlich vollends aushöhlen.

Ich holte tief Luft und konzentrierte meinen Willen darauf, zwei verschiedene Zauber zu formen. Der erste war für mich als Schutz gegen das, was mir bevorstand. Der zweite sollte die Folgen von dem Tunnel ablenken, in dem Tatyana und Lucien lagen. Ich konnte immer noch den Funken meiner Hexenkunst in ihr fühlen, der vergeblich versuchte, ihre Wunden zu heilen. Sobald ich tot wäre, war es nur noch eine Frage der Zeit, bis auch er erlöschen würde.

Ich legte den Kopf erst in die eine, dann in die andere Richtung schief, begleitet von einer beängstigenden Menge knirschender Laute in meinem Hals, dann setzte ich mich humpelnd in Bewegung.

Es war, als beträte ich einen Schneesturm, und als ich den Ring der Gebeine passierte, der bis vor Kurzem ein Geheimzirkel von Zauberern gewesen war, spürte ich ein Kratzen an meinem Arm. Dann noch eines. Die Geister bestürmten mich in immer größerer Zahl. Ihre verzerrten Fratzen wurden mit jedem Schritt deutlicher, und ich beobachtete, wie einer vorschnellte und sich mit hohlen Zähnen in meinem Arm verbiss. Mein Blut schimmerte wie Gold, als er den Kopf schüttelte und seine Hauer tiefer in mein Fleisch bohrte. Ich schlug nach ihm, aber meine Hand fuhr durch ihn hindurch. Weitere Seelen drängten heran, zogen die Lippen zurück und entblößten Reihen durchscheinender Zähne.

Wie schon zuvor hatten sie es nicht auf mein Blut an sich abgesehen, sondern auf das Leben darin. Die Hexenkunst, mit der ich mich eigentlich abschirmen wollte, wirkte wie ein Leuchtfeuer auf sie. Allerdings handelte es sich nicht um die hirnlose Horde, der ich zuvor begegnet war. Weitere verbissen sich in mir, knabberten wild an meinen Waden und meinem Hals, pressten ihre Münder mit jedem Fünkchen Leben, das sie mir aussaugten, fester an mich. Ich schluckte den Drang hinunter, auf sie einzudreschen, und konzentrierte mich stattdessen darauf, die Füße zu heben. Ein Schritt nach dem anderen.

Mein Körper war in der Wirklichkeit verankert wie der physische Teil der Lanze. Ich konnte spüren, wie die Geister das Leben aus mir saugten, aber die Schmerzen ihrer Angriffe waren eigentlich ein unfreiwilliger Segen. Schmerz war mir vertraut und er schürte meine Wut. Wut wiederum schürte meine Kraft. Schwärme milchiger Schemen bedrängten mich, bissen und krallten so geballt an mir, dass kein Fleckchen Haut, das breiter als meine Hände war, unversehrt blieb. Mein Leben und mein Blut flossen in roten und goldenen Bändern um mich herum ab.

Meine ausgestreckten Hände berührten etwas Festes. *Die Lanze.* Ein Dutzend Seelen stürzte sich auf meinen anderen Arm, während ich darum kämpfte, die Hände um die Lanze zu legen. Die Geister verwüsteten den Arm bis zum Knochen, aber mein Zorn hatte das Feuer in mir entfacht, und ich brüllte trotzig, als sie Brocken aus mir rissen. Schließlich bekam ich beide Hände um den Schaft, und mein Gebrüll verwandelte sich in einen Schrei, als die schreckliche, verheerende Magie der Lanze mich durchzuckte.

*

Der Lichtring, der die Grenze zwischen Leben und Tod kennzeichnete, schrumpfte auf einen stecknadelkopfgroßen Funken, als ich durch das Portal und in eine Dunkelheit fiel, die nur von den schimmernden Schemen von Menschen und Tieren durchbrochen wurde, die zu Tausenden um mich herumwirbelten. Irgendwie wusste ich, dass es sich um die Geister all derer handelte, die ich in meinem Leben getötet hatte.

Einige der menschlichen Geister lachten, andere weinten, während wieder andere schrien und meinen Namen verfluchten. All dem schenkte ich keine Beachtung. Die Tiere erwiesen sich als klüger und beobachteten nur mit großen, dunklen Augen, wie sich der Kreis des Lebens schloss, dann verblassten sie und fielen außer Sicht. Während ich stürzte, spürte ich die Kälte nicht mehr, denn mittlerweile war sie ein Teil von mir.

Mein Körper zerbarst wie Glas, als ich auf der kahlen Ebene aufschlug, die mich unten erwartete.

Ich fühlte keinen Schmerz, auch nicht, als sich die Teile wieder zusammenfügten. Ich verspürte nur Enttäuschung, denn ich steckte immer noch im Körper eines Menschen, wenngleich zumindest nicht mehr in dem eines entstellten Buckligen, in dem ich gestorben war. Die Geister, die mich gejagt hatten, trieben davon, und ich blieb letztlich allein zurück.

Eine trostlose Ebene erstreckte sich rings um mich, in jeder Richtung ohne erkennbare Merkmale und flach, sichtbar nur durch den fahlen, wässrigen Widerschein des Portals weit über mir, das funkelte wie ein einsamer Stern.

Ich wartete, vielleicht nur einen Augenblick, vielleicht viele Jahre. Als aber nichts geschah, setzte ich mich in Bewegung. Ich konnte meinen Körper kaum spüren, während ich ging, und da sich die Gegend um mich herum nicht veränderte, konnte ich nicht abschätzen, wie weit oder wie lange ich bereits marschiert war. Vielleicht bloße Augenblicke, vielleicht Jahre.

Unterwegs versuchte ich, zu singen, einfach nur, um irgendetwas zu hören. Aber wenngleich ich fühlen konnte, wie die Worte über meine Lippen kamen, verpufften die Laute auf dem Weg von meinem Mund zu den Ohren.

Irgendwann wurde ich eines anderen Lichts gewahr, eines schwachen Schimmers irgendwo vor mir, konnte mich jedoch nicht erinnern, wann ich es zum ersten Mal gesehen hatte. Ich marschierte weiter und vermochte nicht zu sagen, ob ich mich ihm näherte oder ob es seinerseits auf mich zukam.

Schließlich gelangte ich zu einer Stelle, wo der Boden von Horizont zu Horizont wie von einem unmöglich großen Messer abgeschnitten lotrecht abfiel. Es verblieb nur ein Steg, kaum so breit wie meine Schultern, der sich über die undurchdringliche Schwärze unten spannte.

Der Schimmer kam vom anderen Ende dieser schmalen Brücke; ein goldener Schein, der das Versprechen von etwas Besserem barg. Ich brach über die Brücke auf, streckte jedoch meine aufgerissenen Arme vorher zu den Seiten aus, um das Gleichgewicht zu halten. Hinter mir zerfiel die Brücke zu Staub, kaum dass ich sie passiert hatte, dennoch fühlte ich mich nicht im Geringsten in Gefahr.

Als ich die Mitte erreichte, konnte ich erkennen, was vor mir lag. Während die Ebene hinter mir trostlos gewesen war, fiel das Land vor mir zu einer Reihe von sonnenhellen Tälern und Schluchten hin ab, alle erfüllt von Flüssen und Bäumen. Sogar dort, wo ich stand, spürte ich die einladende Wärme, die davon ausging, und ich konnte fühlen, wie das Eis von meiner Haut schmolz, während sich ein Lächeln in mein Gesicht stahl.

Mit neuer Kraft setzte ich mich wieder in Bewegung, hatte jedoch noch kaum vier Schritte zurückgelegt, als mir ein kalter Wind in den Rücken fuhr. Ich drehte mich um und wäre um ein Haar von der Brücke gestürzt, als sich die Dunkelheit zu einem riesigen, schrecklichen Schemen verdichtete, der mit dem Geräusch von Eisenketten, die über Knochen rasselten, über mir schwebte. Ledrige Schwingen, breiter als die Segel von zehn Schiffen, schlugen mit einem dumpfen Wummern, und ihr Wind drohte, mich in die gierige Finsternis unter mir zu wehen.

»Wer bist du?«, fragte ich. Meine Stimme war kaum ein Flüstern. »Was willst du?«

Der dunkle Schemen streckte einen Arm aus und packte mich. Unwillkürlich schrie ich ob der entsetzlichen Schmerzen auf, die mich bei der Berührung durchzuckten. Ich kämpfte gegen die Gestalt an und spürte, wie Teile von meinen Händen abfielen, aber ihr Griff lockerte sich. Ich konnte das Versprechen der Leuchtenden Lande auf meiner Haut fühlen, als ich mich schließlich befreite und von der Erscheinung forttaumelte, meine gesprungenen, abgebrochenen Krallen in den felsigen Steg schlug und mich auf die Wärme und das Licht zuschleppte. Ich war so nah.

»Du hast es versprochen, Stratus.«

Meine Stärke und Wut verpufften beim Klang ihrer Stimme. Ich drehte mich um und starrte in die Dunkelheit, die sich um sie kräuselte.

»Anakhara?«

Ich spürte, wie ein Schauder durch den riesigen Schatten ging. Gleich darauf öffneten sich zwei große, feurige Augen und tünchten mich in ein kaltes Licht.

»Komm zurück, Stratus.«

»O Liebste«, sagte ich elend, weil ich nichts anderes tun konnte, als zu ihrem sich kräuselnden Schemen emporzustarren. Die Wärme der Leuchtenden Lande lockte mich, aber das Versprechen, das sie bargen, war hohl, denn *sie* hielt sich nicht dort auf.

»Ich habe versagt. Meine Kraft ist verbraucht, mein Körper ist gebrochen.«

»Hoffnung überdauert, wenn Hass es nicht mehr kann.«

Sie kam näher. Ich konnte ihre Form kaum inmitten der sie umhüllenden Schatten ausmachen. Wieder legten sich ihre Hände auf mich, und ich konnte den Schmerzensschrei nicht verhindern, der sich meiner entrang. »Du bist meine Hoffnung. Meine letzte.«

Knochen knackten und Eisen klirrte, als sie ihre zerfetzten Flügel ausbreitete und damit schlug. Ich sah, wie die Brücke und das Licht der Leuchtenden Lande unter mir verschwanden.

Ich wollte Anakhara festhalten, sie um Vergebung bitten, weiter ihrer Stimme lauschen, doch der Schmerz ihrer Berührung brannte durch mich hindurch wie Säure, schnürte mir die Kehle zu und vertrieb sämtliche Gedanken aus meinem Kopf. Mit jedem Schlag ihrer Flügel wurde der funkelnde Stern des Portals heller, und die Schmerzen steigerten sich. Als wir uns dem Durchgang näherten, erkannte ich, dass die Wolke, die ihn umgab, aus einem wilden Gedränge gequälter Seelen bestand. In ihrem verzweifelten Bestreben, in die Welt der Lebenden zurückzukehren, wirbelten sie wie ein Tornado umeinander. Als sich ihnen meine Liebste näherte, kreischten sie erschrocken und nahmen Reißaus.

»Bring mich nach Hause, Großherz«, sprach sie und warf mich durch das Portal.

*

Jäh schlug ich die Augen auf. Die Schmerzen und die Kälte verdoppelten sich, als Leben zurück in meinen sterbenden Körper strömte und meine Herzen plötzlich Blut durch Adern pumpten, die bereits begonnen hatten, zusammenzufallen, als sie sich leerten. Vielleicht schrie ich auch, nur hatte ich das in letzter Zeit so oft getan, dass es mir nicht mehr auffiel.

Meine Hände umklammerten immer noch die Lanze. Sie

schienen damit verschmolzen zu sein. Mein Körper glich einem Wrack aus zerfetzter Haut und freiliegenden Knochen, mein Blut gefror um mich, als wäre es aus einem scharlachroten See aufgestiegen. Die Seelen, die mir das Leben entrissen hatten wie Piranhas, kehrten mit neuem Hunger zurück, als sie mein Wiedererwachen spürten. Ich sah ihre schimmernden Zähne und gierigen menschlichen Augen und spürte, wie Hass und Wut in mir aufflammten.

»Fahrt zur Hel«, presste ich knurrend hervor und schluckte den Schmerz nicht hinunter, sondern begrüßte ihn stattdessen. Ich winkelte die Beine an und sammelte meine Kraft. Sie brandeten auf mich zu und kreischten mir ihren unendlichen Hunger entgegen, als ich die Beine streckte. Meine Muskeln spannten sich an, während ich den Griff um die Lanze verstärkte. Sie verlagerte sich in meinen Händen. Die Bewegung jagte eine Schockwelle durch die Höhle und wirbelte die Flutwelle der gefräßigen Geister durcheinander. Ich rüttelte den Schaft hin und her, setzte dabei alle Kraft ein, die ich aufzubringen vermochte. Die Lanze mochte ein mächtiges Artefakt sein, aber ihre physische Gegenwart hier stellte eine echte Schwachstelle dar. Die an sie gebundenen Zauber konnte ich vielleicht nicht brechen, aber bei den Sternen, ich konnte sie selbst zerbrechen.

Ströme roher Magie schossen durch die Luft, als ich die Lanze lockerte. Ich konnte spüren, wie sie in mich fuhren, doch ich achtete einfach nicht mehr darauf – alles, was ich wollte, war, die Lanze zu zerstören.

Ich zog sie zur Seite. Meine immer noch gefrorenen Muskeln rissen vor Anstrengung ein, aber nach und nach bog sie sich mit einem metallischen Knarren. Die Runen, die sich dem Knick im Metall am nächsten befanden, berührten einander und der Kreislauf der Macht wurde unterbrochen. Funken sprühten quer durch die Höhle, jeder so stark, dass er den Fels schmolz, auf dem er landete. Der Fluss der Magie geriet ins Stocken, und das schwächte die nächste Rune.

Mit Gebrüll riss ich die Lanze aus dem Boden und ließ sie auf mein Knie niedersausen, quetschte mehr Runen gegeneinander, als sich das Metall weiter bog. Ein anschwellender Schauder vibrierte durch die Lanze, als weißglühende Magie von Rune zu Rune sprang, beinah blendend grell. Dass es mir eine weitere Schicht Blasen am aufgerissenen Chaos meiner Hände bescherte, kümmerte mich nicht. Die Berührung des Todes haftete immer noch schwer an mir, und ich konnte das fahle Rund sehen, das den Übergang ins Jenseits darstellte. Ich kratzte die letzten Reste meiner Kraft zusammen und schleuderte die Lanze hindurch.

KAPITEL ACHTUNDVIERZIG

Davor

Die Männer, die meine Anakhara erschlagen hatten, waren in ihrem Jubel unachtsam. Es hatte viele lange Tage gedauert, bis mein Verstand zu mir zurückgekehrt war. Tage, in denen ich mich nur in dem von ihrem Blut getränkten Schlamm gewälzt und den Sternen meinen Schmerz gesungen hatte. Aber letztlich hatte sich der Kummer in eine kalte Wut gewandelt, und ich hatte mich wieder in die Lüfte erhoben, um der breiten Spur zu folgen, die Anakharas Mörder hinterlassen hatten.

Ich fand sie in der Savanne unter dem Licht des Neumonds. Nachdem ich hoch in den nächtlichen Himmel aufgestiegen war, brüllte ich meine Herausforderung so laut, dass sogar Herden in entfernten Gebieten Reißaus nahmen. Viele der Männer stürzte der Laut in den Wahnsinn, doch das würde sie nicht vor mir retten. Nichts würde *irgendeinen* von ihnen mehr retten.

Ich fegte über ihr Lager hinweg, zog eine breite Feuerschneise, um sie in Verwirrung zu versetzen, dann stürzte ich mich mit Zähnen und Klauen auf sie. Ich hätte sie auch alle verbrennen können, doch ich wollte ihren Tod fühlen.

Es dauerte mehrere Tage, sie alle aufzuspüren. Keiner konnte sich vor mir verstecken, aber auch, als ich rot von ihrem Lebensblut war, hatte meine Wut nicht annähernd nachgelassen.

Am schwersten fiel es mir, einige der Paladine entkommen zu lassen, vor allem ihren Anführer, die Made namens Henkman. Er hatte den Kreuzzug zur Jagd auf meine Anakhara zusammengestellt, und sein Tod hätte langsam und qualvoll erfolgen sollen. Stattdessen ertappte ich mich dabei, sein Lager zu umkreisen und ihn beim Essen und Trinken zu beobachten. Ich tröstete mich mit dem Wissen, dass seine Vernichtung nur aufgeschoben war und der letzte Anblick in seinem Leben daraus bestehen würde, wie ihn letztlich ein äußerst grausames Ende ereilte.

Die Paladine waren vor der Auslöschung ihrer Armee zu den großen Bergen im Norden und Osten geflohen. Unterwegs mussten sie ihren Rössern kaum die Sporen geben, denn die Tiere konnten mich im Wind wittern. Ich genoss das Grauen, das ich in ihnen auslöste, umso mehr, wenn ein Pferd darob den Reiter abwarf und von einem Gebirgspass in den Tod stürzen ließ. Ich flog von Gipfel zu Gipfel, beobachtete sie, und als es nur noch einen Weg gab, den sie einschlagen konnten, flog ich voraus. Dort stieß ich auf ein breites, üppiges Tal, aus dessen Herz sich eine Burg erhob, wie ich sie noch nie zuvor gesehen hatte. Die Mauern waren hoch, aber schmal, die Türme zu dünn, um mehr als eine Handvoll unterernährter Bogenschützen zu beherbergen.

Das also war der Hort des Erzmagiers Talgoth, der so entscheidend daran mitgewirkt hatte, meiner Liebsten das Leben zu rauben. Ich hatte gehofft, dass sie zu ihm fliehen würden, und das hatten sie getan. Schon bald würden sie alle den Preis für ihr gemeinsames Tun bezahlen. Ich wartete, bis die Paladine die Burg betraten, dann machte ich mich an die Arbeit.

Das Tal lag abgeschieden, war geschützt durch widriges Wetter, Talgoths Magie und die zerklüfteten Berge, die es umgaben. Dennoch war es nicht sicher vor mir und meinem Feuer. In den dunkelsten Stunden der Nacht fiel ich über die erste Ortschaft her, die ich entdeckte, und machte sie dem Erdboden gleich. Ich brannte alles restlos nieder. Die unter dem Schutz des Zauberers verweichlichten und verwöhnten Bewohner vermochten kaum, ein Dutzend Krieger aufzustellen. Sie starben als Erste, verbrannt zu einer durchgehenden Masse aus Eisen und Knochen. Die anderen erschlug ich mit meinem Schwanz oder fetzte sie mit Zähnen und Klauen in Stücke.

Zwei Tage lang zog ich mich in die Berge zurück, füllte mein Feuer auf und ließ die wenigen Überlebenden die Kunde des Schreckens verbreiten. Dann schlug ich wieder zu. Es dauerte nicht lange, bis Scharen von verängstigten Flüchtlingen über die Felder zur Burg strömten.

Als das Gebiet schwarz und leer wie mein Herz war, kündigte ich mich dem Zauberer an, indem ich mich auf die nächstgelegene Felsspitze hockte und das Tal mit meinem Gebrüll erfüllte. Seine Antwort bestand darin, zwanzig Männer auf riesigen Adlern zu entsenden, um mich anzugreifen. In der Luft erwiesen sie sich als schnell und wendig, aber die Federn der Riesenadler brannten so gut wie die gewöhnlicher Vögel. Es dauerte keinen halben Vormittag, sie alle trudelnd in den Tod stürzen zu lassen.

Ich brannte alle Spuren von Leben von den östlichen Schutzwällen der Burg, dann begann ich, mich in ihr Herz vorzukämpfen. Pfeile prasselten auf mich ein, und Dutzende Zauberer erfüllten die Luft mit ihren grausamsten Beschwörungen. Doch meine Haut glich Eisen, und meine Hexenkunst war gefeit gegen alles, was ihre erbärmliche Beherrschung der Magie aufzubieten vermochte. Im Nachhinein wurde mir klar, dass ich mich hätte zurückziehen sollen, um meine Kraft zu sammeln. Dass ich später hätte zurückkehren sollen, wenn sie am wenigsten damit rechneten. Aber meine Wut und mein Durst nach Rache waren überwältigend, und ich war überzeugt von der eigenen Stärke – ein Fehler, der mich teuer zu stehen kommen sollte.

Mehrere Dutzend weiterer Schergen des Erzmagiers starben, als ich auf den Hof in der Mitte pflügte. Es war das letzte Schlachtfeld, bevor ich in Talgoths Allerheiligstes eindringen und ihn zerstampfen würde wie eine Made, und ich rechnete damit, von Panik und einer Flut magischer Sturmangriffe begrüßt zu werden.

Stattdessen sah ich mich einem vollen Regiment von Paladinen in schimmernden Rüstungen gegenüber, aufgestellt in geordneten Reihen. Ihre Waffen und Rüstungen leuchteten unter den Bannen von mächtigen Runen und Zaubern. Natürlich handelte es sich um eine Falle, aber hinter den leuchtenden Rängen von Drogahs Lieblingskriegern standen die Männer, deren Weiterleben eine Beleidigung für das Leben und das Gedächtnis meiner geliebten Anakhara darstellte: Erzmagier Tiberius Talgoth und Aethbert Henkman.

Es war das rechteckige Zeichen des Erzmagiers, das man in die von den Zinnen wehenden Flaggen gestickt und in jede Klinge und jede Pfeilspitze geprägt hatte, mit denen mein Fleisch schon in Berührung gekommen war: zwei Schlangen über einem achteckigen Stern, eine Form seines geheimen Namens, dargestellt in der Schrift der Magier.

»Wyrm! Bestie! Ich, Aethbert Henkman, befehle dir im Namen des allerheiligsten Drogah, dich zu ergeben!«

Seine Rüstung war gereinigt worden. Sie funkelte so strahlend wie nur irgendwelcher Goldschmuck, den ich je gesehen hatte. Aber es bedurfte keiner großen Anstrengung, die Macht der Schutzbanne zu spüren, die sich lauernd unter dem Pomp verbargen. Er streckte eine Hand aus. Eine kleinere, etwas weniger prunkvolle Gestalt reichte ihm ein Schwert.

»Sieh *Sep Duain*, den Drachentöter! Ergib dich, oder die Klinge wird auch dir an diesem Tag den Garaus machen.«

Auf mich hatten schon früher Menschen merkwürdige Schwerter gerichtet – Menschen, die kurz danach durch meine Zähne und Klauen gestorben waren. Daher bezweifelte ich, dass die Waffe diesem Pfau helfen würde, so hübsch sie auch glitzern und funkeln mochte.

»Gebt mir ihren Leichnam und diesen Zauberer, dann endet meine Rache«, log ich. Der Regung der Männer auf dem Hof nach zu schließen, hatten sie nicht mit einer Antwort gerechnet.

»Der Erzmagier steht unter dem Schutz der Kirche.« Henkman zeigte mit seinem edlen Schwert auf mich. »Du hingegen bist zu einer Ausgeburt der Hel erklärt worden, und dein Tod wird diese Gefilde reinigen. Denn steht nicht geschrieben, dass …«

Ich hatte mir nicht den Weg quer über den Kontinent gebrannt, um mir anzuhören, wie er eine Predigt zur Selbstbeweihräucherung hielt. Kaum hatte er sein Schwert auf mich gerichtet gehabt, hatte ich angefangen, meine Hexenkunst umzuformen. Bestimmt waren ihre Rüstungen gegen Feuer und Stoßschäden gefeit – aber Blitze lieben Metall so, wie Drachen Fleisch lieben.

Ich erweckte meine Hexenkunst und streckte mich nach den Liedlinien, um mehr Macht zur Fertigstellung des tödlichen Gebildes zu sammeln. Aber mein Wille stieß auf eine unsichtbare Kraft und zerbarst wie ein auf eine Felswand abgefeuerter Pfeil.

Die Paladine standen regungslos da, während ich hoch zum Himmel über mir glotzte wie ein Schwachsinniger. Etwas Derartiges war mir noch nie zuvor passiert. Schlimmer noch, derselbe Zauber presste sich plötzlich gegen mich und erstickte meine Hexenkunst völlig. Das war unmöglich.

»Im Namen des höchsten Gottes, erschlagt die Bestie!« Henkmans Stimme riss mich jäh aus meiner Verwirrung.

Die Paladine klappten ihre Visiere runter und marschierten auf mich los, die Waffen einsatzbereit gezückt. Ich würgte einen ordentlichen Mundvoll Feuergalle hoch und besprühte sie großzügig damit. Doch von den etwa zwanzig, die ich erwischte, fällte ich damit kaum eine Handvoll, indem die Explosion ihre Augen versengte und die verheerend heiße Luft ihre Lungen kochte, als sie einatmeten. Die Banne und die öligen Versiegelungen an den Rüstungen der anderen schützten sie in hinreichendem Maße, und ich wich zurück, als sie durch die Feuersbrunst stapften.

Nun stieß ich unverhofft auf dieselbe Barriere wie zuvor. Ich wirbelte herum und sah auf den ersten Blick nichts. Dann jedoch spürte ich das Summen der Schildkuppel, die Talgoth hinter mir herabgelassen hatte, während ich von jenem verfluchten Paladin abgelenkt worden war. Es bedurfte keiner großen Vorstellungskraft, um zu erahnen, dass es sich um eine Erweiterung dessen handelte, was zuvor meine Hexenkunst vereitelt hatte. Es würde keine Flucht durch die Luft geben, bis dieser Zauberer tot war.

Die Paladine zu töten, blieb mir als einzige Möglichkeit. Da es sich um die Besten unter ihnen handelte, durfte ich mir keine Wagnisse oder Halbherzigkeiten leisten.

Ich sammelte alle Galle, die ich aufzubringen vermochte, und statt zu versuchen, eine ganze Schneise von ihnen zu töten, nahm ich gerade genug ins Visier, dass mir noch Platz zum Manövrieren blieb. Ich spie einen steten Strom aus, wodurch ich besser zielen konnte. Ihre Visiere waren vor ihrem Angriff offen gewesen, also würden deren Angeln Schwachstellen darstellen. Ich besprühte sie auf Kopfhöhe, verließ mich darauf, dass sowohl der Druck als auch die Menge genug von dem schützenden, über sie verschmierten Öl verdrängen würden. Das Resultat war besser als erwartet. Die Galle spritzte durch die Atemschlitze und sickerte zwischen die mit Bannen geschützten Platten, bevor sie sich entzündete, und, wie ich gehofft hatte, waren die feuerhemmenden Zauber alle unter der Annahme gewirkt worden, dass sie dem Feuer nur mit der Außenseite der Rüstungen begegnen würden.

Das gute Dutzend, das ich ins Visier genommen hatte, fiel zu Boden oder brach taumelnd aus der Formation. Schreiend und hilflos krallten die Männer an den Versiegelungen ihrer Rüstungen. Kurz danach gingen die Flammen aus, gelöscht von einem von Talgoths Handlangern, aber der Schaden war bereits angerichtet, und ich hatte den Freiraum, den ich brauchte. Und keinen Augenblick zu früh: Noch während ich die Krallen ausfuhr, erreichte mich der Rest der Paladine.

Es folgte ein angesichts der beengten Verhältnisse erbittertes, ungemein blutiges Gefecht. Die Paladine umdrängten mich und riefen allesamt ihren Gott und ihre Väter an, während sie Fleischbrocken aus meinem Leib hackten. Ihre Rüstungen entpuppten sich als widerstandsfähiger, als ich erwartet hatte. Ich war gezwungen, jede einzeln aufzubrechen, was ihren Kameraden Zeit verschaffte, weiter an mir rumzusägen und auf mich einzustechen.

Als ich alle Recken bis auf zwei erschlagen hatte, glich ich einem zerfetzten, blutüberströmten Wrack, und allein meine angeborene Sturheit hielt mich davon ab, dem Schmerz und dem Blutverlust aus so vielen Wunden zu erliegen. Anakhara musste ähnlich wie ich gelitten haben. Doch statt meine Wut zu schüren, löste der Gedanke eine tiefe Traurigkeit in mir aus, die ich mit reiner Willensanstrengung verdrängen musste.

Talgoth und seine Horde von Magiern konzentrierten ihre Magie immer noch darauf, das Kraftfeld aufrechtzuerhalten, das meine Flucht durch die Luft verhinderte. Ich hegte aber keine Zweifel, dass sie noch andere garstige Überraschungen für mich auf Lager hatten. Ich steckte in Schwierigkeiten und begann allmählich zu erkennen, wie tief die waren.

Die zwei letzten Recken umkreisten mich mittlerweile und näherten sich mir wie Jagdhunde, die einen Bären ködern. Ihre Waffen waren grausam, aber sie wussten, dass auch ich immer noch einen tödlichen Gegner verkörperte. In dem Augenblick spürte ich, wie Talgoths magischer Wall aus dem Gleichgewicht geriet, weil einer seiner mit Roben bekleideten Schergen zusammenbrach. Der Zusammenhalt des Schilds wankte.

Ich schaute zu der Stelle hinüber, wo ich die Unsicherheit gespürt hatte, und sah, dass ein Teil des Walls in sich zusammengefallen war. Eine schmale Lücke hinaus zu den Zinnen und zu der Zuflucht, die der Himmel dahinter für mich verhieß, hatte sich eröffnet. Zu gern hätte ich die Gelegenheit ergriffen, nur war die Lücke zu klein für meinen Körper.

Noch während mir der Gedanke durch den Kopf ging, fügte mir Henkman mit *Sep Duain* einen bösen Schnitt am Bein zu. Ich spürte mehr, wie mein Fleisch aufklaffte, als dass ich es sah. Doch ich wusste, mir würde nicht genug Zeit bleiben, zu heilen, selbst wenn der nächste Streich nicht den Knochen oder die daran verlaufende Arterie durchtrennte. Weit vorher würde ich durch den Blutverlust die Besinnung verlieren. Ich musste jetzt fliehen!

Also hob ich zwei Leichen auf und schleuderte sie den Recken entgegen, zwang sie zum Rückzug. Dann stürmte ich auf die Lücke zu, heulte angesichts der lodernden Qualen auf, die durch mein aufgeschlitztes Bein flammten. Verzweifelt griff ich nach meiner Hexenkunst, warf jedes Quäntchen meiner verbliebenen Kraft in die Waagschale, ohne mich darum zu scheren, dass mir danach nichts mehr verbliebe. Schlug dieser Versuch fehl, war mein Schicksal ohnehin besiegelt. Ich spürte, wie die Magie bereitwillig und kraftvoll reagierte. Dafür war ich in dem Moment zu dankbar, als dass ich argwöhnisch geworden wäre.

Ich hüllte mich in Ranken magischer Energie und formte sie zu der Absicht, meinen Körper zu verkleinern. Der Schmerz der Wunden vereinte sich mit dem Schmerz der Schrumpfung meines Leibes. Doch ich hielt mir vor Augen, dass es ja nur vorübergehend wäre, gerade lang genug, um die Zinnen und den Himmel dahinter zu erreichen.

Die Täuschung verpuffte in dem Moment, da ich den Käfig betrat. Doch ich war zu sehr auf meine Flucht bedacht, um das zu realisieren, bis mein Gesicht gegen die Gitterstäbe auf der anderen Seite knallte. Das Geräusch des Aufpralls verschmolz beinah mit dem des Gatters, das hinter mir zugeworfen wurde.

»Jetzt gehörst du mir, kleine Echse«, hörte ich Talgoth sagen, als die in den Käfig eingebetteten Runen zum Leben erwachten und mich lähmten, während sein Gelächter durch die Luft hallte.

KAPITEL NEUNUNDVIERZIG

Die Erinnerung löste sich in bedeutungslose Scherben auf, als ich spürte, wie mich jemand vom Boden hob. Mit der Rückkehr meines Bewusstseins und der Erkenntnis, dass ich noch lebte, setzten auch die Schmerzen meiner unzähligen Wunden ein. Doch ich hatte kaum mehr die Kraft, auch nur zu stöhnen.

Ich zwang mich, die Augen zu öffnen, und sah, was mich hochgehoben hatte. Verwirrung und Verblüffung ließen mein Stöhnen verstummen. Es handelte sich um eine Art hölzernen Mann, anderthalbmal so groß wie ich und grob aus einem dicken Baumstamm gehauen. Die Rinde hatte man entfernt. Geblieben war honigfarbenes Holz, verziert mit Hunderten feinen Schnitzereien, von Alter und vom langen Einwirken der rohen Magie des Nexus zu einem feinen Glanz poliert. Als er sich bewegte, sah ich die aus dem Rücken ragenden Speere und Schwerter.

»Du bist der Hüter«, presste ich rasselnd hervor.

Ein Kopf, der nur aus zwei geschliffenen Kristallen als Augen und einer Axtkerbe als Mund bestand, neigte sich mir zu.

»Uuer pist dû?«, sagte er. Die Stimme klang trotz all seiner Masse seltsam hoch und keuchend. Der Klang der alten menschlichen Sprache hörte sich nach all den Jahren eigenartig an, dennoch verstand ich sie mühelos. *Wer bist du?*

Ich dachte sorgfältig über die Frage nach, bevor ich antwortete, und entschied mich für die Wahrheit. »Ih bim der trahho Stratus Himil-Fiur.« *Ich bin der Drache Stratus Himmelsfeuer.*

Damit schien er zufrieden zu sein, denn er legte mich auf

den Boden neben dem schwelenden Loch, das die Lanze hinterlassen hatte. Der Kristall, der die Öffnung umgab, sah rissig und stumpf aus, ähnelte darin den Augen des Hüters.

»Was willst du von mir?«, fragte ich. Dabei brauchte ich eine lange Zeit, um mich an die Worte in seiner Sprache zu erinnern, und noch länger, um gegen die Anflüge von Schwindel und Schmerz anzukämpfen, die drohten, mich zurück in einen traumlosen und möglicherweise ewigen Schlaf zu ziehen.

»Sing«, verlangte er.

»Singen?« Er starrte mich mit seinen stumpfen Augen an, hatte aber eindeutig nicht die Absicht, sich zu wiederholen. »Ich kann nicht«, erklärte ich ihm und blickte auf die klaffende Wunde an meiner Flanke hinab. »Meine Hexenkunst ist verbraucht, und ich glaube, wenn ich die Hand wegbewege, ergießt sich der Rest meiner Eingeweide aus mir.«

Holz knarrte, als er einen Schritt vortrat und die groben, stumpfen Hände an meinen Kopf presste. Ich spürte, wie ein Impuls sanfter, grüner Magie über mich hinwegspülte.

»Sing«, verlangte der Hüter erneut, dann sank er langsam zur Seite wie eine Marionette, deren Fäden jemand durchgeschnitten hat.

Ich schloss die Augen und konzentrierte mich auf den Funken Macht, den der Hölzerne mir geschenkt hatte. Es handelte sich um die Neige seiner eigenen Macht, so uralt und sanft wie der Ort, den er schon gehütet hatte, bevor die ersten Menschen von den Bäumen heruntergestiegen waren. Die Magie erinnerte mich an sommerliche Steppen, an zertrampeltes Gras und an die Rufe jagender Flussadler. Ich atmete tief ein und roch Blumen und Honig statt Verwesung und Blut. Darauf konzentrierte ich mich, und inmitten des Summens von Bienen und des Gezwitschers von Vögeln, die damit einhergingen, erkannte ich ein Muster.

Zuerst summte ich es mit, bis ich die Tonlage seiner Magie fand, dann legte ich nach und nach mehr Atem hinein. Schmerz flammte in meinen angeknacksten und gebrochenen Rippen auf, aber ich ließ die geballte Aufmerksamkeit auf die Vorstellung von Adlern gerichtet, die über sattgrünes Weideland kreisen, dachte an Möwen, die über zerklüfteten Klippen schweben, und irgendwann in jenen Augenblicken hörte ich das Echo von etwas, das erwachte.

Ich konzentrierte mich auf diese Empfindung, und langsam rückte die gepeinigte Masse meines Leibs in den Hintergrund meiner Gedanken. Dann nahm ich den Kopf zurück und erhob die Stimme. Ich legte all meinen Atem in das Unterfangen, den Kristall an das Lied zu erinnern, das noch irgendwo tief in ihm widerhallte.

Ich spürte, wie die Klänge durch den Kristall und durch die endlosen, in die Erde um mich herum eingebetteten Verbindungen gingen. Dann kehrte das Echo zurück, stärker als zuvor. Ich sang weiter, während die Echos meiner Stimme hinterherhetzten, und mit jedem Durchlauf verringerte sich der Abstand, und der Geruch von Sommer und das Säuseln des Winds über Adlerfedern wurden deutlicher.

Und dann erfasste das Echo meine Stimme und wurde eins damit. Als ich die Augen aufschlug, schoss der erste Schimmer goldenen Lichts durch die Höhle.

Ein weiterer folgte, und wie die aufgehende Sonne erwachte der Nexus unter mir, füllte die Höhle mit bernsteingelbem Licht, als sich die Verbindungen der Liedlinien wieder zusammenfügten. Ich fühlte, wie sich die Kraft steigerte und gegen die verbliebenen, von Navars fauliger Magie errichteten Barrieren presste. Mir war, als stünde ich in einem riesigen Becken, das darauf wartete, dass es wieder vom Meer gefüllt wurde. Ich breitete die Arme aus, als die letzten Barrieren brachen und reine, unverfälschte Macht die Höhle mit dem Tosen von tausend Wasserfällen flutete.

Ich öffnete mich vorbehaltlos dieser Macht und spürte, wie sie reagierte, als ich meinen wahren Namen sang. Es lag eine Verzerrung in der Antwort, eine Störung, die jene zerbrochenen, an mich gebundenen Zauber verursachten, aber ich konnte fühlen, wie sich der Nexus von selbst in Ordnung brachte, um den Makel auszubügeln, während die Liedlinien den Dreck der dunklen Magie aus dem Knoten spülten.

Die Macht schwoll um mich herum an, dann fuhr sie *durch mich hindurch*. Es fühlte sich an, als würde eine Kette durch meinen gesamten Körper gezogen, die unterwegs an den Knochen rieb und über sie schabte und mein Fleisch zerriss, als die alten Zauber zerbrochen wurden.

Ich schrie, aber was ich so unbedacht begonnen hatte, ließ sich nicht aufhalten. Die Liedlinien kümmerte mein Schmerz nicht, sie wollten nur den Missklang in mir entfernen. Die Macht des Knotens fetzte das verunreinigte Gewebe von mir, bis ich als wundes, bebendes Wesen zurückblieb. Und dann begann sie, mein Fleisch in das zu formen, was mein Name vorgab.

*

Als meine Sinne zu mir zurückkehrten, hatte die Nacht Einzug gehalten, obwohl es sich durch das sanfte Licht in der Höhle anfühlte, als wäre es stattdessen das Morgengrauen. Gähnend sah ich mich um und stolperte überrascht, als mir klarwurde, dass ich aus ungefähr der doppelten Höhe auf den Höhlenboden hinabblickte, in der mein Kopf sich zuvor befunden hatte. Ich schüttelte ihn, um den Nebel darin zu lichten, aber die Höhle drehte sich wild um mich, und ich kippte auf die Seite, als ich vollends die Orientierung verlor. Mit geschlossenen Augen lag ich da und atmete einfach nur, während ich darauf wartete, dass sich mein Gleichgewichtssinn wieder einstellte.

Dabei wurde ich des Drucks meiner Haut auf dem tauenden Boden gewahr. Ich konnte jeden Kiesel und an manchen Stellen Knochen und umgekippte Hinkelsteine unter mir fühlen.

Ich atmete tief ein, und statt des Todes und des Gestanks von süßen Gewürzen, die zuvor vorgeherrscht hatten, schmeckte ich Regen, fruchtbare Erde und zertretenes Gras. Und Menschen. Nein, nicht bloß irgendwelche Menschen: Tatyana und Lucien.

Die Unmöglichkeit ihres Überlebens befeuerte meine Neugier. Ich öffnete die Augen und versuchte, aufzustehen. Prompt landete ich mit der Schnauze im Dreck wie der Pflug eines Bauers. Mein Hals bog sich ständig durch, und ich war überzeugt davon, ich würde umfallen, doch das passierte nicht.

Ich schüttelte mir die Erde vom Gesicht und nahm eine Pose ein, in der ich das Gleichgewicht halten konnte, als ich zum ersten Mal an mir hinabblickte. Auf meine dicken Arme und Beine, auf die Knie, die endlich so waren, wie sie sein sollten, auf meine stolze, gehörnte Schnauze und auf meinen spitz zulaufenden Schwanz.

Ich war wieder ganz. Der Menschenkörper war verschwunden, und ich war neu erschaffen. Ich breitete die Flügel aus und hätte beinah gelacht, als ich sah, dass auch sie stark und unversehrt waren. Sogar meine Krallen waren zurückgekehrt, wenngleich sie sich genau wie meine neu geschaffenen Schuppen weicher anfühlten, als sie sein sollten.

Genüsslich streckte ich mich und schwelgte im Gefühl meiner mächtigen Muskeln, die sich dehnten, wie sie es seit fast einem Jahrtausend nicht mehr getan hatten. Mit jedem Atemzug entglitten mir die Erinnerungen an meinen menschlichen Körper wie ein Traum, den man im Licht des Morgens vergisst. Ich ließ sie ohne zu zögern ziehen. Dann schüttelte ich mich, stand da und lachte vor lauter Freude darüber, wieder *ich* zu sein.

So ging es eine ganze Weile, bevor ich schließlich den Kopf senkte und in den Tunnel spähte, wo sich die für mich nunmehr winzigen Gestalten von Tatyana und Lucien befanden.

Sie lag ausgestreckt dort, wo ich sie zurückgelassen hatte. Tatyanas verbrannte Hände umklammerten immer noch das Medaillon. Seinem Aussehen nach hatte es sich in dem Versuch selbst zerstört, sie vor der gewaltigen Entladung der Magien bei der Vernichtung der Lanze zu schützen. Durch die Auflösung des Medaillons war Tatyana verwundet worden, aber die Überreste ihrer Rüstung hatten sie vor dem Schlimmsten geschützt.

Bei Lucien hatte ich erwartet, dass er in einen Knochenhaufen oder Asche verwandelt worden wäre. Stattdessen lag er quer über Tatyanas Beinen, die Arme noch abwehrend über dem Gesicht gekreuzt, als wäre er gefallen, während er über ihr gestanden hatte, um sie zu beschützen. Eine lachhafte Vorstellung. So tapfer sich der kleine Sommerprinz gezeigt hatte, auch ohne die Knochenbrüche, die ihm Navar zugefügt hatte, hätte kein Sterblicher zu überstehen vermocht, was hier entfesselt worden war, jedenfalls nicht ohne Schutz.

Neugierig tastete ich nach meiner Hexenkunst und spürte, wie sie unverzüglich ansprach. Ich schloss die Augen und rief sie zu mir, und zum zweiten Mal in jener Nacht lachte ich, als ich ihre ganze Macht in mich fließen spürte. Ich war dem Namen wie dem Körper nach gänzlich wiederhergestellt, und damit waren die letzten Hemmnisse für den Fluss der Liedlinien in mir hinfortgespült worden.

Ich bündelte meinen Willen und spürte, wie sich das erderschütternde Potenzial der rohen Energie, die ich enthielt, auf meinen Befehl hin regte. Dann brachte ich es zum Einsatz und schaute zurück zu Lucien, der mir so klein und zerbrechlich vorkam. Ich zog einen Schleier über meine Sicht und sah genauer hin. Fronsacs Zauber waren durch das zerbrochen, was der junge Mann hier hatte erleben müssen. Aber als mein Blick durch sein Fleisch und seinen Willen drang, sah ich, was der Zauberer die ganze Zeit versteckt gehalten hatte: Lucien war ein Hexer wie ich, eine der seltensten Gaben, die Mutter Natur gewährt. Die ersten Könige waren alle Hexer gewesen, also floss in seinen Adern wahrhaftig ihr Blut.

Ich spürte, wie sich der Funke des Heilgebildes in Tatyana nach mir streckte, aber statt ihm die gewünschte Energie zuzuführen, bedachte ich sowohl sie als auch Lucien mit dem Geschenk des Schlafes. Wenn sie erwachten, würden sie Nahrung dringender als Magie brauchen. Wichtiger noch, ich selbst war ausgehungert, und der lang unterdrückte, unwiderstehliche Drang, in die Wolken aufzusteigen und zu jagen, überkam mich mit Macht.

Der Sprung aus der Höhle gestaltete sich einfach, denn der obere Rand befand sich für mich nun so viel näher als zuvor in meiner menschlichen Gestalt. Ich musste lediglich aufpassen, dass sich meine Flügel nicht an den Wänden verfingen. Oben angekommen streckte ich sie mehrere Male, um mich wieder mit dem Gefühl meiner Flugmuskeln vertraut zu machen und mich zu vergewissern, dass sie bereit waren.

So mühelos, wie ich atmete, rief ich meine Hexenkunst zu mir und wob freudig meine Windgebilde. Dann drehte ich meinen Kopf der perlmuttfarbenen Sichel des Mondes zu und erhob mich in den nächtlichen Himmel. Dabei stimmte ich ein Triumphgebrüll an, bei dem sich die Tiere der um die Stadtmauern lagernden Armee aufbäumten und vor Grauen schrien.

Ich lachte, als der Boden unter mir zurückblieb. Die reine Euphorie des Fliegens verdrängte jeden anderen Gedanken und jegliche Sorge aus meinem Kopf. Ich hatte befürchtet, dass ich mich nicht daran erinnern könnte, wie es ging, aber nichts hätte weiter von der Wahrheit entfernt sein können.

Mein Blut donnerte durch meine Adern, strahlte förmlich

vor erneuerter Lebenskraft und Macht. Nachdem ich mir die Luft tief in die Lungen gesaugt hatte, brüllte ich vor lauter Freude meinen Namen. Ich hatte nicht mit einer Erwiderung gerechnet, und es antwortete auch niemand. Der Himmel gehörte weiter mir allein.

Ich spürte im Rücken das willkommene Ziehen von Muskeln, die ich eine Ewigkeit nicht mehr benutzt hatte, während mich meine Schwingen höher in die Nacht beförderten, hinauf durch die Wolken, bis ich nur noch die Sterne über mir hatte. Die Luft in dieser Höhe war kalt, aber es war eine saubere, frische Kälte, nicht die heimtückische, schleichende, erstickende Kälte, die immer noch die Straßen der Stadt beherrschte.

Nach einer Weile drehte ich bei und sank tiefer, blickte auf Aknak und die funkelnden Lichtpunkte der Feuer um die Stadt hinab. Als ich mich dem Ort zum ersten Mal genähert hatte, war er mir so beeindruckend vorgekommen, und er hatte die Landschaft ja auch beherrscht. Vom Himmel aus betrachtet bot sich ein völlig anderes Bild. Ich schwebte tiefer, bis ich das Lager beobachten konnte, ohne mich zu verausgaben. Dort herrschte zwar Unruhe wie in einem aufgescheuchten Bienenstock, aber die Auswirkungen von Navars Tod hatten die Truppen noch nicht erreicht. Bei der Erinnerung an seinen Untergang lächelte ich in die Dunkelheit. Das Lächeln verblasste, als mir seine letzten Worte durch den Kopf spukten. *Ich sage dir, wo sie ist.*

Das und die Vision von ihr auf der anderen Seite des Portals hatten die Saat der Hoffnung aufgehen lassen. Bestand tatsächlich die Möglichkeit, dass meine Anakhara noch lebte? Aber wenn dem so wäre, wie konnte sie dann in die Welt der Toten reisen, um mich zurückzuholen? Andererseits: Wenn dem nicht so wäre, hätte sie dann nicht gewollt, dass ich dort bei ihr blieb?

Es sei denn, beides trifft zu. Der Gedanke genügte beinah, um mich aus der Luft zu holen. Ich hatte bereits so viel Unmögliches erlebt – war es also wirklich undenkbar, dass sie beides war? Ein lebendiges Wesen, derart von dunkler Magie und Navars Würmern verdorben, dass der Tod sie nicht mehr haben wollte? Und falls das stimmte, könnte ich sie reinigen, wie ich es bei Lucien getan hatte?

Die Meilen verflogen unter meinen Flügeln, während die Gedanken in meinem Kopf schier unerträgliche Kreise zogen. Erst die vertrauten Klagen meiner Eingeweide holten mich in die Gegenwart zurück. Meine trübsinnigen Gedanken über den Tod und über lodernde Augen in der Dunkelheit verblassten, als sich das Verlangen nach Nahrung machtvoll einstellte.

Ich neigte die Schwingen zu einer Wende, durch die ich in einem langgezogenen Bogen abstieg. Ich genoss es, den über mich streichenden Wind zu spüren statt Stein unter den Füßen, während ich vom Krieg unberührte Gehöfte überflog und nach Weiden Ausschau hielt, von denen man noch nicht die fetten Schafe und kräftigen Rinder geraubt hatte.

Als ich solche Weiden fand, lächelte ich wieder, und ich brüllte in die Nacht, um Panik zu säen und die Herden zu versprengen. Ich wollte, dass sie wegrannten, und das taten sie auch. Es bedurfte mehrerer Versuche, bis ich meine Sturzflüge wieder richtig hinbekam, doch dann konnte der Festschmaus beginnen.

Ich verbrannte sie und labte mich an ihren fetten kleinen Leibern. Und mit jedem Tier, das ich verschlang, spürte ich, wie echte Kraft in mich zurückkehrte, eine handfeste, beruhigende Kraft, nicht der hohle Ersatz, der sich durch Hexenkunst erreichen ließ. Wie bei einer Heilung galt es auch bei der Stärke, die man von der Hexenkunst bezog, einen Preis zu bezahlen, der höher und höher wurde, je länger man die Rechnung hinauszögerte. Ich jagte, wenn man mein Toben denn so bezeichnen wollte, bis das Morgengrauen den Himmel färbte.

Dann sammelte ich mit den Klauen eine Kuh und eine Handvoll Schafe ein und kehrte nach Aknak zurück. Ich ließ meine Beute und einen abgestorbenen Baum durch die Öffnung der Höhle fallen, bevor ich selbst hinuntersprang und den Fall mit einem gekonnten Ausbreiten meiner Flügel bremste.

Unten zerlegte ich den Baum und entfachte mit meiner Hexenkunst ein kräftiges Feuer, um dann mit ihrer Hilfe die Tiere zu häuten und auszuweiden. Es mochte eine schmähliche Nutzung einer so heiligen Macht sein, aber ich hatte noch das Chaos im Gedächtnis, das ich angerichtet hatte, als ich es zum ersten Mal von Hand versucht hatte. Und ich wollte das Fleisch nicht vergeuden. Ich brachte es zum Braten über der Glut an, bevor ich Tatyana und Lucien näher zum Feuer trug.

Lucien hatte zahlreiche Verletzungen davongetragen, aber da ich nun wusste, was er war, konnte ich einfach die natürlichen Heilkräfte durch seine eigene Gabe anstoßen. Als es bei ihm vollbracht war, unterzog ich Tatyana derselben Behandlung und beschleunigte die Heilung, derer sie bedurfte. Allerdings sanft, um den Preis zu lindern, den sie dafür würde bezahlen müssen. Schließlich zog ich mich an die Seite der Höhle zurück und wob eine Tarnung um mich, als sich die beiden zu rühren begannen.

Lucien erwachte als Erster. Sofort sprang er auf und klopfte seinen Körper ab, als fürchte er, Teile könnten fehlen oder in Flammen stehen. Dann hockte er sich neben Tatyana und half ihr in sitzende Haltung, bevor er sie von den Überresten ihrer Rüstung befreite, die er beiseitewarf.

Sie hielten sich an den Händen, als sie sich in der Umgebung umsahen.

»Hallo?«, rief Tatyana.

»Hallo«, gab ich zurück. Sie zuckten zusammen, als meine Stimme grollend durch die Höhle hallte. Ich hatte vergessen, dass nunmehr jeder meiner Lungenflügel größer war als zuvor meine gesamte menschliche Gestalt.

Tatyana stand auf und setzte sich in Bewegung. Lucien folgte ihr einen Augenblick später. »Stratus?«

»Du bist schwer zu töten«, merkte ich an. »Das seid ihr beide.«

»Ich wusste nicht, dass du es versucht hast«, gab sie zurück. Darüber kicherte ich, und der Laut hallte um uns herum wider. »Wo bist du?«

»Ich bin hier«, sagte ich. »Aber ihr werdet mich vielleicht nicht erkennen.«

Ich spürte, wie sich Tatyanas längst flatternder Herzschlag zusätzlich beschleunigte. »Wie meinst du das?«

»Es euch zu zeigen, wäre einfacher, als es zu erklären.«

Mittlerweile starrte sie geradewegs in meine Richtung, obwohl sie nur eine schwarze Felswand sehen konnte. »Dann zeig es uns.«

»Bist du sicher?«

»Bei Gottes Zähnen, jetzt zeig es uns schon endlich. Lang um den heißen Brei zu reden, ändert auch nichts.«

»Wie du willst.«

Ich hob den Trugbann auf, trat vor, breitete meine Flügel weit aus und drehte mich so, dass der Schein des Feuers das Rot erfassen konnte, das die mitternachtsschwarze Schattierung meiner Schuppen säumte.

Tatyana rieb sich verdattert die Augen und starrte mich an. Ihr Mund klappte auf. Lucien sank indes auf die Knie und fing an zu schluchzen wie ein Kind. Ich legte die Flügel an und drehte mich, damit sie mich in meiner vollen Pracht betrachten konnten. Anschließend ließ ich mich auf der gegenüberliegenden Seite des Feuers nieder, senkte das Kinn auf die Unterarme und beobachtete die beiden.

Danach sagte Tatyana für eine lange Weile nichts, nicht einmal, als sie den gebratenen Hammel entgegennahm, den ich ihr reichte. Lucien wischte sich über das Gesicht, aber wie Tatyana starrte er mich nur weiter an, während er kaute, und ich fing allmählich an, mich zu fragen, ob meine unverwässerte Herrlichkeit ihre Sinne durcheinandergewirbelt hatte.

Zum Glück wirkten der saftige Hammel und der den Magen aushöhlende Hunger, wie ihn nur ein Heilzauber verursacht, zusammen und holten sie letztlich aus ihrer stummen Starre.

Lucien war der schwierigere Fall. Seine natürliche Hexenkunst war lange unterdrückt gewesen, und dass sie hier nahe einem Nexus und in meiner Gegenwart erweckt worden war, bewirkte zweifellos allerlei Merkwürdiges an seinem Geist und Körper.

»Iss, Prinz Lucien«, sagte ich und schreckte ihn damit in einen annähernd wachen Zustand auf. »Was du fühlst, ist die Entfaltung deiner Gabe. Es wird vergehen, aber du musst dich auf deine Gedanken konzentrieren, und dafür brauchst du Stärke. Füttere deinen Körper.«

Ich verwob meine Worte mit einer geringen Menge Zwang, und er machte sich mit frischer Begeisterung über das Fleisch her und schlang es hinunter wie ein nach dem Winter ausgehungerter Wolf, bis ihm Fett und Säfte übers Kinn liefen. Der Anblick erweckte meinen eigenen Hunger wieder, und ich verschlang die halbe verkohlte Kuh samt Hufen und Hörnern.

Während ich mir Knochen aus den Zähnen pulte, ließ ich das Heilgebilde die Arbeit an Tatyanas Körper vollenden. Als sie mit ihrem Hammel fertig wurde und ein Rülpsen entfesselte, das einem ausgewachsenen Troll zur Ehre gereicht hätte, blätterte ihre verbrannte Haut ab und offenbarte die neue, rosige und gesunde Schicht darunter. Falls es ihr auffiel, ließ sie es sich nicht anmerken.

»Ich hätte nie gedacht, dass du so prächtig sein würdest«,

meinte sie schließlich, wischte sich die Hände an der zerrissenen Hose ab und kam verhalten auf mich zu.

Unwillkürlich straffte ich die Schultern. Nach so vielen Jahren, die ich erst in einen Käfig gepfercht verbracht hatte und dann in einem Körper, der nicht wirklich der meine gewesen war, *fühlte* ich mich in der Tat prächtig. Ich neigte ihr den Kopf entgegen, damit sie meine Schnauze mit Händen streicheln konnte, die nunmehr kleiner waren als meine Zähne. Dabei erstaunte mich, wie hilflos mir meine Freundin nun erschien, während ich sie in meiner menschlichen Gestalt als so lebenssprühend und stark empfunden hatte.

»Kannst du jetzt Feuer speien?«, wollte sie wissen, als sie meinen Körper entlangging. Die Berührung ihrer Hände kitzelte meine neugeborenen Schuppen unheimlich.

»Nein«, antwortete ich und beobachtete, wie ihre Schultern herabsackten. »Aber ich kann fliegen.«

KAPITEL FÜNFZIG

Sie hörten erst auf zu schreien, als ich mich ein Stück südlich in gleichbleibender Höhe knapp über den Wolken eingependelt hatte. Ich schwebte darüber hinweg, wirbelte unterwegs die Dämpfe zu Kringeln zusammen und genoss das Gefühl des Sonnenlichts, durch das sich willkommene Wärme über meine Haut ausbreitete. Tatyana und Lucien saßen am Ansatz meines Halses. Ihr geringes Gewicht verteilte sich über den breiten Schuppensockel, der diese Stelle schützte.

Ich hatte sie mit Seilen aus verdichteter Luft an mir festgebunden, damit keinerlei Gefahr bestand, dass sie fielen, selbst wenn sie es gewollt hätten. Natürlich hatte ich ihnen nichts davon gesagt. Das Kreischen, das jeden zweiten Flügelschlag begleitete, war also größtenteils meine Schuld. Aber wenn ich schon geritten wurde wie ein gemeines Pferd, dann erschien es mir nur gerecht, dass ich daraus ein wenig Belustigung erlangte.

»KANNST DU MICH HÖREN?«, brüllte Tatyana unnötigerweise. Die Seilzauber beinhalteten außerdem ein gewisses Maß an Schutz gegen die Kälte in dieser Höhe und vor dem Wind, was den zusätzlichen Vorteil bot, dass wir uns in normaler Lautstärke unterhalten konnten. Und dass ich jedes Kreischen deutlicher hörte, um mich daran zu erfreuen.

»Ich kann dich sehr gut hören«, erwiderte ich. »Ist nicht nötig zu schreien.« Riechen konnte ich sie nicht, aber die Berührung unserer Körper reichte völlig aus, um mir zu verraten, dass Tatyana ziemlich aus dem Häuschen war.

»Das ist unglaublich! Wie konntest du so lang in einen Käfig gesperrt überleben?«

Das war eine gute Frage, die eine ehrliche Antwort verdiente. »Ich bin nicht sicher, ob ich es überlebt hätte, wenn mich deine Ahnen nicht alle paar Jahre von Priestern in lange Ruhezustände hätten versetzen lassen. Rückblickend war das ein Segen, auch wenn es nicht so gedacht war.«

»Es tut mir leid, Stratus.«

»Tut es uns beiden«, ergänzte Lucien.

Ich spürte, wie sich Tatyanas Gewicht verlagerte. »Ich hasse sie für das, was sie dir angetan haben. Sie alle.«

Von einer Henkman war das eine berührende Empfindung. »Ich danke euch.«

»Was geschieht jetzt als Nächstes?«, fragte Lucien.

Ein etwas trauriges Lachen drang mir über die Lippen. »Die letzten Jahre habe ich ausschließlich daran gedacht, Navar zu töten. Ich hatte nicht damit gerechnet, es zu überleben.« Kurz verstummte ich. »Und ohne dich, mein junger Prinz, hätte ich das wohl auch nicht. Dein unbesonnener, tolldreister Mut hat mir das Leben gerettet, und dafür stehe ich in deiner Schuld. Eine Schuld, die ich zu begleichen gedenke.«

»Warte«, meldete sich Tatyana zu Wort. »Was meinst du mit tolldreister Mut?«

Ich schilderte ihr, wie mir Lucien gegen Navar zu Hilfe geeilt war, bevor ich die Flügel anwinkelte und uns durch die Wolken nach unten rasen ließ. Als Tatyana den Prinzen erst schimpfte und dann lobte, lächelte ich bei mir.

Die Sonne tünchte das von Feldern gesprenkelte Land unter uns in einen goldenen Schein. Die Schneise, die der Krieg in Form eines schwarzen Streifens gezogen hatte, stach aus den herbstlichen Schattierungen deutlich hervor.

»Das ist so wunderschön«, hauchte Tatyana.

»Wohin fliegen wir?«, fragte Lucien.

»Ich bringe euch nach Hause, nach Falkenburg. Navar ist tot, aber seine Schergen bereiten eine weitere dieser verfluchten Lanzen vor. Ich kann nicht zulassen, dass sie sein Unterfangen beenden.«

Ich hörte Lucien etwas murmeln, dann jedoch brach Tatyana in Gelächter aus, ein dermaßen ausgelassener Laut, dass sie damit auch mich zum Lachen brachte.

»Was ist so lustig?«, fragte ich schließlich und schüttelte den Kopf über den Aberwitz der gesamten Lage.

»Nichts«, sagte Lucien. »Ich verspreche auch, dich nie wieder Tata zu nennen.«

Darüber lachte sie. »Er hat gesagt, dass er nichts zum Anziehen hat.«

»Verflucht sollst du sein, Weib.«

Darüber lachte ich immer noch, als die Türme von Falkenburg in Sicht gerieten und bald danach die dunkle Masse der die Stadt belagernden penullischen Armee. Ich kreiste über beidem, weit genug entfernt, um die Rauchwolken über der Stadt zu meiden, aber tief genug, um zu erkennen, dass die Felder um die Mauern aufgewühlt und übersät von den Trümmern des Krieges waren. Als ich beidrehte und in einer zunehmend engeren Spirale abstieg, geriet Bewegung in die Männer auf den Mauern. Es sah stark nach Panik aus, als sie die Trompeten bliesen und versuchten, ihre Belagerungsbögen nach oben zu schwenken.

Ich schickte eine Prise meiner Hexenkunst zu der Gruppe von Türmen, die den Standort des Palastes kennzeichnete, und spürte, wie Fronsacs Schutzzauber aufflammten. Während ich über der Stadt schwebte und meine Flügelschläge den Rauch zu Wirbeln kräuselten, wiederholte ich denselben Vorgang einige Male, bis ich sicher war, dass ich seine Aufmerksamkeit erregt hatte. Ich sprach seinen Namen, legte eine weitere Prise Macht hinein und schickte das Bündel dorthin, wo er bestimmt wartete, ähnlich wie damals, als ich ihn aus den Sümpfen angerufen hatte.

»Zurück in die Schatten, Wyrm!« Seine Stimme dröhnte mir entgegen. Der Befehl, den er darin eingewoben hatte, zerbrach am Schild der Hexenkunst, den ich mittlerweile aufrechterhalten konnte, ohne fürchten zu müssen, dass ich meine Kraft damit verausgabte.

»Du schuldest mir eine Leckerei, Zauberer.«

Sein Zauber geriet ins Stocken, dann nahm er flackernd eine neue, tastende Form an. Ich senkte den Schild gerade genug, dass er mich sehen konnte. »Stratus? Das kann nicht sein!«

»Es ist kein Trick, Zauberkünstler. Ich habe mein Wort gegeben und ich bin hierhergekommen, um es zu halten.«

»O ihr berauschenden Götter …«

Ich neigte die Flügel und stieß auf die Stadtmitte zu. Die Schreie und die plärrenden Trompeten, die mich ankündigten, erinnerten mich an eine andere Zeit und einen anderen Ort. Aber statt die Straßen mit Flammen und Tod zu überziehen, wurde ich langsamer und machte mir einen Jux daraus, seitwärts zwischen Häusern hindurch und um die Türme zu fliegen. Dabei neigte ich mich bald in die eine, bald in die andere Richtung, damit diejenigen, die nicht in den Dreck gehechtet waren, den Prinzen und Tatyana auf meinem Rücken jubeln sehen konnten.

Ein paar Flügelschläge lang schwebte ich über dem Palast, bevor ich auf dem schlammigen Hof landete, auf dem ich einst Tatyana beim Beweis ihres Geschicks im Umgang mit dem Schwert beobachtet hatte. Wir mussten nicht lange warten, bis mehrere Türen geräuschvoll aufschwangen und etliche nach Angst und Ehrfurcht riechende Soldaten herausgeströmt kamen, die Schwerter und Speere in zittrigen Händen. Da ich meine Zuseher nicht enttäuschen wollte, ließ ich den gehörnten Schwanz über das Kopfsteinpflaster fegen und Funken in die Luft aufstieben, was alle wie einen Mann dazu brachte, zusammenzuzucken.

Dann spürte ich, wie Fronsacs Magie gegen meine drückte, und ich drehte mich um, als auch er den Hof betrat. Seine Schutzbanne schillerten immer noch hell, wurden aber trüber, als ich mich neigte, damit Lucien und Tatyana gefahrlos von mir abspringen konnten.

»Bei den Göttern«, entfuhr es ihm, bevor er sich im Laufschritt in Bewegung setzte, um Lucien zu umarmen und auch Tatyana an sich zu ziehen, als sie noch zögerte. Ich tat mich an einem Wassertrog gütlich, während sie einander umarmten und sich gegenseitig zu übertönen versuchten. Schließlich löste sich Fronsac aus dem Gewimmel und kam auf mich zu.

»Stratus?«

»Du siehst aus wie ein Landstreicher.«

Er hob seine fleckigen Gewänder an und ließ sie wieder fallen. »Es sind ein paar harte Wochen gewesen. Über den Todeswind zu lesen ist etwas völlig anderes, als ihm in Fleisch und Blut zu begegnen.«

Dazu neigte ich nur das Haupt.

»Ich hätte es wissen müssen. Es ist ein Name, der sich in die Geschichte dieses Königreichs eingebrannt hat, aber ich hatte nie daran gedacht.« Der Zauberer verstummte und schüttelte den Kopf. »Ich hätte nie gedacht, dass es wahr sein könnte. Wie? Wie hat es sich begeben, dass du als Mensch in diese Stadt gekommen bist? Und wie hast du es bewerkstelligt?«

»Das ist eine Unterhaltung für ein anderes Mal.«

»Aber ich habe so viele Fragen.«

»Scheint mir auch so.«

Er kam einen Schritt näher. »Ich habe gestern Nacht etwas im Äther gespürt, ein Aufbranden in den Liedlinien, wie ich es nie zuvor erlebt hatte. Es war heftig genug, dass zwei meiner Lehrlinge auf dem Rücken gelandet sind. Warst du das?«

»Ja.« Ich beugte mich näher zu ihm und war beeindruckt, als er mit keiner Wimper zuckte. »Navar Louw ist nicht mehr, und die Lanze von Aknak ist zerstört.«

»O lieber Drogah!« Die Soldaten um uns herum reagierten ähnlich, und bald danach ließ ihre Angst nach. »Der Herr der Würmer ist wirklich tot?«

»Sofern er keine Möglichkeit gefunden hat, als brennendes, kopfloses Skelett weiterzubestehen, ist er tot.«

Der Zauberer lehnte sich auf seinen Stab und schaute zu mir auf. »Ich weiß nicht, was ich sagen soll.«

»Ich halte mein Wort«, erwiderte ich. »Allerdings könntest du mir sagen, wo man weitere Alchemisten findet.«

»Alchemisten? Wofür?«

»Kannst du mir helfen?«

Er breitete die Arme aus. »Natürlich. Du …«

»Gib ihm, was immer er will.« Ich drehte mich um, als Prinz Jean durch eine andere Tür herauskam. Er und Lucien fielen einander in die Arme und klopften sich unter reichlich Tränen gegenseitig auf den Rücken. Meine Meinung über den dicken kleinen Mann kroch eine Stufe in die Höhe. Er wirkte aufrichtig erfreut darüber, seinen Bruder wiederzusehen, und mich freute es, das zu sehen.

»Was brauchst du?«, erkundigte sich Fronsac und kam näher. Ich teilte es ihm mit, und er schickte sogleich einen Soldaten los, um Tinte und Pergament zu holen.

Während wir auf dessen Rückkehr warteten, schloss sich Jean dem Zauberer dabei an, mich zu untersuchen. Keiner der beiden sagte viel, als sie meine Länge abschritten und gelegentlich vorsichtig die Hände ausstreckten, um mit großen Augen meine Schuppen zu berühren.

Die Soldaten hingegen wurden mit jedem verstreichenden Moment, in dem sie nicht zerstampft oder in Brand gesetzt wurden, lebhafter und ausgelassener. Mehrere der Mutigeren tätschelten mich, als wäre ich ein Gaul oder ein treuer Hund. Aufgrund meiner guten Laune duldete ich das.

Bald jedoch bekam Fronsac seine Tinte und schrieb zahlreiche Dinge auf das Pergament, während Jean und Lucien die Köpfe zusammensteckten und sich mit leisen, aber eindringlichen Stimmen unterhielten.

»Gib es Tatyana«, sagte ich, als mir Fronsac das Pergament schließlich entgegenstreckte. Damit schien ich beide zu überraschen. »Ich kann dein Gekritzel nicht entziffern.«

»Soll ich es dir vorlesen?«, fragte sie.

»Du kannst es mir vorlesen, während ich fliege«, erwiderte ich. Ein breites Grinsen erschien auf ihren Zügen, und sie sprang ohne jedes Zögern auf mich und zog sich die kleineren Erhebungen entlang zum Ansatz meines Halses hinauf.

»Ich bin zurück, so schnell ich kann. Haltet einstweilen die Stadt«, sagte ich zu Fronsac.

»Werden wir.«

»Und halt diesen schmucken Hut fest, Zauberer.«

»Was?«

Ich entfesselte meinen Windzauber, erhob mich in die Lüfte und ließ dadurch alle auf dem Platz in den Dreck plumpsen. Mein Gelächter musste durch ihre Ohren hallen.

»Sag mir, wohin ich fliegen soll«, forderte ich Tatyana auf, nachdem ich mir den Weg aus der Stadt gebahnt hatte. Dabei hatte ich die Herausforderung der schmalen Straßen ebenso genossen wie den Umstand, dass mein Flugwind Fensterläden aufgerissen und Baldachine aus ihren Rahmen gefegt hatte.

»Nach Norden in Richtung Bucksburg.«

»Die Richtung genügt. Die Namen sagen mir nichts.«

»Oh. Am nördlichen Flussufer entlang ist es ein Ritt von ungefähr anderthalb Tagen.«

Ein Ritt von anderthalb Tagen. Ich lächelte bei dem Gedanken, als ich bis knapp unter die Wolken aufstieg. Am Horizont konnte ich die Ortschaft bereits sehen, und ich breitete die Flügel aus, um den Schwebeflug zu genießen.

»Von hier oben sieht alles so anders aus«, meinte Tatyana eine Weile später. »So klein.«

Da das nicht nach einer Frage geklungen hatte, erwiderte ich nichts und setzte zu einem sanften Sinkflug an.

»Muss seltsam für dich gewesen sein, das alles von … na ja, du weißt schon, von da unten sehen zu müssen.«

»Seltsam? Ja, im besten Fall«, antwortete ich. »Beängstigend im schlechtesten.«

»Es tut mir leid, dass du uns von unserer schlechtesten Seite erlebt hast.«

»Das Schlechteste erlebt zu haben, macht es leichter, das Beste zu erkennen.« Ich zeigte auf die Ortschaft. »Wir sind fast da. Wo soll ich landen?«

Sie ließ ein eigenartiges Lachen vernehmen. »Genau in der Ortsmitte ist ein Platz, der groß genug für dich sein sollte.«

»Du hinterlässt offensichtlich gerne Eindruck«, meinte ich, kreiste über dem Ort und widerstand dem Drang, die Bewohner durch Gebrüll in Deckung hasten zu lassen.

»Es mag kleinlich sein, aber ich werde das richtig genießen. Diese Mistkerle haben sich geweigert, uns zu versorgen, als wir das letzte Mal durch den Ort gekommen sind.«

»Ich denke, das verstehe ich.«

Der Platz erwies sich tatsächlich als groß genug und beinah menschenleer, da alle bis auf die Hartnäckigsten die Flucht ergriffen hatten. Ich schwebte darüber. Der kräftige Abwind meiner Flügel ließ mehrere zurückgebliebene Wagen und Karren über das Kopfsteinpflaster schlittern – genau wie ein paar gebannte Gaffer.

Als ich landete, entfesselte ich das Gebrüll, das mir schon in der Kehle gejuckt hatte. Damit scheuchte ich selbst die letzten noch auf dem Platz Verbliebenen auf, die nun ängstlich auf den

Weg nach Hause hasteten, was sehr zu Tatyanas Belustigung war. Sie glitt von meinem Hals und landete geschickt vor mir, als ich die Flügel anlegte.

»Warte hier«, sagte sie, tätschelte meine Schnauze und stieß einen spitzen Schrei aus, als ich nach ihren Fingern schnappte.

Ich genehmigte mir ein paar der zu Boden gekullerten Feldfrüchte, während ich dem Tumult lauschte, der sich aus den Straßen hinter dem Markt erhob. Tatyanas Herz schlug stet, und sie benötigte keine Heilung, deshalb war ich nicht sonderlich besorgt. Ich bemerkte Gesichter, die mich hinter Häuserecken hervor und durch Fenster anstarrten, aber es fühlte sich gut an, ehrfürchtig betrachtet zu werden.

Die Sonne war ein wenig höher in den Himmel geklettert, als Tatyana zurückkam. Sie schob einen Handwagen. Neben ihr ging ein stattlicher Mann mit einem prächtigen, federgeschmückten Hut. Ich vernahm seinen Herzschlag, noch bevor ich ihn sah.

»Stratus Himmelsfeuer, darf ich vorstellen? Dominic von Bucksburg, der Bürgermeister dieser feinen Ortschaft.« Ich zog die Lippen zurück, entblößte meine wunderbaren Zähne für den Bürgermeister, der prompt zurückschrak.

»Bürgermeister Dominic möchte wissen, wie wir gedenken, für den Schaden und die erlesenen Steine zu bezahlen, die du haben möchtest.«

Ich beugte mich näher und sprach mit einem grollenden Ton, von dem ich wusste, dass ihn der Mann ebenso sehr fühlen wie hören konnte. »Indem ich seine Ortschaft nicht niederbrenne und mich nicht an seinem saftigen Fleisch labe.«

Der Mann wimmerte und floh, so schnell ihn die dicken Beine trugen. Das fand ich schade. Die stark durchwachsenen Gliedmaßen und der herrlich runde Wanst wären unheimlich befriedigend gewesen. Tatyana johlte geradezu vor Lachen, als sie den Wagen an meine Seite schob.

»Also«, sagte sie und wischte sich über die Augen. »Was machst du jetzt damit?«

Ich kippte den Wagen um und sah die Auswahl durch. Wenigstens die Hälfte der Steine erwies sich als nutzlos, die andere Hälfte hingegen war von brauchbarer Güte. Die schluckte ich im Ganzen, einen nach dem anderen. Dabei achtete ich darauf, sie in den richtigen Magen zu bekommen, während mich Tatyana mit großen Augen beobachtete.

»Du hast sie gegessen«, hielt sie fest, als ich fertig war. Mehrere schmuddelige Kinder hatten sich hinter ihr versammelt und sahen uns zu, während sie dabei gelegentlich untereinander quiekten.

»Wo liegt die nächste Ortschaft?«

Tatyana scheuchte das forscheste Kind weg, als sie Fronsacs Pergament hervorholte. »Äh … ich glaube, es liegt westlich von hier. Ist aber wohl ein kleines Dorf. Ich bin dort noch nie gewesen.«

Damit kletterte sie wieder auf meinen Rücken, während ich meinen Windzauber vorbereitete. Ich war fast bereit zum Aufbruch, als mich ein Stein an der Nase traf. Er war weder groß noch kräftig geworfen, aber meine Schnauze war empfindlich. Ich wirbelte zum Übeltäter herum, einem großen Jungen mit schäbigem Haar, und packte ihn, bevor er mehr als sechs Schritte zurückgelegt hatte. Menschen unterschätzten immer meine Geschwindigkeit, und er bildete dabei keine Ausnahme. Der Junge quiekte wie ein Schwein beim Schlachten und pinkelte sich in die Hose, als ich ihn vom Boden hob und ihm meine Krallen gegen den Bauch drückte.

»Stratus, nicht!«, rief Tatyana, und ihrem Ton nach glaubte sie anscheinend tatsächlich, ich würde meinen Gaumen mit einer derart minderen Kreatur besudeln. Natürlich spornte das auch den Jungen zu neuem Grauen an, und prompt erschlaffte er in meiner Hand. Ich hatte eigentlich vorgehabt, einfach das

Leben aus ihm zu pressen, und sei es nur als Warnung für die anderen, doch ich hielt mich zurück und ließ ihn stattdessen in eine Pferdetränke fallen.

»Der Nächste, der die Hand gegen mich erhebt, wird brennen«, drohte ich und verstärkte dabei meine ohnehin kräftige Stimme um das Hundertfache. Tiere und mindere Geister in Hörweite versetzte ich damit in lähmende Angst, deren Geruch ich gierig in mich aufsog. Zufrieden erhob ich uns in die Lüfte. Die Kinder stoben auseinander wie versprengte Puppen.

»Einen Moment lang dachte ich, du würdest es wirklich tun«, sagte Tatyana, als ich westwärts flog und der Wind über meine ausgebreiteten Schwingen sang.

»Ich wollte ihn nur zerquetschen, nicht fressen.«

»Im Ernst?«

»Im Ernst. Die dort verdanken allein dir ihr Leben und ihre Ortschaft.«

Danach kam von ihr eine Zeit lang nichts mehr, bis wir den nächsten Ort fanden. Es handelte sich in der Tat um ein kleines Dorf, dessen Bewohner bei meinem Anblick ins umliegende Sumpfland flohen, was meine Laune beträchtlich verbesserte. Wir sammelten drei weitere Ladungen Minerale ein, bevor die Sonne allmählich im Westen versank und sich die ersten Schatten über die Landschaft unter uns schlängelten.

»Bis zum letzten Ort ist es noch ziemlich weit«, verkündete Tatyana. »Nordosten, mindestens vier Tagesritte, aber dafür ist es eine richtige Stadt.«

»Ich fliege gern nachts«, erwiderte ich. »Vor allem in Nächten wie heute ohne Wolken. Früher sind wir im Sommer oft von Sonnenuntergang bis Sonnenaufgang geflogen, haben uns von den Aufwinden treiben lassen und die Sterne benannt, die wir gesehen haben.«

»Ich sehe den *Reptákon* im Osten aufgehen«, sagte sie eine

Weile später. Ihre Stimme erklang dabei so leise, dass ich sie kaum hören konnte. Ich drehte den Kopf, um sie anzulächeln.

»Du hast gute Augen, meine Freundin. Siehst du den Stern da drüben? Ihn haben wir den Zentaur getauft. Kennst du dieses Wort?«

»Ja. Das ist eine Chimäre, halb Mensch, halb Pferd.«

»Hast du das gelernt, als du zum Paladin ausgebildet wurdest?«

»Woher weißt du das?«

Ich schraubte mich in engen Drehungen durch die Luft, brachte Tatyana damit zum Johlen, dann schwebte ich wieder gerade. »Navar hat etwas in der Richtung erwähnt.«

Tatyana grunzte. »Ich finde es verstörend, dass er davon gewusst hat.« Sie seufzte laut. »Doch es stimmt, ich habe mich freiwillig für die Ausbildung gemeldet.«

Ich begnügte mich damit, ihr zuzuhören, und summte dabei eine alte Weise, die einst ein Barde über mich verfasst hatte, während die zunehmend dunklere Landschaft unter uns dahinraste.

»Ich hab mich sogar recht gut angestellt. Vielleicht zu gut. In der Woche vor der Vereidigung kamen die Leiter jedes Ordens in die Schule, und sie waren so herablassend, dass mir schlecht davon wurde. Das hat mich stinkwütend gemacht. Ich bin in Streit mit einem ihrer Anwerber geraten.« Kurz verstummte sie und verlagerte ihr Gewicht auf meinem Hals. »Es ist zu Handgreiflichkeiten gekommen; zu recht heftigen obendrein. Er hat Anstoß daran genommen, von einer Frau geschlagen zu werden.«

»Du hast ihn umgebracht.«

Ihr Schweigen fasste ich als Bestätigung auf. Als ich die Augen schloss, konnte ich die Bilder in ihrem Geist beinah sehen. Ein verschwommener Kreis von Männern, die brüllten und Staub aufwirbelten, der Geschmack von Blut und Zorn in ihrem Mund. Ein Wort hob sich am lautesten von den anderen ab. *Hure.* Allein der Gedanke daran ließ mich die Zähne fletschen, und als ich die Bilder aus dem Kopf schüttelte, stellte ich fest, dass Tatyana immer noch redete.

»Und dafür sollte ich auch noch dankbar sein! Als hätten diese Drecksäcke auch nur gebuht, wenn *er* dasselbe mit mir gemacht hätte. Natürlich war mein Vater außer sich vor Wut. Er hatte von Anfang an nicht gewollt, dass ich mich ihnen anschloss, und nun würde er eine beträchtliche Mitgift bieten müssen, um noch irgendjemanden dazu zu verlocken, einen Sohn mit mir zu zeugen. Einen Monat später bin ich von dannen gezogen.«

Ich legte einen Schleier meiner Hexenkunst über sie, während sie weitergrummelte. Das erfüllte sie mit einem Gefühl von Ruhe und ließ den Zorn, den die Erinnerungen in ihr wachgerüttelt hatten, abfließen. Langsam gingen ihre wüsten Flüche in Wehmut über, und wir flogen gesellig schweigend weiter, bis sich in der Ferne die Lichter der Stadt abzeichneten.

KAPITEL EINUNDFÜNFZIG

Es war kurz vor Sonnenaufgang, als ich auf einem dunklen, schlammigen Feld keine Meile vor den Stadtmauern landete. Ich hatte mich so leise genähert, dass nur ein paar Feldmäuse und die enttäuschte Eule, die sie gejagt hatte, unserer Ankunft gewahr geworden waren. Tatyana glitt mit einem Stöhnen von meinem Rücken und streckte sich ausgiebig. Anscheinend hatte die Romantik, die ein Flug auf einem Drachen bot, ihren Reiz durch den ungemütlichen Sitz verloren, den meine Schuppen abgaben. Nachdem sie sich zu Ende beklagt hatte, steckte sie sich Fronsacs Aufstellung in die Tasche und brach zur Stadt auf, winkte mir zu und versprach, vor Sonnenuntergang zurück zu sein.

Ich verabschiedete mich von ihr, und als ich allein war, machte ich mich daran, mir Essen zu beschaffen. Besonders mochte ich Hoftiere. In der Regel waren sie wohlgenährt und wurden praktischerweise in Pferchen gehalten.

Es dauerte nicht lange, bis ich mich genüsslich an Schweinebraten gütlich tat. Im Großen und Ganzen respektierte ich die Hexenkunst zu sehr, um sie für die Jagd zu nutzen, aber da ich das Schwein schon durch einen gut platzierten Biss erlegt hatte, fand ich es gerechtfertigt, eine Prise zu verwenden, um es zu braten. Die Innereien schaufelte ich für die Schakale und Krähen heraus. Im Gegensatz zu den meisten Tieren schien Krähen meine Gegenwart nichts auszumachen, und schon bald krächzten ihre rauen Stimmen durch die Luft, als sie über ihr Frühstück herfielen und sich dazu auf meine Hörner hockten.

Nachdem ich ihnen eine Weile gelauscht hatte, kauerte ich mich für ein Nickerchen hin, überzeugt davon, dass sie mich warnen würden, falls sich jemand näherte.

Als ich erwachte, stellte ich überrascht fest, dass sich die Sonne bereits gen Westen neigte. Ich erhob mich und streckte mich ausgiebig, bevor ich die Aufmerksamkeit auf den Pfad richtete, von dem ich Tatyanas Rückkehr erwartete.

Sie hatte mich gewarnt, dass es sich um eine große Stadt handelte und sie vermutlich einige Zeit brauchen würde, um die zuständigen Behörden zu finden, daher begnügte ich mich damit, noch ein Weilchen auszuharren. Ich gab ihr Zeit, bis der letzte Rest der Sonne hinter den Horizont sank. Dann hob ich den Kopf und versuchte, ihren Geruch zu finden, entdeckte jedoch nur die Spur, die sie am Morgen hinterlassen hatte. Auch keine der Krähen hatte sie gesehen, und etwas daran beunruhigte mich zutiefst.

Ich schloss die Augen und entsandte meine Hexenkunst, um noch einmal den Heilzauber in ihr zurückzuverfolgen. In seiner neuen Form konnte ich ihn leichter finden als früher, und auch ohne groß Magie einzusetzen, wusste ich sofort, dass sie rege war und sich herumbewegte. Vermutlich eilte sie gerade zu mir.

Aber noch während mir der Gedanke durch den Kopf ging, spürte ich, wie sich ihr entfernter Herzschlag beschleunigte, und ein Gefühl brandete über die Verbindung zu mir. *Wut.* Ich kannte Wut zu gut, um sie mit etwas anderem zu verwechseln. Nicht lange danach nahm ich ein Aufflammen des Heilgebildes wahr. Tatyana war verletzt – nicht schwer, aber verletzt. Ich setzte mich auf und führte der Verbindung mehr Macht zu, genug, um einen Eindruck davon zu erlangen, was vor sich ging.

Meine Sicht verschwimmt, als sie mir etwas über den Kopf ziehen. Andere halten die Arme fest. Menschen brüllen um mich herum, heißen mich einen Spitzel und eine Hexe. Ihre Fäuste fliegen, und Schmerzen zucken durch meine Rippen und meinen Bauch. Ich schmecke das eigene Blut.

Ich breitete die Schwingen aus. Die Krähen stoben erschrocken in die Lüfte. Als sie sich von mir entfernt hatten, entfesselte ich mein Windgebilde, das mich mit einem verdichteten Luftstoß, der die umliegenden Hecken plättete, in den Himmel beförderte. Mit schnellen Flügelschlägen stieg ich höher auf, und es dauerte nicht lange, bis sich die Stadt unter mir ausbreitete.

Im Gegensatz zu Falkenburg mit seinen natürlichen Hängen und hohen Mauern hatte man diese Stadt auf der Ebene errichtet. Sie bildete eine weitläufige Ansammlung von Gebäuden aus Holz und Stein. Irgendwie vermittelten die Häuser den Eindruck, dass es sie überrascht hatte, zu einer Stadt geworden zu sein.

Ich breitete die Flügel aus und erfasste die Säule wärmerer Luft, die aus dem Ort aufstieg. Ich umkreiste sie wie ein Adler, als ich daran arbeitete, die magische Spur zu Tatyanas Heilgebilde mit der Anordnung der Stadt unter mir in Verbindung zu bringen. Als ich in Gedanken ihren Aufenthaltsort aufgespürt hatte, herrschten auf den Straßen unter mir bereits die untrüglichen Anzeichen von Panik.

Ich erweckte meine Nachtsicht und ertappte mich dabei, die Zähne zu fletschen. Meine Herzen schlugen wild, als Hunderte, wenn nicht gar Tausende wuselnde Gestalten die Straßen verstopften und mir die warme Luft den Geschmack ihrer Angst zutrug.

Die Schwingen geneigt stieß ich hinab, flog tief genug, um die Fenster der höchsten Gebäude zu passieren. Mein Schwanz zertrümmerte Schornsteine und Balkone, als ich mir den Weg kreuz und quer zwischen den Dächern hindurch bahnte. Dann bremste ich rechtzeitig ab, um auf einem schlammigen Platz vor einem heruntergekommenen Haus zu landen, in dem sich Tatyana aufhielt.

Das Gebrüll, das sich in mir staute, seit ich ihren Schmerz gespürt hatte, entfesselte ich mit all seiner enthaltenen Wut. Meine Hexenkunst färbte den Laut mit der Wut und dem Hass, die in mir schwärten. Das Geräusch fegte widerhallend durch die Straßen, ließ eine Sturmwolke panischer Vögel in die Luft aufstieben und brachte sämtliche sonstigen Tiere und auch so manchen Menschen in der Stadt zum Heulen und Blöken. Die Leute auf den Straßen warfen sich zu Boden und riefen nach ihren Müttern und Göttern.

Ich überquerte den Hof zum Gebäude, rammte meine Krallen durch die Fenster, spannte die mächtigen Muskeln meiner Arme an und riss die gesamte Fassade weg. Holz und Glas regneten um mich herum zu Boden. Auf der untersten Ebene kam eine Gruppe von Menschen zum Vorschein. Tatyana stand in ihrer Mitte – mit blutigem Mund und fehlender Rüstung. Einer der Männer hatte einen Arm um ihren Hals geschlungen und ein Messer in der anderen Hand. Die meisten anderen brüllten, schrien und übertönten, was immer er sagte, aber für mich spielten seine Worte ohnehin keine Rolle.

Metall liebt Hitze, und ich war in Feuern geboren worden. Es dauerte keinen Atemzug, sein Messer zu schmelzen. Es pulsierte mit einem orangen Licht und löste sich in seinen flüssigen Zustand auf, brannte sich durch seine Hand, als wäre sie gar nicht vorhanden.

Er schrie lauter als die anderen und kreischte noch immer, als ihm Tatyana einen Ellbogen rückwärts ins Gesicht rammte. Er landete ausgestreckt auf dem Boden, wo sie ihm prompt auf den Kehlkopf trat, was ihn jäh zum Verstummen brachte. Die anderen standen vor Grauen erstarrt da, brachten nichts anderes zustande, als immer wieder dasselbe zu brüllen.

Ich winkte Tatyana zu mir, und kaum befand sie sich wohlbehalten in meiner Umarmung, sprühte ich einen Schwall Feuergalle in das Gebäude und verbrannte ihre Angreifer im Stehen. Orange Flammen und schwarzer Rauch kräuselten sich heraus.

Ich hob mir Tatyana auf die Schultern, als aus den angrenzenden Häusern weitere Menschen strömten. Auch sie überzog ich mit Flammen, und sie stoben auseinander, einige lichterloh brennend wie Fackeln. Ein Feger meines Schwanzes zertrümmerte den Rest des Gebäudes zu Geröll und jagte einen Funkenwirbel hoch in den abendlichen Himmel.

»Genug, Stratus«, rief Tatyana, aber der Anblick ihrer zerrissenen Kleidung und ihres vergossenen Blutes hatte meine Sicht rot gefärbt.

Ich kann immer noch fühlen, wie mich ihre Hände quetschen, wie mich die schiere Überzahl meiner Kraft beraubt, wie mich ihr stinkender Atem erstickt …

Meine Faust zermalmte mehrere weitere Männer zu Brei, und mein Schwanz peitschte noch einmal, ließ ein weiteres Haus als Lawine aus gesplittertem Holz und zerbrochenem Stein einstürzen. Mein Schädel schwang herum, riss mit meinen Hörnern das Dach von einem anderen Gebäude, dann warf ich den Kopf in den Nacken und brüllte erneut, während Rauch und Blut die Luft beherrschten.

Ich erhob mich in die Luft, verteilte unterwegs brennendes Holz und stieg auf, um über der Stadt zu schweben. Flüchtende Menschen verstopften die Straßen, während es auf den Mauern von Soldaten wimmelte, die verzweifelt versuchten, ihre viel zu wenigen Belagerungsbögen zum Einsatz zu bringen.

»Hör auf, verdammt!«

Ich drehte mich um und sah Tatyana an. »Du bist für mich wie eine Blutsverwandte. Dein Feind ist mein Feind.« Ich bleckte die Zähne. »Und meine Feinde sterben.«

»Und sie sind tot, verdammt. Sieh nur, was du angerichtet hast!«

Ich blickte auf die unten lodernden Feuer hinab und zuckte mit den Schultern. »Aber sie haben dir wehgetan.«

»Bei Gottes Zähnen, Stratus, ich verdiene meinen Lebensunterhalt damit, verletzt zu werden.« Sie atmete tief ein und langsam aus, dann tätschelte sie mir den Hals. »Gott steh mir bei, ich verstehe ja, was du empfindest, aber es reicht! Sonst verrichtest du die Arbeit unserer Feinde für sie.«

»Bist du sicher? Ich kann dem Geruch folgen, den sie an dir hinterlassen haben, und ihre gesamten Blutlinien auslöschen, wenn du es wünschst.«

Sie antwortete nicht sofort. »Das ist fast genauso beängstigend wie verlockend. Aber nein. Die da verbrennen zu sehen, war genug.«

»Wie du willst.« Ich stieg höher, bevor die Soldaten unten jene Bogen einsatzbereit hatten. »Hast du die Steine bekommen?«

»Echt jetzt?«

»Ja.«

»Nein. Ich war zu beschäftigt damit, von diesen Drecksäcken besprungen zu werden.«

»Das ist enttäuschend.« Ich neigte eine Schwinge und schwenkte nach Osten.

»Wo willst du hin?«

»Ich habe die Form dieses Flusses erkannt, und den Berg da drüben, der aussieht wie ein Buckliger.«

»Und? Wohin fliegen wir?«

»Wirst du schon sehen.«

Es dauerte noch einige Meilen, bis ich anfing, mich an sämtliche Merkmale der Landschaft zu erinnern und mich an den sanften Mustern der Liedlinien zu orientieren, aber schon bald war mir alles wieder eingefallen.

»Festhalten«, warnte ich Tatyana vor und begann den langen, gekrümmten Sinkflug zu dem Moor, nach dem ich gesucht hatte. Der Wind wehte uns entgegen, sodass mir der unverkennbare Gestank fauler Eier aus dem blubbernden grauen Wasser schon aus einiger Entfernung in die Nase stieg. Das Moor schien größer zu sein, als ich es in Erinnerung hatte.

Es fühlte sich an, als stiege ich in eine seltsame neue Welt hinab, bevölkert von unförmigen, gurgelnden Kreaturen. Ich schickte eine Lichtkugel voraus, die mir den Weg durch die Dämpfe erhellte. Schließlich fand ich eine trockene Stelle, eine Insel inmitten eines blubbernden Meeres.

Ich setzte so sanft auf, wie ich konnte. Die Windgebilde, mit denen ich meinen Abstieg steuerte, vertrieben für einige wunderbare Augenblicke den beißenden Gestank, bevor er wieder über uns zusammenschlug. Den von mir an Tatyana angebrachten Zauber entfernte ich nicht, sondern lockerte nur die Luftseile, die sie an mir festbanden. Den restlichen Schutz erhielt ich aufrecht, damit die Dämpfe nicht ihre Lunge verätzten oder, schlimmer noch, sie dazu brächten, sich auf mich zu übergeben.

»Warte«, sagte sie. »Ist das der Rotlung-Sumpf?«

Ich zuckte mit den angelegten Flügeln. »In meiner Sprache heißt der Ort *Kraz Gur*, das Feuer-Gewässer.«

»Und was genau machen wir hier?«

Ich drehte mich zur Seite und sah sie an. Meine Freundin schien sich in der Umgebung entschieden unwohl zu fühlen. »Dasselbe, was wir die letzten Tage gemacht haben. Wenn ich mich meinem großen Feind stellen und meine Liebste befreien will, brauche ich jedes Werkzeug und jede Waffe in meinem Arsenal. An oberster Stelle darunter steht Feuer.«

Ich schmetterte die Faust auf einen der kugeligen Steine am Rand des Inselufers. Er brach auf, und es kam eine gelb funkelnde Masse zum Vorschein. »Dieser Ort strotzt geradezu vor allem, was ich brauche, um Feuergalle herzustellen.«

»Feuer*galle?* Willst du damit sagen, dass Drachenfeuer eigentlich Kotze ist?«

Ich nickte.

»Also, das trübt jetzt ein wenig die Romantik.« Sie rieb sich das Gesicht. »Tut es weh?«

»Nur, wenn ich den Strahl nicht richtig steuere. Ihm ist egal, was er verbrennt.« Ich hob den gespaltenen Stein auf. »Das sollte nicht lange dauern.« Ich biss hinein und begann, den weichen Stein zu einer bitteren Paste zu mahlen.

»Warte, warte, warte. Was meinst du damit, dich deinem großen Feind zu stellen und deine Liebste zu befreien? Ich dachte, Navar und sie wären beide, na ja, du weißt schon … tot.«

Ich schluckte die pulvrige Masse hinunter, würgte ob der Bitterkeit und hob anschließend die andere Hälfte des Steins auf. »Navar ist tot, daran besteht kein Zweifel. Aber ich habe nicht von ihm gesprochen.«

Tatyana rutschte meinen Flügel entlang zum Knöchel, ein unangenehmes Gefühl, das ich jedoch überging. »Langsam! Soll das heißen, da draußen treibt sich noch ein gottverdammter Totenbeschwörer herum?« Plötzlich hielt sie inne und umklammerte den gekrümmten Daumen, der von der Verbindung meiner Flügelknöchel abstand. »Und Anakhara? Du meinst, sie könnte … noch am Leben sein?«

Ich beobachtete sie, während ich den letzten Schwefelbrocken zu etwas zerkaute, das mir nicht auf halbem Weg nach unten in der Kehle stecken bleiben würde.

»Ich habe mehr als früher darüber nachgedacht, mich dazu überwunden, mich mit den bittersten Erinnerungen auseinanderzusetzen.«

»Und du denkst jetzt, sie könnte wirklich noch am Leben sein?«, fragte sie erneut und setzte sich abrupt.

»Ich glaube, dass sie das ist. Steig wieder auf, dann erzähle ich dir alles.«

»Sind wir hier schon fertig?«

»Ja.« Ich konnte fühlen, wie die Steine in mir aneinandermahlten. Die starken Säuren in meinem Zweitmagen saugten die Minerale aus ihnen und veränderten sie im selben Zug. Ich war froh, den Sumpf zu verlassen, und es bedurfte mehrerer tiefer Atemzüge sauberer Luft, um die letzten Reste des Gestanks aus der Nase zu bekommen.

»Erzählst du's mir jetzt oder nicht?«

»Geduld, Tatyana.« Ich fegte über gepflegte Weiden hinweg und schnappte mir ein paar Schafe, bevor ich auf einem abgeschiedenen Hügel einige Meilen weiter landete, wo ich die Tiere häutete und ohne Widerspruch von Tatyana briet.

Wir schmausten genüsslich, während die Sonne die Schatten aus der Umgebung vertrieb. Danach erzählte ich ihr von Erzmagier Talgoth, jenem hinterhältigen Unmenschen, der mich gefangen hatte. Dann berichtete ich ihr von den Bruchstücken von Anakharas Stimme, die ich gehört und die mir die Kraft verliehen hatten, als ich sie am dringendsten brauchte.

»Wenn er mich fangen konnte, dann könnte es ihm auch bei ihr gelungen sein. Das würde erklären, warum ich nie ihren Leichnam gefunden habe, nur Schuppen, Zähne und Blut.«

Tatyana schwieg, während sie beobachtete, wie das Licht zunehmend den östlichen Himmel eroberte. Schließlich meinte sie: »Wir müssen sie finden.«

»Wir?«

»Deine Feinde sind meine Feinde.«

Ich ließ die prächtigen Zähne zu einem Lächeln aufblitzen und erhob mich. »Weil wir gerade dabei sind: Es ist an der Zeit, nach Falkenburg zurückzukehren.« Sie lief meinen Arm hinauf und hechtete auf meinen Hals. »Es ist an der Zeit für mich, Wort gegenüber deinem Prinzen zu halten.«

*

Ich stieg stetig höher, als ich zurück nach Falkenburg flog, hoch genug, dass sich die penullische Armee nur als dunkler Klecks in der Landschaft unter mir abzeichnete.

»Was hast du jetzt vor?«, fragte Tatyana.

»Fallen«, antwortete ich und ging so in Stellung, dass mich das Gleißen der Sonne im Sturzflug verbergen würde. Ich konnte die Erregung fühlen, die Tatyana ausstrahlte, und ich festigte still und heimlich die Schutzbanne um sie, sodass sie auch Pfeile und dergleichen ablenken würden.

»Wie meinst du das, *fallen?*«

Ihre Frage klang in einem Kreischen aus, als ich die Flügel anlegte und in Richtung der Armee stürzte. Der dunkle Klecks weitete sich rasend aus. Die durchgehende Masse erlangte Konturen, als der Abstand schwand. Die erste Einzelheit, die mir ins Auge stach, war das silbrige, von den Zelten der Magier ausgehende Licht. Anhand dieser Landmarke konnte ich den Rest des Lagers mühelos einordnen.

Ich weitete die Finnen an meinem Schwanz, um mich zu den Zelten zu lenken und ausreichend abzubremsen, damit ich die Schwingen ausbreiten konnte, ohne mir die Schultern zu brechen. Die Soldaten schauten alle gleichzeitig auf, doch es war zu spät, sie konnten nur noch mit großen Augen glotzen.

Ich spannte die Halsmuskeln an und spürte, wie der Druck der frischen Feuergalle gegen den Ansatz meiner Kehle presste, ein seltsames, aber vertrautes Gefühl. Dann neigte ich den Kopf und spie einen Schwall davon aus, als ich über das Lager schwebte. Mein Flugwind riss Zelte aus ihrer Verankerung und brachte Flaggen und Wimpel peitschend zum Flattern, während sich die Galle in meiner Flugbahn ausbreitete. Anschließend neigte ich die Schwingen und genoss das Ziehen in den Flugmuskeln, als ich zum Steigflug überging. Ich hatte fast den Scheitelpunkt meines Aufstiegsbogens erreicht, als ich auf das Lager hinabblickte, wo sich die Galle entzündete.

Eine Flammenschneise von der Farbe geschmolzenen Goldes raste von Osten nach Westen durch das Lager und wallte nach außen, als mein Flugwind Tröpfchen der Galle verteilte und die Vernichtung weiter verbreitete. Beim Überfliegen der Unterkünfte der Zauberer hatte ich besonders viel ausgespien, und ich brüllte vor Freude, als über die Hälfte ihrer Zelte in einem brodelnden Ball oranger Flammen aufging.

Erst jetzt ertönten die Alarme, ein wildes, misstönendes Gemisch von Glocken und Trompeten, das die Schreie der Sterbenden übertönte. Ich schraubte mich durch die Luft, während Tatyana auf meinem Rücken wie eine Wölfin johlte, dann setzte ich zu einem weiteren Überflug von Norden nach Süden an, um das Lager zu vierteln. Eine Handvoll Pfeile schwirrte hinter mir her, aber keiner traf sein Ziel. Feuer erblühte unter mir, als ich zurück hinunter zum Lager sank und kräftig mit den Flügeln schlug, um die Flammen noch weiter zu verteilen.

Ein Strahl violetten Lichts raste von den verbliebenen Zelten der Zauberer auf mich zu, gefolgt von einem Hagel feuriger Pfeile, die allesamt an den von mir errichteten Schutzschilden zerschellten. Ich überzog ihre restlichen Zelte mit Hexenkunstblitzen, dann fegte ich hinab und drehte den Körper so, dass mein Schwanz durch die Luft peitschte und mehrere der langsameren Zauberer mit dem knöchernen Ende erfasste und in die Luft wirbelte. Noch bevor sie auf dem Boden aufschlugen, waren alle schon tot.

In einem der Zelte, die nicht brannten, spürte ich die widernatürliche, pulsierende Gegenwart der Lanze. Da mir meine Hexenkunst nun mit voller Kraft zur Verfügung stand und ich noch nicht mal ihre gesamte Macht erweckt hatte, zögerte ich nicht. Ich riss das Zelt weg und besprühte die Ansammlung der Zauberer darin mit Feuergalle. Ihnen blieb gerade genug Zeit, um an Flucht zu denken, bevor sich die Flüssigkeit entzündete. Die wenigen, die dem Strahl entgangen waren, stoben auseinander, warfen ihre Stäbe beiseite und flohen, so schnell es ihre Beine und die Roben gestatteten. Alle bis auf einen.

Dieser Zauberer trat mit glimmenden, purpurnen Gewändern vor und feuerte einen Strahl tödlicher Energie auf meine Brust ab. Wie bei seinesgleichen üblich benutzte er dafür eine Geste mit seinem Stab; eine Angewohnheit, die mir eine Vorwarnung des Angriffs gab und dessen Richtung anzeigte. Ich senkte ihm meine Schilde entgegen und spürte, wie die Energie darüber schrammte; ein beeindruckend heftiger Stoß, der schweren Schaden verursacht hätte, wäre ich das dumme Tier gewesen, für das er mich eindeutig hielt.

Meine Hände waren noch damit beschäftigt, einige der Überlebenden zu zerquetschen, also griff ich ihn stattdessen mit meinem Kopf an – eigentlich ein gewagter Zug, aber es waren kaum noch welche übrig, die ich als echte Bedrohung betrachtete.

Als er wegspringen wollte, verhedderten sich seine Beine an dem halb verbrannten Zauberer, der neben ihm auf dem Boden zappelte. Er schrie gellend auf, als ich die Kiefer zuschnappen ließ und mindestens acht Zähne in seinen Rumpf schlug. Das Knacken und Knirschen brechender Rippen erfüllte mich mit großer Befriedigung. Sein Schrei wurde von dem Blut erstickt, das ihm wie ein Geysir aus dem Mund schoss.

Ich ruckte den Schädel zur Seite und biss erneut zu, trennte beide Beine ab, dann warf ich den Kopf in den Nacken und verschlang den Rest des Mannes kurzerhand.

Danach wirbelte ich herum und suchte die Umgebung nach ähnlich beherzten Gegnern ab. Aber die anderen waren alle geflohen oder gestorben, alle außer einem gelb gewandeten Zauberer, der auf dem Boden lag und nach seiner Mutter heulte. Ich führte meinen Schilden mehr Energie zu, bevor ich die Lanze packte und die Zähne gegen das unangenehme, schmierige Gefühl zusammenbiss. Die Kälte des Todes verdichtete sich bereits um das Artefakt, doch die Beschwörungen, die das volle Potenzial erwecken sollten, waren noch nicht vollständig, weshalb die Lanze nicht annähernd so mächtig war wie jene in Aknak.

Ich bog sie zweifach ineinander, dann warf ich sie mitten hinein ins penullische Lager, wo ihre Zauber verheerend versagten und ein ganzes Viertel der Fläche in einer Explosion fahlen Lichts erfassten. Dutzende panische Menschen und Tiere wurden in die Welt der Toten gesaugt, bevor sich die Energien verflüchtigten und das Portal in sich zusammenfiel.

Indes griff ich die nächstbeste Ansammlung von Soldaten an, fiel mit Krallen und dem Schwanz über sie her, auf den menschliche Gegner stets zu achten vergaßen. Peitschend wirbelte ich damit herum, fegte die Beine unter den Leibern weg und stampfte sie dann mit Fäusten und Füßen in den Boden.

Ich war noch mit dem Töten beschäftigt, als ich weitere Trompeten und eine andere Note von den penullischen Hörnern hörte. Da schwang ich mich empor. Der entstehende Luftzug ließ brennende Trümmer und Leichen auseinanderstieben. Eine Kolonne von Reitern und Fußsoldaten stürmte aus Falkenburg heran. Neben dem Zeichen der Paladine wehte das blaue Banner des Königshauses. Ich schwebte in der Luft und beobachtete, wie die Neuankömmlinge durch die Reste der chaotischen penullischen Armee pflügten. In ihren Schwertern spiegelte sich flackernd das Licht des Feuers, als sie jeden hinmetzelten, der kein Blau trug.

Das Ende ließ nicht lange auf sich warten. Die penullische Armee war zu einem heillosen Durcheinander verkommen, und ihre Soldaten legten in Scharen die Waffen nieder, während an den Rändern kleine Reitereitrupps diejenigen jagten, die zu flüchten versuchten. Erneut ertönten Trompeten, und von den Soldaten Krandins erhob sich großer Jubel.

Auf Tatyanas Geheiß kreiste ich über der Ansammlung

blauer Banner, was die Pferde der Paladine dazu brachte, sich aufzubäumen und kläglich zu wiehern, wenngleich kein einziges der Tiere Reißaus nahm. Wieder erhob sich Jubel, als ich zu einem zweiten Überflug nahte, und diesmal antwortete ich mit Gebrüll darauf, bevor ich die Schwingen ausbreitete und zurück zur Stadt flog.

Die persönlichen Annalen von Tiberius Talgoth, Erzmagier

Zu meiner Überraschung zog sich Henkman aus dem Gebiet des Drachen zurück. Er rief Verstärkung herbei, während die Priester noch darüber zankten, wem die Schuld daran zu geben sei, dass ihr Gott die Kreatur nicht erschlagen hatte. Ich überließ sie ihrem Gefasel und nutzte die zusätzliche Zeit, um meine Zauber vorzubereiten.

Sobald Henkman sein neu ergänztes Heer von Kreuzrittern zu angemessenem religiösem Eifer angestachelt hatte, brachen wir wieder zum Schlachtfeld auf, diesmal zusätzlich mit großen Belagerungsbögen und einer Rotte mittelmäßiger Zauberer gerüstet, die allesamt Abstand zu mir wahrten.

Henkman strahlte größte Zuversicht aus, als wir uns dem Tal näherten und eine ausgeklügelte neue Formation einnahmen, die es dem Drachen erschweren würde, zu viele mit einem Atemzug zu töten.

Zu Mittag, als das Symbol ihres Gottes am hellsten am Himmel gleißte, brüllte er abermals seine Herausforderung, gestärkt von der Magie der Priester.

Es dauerte nicht lange, bis der Drache auf seinen Ruf mit einem Gebrüll antwortete, das die Eingeweide vieler der Männer nachgeben ließ. Die Blöcke der Fußsoldaten und der Bogenschützen nahmen ihre verteilten Plätze entlang der Hänge des Tals ein, und die mächtigen Pfeile der Belagerungsbögen schimmerten vor all den Bannen, mit denen die Zauberer sie versehen hatten.

Die Bestie traf mit einem Donnerschlag und einem Feuerschwall ein, und Henkmans hehre Pläne brachen auseinander. Die Bogenschützen entfesselten Pfeile, bis ihre Finger bluteten, die Belagerungsbögen wummerten riesigen Maschinen gleich, und ihre Besatzungen schufteten sich halb zu Tode, doch all ihre Bemühungen schienen den Drachen nur noch mehr zu erzürnen. Er fegte von Formation zu Formation und verbrannte und versprengte die wackeren Narren, die dachten, Schwerter und Pfeile könnten ein solches Geschöpf aufhalten.

Ich hielt mich weit abseits, als ich mein Werk begann, und vertraute darauf, dass es im Tal noch genug Tod auszuteilen geben würde, um die Kreatur weiter zu beschäftigen. Schließlich war mein Zauber bereit. Ich warf ihn in das Tal und frohlockte über die perfekte Symmetrie des Netzes, als es sich ausweitete und im Flug über die segelartigen Schwingen der Bestie fiel.

Sie kreischte wie eine verbrannte Katze, stürzte zu Boden und löschte ein gesamtes Regiment von Lanzenstreitern aus, als sie um sich schlug und brüllte.

Ich spürte, wie sie ihre Magie gegen mich wandte, wie sie gegen meinen Zauber ankämpfte. Hätte ich nicht meine Lehrlinge dazu vergattert, die magische Last unter sich aufzuteilen, hätte sich mein Gehirn statt der ihren verflüssigt. Mit jedem, der fiel, wuchs die Belastung für meinen Geist, aber mittlerweile hatte Henkman seine Paladine neu formiert, und sie fielen mit ihren verzauberten Schwertern über die Kreatur her.

Die Aufmerksamkeit des Drachen wandte sich von mir ab, und ich versiegelte den Zauber, setzte zur nächsten Beschwörung an und arbeitete fieberhaft, um sie zu vollenden, bevor Henkman und seine Schwachköpfe das Geschöpf töten konnten.

Ich hätte mir nie vorzustellen vermocht, dass es so viel Blut auf der Welt geben könnte. Das Tal strotzte vor Tod, als die Bestie letztlich einer Mischung aus ihren Wunden und meinem Wirken erlag. Der Jubel, der sich von den Überlebenden erhob, wirkte nach dem mächtigen Gebrüll der Kreatur dünn und brüchig. Ich sammelte die Energie ein, die so viel Gewalt entfesselt hatte, während ich durch das heiße Blut watete, und ergötzte mich an der Macht, die mich erfüllte.

Das Geschöpf erwies sich als gewaltig. Selbst ohne den muskelbepackten Schwanz war es leicht dreimal so lang wie ein Kriegsschiff, zudem wunderschön. Da, wo es nicht verstümmelt war. Einige der Männer hatten bereits Schuppen aus dem Drachen gehackt, weil sie den goldenen Schimmer an deren Rändern für edles Metall hielten, sie jedoch rasch beiseitegeworfen, als sie erkannten, dass sie die Mühe nicht wert waren.

Henkman stand am kegelförmigen Kopf und hielt das Schwert der schwindenden Sonne entgegengestreckt, während ein Dankgebet über seine Lippen sprudelte.

Für seine gebeutelte Bande von Überlebenden musste es zweifellos ein erhebender Anblick sein, mich hingegen interessierte allein das Flackern roher Magie, das ich im Schädel der Kreatur gespürt hatte, während er seine wackere Truppe mit einem Segen bewarf.

Die Bestie lebte noch, und die Hilfe, für die mein Zauber gesorgt hatte, überzeugte die Männer um mich herum davon, dass auch mir Dank auszusprechen sei.

Ich blieb bei der gefallenen Kreatur, als die Dunkelheit Einzug hielt und Erschöpfung die Überlebenden bewog, sich zum Lager zurückzuziehen, um zu trauern oder zu feiern, je nachdem, wonach ihnen der Sinn stand.

Die Zahl der Toten und die äußerste Gewalt bei ihrem Ableben hatten das Portal weiter geöffnet, als ich es je erlebt hatte, und ich sog die Energie in mich auf, bis ich mich beinah berauscht davon fühlte. Natürlich barg es Gefahren, so viel negative Energie in sich zu beherbergen, und ich konnte bereits fühlen, wie sie in mir nagte, aber ich konzentrierte mich auf das

Versprechen, das die Macht des Drachen bot. Wenn ich erfolgreich wäre, würde sich das Wagnis tausendfach gelohnt haben.

Ich wirkte meinen letzten Zauber in den finstersten Stunden der Nacht und band die Kreatur mit Runenketten, was mir so viel abverlangte, dass Blut wie Schweiß aus meiner Haut austrat. Endlich war alles bereit, und ich beobachtete mit entsetzlicher Furcht, wie die Magie die Bestie umhüllte und zu dem Kerker brachte, den ich für sie vorbereitet hatte. Ich lachte, als ich vor Erschöpfung auf die Knie sank.

Es hatte funktioniert. Die Drachin gehörte mir.

KAPITEL ZWEIUNDFÜNFZIG

Fronsac kam uns entgegen, als ich auf demselben schlammigen Platz wie zuvor landete. Als er durch eine Tür ins Freie eilte, teilte ein breites Lächeln seinen Bart.

»Du hast es geschafft! Bei allen Sternen, das war überwältigend! Ich habe von derlei Dingen gelesen, hätte aber nie zu träumen gewagt, sie einmal mit eigenen Augen zu bezeugen.« Er raste auf mich zu, dann bremste er und senkte die Arme. »Ich schwöre, wenn ich wüsste, welchen Teil von dir ich umarmen soll, würde ich es tun.«

»Es ist der Gedanke, der zählt«, meinte ich und neigte eine Schulter, damit Tatyana leichter von mir heruntergleiten konnte.

Sie war von Ruß geschwärzt, aber vollkommen unversehrt, und zu meiner und Fronsacs Überraschung stürmte sie vor und umarmte den Zauberer innig.

»Ich würde am liebsten gleichzeitig schreien und lachen«, verriet sie uns, während sie ihn immer noch an sich drückte. »Es war unglaublich!«

Schließlich löste er sich von ihr, und sie standen beide da und grinsten mich dümmlich an, während ich mir verkohltes Fleisch von den Armen kratzte.

»Wartet ihr darauf, dass ich etwas sage oder so?«, fragte ich.

»Nein.« Fronsac schüttelte den Kopf. »Ich wollte diesen geschichtsträchtigen Augenblick nur gebührend auf mich wirken lassen. Vom heutigen Tag werden die Menschen noch in Jahrhunderten erzählen.«

Ich grunzte. »Vielleicht ein paar Jahre lang. Menschen verkehren die Wahrheit schnell in Mythen. Die einzigen, die sich daran erinnern werden, sind rückständige Zauberer.«

»Ich könnte gut damit leben, wenn meine Tagebücher tausend Jahre lang gelesen und studiert werden.« Er kam einen Schritt näher. »Weil wir gerade von Zauberern reden: Sind welche entkommen?«

»Es ist schwierig, bei einem solchen Gewimmel jedes einzelne Insekt zu zerstampfen.«

»Unter ihnen war ein bestimmter. Ludvig, ihr Anführer. Träger einer purpurnen Robe, der gefährlichste von allen.« Er packte Tatyana am Arm. »Sag mir, dass alle tot sind.«

»War er blond? Hatte er einen gegabelten Bart?«, fragte Tatyana.

»Ja«, bestätigte Fronsac. »Er hat meine Söhne getötet. Ich werde ich nie vergessen.«

»Oh, dann ist er tot«, sagte sie.

»Ist er schlimm gestorben?«

Sie lächelte. »Auf die schlimmstmögliche Weise verschlungen.«

Mit verwirrt gerunzelter Stirn sah Fronsac erst sie an, dann mich.

»Ich kann ihn wieder hochwürgen, wenn du ihr nicht glaubst«, bot ich an.

Er musterte mich einen Augenblick lang, dann bedeckte er mit der Hand seinen Mund. »Du meinst das ernst«, stellte er fest.

»Es war kein schöner Anblick«, merkte Tatyana an, lachte und klopfte ihm auf die Schulter. »Lächle, Zauberer. Es ist ein guter Tag.«

»Ja, ist es wirklich, nicht wahr?« Auch sein Lächeln tauchte zwischen dem Bart wieder auf. »Novstans Armee ist aufgerieben, meine Söhne sind gerächt, und die Prinzen nehmen gerade den Jubel des Heeres entgegen. Lucien ist der neue Held der Männer, und es steht ihm gut zu Gesicht.« Er näherte sich mir und legte eine Hand auf meinen Unterarm. Seine Haut nahm sich bleich wie Marmor an meinen mitternachtsschwarzen Schuppen aus. »Und du bist frei.«

»Es ist in der Tat ein guter Tag, und ich freue mich für euch. Für euch beide«, fügte ich hinzu und setzte mich auf die Hinterbeine, damit ich nicht so tief auf sie hinabschauen musste. Ich empfand das nämlich als eigenartigen Blickwinkel. Vielleicht war ich zu lange ein Mensch gewesen. »Aber ich habe noch eine weitere Schlacht zu schlagen.«

»Hast du vor, auch die nördliche Armee zu vernichten?«, fragte Fronsac und trat ein Stück zurück, um sich an den Rand eines alten Fasses zu lehnen. Tatyana setzte sich einfach auf meinen Unterarm; rittlings wie auf ein Pferd.

»Erzähl es ihm«, forderte sie mich auf und tippte mit den Fersen gegen meinen Arm. »Er könnte in der Lage sein, zu helfen.«

Das hielt ich zwar für unwahrscheinlich, aber ich verstand ihre Absicht. »Ich muss Navars Meister aufspüren und vernichten.«

»Als Geschichtenerzähler bist du echt lausig«, warf mir Tatyana vor.

»Wieso? Das entspricht doch dem, was ich tun muss.«

»Wo bleibt die Dramatik?«, gab sie zurück und fuchtelte mit den Händen. »Die epische Geschichte der Rettung deiner lang verschollenen Liebe und die Ausübung unerbittlicher Rache?«

»Aufhören, alle beide. Wovon redet ihr da?«, ging Fronsac dazwischen. »Was für ein Meister? Was für Rache?«

»Stratus glaubt, dass seine Gefährtin von einem uralten Zauberer gefangen gehalten wird. Einem Zauberer, der meinem Vorfahren bei seinem Kreuzzug gegen das vermeintliche Untier geholfen hat, es zu besiegen.«

»*Sie* zu besiegen«, warf ich ein.

»Entschuldige.«

»Talgoth?«, fragte Fronsac und richtete sich jäh auf. »Tiberius Talgoth?«

Ich legte den Kopf schief. »Du hast seinen Namen gekannt, aber meinen nicht?«

Fronsac wischte die Frage mit einer Bewegung seiner Hand weg. »Gestern Nacht hatte ich die Eingebung, den Rest von Henkmans Chroniken zu lesen. Also du meinst tatsächlich Talgoth?« Er verstummte gerade lang genug, bis ich nickte. »Er besaß einen brillanten, aber kranken Verstand. Allerdings ist er seit Jahrhunderten tot.«

»So wie ich?«

»Ja … nein … Aber du bist ein *Drache*, Stratus. Selbst ein brillanter Zauberer ist und bleibt nur ein Mensch. Ich kenne keinen Zauber, der gegen den Zahn der Zeit anzugehen vermag.«

Ich starrte Fronsac an, als seine Worte in meinem Geist widerhallten. *Ich kenne keinen Zauber, der gegen den Zahn der Zeit anzugehen vermag.* Das konnte tatsächlich kein Zauber, erst recht nicht, wenn derjenige, der ihn wirkte, so von Tod durchdrungen war, wie es der Erzmagier nach so vielen Jahrhunderten der Berührung negativer Energien sein musste. All die dunkle Magie würde die positiven Energien unweigerlich aufheben, die für Heilung und Wachstum erforderlich waren. Für den Versuch würde er Hilfe von jemandem brauchen, der ihm ebenbürtig oder sogar noch stärker war, um genug positive Energie aufnehmen zu können, und das dauerhaft. Denn wenngleich sich die Zeit durch einen steten Zustrom belebender Energien verlangsamen ließ, zögerte dies das Unvermeidliche letztlich doch nur hinaus.

Die Zeit war zu vielschichtig für den Versuch, um sie dem eigenen Willen unterjochen zu können. Ich selbst hatte einmal versucht, das letzte Einhorn am Leben zu erhalten, nachdem eine rasend um sich greifende Seuche seine Art ausgelöscht hatte. Und es war mir gelungen, solange ich mich darauf konzentriert hatte. Aber nach mehreren Jahrzehnten war ich abgelenkt worden, und die Zeit hatte sich sprunghaft begradigt wie ein Ast, den man zurückbiegt und dann plötzlich loslässt. Das arme Geschöpf war innerhalb eines Herzschlags gestorben und hatte dabei Qualen gelitten, die ich mir nicht vorzustellen wagte.

Einen steten Energiestrom für den Zeitraum aufrechtzuerhalten, von dem wir gerade sprachen, wäre eine unfassbar schwierige Aufgabe und mit entsprechend hohen Kosten verbunden, sowohl für denjenigen, der ihn aufrechterhielt, als auch für denjenigen, auf den er einwirkte. Anakhara hatte den Umgang mit den Liedlinien stets meisterlich beherrscht. Sie war von jeher stärker und geschickter gewesen, als ich es mir hatte erhoffen können.

»Er lebt«, entschied ich letztlich. Meine Stimme senkte sich auf ein Flüstern, da ich damit zu kämpfen hatte, das Ausmaß der Vorstellung zu verarbeiten. »Genau wie sie. Ich kann es fühlen, hier.« Ich legte eine Hand über mein Hauptherz.

»Stratus, was du da sagst, ist nicht möglich. Man hat weder von Talgoth noch von einem anderen Drachen etwas gehört oder gesehen, seit du, ich meine sie … Seit ihr gefangen worden seid. Die Chroniken …«

»Ich sage dir, er ist der Schöpfer eures Elends, und Navar war lediglich sein Sprachrohr. Sag, wird in diesen Chroniken noch ein anderer Drache erwähnt?«

Einen Moment lang schloss Fronsac die Augen. »Ja. Um die Zeit, als sie – also Henkman und seine Kreuzritter – sich zum ersten Mal Nagath genähert haben. An der Stelle wird eine Begegnung beschrieben. Ich zitiere: *Eine große Bestie, schlank wie ein Löwe und in Gold gehüllt, erhob sich aus dem Norden und brachte mit Feuer und Klauen Verderben über uns.* Sie wurde von Henkman erschlagen.«

Ich drängte ein Knurren zurück, als sich das Bild in mir regte. »Ist das alles, was darin steht?«

Ich spürte, wie sich seine Magie leicht rührte, aber sie war nach innen gerichtet. »*Die Bestie wurde vom Erzmagier Talgoth auf die Erde herabbefohlen. Hernach erstrahlte die Beherztheit des Paladins, und er erschlug sie mit mächtigen Streichen seiner gottgegebenen Klinge. Sie fiel bei Anbruch der Nacht, und mit der Morgensonne war ihr schauerlicher Leib dem Verderb anheimgefallen, sodass nur ein Teich von Blut als Zeugnis ihres sündigen Daseins zurückblieb.*«

Ich bleckte die Zähne, als sich meine letzten Zweifel verflüchtigten. Ich wusste, dass diese Worte nicht von Fronsac stammten, dennoch entfachten sie meinen Zorn erneut.

»Sag, bin ich in Gold gehüllt? Und hältst du es für wahrscheinlich, dass ich über Nacht zu einem Teich aus Blut zerfließen würde?«

Zögerlich berührte er meine Schnauze, fuhr sie mit den Händen entlang und klopfte die hornige Erhebung ab, die sich über meinen Wangenknochen erstreckte.

»Der Erzmagier hat sie mitgenommen«, warf Tatyana von meinem Arm aus ein.

Fronsac trat zurück und ließ sich mit einem Seufzen auf dem Fass nieder. »Verzeih, wenn sich das kaltherzig anhört, aber bist du dir sicher? Wegen des Körpers?«

»Ja. Wir sind keine Bluttrinker, die ein Sonnenstrahl zum Schmelzen bringt.«

»Du glaubst wirklich, sie könnte noch am Leben sein?«, fragte er.

Die Worte lagen mir auf der Zunge, aber die plötzliche Angst, es könnte den zerbrechlichen Traum irgendwie zerplatzen lassen, sie laut auszusprechen, ließ mich schweigen.

»Sie *ist* am Leben«, kam dafür von Tatyana.

Fronsac sah erst sie an, dann mich. »Wie ist das möglich? Und warum?«

Ich schloss die Augen und erweckte meine Hexenkunst, formte mit einem Gedanken, was ich brauchte, um meine Energie aus den Liedlinien aufzufüllen. Dann richtete ich all die gebündelte Macht auf Fronsac, hielt sie im letzten Moment zurück, ließ ihn aber das Gewicht ihrer Möglichkeiten spüren.

Er schlitterte wie von einem heftigen Sturmwind angeschoben über das Kopfsteinpflaster zurück. Seine Schutzbanne flammten mit jedem verstreichenden Augenblick heller auf, als der überquellende Überschuss der Macht in sie sickerte.

Als ich sie zurückzog, taumelte er vorwärts, stützte sich schwer auf seinen Stab, und seine Augen leuchteten mit einem goldenen Schein, der eine Weile brauchte, um zu verblassen.

»Bei den Sternen«, stieß er atemlos hervor und starrte auf seine Hände, als sähe er sie zum ersten Mal.

»Macht«, sagte ich. »Das beantwortet die Fragen nach dem Wie und dem Warum. Macht hat Menschen schon immer um den Verstand gebracht, entweder weil es sie selbst danach dürstete oder weil sie fürchteten, dass andere sie erlangen könnten.« Ich setzte mich wieder zurück. »Hexer zählen zu den mächtigsten und gefährlichsten unter all jenen, die über die Gabe verfügen. Aber was ein Hexer befehligen kann, wird von seiner sterblichen Hülle und seinem menschlichen Verstand begrenzt. Wir sind aus den Elementen und den Liedlinien selbst geboren.«

Fronsac atmete tief ein und ließ die Luft pfeifend zwischen den Zähnen hindurch entweichen, bevor er antwortete. »Aber wenn er solche Macht besitzt, wenn er irgendwie einen Drachen versklavt hat – warum haben wir dann nie etwas davon gesehen? Wozu sollte er einen Handlanger wie den Herrn der

Würmer brauchen?« Er verstummte und klatschte sich mit einer Hand auf die Stirn. »Oh Gott. Nicht Würmer. *Wyrm*.«

Ich ließ die überschüssige Macht, die ich bezogen hatte, in den Hof und die umliegenden Gebäude abfließen, während ich darüber nachdachte. Und ich lächelte unwillkürlich, als verschiedene Töpfe mit Blumen und Kräutern um uns herum prompt neu erblühten und den Mief von Schlamm mit frischen Düften vertrieben.

»Ich habe flüchtige Blicke auf seine Herrschaft erhascht, sowohl in Visionen als auch in Erinnerungen, die ich Sterbenden stahl. Genug, um zu wissen, dass er die Macht für sich selbst hortet wie ein Pfennigfuchser seine Münzen. Alles, was er tut, dient dem alleinigen Zweck, seine Macht zu vergrößern. Es wird ihm nicht gefallen haben, dass ich seine Pläne vereitelt und all die Macht vergeudet habe, die er in Navar hineingebuttert hatte.«

»Du denkst, er wird seine Taktik ändern?«, fragte Tatyana. »Und seine Macht vielleicht zum Einsatz bringen?«

»Möglich wäre es. Vielleicht hat er auch einen anderen Recken, den er vorschieben will.« Ich rollte die Schultern. »Deshalb habe ich nicht vor, ihm die Möglichkeit einer Wahl zuzugestehen. Im Morgengrauen trete ich meine Reise zu seinem Versteck an.«

»Du meinst, *wir* treten sie an«, meldete sich Tatyana zu Wort. »Ich bleibe bis zum Ende bei dir.«

»Nein, meine Freundin, diesmal nicht. Glück und das Medaillon des Sankt Tomas haben dich vor dem Schlimmsten bewahrt, was Navar aufzubieten hatte. Aber was vor mir liegt, wäre der sichere Tod für dich.«

»Das ist *meine* Entscheidung.«

»Nein. Ich bewundere deine Tapferkeit, aber noch einmal: Es wäre der sichere Tod für dich.«

»Ich denke, er hat recht, Tatyana«, stärkte mir Fronsac den

Rücken, als sie aufstand und Zorn ihren Geruch färbte. »Wenn das, was ich gerade gespürt habe, darauf schließen lässt, wessen sich Stratus stellen muss, dann gibt es keinen Zauber, der dich dagegen schützen könnte. Mitzugehen wäre eine Torheit der schlimmsten Art.«

Sie wehrte die Hand ab, die er ihr auf die Schulter legen wollte. »Es ist *meine* Entscheidung!«, wiederholte sie.

»Also gut«, sagte ich, und mir entging die Überraschung nicht, die über ihre Züge huschte. »Aber es ist *meine* Entscheidung, dich nicht zu tragen. Komm ruhig mit, wenn du willst, allerdings wirst du ein wirklich schnelles Pferd benötigen.«

Sie glotzte mich an. Die Überraschung schlug in Wut um, als ihre Lippen Worte bildeten, die dann aber nie von ihnen drangen. Stattdessen machte sie abrupt auf dem Absatz kehrt, stapfte vom Hof und schlug eine Tür so wuchtig hinter sich zu, dass der Griff abfiel. Ich spürte, wie ihre Gegenwart tiefer in den Palast entschwand, und überraschte mich selbst damit, dass ich eine leichte Enttäuschung empfand, weil sie nicht zurückkam. Andererseits hatte ich meine Worte mit einem Zwang durchwirkt, um ihre Gefühle zu dämpfen.

»Das wird sie dir vielleicht nicht verzeihen«, meinte Fronsac, der mich erneut mit seiner Auffassungsgabe überraschte. Ich hatte gedacht, ich hätte meine Macht kaum spürbar eingesetzt. »Obwohl ich verstehe, dass es nur zu ihrem Besten war.«

»Ich habe sie lieber wütend als tot.«

»Du hast sie ziemlich liebgewonnen, nicht wahr?«

»Sie kommt dem am nächsten, was ich an Familie habe.«

»Natürlich.« Er bewegte sich meine Flanke entlang, fuhr gelegentlich mit den Händen über meine Schuppen und murmelte dabei vor sich hin. Ich beobachtete ihn, aber da er seine Macht nicht benutzte, ließ ich ihn gewähren und ergriff das Wort erst, als er seine Musterung beendet hatte und wieder vor mir stand.

»Weiß Lucien Bescheid?«, fragte ich.

Plötzlich hielt er inne wie jemand, der gerade eine Viper vor seinen Füßen gesichtet hat. »Was soll er wissen?«

»Dass er ein Hexer ist.«

Der Zauberer lehnte sich auf seinen Stab und lachte leise. »Mir ist gar nicht der Gedanke gekommen, dass du es herausgefunden haben könntest.« Er hob den Kopf und schaute zu mir auf. »Nein, er weiß es nicht. Niemand weiß es. Ich unterdrücke es.«

»Und zapfst seine Macht an.« Er hatte eindeutig nicht damit gerechnet, dass ich das wusste, und seine Überraschung fiel so stark aus, dass ich sie durch seine Schutzbanne schimmern sehen konnte. »Weshalb ich mich frage, zu wessen Vorteil du das tust.«

»So ist das nicht«, beteuerte er und richtete sich auf. »Ich leite die Macht, die ich von ihm abzapfe, in seine Banne zurück, damit sie auch dann erhalten bleiben, wenn wir getrennt voneinander sind. Es ist keine allzu starke Gabe, und er hat sie nie gefühlt.«

»Damit irrst du dich zweifach, mein Freund. Er fühlt sie sehr wohl, auch wenn er sie nur als das *Blut der Könige* kennt. Was zutreffender ist, als er weiß, denn auch der Erstgeborene hatte die Gabe. Und bedenke Folgendes: Er hat den Totenbeschwörern im Herzen ihres Bollwerks widerstanden, hat sich ganz allein Navar gestellt und die Entladung sowohl des Zusammenbruchs der Zauber der Lanze als auch des Erwachens des Nexus überlebt. Seine Macht wächst. Kein bloßer Zauberer oder Paladin hätte auch nur eine dieser Sachen überstehen können.«

»Aber du …«

»Nein, Fronsac. Was ich an Kräften zur Verfügung hatte, hat ausschließlich dazu gedient, mich selbst am Leben zu erhalten.«

Er setzte sich wieder auf das Fass. »Ein Hexer und zugleich ein Prinz. Das wird alles verändern, wenn er überlebt.«

»Er ist ein Prinz, nicht der Sohn eines Köhlers, der in eine Zelle gesperrt um sein Leben fürchten muss. Seine Gabe ist bereits erwacht, und er hat dich, um ihn zu führen.«

»Das wird der Kirche nicht gefallen.«

»Ich bin sicher, sie wird einen Weg finden, es sich selbst an die Fahnen zu heften.«

Dazu gab Fronsac ein kurzes, freudloses Lachen von sich. »Das ist so zutreffend, dass ich nicht recht weiß, ob ich darüber lachen oder weinen soll.«

»Du hast ihn ziemlich liebgewonnen, nicht wahr?«

Einen Moment lang schwieg er. »Er ist ein Freund.«

»Natürlich.«

Darüber lachte er, dann richtete er sich auf. »Mit dir zu reden ist eine gefährliche Angelegenheit, und ich muss gehen. Sag, gibt es irgendetwas, das du brauchst?«

»Feuer«, antwortete ich nach kurzer Überlegung. »Ein normales Feuer, vorzugsweise mit Holz. Das wird helfen, meine Schuppen für das zu härten, was vor mir liegt.«

»Ich sorge dafür. Werden wir uns wiedersehen, falls dir Erfolg beschieden sein wird?«

»Ich denke nicht, jedenfalls nicht für längere Zeit. Falls Anakhara dort ist, wird sie mich brauchen.«

»Ich hoffe, das ist sie, mein Freund.« Ich spürte die Aufrichtigkeit in seinen Worten.

»Danke, Fronsac.«

Der Zauberer beugte sich weit zu mir und küsste mich auf die Schnauze, bevor er vom Hof eilte. Und er hielt Wort, denn wenig später erschien eine Truppe banger Soldaten. Jeder trug eine Armladung Feuerholz, und ich bat sie, es zu einer Pyramide zu stapeln. Als sie fertig waren und wieder hinter den Türen verschwunden waren, zündete ich das Holz mit einer Prise

Feuergalle an und breitete mich gekrümmt um die Flammen aus. Ich sog den Geruch von Kiefern und Zedern tief in die Lunge, bevor ich in einen festen, erholsamen Schlaf fiel, wie ich ihn seit Jahrzehnten nicht mehr genossen hatte.

*

Ein Chor von Schreien brach um mich aus, als ich die Augen wieder aufschlug. Einige schreckliche Herzschläge lang fürchtete ich, meine Abenteuer könnten nur ein Traum gewesen sein, und ich befände mich immer noch in dem Käfig, in dem ich holpernd durch die Landschaft gefahren wurde, auf dass mich die Dummen und Ahnungslosen mit Stöcken piken konnten.

Als ich mich aufrichtete, folgten weitere Schreie, die den Nebel des Schlafes aus meinem Geist vertrieben. Ort und Zeit nahmen um mich herum wieder Gestalt an. Ich befand mich auf dem Hof des Palastes, war nach wie vor frei, und die Sonne schien auf mich herab – und auf die zahlreichen Männer und Frauen, die sich an die Mauern drückten.

»Was wollt ihr?«, fragte ich eine nahe Frau. Sie roch nach zu süßem Rosenwasser, das den Geruch von Schweiß und Angst nicht übertünchen konnte, der an ihrem Körper klebte. Sie kreischte erneut und wankte zurück. Ein großer Mann neben ihr trat zögerlich vor, als fürchte er, ich könnte nach ihm schnappen; eine nicht ganz unberechtigte Befürchtung.

»Ich bin Herr Trott von Dunhallow«, stellte er sich mit einer hohen Stimme vor, die eher zu einem Kind gepasst hätte.

»Und?«

»Prinz Jean hat uns die Erlaubnis erteilt, herzukommen und dich zu sehen.«

»Dann seht mich eben an.«

Ich stand auf, was Herrn Trott zurückstolpern ließ, bevor er die Frau wie eine Art Opfergabe vor sich schob, sei es versehentlich oder bewusst. Ich schenkte ihnen und den anderen Gaffern keine Beachtung, als ich den Rücken und die Beine streckte, bevor ich die Flügel ausbreitete und der Sonne entgegenneigte. Ich ließ mich von ihren sanften Strahlen wärmen, während mir durch den Kopf ging, was vor mir lag.

Ich ging davon aus, dass sich Talgoth nach wie vor in seinem abgeschiedenen Tal versteckte, und trotz der Unannehmlichkeiten, die mich dort erwarteten, freute ich mich auf den langen Flug dahin. Mit einem Menschen auf dem Rücken bald hierhin, bald dorthin zu fliegen, war eine Sache, etwas Neues. Aber ganz allein, nur mit der Sonne als Gesellschaft, frei und unbeschwert am Himmel zu schweben, bot eine völlig andere Aussicht.

»Speist du Feuer?« Trotts dünne Stimme schlich sich zurück in den Rand meiner Gedanken. Ich hätte ihm ja weiter keine Beachtung geschenkt, wenn er nicht entschieden hätte, mich mit seinem Stock zu piken.

»Ich rede mit dir, Bestie.«

»Arek, nicht.« Die Stimme der Frau.

»Unsinn. Diese Kreatur ist Besitz der Krone, und ich bin von adeligem Blut.«

»Hör auf dein Weib, Gewürm«, riet ich dem Mann und ließ meine Worte mit einem Knurren ausklingen. Die anderen umstehenden Schaulustigen schlossen sich ihrer Meinung an, und einen Moment lang schien es, als würden ihn ihre Zurufe zur Vernunft bringen.

Dann hieb sein Stock über meine Krallen. »Papperlapapp. Das ist ein Tier wie jedes andere, und so lasse ich nicht mit mir re…«

Ich hatte in den Jahrhunderten, die ich eingesperrt gewesen war, unzählige Torturen erlitten. Man hatte mich mit allen möglichen Abscheulichkeiten beworfen und mir Gemeinheiten entgegengespien. Aber am schlimmsten waren immer diejenigen gewesen, die wollten, dass ich etwas tat, dass ich sie unterhielt wie ein zahnloser, gebrochener Tanzbär. Manchmal war es ihnen gelungen, mich zu ködern, und dann hatte ich mich zähnefletschend gegen die Gitterstäbe geworfen und ihren Wagemut zerschmettert.

So überkam es mich auch nun, ohne dass ich wirklich darüber nachdachte. Ein Knurren, ein Sprung, und dann das Geschrei. Nur hatte jener Teil von mir vergessen, dass ich wieder ich selbst war und es keine Gitterstäbe mehr gab. Plötzlich hatte ich den Mund voll Fleisch und Blut, und über den Hof schrillte das Kreischen von Menschen, die nur noch von dem grundlegenden Instinkt, zu flüchten, beherrscht wurden.

Das Fleisch zwischen meinen Fängen zappelte matt. Ich ruckte den Kopf zur Seite. Meine scharfen Zähne sägten durch Knorpel und Sehnen. Ein Arm und ein Kopf kullerten über das Kopfsteinpflaster, bevor ich den Rest in einer einzigen, fließenden Bewegung hinunterschluckte. Er war ohnehin tot, und zu Verschwendung hatte ich noch nie geneigt. Trotts Frau stand immer noch vor mir, eine Seite rot besprüht.

Ich führte meinem Windgebilde Macht zu. Dann stieß ich mich mit den Beinen ab und erhob mich in den Himmel, ließ den Hof und die panischen, kreischenden Leute darauf hinter mir zurück, während ich höher und höher stieg.

KAPITEL DREIUNDFÜNFZIG

Ich flog den ganzen Tag so hoch, dass ich auf dem Gelände unter mir kaum noch Einzelheiten erkennen konnte. Nur das Glitzern von Seen und die zerklüfteten Gipfel der höchsten Berge gaben Auskunft über die grobe Form des Landes. Als es gegen Abend allmählich kühler wurde, schwebte ich tiefer, denn die dünnere Luft ließ meine Flugmuskeln immer schneller ermüden. Die Reise zum Hoheitsgebiet des Erzmagiers war schon bei meinem ersten Versuch ein langer, anstrengender Flug gewesen, und damals hatte ich starke Muskeln besessen, die nicht über siebenhundert Jahre lang in eine fremdartige Form verkrümmt gewesen waren.

Irgendwann landete ich in der Nähe eines kleinen Sees inmitten eines Waldes und schreckte damit ein Dutzend Wasservögel auf. Ich zuckte zusammen, als ich die Flügel anlegte. Die leichten Schmerzen, die ich verspürte, waren nur ein Vorbote dessen, was mich am nächsten Tag erwarten würde. Nachdem ich ausgiebig getrunken hatte, fehlten mir sowohl die Kraft als auch die Lust, zu jagen. Also benutzte ich meine Hexenkunst, um einen Hirschbock von stattlicher Größe aus dem nahen Wald als Abendmahlzeit zu mir zu ziehen. Er war gesund und strotzte vor Leben. Sein Aroma vertrieb endlich den anhaltenden Moder des strähnigen Adeligen aus meinem Gaumen.

Satt streckte ich mich aus und genoss das Gefühl des Grases unter mir und die zarten, süßen Gerüche und Geräusche des mich umgebenden Waldes. Zum ersten Mal seit einer Ewigkeit fühlte ich mich im Einklang mit der natürlichen Ordnung der

Dinge, so sehr, dass es mir trotz der Anstrengungen des Tages schwerfiel, einzuschlafen. Stattdessen vertrieb ich mir die Zeit mit dem Versuch, die Flugmuster der über dem See schwebenden Fledermäuse zu erahnen. Sie fraßen sich an den unzähligen fliegenden Lebewesen satt, die in der Nähe des Wassers ihre Heimat hatten. Ich genoss die reine Schlichtheit dieses Schauspiels.

Irgendwann schlief ich ein und erwachte kurz nach Sonnenaufgang, umhüllt von einem kühlen Nebel, der den See bedeckte. Ein idyllischer Tagesbeginn, der so lange anhielt, bis ich mich rührte und die Steifheit und Schmerzen spürte, die sich in jedem Teil von mir eingenistet hatten. Ich sackte zurück und wartete, bis die Sonne hoch genug stieg, um mit ihrer Wärme mein Ungemach zu lindern. Um mir die Zeit zu vertreiben, hexte ich mir ein paar Hasen und dergleichen herbei und fraß sie auf. Sowohl Sonnenlicht als auch Feuer heilten auf ihre je eigene Weise, aber ohne den Preis, den mir die Verwendung meiner Hexenkunst auferlegt hätte. Die Henkmans hatten das schon früh während meiner Gefangenschaft bemerkt und es als Druckmittel genutzt, um mich gefügig zu machen.

Ich schüttelte die Erinnerung ab, als ich mich in der Sonne ausstreckte. Die Dynastie der Henkmans war mittlerweile Geschichte, und durch die Adern ihrer letzten Angehörigen floss nun mein Blut – eine erfreuliche Wendung, die niemand hätte vorhersehen können.

Ich starrte über das Wasser, berührt davon, wie still und einsam ich mich hier draußen ohne Tatyana fühlte. Ich hatte die richtige Entscheidung getroffen, das wusste ich, denn sie mitzunehmen, wäre eine ganz und gar selbstsüchtige Handlung gewesen. Das war eine Erkenntnis, die an sich schon ungemein erhellend für mich war. In früheren Jahren wäre mir ein solcher Gedanke nie und nimmer in den Sinn gekommen.

Nachdem die Sonne ihre Magie gewirkt und meine Schmerzen gelindert hatte, erhob ich mich in die Luft und setzte die Reise fort. Wann immer ich konnte, ließ ich mich von aufsteigender Luft treiben. Ich stieg nicht so hoch wie am Vortag, sondern beschloss stattdessen, während des Flugs die natürliche Schönheit des Landes unter mir zu genießen.

So ging es drei weitere Tage, bis ich die äußeren Grenzen von Talgoths Hoheitsgebiet erreichte. Es war ein allmählicher Übergang, der mir erst bewusst wurde, als sich die Wälder unter mir nach und nach zu lichten begannen und ihr Baldachin zu skelettartigen, gen Himmel ragenden Fingern verkam. Die Grasflächen dazwischen verblassten von Grün erst zu Braun und letztlich zu einem Grau, das den Eindruck erweckte, die Welt wäre von feiner Asche bedeckt. Ich flog über eine gleichförmige Ödnis, die nur von leeren Flussbetten und dem vereinzelten Schimmern von Gebeinen unterbrochen wurde. Mein Schatten raste über die Überreste von Städten und Dörfern mit verwaisten Plätzen und von Feuer geschwärzten Häusern. Ich schwebte tiefer, als die Luft zunehmend saurer schmeckte, und schickte meine Hexenkunst voraus. Als ich weit und breit kein nennenswertes Leben entdeckte, stieg ich hastig wieder zu süßerer Luft in die Höhe.

Über diese Verwüstung flog ich für einen weiteren Tag, bevor ich schließlich etwas anderes als meinen eigenen Schatten sah, das sich über die Landschaft bewegte. Ich umkreiste eine Staubwolke und stellte fest, dass es sich um einen Tross von sechs großen Wagen handelte, die jeweils von davor gespannten Menschen statt von Ochsen oder Pferden gezogen wurden. Das erweckte meine Neugier, und ich ging tiefer, beobachtete aufmerksam, wie sie anhielten, als mein Schatten über sie hinwegstrich. Die Reihen der Männer vor den Wagen warfen sich sofort ausgestreckt zu Boden. Die anderen, die ich für ihre Herren hielt, bildeten ein grobes Rechteck. Sie flohen weder, noch schrien sie, was meine Neugier erst recht schürte.

Ich erneuerte meine Schutzbanne, als ich beidrehte und vor der Formation landete. Dabei wehte ich ihnen eine mächtige Wolke aus Staub und Kies entgegen, um etwaigen verborgenen Bogenschützen das Zielen zu erschweren.

Abgesehen von heftigem Husten aus der Wolke begegnete man meiner Ankunft mit Stille. Als sich der ärgste Staub gesetzt hatte, näherten sich mir drei der Leute langsam mit gesenkten Häuptern. Der Erste rief mir etwas in einer Sprache zu, die ich nicht verstand, und ich beschwor eine Prise meiner Hexenkunst herauf, die ich nutzte, um seine Worte zu entwirren. Ich spürte, wie sich ihr warmer Impuls über mich legte, als er gerade zu Ende sprach. Den Großteil hatte ich verpasst, vermutete jedoch, dass es sich um etwas wie »Hallo, großer Drache, bitte töte uns nicht« gehandelt hatte.

Ich spielte mit dem Gedanken, einen oder zwei von ihnen zu fressen, einerseits, um vorzubeugen und zu verhindern, dass sie auf dumme Ideen kämen, andererseits, weil sich in mir der Hunger regte. Letztlich jedoch entschied ich, abzuwarten, was sie als Nächstes tun würden. Ich hoffte, sie würden mir einen Tribut in Form von Fleisch und Gewürzen entbieten, was mir die Mühe ersparte, ihre Wagen zu zerlegen, um danach zu suchen. Der mir am nächsten stehende der drei Gesandten hob langsam den Kopf, dann sank er auf die Knie, als er sah, dass ich ihn beobachtete.

»O Erhabene«, sprach er melodisch. Die Worte bildeten in meinem Geist einen Herzschlag, nachdem sie seine Lippen verlassen hatten. »Mächtige Göttin, wir beten, dass unser Tribut deiner würdig ist und du uns verzeihst, dass wir so spät kommen. Die Sande waren tief und unsere Sklaven schwach. Wir werden sie töten, wenn es dich erfreut.«

Sosehr ich es genoss, gefürchtet und geachtet zu werden, etwas an seinem Gebaren und an dem Geruch, der ihn und seine Gefährten umgab, behagte mir ganz und gar nicht. Als mir die

Bedeutung seiner Worte ins Bewusstsein sickerte, bäumte ich mich mit einem Zischen auf, das ihn rückwärtstaumeln ließ. *Göttin?*

Abgesehen davon, dass ihre Beobachtungsgabe offensichtlich schwer zu wünschen übrigließ, kam mir sofort der Gedanke, dass sie schon einmal einen Drachen gesehen haben mussten. Einen weiblichen Drachen. Aber das war unmöglich, es sei denn, das noch Unmöglichere wäre möglich. Konnte es sein, dass Anakhara immer noch durch den Himmel dieser Gegend flog?

»Erzähl mir von eurer Göttin«, verlangte ich. Die Worte nahmen um mich herum ein hohles Echo an, als meine Hexenkunst auf sie einwirkte. Die Männer stammelten nutzlose Antworten, die meine Geduld schnell verfliegen ließen. Ich wollte vernünftige Auskünfte.

»Sprich!« Ich brüllte ihnen das Wort entgegen, und der Zwang, den ich darin eingewoben hatte, ließ sie auf den Boden sinken.

Sie antworteten nicht. Stattdessen heulten sie kläglich, und bei den Sternen, mehrere nässten sich ein. Mit einem frustrierten Aufschrei ließ ich die Faust auf den vordersten Gesandten mit solcher Wucht niedersausen, dass seine Gedärme vorne und hinten aus ihm herausspritzten. Da setzten das übliche Geschrei und auch die Fluchtversuche ein, sowohl unter den Männern vor mir als auch unter den Sklaven um die Wagen.

Die Sklaven sprangen wild umher, brachten damit aber nur ihre Ketten zum Klappern und zum Klirren. Ihnen schenkte ich vorerst keine Beachtung, denn nicht alle ihrer Herren hatten die Lähmung des nackten Grauens abgeschüttelt. Diese wenigen kauerten vor mir, als ich mich ihnen näherte, gebannt von Angst und Ehrfurcht. Einem nach dem anderen stellte ich dieselbe Frage, und vier weitere starben einen elenden Tod, bis endlich einer seine Stimme fand.

»Sie ist die Todbringerin!«, schrie er. »Sie ist Knochen und Eisen und Flamme!«

Er schrie erneut gellend, als ich ihn vom Boden hob, verstummte aber, als meine Hexenkunst in seinen Kopf fuhr und ihn aushöhlte, die Erinnerungen in meinen Geist holte, während ich das Leben aus ihm presste.

*

Der Wind heulte über die Hügelkuppen, während wir warteten. Jedes Gesicht wandte sich dem Himmel und den Wolken zu, die dort brodelten. Wir schwiegen, die Gefangenen hingegen nicht. Sie wussten, dass sie *nahte, und die meisten flehten uns und die Götter um die Gnade eines schnellen Todes an. Zumindest diejenigen, die nicht weinten oder nur in die Finsternis jenseits der Fackeln starrten und sich vermutlich vorstellten, sie wären woanders.*

Ich spürte Suzannas Blick auf mir, konnte mich aber nicht dazu durchringen, sie anzusehen. Sie rief mir erneut zu, mittlerweile zornig. Diesen Ton würde ich immer und überall erkennen – er hatte mich schon oft genug aus dem Haus getrieben. Sie hatte ihn seit der Nacht der Auswahl nicht mehr benutzt, und selbst da nur kurz, bevor der Schock eingesetzt hatte. Ich ließ die Augen auf die Wolken gerichtet und versuchte, nicht darauf zu lauschen, wie jener vertraute Zorn von nackter Angst ausgehöhlt wurde.

»Sie kommt!«, rief eine andere Stimme, und unser aller Gesichter hoben sich zum Himmel, als ein Blitz die Umrisse der Drachin in die Wolken zeichnete. Ich spürte, wie beim Anblick ihrer zerfetzten Haut die Kraft aus meinen Beinen abfloss, und das Brot, das ich an jenem Nachmittag gegessen hatte, stieg mir wieder in die Kehle.

»Rührt euch nicht«, mahnte eine Stimme hinter mir. Stefan, standhaft wie immer. Seine Stimme verriet nichts von dem, was er dabei empfinden musste, dass seine Tochter bei meiner Suzanna angepflockt stand. »Rührt euch nicht, oder wir sterben alle.«

Die Kreatur kreischte. Der Laut schien meine Ohren zu umgehen und geradewegs in meinen Schädel zu fahren, als gälten der Hass und der Schmerz darin allein mir. Ich schämte mich nicht mehr dafür, mir in die Hose gepinkelt zu haben, als ich diese Stimme hörte. Niemand von uns schämte sich dafür, denn es passierte allen.

Ein kalter Wind fegte über die Hügelkuppe, als sie uns umflog und mehrere Fackeln löschte. Die Ketten, die von ihren Flügeln baumelten, sangen pfeifend, bevor sie mit entsetzlicher Wucht auf der Erde aufsetzte. Sie kreischte erneut, ein unmöglich lautes Geräusch, und ich spürte, wie sich die Blutsaat in mir zur Antwort weitete und rasenden Schmerz durch meinen Hals jagte. Ich taumelte, fiel aber nicht.

Der Blick der Drachin fegte über uns. Das silbrige Licht in ihren Augen strich frostig über meine Haut. Sie zischte, als sie die Ketten der Verdammten einsammelte, und schaute nicht einmal nach unten, als sie auf den Sohn des Bäckers trat, ihm das Rückgrat brach und sein Schädel unter ihrer hornigen Sohle zerplatzte.

»Noch einen«, sprach sie mit einer Stimme, die wie zwei Klingen klang, die übereinanderschrammen.

Da sah der dicke Uther nicht mehr so erfreut darüber aus, zum Sprecher erkoren worden zu sein. Seine Hose wurde sowohl vorne als auch hinten dunkel, während ihn die Männer nach vorne schoben.

»Fünfzig Seelen wurden verlangt«, sagte er. Die Angst verlieh ihm die Stimme eines kleinen Mädchens. »Fünfzig wurden gegeben.«

Ich bekam nicht mit, wie sie sich bewegte, aber plötzlich befand sich Uther in ihrer Hand, und seine Augen quollen aus den Höhlen wie die einer Unke.

»Fünfzig«, sagte die Drachin mit einer Schärfe, die sich in mich bohrte. Suzanna schrie mir entgegen, ließ mich wissen, dass sie mich liebte, und sie flehte mich an, ihr zu helfen. Und Drogah steh mir bei, meine Beine trugen mich mehrere Schritte näher zu ihr, be-

vor mir die Kälte rund um die Drachin die Kraft raubte und ich stolpernd zu Boden sank. Ich brüllte Suzanna zu, dass ich sie auch liebte, und da fuhr der Drachenkopf zu mir herum. Jenes schreckliche, Seelen abtötende Licht heftete sich auf mich, und ich erstarrte.

Sie würde mich töten wie all die anderen, die es gewagt hatten, sich ihr zu widersetzen. Ich hielt den Atem an, während ich darauf wartete, dass sich die Blutsaat aus meinem Schädel grub, und ich fragte mich, ob es durch die Nase oder durch ein Auge schmerzhafter sein würde.

Die Drachin beobachtete mich, das grausame, lippenlose Gesicht schiefgelegt wie eine Krähe, und plötzlich wurde das Licht in ihren Augen trüber. Sie wandte den Blick ab, und gleich darauf fegte ein eisiger Wind über die Hügelkuppe. Dann verschwand sie, stieg in den von Blitzen heimgesuchten Himmel auf und trug Uther, Suzanna und all die anderen zu ihrem Verderben.

*

Sein Körper kippte aus meiner Hand, als ich mich zurücksetzte. Es fühlte sich an, als hätte sich ein dickes Stahlband um meine Brust gelegt, das mir den Atem abschnürte und das Blut donnernd durch meinen Kopf rauschen ließ.

Anakhara war *am Leben. Am Leben!*

Ich sah sie wieder vor mir, als ich die Augen schloss. Kummer durchbohrte mich mit heißen Messern, als ich das Ausmaß der Grausamkeiten realisierte, die man ihr angetan hatte. Ketten und Haken hatten Schuppen durchdrungen, die einst so schwarz wie die finsterste Nacht und gesäumt von goldenen Adern gewesen waren. Die Haut dazwischen bildete ein feines Geflecht aus Narben und nässenden Wunden. Ihre Augen waren verschwunden, ersetzt durch Kristallkugeln, und ihre Lippen hatte man zerfetzt. Ich nahm kaum wahr, wie die Menschen um mich herum auseinanderstoben und die Flucht ergriffen, als ich der in mir aufsteigenden Verzweiflung und meinem Kummer Ausdruck verlieh.

Ich brüllte ihren Namen, bis sich meine Kehle weigerte, einen weiteren Laut von sich zu geben, dann schleuderte ich mich in die Höhe, ließ mich von Hexenkunst höher und höher schrauben, bis die Luft zu dünn zum Fliegen wurde und die Erde unter mir eine Krümmung wie ein gespannter Bogen annahm. Dort schwebte ich schwerelos und wie betäubt, bis der Wahnsinn mich aus seinen Klauen entließ und mir wieder einfiel, wie man atmete. Da legte ich die Schwingen an und tauchte im Sturzflug zurück hinunter zu den aschgrauen Feldern, ließ die Wut darüber, was meine Geliebte erlitten hatte, meinen Kummer betäuben.

Als ich die Wagen wiederfand, loderte Raserei wie eine Sonne in mir, und man musste es mir angesehen haben, denn die Menschen stoben bei meinem Anblick sofort auseinander. Was sie nicht zu retten vermochte. Ich tötete zuerst die Sklaven und hielt die Wagen an. Ein einziger Überflug genügte, um sie alle in Brand zu setzen. Den Rest übernahmen meine Krallen und mein Schwanz, wohin die anderen auch flohen – im leblosen Sand ließen sich ihre Spuren nicht übersehen.

Ich aß mich an den verkohlten Leichen satt, achtete aber darauf, ihre verseuchten Schädel zu meiden. Als ich wieder aufstieg, schwelte eine neue Hitze in meiner Brust. Ich wandte mich in Richtung des verkommenen Herzens von Talgoths Reich und raste los.

KAPITEL VIERUNDFÜNFZIG

Zusammenhängende Gedanken und die Vernunft kehrten zu mir zurück, als ich die Ausläufer der Berge sichtete, die eine Grenze um das Kerngebiet von Talgoths Herrschaftsbereich bildeten. Der Himmel dahinter war dunkel, und als ich näher hinflog, offenbarte sich mir das Ausmaß der widernatürlichen Wolken, die sich über die gesamte Gebirgskette erstreckten, als hätten sich tausend Wirbelstürme zu einem einzigen vereint. Dies war seine äußere Verteidigung. Als ich das erste Mal hier gewesen war, hatte er etwas Ähnliches eingerichtet gehabt, allerdings lange nicht in dieser Größenordnung. Das legte Zeugnis davon ab, wie sehr seine Macht in all der Zeit gewachsen war.

Wenigstens hatte ich diesmal den Vorteil, dass ich wusste, was mich erwartete. Also wurde ich langsamer und ließ mir Zeit, um einen Schutz für mich vorzubereiten, indem ich die Namen des Windes, die ich kannte, an mich band wie eine Rüstung, um die heftigsten Böen abzuwenden. Ich trieb im Sonnenlicht und füllte einen Teil der Energie auf, die ich für den wilden Flug hierher verbraucht hatte, dann entschied ich mich für eine Stelle, an der ich in die Wolkenmasse eindringen würde. Es spielte keine große Rolle, wo ich es tat, denn das Gebilde erstreckte sich sowohl nach oben als auch zu den Seiten so weit, wie ich sehen konnte; es gab keine Möglichkeit, die strudelnde Masse zu meiden.

Ich konnte nur hoffen, dass ich weiter in die richtige Richtung fliegen und nicht den Horizont aus den Augen verlieren würde. Wenn das geschah, wäre ich verloren. Meine Kraft würde letztlich versiegen, und es würde mich zerreißen wie eine harmlose Möwe.

Ich brüllte den teilnahmslosen Wolken eine Herausforderung entgegen und stieß hinein in eine Welt des Wahnsinns. Innerhalb der Wolkenbarriere gab es weder Zeit noch Licht. Dafür dröhnte fast ohne Unterlass ein so heftiger und lauter Donner, dass er mir die Knochen unter der Haut in Schwingungen versetzte. Der Luftdruck um mich herum schwoll ohne erkennbares Muster an und ab. Ich fiel Tausende Fuß. Meine Flügel schlugen vergeblich, während die Macht meiner Windzauber fortwährend von dem Dutzend oder mehr Wirbelwinde zerstreut wurde, die aus allen Richtungen auf mich einstürmten. Plötzliche Aufwinde fuhren in mich wie unsichtbare Fäuste und schleuderten mich wieder nach oben. Während ich so durch den Himmel geschleudert wurde, galt mein einziger Gedanke der Frage, wie ich verhindern konnte, dass mir die Flügel ausgerissen wurden.

Blitze zuckten blendend grell in der Dunkelheit und offenbarten flüchtig die mitternachtsschwarzen Stränge dunkler Magie, die sich wie die Fäden eines Puppenspielers durch die Wolken zogen. Hagelkörner groß wie Katapultgeschosse und scharfkantig wie Wurfeisen hämmerten auf meine Schuppen ein, stellten ihre neue Härte auf die Probe, zwangen mich, die Augen zu schließen, und trommelten auf den Membranen meiner Schwingen, die ich daraufhin einziehen musste, weil sie sonst in Stücke gefetzt worden wären. Oben und unten verloren jede Bedeutung, als die volle Gewalt der gefangenen Stürme gegen mich entfesselt wurde. Furcht und Unsicherheit ließen meinen Wagemut mit jedem verstreichenden Augenblick ein wenig mehr schwinden. Die Konzentration entglitt mir, und mit ihr die Wirksamkeit der Schutzbanne, die mich vor den schlimmsten Auswirkungen der Kraft der Stürme bewahrten.

Ein Eissplitter krachte seitlich gegen mein Gesicht und brachte mich ins Trudeln, und ich öffnete unbedacht den Mund, um meinem Schmerz Ausdruck zu verleihen. Schneeregen und Hagel fegten mir in Mund und Kehle, erstickten mich und sandten sengende Qualen durch meinen Geist. Damit verpufften auch die letzten Schutzbanne. Hatte ich den Sturm schon zuvor für laut gehalten, schwoll er nun zu einer Kakofonie an, die sich wie das Ende der Welt anhörte.

Ich konnte weder dagegen ankämpfen noch vermochte ich das Chaos zu durchfliegen. Also legte ich die Schwingen an, drückte Arme und Kinn an die Brust und ließ mich fallen. Meine einzige Hoffnung bestand darin, dass mich die Sterne ohne allzu großen Schaden auf dem Boden aufschlagen lassen würden.

*

Ich erwachte mit Schmerzen und frierend, die Lunge voll Wasser. Aber ich lebte noch. Unter mir befand sich fester Boden, und ich wusste, wo es nach oben ging, also betrachtete ich meine Landung als eine Art Sieg. Ich schob und krallte mich aus dem eisigen Strom, in dem ich lag, gerade so weit, dass ich husten, Wasser ausspeien und dazwischen ein wenig Luft einsaugen konnte. Sobald ich das Schlimmste überstanden hatte, hievte ich den Rest meines Körpers aus dem Wasser und war vorübergehend dankbar dafür, wie die Kälte die beim Sturz erlittenen Verletzungen betäubte. Einige der Wunden sahen ziemlich schrecklich aus.

Der Strom war tief, aber schmal. Er verlief in einem Bett aus scharfkantigen Seiten, das von Eis in einen Berg gesprengt worden war. Die Ränder waren viel zu schmal, als dass ich sauber darin zu landen vermocht hätte, und die Wunden in meiner Haut und die gebrochenen Knochen legten Zeugnis davon ab, dass ich erst gegen den Berg geprallt und dann ins Wasser gerutscht war. Der zerklüftete Untergrund hatte dabei Dutzende tiefe Furchen in meinen Leib geschnitten. Ich zog mich auf einen flachen Sims und versuchte mich an einer Bestandsaufnahme meiner Wunden. Doch der Blutverlust und die beharrliche Kälte benebelten meinen Geist und ließen zusammenhängende Gedanken so schlüpfrig wie einen Aal werden.

Ich wollte doch irgendetwas tun, aber was? Es hatte irgendetwas mit einer schreienden Frau zu tun. Vielleicht sollte ich schlafen. Nach erholsamem Schlaf sieht man immer alles klarer. Nein! Aber warum nicht? Ich bin mir nicht sicher. Es wird allmählich wärmer, das ist so viel besser. Habe ich nach jemandem gesucht? Es regnet so heftig. Leg dich schlafen. Schlaf!

Und so schlief ich ein, und das ununterbrochene Toben des Sturms und das Flimmern der Blitzschläge wich in den Hintergrund.

Als ich wieder erwachte, empfingen mich erneut Schmerzen und Verwirrung. Dazu zitterte ich unbändig. Jede Bewegung zog an den rohen Wunden, die mich brandmarkten, und ließ meine gebrochenen Knochen aneinanderschaben. Ich leckte jene Verletzungen, die ich erreichen konnte – mehr ließ mein umwölkter Verstand nicht zu.

Wie lange ich dort keuchend lag und meine Wunden leckte wie ein gemeines Tier, das weiß ich nicht. Aber letztlich entwickelten die Bewegungen ein wenig Wärme, und damit kehrten einfache zusammenhängende Gedanken zu mir zurück. Das genügte für einen Überblick, um mir zu sagen, wo ich mich befand und in welcher Verfassung ich war. Der Sturm hatte nachgelassen, vermutlich, weil er im Augenblick kein klares Ziel hatte. Allerdings befand sich immer noch das Flussbett als tiefe, gefährliche Spalte unmittelbar zu meiner Rechten. Ich saß auf der flachen Kante fest, zumindest so lange, bis ich stark genug wäre, um auf die andere Seite zu springen.

Ich tastete nach meiner Hexenkunst, hatte vor, sie für die Heilung einzuspannen, doch da geschahen zwei Dinge. Zum einen hörte ich sofort ein Donnergrollen und sah, wie sich die Wolken über mir verfinsterten. Zum anderen fand ich dort, wo die Liedlinien sein sollten, nur gähnende Leere.

Sogar hier, umfangen vom mächtigen Gebilde des Erzmagiers, hätte ich in der Lage sein sollen, zumindest einen Funken von ihnen zu fühlen, doch sie waren restlos *verschwunden*. Vermutlich hätte ich angesichts dessen, was Navars Magie vollbracht hatte, damit rechnen sollen. Aber ich hatte es mit einer völligen Leere zu tun, nicht nur mit einem bloßen Fehlen. Ich drückte dagegen, achtete nicht auf das Grollen vom Himmel, doch alles, was ich spürte, war Leere, als wäre ein Fluss an seiner Quelle versiegt. Ich gab den Versuch auf und hatte den Eindruck, dass sich die Wolken wieder lichteten. Ich unternahm zwei weitere Anläufe, beide Male mit demselben Ergebnis.

Daran also lag es. *Der Sturm jagt Magie. Gerissen.* Wenn es mir gelänge, ohne Hexenkunst zu fliegen, könnte ich vielleicht tief genug bleiben und es durch die Barriere schaffen, bevor sie sich wieder um mich schloss. Es war kein großartiger Plan, aber ein Anfang. Ich wischte ein paar lose Steine beiseite und machte es mir auf der Kante ein wenig gemütlicher.

Eigentlich wollte ich die in mir verbliebene Hexenkunst als Reserve horten, doch so, wie ich es sah, würde sie mir wenig nützen, wenn mein Körper versagte, bevor ich mein Ziel erreichen konnte. Langsam wob ich sie zu einem Heilmuster, hielt inne, wenn der Sturm darauf reagierte, und fand schließlich einen Mittelweg, sodass ich damit arbeiten konnte, ohne fürchten zu müssen, von einem Blitz getroffen zu werden. Ich breitete das fertige Gebilde über mich aus, dann schloss ich die Augen und versuchte, mich auf meine Atmung zu konzentrieren, während die Magie ihre Arbeit verrichtete. Ich hatte Jahrhunderte auf meine Rache gewartet, was also waren da ein paar weitere Tage? Ich nutzte die Zeit, um mir all die Möglichkeiten auszumalen, wie ich Talgoth töten könnte, sobald ich ihn in die Krallen bekam.

Irgendwann lagen die Risse in meiner Haut unter frischen Narben vergraben, und meine gebrochenen Knochen hatten sich wieder zusammengefügt. Ich fühlte mich steif, ich fror, und ich war sehr, sehr hungrig, aber die Jagd auf den Zauberer konnte weitergehen.

Ich streckte mich, so gut es ging, atmete mehrere Male tief durch und stieß mich mit einem Knurren von der Kante ab.

Mit Müh und Not schaffte ich es auf die andere Seite der Schlucht. Einen schrecklichen Augenblick lang dachte ich, dass mein Halt sich löste, und ich würde in die eisigen, hinter mir gähnenden Tiefen stürzen, aber der Griff meiner Krallen gab nicht nach. Dann breitete ich die Flügel aus und sprang. Die Luft war dünn, und ich brauchte um die tausend Fuß oder mehr, um mich einzupendeln, aber letztlich gereichten mir dieselben scharfkantigen, steilen Hänge der Berge, die mich zuvor verletzt hatten, zum Vorteil.

In Schultern und Brust nistete sich ein angenehmes Ziehen ein, als ich wieder genug Höhe erlangt hatte, um über die zerklüfteten Gipfel aufzusteigen. Mittlerweile konnte ich die Krümmung der Wolkenwand des Sturms von außen sehen und war mehr als froh, sie hinter mir gelassen zu haben.

Und so begann ich den Abstieg ins Herz von Talgoths Hoheitsgebiet. Wieder umgab mich Dunkelheit, doch es handelte sich nicht um die erzwungene Finsternis des Sturms, sondern um eine natürliche Art der Düsternis von Sonnenlicht, das sich durch dichte Wolken und Nebel kämpfen musste.

Außerdem herrschte hier trotz des Todes, mit dem sich der Erzmagier zu umgeben schien, immer noch Leben, und ich folgte den von Menschen und Tieren hinterlassenen Spuren, bis ich auf das erste Dorf stieß. Ich hatte gedacht, dass es sich um eine kümmerliche Ansammlung ärmlicher Hütten handeln müsste. Stattdessen fand ich recht robuste Häuser vor, die von mehreren Familien mit Dutzenden herrlich fetter Herdentiere bewohnt wurden.

Da ich keine Lust hatte, Zeit mit dem Versuch zu vergeuden, die Menschen zu verscheuchen, landete ich einfach mitten in dem Weiler. Ich brachte mehrere Häuser zum Einsturz und verschüttete, was immer sich in ihnen befand. Auf die Schreie achtete ich nicht, als ich mich bediente und mir ein halbes Dutzend Ziegen, ein volles Butterfass und einen erstaunlich fettleibigen Mann mit einem gefiederten Hut nahm, vermutlich das Dorfoberhaupt. Ich war zu hungrig, um mir die weiche Verlockung entgehen zu lassen, die sein wabernder Wanst versprach, wenngleich ich darauf achtete, ihn zuerst auszuweiden, um die cremige Salzigkeit des Fetts nicht durch seine Eingeweide zu verderben.

Ein, zwei wagemutige Männer schossen mit ihren Bögen auf mich, aber ein kurzer Hieb meines Schwanzes ließ sie ihr Leben in den Boden bluten. Der Rest der Bewohner ergriff die Flucht. Ich nutzte die Gelegenheit, um meine Feuergalle zu überprüfen, und wurde nicht enttäuscht. Die Galle brannte schnell und sauber. Und nach der Kälte, mit der mich das Durchfliegen des Sturms erfüllt hatte, fühlte sich die Wärme eines echten Feuers an meiner Haut herrlich an. Ich harrte aus, bis die Häuser zu Asche verbrannt waren, und griff mir, was immer ich an Essen finden konnte, darunter ein kleines Fass voll kostbarem Walöl. Satt und erfrischt überwand ich mich zu der Würdelosigkeit eines Starts mit Anlauf. Meine Muskeln spannten sich, als ich wieder an Höhe gewann und meine Reise fortsetzte.

Es folgte ein langer Abschnitt faden Buschlands zwischen dem Dorf und der Festung, der mehrere Hundert Meilen maß.

Ich flog mit steter Geschwindigkeit meinem vorausgeworfenen Schatten hinterher, ohne mich jedoch zu verausgaben.

Es herrschte eine unnatürliche Stille. Weit und breit rührte sich nichts. Ich hörte nur trockene, tote Dinge, mit denen der Wind halbherzig spielte. Die ununterbrochene Eintönigkeit zog sich über so viele Meilen hin, dass ich gar nicht mitbekam, wie sie vorüberzogen – oder was auf mich zuhielt.

Ich sah sie erst, als es längst zu spät war, und selbst da kostete es mich noch weitere wertvolle Augenblicke, die Benommenheit abzuschütteln, die sich auf mich gesenkt hatte. Als mein beinah hypnotisiertes Gehirn die Umrisse der Lindwürmer endlich mit ihren katzenartigen Lauten in Verbindung brachte, erreichten sie mich bereits. Es blieb keine Zeit, mich zu fragen, wie es sie überhaupt geben konnte. Der erste krachte gegen meine Rippen und stürzte mit einem Aufschrei ab, da er sich bei dem schlecht überlegten Angriff einen Flügel gebrochen hatte.

Aber der zweite und der dritte trafen mich wie Blitzschläge, schlugen ihre adlerartigen Krallen in die weichen Membranen meines linken Flügels, brachten ihn zum Einknicken und ließen mich trudelnd abstürzen. Der Rest des Schwarms folgte uns in die Tiefe und wartete darauf, nach dem Aufprall zuzuschlagen. Sie hofften wohl, ich würde danach zu verletzt oder benommen sein, um mich zu verteidigen.

Aber mir blieb noch Zeit, wenn auch nicht viel. Ich streckte den Hals unter dem Flügel hindurch und spannte die Brustmuskeln an. *Ha!* Sobald dadurch das Hinterteil eines der Lindwürmer in Beißweite geriet, stieß ich zu.

Lindwürmer waren eine unreine Kreuzung, ein scheußliches Experiment, mit dem sich wohl diejenigen die Einsamkeit vertrieben hatten, die vor Anakhara und mir auf diese Welt gekommen waren. Sie besaßen keine Arme und sahen am ehesten wie die zu groß geratenen Sprösslinge von Fledermäusen und Sumpfechsen aus. Und wie der in meinem Mund soeben festgestellt hatte, war der Preis für ihre unvergleichliche Wendigkeit in der Luft ein leichter Körper und ledrige Haut, die dem ziemlich robusten Skelett und der widerstandsfähigen Haut eines Reingeborenen wie mir deutlich unterlegen waren.

Ich biss zu und spürte, wie das Becken nachgab. Mein Opfer kreischte vor Schmerz, und wie ich gehofft hatte, versuchte der Lindwurm, mir zu entkommen. Seine Krallen rissen meinen Flügel auf, als er sich befreite, aber als er weg war, konnte ich den Rest des Flügels ins Spiel bringen. Den anderen Lindwurm konnte ich nicht erreichen, doch das musste ich auch nicht. Ich spie einen dünnen Strahl Feuergalle in den Wind. Gleich darauf geriet der Lindwurm durch unsere trudelnde Sturzbahn mitten hinein in die sich verteilenden Tröpfchen, die der elenden Kreatur in Mund und Nase drangen. Ihr verwirrtes Winseln schlug in einen beinah menschlich klingenden Schrei um, als sich die Galle entzündete und seinen Schädel von innen nach außen verbrannte, während der Wind die Flammen seine Schnauze entlangpeitschte. Er wirbelte weg und zog eine Rauchspur hinter sich her.

Allerdings raste der Boden verschwommen und entschieden zu schnell auf mich zu. Meine Zähne knirschten, als ich die Kiefer verkrampfte und versuchte, die Flügel zu neigen und den Winkel abzuflachen, in dem ich den Boden erreichen würde. Es gelang mir, einen knochenbrecherischen Aufschlag in ein Schlittern abzufedern, bei dem ich mich überschlagend über den Untergrund kullerte.

Abgestorbenes Gras und Sand stoben um mich herum auf und erfüllten die Luft mit einem so feinen Staub, dass ich ihn mir noch in Jahrzehnten zwischen den Schuppen herauspulen würde, sofern ich überlebte. Die mächtige Staubwolke erwies sich jedoch als Segen, denn sie verbarg mich einige kostbare Augenblicke lang vor dem Rest des Schwarms, was mir die Gelegenheit verschaffte, zu klarem Verstand zu kommen.

Ich konnte die Lindwürmer rufen hören, als sie der von mir hinterlassenen Spur folgten. Sie schwebten von verschiedenen Seiten herab, die messerscharfen Krallen auf der Suche nach meinem Leib ausgefahren. Angesichts der widernatürlichen Abwesenheit der Liedlinien in dem Gebiet widerstrebte es mir immer noch zutiefst, meine inneren Vorräte der Hexenkunst anzugreifen, weil ich fürchten musste, sie vor der Begegnung mit dem Erzmagier nicht wieder auffüllen zu können. Daher würde dieser Kampf allein mit Zähnen und Krallen ausgetragen werden müssen.

Ihre Jagdrufe schwollen an, als sie mich erblickten, dann gerieten sie ins Stocken, als ich in die Luft sprang, um mich ihnen zu stellen. Der erste starb, als ich ihm die Kampfkrallen meines linken Arms geradewegs durch die Brust rammte, sein Herz pfählte und das Rückgrat durchtrennte. Als wir zurück auf den Boden fielen, hieb ich den Schwanz in den zweiten. Das knorrige, aus Knochen und Horn bestehende Ende erfasste ihn unter einem Flügel und zertrümmerte seinen Brustkorb. Die anderen brachen aus ihrer Formation aus und umkreisten mich. Sie wirkten plötzlich verunsichert.

Und da spürte ich es. Nach dem so langen Fehlen jeglicher Magie fühlte sich der unverhoffte Impuls dunkler Energie, der durch die Luft blitzte, schwindelerregend stark an. Ich spürte, wie er heftig an meiner Hexenkunst zerrte, doch nicht ich verkörperte das Ziel. Das Kreischen der Lindwürmer endete auf einen Schlag, und ich sah, wie sich ihre Augen von Bernsteingelb zu Schwarz verdunkelten. Blut strömte aus ihren Augen und Nasen, so groß war die Kraft des Zwangs, der ihnen sowohl die Angst als auch den freien Willen nahm. Dann griffen sie als wilder Schwarm aus Zähnen und messerscharfen Krallen an.

KAPITEL FÜNFUNDFÜNFZIG

Der Schwarm stürzte sich im Einklang auf mich, griff mit wilder Sorglosigkeit an und achtete seines eigenen Schutzes nicht mehr im Geringsten. Ich konnte das Pulsieren der die Kreaturen durchströmenden dunklen Magie in Form von misstönenden Schwingungen am Rand meines Gehörs fühlen.

Es gelang mir, die Flügel hinter mich zu bekommen, um die weichen Flugmembranen zu schützen, dann jedoch erreichten sie mich, fielen sich windend und kletternd und beißend als rasendes Gewühl über mich her. Während der gesamten Zeit, da ihre Krallen und Zähne an mir rissen und in mich bissen, kreischten sie, dass es mir durch Mark und Bein ging. Sie achteten dabei kein einziges Mal auf das Blut, das ihnen selbst aus Schnauzen und Augen strömte.

Ich schnappte nach jeglichem Lindwurmfleisch, das in Reichweite gelangte. Meine Zähne stachen mühelos durch ihre dünne Haut und das Fleisch, aber sie kämpften weiter und weiter, obwohl sie schon zweifach hätten tot sein müssen. Zwei von ihnen entdeckten die weichere Haut unter meinen Armen und verbissen sich tief darin, ruckten mit den Köpfen hin und her wie Sumpfechsen, die eine Gazelle reißen, und versuchten, die Wunden weit genug zu öffnen, um ihre Schädel hineinzubohren. Ich brüllte vor Schmerz, klemmte die Arme an die Seiten, hielt sie lang genug fest, um ihnen ins Genick zu beißen. Doch ich musste die Köpfe beinah vollständig von den Körpern trennen, bevor sie endlich zu zappeln aufhörten.

Allerdings nahm das Zeit in Anspruch, genug Zeit für die

anderen, um unter meinen Bauch zu huschen und an meinem Schritt zu knabbern. Mit den zwei halb enthaupteten Kreaturen, die noch an meinem zerfetzten Fleisch hingen, unter einem Arm taumelte ich rückwärts und bäumte mich auf. Geködert von meiner vermeintlichen Schwäche stürmten die verbliebenen Lindwürmer an, rempelten sich gar weg, als sie auf meine plötzlich ungeschützten weicheren Stellen zuschossen. Ich verlor keine Zeit und rülpste einen Strahl Feuergalle über alle Angreifer, als sie so dicht beisammen flogen. Sie entzündete sich, als sie sich nur noch wenige Schritte von mir entfernt befanden.

Die Hitze versengte sogar mich und beraubte die Lindwürmer restlos ihrer Sinne. Das Kreischen endete, als sie die Mäuler aufrissen und die extrem heiße Luft einsaugten, die ihnen die Lungen verkochte. Magische Raserei hin, magische Raserei her, es war und blieb eine tödliche Verletzung. Sie starben, bevor sie sich auch nur erneut in meine Richtung drehen konnten.

Ich spürte, wie die dunkle Magie aus ihnen abfloss, und hoffte, dass der Zauberer dahinter ihren Schmerz zu spüren bekommen hatte. Ich zupfte die Überreste unter meinem Arm heraus und griff zögerlich auf meine Hexenkunst zu, um die Wunden zu heilen, gerade genug, um Blutungen zu stoppen und die Haut zu schließen. Die restlichen Kratzer und Bisse waren meiner Einschätzung nach größtenteils oberflächlich und verschorften bereits von selbst.

Ich untersuchte einen der Lindwürmer, denen ich das Genick gebrochen hatte, und rümpfte die Schnauze angesichts des Restgestanks von dunkler Magie in seinem Leib.

Wie die anderen besaß er zarte Knochen und war so schlank, dass man es beinah als ausgemergelt bezeichnen konnte. Im Tod wirkten seine Züge wilder als im Leben. Die Kiefer fühlten sich im Vergleich zum restlichen Körper unverhältnismäßig schwer an, und die Zähne wuchsen so dicht beisammen, dass man sie auf den ersten Blick mit einem Schnabel verwechseln konnte. Als ich sein Maul schloss, griffen sie perfekt ineinander. Kein Wunder, dass die Bisse so geschmerzt hatten. Ich war froh, dass ich mir die Zeit genommen hatte, meine Schuppen zu härten, auch wenn sie trotzdem noch nicht annähernd so stark waren wie früher. Wären die Lindwürmer über mich hergefallen, als sie und meine Haut noch weich und geschmeidig waren, hätten sie mich zerfleischt wie ein Schwarm Piranhas einen Wal.

So makellose Zähne hatte ich bisher nur bei einem anderen Geschöpf gesehen, und mein Magen krampfte sich zusammen, als mir ein Gedanke durch den Kopf ging: *Dies ist Anakharas Nachwuchs*. Früher hatte sie Lindwürmer für eine Abscheulichkeit gehalten, nun zeugte sie selbst welche. Ich starrte in die Ferne, wo mich die Festung in ihren widernatürlichen Schatten erwartete, und zum ersten Mal erfüllte mich die Vorstellung der Wiedervereinigung mit meiner Liebsten mit Beklommenheit statt purer Freude.

Der Geruch der toten Lindwürmer war widerlich, die Berührung ihrer abkühlenden Haut sogar noch schlimmer, da ich nun ihre Herkunft kannte. Ich warf die Kadaver beiseite und schrubbte mir mit Sand ihr Blut von der Haut. Sobald sich meine Wunden geschlossen hatten, erhob ich mich wieder in die Lüfte und prustete die Reste ihres Gestanks aus den Nasenlöchern.

Ich hatte nicht mehr weit zu fliegen. Der Anblick, der mich begrüßte, als ich den letzten Nebelring durchstieß, der die Festung umgab, verschlug mir den Atem. Seine Burg, einst ein hohes Gebilde aus hellen Türmen und hängenden Gärten, prangte über einer gewaltigen Grube mitten im Tal in der Luft, und der Fels darunter verlieh ihr das Aussehen eines riesigen, fauligen Zahns.

Ich spürte, wie sich das Ziehen dunkler Magie, das die Burg

ausstrahlte, um ein Vielfaches verstärkte, als der Nebel von mir abfiel. Die Berührung war beißender als alles, was Navar je gegen mich zum Einsatz gebracht hatte.

Ich zog mich wieder in den Nebel zurück und konnte fühlen, wie die Macht nachließ wie die Kraft der Sonne hinter einer dicken Wolkenschicht. Ich hatte nicht vor, mich näher hinzuwagen, ehe ich eine bessere Vorstellung davon hatte, womit ich es zu tun bekommen würde. Also umflog ich die Festung in einem weiten Bogen und blieb dabei in den Nebeln.

Was mir auffiel, war der verwahrloste Zustand der physischen Verteidigungsanlagen. Die Brustwehr, die ich als stolz und gesäumt von murmelnden Zauberern in Erinnerung hatte, erwies sich als verfallen, und nur eine Handvoll Türme war in den schartigen Überresten der Mauern verblieben.

Langsam, vorsichtig entsandte ich meine Sinne und tastete die durch die Luft pulsierende Magie ab. Ich breitete die Schwingen aus und schwebte, als ich tröpfchenweise etwas Hexenkunst in meine Sicht sickern ließ, um die Eindrücke, die ich durch meine Empfindungsgrübchen wahrnahm, in Bilder umzuwandeln.

Die Burg hing dort in der Luft wie das Herz eines schrecklichen Gottes, aber statt Arterien mit Blut pulsierte dort eine Finsternis, die jegliches Licht verschluckte, das sie berührte. Schattenranken kräuselten sich durch den Himmel um die Anlage und wanden sich wie kopflose Schlangen. Ich betrachtete das Ungetüm und begriff sofort, warum ich die Liedlinien an diesem Ort nicht fühlen konnte. Sie waren völlig verkehrt worden – die Macht und das Leben, die sie in sich trugen, wurden geradewegs in die Festung gesaugt, wo ein grausiger Zauber unvorstellbarer Ausmaße das Leben aus ihnen saugte und etwas Vergiftetes in sie zurückschickte. Bei Navar hatte ich befürchtet, dass er etwas sehr Ähnliches in Aknak und in Falkenburg versuchen würde, doch hier präsentierte es sich mir in einem viel größeren Maßstab, als ich es mir je vorzustellen vermocht hätte.

Es war ein ernüchternder Anblick. Der Zorn und der Hass, die ich so lange so stolz in mir getragen hatte, kamen mir plötzlich kümmerlich und armselig vor. Gegen eine solche Macht ins Feld zu ziehen, ging weit über Torheit hinaus. Talgoth hatte mich fast besiegt, als er nur einen Bruchteil der Macht besessen hatte, die nun am Himmel vor mir pulsierte. Was für eine Chance hatte ich also jetzt, da er etwas befehligte, das die Wirklichkeit in diesem Ausmaß zu verderben und sich die Macht des Todes selbst zunutze machen konnte?

Ich verließ mich für meine Stärke auf die Liedlinien, und er hatte sie beseitigt. Wie also sollte die Kraft obsiegen, die sie mir verliehen? Die Macht, die dort vor mir im Himmel schwebte, war nicht einmal bewusst gebündelt, sondern stellte nur ein Echo von Zaubern dar, die er längst gewirkt hatte.

Zöge ich gegen etwas Derartiges zu einem offenen Kampf ins Gefecht, wäre nur ein Bruchteil davon nötig, um mich in Asche zu verwandeln. Es wäre eine hehre, aber kurze und vollkommen hoffnungslose Geste. Nicht Verzweiflung brachte mich zu diesem Eingeständnis, sondern reine Logik. Diesen Zauberer mit Zähnen und Klauen anzugreifen, hieße, sicher zu sterben, und angesichts seiner Herrschaft über den Tod wäre das noch das geringste Übel unter denen, die mir dann noch widerfahren würden.

Während ich hinsah, waberten die Wolken und verkrümmten sich, formten sich zu einem Gesicht. Ich erkannte es nicht, sehr wohl jedoch erkannte ich die Stimme, die grollend davon ausging. Sie hatte meine Erinnerungen und Träume ein halbes Jahrtausend lang heimgesucht. *Tiberius Talgoth.*

»Ich kann deine Angst fühlen, Echse.« Seine Stimme war so grauenhaft wie sein Hort, und sein höhnisches Gelächter dröhnte über den Himmel wie Donner und ließ entlang der

Berge rings um mich Gestein in die Tiefe kullern. Gewundene Ketten dunkler Magie breiteten sich von der Festung aus, verzweigten sich wieder und wieder, wurden zu einem Netz so breit wie der Himmel selbst und so schwarz wie die Leere zwischen den Sternen.

»Ich kenne deinen wahren Namen, *Stratus*. Du kannst mich nicht besiegen.«

Ich verspürte einen Anflug echter Angst, als er meinen Namen in tadellosem Drachisch aussprach. Und wenngleich ein Teil von mir damit gerechnet hatte, traf mich das Gefühl des Verrats, das auf die Angst folgte, so hart und tief, dass ich um ein Haar vom Himmel gestürzt wäre. Nur Anakhara hatte gewusst, wie man meinen Namen richtig aussprach, und sie hatte dieses innigste unserer Geheimnisse an *ihn* weitergegeben. Verzweiflung rang mit Kummer um die Gelegenheit, mir die Herzen aus der Brust zu reißen.

Ich spürte, wie mein Name in dem dunklen Netz schwang, das sich mir entgegenstreckte, eingewoben in jede seiner unnatürlichen Fasern, um mich an Befehle zu binden, denen ich mich nicht würde widersetzen können, waren sie doch abgestimmt auf den innersten Kern meines Daseins.

Wie der Stab mit meiner Haut, den Navar benutzt hatte, würde jede meiner Verteidigungen nutzlos sein, und alle Hexenkunst, die ich einzusetzen versuchte, würde gegen mich gewandt, nur diesmal ohne die Möglichkeit, den Spieß umzudrehen. Ohne brauchbare Verteidigung mitten in den Quell seiner Macht zu fliegen, wäre Wahnsinn, und schlimmer noch, es wäre dumm.

Ich verdrängte meinen Kummer und die Angst, an denen er sich labte wie ein Vielfraß, der eine üppige Mahlzeit genoss. Stattdessen kehrte ich meine Aufmerksamkeit nach innen. Ich sammelte meine kostbarsten Gedanken, Gefühle und mächtigsten Erinnerungen und sperrte sie in einem verborgenen

Winkel meines Geistes weg. Ich vergrub sie tief unter unzähligen Schichten aus bedeutungslosem Gerümpel und Körperfunktionen, bis sie aus meinem wachen Verstand verschwanden. Danach biss ich die Zähne zusammen und wappnete mich für das, was mir bevorstand, als sich das Netz um mich enger zog. Ich hätte fliehen können, aber wohin? Dass ich Navar aufgehalten hatte, hatte die Ausbreitung von Talgoths Herrschaft verlangsamt. Aber innerhalb der Mauern dieser Festung mochte es tausend andere wie ihn geben, die nur darauf warteten, die Befehle ihres dunklen Meisters auszuführen.

Eine schreckliche Kälte ging dem Netz voran, klirrend frostige Luft, für die es eigentlich keinen Platz in der Welt der Lebenden geben sollte. Wie die alten Blutdämonen saugte ihre Berührung schnell das Leben und die Kraft aus meinem Leib. Ich konnte fühlen, wie sich der Frost in mich grub. In jeder Ranke hallte mein Name wider, tausend hinterhältige Stimmen, die mir befahlen, mich zu ergeben, zu gehorchen, zu fallen, mich zu unterwerfen. Weder meine Zauber noch meine Hexenkunst boten Hoffnung auf Widerstand. Dafür konnte ich durch sie ein Echo von Talgoths Triumph fühlen, als sich das Netz um mich schloss und mich vollständiger gefangen nahm, als es sein ursprünglicher Käfig aus Eisen und Stahl je getan hatte.

Dann begann das Netz, sich zuzuziehen. Die Befehle bohrten sich in mich wie Widerhaken, als es mich zu den pulsierenden Tiefen der Festung zerrte … und zu dem grausamen Schicksal, das mich dort erwartete, wie auch immer es aussehen mochte.

KAPITEL SECHSUNDFÜNFZIG

Die Kälte wurde unerträglich, als mich das Netz durch den Mahlstrom um die Burg und in eine Höhle tief in den Felsen zog, auf denen die Festung kauerte. Dunkle Magie durchtränkte den Ort, und ich spürte, wie meine Hexenkunst aus mir gesogen und von der schieren Giftigkeit der Umgebung verschlungen wurde. Alles hier wies das Mal von Talgoths eisernem Willen auf. Andererseits war es ja auch sein Wille, der die hier vorherrschende Magie antrieb, und ihre Stärke war so ungeheuerlich wie sein Wesen.

Das Netz löste sich von mir und schmolz in die glatten Wände der Höhle. Ich blieb hilflos zitternd zurück, während etliche in die Wände eingelassene Kugeln mit einem dumpfen roten Licht zu leuchten begannen und meinen Eindruck verstärkten, dass es sich bei diesem Ort um ein Herz ohne Körper handelte.

Die Höhle erwies sich als gewaltig. Sie war groß genug, dass ich darin hätte fliegen können, und vollkommen leer, wenn man die fast greifbare Magie außer Acht ließ, die mich zu zerquetschen drohte. Den Großteil der gegenüberliegenden Wand nahm eine vor gravierten Symbolen strotzende Doppeltür ein. Die Banne darin waren so mächtig, dass ich sogar auf diese Entfernung ein Kribbeln auf der Haut spürte.

Die Magie rührte sich um mich wie eine Flutwelle, und ich merkte, wie Talgoths Gegenwart darin anschwoll. Sein Herrschaftsdrang eilte ihm voraus wie ein Peitschenknall. Meine Haut schlug bei der Berührung seiner Magie Blasen, aber ich wehrte mich nicht, als er mich bald hierhin, bald dahin drehte. Dann zog er an meinen Flügeln und untersuchte mich, wie ein sorgloses Kind es mit einem bunten Insekt tun mochte. Seine volle Aufmerksamkeit ruhte auf mir, erstickte mich mit einer unwiderstehlichen, erdrückenden Eindringlichkeit. Entladungen knisterten über die Wände und über meine Haut, als seine Energie die Höhle ausfüllte.

Und dann, als ich dachte, die Ballung der Macht würde mich zweifellos in den Stein malmen, spürte ich die Berührung von etwas Entferntem, das die Macht aus der Höhle abfließen ließ und in sich aufnahm.

»Ich hatte vergessen, dass es dich gibt.« Seine Stimme dröhnte durch die Höhle, als sich Talgoths Wille um meinen Geist schloss und ihn unter einer Lawine roher Macht begrub. Da erkannte ich zwei Dinge. Zum einen, dass er wie Navar auf rohe Kraft statt auf Feingefühl setzte, um zu erreichen, was er wollte. Zum anderen, dass dieser Zauberer auch genug rohe Kraft dafür besaß. Nichts konnte gegen eine solche Macht bestehen.

»Deine Kräfte sind armselig, aber ich werde sie mir trotzdem einverleiben.«

Es verlangte mir alles ab, gegen das erdrückende Gewicht seiner Gegenwart anzukämpfen.

»Nein.« Meine Stimme ertönte als Krächzen, dennoch hallte sie durch die Kammer. Er hatte weder mit Widerstand gerechnet noch damit, dass ich meiner Resistenz Audruck verleihen könnte. Schmerz blitzte durch meinen Kopf, grausame Qualen, als wären mir Lanzen durch die Augen getrieben worden, die sich mahlend den Weg durch den Knochen zu meinem Gehirn bahnten.

Talgoths Gelächter übertönte meinen Aufschrei, und das Geräusch drohte, mich in den Wahnsinn zu stürzen.

»Du denkst, du kannst dich mir widersetzen? Du bist etwas, das ich mir vom Schuh kratze, nicht mehr.«

Seine Macht war unvorstellbar, aber er benutzte sie als stumpfes Werkzeug, bündelte einfach alles grob in eine Richtung. Vielleicht war es so lange her, seit ihm zuletzt jemand die Stirn geboten hatte, dass Überheblichkeit seinen fiebrigen Verstand übernommen hatte. Ich spürte, wie er noch mehr Macht um sich scharte. Es war ein merkwürdiges, ein schleichendes Gefühl, und ich konnte aus dem widernatürlichen Klang seiner Magie eine falsche Note heraushören. Das änderte jedoch nichts, denn die Energie flutete ihn trotzdem, und mir blieb gerade genug Zeit, um zu erkennen, dass er trotz aller Macht nicht vollkommen war. Dann schmetterte mich sein Wille in jedem Sinn zu Boden.

Meine verbliebene Essenz bröckelte unter dem Einfluss seiner Magie wie Glas, das jemand mit dem Hammer bearbeitet. Meine Gedanken fransten aus, wurden zu unzusammenhängenden Splittern. Ich kämpfte darum, bei Bewusstsein zu bleiben, als sein Wille den meinen mit dem Feingefühl eines gewaltigen Erdrutsches zermalmte. Er würde nicht mehr aufhören, nicht, bevor ich vollkommen zerstört wäre.

Mit einem verzweifelten Aufschrei zog ich die zerfetzten Überreste meines eigenen Willens zusammen und löste den Zusammenbruch meiner verbliebenen Schutzbanne aus. Sie hätten ihn ohnehin nicht länger als einen weiteren Herzschlag abgehalten. Aber er hatte mit ihrem Widerstand gerechnet, und nun würde er fühlen, wie sie sich auflösten. Ich hatte keine Kraft, um mich gegen den Rückstoß der Zerstörung meiner eigenen Zauber zu wappnen, aber dieser Schmerz verlor sich unter dem der sich fortsetzenden Schändung meines Geistes und Körpers.

Am Rande nahm ich wahr, dass sich mein Körper hin und her warf, als er mir die Herrschaft darüber entriss. Er löschte die letzten Reste meines Willens mit schonungsloser Gewalt aus. Als einziger Trost blieb mir, dass ich durch das jähe, überwältigende Einsetzen seiner Herrschaft den Schmerz nicht mehr fühlen konnte. Einen Lidschlag, bevor er meine Gedanken endgültig auslöschen konnte, ließ ich von ihnen ab und sandte meine Essenz in den winzigen Teil von mir, den ich versteckt hatte, in meine eigene, geheime Festung. Draußen schwoll seine Gegenwart in mir unterdes ungehindert an und füllte mich aus.

Ich verdrängte jegliche Überlegungen darüber, wie töricht oder unbesonnen mein Plan sein mochte, denn was geschehen war, war geschehen. Ich hatte meine Macht und meinen Körper geopfert, um Talgoth in Reichweite zu bekommen. Ob es mehr als die Hoffnung eines Narren war oder nicht, was immer als Nächstes geschah, ließ sich nun nicht mehr abwenden.

Als sich genug meines zersplitterten Willens gesammelt hatte, erwachte mein Selbstempfinden schließlich wieder. Ich hatte befürchtet, dass es zu lange dauern könnte, dass er meinen Körper in der Zwischenzeit verheert hätte, doch dem war nicht so, und hätte ich noch die Herrschaft über meine Lunge gehabt, ich hätte vor Erleichterung tief geseufzt. Meine Vorbereitungen mochten überhastet gewesen sein, aber Talgoth ging noch überhasteter von seinem Sieg aus und frohlockte über die Gefangennahme des letzten Drachen.

In der Überzeugung, dass sein Triumph vollkommen war, schirmte er seine Gedanken nicht ab. Der Teil von ihm, den er in mich übertrug, brüllte sie in seinem Hochmut geradezu heraus. Ich musste trotzdem vorsichtig sein, aber mit Geduld und einer Geschicklichkeit, die sein menschlicher Geist nicht hoffen konnte, nachzuahmen, begann ich, mich zurück in meinen Körper zu schlängeln. Ich gebärdete mich als Echo seiner eigenen Gedanken, als stiller Geist, der jede seiner ungeschützten Handlungen nachbildete, und in einer jeden schwang ein Bruchstück seiner Magie mit. Das musste er tun, denn so mächtig er auch sein mochte, mein Leib war auf meinen Namen und mein Lied abgestimmt, nicht auf ihn. Um die Herrschaft darüber aufrechtzuerhalten, musste er pausenlos und in allen Aspekten seine Magie einsetzen.

Die ersten Tage erwiesen sich als die härtesten, waren aber zugleich die ergiebigsten. Er beherrschte mich und erntete aus meinem Gehirn, was immer er wollte, ganz gleich, als wie geheim oder persönlich ich es einst betrachtet hatte. Wehren konnte ich mich nicht, denn mein Name und seine Stärke geboten über mein Fleisch. Ohne seine ausdrückliche Erlaubnis konnte ich nicht einmal blinzeln. Aber in jeder Pause und jedem zerstreuten Augenblick tapste der geheime Teil von mir um die Ränder seines Geistes herum und pickte die Machtkrumen auf, die Talgoth zurückgelassen hatte. Hart waren die Tage auch deshalb, weil er sich durch seinen Hochmut nicht eingestehen konnte, dass ihm das Geschick fehlte, um mich so zu bewegen, wie es sein sollte, also benutzte er stattdessen rohe Gewalt. Ergiebig waren sie, weil er durch die rohe Gewalt sorglos mit seiner Macht umging und immer mehr Krümel zurückließ, die ich auflesen konnte. Was ein Glücksfall war, denn was ich am meisten gefürchtet hatte, begab sich viel früher, als ich gedacht hatte.

Ich wusste, dass etwas im Gange war, denn als Talgoth nach mehreren Tagen spärlicher Gegenwart zu mir zurückkehrte, spürte ich an ihm ein Gefühl der Erregung. Ich nahm den Druck der sorgsam vorbereiteten Zauber wahr, die er sowohl um meinen Körper als auch um sich selbst zu hüllen begann. Da er sich immer noch keine Mühe gab, seine Gedanken zu verbergen, gab ich einer gefährlichen Neugier nach und grub mich behutsam in seine Zauber. Ich fand heraus, dass sie mich an ihn binden würden und ihn wiederum an mich. Aber es lag noch etwas anderes darin, etwas, das wichtig genug war, um ihn vor Sehnsucht und Erregung vibrieren zu lassen.

Es ging um etwas, das sein Geist als *Vortex* bezeichnete. Ich stocherte in seinen verirrten Gedanken, so viel ich es wagte, aber worum es sich auch handeln mochte, ich konnte mir nur zusammenreimen, dass Anakhara darin verstrickt sein musste und dass es Talgoth ungeheuer wichtig war. So gern ich mehr erfahren wollte, durch meine begrenzten Möglichkeiten konnte ich seine Gedanken lediglich zart streifen, und die Zeit stand nicht auf meiner Seite.

Wenig später flutete seine Gegenwart die Kammer, und seine Macht fuhr in meinen Leib wie eine Hand, die sich achtlos in einen zu kleinen Handschuh zwängt. Mein Körper erzitterte, als er den Willen ballte und die Herrschaft über meine Gliedmaßen übernahm. Das hatte er schon zuvor voll Häme getan, nun jedoch bewegte er mich mit mehr als seiner üblichen Grobschlächtigkeit durch die Burg. Die beinah greifbare Erregung, die sein Geist ausstrahlte, zerstreute ihn und ließ ihn meinen Körper krachend gegen Säulen und Wände lenken. Ich beobachtete, wie mein Leib vorbei an stummen Heerscharen von Wiedergängern und etlichen Totenbeschwörern stolperte, deren Ehrfurcht Talgoth gierig aufsog, als wir sie passierten.

Dann gelangten wir allein in einen dunklen Gang, den Tausende Schädel säumten, jeder mit silbrigen Runen beschnitzt, die aufleuchteten, als wir daran vorbeigingen. Dies war der Weg zum Vortex. Ich spürte, wie sich Ungeduld in seine wachsende Erregung mischte. Der Schädelgang endete an einem großen Portal, das, soweit ich es spüren konnte, zur Gänze aus Gold bestand.

Talgoth verlangsamte die Schritte, als wir näher kamen. Seine Magie schwoll zu ungeahnten Höhen an und drängte das unbemerkte Phantom meines Geistes zurück in die Tiefen meines Gehirns. Aber ich kämpfte erfolgreich darum, nicht den Zugang zu den Bildern zu verlieren, die ich heimlich von ihm abzapfte. In den Bogen des Portals waren keine Runen geritzt. Das hätte keinen Sinn gehabt, denn Gold ist ein reines Element, und es vereitelt Magie besser, als es fließendes Wasser je könnte.

Ich spürte, wie sich sein Zauber entlud, als er meinen Körper dem Bogen geradezu entgegenschleuderte. Keine Magie konnte durch die aufhebende Wirkung von so viel Gold gelangen. Meine Gestalt stolperte mit der Tollpatschigkeit eines neugeborenen Fohlens in das, was ich für den Vortex hielt. Mein Gleichgewichtssinn und sonstige Körperfunktionen wurden von den grundlegendsten Teilen meines Gehirns gesteuert. Auch das Gold tat mir keinen Gefallen und raubte mir, was ich Talgoth im Verlauf der Tage an spärlichen Machtkrumen hatte stehlen können.

Der Vortex erwies sich als Hohlraum unter der Festung, eine riesige, eiförmige Höhle, gesäumt von kostbaren, mit Silberketten verbundenen Kristallen. Tausende tief eingeritzte Runen bedeckten die Wände. Der Höhlenboden endete in einer großen, runden Leere und gab den Blick frei auf den kristallinen Mittelpunkt der Grube, über der sich die Burg befand.

Ich hätte mir denken können, dass er den Sitz seiner Macht über einem Knoten errichten würde, aber mir blieb keine Zeit, um darüber nachzudenken. Der Vortex war lebendig vor Energie, und sogar durch die verzerrte Sicht, auf die ich mich beschränken musste, fand ich ihn zugleich prachtvoll und entsetzlich. Hier lebten auch die Liedlinien noch, allerdings waren ihre Energien in den Kristallen gefangen, die sowohl den Vortex als auch den schimmernden Krater unter uns auskleideten.

Kein einzelner Kristall hätte eine solche Macht in sich zu halten vermocht, aber die sie verbindenden, von Runen überzogenen Ketten leiteten jene Macht weiter, verteilten sie über die Reihen. Dazwischen verliefen weitere Leitungen, die andere Kristalle in ein Netzwerk einbezogen, das komplexer als die Ringe eines Kettenhemds aufgebaut war. Jene Leitungen flimmerten in hundert Schattierungen von Violett und Schwarz und wanden sich wie Würmer, die das goldene Leuchten der Energie der Liedlinien verschluckten und etwas Schwarzes, Besudeltes ausspien. All diese Ketten und Leitungen führten letztlich zu einem einzigen, großen Kristall, der wie ein gewaltiger Mammutstoßzahn von der Mitte der Decke herabhing und über seine gesamte erkleckliche Länge in einem schauerlichen Licht strahlte.

Ein Dutzend feinerer Ketten, manche golden, andere silbrig, führten davon weg und zu meiner Anakhara. Ich hatte sie schon durch die Augen unseres Häschers erblickt, was mich jedoch nicht darauf vorbereitet hatte, sie mit eigenen Augen zu sehen. Die Ketten drangen in ihren Leib, beförderten die besudelten Energien in ihren Körper, und Hunderte Symbole prangten an ihren Schuppen, entweder an Haken oder darin eingeritzt und mit geschmolzenem Silber und Gold verfüllt.

Anakhara richtete sich auf, als mein Körper unstet zum Stehen kam. Die Ketten klirrten, und in den Kristallen, die ihr als Augen dienten, flammte ein Licht auf. Ich spürte, wie beide Energien aufloderten. Bögen aus goldenem und violettem Licht rasten von Kette zu Kette und sprangen von Kristall zu Kristall, zu schnell, um es mit dem Auge zu verfolgen.

In ebendiesem Moment fuhr Talgoths Gegenwart wie ein Messer zurück in meinen Verstand. Ich wusste, dass es sich um einen bedeutsamen Augenblick handelte und ich überlegen sollte, wie ich die dämpfende Wirkung des Goldes zu meinem Vorteil nützen könnte, aber Anakharas Anblick war schlichtweg zu viel für mich.

Die Konzentration entglitt mir, und ich spürte, wie sich Talgoths Aufmerksamkeit auf mich richtete. Er hatte meine List letztlich durchschaut. *Zu früh, zu früh!* Liebe hatte mich einst verdammt, und nun würde sie mich endgültig umbringen.

Er ballte seinen Willen, und der schloss sich wie eine Faust um den Rest meines Bewusstseins. Ich versuchte, mich ihm zu entwinden, wollte zurück in jene Teile meines Gehirns verschwinden, die zu tief und zu fremdartig für ihn waren, als dass er mir dorthin folgen konnte. Aber er erwies sich als so entschlossen wie immer, und seine Macht stieß jäh und gnadenlos zu und schnitt mir den Fluchtweg ab. Mein Zorn und meine Verzweiflung waren jämmerlich im Vergleich zu der Kraft, mit der er mich festhielt, und ich hatte Mühe, nicht in der Geringschätzung zu ertrinken, die er in großen Wellen abstrahlte.

»Du hältst dich für so gerissen, Stratus.« Die Gedanken, die er übertrug, trafen mich mit der Wucht eines einstürzenden Berges. *»Ich bin der Herr des Todes. Hast du wirklich gedacht, du könntest mich mit deiner erbärmlichen Scharade zum Narren halten?«*

Ich wusste, dass mir genau das eine Zeit lang gelungen war, allerdings bot es mir keinen Trost. Ich hatte so knapp davorgestanden, seine magische Signatur zu entschlüsseln, so knapp! Noch ein paar Wochen, und ich hätte ihm seine Magie stehlen können, wie ich sie einst Navar gestohlen hatte.

»Das Spiel ist vorbei. Allerdings bin ich nicht ungnädig. Ich werde dich dabei zusehen lassen, wie deine Liebste dir die Seele aus dem Leib schält und ihn anschließend mir übergibt. Schon viel zu lange bin ich in dieser sterblichen Hülle gefangen. Ich werde deine tragen, und dann werde ich für immer über diese Welt herrschen.«

Er ließ mich wieder sehen, und ich beobachtete gebannt und hilflos, wie ein fahles Licht in Anakharas leblosen Augen erwachte. Es entsprach dem feurigen Schimmer in den Runen, die man in ihren einst wunderschönen Leib gebrannt hatte.

»Wie lautet dein Befehl, Meister?« Ihre Stimme, so man sie als solche bezeichnen konnte, klang tonlos und kalt, und ich vermochte nicht zu sagen, ob ich sie durch die Ohren oder als geistige Übertragung gehört hatte.

»Diese Bestie lebt noch immer. Nimm ihren Namen in dich auf und binde ihn an mich. Ihr Körper soll der meine sein. Benutze die Rituale von Sharnak.«

»Dein Wille wird geschehen, Meister.« Eine Pause entstand. »Dieses Ritual erfordert beide Körper.«

Ich spürte, wie Talgoths Verärgerung durch meinen Geist schrammte. »Na schön. Halte die Bestie hier fest.«

»Dein Wille wird geschehen, Meister.«

Wieder nahm ich diese eigenartige, falsche Note wahr, als sich Talgoth aus mir zurückzog, ein Gefühl, das ich beinah so grauenhaft fand wie sein Eindringen. Ich spürte, wie der Quell der Kraft, die mich festhielt, von ihm auf sie überging, und dann waren Anakhara und ich zum ersten Mal seit einem Jahrtausend wieder vereint und unter uns.

Ich warf alles, was ich hatte, in den Versuch, mich von der Kraft zu befreien, mit der mich Talgoth gebunden hatte.

»Anakhara!« Im Zuge meines Kampfes brüllte ich ihren Namen, so gut ich konnte. Ihr eisenbeschlagener Schädel drehte sich mir zu, neigte sich leicht zur Seite. Ich verdoppelte meine Bemühungen ungeachtet der Anstrengung, die es mich kostete. Wenn ich sie nicht erreichte, war alles umsonst.

Ich spürte, wie sie ihren Willen durch die Bindung entsandte, die mich festhielt, und ihre Berührung fühlte sich genauso kalt und leblos an, wie ihre Stimme geklungen hatte. Empfand ich die von Talgoth als unrein, so war die ihre entschieden vernichtend. Sie saugte die Empfindungen und Gedanken aus allem, was sie berührte, riss alles fort, bis nur noch der mit einem Lebewesen verbundene Funken Leben und Energie verblieb, und dann sog sie auch ihn schnell und erbarmungslos auf.

Ihre Aufmerksamkeit brachte mich wirkungsvoller um, als es Navar oder Talgoth je könnten, und ich fragte mich, ob er das mit ihr gemacht hatte und ob sie überhaupt mitbekam, dass sie es tat.

»Meine arme Anakhara.« Wenigstens konnte ich mich mit ihr in meinem Geist direkt verständigen.

SCHWEIG. Ihr Befehl kam hart wie Stahl, aber ich kämpfte gegen den darin verwobenen Zwang mit einer aus Verzweiflung und hoffnungsloser Liebe geborenen Stärke an.

»Ich habe dich mehr vermisst als die Sonne die Sterne und der Mond die Sonne.«

Als ich ihr den Gedanken sandte, durchwirkte ich ihn mit einigen der Erinnerungen, die ich an geheimen Plätzen gehortet hatte, Erinnerungen aus der Zeit vor der Menschheit, als diese Welt uns allein gehört hatte. Erinnerungen daran, so hoch zu fliegen, dass es sich anfühlte, als könnten wir die Sterne berühren. Erinnerungen an Umarmungen, die ganze Jahreszeiten anhielten. Erinnerungen an Gesang, an meine fürchterlich schlechten Gedichte, an die Jagd und an die stille Wohligkeit eines feinen Feuers in einer Winternacht. Ihr Wille verschlang sie alle, zersplitterte sie in tausend Scherben, sog sie alle mit derselben unerbittlichen, wirtschaftlichen Teilnahmslosigkeit auf.

»Ich habe es versprochen. Ich habe versprochen, dich nach Hause zu bringen, und hier bin ich.«

Ich spürte, wie sie für einen Moment zögerte, und in mir flammte die Hoffnung auf, dass vielleicht noch irgendein Teil von ihr in der Kreatur lebte, die in jener Höhle kauerte.

»Die Sterne rufen uns nach Hause, Liebste.«

»Stratus?«

Mein Geist brandete empor, als sich das Gewicht ihres Willens verlagerte und ihr harter Wille weicher wurde.

»Anakhara.« Ich goss all meine Liebe und den kleinen Rest der mir verbliebenen Stärke in ihren Namen.

»Warum bist du gekommen?«

»Weil du so sehr mein bist, wie ich dein bin. Für immer.«

Sie stöhnte. *»Es ist so dunkel hier, so kalt. Ich kann mich nicht* *mehr an Wärme erinnern. Ich bin verloren, Großherz. Verloren in der Dunkelheit.*«

Ich erwiderte nichts. Ich konnte nur weiter meine – unsere – Erinnerungen mit ihr teilen und hoffen, dass sie ihr dieselbe Stärke schenkten, die sie einst mir verliehen hatten. Und wenn nicht, dass sie sich zumindest an mich erinnern würde, bis wir uns wieder begegneten.

»Ist alles vorbereitet?« Talgoths Stimme peitschte durch die Höhle und übertönte sogar das Tosen des Sturmes draußen. Die Verbindung zwischen Anakhara und mir brach so jäh und restlos ab, als hätte sie nie bestanden. Das Gewicht ihres Willens wuchtete sich wieder auf mich und schnitt jede Spur von der echten Anakhara ab.

Den Magier konnte ich nur aus dem Augenwinkel sehen, eine winzige Gestalt, die mehr an ein Skelett erinnerte, über das sich vergilbtes Pergament spannte und das auf einem von vier Wiedergängern getragenen Thron saß. Ein Rund flackernder Kristalle war in seinen Schädel eingebettet wie eine Krone; höchstwahrscheinlich ein Leiter, um den steten Fluss der Energie der Liedlinien zu regeln, den er brauchte, um diesen Abklatsch von Leben aufrechtzuerhalten. Die Wiedergänger traten zurück, als er sich erhob, einen glitzernden Stab mit knochigen Händen umklammernd.

»Ja, Meister.«

Als ich ihn so sah, wie er in Wirklichkeit war, begriff ich endlich. Obwohl ihm Anakhara ununterbrochen die Energie zuführte, die er brauchte, um seinen Körper ständig gegen die Auswirkungen der Zeit abzuschirmen, würde sich das Spiel nicht mehr lange fortführen lassen, nicht, wenn man nach dem Erscheinungsbild dieses Körpers ging. Deshalb hatte er nach mir gesucht, und deshalb hatte er Navar damit beauftragt, mich lebend zu fangen. Wenn er in meinem Körper steckte, musste er sich nicht mehr auf Anakhara verlassen, denn ich war in einem Maße auf die Liedlinien eingestimmt, die kein Zauber je nachahmen konnte. Seinen Geist und seinen Willen an mich zu binden, würde Talgoth geben, was er mehr als alles andere begehrte: Unsterblichkeit.

Wie es schien, war ich Navar und seinem verräterischen Ehrgeiz zu Dank verpflichtet. Hätte er nicht andere Vorstellungen von der eigenen Zukunft gehabt, hätte er mich wahrscheinlich Talgoth schon vor vielen Jahren in einem Käfig geliefert, in dem ich keine Kralle zu meiner Verteidigung hätte erheben können.

»Dann lass uns beginnen«, rief Talgoth und riss mich damit aus meinen Gedanken.

»Dein Wille wird geschehen, Meister.«

Anakharas Augen flammten auf, als sie auf die dunkle Magie um sie herum zugriff. Die in ihr Fleisch eingebetteten Ketten schimmerten rot. Die Lichtmuster verstärkten sich und breiteten sich von ihr zu Talgoth aus, dann weiter zu mir und wieder zurück. Sie verdoppelten sich dabei wieder und wieder zu einem zunehmend verschachtelten Gebilde, bis sie der Luft einen Ton in einer Lage entlockten, die sämtliche Kristalle zum Vibrieren brachte.

Und dann begann Anakhara mit einem Sprechgesang, mit der ersten von Hunderten Strophen, die den Eckpfeiler des Zaubers bilden würden, um meinen wahren Namen durch den von Talgoth zu ersetzen. Damit würde sie ihn an meinen Leib binden und meine Gegenwart, meine Seele in die verfallene Ruine seines Körpers verbannen. Sobald sie seinen Namen am Ende aussprach, würde es für mich zu spät sein, um mit seinem Körper irgendetwas zu tun. Die Heilmagie würde abrupt enden, und die Gegenreaktion seines so lange überfälligen Todes würde mich aus dem Dasein fegen.

Damit wäre alles zu Ende, und obwohl Anakhara damit mein Verhängnis, *unser Verhängnis* einläutete, sang sie auf Drachisch und mit der Stimme, an die ich mich aus unserer gemeinsamen Zeit erinnerte. Das musste sie, denn ungeachtet des Eisenmonsters, zu dem sie geworden war, musste sie für die Nutzung der Macht in der Lage sein, mit den Liedlinien zu verschmelzen. Das ging nur, indem sie ihren eigenen Namen, ihr eigenes, einzigartiges Lied benutzte.

Ich beobachtete sie als Gefangener in meinem eigenen Körper und lauschte dem Klang ihrer Stimme, nicht den Worten, die sie sprach. Es war das letzte Vergnügen, das mir dieses Leben bieten würde, und ich fragte mich, ob ich den Moment mitbekommen würde, in dem mein Geist gebrochen und verstoßen wurde.

Jedenfalls spürte ich, wie die Energien in mich fuhren wie Messer, als das Muster anschwoll und sich veränderte. Dann durchdrang es mich und bereitete sich darauf vor, Geist von Fleisch zu trennen. Da wusste ich, dass meine Zeit abgelaufen war.

KAPITEL SIEBENUNDFÜNFZIG

Mit deinem Namen wirst du erschaffen,
Mit deinem Namen wirst du gebunden,
Mit deinem Namen wirst du ausgemerzt.

Ich spürte, wie die Magie wie eine Sichel durch mich fuhr und die Bande meiner Seele löste. Als Nächstes würde sie Talgoths Namen anstimmen, mich aus meinem Körper vertreiben, um dann seinen Namen und seine Seele an meinen Leib zu binden. Ich wandte den Blick nicht von Anakhara, denn ich wollte, dass sie das Letzte war, was ich sehen sollte. Aber ich irrte mich, wie ich mich noch nie in meinem Leben geirrt hatte.

Mit deinem Namen rufe ich dich,
Mit deinem Namen entbinde ich dich,
Mit deinem Namen befreie ich deinen Geist,
Stratus Himmelsfeuer, der Todeswind, der Kalte Wind des Nordens, der Zerstörer und das Verhängnis von Krandin,
Mit deinem Namen sollst du wieder eins sein, Großherz,
Mit deinem Namen bist du frei und heil.

Es folgte ein Moment völliger Stille in der Höhle, nachdem sie die letzte Silbe gesungen hatte. Dann wirbelte und strömte die Magie, die sie konzentriert hatte, als dicker Strahl goldenen Lichts in mich. Von ihrem Willen und meinem vollständigen Namen in perfektem Drachisch geformt war das Gebilde fehlerlos und unaufhaltsam. Es füllte jeden Teil von mir aus und schleuderte Talgoths widerwärtige Gegenwart aus meinem Geist.

Er war von Anfang an aus freien Stücken ein Teil des Zaubers gewesen. Deshalb konnte er sich ihm nun nicht widersetzen, jedenfalls nicht, ohne das Wagnis einzugehen, den Zauber zu brechen, und der war mächtig genug, um ihn samt seiner gesamten Burg zu zerstören.

Mein Geist blähte sich auf, als mich die unverfälschte Macht der Liedlinien zurückholte, und das beruhigende Gewicht meines Körpers setzte sich um mich herum, während sich die Verbindung zu meinen Sinnen wiederherstellte.

Mit der Stille in der Höhle war es vorbei. Anakharas Schreie zerschmetterten sie, als Talgoth seine Wut auf sie entfesselte. Sein Stab und die Runen in ihren Eisenfesseln loderten grell wie Sterne, als er sie mit einer jähen Geste von ihrem Platz schleuderte. Eisen verbog sich, Knochen brachen, als er sie mit genug Wucht gegen die Wand und auf den Boden rammte, um mindestens zwei der Ketten aus ihrem Fleisch zu reißen. Sie schwangen und krümmten sich wie kopflose Schlangen, während sich aus ihren Enden rohe Magie entlud und das Fleisch und Blut an ihnen verbrannte. Schlitternd kam meine Liebste zum Liegen und rührte sich nicht mehr. Das Feuer in ihren Augen war getrübt und flackerte. Der Erzmagier wagte nicht, sie zu töten, aber er konnte sie verletzen. Meine Überraschung verflog, noch bevor Anakhara auf dem Boden aufschlug, und sie wurde von einer unbändigen Wut ersetzt.

»Talgoth!« Die Gewalt meines Gebrülls schüttelte tausend Kristalle los und ließ sie um uns herum herabhageln.

Mit nach wie vor gleißendem Stab wirbelte er zu mir herum. Ich konnte die darin gespeicherte Macht fühlen. Es handelte sich um weit mehr, als ich je bei einem Artefakt erlebt hatte, und erst recht um mehr, als je ein lebender Zauberer gegen mich gerichtet hatte. Ich versuchte im letzten Moment, meine

Schutzzauber wiederherzustellen, während Talgoth schon angriff.

Weißes Feuer schoss auf mich zu und riss mir einen Streifen Fleisch aus der Flanke, als ich mich verzweifelt zur Seite drehte. Ich roch mein verbranntes Fleisch, bevor der Schmerz einsetzte, doch da hatte der Erzmagier schon zum nächsten Angriff angesetzt, und es blieb keine Zeit, mir den Kopf darüber zu zerbrechen. Der Strahl weitete sich und flachte dann ab, bis er einem riesigen Schwert ähnelte, und genauso führte er ihn auch. Er hieb durch den Boden zu meinen Füßen, als ich rückwärts auswich, und hinterließ eine tiefe Furche mit geschmolzenen Rändern.

Aber Anakhara hatte mich nicht nur befreit, sie hatte mich auch wiederhergestellt. Meine Hexenkunst reagierte mit Feuereifer auf den Ruf meines Geistes, und bevor Talgoth vorrücken und einen weiteren Schlag austeilen konnte, entfesselte ich meinerseits einen Blitz gegen ihn. Er explodierte an seinen Schutzbannen, bremste ihn einen Moment lang und gab mir die Möglichkeit, mich ihm zu nähern, bevor er mich gegen die Wände drängen konnte.

Er blaffte einen Befehl, woraufhin sein Schwert in Dutzende glühende Pfeilspitzen zersplitterte. Ich wusste, was als Nächstes kommen würde, und zog eine rechteckige Kraftwand vor mir hoch. Sie wehrte die lodernden Geschosse ab, lenkte sie zu den Wänden, wo sie sich in den Fels bohrten und geschmolzene Schlitze darin hinterließen.

»Narr!«, brüllte er. »Deine Hexenkunst gehört mir.«

Ich spürte, wie die dunklen Energien den Fluss der Liedlinien mit einem Hieb durchtrennten, bevor sie sich ballten und vorwärtsschnellten wie tausend Vipern, die mir die Kraft mit gierigen Schlucken aussaugten. Als ich unter diesem Ansturm taumelte, feuerte Talgoth einen Hagel magischer Blitze auf mich ab, jeder kraftvoll genug, um mich schwer zu verletzen. Sie zerschmetterten an meinem Schild, doch wenngleich er vorerst standhielt, wusste ich, dass ich ihn aus einem endlichen und rasant schwindenden Vorrat an Hexenkunst erneuern musste.

Ich spulte einen getrennten Faden meiner Macht ab. Durch die Anstrengung, einerseits den Schild aufrechtzuerhalten und gleichzeitig den neuen Faden in das Gebilde zu formen, das ich brauchte, strömte mir Blut aus der Schnauze. Die Torturen, die ich im Verlauf meines Lebens erlitten hatte, leisteten mir nun gute Dienste, denn vor Jahrhunderten hätten mich die Schmerzen außer Gefecht gesetzt. Stattdessen konnte ich sie nun einfach verdrängen und ertragen.

Ich entfesselte die Hexenkunst, und über meiner Schulter erschien ein leuchtender Flammenball. Rasch schwoll er an, bevor er vorwärtsschnellte, einen Funkenschweif hinter sich herziehend. Talgoth lachte, noch bevor die Kugel an seinen Schilden zerschellte … und sich weiter aufblähte, sein Sichtfeld mit Ranken goldenen Lichts ausfüllte, das seine nach wie vor menschlichen Augen blendete. Ich wusste, dass er das Gebilde mit einem Gedanken auflösen konnte, aber so lange musste es gar nicht halten.

Als er es beseitigt hatte, stürzte ich bereits auf ihn zu. Das Tosen des Windzaubers, der mich in die Luft befördert hatte, hallte noch durch die Kammer. Ich konnte sehen, wie Talgoth den Stab mit seiner glühenden Spitze erhob. Er krachte gegen mich, riss meine Haut auf und brach mir mindestens zwei Rippen, aber das genügte nicht, um mich abzuwehren. Wenn er darauf hoffte, würde er mich schon vernichten müssen. Dafür brauchte er meinen Körper jedoch zu dringend.

Ich ließ die Faust auf ihn niedersausen, allerdings erwiesen sich seine physischen Schutzzauber als unverrückbar wie Urgestein. Er besaß sogar die Dreistigkeit, sich auf seinen Stab zu lehnen und über mich zu lachen.

»Du dummes Tier.« Ich spürte, wie sich seine Magie zusammenzog, und beobachtete, wie er ein Rinnsal des Blutes, das aus meinen Wunden floss, durch den Schild ließ, auf dass es sich zu seinen Füßen sammelte. Er tauchte das Ende seines Stabs hinein, drehte ihn um und kostete davon. »Du verdienst die Macht nicht, die du besitzt. Ich weiß nicht, wie dir dieser kleine Trick gelungen ist, aber es spielt keine Rolle. Für dich wird es keinen Tod geben. Du wirst mir bis zum Ende der Zeit dienen.«

Ich betrachtete das Blut an seinen Lippen, dann blickte ich auf das Rinnsal, das den Saum seiner Robe benetzte, und ich fletschte die Zähne, was ihn nur wieder zum Lachen brachte. Ich schlug nach ihm, obwohl ich wusste, dass meine Krallen nicht mehr bewirken würden, als seine Schutzbanne aufzuwirbeln, aber ich brauchte sie im Augenblick auch für nichts anderes. Dann spie ich einen Schwall Feuergalle, während meine Krallen über seinen Schild kratzten. Die zähe Flüssigkeit troff zu Boden, während Talgoth weiter lachte.

Ich beobachtete, wie sich der fahle Strom der Galle mit dem Blut vermischte, in das er seinen Stab getaucht hatte. Dem Blut, das er unter seinen Schild gelassen hatte.

Er hob den Stab an, als die Spitze mit einem fahlen Licht aufleuchtete und ein Zauber von schrecklicher Kraft die dunklen Energien zusammenzog. Ich wich zurück. Sein Mund stand offen, zweifellos, um eine schlimme Drohung auszustoßen … als sich die Galle zu seinen Füßen entzündete.

Sein Zauber geriet ins Stocken, als die Flammen hochzüngelten und über die trockene Haut nach oben rasten. Mit einem gellenden Aufschrei taumelte er rücklings, und ich sprang vor, leerte meine Feuergallenblase über ihn und den Boden um ihn herum, bevor er die Fassung ausreichend zurückerlangen konnte, um seinen Schild wieder zu versiegeln. Die Galle entzündete sich, sobald die Flammen sie berührten, und Talgoth wankte weiter rücklings, als die Luft selbst um ihn herum Feuer fing. Begreifen setzte ein, doch da stand er schon inmitten einer Lache brennender Flüssigkeit. Sein Schild zog sich zusammen, schirmte ihn von der Hitze und den Flammen ab, aber seine Füße und Beine brannten bereits, und der Rauch verdichtete sich mit jedem verstreichenden Augenblick. Er beschwor einen Wasserguss, womit er mich beinah beeindruckte. In all meinen Jahren hatte ich nur eine Handvoll Menschen gesehen, die länger als ein paar Herzschläge bei klarem Verstand blieben, sobald Feuer sie umfangen hielt.

Es gereichte ihm zur Schande, dass er trotz all seiner Weisheit nichts über Drachenfeuer gelernt hatte. Gestärkt von den Leuchtsteinen und dem gelben Gestein der großen Sümpfe brannten meine Feuer unabhängig von Regen, Fluss oder Meer. Ein Ersticken der Flammen bot nur eine kurzzeitige Verschnaufpause, denn sie würden brennen, solange noch Flüssigkeit vorhanden war, die brennen konnte. Talgoths Schreie wurden panischer, als das Wasser das Feuer, das seinen Körper hinaufkroch, nur noch verteilte, und die wiederholten Ausbrüche seines Unglaubens gingen in ein Husten über.

Als ich spürte, wie sein Schutzschild wankte, hämmerte ich mit den Fäusten und Krallen darauf ein und hüllte ihn in eine Schicht meiner Hexenkunst, die seine Banne zwang, sich bei jedem Hieb zurückzusetzen und zu erneuern. Zwei meiner Krallen brachen durch die Wucht der Schläge ab, aber ich konnte fühlen, wie die Macht seiner Zauber nachließ, als das Feuer seine Herrschaft darüber zerfraß, und ich steigerte meine Bemühungen. Nach einem Dutzend weiterer Hiebe gab der Schild mit einem Donnerschlag nach. Seine halb glimmende Gestalt schlitterte über den Boden, der Stab kullerte klappernd über den Fels und verschwand über den Rand des Vortex.

»Stirb!«, brüllte ich und trieb drei meiner Krallen durch seine knochige Brust, nagelte ihn damit fest, als ich die letzten Reste meiner Galle über ihn spie, jeden Quadratzoll seines Körpers mit flüssigem Feuer überzog. Talgoths Versuche, Magie zu wirken, endeten mit einem Schrei, als sich die Galle entzündete.

Er starb genauso elend und qualvoll, wie ich es mir zu erträumen gewagt hatte. Während das Heilgebilde, das ich mir mit Tatyana teilte, schlicht war und sie so viel Energie beziehen ließ, wie sie brauchte, wurde die Heilkraft, die Anakhara dem Zauberer zufließen ließ, sorgsam geregelt, um seinen zerbrechlichen Körper zu schützen. Er konnte sie nicht einfach steigern, um den gewaltigen Schaden auszugleichen, den er in diesen Momenten erlitt. Und so verlängerte der magische Strom lediglich die Zeit, die es dauerte, bis er zu Tode verbrannte.

Ich sah dabei zu, bis sich die Schmerzen meiner Verletzungen durch meinen Zorn drängten. Da zerschlug ich seinen Schädel mit der Faust und verspritzte sein ranziges Gehirn über den Boden. Anschließend schleppte ich mich zu Anakharas regungsloser Gestalt und hatte vielleicht den halben Weg zu ihr geschafft, als die Beine unter mir einknickten und ich fiel.

Der Aufprall meines Kinns auf dem Felsboden holte mich jäh zurück ins Bewusstsein, an das ich mich verzweifelt klammerte. Ich zog mich mit gesplitterten Krallen vorwärts, bis ich mich nah genug befand, um eine Hand auf eine der ihren zu legen. Ihre Eisenklauen fühlten sich kühl an. Die abscheulichen Runen darauf waren erloschen und stumm.

»Anakhara Himmelstänzerin.« Ich sprach den wahren Namen aus und wurde mit einem matten Flackern von Licht in ihren Augenhöhlen belohnt. Ich wusste nicht recht, ob ich Kummer, Freude oder Wut empfand. Wahrscheinlich alles gleichzeitig.

»Es tut mir leid, Stratus.« Ihre Stimme war kaum mehr als ein Seufzen.

»Es tut dir leid? Du hast mich gerettet, Liebste. Du hast *uns* gerettet.«

Ein Schauder durchlief sie. »Manchmal habe ich von dir geträumt.«

Ich biss die Zähne zusammen, als eine Welle großer Schmerzen über mir zusammenschlug. »Ich dachte, du wärst tot.«

»Das bin ich, Großherz.«

»Nein.« Ich hatte das Wort als trotzigen Schrei gedacht, aber mein verräterischer Körper verwandelte es in ein Schluchzen.

Sie flüsterte meinen *Namen*, und ich spürte, wie sich ihr Geist dem meinen entgegenstreckte. Ich hieß ihn willkommen, und unsere Erinnerungen und Gedanken flossen ineinander. Ihre frühen Erinnerungen waren durch die Torturen und Zauber, die sie aus Talgoths Hand erlitten hatte, zersplittert und lückenhaft. Sie enthielten flüchtige Eindrücke von unserem früheren Leben, vereinzelte, willkürliche Augenblicke. Aber größtenteils bildeten sie eine entsetzliche Leere, einen verschwommenen Nebel, in dem Erinnerungen an Schmerz und Einsamkeit und vor allem an Talgoths Stimme vorherrschten.

Ich spürte die Verzweiflung und die Angst, die Anakhara in dieser Zeit überwältigt hatten. Es war eine verzehrende, giftige Mischung, die alles Schöne und Gute aufgefressen hatte, bis es völlig in Vergessenheit geraten war. Dieser grauenhafte Zustand war dann zu ihrem gesamten Dasein geworden. Es war niederschmetternd, unvorstellbar. Ich hatte ja selbst die Stärke seines Willens kennengelernt und wagte gar nicht, mir vorzustellen, wie es sich angefühlt haben musste, jeden Tag über so viele Jahre der alleinige Mittelpunkt seiner Aufmerksamkeit gewesen zu sein.

»Du musst gehen, Liebster.« Sie drückte meine Hand mit schrecklicher Kraft. »Die Ketten sind zerbrochen, und die an seinen Körper gebundenen Zauber werden sich bald auflösen. Das wird verheerend.«

»Ich verlasse dich nie wieder.«

»Du musst.« Funken sprühten von einigen ihrer Runen und verwandelten sich in Blut, als sie den Boden berührten. »Meine Flügel sind gebrochen. *Ich* bin gebrochen.«

»Ich bringe dich nach Hause«, sagte ich.

»Du wirst gehorchen!«, fauchte sie. Die Worte und der Zwang darin erfassten mich wie eine unverhoffte Flutwelle. Der Anflug verschwand so plötzlich, wie er gekommen war, und sie schrak vor mir zurück, drehte den Kopf weg. »Entschuldige.«

Ich zog mich näher zu ihr, langsam, um ihre Verteidigungszauber nicht auszulösen. Funkelnd erwachten sie zum Leben, als sie zurückwich.

»Nein, bleib weg.«

Ich achtete nicht auf ihren Widerspruch und stupste ihre Schnauze mit der meinen.

»Ich bin ein Monster«, sagte sie mit bebender Stimme.

»Aber du bist *mein* Monster.«

Sie drehte den Kopf und legte ihn unter meinen, und eine Weile lagen wir still so beisammen.

»Es beginnt«, murmelte sie. »Bitte, Stratus, geh.«

Ich fühlte es auch, wenngleich vermutlich nicht so eindringlich, wie sie es konnte. Durch Talgoths Vernichtung war ein bedeutender Bestandteil von den meisten, wenn nicht von allen Zaubern weggefallen, die auf Anakhara lasteten und die sich durch die gesamte Festung zogen. Wie bei einem gestörten oder fehlerhaft gewobenen Zauber bewegten sich die Energien über Pfade, die nirgendwo mehr mündeten, und sie stauten sich auf, bis sie ihre eigene Entladung erzwingen würden. Angesichts all der Macht an diesem Ort würde der Zusammenbruch zweifellos katastrophal ausfallen.

»Ich darf dich nicht wieder verlieren.« Ich bündelte meinen Willen und leitete ihn durch meinen Körper, führte allen Gliedern neue Kraft zu, fügte die gebrochenen Knochen zusammen und flickte meine Haut. Der Preis, den ich dafür würde zahlen müssen, war vollkommen egal.

»Was hast du vor?«

»Ich bringe dich nach Hause.«

»Stratus, nicht! Jenseits der Nebel werden dich die Zauber deiner Macht berauben. Du wirst es nie über die Berge schaffen.«

»Ich lasse dich nicht zurück«, erwiderte ich mit einem knurrenden Unterton. Ich schob die Arme unter sie und hob sie hoch. Dann ging ich zum Rand des Bodens und breitete meine zittrigen Flügel aus.

»Ich liebe dich«, sagte ich und fiel in die Leere.

EPILOG

»Guten Morgen, Frau Henkman.«

Ich versuchte, den Kopf von den Armen zu heben, und ließ es mit einem Stöhnen gut sein. Es fühlte sich an, als wäre mein Schädel über Nacht geschrumpft und könnte bei jeder Bewegung platzen. Ich mochte Feuerwasser, allerdings mochte ich es allzu sehr, sobald andere die Zeche für mich bezahlten.

Ein Grunzen entrang sich meiner, als ich mich langsam in sitzende Haltung stemmte und den in der Tür stehenden Priester ansah. Dann ließ ich meinen Blick über die vier mich umgebenden Steinmauern schweifen. Auf dem Boden lag altes, feuchtes Stroh und quer über meine Beine eine raue Decke, die selbst ein Maultier verweigern würde. Keine Stiefel, kein Schwert. Erbrochenes auf meinem Kittel und meiner zerrissenen Hose. Bruchstückhafte Erinnerungen an die vergangene Nacht blitzten vor meinen Augen auf, und ich stöhnte, als mir einfiel, wo ich den Priester schon einmal gesehen hatte.

»Wie geht's dem Schniedel heute, Euer Gnaden?«, krächzte ich. Mir war bewusst, dass es vermutlich dumm war, ihn so zu reizen, aber wie üblich purzelte es von meinen Lippen, bevor ich mich bremsen konnte.

Sein bereits mürrischer Gesichtsausdruck wurde noch finsterer, als er sich daran erinnerte, wie ihn mein Knie vergangene Nacht schmerzhaft an sein Keuschheitsgelübde erinnert hatte. Bedauerlicherweise entlockte es dem muskelbepackten Handlanger, der hinter ihm stand, nicht mal ein verhaltenes Schmunzeln. Die Grimasse des Geistlichen hingegen wandelte sich zu einem schmallippigen Lächeln. »Lach, so viel du willst, Ketzerin.«

»Oha! Seit wann ist es Ketzerei, wenn man sich ein wenig betrinkt?«, fragte ich. Ein Miststück zu sein, war eine Sache, aber wenn man von Priestern der Ketzerei bezichtigt wurde, wusste sogar ich, dass Vorsicht geboten war.

»Ist es dann, wenn man sich auf Teufel einlässt.«

»Jetzt aber mal langsam, Vater. Der einzige Teufel, auf den ich mich gestern Nacht eingelassen habe, hatte einen Korken.«

»Halt uns nicht zum Narren, Weib. Du weißt, wovon ich spreche.«

In Falkenburg zu bleiben, während Lucien und Jean für den Triumphalmarsch in die Hauptstadt zurückkehrten, war ein Fehler gewesen. Ich hätte härter darum kämpfen sollen, sie zu begleiten, und ich hätte nicht auf den Quatsch über Galionsfiguren für das Volk hören sollen. Es war schön, von allen auf Getränke eingeladen zu werden, aber es war keine Nacht der guten Entscheidungen gewesen.

»Wo ist die Bestie jetzt?«, wollte er wissen und kam näher. »Es wäre ratsam für dich, mit uns zusammenzuarbeiten.«

Ich zog die Beine an die Brust, als ich trotz der bleiernen Schwere in meinem Schädel und der Übelkeit im Magen zu denken versuchte. Ich hätte mir einfach etwas zu essen kaufen und weitergehen sollen.

»Weiß ich nicht«, antwortete ich. »Er, äh, hat mich hier zurückgelassen. Frag Fronsac, er war dabei.«

»Du willst also diesen Abtrünnigen als Zeugen deiner Verteidigung benennen?«

»Er ist ein genehmigter Zauberer. Ich will dir ja helfen, aber ich kann dir nichts sagen, was ich nicht weiß.«

»Meiner Erfahrung nach erinnern sich die Menschen an mehr, als sie glauben. Sie brauchen nur den rechten Ansporn dafür.« Er gab dem Muskelprotz ein Zeichen, der daraufhin aus der Zelle zurückwich. »Du hast bis zum Einbruch der Nacht Zeit, um über deine Möglichkeiten nachzudenken.«

»Was passiert bei Einbruch der Nacht?«

Da lächelte er ein richtig fieses Grinsen, das mir prompt erneut den Magen umdrehte. »Dann entscheiden wir, wie viel Ansporn du brauchst.«

Damit schlug er unnötig heftig die Tür zu und jagte mit dem Lärm weitere Schmerzen durch meinen Schädel. Trotz allem gelang es mir, wieder die Besinnung zu verlieren, bis einige Zeit später ein Tablett in die Zelle geschoben wurde. Es handelte sich nur um Brot und Gemüsesuppe, beides erstaunlicherweise ohne Schimmel und unverdorben. Sogar ein kleines Bier war dabei, das ich gierig hinunterstürzte, um die Trockenheit in meinem Hals zu vertreiben. Viel war es nicht, aber wenigstens fühlte sich mein Kopf danach nicht mehr an, als ob er jeden Moment zerspringen würde wie eine fallengelassene, überreife Melone.

Damit hatte es sich allerdings auch schon mit den guten Neuigkeiten. Ich war immer noch eingesperrt, und über meinem Haupt schwebte eine Anklage wegen Ketzerei und möglicherweise auch wegen Hochverrats. Mit einem weiteren Stöhnen ließ ich mich auf meine Liegestatt zurückfallen. *Dieser verdammte Drache.*

Ich war so verdammt wütend auf ihn gewesen, weil er mich zurückgelassen hatte. Es hatte mich auch verletzt, aber größtenteils war ich zornig. Und ebenso wenig hatte geholfen, dass Fronsac ihm recht gegeben hatte. Oder dass ich wusste, dass sie beide recht hatten. Nichts davon half mir in meiner derzeitigen Lage weiter.

Ich beobachtete durch das winzige Fenster, das die Bezeichnung nicht verdiente, wie sich der Himmel verdunkelte. Wenig später hörte ich das Getrampel schwerer Schritte vor der Tür. Ich hatte mich bestmöglich sauber gemacht, war aber immer noch ziemlich dreckig, als sich vier Priester und zwei Knappen in die Zelle zwängten. Die Priester starrten mich nur an, während die Knappen hastig einen kleinen Tisch mit einem Buch und einem Tintenfässchen aufstellten.

»Wo ist die Bestie?«, fragte der Dickste der vier ohne einleitende Worte.

»Ich weiß es nicht. Wie ich schon …«

»Wie kontrolliert man die Bestie?«

»Kontrollieren? Er ist ein Drache. Niemand kann ihn kontrollieren.«

Einer der anderen Priester trat vor, viel jünger und beinahe gutaussehend, wenn man darüber hinwegsah, wie ausdruckslos und tot seine Augen wirkten.

»Was hast du der Bestie als Gegenleistung dafür geboten, dass sie dich in Hexerei unterwiesen hat?«

Ich glotzte ihn an, während sich schleichend ein übles Gefühl in meinem Magen ausbreitete. »Hexerei?«

»Du leugnest es?«

»Auf jeden Fall. Bei allem Respekt, Euer Gnaden, das ist lächerlich. Eine *Hexe?* Wo leben wir denn, am Anbeginn der Zeit?«

Das kam nicht besonders gut an, und nach ein paar weiteren sinnlosen Fragen, die ich entschied, nicht zu beantworten, damit mein loses Mundwerk die Lage nicht zusätzlich verschlimmerte, verließen sie einer nach dem anderen den Raum. Die Knappen schnappten sich hastig den Tisch und eilten hinter ihnen her, als hätten sie Angst davor, mit mir allein zu bleiben.

Am nächsten Morgen kehrte der selbstgefällige Priester, dem ich das Knie in den Schritt gerammt hatte, mit demselben schmierigen Lächeln im Gesicht zurück. »Möchtest du die lange Fassung oder die kurze?«

»Die kurze.«

»Der Rat hat entschieden, dass du eine Ketzerin und eine

Hexe bist. Du wirst zum Verhör gebracht, danach wirst du aufgeknüpft und gevierteilt.«

»Was? Ich habe diese Stadt gerettet, verflucht noch eins. Ich verlange, mit Prinz Jean zu sprechen!«

»Ketzer stellen keine Forderungen an die Kirche, schon gar keine *verurteilten* Ketzer.«

Er schnippte mit den Fingern, und drei Wachen in den Wappenröcken der Kirche stürmten herein. Ich wusste, was man mit Hexen anstellte, und setzte mich aus Leibeskräften zur Wehr. Es blieb ein nutzloses Unterfangen, das mir nur eine aufgeplatzte Lippe, ein geschwollenes Auge und Blutergüsse an der Brust einbrachte, bevor sie mir einen Knüppel über den Schädel zogen.

Danach bekam ich nichts mehr mit, bis ich an einen kreuzförmigen Tisch gefesselt erwachte, umgeben von Werkzeugen, die ebenso gut in eine Schmiede wie in ein Krankenhaus gepasst hätten. Eine ganze Weile ließ man mich dort allein, lang genug, dass mir tief ins Bewusstsein sickern konnte, in welcher verheerenden Zwickmühle ich steckte.

Ich hatte den Zauber, mit dem mich Stratus versehen hatte, völlig vergessen gehabt, bis ich mir über die Lippen leckte und feststellte, dass sie wieder unversehrt waren. Auch die Schwellung an meinem Auge war zurückgegangen, und nicht einmal mein Kopf schmerzte noch. Was bedeutete, dass er noch lebte. Die Erkenntnis brachte mich zum Lächeln … bis ich daran dachte, was für ein Spaß die Folter werden würde, wenn meine Wunden dabei ständig verheilten. Die Torturen würden niemals enden, und das wiederum würde man wahrscheinlich als Beweis für meine sogenannte Hexerei auslegen. Als würde ich mich nicht aus diesem Dreckshoch hexen, wenn ich die Hexerei tatsächlich beherrschte.

Wenig später begann das Verhör. Die Zellentür schwang auf, und drei Männer mit Kapuzen marschierten herein. Zwei zogen meine Fesseln fester, während der Dritte einen Hagel heftiger Schläge auf meine Magengrube losließ. Einer der Treffer verirrte sich in mein Gesicht und ließ das gerade heilende Auge fast sofort wieder zuschwellen, was man vielleicht als unverhofften Glücksfall betrachten konnte, weil es die Heilung verschleierte. Dann schnitt er mir mit einem Häutungsmesser die Kleidung vom Leib, wenn auch nur das Oberteil. Schließlich missbilligte die Kirche Anstößiges, auch wenn sie sich nicht daran störte, den Menschen Körperteile abzuschneiden oder sie bei lebendigem Leib zu verbrennen. *Das* fiel unter den Begriff fromme Handlungen.

»Bist du eine Hexe?«, fragte der Kleinste von ihnen mit ausgeprägt nördlichem Akzent.

»Nein.«

Das brachte mir ein paar weitere Schläge ein. Zu bejahen, würde sie nur kurz aufhören lassen, bevor sie mir mit einer neuen und genauso verhängnisvollen Frage kämen. Es war also insgesamt eine völlig sinnlose Scharade. Hatte ich alles schon miterlebt, wenngleich nicht aus diesem Blickwinkel. *Hexerei.* Männer mit der Gabe bildete man zu Zauberern aus, aber Gott bewahre, dass eine Frau sie hatte.

»Bist du eine Hexe? Gestehe deine Schuld, und der Schmerz wird enden.«

Immer alles leugnen. »Du kannst mich mal!«

Nach einem guten Dutzend Runden mit einem so ähnlich geistreichen Schlagabtausch nach dem anderen warfen sie mich zurück in meine Zelle. Ich kroch zurück zu meiner Liegestatt und konnte nur daran denken, dass es wenigstens bloß Prügel gewesen waren. Dadurch war ihnen entgangen, dass die älteren Verletzungen bereits verheilt waren. Allerdings wurde mir keine Verschnaufpause gegönnt. Wann immer ich eindöste, kam irgendein Arsch herein und schüttete einen Eimer kaltes Wasser über mich.

Am dritten Tag fingen sie mit dem Feuer an und hielten mir einen dolchähnlichen Schürhaken an die Haut, bis sie Blasen schlug wie die Kruste eines verdammten Spanferkels. Ich schrie wie am Spieß, aber jene Schmerzen waren nichts im Vergleich dazu, was mich erwartete, als sie am Morgen danach feststellen mussten, dass meine Haut keinerlei Makel mehr aufwies.

Zwei Priester bezeugten, was man im Verlauf der nächsten Tage mit mir anstellte, fertigten Notizen an und besprachen sich darüber, wie man auf die Probe stellen könnte, welches Ausmaß an Schäden meine bösen Kräfte in der Lage waren zu beheben.

In jener Nacht versuchte ich, mir an den Gitterstäben meiner Zelle den Schädel zu spalten, schlug mich jedoch dummerweise nur besinnungslos, bevor ich es richtig hinbekam. Danach ketteten sie mich an die Wand.

In einem Kerker verliert die Zeit ihre Bedeutung. Wenn man gefoltert wird, zieht sie sich endlos hin, wenn nicht, rast sie vorbei, obwohl es sich anfühlt, als würde sie einfach nicht vergehen. Da ich kein Sonnenlicht hatte, konnte ich außerdem nicht wissen, wie lange ich schon dort unten festsaß, als die Beben einsetzten. Durch das erste lösten sich der Staub und der Ruß mehrerer Jahre von der Decke. Danach wurde es schlimmer und schlimmer, bis es sich anfühlte, als ob die Zelle in sich zusammenstürzte.

»Sie benutzt ihre faulige Magie!«, brüllte einer der Priester, als hätte ich das nicht schon vor Tagen getan, wenn ich es gekonnt hätte. Das bewog den Helfer des Folterknechts, mir mit einem Knüppel auf den Schädel zu schlagen. Allerdings wirkten die Eisenbänder, mit denen man meinen Kopf am Tisch befestigt hatte, während sie meinen Arm häuteten, wie eine Art Helm. Was ich gut fand, denn wenn es ihm gelungen wäre, mich bewusstlos zu schlagen, hätte ich das Kommende glatt verpasst: Fünf gekrümmte Krallen in der Länge von Schwertern fuhren durch die Decke, rissen sie einfach weg und fluteten die schäbige kleine Kammer mit Staub und Sonnenlicht.

Draußen brüllte etwas. Es war ein gewaltiger, animalischer Laut, in dem so bodenlose Wut mitschwang, dass mein Herz erst einen Schlag aussetzte und sich dann vor nackter Urangst überschlug. Außerstande, dem Drang zu flüchten nachzugeben, fühlte ich mich hilfloser und zerbrechlicher als je zuvor in meinem Leben, die Folter mit eingeschlossen. Ich hätte mich besudelt, wenn mir das nicht schon früher an jenem Morgen passiert wäre.

Dieselben schwarzen Krallen fassten durch die fehlende Decke herein und rissen den Rest der Kammer auf. Gleich darauf fegte ein Schwall heißer Luft durch den Raum, der nach verbranntem Fleisch und Schwefel roch. Ich verrenkte mich auf dem Tisch, schaute hoch und erblickte Stratus, der über dem Loch kauerte, während Stein und Holztrümmer um mich herum herabregneten. Ich konnte die Wut spüren, die er abstrahlte wie ein Ofen Hitze.

Er fasste herab und zerriss meine Fesseln mit einer jener riesigen, todbringenden Krallen. Ich fiel vom Kreuz, doch es tat nicht weh. Nicht einmal mein gehäuteter Arm schmerzte. Ich drückte ihn behutsam an mich, als ich mich auf die Beine rappelte, aber statt der sengenden Schmerzen, mit denen ich rechnete, fühlte er sich kühl an und kribbelte. Ich wagte einen Blick darauf und schluchzte, als ich die neue, rosa Haut sah, die ihn bedeckte.

Einer der Priester wankte auf mich zu, ein blutiges Gebetsbuch gezückt. Aber er schaffte kaum zwei Schritte, bevor eine der Krallen herabsauste, von oben durch seinen Schädel fuhr und durch den Hintern wieder austrat. Stratus schnippte ihn wie ein Rotzkügelchen weg, bevor er mir die blutige Hand entgegenstreckte. Ich zögerte nicht und klammerte mich an seinen Fingern fest, als er mich hinaushob. Prompt wurde mir ein erster Blick auf die Verwüstung zuteil, die er über Falkenburg gebracht hatte.

In einem Umkreis von zwei Blocks stand nichts mehr, die Verwüstung reichte von den Stadtmauern bis zur Kathedrale des Sankt Tomas, die nun viel schlimmer aussah als während der Belagerung. Ihr Dach fehlte fast vollständig, und dicke Schwaden schwarzen Rauchs wallten aus den zerklüfteten Löchern, wo sich einst die großen Fenster befunden hatten. Überall tobten Brände. Orange, dreißig Fuß hohe Flammen begleiteten die Rauchsäulen in die Luft.

»Geht es dir gut?«, fragte er und betrachtete mich mit schiefgelegtem Kopf wie der größte Singvogel der Welt, während seine Worte in meiner Brust vibrierten.

Da musste ich unwillkürlich lachen. Es war gute, alte Hysterie, doch obwohl ich das wusste, konnte ich nicht aufhören. Gelächter und Tränen brachen aus mir hervor, und ich lachte ausgelassener denn je. Übrigens habe ich auch seither nicht mehr so gelacht.

»Ich wollte eigentlich nur kommen, um mich zu verabschieden«, sagte er, und wieder vibrierte seine Stimme in mir. »Dann habe ich deine Not gespürt.«

»Verabschieden?«, brachte ich krächzend heraus.

»Der Erzmagier ist tot.«

Ich starrte zu ihm hoch. »Tot? Du hast ihn besiegt?«

Ein Pfeil prallte vom Knochenwulst seiner Wange ab, als er nickte, aber er schien es nicht zu bemerken. Ich spürte die Wehmut von ihm ausgehen wie vor seinem Aufbruch, doch sie fühlte sich jetzt anders an.

»Oh Stratus«, sagte ich, als sich die Teile zusammenfügten. »Anakhara.«

Er entblößte die Zähne zu demselben schiefen Lächeln, das er als Mensch besessen hatte. »Sie ist jetzt frei und für immer mit mir zusammen.«

Weitere Pfeile prallten von seiner Haut ab, und ich spürte, wie seine Verärgerung wuchs.

»Tötet die Hexe!«, schrie eine Stimme unter uns. Wir blickten beide hinab. Der andere Priester wies gerade eine Kohorte Bogenschützen an, eine Salve abzufeuern.

Trotz seiner Größe bewegte sich Stratus so blitzschnell wie eine zustoßende Schlange. Sein Kopf bäumte sich am langen Hals zurück, als er einen Strahl übelriechender Flüssigkeit auf die Gruppe spie. Die Männer taumelten rücklings und gingen dann in Flammen auf. Ihre Schreie wurden unmenschlich, als das Feuer sie verzehrte.

»Halt dich fest«, forderte er mich auf, bevor er sich erhob und die lodernden Körper wie Laub auseinanderwehte. Er flog hoch in die Lüfte. Seine riesigen Flügel schlugen mit selbstsicherer Stärke und brachten uns durch die Wolken zu der Beschaulichkeit, die uns darüber erwartete. Ich atmete die saubere, süße Luft ein und genoss die behagliche Wärme seiner um mich geschlungenen Finger.

»Wir kehren nach Hause zurück«, ließ er mich nach vielleicht einer Stunde Flugzeit wissen. »Nach *Draksgard*. Aber ich wollte dir für deine Freundschaft danken und mich diesmal richtig verabschieden.« Er blickte auf mich herab. »Hast du diese Schmerzen meinetwegen gelitten?«

»Nein. Diese Schmerzen habe ich gelitten, weil die Menschen Schwachköpfe sind.« Ich drückte seine Hand, so gut ich konnte. »Danke, mein Freund.«

»Ist mir ein Vergnügen.« Er schaute in die Ferne und lächelte.

»Was ist so lustig?«

»Nichts. Aber ich möchte dir jemanden vorstellen.« Er öffnete den Mund und brüllte. Es war nicht der zornige, furchterregende Laut von zuvor, sondern es klang höher und klarer, beinah wie der Ruf eines Fischadlers.

»Ich verstehe nicht«, sagte ich und drehte mich in seiner Hand, damit ich über die flauschige Oberfläche der Wolken schauen konnte.

Sein Lächeln wurde breiter, und einen Moment lang überkam mich die entsetzliche Angst, das Grauen, dem er sich gestellt hatte, könnte ihn auf eine Weise vernarbt haben, die mit dem bloßen Auge nicht zu sehen war.

Dann jedoch wölbten sich die Wolken vor uns nach oben, und ein weiterer Drache stieg durch sie auf. Die Schwaden strömten von seinen Flügeln und Hornerhebungen, als er uns entgegenkam. Er war kleiner als Stratus, schlanker und vernarbter, aber ab und an erhaschte ich das Schimmern von Gold an den Rändern der schwarzen Schuppen.

Der Drache wendete gemächlich und wurde langsamer, bis wir unmittelbar über ihm flogen. Ich erschlaffte in Stratus' Hand, und mir fehlten die Worte, als ich begriff. Ich sah ihn erneut lächeln.

Er sagte etwas in seiner Sprache, ein sonderbar melodischer Laut, und Anakhara drehte sich so herum, dass sie nach oben zu mir schaute. Ihre Augen blitzten wie bernsteingelbe Kristalle. Dann drehte sie sich wieder um und sank mit einem ähnlichen Ruf zurück durch die Wolkendecke und verschwand.

»Sie mag dich«, ließ er mich wissen.

»Sie ist wunderschön«, sagte ich um den Kloß in meinem Hals herum.

»Das ist sie«, stimmte er mir mit grollender Stimme zu. »Es wird eine Weile dauern, bis die Narben seiner Grausamkeit verheilen, aber sie wird wieder ganz gesund.«

»Ich freue mich für dich, mein Freund.«

»Danke. Jetzt sag, wohin soll ich dich bringen? In Falkenburg bist du anscheinend nicht mehr willkommen.«

Ich dachte darüber nach. Da Navar gefallen war und ein Drache an unserem Himmel kreiste, würden sich die Könige und Prinzen treffen, um ein Ende des Krieges zu vereinbaren und zu erörtern, wem was gehörte. Und nach dem Verhör der Priester zu urteilen, würde es bei diesen Gesprächen auch um Stratus gehen. Ich hatte das alles so satt. Ich wollte Frieden und ein laues Plätzchen, an dem ich den Namen Henkman hinter mir lassen konnte. Das teilte ich Stratus mit.

»Ich kenne einen solchen Ort«, ließ er mich wissen. »Es gibt dort Gewürze, endlose Horizonte und Geschichtenerzähler.«

»Gibt es dort auch Wein?«

»Den besten, dazu Obst, süßer als jeder Nektar.«

»Das klingt perfekt.«

»Dann ist es entschieden.« Gleich darauf blieb die Sonne hinter uns zurück, als er nach Westen abdrehte. »Wir könnten alle etwas Zeit in der heilenden Wärme der Sonne gebrauchen. Ruh dich jetzt aus und sorge dich nicht mehr.«

Damit hob er mich auf seinen Rücken. Ich ließ mich an derselben Stelle nieder, an der ich gesessen hatte, als wir die penullische Armee aufgerieben hatten. Es fühlte sich an, als wäre das eine Ewigkeit her. Ich lehnte mich gegen eine Hornerhebung zurück und beobachtete, wie Anakharas glänzende Gestalt aufstieg und vor uns über die Gipfel der Wolken glitt.

Ein packendes Debüt von einer neuen mutigen Stimme der Fantasy-Szene

Mark de Jager
DER FLUCH DES FEUERS
Roman
Aus dem Englischen
von Michael Krug
464 Seiten
ISBN 978-3-404-20891-3

Als Stratus erwacht, liegt er allein auf einem Feld, Geier kreisen über ihm. Er kann sich an nichts erinnern außer seinen Namen. Doch wo kommt er her? Was hat ihn hierher gebracht? Und was bedeutet das Verlangen nach Feuer, das er in sich verspürt? Ist er von dunkler Magie besessen? Stratus ahnt, dass er kein gewöhnlicher Mensch ist, und macht sich auf die Suche nach Antworten. Schnell muss er die Wahrheit herausfinden, bevor die Macht in ihm ausbricht und ein Feuer entfesselt, das niemand mehr eindämmen kann ...

Bastei Lübbe

Die Götter und Helden der Legenden sind erwacht – und mit ihnen die Monster

Rebecca Roanhorse
DAS ERWACHTE LAND -
JÄGERIN DES STURMS
Roman
Aus dem amerikanischen
Englisch von
Frauke Meier
352 Seiten
ISBN 978-3-404-20964-4

Naturkatastrophen haben weite Teile Amerikas verwüstet. Während Tausende den Tod fanden, erhoben sich alte Legenden zu neuem Leben …
Die Navajo-Kriegerin Maggie Hoskie jagt die Monster, die über das magisch erwachte Land streifen. Als aus einem Dorf ein Mädchen verschleppt wird, nimmt sie die Verfolgung auf. Und macht eine furchterregende Entdeckung: Die Kreatur, die sie jagt, wurde nicht geboren, sondern erschaffen! Doch wer besitzt solche Macht? Zusammen mit dem Medizinmann Kai macht sie sich auf die Suche nach Antworten und muss sich ihrer schlimmsten Angst stellen: ihrer eigenen dunklen Vergangenheit.

Bastei Lübbe